조양희 장편소설

준주

준주

ⓒ 조양희, 2023

발행일 초판 1쇄 2023년 1월 2일

지은이 조양희

편집 김유민

디자인 이진미

펴낸이 김경미

펴낸곳 숨쉬는책공장

등록번호 제2018-000085호

주소 서울시 은평구 갈현로25길 5-10 A동 201호(03324)

전화 070-8833-3170 **팩스** 02-3144-3109

전자우편 sumbook2014@gmail.com

홈페이지 https://soombook.modoo.at

페이스북 /soombook2014 **트위터** @soombook

값 16,500원 | ISBN 979-11-86452-86-8

조양희 장편소설

준주

숲속의
책공장

차례

작가의 말

나는 엄마와 외할머니께서 외삼촌 이야기를 나누는 모습을 보며 자랐다. 외할머니는 장독대나 방 한 곳에 사발에 물을 정갈하게 떠 놓고 합장하셨다. 그러시다 장대 같은 곰방대에 연초를 꾸역꾸역 쑤셔 넣고 물뿌리를 빨아 연기를 토하셨다. 끓어오르는 장남에 대한 연민의 한을 누르며 부풀어 오른 원한을 다독였으리라. 일제 강점기 때 장남을 징병으로 잡아갔으니까. 나는 할머니의 그토록 모진 비련의 사연을 몰랐다.

할머니가 가시고 내 아들이 외삼촌만큼 성장했을 때야 할머니의 생애에 어떤 큰 사건이 일어났는지 묻기 시작했다. 자식을 가슴에 묻은 사연이라면 이젠 나도 짐작한다.

그래서 간간이 들었던 조각난 기억의 편린을 더듬어 냈다. 그 기억의 물결을 이어 가며 메모하면서 엄마에게 묻곤 했다. 나는 외삼촌의 한을 달래 드리고 싶어서 소설 속에서라도 삼촌의 운명을 바꾸고 싶었다. 살고 싶어 하는 간절한 그 소원을 외면할 수가 없었다. 이런 작업을 통해 징병으로 전사한 청년들과도 화해의 장을 열어 진정한 오늘의 메시지를 얻을 수 있지 않을까 한다.

소설 《준주》 속 오가와 선생은 나의 엄마가 보통학교 시절 만난 일본인 담임의 실제 이름이었다. 그 당시 오가와 선생의 사랑을 듬뿍 받은 엄마는 가끔 그분을 보고 싶어 하셨다.

　엄마는 잔인한 일본인들도 있지만 선한 일본 사람들도 많았다고 했다. 간혹 성숙한 일본인들은 조선의 뿌리 깊은 고유한 오랜 전통을 가진 역사를 똑바로 알고 있었으며 위기의 조선인들을 극적으로 도왔다고 했다.

　마찬가지로 일제 강점기 때 중국인들도 지독한 상처를 받았다. 그런데도 원수인 일본 병사를 죽이지 않고 생명이 위태로운 병사를 살려 준 민간인들도 있었다고 들었다.

　우리도 일본에게 받은 무례하고 크나큰 상처들이 여전히 아물지 않은 상태이긴 하다. 상처를 준 일본도 남을 아프게 하였기에 중상을 입었고 그 상처의 골들은 깊어져 중병이 되었을 것이다.

　나는 소설을 구성하면서 국가와 이념을 떠나 인간의 생명을 살리는 데는 어떤 이유를 따질 수 없다는 것을 깨달았다. 이 작업을 하는 동안 모든 겨레가 하나의 같은 운명체라는 응답을 받았다.

　시대는 문명시대로 진화되고 더 이상 전쟁의 상처에 머물지 않으며 새로운 문화의 우주과학 시대로 전환하고 있다. 이런 시대에 《준주》가 아시아 평화의 밑거름이 되어 주길 바란다. 그리하여 시공간을 넘어 평화의 파수꾼으로 살고 계실 외삼촌을 생각하면 기쁘다.

　소설 《준주》를 징병으로 불리어 간 모든 삼촌들 영면에 드린다.

2022년 겨울에 조양희

1

부산 항에서
시모노세키 항으로

1932년 4월 부산 항구. 꽃샘바람이
물러나자 벗나무의 꽃잎들이 흰나비 떼처럼 나풀거린다.

열아홉 살 준주는 긴 숨이 절로 나왔다. 기어이 일본의 시모노세키
항으로 떠나는 연락선 갑판에 서게 된 것이다. 불안을 가라앉히는 안도
의 숨을 내뿜었다. 준주는 연락선 금강환을 타기 위해 일본으로 들어가
는 통행권을 진작에 발부받아야 했다. 이 때문에 한 달을 두고 수차례
경찰서를 드나들었다. 필요한 서류는 경찰서에서 다 통과되었으나 파
출소에서는 더 확인해야 할 이유가 있는 것처럼 허가증 발급을 뭉그적
거렸다. 도쿄에 유학 중인 오빠 진석의 거처기록이 없다는 것이 그리도
중대한 일인지 준주는 여러 차례 불려 갔다. 분명하게 밝혀야 할 연고자
의 도쿄 거처가 불투명한 것이 일본으로 늦게 떠나게 된 핵심 이유였다.
오빠 뒤를 쫓던 순사(경찰관)에게는 진석 오빠의 거처가 중요한 단서가 된
다는 것을 당시 준주는 미처 눈치채지 못했다.

"오빠 대학생인 게 분명한데 왜 문제가 되나요? 유학생 회장이 맞

다니까요."

답답한 쪽은 준주다. 준주는 어이없는 얼굴로 순사를 노려보았다.

"아니, 여기가 어딘 줄 알고 말이 많아? 맹한 주제에 눈치도 없이. 묻는 말에만 답을 할 것이지."

"왜 그러는가? 좀 큰소리치지 말게나. 이리 좀 와 봐요."

준주는 부드러운 말이 들리는 쪽을 향해 고개를 돌려 보았다. 그러고는 못 이기는 척하며 헌팅캡을 눌러쓴 사나이 앞을 지나 막다른 곳에 있는 큰 책상 앞에서 멈춰 섰다. 검은 통치마에 흰 저고리를 입은 준주가 고름을 만지작거렸다.

"내가 소장이오. 어디, 서류를 좀 볼까요?"

살집이 탱탱한 소장 앞으로 한 순사가 조심스럽게 서류를 밀어 넣자 소장은 그것을 손에 들고서 점잖게 준주를 훑어보았다.

"아가씨가 장준주요? 부하가 실례했는가 보오. 장 진사 댁 규수, 맞나요?"

소장의 입가에 미소가 진하게 번져 갔다.

"도쿄로 혼자서 떠나는가 본데, 그쪽에 오빠 말고 아는 이가 어디, 또 있어요?"

"예. 오가와 선생님입니다. 저를 책임지실 거니까, 안심하고 오라 하셨어요."

준주는 입을 다소곳이 다물었다.

"아니? 오가와 선생, 그분이?"

말꼬리를 올리며 손가락으로 뒷머리를 긁는 소장은 놀라는 척했다.

"오가와 선생이라고 하셨소? 허⋯⋯."

그는 눈빛을 반짝이며 소리를 내고 웃지만 낯빛은 벌게져 난처해진 얼굴이다. 아마도 오가와 선생의 제자인가 보다고 준주는 짐작했다.

"여보게, 통과, 통과. 내가 이 규수를 보증하네. 뭘 그렇게 어렵게 그래? 누구 댁 처자인데. 자, 이젠 안심하고 가시죠. 도쿄 가시면 오가와 선생께 제가 안부를 여쭈었다고 전하면 아실 겁니다."

그가 내미는 통행증을 받는 순간 준주의 손은 미세하게 떨렸다. 준주는 힘들게 받아 든 서류를 꼭 쥐었다. 일본 통행증을 품어 안은 것이다. 연락선에 오른 준주는 파출소에서 고개를 설레설레 흔들며 걸어 나오던 순간들이 수평선 위로 펼쳐지는 듯했다.

한편 소장은 그녀가 밖으로 나가자마자 멀어져 가는 그녀를 확인한 후, 헌팅캡을 쓴 남자에게 다가갔다.

"그런데 모리 순사."

모리는 심각한 소장의 얼굴을 바라봤다.

"며칠 전에 경성 진고개(지금의 서울 명동) 일대 땅을 매입한 중국인이 있다는데, 그도 시모노세키로 간다는 소식이오. 당신 개코 맞지? 그 땅 주인이 대구 만석꾼 장 진사 댁이라 하던데 장준주가 그 댁 외손녀란 말요."

"냄새가 팍 나는데요?"

한쪽 눈썹을 치켜뜬 모리는 탁월하게 상황 판단을 잘해 순사계에선 개코라 불렸다.

"게다가 그 중국인이 경성 시청에서 덕수궁 건너편까지 자투리땅을 차례로 매입했다는군. 경성에서 연락이 와서 알았네. 이거 조사해 봐야겠어. 자금이 엉뚱하게 흐르는지 누가 알겠소. 불과 3개월 전 아니요?

도쿄 사쿠라다 문밖에서 히로히토 천황을 향한 수류탄 투척이 실패로 돌아가지 않았소. 근래 무언가 조짐이 안 좋아요. 그러니 철저히 도쿄 유학생 장진석 행방을 알아내고 미행, 따라붙어야 해. 지들이 다시 돈을 모아야 또 일을 터트리는 게 아니겠소? "

작달막한 소장이 깐깐하게 묻고 나섰다.

"그뿐입니까. 도쿄 궁성의 니주바시 다리에다 폭탄을 던진 니주바시 사건이 생생합니다. 언제 어디서 밀고 들어올지 추적을 하는데도 간발의 차이로 그만 놓칠 땐 약이 바짝 오르지 뭡니까. 요번엔 철저하게 바짝 따라붙겠습니다."

"시모노세키로 간다는 정보가 입수되었으니 착수하시게. 바짝 붙어서 누구를 만나는지를 보면 거의 짐작할 수 있을 테니까."

소장은 입술에 힘을 주고 고개를 끄덕였다.

"잘 알겠습니다. 마침 집사람도 몸이 불편해 친정으로 돌아가야 하는데, 제가 상부로 일일이 보고 드리겠습니다."

"그리 알고 나도 보고서를 쓰겠네. 자, 이게 그 중국 청년 이름이고 나이는 이십대 중반이야……. 나이도 그렇고 장진석과 이어질 듯하네."

"장준주가 떠나는 날, 그도 떠나는가 봅니다. 연락선이 이번 말고는 7일 기다려야 하니까 요번에 저희도 출발합니다."

개코 모리가 한 손으로 이마를 가린 모자를 살짝 쳐들었다. 드러나는 그 눈빛이 칼날처럼 서늘했다.

준주는 떠오르는 기억을 접고 녹색 벨벳 같은 파도가 잔잔한 바다 위로 시선을 모았다. 부산 항의 저녁노을은 짙은 황금빛이다. 하늘과 맞닿은 거대한 수면에 광활하게 타오르는 붉은빛도 함께 서렸다. 연락선의 승객들은 배웅하러 나온 사람들에게 저마다 하얀 손수건을 흔든다. 준주는 떠들썩한 연락선의 갑판을 둘러보며 조선의 여의사로 반드시 돌아오겠다는 결심이 더욱 부풀었다.

"유모, 내 젖엄마. 마을에서 일본 선생에게 붙어 유학 간다고들 쑤군거리지? 질투심에서 그런 말들도 하겠지. 친일파라는 말을 들을까 무서워서 이런 좋은 기회를 접고 방에서 가만히 있으면 결국 도쿄에 있는 방직공장이나 갈 텐데. 여자에게도 배울 수 있는 신시대가 열렸으니까 고맙게 여기고 떠나요. 꼭 돌아와서 친엄마처럼 아기 낳고 죽는 임산부들을 돌보며 살려야지! 유모. 친일파로 몰리면 억울하겠지만 배우고 싶어요. 날 지금까지 애지중지 길러 준 은혜 꼭 갚을 거고. 유모, 돌아올 때까지 건강 조심해."

이렇게 작심하는 준주는 새로운 세상이 있으리라는 희망과 집요한 기대를 품는다.

비로소 그녀는 조국을 떠나게 된 것을 실감했다. 노을빛은 차츰 황혼으로 스며들었다. 자기를 길러 준 젖엄마 유모와 헤어진다는 사실이 더할 나위 없이 슬프다. 그러나 미지의 세상인 일본에서 의학 공부를 하게 된다는 계획은 유모와의 뼈 속 깊이 슬픈 이별을 덜어 주었다. 이 아픔은 잠시일 뿐이라고 준주는 끓어오르는 슬픔을 가라앉혔다.

그녀의 상념은 꼬리를 물었다. 유모의 외아들인 현서 오빠와 또한 자신이 태어나자마자 외삼촌에게 입적해 함께 한집에서 자라 친오빠나 다름없는 사촌 진석 오빠도 도쿄에서 다시 만날 수 있을 것이다. 또 요코하마에 있는 제일 가까운 친구 행자도 만난다. 그러니 유모와의 이별은 그런대로 견딜 수 있다. 지금은 홀로 대한 해협을 건너가지만 시모노세키에 닿으면 마음먹은 각오를 잘 이행할 수 있다고 최면을 걸고 있었다.

'마음껏 상상하자. 후회하지 않을 거야. 저 아래 울고 있는 외로운 유모에게 웃는 낯을 보여 줘야 해.'

준주는 이렇게 수십 번 스스로를 타일렀다. 유모에게 애써 웃는 얼굴로 한 손을 높이 쳐들고 흔들었다.

"유모, 내 걱정 말아요. 이제 나 어른이잖아. 공부 열심히 할게. 그리고 의사가 돼서 꼭 돌아올 거야. 젖엄마!"

연락선 부두 저 아래에서 흰 손수건으로 눈물을 훔치는 유모에게 속삭이며 마음을 전했다. 물론 들리지 않겠지만 당당한 모습을 보여 주는 것이 도리라 생각하고 준주는 손을 들어 힘차게 흔들었다. 사진들을 찍어 대는 소리가 옆에서 난다. 사람들은 모처럼 최신형 카메라로 사진을 찍기도 하고, 잘 있으라고 소리를 마구 지르는가 하면, 떠들썩하게 울며불며 이별을 하고 있었다. 갑판 위와 부둣가의 이별은 모두가 가슴 미어지는 슬픔을 떼어 내는 아픔들이다.

"준주 아기씨, 우야든지 탈 없고 건강하게 지내다 오소. 공부는 말 안 해도 잘할 끼구, 마……. 준주 아기씨, 일본 가시면 꼭 아버지를 찾아보이소. 얼굴도 모르시는 아버지를예. 이 길이 지 소원이라예. 그라고 유학한닷꼬, 친일친파로 몰리면 억울해서 우짤꼬 하는 걱정은 마소. 신문명을 알라카믄 우짜겠습니꺼. 바다 건너가서 배워야 앞으로 사람 구실을 합니더. 지는 그나마 겨우 한글을 배운 게 얼마나 고마운지예. 아기씨가 배워아 한다고 이 젖엄마를……. 가시이소. 가시갓꼬 퍼뜩 의술을 배와 오이소. 조선 반도에서 최고의 여의사가 되시소. 아기씨 어머님처럼 난산하다가 고생 끝에 죽어 가는 임산부들을 돌봐 주시고예. 그게 우째, 친일파라고 한다면 하늘이 도와줍니더. 아기씨, 우짜든지 몸 건강히 살피시소. 아기씨예."

유모의 이마 쪽으로 머리카락이 흘러내렸다. 그 머리에 기름을 바르고 곱게 빗어 은비녀를 꽂은 유모는 눈물을 하염없이 닦는다. 그리고 혼자서 자기만 알아들을 수 있는 말로 한없이 중얼거린다. 연락선과는 거리가 멀어 소리를 질러도 준주가 들을 순 없지만 반드시 알려 줘야 할 무거운 숙제가 남아 있었다. 준주에게 해 줘야 하는 그 말을 차마 못 해 준 이유가 있다. 공부에 지장을 주거나 충격을 안겨 주면 안 된다는 생각에서다. 살아 있는 동안 언젠가는 이 과제를 풀 수도 있는 일이다. 지금 유학을 떠나는 준주에게 그런 사연을 들려주는 것은 여의사가 되고자 하는 각오에 오히려 혼란을 일으킬 휘발유를 뿌리는 것과 같고, 방해만 되리라 생각했다. 그렇게 유모는 황호랑에 관한 이야기, 그러니까 살아 있는 생부에 대한 소식을 차마 준주에게 직접 말해 주지 못하고 떠나보내고 있다.

"준주 아기씨예, 지는 시대를 못 만나 갖꼬. 우짜든지 공부에만 마음을 잡고…… 이 유모 걱정은 하시지 마이소……. 아이고, 이제 우예 살꼬. 아기씨. 떠나시면 허전하고 섭섭해서 우짜겠노. 아들 현서보다 더 귀한 우리 준주 아기씨예……. 현서랑 같은 젖을 물린, 딸보다 귀한 우리 준주 아기씨를……."

걷잡을 수 없는 슬픔은 유모의 가슴 구석에 달린 벌집을 마구 흔들어 댔다. 유모는 하얀 손수건에 코를 '팡' 하고 푸는가 하면, 그 손수건을 흔들다가, 치마에 붙은 허리띠를 풀었다 맸다 안절부절못하면서 준주를 절절하게 떠나보내고 있다.

연락선 출항을 알리는 묵직한 뱃고동이 강하게 서너 번 울려 바닷속으로 퍼진다. 울먹하며 서성이던 승객들은 흔들어 대던 손수건을 그만 접고 방송에 따라 대부분 선실로 자리를 옮겼다.

도오루는 연락선 구내 찻집의 테이블에 두었던 카메라 가방을 집어 들고 갑판으로 나왔다. 마침 한 청년이 그 뒤를 따라 나왔다.

"그 가방은 제 것 같은데요. 실례가 아니라면 확인 부탁합니다."

"그래요? 내 것인 줄 알았는데……. 어, 참, 이거 실례했습니다."

도오루는 미안한 기색으로 청년이 내미는 카메라 가방을 바꿔 들며 말했다.

"이건 어디서 사셨어요? 제 것과 똑같아서 말입니다."

"홍콩에서 샀습니다. 저는 중국 사람이고. 리 샤오륜입니다만……."

샤오륜이 한 손을 내밀며 웃음 짓는 도오루에게 악수를 청했다.

"전 요시다 도오루라고 합니다. 건축학과 학생입니다."

도오루 역시 샤오륜이 내미는 손을 잡았다.

"저는 도쿄에 친구를 만나러 가는 길인데요. 이왕이면 조선을 두루 보고 싶어 들렀다 가는 길입니다. 허, 카메라 가방 동창이군요."

샤오륜이 가방을 만지며 말했다.

"이게 아버지가 주신 입학 선물인데 홍콩에서 사셨다던데 틀림없이 같은 상점에서 사신 것 같아요."

도오루가 이야기를 하면서 자신의 카메라 가방을 살폈다.

"그러게 말이에요. 특별한 인연 아닌가요?"

16

두 눈이 둥그렇게 된 샤오륜의 옆모습으로 해 질 무렵의 붉은 햇살이 비쳤다.

아득한 수평선을 바라보는 도오루의 우뚝한 콧등에도 황혼이 내려앉고 있었다.

"건축 전공을 하면 카메라가 필수입니다. 건물과 설계도면을 주로 찍는데 경치들도 취미로 찍고 있어요."

도오루는 바람에 내려온 앞머리를 한 손으로 쓸어 넘겼다.

"저 역시 전문적으로 찍는 건 아니에요. 나중에 가공 사업을 하려고 마음먹고 있는데요. 홍콩은 지리적으로 동양의 진주라 무역회사를 차리면 어떨까 싶어요. 그래서 앞으로 성능 좋은 카메라가 필수죠."

이야기를 하며 사오륜은 도오루의 얼굴 생김새를 살펴보았다. 귓불 근처의 검은 점과 칠 대 삼 비율로 빗은 머리와 높은 콧날을 중심으로 잘생긴 사나이의 얼굴이 시야에 들어온다.

"일본은 지진이 많아서 건축학을 공부하는 중이고요. 제 아버지는 지질학 공부도 겸하시면서 거의 못을 쓰지 않고 건축물들을 지으십니다. 나무 홈 연결하는 방법을 사용하시죠. 평생 그 일만 고집하시고. 저도 아버지 흉내를 내고 있죠."

도오루는 두 손의 손가락으로 허공에 그림을 그리며 말을 이어 갔다.

"그렇군요. 지진이 올 때 나무의 여백으로 무게를 버티면서 충격을 덜 받겠군요."

샤오륜은 도오루의 말에 집중하며 고개를 끄덕였다.

"바로 그렇습니다."

도오루도 그런 샤오륜의 모습을 눈에 담았다.

"중국인인데 일본말을 잘하십니다. 따로 배우셨어요?"

도오루가 눈웃음을 지었다.

"홍콩 사람들 중에는 일본말을 잘하는 사람들이 꽤 많아요. 여동생과 저는 개인 지도로 일본말을 배웠지요. 일본 선생님은 한의사이신 아버지의 환자였어요."

샤오륜이 뒤통수를 한 손으로 긁었다. 일본어를 잘한다는 칭찬에 계면쩍은 것이다.

"아버님께서 한의사시군요."

"예, 할아버지 대를 저에게 물려주시려는데 전 관심 밖이죠. 도오루 씨. 홍콩에 한번 들르시면 제가 꼭 모시겠습니다."

샤오륜은 윗 속주머니에서 메모지와 만년필을 꺼냈다. 그러고는 메모지에 집 주소와 연락처를 적어 도오루에게 건넸다. 도오루는 신중히 받아 읽어 보고는 카메라 가방 안쪽 깊숙이 간직한다.

준주는 1, 2등 선실이 이미 매진이 되어 3등 선실에 자리를 잡았다. 3등 선실은 지정석이 따로 없는 커다란 방이다. 준주는 다리를 죽 뻗어 본다. 슬픔으로 몸이 고달프다. 유모와 헤어지는 일이 중노동이라는 생각이 들었다. 어깨와 허리를 벽에 기대고 편하게 앉으니 한결 피로가 풀리는 것 같다.

밤이 깊어지자 배의 요동이 심해졌다. 선실은 점점 사납게 흔들렸다. 수천 길 깊은 물 위에 조그마한 나뭇잎 같은 배가 떠서 앞으로 나아간다는 생각이 불안을 부추겼다. 게다가 흔들릴 때마다 멀미로 들뜬 배 속은 알큰하게 울렁거렸다. 시간이 지날수록 둔부를 얻어맞은 양 몸이 무겁고, 숨어 있던 어지럼증이 퍼지는 듯 심해지면서 차츰 공포를 몰고 왔다.

현해탄에 가까울 즈음 승객들은 휘몰아치는 폭풍에 이리저리 흔들리며 시달렸다. 그런가 하면 연락선은 바람에 밀려 위로 치솟았다가 다시 한없이 깊고 깊숙이 해면 바닥에 나동그라지듯 울리는 진동으로 쿵쿵거리는 굉음에 싸였다. 선실은 그야말로 걷잡을 수 없는 거친 파도에 사납게 몸부림쳤다. 준주는 눈을 감은 채 마음의 평정을 잡으려고 무던히 애썼다.

'이런 뱃멀미쯤이야 이겨 내야 해. 내가 누구인가. 반드시 성공해서 조선으로 돌아가야 해. 이런 멀미쯤은 아무것도 아니야.'

준주는 입술을 꽉 깨물었다. 만약 어머니가 살아 계셨더라면 일본으로 의학 수업을 받으러 떠나는 당당한 모습을 흐뭇하게 지켜봐 주셨을 거라 생각하며 뱃멀미를 견딘다. 그런데도 준주는 멀미가 심해져 어지럼증으로 자리에서 일어날 수 없었다. 유모의 아들 현서 오빠의 편지 내용이 귓가에 생생하게 들려온다.

"준주야, 현해탄을 건널 때는 뱃멀미가 몹시 역겨울 기다. 하지만 이겨 내리라 믿는다. 준주뿐만이 아니라 현해탄을 건너올 땐 누구나 다 멀미로 어지럽고 배가 메스꺼워 참기가 힘들 거라는 걸 기억해라. 넌 이 현서 오빠가 지켜볼 테니 마음 강하게 묵으라."

동이 틀 무렵 사납던 파도는 바닷물 밑으로 숨어 버린 듯 거짓말처럼 잠잠해지고 평온이 깃들었다. 준주는 화장실에 들러 세수를 하고 머리를 말끔히 빗었다. 신선한 공기를 마시고 싶었던 준주는 갑판 위로 올라왔다. 거대한 바다는 태양을 뱉어 내면서 끝없는 파도를 마술의 주인처럼 다스리고 있었다.

준주는 언제 거센 파도를 불렀느냐는 듯 고요한 바다의 수평선 끝까지 멀리 지켜본다. 그리고 움츠렸던 허리를 쭉 펴고서 한껏 가슴을 벌려 바다의 신선한 공기를 마음껏 들이켰다. 바다 냄새가 내부로 깊숙이 파고든다. 연락선 금강환은 마침내 굽이굽이 수천만의 파도를 가르며 현해탄을 건넜다. 드디어 이른 아침, 시모노세키 항에 다다랐다.

국제적인 시모노세키 항은 많은 사람들로 붐볐다. 마중을 나온 들뜬 사람들과 기다리는 초조한 사람들, 혹은 떠나려는 안타까운 이별의 무리도 마치 활동사진처럼 희비극의 교차로에 서 있는 듯하다. 모두가 저마다 인생의 주인공들이다.

도오루와 샤오룬은 준주 옆을 스치고 지나 그녀의 앞으로 걸어가고 있었다.

준주는 두 살 위인 현서 오빠가 일러 준 시모노세키 항의 우동가게를 찾아가기로 했다. 그 우동으로 뱃멀미를 달래라고 써 있었으니까. 편지에는 약도까지 자세히 그려 주었기에 우동가게 '미나도'를 찾는 일은 그다지 어렵지 않았다.

초행길이었지만 부두와 비교적 가까운 곳의 작고 좁은 집들 사이로 우동가게 '미나도'가 보였다. 멀미로 밤새 고통을 견딘 준주는 우동가게를 발견하자마자 현서 오빠에게 고마움을 느꼈다. '미나도' 앞에서 발걸음을 멈춰 섰다.

'이 광고에 나온 사진은 행자잖아. 이곳에서 이름을 날리고 있으니 성공했구나, 행자야…….'

바로 시모노세키 항 근처에서 아우도리 사치의 공연이 있을 예정이라는 광고였다. 몇몇 유명 남자 가수와 함께 나란히 웃으며 찍은 사진이다. 준주는 행자가 아우도리 사치로 완전히 변신한 모습에 입이 그만 딱 벌어지고 말았다.

준주는 앞서 가게로 들어가는 두 청년들의 뒤를 이었다. 그대로 열려 있는 현관의 격자무늬 창을 지나 식당 안으로 들어와서 보니 편지 내용대로 작은 식당이다. 하지만 더없이 아늑하다.

"어서 오십시오."

상냥한 아주머니가 고개 숙여 인사하자 새벽의 몽롱한 정신이 번쩍하고 깨어나는 듯했다.

"어서 오세요. 일행 아니세요? 예쁜 아가씨는? 가방을 이쪽에 보관해 두시고 안쪽으로 들어가세요."

짙푸른 물감으로 잔잔한 나무 이파리 그림이 그려진 기모노를 입은 아주머니는 친절이 몸에 배어 있다. 준주는 친구 행자 생각에 잠겨 햇살이 비치는 빈 테이블에 다소곳이 앉았다. 아니나 다를까 행자의 노랫가락이 나지막이 가게를 메우고 있었다. 간드러진 그녀의 목소리는 대구에 있을 때보다 한결 상냥하고 애교가 넘쳤다. 노래 기교도 보통이 아니었다. 준주는 행자의 노래가 대중의 사랑을 받을 자격이 충분하다고 생각했다. 준주는 행자에 대한 생각을 잠시 멈춰야 한다.

다시 현서의 편지 내용이 그의 목소리로 생생하게 들려왔다.

'준주야, 맛있다고 더 달라고 하면 안 된단다. 자기 양만으로 만족해야지, 조선처럼 더 달라고 하면 더 주는 곳과는 달라. 쯔게모노나 다꽝도 아껴서 먹어라. 여기서 여장을 풀 시간적 여유가 없어. 곧바로 도쿄행 기차를 타야 하니까. 자칫 여유를 부리다간 기차를 놓치기 십상이다.

오가와 선생님과 재회를 만끽하고서 요코하마에 있는 우리의 아지트 '소라우미'에서 진석과 행자랑 기다릴 거니까. 그러고 보니 다 유년시절에 동네에서 같아 놀던 대구 보통학교 동창회야.'

현서의 자상한 목소리가 귓가를 맴돌았다. 행자의 노랫가락은 현관 위에 붙은 큼지막한 나팔 모양의 마이크에서 흘러나왔다. 보통학교 시절에 교내에서 가장 노래를 잘 부르던 행자. 짝꿍이었던 둘이 나란히 앉아 서로의 성적표를 살짝 훔쳐보다가 행자가 음악에 갑을 받은 준주의 점수를 어깨너머로 흘긋 넘보았다.

"내가 갑을 받은 건 당연하지만 노래를 못하는 준주 니도, 갑을 받았잖아."

이것이 행자의 불만이었다.

"필기시험이 만점이라 그래. 행자야, 넌 시험 다 틀리고도 갑을 받았으니 니가 더 좋잖아."

그렇게 변명을 털고 나니까 서로 불만은 사라졌다.

한번은 집으로 가는 길이었다. 학교에서 마을까지는 걸어가기 가까운 거리가 아니었다.

"아저씨, 우리 달구지 좀 태워 주세요. 마을까지요. 갈 때까지 노래 불러 드릴게요."

그렇게 행자의 제안대로 소달구지를 타게 되었다. 진석과 현서는 달구지를 뒤에서 쫓아왔다. 쉽게 달구지에 올라탈 수가 없자 현서가 가방을 달구지 안으로 던졌다. 그러고는 속력을 내어 달려와 결국은 달구지에 함께 탔다. 진석은 달구지를 탈 기회를 그만 놓쳐 터덜터덜 걸어왔다. 차츰 시야에서 사라지는 진석 오빠를 안타깝게 바라보며 목젖이 다

보이도록 준주는 소리쳤다.

"오빠, 힘내서 달려와! 현서 오빠도 올라왔잖아. 어서, 오빠야."

준주는 소리를 지르고 행자는 목청을 뽑을 만큼 입을 크게 벌리고 노래를 계속 불렀다. 행자의 입천장까지 다 보였다.

"너거들 왜 이래! 가시나들이 참 내, 소리를 왜 지르는데?"

현서가 기가 차서 입을 다물지도 못했다. 그러고는 진석을 얼른 돌아보았다.

"힘 안 되면 당연히 걸어와야제. 여동생들도 달구지 타려고 애쓰는데. 사내 자슥이 그 힘도 내기 싫다 하믄 으쩌자는 건데……. 힘 좀 주고 달려라, 고마."

현서가 안타까운 눈으로 멀어져 가는 진석을 바라보며 혼잣말로 중얼거렸다. 마을에 닿을 때까지 행자는 노래를 부르고 또 반복해서 같은 노래를 불렀다. 마을로 들어서서도 노래는 이어졌다.

준주는 고개를 저으며 생각에서 깨어나 스르르 웃고 만다. 그때 소반에 담아 나온 음식에 시선을 돌렸다. 도자기 같은 대접에 담아 나온 우동 그릇을 바라보았다. 스멀스멀 김이 오르는 우동 위에 다진 싱싱한 파가 뿌려져 있다. 그릇을 들고 우동 국물을 맛보았다. 새콤한 맛이 감도는 달콤한 국물과 우동가락이 혀에 착 감긴다.

뱃멀미를 하게 될까 봐 어제 하루 동안 식사를 걸렀던 준주는 지금 이 시각까지 공복이었다. 배고픈 상태로 우동 맛을 본 그녀는 한편으로는 즐거웠다. 일본 땅에 와서 처음으로 맛있는 음식을 시식한 셈이었다. 바로 등 뒤에서 사진을 찍는 소리가 들려왔다. '미나도' 입구를 배경으로 식탁 위에 놓인 김이 솟는 우동 한 그릇의 맛깔스러움을 찍는 모양이다. 청년들은 여러 번 셔터를 누르면서 카메라에 대한 의견을 주고받고 있었다. 준주는 일본은 비싼 카메라로 사진을 찍는 사람들이 흔한 일이라고 생각했다. 그러다 다시 고개를 떨구고 우동 국물을 들이켰다. 그제야 속이 시원하다.

"어떻습니까? 우동이 괜찮은 편이지요?"

아주머니의 옷을 자세히 살펴보니 어린 대나무의 나뭇잎 무늬다.

"국물이 아주 시원해요. 잘 먹었습니다."

준주는 유창한 일본어로 거리낌 없이 대답했다. 말끔히 비운 우동 그릇 안에 반짝이는 아침 햇살이 가득 찼다. 준주는 그것이 새롭게 첫발자국을 딛는 이 순간과 앞으로의 수많은 나날들을 밝혀 주는 것만 같았다. 햇살을 담은 빈 우동 그릇에서 눈을 떼고 몸을 일으켰다.

한 청년은 우동가게 아주머니와 친밀하게 대화를 하고, 또 한 청년은 중국어 발음의 일본어로 얘기하고 있었다. 그러더니 그들은 아주머니에게 꾸뻑 고개를 숙였다.

"언제나 맛이 같군요. 제 아버지께서도 여기만큼 맛있는 우동은 없다고 하시니까요."

"도오루, 오늘은 내가 살 수 있는 기회를 주는 거죠?"

"아니오, 그럴 수 있나요. 가방을 찾아 주셨고 여긴 제 단골이니만큼 안 돼요. 거절하겠습니다. 약속해요. 다음엔 샤오룬 차례라고요."

그는 검붉은 악어지갑에서 지폐를 꺼냈다.

"여기 잔돈 받으세요. 아가씨도 안녕히 가십시오. 또 오세요."

친절한 아주머니는 문을 열어 주며 준주에게도 꾸뻑 인사를 한다.

준주는 가방을 들고서 빠른 걸음으로 도쿄로 출발하는 역 쪽으로 걸어갔다. 얼마 후에 도오루와 샤오륜도 서로 반대 방향으로 갈라섰다.

도오루는 시모노세키 항에서 샤오륜과 헤어졌지만 아버지와의 약속 시간이 아직 한 시간 남짓 남아 있었다. 약속 장소는 길 건너 왼쪽 모퉁이 찻집이었다. 그는 문설주가 낮은 자그마한 서점에 들러 조선에서 20여 일을 보내는 동안 굶주렸던 책 냄새를 깊숙이 빨아들였다. 그러곤 신문과 책 서너 권을 골라 계산을 하고 서둘러 밖으로 나왔다. 서점 유리문에 미츠코시 백화점의 시세이도 화장품 모델 응모 광고가 크게 붙어 있었다.

그는 찻집 문을 밀었다. 좀 전에 맡겼던 짐 가방을 찾아 자리로 와서 카메라를 갓난아기 다루듯 조심하면서 테이블 위에 내려놓았다. 그가 펼친 신문 4쪽에는 광고가 실려 있었다. 'T대학 의학부. 여의사에 도전하라. 여의사의 삶을 누려라.'라는 광고 문구가 눈에 띄었다. 도오루는 이 내용을 중얼거리면서 고개를 설레설레 흔들었다.

"오래 기다린 게냐?"

요시다 가즈오였다. 그 역시 칠 대 삼의 가르마를 하고 있었다. 짙은 눈썹에 총기 있는 눈망울과 우뚝한 콧날, 거무스레한 건강한 피부까지 영락없는 아버지와 아들이다. 기쁜 얼굴로 나타난 도오루의 아버지가 성큼 다가와 맞은편 의자에 털썩 앉았다.

"잘 계셨어요? 일찍 오셨네요. 이곳 일은 잘 마무리되신 건가요?"

도오루는 신문을 접고 반가운 미소를 보인다.

"그래, 잘 지냈지. 너도 건강하게 보이는구나. 반도가 좋았던 모양이구나. 한 20일이냐?"

대견스러운 표정으로 아들 도오루의 어깨를 토닥토닥 두드리는 아버지에게 도오루가 계속 말을 한다.

"우리 대학의 의학부 말예요. 작년엔 여의사가 없었거든요? 여의사 되는 길이 워낙이 어려워서 누가 들어오기나 하려나."

"왜? 여의사에게 관심이 있는 거야? 야요이가 알면 두 번 넘어지겠군. 며칠 후에 야요이 생일이라 맞춰 일찍 온 게지?"

"아버지! 어제 왔어야 했는데, 산삼 가지고 오는 사람이 늦어서 미루게 된 거 아시잖아요."

도오루는 두 눈에 힘을 넣고 뜨며 야요이 때문이 절대 아니라는 말을 강조했다.

"혼조 장군은 널 애당초 사위로 지목한 모양이더라. 어머니가 왕족 가문이라 자존심만은 대단하지. 음…….""

"아버지, 야요이는 어릴 때부터 봐 왔기 때문에 친동생 같은 사이예요. 정말 전 그런 굴레나 포장이 싫거든요. 전 느낌, 여동생으로 이끌림이 중요한 거 같아요. 아버지는 엄마하곤 어떠셨는데요?"

"준코? 그 사람 명줄이 짧아서……. 내가 좀 더 신경 썼더라면 그렇게 가지 않았을 텐데 후회막심하구나."

"사고였잖아요. 참, 도미요 누나는 개업하고 잘되나요? 미츠코시 백화점 광고가 붙었던데. 새로 단장했다고요."

"봄이 왔으니까 잘되지. 도미요는 센스가 있어서 때를 잘 맞춰. 참, 사진은 요소마다 필요한 만큼 다 찍어 온 거지? 조선 반도는 지금부터 건축을 시작할 모양인데. 서둘러선 안 되고…….""

가즈오는 말끝을 흐렸다.

"특히 주목할 만한 곳으로 경성 진고개의 예술관이 들어설 자리와 극장 건물 두 개, 그리고 종로의 백화점이 물망에 올라 있고, 그중 진고 개 예술관이 시급하다는 소식은 아시잖아요."

도오루는 설계 가방 앞부분의 끈을 풀었다.

"아직 경성의 인구는 40만에 불과해서 황금정에 극장이 곧 지어진 다면 영화 산업이 활발해지겠는데 말이지. 예술관 도면은 거의 다 되었 는데……. 바로크식으로 설계를 마쳤고 창문 같은 부분은 더 신경을 써 야겠어. 어떠냐, 집에 가서 봐라. 이게 다 네 공부야. 경험이고."

가즈오는 자신의 뒤를 따라 업을 이어 가게 될 아들을 사랑스러운 시선으로 보고 또 본다. 도오루가 입을 열었다.

"관계자들이 아버지의 설계에 대한 기대가 대단하거든요. 전 언제 아버지처럼 되려나 몰라요."

도오루는 도면을 펴 들고 살피다가 테이블 위에 놓았다.

"너도 이제부터 하면 되지. 어디 나 혼자서 하는 일이냐? 다 팀이 있어서 함께 굴러가는 거야. 혼자 잘났다고 하면 안 되고 같이 노력하면 되는 거다. 이 시모노세키 항도 혼조께서 많이 밀어주고 계셔. 사업은 홀로 하는 게 아니라 믿어 주고 밀어주고 해야 한다. 아무튼 오느라 고 생했다. 그게 반도의 산삼이냐?"

"예. 이 인삼은 특별히 부탁해서 구해 오라면서요. 료오코 이모는 좀 어때요? 오가와 이모부가 이젠 학교 정년퇴직이시잖아요?"

"조선의 산삼을 이모에게 먹여야 해. 내가 오가와에게 편지를 보냈 어. 교토에 좀 내려오라고. 그 친구 고집이 여간 아니야. 벌써 학교 그만

두고 아키타로 갔어야 하는데."

요시다 가즈오는 오가와가 원망스러운지 커피를 단숨에 들이켰다.

"료오코 이모를 보면 꼭 엄마가 살아 계시는 것 같아요. 이모가 빨리 건강해지셨으면 좋겠는데⋯⋯."

"료오코가 오래오래 살아야 하는데."

도오루는 어깨를 움츠렸다. 그는 아버지의 어깨 위로 드리워진 외로움을 본다. 일에 빠져 사는 아버지의 생활이 실은 어머니 준코를 잊기 위한 몸부림으로 여겨졌다. 가즈오는 대견스러운 눈빛으로 아들을 보고, 도오루는 아내를 잃은 아버지를 측은하게 바라본다.

오전 10시에 출발한 도쿄행 열차는 쾌적한 속도로 달렸다. 준주가 자리를 잡은 좌석은 5호 칸의 중간이라 기적 소리가 멀리 들렸다. 뿐만 아니라 서 있는 승객도 없고, 앉은 사람들끼리도 소곤소곤 주고받는 말소리가 없었다. 좌석 너머로 이름을 불러 대며 빈자리로 오라는 귀에 거슬리는 소리나, 어린아이를 찾는 외마디 소리들 또한 없었다. 열차에 사람들이 빈틈없이 차 만석임에도 저절로 새어 나오는 기침 소리조차 들리지 않았다. 대부분의 승객들은 나름대로의 침묵을 지켰다. 창밖의 분주한 경관을 즐기거나 신문, 잡지에 몰두하거나, 또는 눈을 감고 있었다. 준주는 조선보다 앞선 일본의 질서의식을 눈여겨보며 놀라움을 금치 못했다.

준주는 근심을 일으키는 생각을 지우고 창밖을 내다보았다. 4월의 연녹색 자연이 대지로 넓게 펼쳐졌다기 뒷걸음으로 달아났다. 푸른 하늘에 떠 있는 새틸구름이며 연녹색의 낮은 산과 언덕, 샛강을 따라 끝없이 이어지는 푸른 숲이 눈에 펼쳐졌다. 그러고는 이내 뒤로 물러나며 울 긋불긋 다채로운 꽃나무들과 진귀한 화원도 뒤로 사라졌다. 조선보다 계절이 빨리 오는 모양이다.

자신이 어느덧 시집을 갈 나이에 접어들자 친가에서 중매한 얼굴도 모르는 예비 신랑이 싫었다. 그래서 집을 나와서 젖엄마 유모의 작은 집 에 기거를 하게 된 자신을 돌아다보았다. 집 모양새는 초라했지만 그곳 에는 귀한 책들을 잘 간직할 수 있었다. 이를테면 오가와 선생이 직접 가지고 온 서적들, 색채로 프린트된 그림책들과 여러 종류의 세계문학 전집들,《질병과 의학의 역사》와《세균과 소독》에 솔깃했다. 이것들은 선생이 조선을 떠날 때 준주에게 선물로 남겨 주신 서적들이다. 그녀는 쉽게 구할 수도 접할 수도 없는 것들이라 귀하게 다루었다.

책 속에 적나라하게 나와 있는 신체 세포들의 연결을 표시한 밀도 있는 그림들, 각 세포들의 역할이 눈길을 끌었다. 무수한 세균들의 등장 은 마치 대륙에서 치르는 전쟁 중에 맞게 된 크나큰 인류의 불행과 같 고 세균들은 그 자체로 또 하나의 새로운 전쟁인 셈이다. 대부분 100도 이상에서 끓이면 세균들로부터 병을 막을 수 있지만 그 온도에서도 소 멸하지 않는 세균도 있다. 놀라운 것은 끓여도 소멸되지 않는 균들은 앞 으로 일상생활에 커다란 문제가 된다는 점이다. 의학서의 기초 상식은 준주에게 감동과 더불어 오랫동안 잠재적으로 남아 구체적인 꿈을 꾸 게 했다. 의사가 되려면 어디서부터 시작해야 하는가, 하는 질문을 꾸준 히 자신에게 던지게 했다.

또한 세계문학 소설의 주인공처럼 역경을 헤치며 기어이 의학의 목 적을 이루고 싶다는 의지를 책을 통해 배웠다. 청소년 시절, 무엇보다 새로운 지식을 받아들이는 데 열중했던 준주는 자신을 설레게 하는 의학이라는 거대한 세계의 문을 두드리고 싶은 열망의 뿌리를 다지기 시작했다.

사춘기에 담임이었던 오가와 선생은 그녀에게 암흑 속의 등불 같은 존재였다. 더욱이 일기로 하루를 마무리하는 일이 정신적인 변화를 가져다준다는 사실을 깨달아 하루도 빠짐없이 일기 쓰는 습관을 들이게 된 데에는 역시 선생의 힘이 컸다. 신세대의 신세계가 펼쳐지는 시간이었다. 또한 유모의 자상한 보살핌이 없었다면 미래는 암울했을 것이다. 준주는 이 어려운 격동의 시기에 버팀목이 되어 준 유모의 공을 잊지 않고 반드시 보답하리라 다짐했다.

준주는 열차 안에서 뒤로 물러서는 창밖의 경치를 줄곧 음미했다. 하늘이 끄무레해지기 시작하더니 기어이 봄비를 몰고 왔다. 열차 창 위로 흘러내리는 가느다랗고 투명한 은색 빗방울을 보고서야 그녀는 고개를 복도 쪽으로 기울였다.

그때만 해도 준주의 마음은 사심 없이 밝고 홀가분했다. 긴 시간의 사색은 그녀에게 피로를 가져오는 대신 도리어 즐거움을 맛보게 했다. 지난 추억과 도쿄로 오기까지의 시간은 생각하기에 따라 고무줄처럼 짧고도 길게 느껴졌다. 준주는 입을 다물고 앞을 바라보다 깜짝 놀랐다. 신사 양복에 헌팅캡을 눈썹까지 푹 눌러쓴 남자가 이쪽을 힐긋 보는 순간, 준주는 그가 모리 순사라는 것을 직감했다. 파출소 소장이 모리라는 이름으로 그를 불렀던 것을 기억하고 있다. 준주는 머리가 낭떠러지로 굴리 깨어지는 기분이 들너니 이내 성신이 또렷해졌다.

'일부러 내 뒤를 밟아 도쿄에서 대학을 다니는 오빠를 수색해 보자

는 거겠지. 대관절 오빠가 무엇을 잘못했기에 나까지 눈독을 들이는 것일까.'

설레던 기분은 잠시뿐, 준주는 감시에 대한 의혹이 쉽게 가라앉질 않았다. 진석 오빠는 부잣집 아들이라 세상 물정에 둔해 남을 속여 손해를 끼치는 일이 없었을 것이고, 더욱이 타인의 돈을 탐내지도 않기 때문에 도둑질할 일은 없었다. 마음이 그저 한량없이 좋다는 것이 오히려 진석 오빠의 흠이다. 뭔가 잘못되어 엉뚱한 누명을 쓰고 감옥에 갇히기라도 하면 대학교 3학년까지의 학업을 망치게 될 게 틀림없다. 그러면 일본에서 유학은 고사하고 퇴학 처분을 받을 게 아닌가. 그렇게 되면 오빠는 폐인이 될 것이 분명한데 무슨 일인지 준주는 근심에 사로잡혀 마음이 편하지 않았다. 만약 대학에서 저들끼리 동아리 모임을 못하도록 감시를 받는다면 왜 그래야만 하는지, 오빠가 맡고 있다는 유학생 회장은 당국에서 감시를 받는 감투인지, 준주는 못내 의혹을 잠재울 수가 없었다.

처음 마주한 주위 환경을 향한 부러움도, 창밖의 아름다운 경치도 더 이상 관심사가 아니었다. 다만 한 가지 소망은 한시라도 속히 오가와 선생을 만나고 싶었다. 친부모를 모르고 자란 준주는 오가와 선생 내외를 부모처럼 느끼고 있었다. 그렇게 여기고 그분들의 가르침에 따라 어려운 수업에 몰두하며 고생도 마다 않고 타국의 먼 길을 열심히 달려온 것이 아닌가.

'선생님을 뵙게 되면 오빠 문제를 말씀드리고 지도를 받게 해야 할 텐데……'

준주는 생각을 굳히고 자리를 다음 칸으로 옮겼다. 한 청년이 앞좌석을 차지하고 있어서 바로 그 뒤에 편하게 앉기로 했다. 준주는 창밖을 내다보고 있는 청년의 뒷모습을 슬쩍 보았다. 중국 발음으로 일본어를 구사하던 그 청년, '미나도'에서 우동을 먹고 나오던 청년이라는 생각이 들었다. 그러나 그동안 쌓였던 피곤에 그녀는 더 이상 생각을 잇지 못하고 잠이 들고 말았다.

열차가 정시에 도착하는 동안 애써 안정을 되찾은 준주는 도쿄역 플랫폼에 발을 디뎠다. 인파가 밀려 나가는 동안 주위를 두리번거렸으나 선생의 모습은 찾을 수가 없었다. 다행이라 해야 할지, 모리 순사도 시야에서 사라지고 없는 것 같았다.

"준주 아가씨!"

빠른 걸음으로 가까이 다가오는 선생의 부인 료오코를 보자 준주는 그쪽으로 주저 없이 달려갔다.

"사모님!"

수수한 기모노 차림의 료오코는 준주를 가슴에 품고 다독였다. 료오코의 품은 4년 전보다 훨씬 마른 듯 느껴졌다.

"준주, 먼 길 오느라 아주 고생했어요. 뱃멀미는 괜찮고요? 이제 됐어요, 됐어. 왔으니까."

료오코는 자애로웠다. 그녀는 준주 손에 든 가방을 들어 주고 아기를 달래듯이 등을 토닥거리며 그간의 고생을 위로해 주었다.

"예, 염려해 주신 덕분에 무사히 고생 않고 왔어요. 선생님은요? 어디 계세요?"

료오코의 가슴에서 떨어져 나온 준주는 눈시울을 손등으로 누르며 물었다.

"여기다, 여기. 뒤돌아봐!"

드디어 중절모를 쓴 오가와 선생의 모습이 나타났다.

"아, 선생님, 오랫동안 소식 못 드려서 죄송해요."

준주는 한 손에 남은 짐 가방을 그대로 바닥에 두고 달려가서 정중하게 허리를 깊이 굽혔다. 그리고 두 손을 내밀어 선생의 손을 잡았다.

"예의는 그만둬. 어디 보자, 준주야. 오느라고 수고 많이 했구나! 유모도 건강하시고, 모두 안녕하시지?"

"예, 선생님께 안부 전해 달라고 하셨어요. 선물도 싸 주셨습니다."

"감사해라. 먼 길을 배 타고, 게다가 오랜 시간 기차도 타서 피곤할 게다. 자, 어서 집으로 가서 오늘은 푹 쉬어야 해."

오가와는 바닥에 둔 짐 가방의 손잡이를 한 손으로 잡으며 말했다. 준주는 그들 사이에서 발걸음을 멈췄다.

"참, 진석 오빠가 여기에 나오기로 했습니다. 조금만 기다려 봤으면 하는데요."

"응? 진석이가? 연락이 닿았구만……. 그라만 지다려 보제이. 진석이도 못 본 지 오래됐제? 그라마 꼭 올 낀데, 보자카이."

료오코는 대구 사투리를 잊지 않고 있다는 것을 자랑하듯 말했다. 준주는 경상도 사투리를 듣고는 까르르 웃음을 터뜨렸다. 오가와도 따라 웃으며 사랑스러운 아내의 모습을 건너다보았다.

오가와는 단정한 춘추복 차림으로 젊은이처럼 산뜻해 보였지만 중절모 밑으로는 백발이 성성했다. 그래서 준주의 눈에는 완연히 노쇠한 모습으로 보였다. 눈가에 잡힌 주름살과 미간에 깊이 파인 내 천 자, 그리고 입 가장자리는 팽팽한 기운을 잃고 잔주름이 그 자리를 대신했다.

준주는 못 만난 사이 흘러간 시간의 덧없음을 느꼈다. 그는 젊은 날 교단에 계실 때에는 자유분방한 모습에, 교사 중에서도 단연 멋쟁이로 통했다. 유럽의 역사 지식과 일본, 국어 교사로 대구 보통학교 학부모 중에서 그의 이름을 모르는 이가 없었다.

"오가와 선생님."

나지막이 불러 보며 준주는 피로감을 잊은 채 울먹였다. 현해탄을 건너오기까지 신뢰와 확실한 희망을 가지도록 용기를 북돋아 준 오가와 선생 부부를 만났다는 승리감 때문이다. 오가와는 조용한 감격을 맛보고 있는 그녀를 바라보았다. 료오코는 눈앞에 있는 긴 의자에 준주를 앉혔다. 준주는 선생에게 옆자리를 권해 놓고, 사방을 둘러보았다. 정거장 청사로 통하는 길에는 사람들이 그리 많지 않았다. 그런데 반대편 쪽에서 진석이 내려오는 것이 보였다.

"저기 오빠가 와요. 계단으로 내려오는데요."

준주가 더 설명할 여유도 없이 진석이 다가왔다.

"선생님, 정말 죄송합니다. 그동안 제가 너무 무심했지요? 안녕하셨어요?"

진석은 료오코 앞으로 가서 허리를 깊숙이 굽혔다.

"사모님, 동생이 신세를 끼쳐 드리고, 제가 오빠인데도 할 일도 못 하고 너무 염치가 없습니다."

진석의 목소리는 밝고 예의가 발랐다. 그러나 4년 만에 오빠를 만나고 보니 준주의 눈에선 안도감과 반가움이 교차하여 눈물이 흘러내렸다.

"그래, 많이 바빴군. 유학 생활이 참, 힘들고 어렵지⋯⋯. 그동안 뭐가 그리 바빠 우리 집에도 못 놀러 온 거야? 자, 이제 나가도 되겠지? 모두 집으로 갑시다."

오가와 선생이 앞장섰다. 료오코는 약간의 거리를 두고 준주, 진석과 함께 얘기를 나누며 뒤를 따랐다.

"급한 약속이 있어서 나는 가 봐야겠다. 준주야, 이해를 해 줘. 여기 도착한 기차를 타고 온 분을 이곳에서 만나야 할 중대한 약속이 있단다. 나중에 다 설명을 할게. 지금은 비밀이라서 말이지."

"오빠가 다른 곳으로 간다고? 함께 가야지. 저녁도 같이 먹고."

준주가 진석의 말을 듣고서 짐짓 놀랐다.

"저녁은 함께하려고 집에 다 준비를 해 두었는데."

료오코가 섭섭한 기색을 보였다.

"사모님 말씀은 감사합니다만 저는 다음번에 댁으로 가겠습니다. 오늘 저녁 모임이 있는데 꼭 참석해야 하는 자리라서요. 빠질 수 없는 처지입니다."

준주는 진석에게 반드시 해야 할 말이 있어 오빠를 잡고 싶었다. 하지만 진석에게는 건설적이고 생산적인 모임일지도 모른다는 생각에 그만 마음을 접었다. 그렇게 진석은 여운을 남기고 그들 시야에서 다급히 멀어지고 말았다.

미리 기차에서 승객들보다 먼저 내린 모리는 진석과 샤오룬의 만남을 눈치채고 거리를 두었다. 급하게 일 처리를 하다가는 도리어 실패할 수도 있다는 생각에서였다. 이번에는 여유 만만한 시선으로 관망하기로 했다. 진석이 누구와 만나는지 지켜볼 심산이었다.

진석은 4년 만에 만난 준주가 대견했다. 떠나올 때는 어린 소녀였는데 이젠 눈이 부실 만큼 아름다운 숙녀로 자란 여동생이 자랑스러웠다. 식사를 함께 나누며 고국 조선의 상황을 주고받을 수 없는 것이 무엇보다도 안타깝다. 그러나 그 회포는 뒤로 잠시 미루기로 한다. 얼굴을 모르는 중국 청년을 만나야 하기 때문이다.

준주와 같은 시각에 도착한 청년의 이름은 샤오륜이다. 그 역시 진석을 모르기 때문에 여간 신경이 쓰이는 일이 아니다. 그러나 일본에 대한 기대와 청년들의 희망을 안고 오는 그를 반가운 마음으로 맞아야 한다. 샤오륜은 그가 부탁했던 몇 가지 일들을 기억에 새겼다.

"장진석, 진석 씨 맞으시죠?"

사람들의 물결 사이로 그가 손을 내밀었다.

"샤오륜? 샤오륜이시군요."

그들은 악수 대신 어깨를 포개며 가벼운 포옹을 했다.

"이제 홍콩도 내셔널리즘과 공산주의 사상 때문에 청년들이 난리요. 그래서 당분간 국공합작으로 나가는 모양인데, 그것보다 본토에서 홍콩으로 밀려오는 난민들이 팽창해서 홍콩에 이제 남은 땅이 없어요. 그래서 건물 층수를 위로 더 높게 늘려 가야만 하고요. 일단 중국 동포들이 조선과 일본으로 이동이 많아질 것 같아요."

샤오륜의 유창한 일본말이었다.

근래 중국을 비롯해 도쿄에서 활동이 많은 학생들을 의심한 일본 순사들이 그들을 미행한다는 것을 진석은 알고 있다. 징용으로 강제 입대시키는 일은 순사들에게 식은 죽 먹기나 다름없었다. 그럼에도 모리가 시간을 끌고 있는 데는 그만한 이유기 있다. 돈줄이 이디에서 누구로부터 나오는지, 어떤 방법으로 만주 투사들에게 전달되는지를 확인하려면 강제 입대 이전에 진석의 행동반경을 좁혀서 알아봐야 한다. 진석의 후배들이 입대하면서 귀띔해 준 충고의 대부분은 입대만은 피하라는 것이다. 진석은 샤오룬을 만나면서도 머리로는 언제 어느 때나 조심해야 한다고 거듭 다짐했다.

도오루는 조선 반도에서 찍어 온 여러 사진들을 현상해 놓아야 했다. 인화지 복사 작업실의 깜깜한 방에서 휘파람을 불고 있다. 그의 손놀림은 바쁘다. 희미한 붉은 전구 아래 현상액이 담긴 인화지가 마치 깊은 바다의 산호섬 같다. 손가락으로 인화지를 잡고 살짝 흔들 때마다 물에 잠긴 피사체의 형체가 슬슬 살아난다. 고요하게 담긴 인화지들을 수세를 한 후 매어 둔 줄에다 집개로 꽂았다.

도오루는 사진 현상 일로 세면대로 왔다 갔다 하며 면도를 하고 있는 중이었다. 암실 문을 다시 닫고 세면대의 거울 앞에 또 마주 섰다.

스물네 살 청년의 상체 모습이 비로소 거울 속으로 드러난다. 칠 대 삼으로 나눈 머리 가르마, 포마드를 살짝 발라 둔 짧은 머리, 한일자의 진한 눈썹 아래 물기 젖은 눈동자 빛이 짙푸를 정도다. 서글서글한 눈매를 한 그는 턱을 살짝 들어 양 볼에 거품이 묻은 푸른 면도 자리를 이리저리 살핀다. 이마 중앙선으로 죽 뻗어 내려온 우뚝한 콧날이 얼굴 전체의 양쪽 균형을 박력 있게 맞춰 주어 준수하게 잘생긴 청년의 얼굴이다.

헐렁한 통바지를 입은 도오루 어깨에 멜빵 한쪽 끈이 한쪽 팔에 늘어져 있다. 도면 작업대에 코닥 카메라가 비딱하게 서 있고 그 옆으로 최신 라디오가 있다. 도오루는 휘파람을 멈추고 다시 암실로 들어갔다.

찜찜하게 보아 왔던 인화지를 노려보며 확인을 해야 했다. 인화지

가장자리가 그만 잘려 나갔다. 처음 가 본 부산 항의 모습인데 안타깝다. 부산 항을 떠나올 때 연락선 선창에서 항구를 바라보는 전경을 몇 장 찍어 본 사진들이다. 떠나는 사람과 보내야 하는 사람들의 이별 장면들이었다.

사진의 끝 선에서 반 쪼가리가 걸린 것은 인화지를 자를 때 급히 처리했기 때문에 생긴 자신의 실수였다. 다소 큰 인화지로 교체해 현상액에 담아 살살 흔들어 본다. 이번 사진들은 시모노세키 항구에 있는 우동가게 '미나도'였다.

항구에서 하선한 승객들이 뱃멀미로 속이 시려서 개운한 멸칫국물 우동으로 아침식사를 하는 장면이었다. 우동 사발을 들고서 젓가락으로 정신없이 국물을 들이마시던 진지한 사람들의 표정이 담겼다.

또 새 인화지로 작업하고 수세한 사진도 물기를 털었다. 갑판에서 항구를 바라보는 젊은 여성의 사진이다. 그녀는 웃는지 우는지 종잡을 수 없는 신비한 표정으로 사람들 사이에서 부산 항구를 바라보고 있다. 갈래머리의 앳된 모습의 뛰어난 미모라고 도오루는 생각한다. 한동안 그녀의 표정에 시선을 고정하다가 뭔가를 떠올렸다. 기억을 더듬으니 그 우동가게의 사진 속에서도 그녀가 있었다. 도오루는 고개를 바싹 숙이고 사진용 돋보기로 그녀를 살폈다. 진한 포도알 같은 눈동자가 반짝거리며 자신에게 뭔가를 속삭이고 있는 것만 같다. 무슨 말을 하는 것일까. 기차역이 어디냐고 묻는 것만 같다. 샤오륜이 도쿄로 가는 열차를 타려고 헤어졌을 때 그녀는 이미 도쿄로 가는 기차역으로 앞서 걸어가고 있었던 희미힌 기억을 되실러 보았다.

도오루는 차츰 이 여성이 궁금했다. 반도에서 일본으로 건너온 이 여성은 어디로 가고 있었을까. 그날 아버지의 배웅만 아니었다면 같은 열차를 타고 도쿄로 갔을지도 몰랐다. 도쿄라면 유학을 온 조선 반도의 여학생은 아닐까 이모저모 생각하며 고개를 끄덕였다. 도오루는 미소를 짓고 세면대의 거울에 비치는 자신의 확신에 찬 얼굴을 흘긋 쳐다보았다.

도쿄는 유럽 바로크식과 르네상스식을 딴 5, 6층 이상의 건물들과 오가는 인파, 혼잡한 교통, 시끄러운 자동차 소리가 뒤섞인 1932년의 국제도시였다. 특히 코코 샤넬의 모자나 편물로 짠 양장 옷을 입은 여자들의 차림새가 눈에 띈다.

준주는 도쿄의 시내를 보며 조선에서 상상했던 것보다 훨씬 발전된 모습에 놀라움을 감출 수 없다. 한편으로 이 유행의 흐름 속에 서서 조선을 떠올리자 은근히 화가 치민다. 조선의 젊은 청년들이 이곳에 오면 자신처럼 울화가 치밀어 조선의 자주독립을 위한 비밀활동을 할 수밖에 없지 않을까, 하는 생각이 스친다. 그러면서 정치적인 일은 마음 좋은 진석 오빠와는 무관한 것이라 생각하며 침을 삼켰다.

준주는 진석이 친구들에게 베푸는 일에 적극적이고 좋은 청년인 걸 익히 잘 알고 있다. 궁핍을 모르며 성장했기 때문에 경제관념이 부족해 주변에는 진석을 이용하려는 친구들이 모여들었다. 준주는 진석이 다른 곳에 신경 쓰지 않고 학업에만 몰두하기를 마음 졸이며 빌었다.

"여기서 이케부쿠로역까지 가야 한단다. 각자 걸으면 자칫 길을 잃을지도 모르니까 손들 꼭 잡고 가자고."

오가와는 한 손으로 준주의 가방을 꼭 들고, 다른 한 손으로는 준주의 손을 잡았다.

"이 전차는 시전(시내 전차)이다. 가다가 성선(교외선)으로 갈아타야 해."

전차에 올라타서도 준주는 오가와 부부 사이에 앉았다.

"다 왔어. 이 정거장만 빠져나가면 우리 집이 가까워."

오가와는 비로소 안도의 숨을 쉰다. 정거장에서 나오니 미가사야라는 식당을 비롯해 식료품점과 잡화점 등이 양쪽 길가에 줄지어 있었다. 그중에 후지야 양과자점의 높은 건물이 우뚝 솟아 있다. 왼쪽으로 꺾자 길은 번잡한 사거리에서 골목으로 이어진다. 섣불리 골목이라 하기엔 넘치게 화려하다. 골목에는 분위기 좋은 찻집과 고풍스러운 일본식 다실이 있고, 길 좌우로 서점과 약국이 있다. 영화관도 보인다. 영화의 주인공 남녀를 그려 놓은 진한 간판이 이층 처마 위에 당당하게 달려 있어 오가는 행인들의 눈길을 끌었다.

이윽고 해가 저물었다. 가로등에 불이 켜지자 노란 호박꽃 같은 불빛이 어스름이 부드러운 우윳빛 공간을 감돌았다. 어둠은 가로등 빛 아래에서 소멸했다가 다시 주변의 어둠을 빨아들이고 있었다. 오가와 선생은 부인 료오코와 준주를 데리고 네온사인이 반짝이는 낭만이 드리워진 거리를 돌아서 주택가로 들어섰다. 대부분 돌담을 토대로 견고하게 건축된 일본식 새 주택들이 자리 잡고 있었다. 9년 전 관동대지진 당시 파괴된 오래된 가옥들을 특수한 건축기술과 목재로 재건한 주택들이었다. 오가와 선생은 다시 지진이 온다 해도 심각한 재해는 막을 수있을 거라며 야트막한 나무 대문을 열고 안으로 들어섰다.

준주는 대문으로 들어와 대나무로 둘러싸인 담장을 훑어보았다. 결국 조선에서 이곳까지 왔다는 생각에 감회가 새로웠다.

"지진 때 무너진 부분을 재건해서 지금은 안전한 곳이야. 각각의 건물들을 어디보다 근대식으로 배치해서 넣었으니까."

"주변이 깨끗해요. 그러고 보니 동네가 다 새 건물이네요."

오가와는 앞장서서 낮은 대문을 지나 현관문을 열었다. 준주는 짐 가방을 복도 옆에 살짝 올려놓았다.

"이 일대 마을을 건축가 요시다 가즈오가 설계하고 지었는데, 지진에도 안 쓰러지는 집을 연구하는 내 죽마고우지. 그 친구 만난 지도 꽤 오래됐어. 한번 보러 가야 하는데……."

"참, 내 정신 보라지. 준주를 만나니 기뻐서 깜빡했네요. 교토에서 편지가 왔어요."

료오코가 말소리를 높였다.

"그래? 가즈오가 보냈군. 그 녀석, 얼굴 좀 보여 달라고 했더니만 편지를 보낸 모양이야."

그들은 응접실을 겸한 넉넉한 다다미방으로 들어섰다. 어디선가 박하 향기가 풍겨 왔다. 오가와는 친구와의 재밌었던 기억이 생각났는지 입가에 빙그레 미소를 지었다.

준주는 교토에 있는 친구를 떠올리며 마음을 술렁이고 있는 오가와 선생의 또 다른 면을 눈여겨보았다. 오가와는 교토로부터 온 친구의 편지를 손에 들었다. 작은 편지칼로 봉투를 정갈하게 뜯고 편지를 읽기 시작했다.

사랑하는 친구 오가와,

지난번 도쿄에서 헤어진 이후로 계절이 바뀌고 있네. 료오코의 건강이 마음에 걸려서 말일세. 원기를 찾는 데는 이보다 더 좋은 약효가 없다는 조선의 산삼을 구하라 했으니 이곳에 시간을 내어 내려와 주게나.

아침에 이마 위로 흰 머리카락을 헤아려 보았어. 자네만 나는 특권인가 하고 질투했는데 나에게도 여지없이 찾아왔으니 축하해 주게나.

뒤뜰에 벚꽃이 만발하여 하늘을 가렸지만 곁을 떠난 준코만 못하니 이 쓸쓸함을 친구에게 위안받고 싶다네. 아내의 여동생 료오코를 잘 지켜 주게나. 그래야 저세상에서 사랑하는 내 아내의 마음이 편할 것 같아.

오가와, 부탁이야! 제발 고향 아키타로 내려가게. 그 여관, 온천의 내실을 비워 달라고 했으니까 한시도 지체 말고 사랑하는 료오코를 위해, 이제부터는 오가와가 료오코에게 봉사하는 시간을 가져 주게나. 함께 시간을 같이 보내는 게 가장 소중한 일이지 싶어. 자네도 나처럼 아내를 멀리 보내게 되면 평생 후회할까 봐 이러네.

-동서 요시다 가즈오-

오가와는 편지를 읽고 다시 읽었다. 눈을 꼭 감았다. 친구 가즈오와 함께했던 시절을 떠올렸다. 오가와는 연애 당시 찻집에서 애인과 똑같이 생긴 쌍둥이 언니를 보고 얼마나 당황하고 신기했던지, 그날을 잊을 수가 없었다. 오가와의 애인 료오코는 요시다 가즈오에게 언니 준코를 소개했다.

연애 초기, 오가와는 웃을 때 입가에 보조개가 들어가면 료오코라고 구분했다. 그러나 시간이 지날수록 얼굴과 모습, 성격에도 차이가 많다는 것을 터득했다. 언니 준코는 만들기를 좋아해서 아이들에게 인형이나 새 옷을 직접 만들어 입혔고 료오코는 독서와 요리를 좋아했다.

유카타로 갈아입은 세 사람은 다실에 가득 차려 놓은 밥상 앞에 앉았다. 준주는 놀라지 않을 수 없었다.

"이 음식들을 어떻게 다 만드셨어요? 역에 마중 나오느라 바쁘셨을 텐데요, 사모님."

밥상 위에 차려진 요리에 준주의 입이 딱 벌어졌다. 쇠고기불고기와 잡채, 배추김치, 깍두기 등의 반찬들이 맛깔스러워 보였다. 뚝배기엔 된장찌개까지 보글거렸다.

"김치하고 깍두기는 며칠 전에 해서 삭혀 두었고, 다른 재료들도 미리 준비해 놓고 마중 나갔던 거지. 목욕하는 동안에 데웠을 뿐이에요. 오늘만큼은 준주 양에게 맛 보이고 싶었어요."

료오코는 존칭을 사용하며 방긋방긋 웃었다.

"반도에서 돌아온 이후로 늘 김치를 담가서 먹곤 해요. 소화도 잘 되고 식욕도 돋우니까요."

"이 사람이 준주를 얼마나 기다렸는지 모를 거야."

료오코와 준주를 번갈아 바라보는 선생의 얼굴에는 준주에 대한 대견함이 가득 찼다.

"네, 선생님. 마음으로는 늘 부모님 이상으로 생각하고 있습니다."

준주는 표정을 가다듬으며 공손하게 말했다. 목욕 후 길게 풀어 내린 머리카락이 불빛에 반들거렸다.

"그래. 그 대답은 마음에 드네. 당신도 만족하오?"

"고마워요, 준주 양. 여보, 드세요. 다 식겠어요. 준주, 얼른 드세요."

료오코의 말이 떨어지자마자 배가 고팠던 준주는 주저함 없이 젓가락을 들었다. 료오코는 찻잔을 준비해서 옆에 가져다 두고 자리에 앉았다. 준주는 조용하고 품위 있는 료오코의 몸짓이 예술 같다고 생각했다.

"료오코, 당신 정말 괜찮겠소? 무리하는 거 아니지?"

"무리긴요, 좋아서 하는 일은 도리어 병도 낫게 한다잖아요?"

"그럼 설거지는 우리, 차례로 하지."

오가와 부부와 이야기를 정답게 주고받는 동안 준주는 더할 나위 없는 행복에 젖었다. 현해탄을 건너 시모노세키, 그리고 도쿄까지 꼬박 하루를 걸려서 찾아온 준주를 오가와 부부는 진심 어린 마음으로 반겨 주었다. 그들을 쳐다보는 준주의 눈시울이 뜨거워졌다. 푸짐한 밥상까지 있는 이 순간은 그 무엇과도 바꿀 수 없는 소중한 시간이다.

"유모께서도 안녕하시지? 학교도 많이 변했겠어. 아직도 거기가 눈에 선해. 정말로."

오가와는 조선에 관해 이모저모 궁금한 것들을 물었다. 준주는 감격에 찬 얼굴로 지난 일들을 기억해 냈다. 그러곤 유모가 전해 드리라는 선물을 오가와 부부 앞에 내려놓았다. 하얀 한지로 만든 지갑을 다시 한지로 돌돌 말아서 고이 싼 것이다.

"유모께서 며칠 지난 후에 천천히 보시라고 했습니다."

로오코가 유모의 선물을 궁금해하며 지갑을 가만히 내려다보았다.

오가와가 준주가 속해 있는 3학년 1학급 교단에 선 것은 겨울 방학을 며칠 앞둔 바람이 매서운 날이었다. 점심시간에 준주가 자리를 비운 것은 하루 이틀 일이 아니었다. 오가와 선생의 지시를 받고 준주를 찾아 다니다가 돌아온 학생이 준주가 화장실 청소를 하고 있다고 보고했다.

오가와는 화장실에서 얼굴과 손이 발갛게 된 채 물이 얼어붙은 콘크리트 바닥을 대걸레로 청소하느라 안간힘을 쓰고 있는 준주를 발견했다. 그는 준주를 교무실로 불러서 까닭을 물었다. 입을 꼭 다문 채 말이 없었던 준주는 선생의 반복되는 온유한 물음에 그만 울음을 터뜨렸다. 유모의 집에서 오빠와 함께 어렵게 살고 있다는 내용이었다. 준주의 설명만으로는 그렇다고 점심시간에 화장실 청소를 하는 자세한 상황을 알 수 없었지만 오가와 선생은 이튿날부터 준주의 도시락만은 챙겨 주기로 결심했다. 그때부터 료오코도 도시락으로 준주에게 따뜻한 마음을 전했다.

겨울 방학이 되자 오가와는 절 앞에 사는 준주의 유모를 찾아갔다.

"아이고, 선상님 예, 우리 아기씨 처지는 이렇소만 불쌍한 아가씨가 아이구마. 저기 성 내의 장 진사 댁 손녀라요. 그러이까 걱정 놓으소. 요새 이 젖엄마가 울산 방어진으로 돌아서 해물 조매 해 오너라꼬 집을 비운 기 잘못이지. 우리 아기씨를 굶기다이요……."

오가와 선생은 유모의 말을 도통 알아들을 수 없었다. 준주가 옆에서 통역하느라 애를 쓰고 있으나 '진사'와 같은 말은 요즘 사람들은 사용하지 않는 낯선 단어였다. 준주가 사는 오막살이를 다녀온 오가와 선생은 비애를 느끼지 않을 수 없었다. 진사는 관직이나 벼슬아치가 아니라 학자나 선비를 뜻하는 것인데, 벼슬아치 집안보다 더 명문일 수도 있다. 양반집 아가씨가 어찌하여 초가삼간의 초라한 집에서 유모의 보살핌을 받으며 살게 되었을까.

이듬해 4월, 4학년 1학기가 시작되었다. 준주는 1학년부터 줄곧 급장(반장) 자리를 맡아 왔다. 오가와 선생이 부임한 것은 3학년 2학기 말이었다. 4학년에 올라오면서 담임을 맡은 그의 지시에 따라 준주는 또 급장이 되었다.

그해부터는 교과 과목에서 조선어가 빠지고 기초 한문이 실렸다. 문제는 일본어 과목인데, 일본어에는 한문이 섞여 있어서 학생들은 이중으로 어려움을 겪게 되었다. 그러나 준주는 일본어의 문법과 규칙이 조선어와 흡사하다는 것을 알아냈다. 한문의 어려움은 이미 겪어 낸 준주였다. 네다섯 살 때부터 외가 사랑채에서 진석 오빠가 읽는 《천자문千字文》과 《동몽선습童蒙先習》을 어깨 너머로 외워 버린 그녀였다. 진석이 공립 남자 보통학교에 입학하자 사랑채의 공부방은 준주가 독차지하게 되었다. 그때부터 주야로 틈만 나면 공부에 열중했다.

얼마 후에는 《사서삼경四書三經》을 통독하여 시나 문장을 지어내기도 했다. 준주에게는 어려운 학과가 거의 없었다. 체조와 음악과 창가를 빼면 모두 만점이었다. 도화圖畵 시간에 크레용을 손에 들면 풍경, 정물, 인물을 가릴 것 없이 수작이었다.

봄, 가을에 학교에서 열리는 사생 전시회에 작품을 출품해 입상하기도 했다. 조회시간에 운동장에 모인 전교생 앞에서 교장 선생으로부터 상장을 받는 학생은 늘 장준주였다. 그해 일본 후쿠오카 신문사에서 모집하는 글짓기에 준주의 작품이 당선되자 메달은 독일을 거쳐 대구의 보통 학교까지 왔다. 수여식이 거행된 후 작품을 소개하는 역할도 역시 준주의 몫이었다.

5, 6학년 상급생을 제치고 4학년 학생이 영광을 차지하게 되자 담임 선생에게도 아낌없는 박수갈채가 쏟아졌다. 그날을 기념해 선생 집에 초대받았던 날이 음력으로 5월 5일, 단오절이었다. 유모는 대구 서문 시장으로 나가 청포를 사다가 끓인 연초록 물로 준주의 머리를 정성 들여 감겼다. 그리고 가르마 위 정수리를 비롯해 붉은 인장을 세 개씩이나

꾹꾹 눌러 찍으며 행운을 빌어 주었다.

"우리 아기씨에게 좋은 날이 꼭 올기라예."

그녀는 깊은 한숨을 몰아쉬었다. 아들 현서를 떠올리는 모양이었다.

"유모, 현서 오빠 때문에 그러지?"

"공부를 많이 할라카만 좋은 선상을 만나야 할 낀데."

유모는 집을 나간 현서를 잊지 못했다. 그 무렵 현서는 몰려다니던 형들과 같이 밀항하는 배를 타고 일본으로 건너간다는 편지를 남긴 후로 소식이 없었기 때문에 유모의 한숨은 더 깊어 갔다.

2 일본에서의 시작

교토시가 천년 수도로 이어지면서 일본의 전통을 고수하고 있다는 것은 메이지 초기의 건물들로 알 수 있었다. 도쿄와는 달리 서양 건축이 거의 없는 대신 전통 가옥들과 크고 작은 유명 사찰들이 계절에 따라 저마다 품위 있게 정취를 뽐내는 것은 교토만의 특별한 풍경이다.

탱자나무와 대나무가 어우러진 넉넉한 오가와의 친구이자 동서가 된 가즈오, 요시다네 집 정원이 한눈에 들어오는 마을 입구로 걸어오는 오가와의 발걸음은 가벼웠다. 대대로 내려오는 가문의 가옥이 아니고서야 검푸른 일본 기와지붕 곡선이 날처럼 햇살에 반짝일 수 없는 것이었다. 담장 안으로 탱자나무들이 울창한 고풍스러운 현관은 도쿠가와 이에야스 시대의 전통 문양이 새겨져 있다. 빗살무늬의 다듬어진 미닫이는 교토시에서나 볼 수 있는 현관이다.

오가와는 현관 앞에 있다. 누군가가 나오기를 기다리고 있을 때 마침 현관문이 옆으로 사르르 밀렸다. 나무 문 사이로 요시다 도오루가 매우 반갑고 존경하는 눈빛으로 그에게 인사를 건넸다. 도오루는 집에서 입는 짙푸른 남색 전통 복장을 하고 있었다. 훤칠한 키, 짙은 눈썹, 서늘한 눈동자의 맑은 청년이었다. 스물네 살 청년의 풋풋한 모습이다. 그는 이모네 부부를 만난다는 기쁨에 얼굴이 벌써 상기되어 있었다.

"오랜만에 뵙겠습니다, 선생님."

유년시절 자신의 담임을 맡았다는 추억을 떠올리게 하는 인사를 했다. 오가와는 짓궂게 웃는 도오루의 한쪽 어깨를 대견하다는 듯이 다독였다.

"그래. 도오루, 오랜만이야. 진짜 몰라보겠구나. 이젠 멋진 청년이잖아. 건축 공부는 어렵지 않은 게야?"

도오루가 답례의 인사를 하고 있을 때, 등 뒤에서 도오루의 누나가 종종걸음으로 와서 그를 반겼다.

"어서 오세요. 이모부님. 료오코 이모님은요?"

누나 도미요가 반갑게 인사했다. 도오루보다 두 살 위인 그녀는 남동생을 사랑스러운 눈으로 바라보았다. 대학을 졸업하자마자 자신만의 패션 사업을 분주히 하는 디자이너이자, 근래에 혜성처럼 나타난 여성 예술가였다. 파리의 코코 샤넬을 동경하는 디자이너 요시다 도미요가 유행시킨 니트 패션은 일본 전역에 확산되고 있었다.

도미요는 김이 나는 찻잔을 양갱이 조각이 든 접시와 정갈하게 앞에 두었다. 절제된 노련미가 있어 보였다.

"도미요, 집에서 기모노를 입고 있으니 정말로 품위가 흐르네. 무슨 특별한 일이라도?"

"이모부님께서 오시니까……. 사실은 이 기모노 오비(허리띠)에다가 편물을 넣고 합성을 시도해서 더 화려하게 만들어 보려 하는데요. 궁에서 생각보다 반응이 너무 좋네요."

"그러면 니트의 수요가 더 많아지겠구나?"

"물론이죠. 주문이 자꾸 밀리고 있어요."

오가와는 여러 가지의 모양으로 그림이 그려져 있을 화려한 기모노 오비를 떠올려 보았다.

"미츠코시 백화점에다가 매장을 열었다지?"

"예, 요즘 인기가 좋아 백화점에 고객들이 밀린다니까요. 근데 료오코 이모는 안녕하시지요? 오늘 인사드리려 했는데요."

"이모는 좀 쉬라고 했다."

료오코가 보이지 않자 도오루와 도미요는 실망한 눈빛이다. 도미요는 불만 가득한 얼굴로 소파에 힘없이 털썩 걸터앉았다.

"이제 이모를 편하게 지내시도록 해 주세요. 이모부님! 제가 이모 드리려고 따로 선물을 뽑아 두었으니 언제라도 백화점으로 같이 나오세요. 료오코 이모를 보면 꼭 엄마를 보는 거 같아서 돌아가셨다는 생각이 들지 않거든요."

"곤란한데? 네 아빠가 너처럼 그러시면 어쩌나……."

오가와가 친구 가즈오 생각하며 고개를 갸우뚱해 보였다.

"그럴 일이 있겠어요? 이모부, 아버지께선 나오실 거예요. 이야기가 다 끝나신 모양입니다. 자, 우선 식기 전에 차를 드세요."

눈가에 웃음을 머금은 도오루의 태도에서 세심한 배려가 느껴졌다. 오가와가 앉은 뒤쪽으로 돌의 정원이 보였다. 삭은 놀, 큰 돌들이 서로 친밀히 속삭이는 소리가 들리는 듯한 정원이다. 오가와는 아버지가 직접 꾸미고 가꾼 정원이라고 설명해 주는 도오루에게서 아버지에 대한 사랑과 존경심을 느낄 수 있었다.

며칠 전에 보낸 요시다 가즈오의 편지 그대로 담 안의 벚꽃들은 하늘을 가릴 정도로 만개해 있다. 바람이 살짝 불기라도 하면 탱자나무 사이로 꽃잎들이 살랑살랑 떨어져 내린다. 간간이 정원의 돌 위나 다다미 접견실까지 날아들었다. 오가와는 오랜만에 가즈오의 정원 풍경을 즐기고 있었다.

도오루의 아버지 요시다 가즈오는 교토 명문가의 장손으로, 지진에도 쓰러지지 않는 전통 가옥과 건물을 보존하는 데에서 일인자다. 이번에는 조선 경성의 총독부와 경성역 시공을 맡았고 진고개 예술관도 설계를 담당할 예정이다. 도오루 역시 건축 장인인 아버지의 대를 물려받아 대학부에서 건축을 공부하고 있었다. 곧 조선의 철도청 건축과 철도병원, 한국은행, 미츠코시 분점, 정자옥 백화점 등을 재건할 계획이다.

가즈오는 건축물 개량이나 신축을 할 때면 세계 역사와 동양 역사학을 전공한 오가와를 만나곤 했다. 가즈오는 건축물이 들어설 지역의 역사적 배경과 환경에 대한 이야기에 늘 신중했다. 그는 건축물이 지어질 지역의 역사 배경부터 공부를 해야 한다는 것을 깨닫고 있었다.

오가와 부인의 고향인 아키타에는 가즈오의 온천 건축물이 있다. 그곳은 오가와와 요시다 가족, 그리고 혼조 가족이 아이들이 어렸을 적 함께 시간을 보내며 쌓은 즐겁고 또 슬픈 추억들이 두루 서린 곳이었다. 가즈오는 오가와에게 처제인 료오코에 대해 의논하려고 벼르고 있었다. 오가와의 절친한 친구이자 동서이기도 한 가즈오는 요번에 조선 반도에서 도오루가 가지고 온 인삼을 조심스레 풀며 물었다.

"자네, 대구의 사과 맛 기억나나? 언젠가 자네가 그 대구 사과를 도오루 엄마에게 선물했지. 기억하겠지?"

가즈오가 말했다.

"물론이지. 생생히 기억하네."

오가와는 아슴푸레한 기억을 되살렸다. 어느덧 그 시절이 오랜 추억의 빛바랜 사진처럼 되어 버렸다. 그리움이 되었다.

"그때 사실 자네에게 얘길 못했는데 고마웠다고. 이제 와서 답인사 하는 거야."

"무슨 말인가. 사고 때문에 그럴 여유나 있었는가?"

"그래서 하는 말인데 이젠 나도 처제에게 선물할 기회인 것 같아서."

그는 보자기 안의 나무상자를 싼 한지를 벗겨 냈다. 오가와는 벌써 짐작을 하고 얼굴에 미소가 번졌다.

"이 비싼 것을……. 이건 아주 오래된 산삼인데?"

삼베에 곱게 말아 싸고 다시 한지에 둘둘 말아 소중이 간직한 산삼이었다. 산삼 흙 향기가 실내에 가득 차고 있었다.

"이모 드린다고 조선에서 도오루가 구해 온 거야. 복용하면 천식이 가라앉는다고 하네. 또 몸을 온천물에 늘 따뜻하게 담그면 천식도 다 나을 수 있을 거네."

오가와는 감탄을 하면서 고마워했다.

"얼마 전에 반도에서 제자가 와서 함께 있다네. 료오코가 얼마나 좋아하는지. 그 애를 보면 딸 생각이 너욱 간절하지만 다행히 요즘은 우울 증세가 없다네. 그렇게 걱정하지 말게나. 고맙네. 고마워."

"자네는 딸을 잃고 난 아내를 잃었으니까……. 우린 닮은 데가 너무 많잖아. 쌍둥이 부인 얻은 것도 그렇고 가족 중에 한 사람을 먼저 떠나 보낸 것도 같고. 그런 건 닮지 말아야 하는 건데."

가즈오는 말을 이었다.

"시간을 당겨서 아키타로 내려가게나. 제발이야. 다 버리고. 본격적으로 간호해 줘. 천식을 오래 두면 위험해서 하는 말이니까."

산삼의 향긋하고 알싸한 냄새가 주위를 에워쌌다.

5년 전 유모의 아들 현서는 밀항으로 일본 시모노세키 항으로 건너왔다. 그때 나이 열일곱 살이었다. 그는 고등학교 입학은 일찌감치 포기하고 오사카와 교토 일대를 돌며 일자리를 구했다. 아는 선배의 소개장만 달랑 들고 찾아간 곳은 편물을 공급받는 지점에서 실을 감아 주고 그 물품을 다른 곳으로 배달해 주는 곳이었다. 건실하고 진실한 마음으로만 일하면 신임을 얻을 수 있는 곳이었다. 그 마음가짐은 현서에게 생각보다 나은 이익금을 안겨 주었다. 운 좋게 얻은 직업이 그의 사업 능력을 발전시키는 원동력이 되었다. 그렇게 그는 청년 시절부터 사업가로서 돈을 모아 신분 상승을 하겠다는 각오로 열심히 일했다.

일본에서는 한창 양모 털실로 옷을 짜는 일이 보편화되고 있었다. 현서는 편물공장이 날로 바빠지고 실의 수요가 늘어나 공장이 모자랄 지경인 것이 기쁘지 않을 수가 없었다. 주부들은 전쟁에 대한 불안함 때문에 식량을 살 수 있는 현금벌이에 나섰다. 여성들은 발목을 고무줄로 조이는 통바지를 입었고, 노동할 수 있다는 사실을 사뭇 자랑스러워했다.

뜨개질을 하는 주부들은 오전 집안일이 끝나고 저녁이 되기 전까지는 삼삼오오로 적당한 곳에 모여 라디오를 끼고 살았다. 라디오는 급보 뉴스나 전쟁에 대한 정보를 바로 들을 수 있는 좋은 매체였다.

현서는 주부들의 따뜻한 난로 곁에 뜨개질 재료를 조금씩 공급해 주었다. 그러곤 완성된 옷을 큰 가게로 가서 이익을 남길 만한 가격에 팔고, 그 돈으로 다시 털실을 더 많이 사 왔다. 주부들은 한데 모여 현서 가 가져다주는 옷본을 보고 그대로 뜨개질했다. 수다를 떨며 뜨개질을 하면 능률이 배로 올랐다. 그러자면 자연히 간식거리가 필요했다. 자연 스럽게 밀가루와 설탕의 소모량이 하루가 달리 늘어났다. 편물은 한 번 사용하면 다 닳을 때까지 적어도 한 계절 넘게 걸리지만 밀가루와 설탕 은 매일 조금씩이라도 끊임없이 소모되는 식품이었다.

현서는 털실을 각 편물집으로 보내 주는 일을 3년째 하고 있으면서 도 소모품 제조업에 늘 관심의 끈을 놓지 않았다. 일을 하기 위해서는 밑천이 있어야 하며 그것을 만들기 위해서는 발품을 팔고, 신용을 얻는 데 시간을 투자해야 한다는 것을 거듭 깨달았다. 일본인은 한 번 신용을 얻으면 신의를 반드시 지켰고, 신용을 잃으면 그것을 다시 얻기까지 세 배 이상의 시간적인 노력이 필요했다. 현서는 그 점을 명심했다.

현서는 며칠 사이에 돈을 많이 만진다는 생각은 버린 지 오래였다. 그것은 산적들이나 하는 천박한 노릇이라는 것을 선배들에게 심심치 않게 듣곤 했다. 이제 그는 눈을 감고도 공장의 털실이 어떤 과정을 거 쳐서 견사로 탈바꿈되는지, 편물은 어떻게 판매되고 유통되는지 알고 있었다. 또한 단골들의 성격도 환히 읽을 수 있게 되었다. 사람들은 하 루만 현서가 보이지 않아도 그를 찾느라 일에 마비를 겪곤 했다.

고된 일을 접할수록 어머니와 같은 젖을 먹고 자란 준주가 생각났다. 준주는 본가에서 얼굴도 모르는 신랑에게 시집가라는 외숙모의 강요가 싫어 집을 나왔다. 그래서 현서의 어머니자, 준주의 젖엄마인 유모와 가난하게 살았다. 현서는 그녀를 누구보다 당당하게 아내로 맞이하고 싶다. 자신은 학문보다 경제적으로 누구도 따라올 수 없을 정도로 최고의 궤도에 오르고 싶다. 준주 한 사람만 배우고 똑똑하다면 자신은 학문이 다소 떨어진다 하더라도 아쉬울 게 없을 것 같았다.

일본에 도착한 초기에는 현서도 순사의 눈초리를 받았다. 그러나 호랑이를 잡으려면 피할 게 아니라 그 굴로 잠입해 오히려 뒤에서 잡아야 한다는 어머니의 말은 곧잘 맞아떨어졌다. 현서는 어느 날 그를 따라다니던 콧수염이라는 별명을 지닌 순사와 직접 만났다. 교토 변두리 개울가 옆에 있는 아늑한 두붓집에서였다. 서로 정종을 주거니 받거니 하다가 차츰 주말이면 영락없이 그와 함께 보내는 시간이 많아졌다. 그러는 과정에서 그들은 자신들도 모르게 보통 사이가 아니게 되었다. 물론 현서는 계획적이었다.

콧수염은 현서를 여러 각도에서 시험해 보기도 했다. 그러나 현서는 의외였다. 현서의 주변엔 조선 반도의 독립운동을 하는 비밀 조직도 없고, 오로지 집집마다 주부들에게 편물과 견사를 적극 공급해 이익을 조금씩 남겼다. 그리고 주말이면 콧수염과 함께 시간을 나누는 것이었다.

하루는 도리어 콧수염 순사가 현서에게 함께 사업을 하자고 제의했다. 거기엔 그만한 동기가 있다. 그는 현서를 1, 2년 동안 줄곧 뒷조사하면서 그가 일밖에 모르는 노동자이며 남들이 다 자는 새벽에 일어나 문앞을 쓸고 닦는 성실한 사람이라는 것을 확인했다. 콧수염은 일본 사회에 이런 젊은이들이 필요하다는 결론을 내렸다. 그는 현서가 하숙집에 살면서도 집 앞 쓸기를 하루도 빼놓지 않았다는 것만으로 그의 진심을 알게 되었다. 이후에 그들은 신념이 두터워져서 외로운 객지 생활을 받쳐 주는 형과 아우가 되었다.

"현서 씨는 어린 시절부터 경제관념이 투철한 데다가 혈혈단신이잖소."

콧수염 순사는 정종 한 잔이 목을 타고 채 넘어가기도 전에 순사의 기세가 허물어졌다. 그러나 아무에게나 붙어서 하소연하지는 않는다.

"저는 별로 아는 게 없으니 이 일이 제 천직인 줄 알고 있는 겁니다. 다행히 주부들이 아껴 주고 다 단골이고 그게 밑천이지요. 아는 건 그게 답니다."

"그렇지. 나이 어리다고 속이는 일이 없고, 내가 없을 때도 그대로 계산을 다 해 주니까. 진짜 믿을 만한 청년인걸."

콧수염과 현서는 마음을 열고 대화하면 끝이 없었다. 요코하마의 소라우미가 진석의 아지트라면 현서와 콧수염의 아지트는 교토의 두붓집이었다.

"우리끼리 하는 말인데, 나도 좀 끼워 주면 안 될까? 난 아이가 세 명이오. 교육을 잘 시키고 싶은 마음이 굴뚝같소만. 워낙 순사 일이 시간 여유도 없고 한마디로 박봉이오. 나는 이곳을 손바닥처럼 다 들여다보고 집집마다 젓가락이 몇 개 있는지까지 잘 아니까 사업에 도움될 거요. 나랑 손을 잡읍시다. 나요, 한다면 하는 사람이거든."

콧수염은 순사 자존심을 접고서 솔직하게 말했다.

"괜히 겁주시는 거 아닙니까."

현서는 꼬리를 감추었다. 콧수염은 자신이 현서의 일에 대한 관심을 더 적극적으로 내보여야겠다고 생각했다. 그래야 조심성이 많은 그가 믿을 수 있을 것이었다.

"당신 같은 나그네도 일찌감치 돈을 버는데, 난 이곳 태생이오. 남들 뒤꽁무니나 뒷조사하고, 캐고, 묻고, 따지고 하는 게 사람이 할 짓이 아니란 말이오. 고생해서 얻어 낸 정보에 비해 수입은 형편없고. 실은 아이를 기르는 아버지로서 교육상 그렇기도 해서……. 부탁이오. 나를 현서네 직원으로 아니, 시다로 써 주시오."

시도 때도 알 수 없는 전쟁은 날로 그의 가정과 자녀들에게 불안감을 주고 있었다. 콧수염은 경제적으로 편안해지고 싶었다. 고된 직업이 순사였다.

결국 현서의 일거일동을 수사하던 콧수염은 현서의 사업에 자리를 마련하고 함께 발로 뛰어다니게 되었다. 콧수염은 투자한 시간에 비해 빠른 속도로 성장해 비밀리에 편물가게 분점도 차리게 되었다. 매상은 현서보다 앞질렀다. 콧수염은 시간이 날 때마다 현서와 두붓집을 찾아 지난 일을 나누며 저녁을 함께했다.

이제 콧수염은 가장 믿을 만한 현서의 파트너였다. 그가 밀고 막아 주며 형제 같은 바람막이 역할을 해 주기 때문에 사업은 실한 심지 불이 붙은 것처럼 타올랐다. 사업을 하는 데 사람을 얻는 것이 핵심이라는 걸 깨닫게 된 현서는 이때부터 인맥을 만드는 일에 주력하게 되었다. 그러는 가운데 틈틈이 준주에게 편지를 쓰는 것도 게을리하지 않았다.

어느 추운 겨울날 저녁 무렵이었다. 현서가 자전거로 편물을 실어 주고 사무실로 들어오는데 현서의 사장인 후가와의 금고가 열려 있는 것을 발견했다. 현서는 사장이 올 때까지 그 금고를 지켜야 한다는 생각에 겨울밤에 난롯불도 아끼며 금고 옆에서 그가 올 때까지 기다렸다. 돈을 꺼내 하숙집으로 가지고 갔다가 이른 새벽에 도로 가져다 두고 싶지만 남의 돈에 손을 대면 안 된다는 철저한 원칙을 실행한다. 쉬운 방법을 택하지 말고 자신만의 진실한 방법으로 사는 것이 현서의 방식이다. 그러나 그 일이 후가와 사장이 일부러 현서를 시험해 본 것임을 오랜 후에 콧수염으로부터 듣고 알게 되었다.

현서는 거금을 벌 수 있는 기회가 찾아와도 자신의 노력이 녹아 있지 않은 것이라면 기꺼이 포기했다. 편물공장과 밀가루공장, 상점을 운영하는 데에도 정직과 성실을 생명처럼 여겼기 때문에 곧 후가와 사장도 현서를 신뢰하게 되었다. 사장은 그에게 아름다운 청년이라는 별명까지 붙여 주었다. 현서는 자신의 그런 면이 유년시절에 낮은 신분을 묵묵히 참고 받아들이며 조화롭게 지내도록 훈련시킨 어머니의 덕이라고 생각했다. 낮은 신분을 더 초라하게 만들었던 뼈아픈 가난을 체험한 현서에게 일할 수 있는 기회는 행운이었다. 그의 마음 자세가 행운을 가져왔다. 그래서 무엇보다 경제권을 쥐어야 한다는 생각을 떨칠 수 없었다. 준주를 생각해서라도 그랬다. 준주를 떠올리면 똥지게라도 행복한 마음으로 거뜬히 질 수 있다.

다행히 경제는 현서 쪽에 손을 들었다. 일본은 전국적으로 뜨개질이 유행이다. 그런데 이에 따르는 직조공장이 터무니없이 부족하다. 현서는 후가와 사장과의 의논 끝에 조선에 공장을 설립하기로 했다. 조선인들은 공장 품삯이 일본인보다 훨씬 싼 것이 큰 이유 중 하나였다. 현서는 모사를 뽑는 대구의 칠성 가다쿠라 제사(녹말/가루)공장을 생각했다. 그리고 설탕공장과 밀가루공장 설립 계획도 함께 착수하기로 맘을 다졌다.

하지만 이 일들을 진행하기에 현서의 하숙집은 규모가 작았다. 방 하나에 작은 부엌, 그리고 다른 사람과 같이 사용하는 공동 목욕탕과 화장실이 고작이었다. 후가와 사장은 공장과 가까운 곳의 다소 넓은 집으로 옮겨 주겠다고 제안했지만 그는 극구 반대했다. 게을러질 수도 있다는 것이 큰 이유다.

그는 목표한 금액의 돈을 모을 때까지는 집을 옮기지 않으리라 결심했다. 지난번 준주가 교토에 왔을 때 그에게 열심히 사는 모습이 믿음직스러워 보인다고 칭찬해 준 것만으로도 모든 시름이 눈 녹듯 사라졌다. 경제적으로 안정되면 고향에 돌아가 어머니에게 거처할 집을 사 드리고 대구 근교 변두리의 땅을 사서 공장을 지을 계획을 품고 있었다.

며칠 전에 도쿄에서 모리가 콧수염을 만나러 내려왔다.

"콧수염, 이 개코가 말입니다. 부탁이 있습니다. 지원을 받고 싶어요. 장진석과 자주 만나는 이 샤오룬의 관계를 알고 있는데, 돈의 출처를 알 수 없어요. 혼자는 좀 역부족이라서……."

"모리, 당신의 목적은 결국 장진석이라는 청년을 징용으로 집어넣겠다는 거 아닌가? 돈도 압수, 학교도 자진 사퇴, 그리고 전쟁터로 가라는 거지?"

콧수염은 후배인 모리에게 반말로 물었다.

"아니, 선배님. 왜 이러십니까. 지금 막사에선 병사들이 부족하다고 난리잖습니까? 저도 상부에서 그러니 어쩝니까. 성과도 성과고, 진급도 문제지만 돈의 출처를 줄줄이 알아내야 징용으로 유도 입대하게 만들 것이고……."

콧수염은 모처럼 자기에게 찾아온 모리의 저의를 깊이 꿰뚫기 위해 두붓집으로 모리를 데려가 정종을 주거니 받거니 해 보았다. 콧수염은 정신을 가다듬으며 모리에게 술을 권했다.

"무슨 권리로 잡아간단 말인가? 아시아의 평화를 위해? 평화보다 그 사람은 공부하길 원할 걸세."

"권리요? 선배님이 길현서와 친분이 두텁다니 좀 이용하자는 겁니다. 그 중국 놈은 거액이 오기 전에 추방시키자는 거죠."

"길현서를 이용하라?"

콧수염은 고개를 갸우뚱거리며 모리의 시선을 잡았다. 결국 길현서를 이용해 무더기로 잡아 보내자는 것이었다.

"모리, 난 자식이 셋일세. 누구도 귀찮게 하고 싶지 않아. 조선인들을 못살게 하면 인과응보로 결국 나에게로 돌아오기 마련이거든."

"입장을 한번 뒤바꿔서 생각해 봅시다. 정 이러시면 나도 생각이 따로 있습니다."

"그러지 말고 이 용돈 쓰게. 부인이 많이 아프다며? 이건 내가 후배에게 특별히 주는 용돈이니 제발 죄 없는 청년들을 끌고 가지 말게. 길현서에게도 절대로 손대지 말고. 건실한 청년 멍들게 하지 말게나. 일본은 지금 일할 청년이 필요하지, 전쟁에 나갈 청년이 필요한 건 아니니까."

콧수염은 모리의 주머니에 봉투를 넣어 주었다. 많은 돈은 아니지만 그래도 선배를 찾아와 협조를 구하는 옛 후배이기에 모질게 대하고 싶지 않았다.

모리는 기차 안에서 찬찬히 생각했다. 콧수염의 생각을 이해할 수 없었다. 고등계의 순사에게 무슨 권리로 사람을 잡느냐는 물음은 당혹스러웠다. 모리는 조선인에게 과연 권리라는 것이 있는지 곰곰이 생각했다. 콧수염은 문제가 있는 순사였음에 틀림없다고 생각하며 모리는 미간을 좁혔다. 손을 좀 봐야 할 것 같았다. 모리는 콧수염을 아무도 모르게 다시 만나겠다고 심지 있는 각오를 단단히 했다.

이케부쿠로역에서 가까운 준주의 방에 오오야마 산이 보이는 작은 창문이 나 있었다. 빛이 환하게 들어오는 주택 2층의 모퉁이 방이다. 준주는 창문으로 고개를 빼고 밖을 내다보았다. 이케부쿠로역이라고 쓰인 간판이 가로수 사이로 슬쩍 보였다.

2층 준주 방의 오시레라는 벽장에는 침구가 가지런히 들어 있었다. 창문 맞은편으로는 오가와 선생의 서재에서 옮긴 사람 키만 한 책장과 책상도 놓여 있었다. 그 책장 앞에 서면 시간을 훌쩍 뛰어 넘는 것처럼 느껴졌다. 읽고 싶은 문학 전집이 한두 권이 아니었다.

오가와의 집은 아담하지만 부부는 정겨운 정원에서 원예를 하면서 심심함을 달랬다. 담장에는 탱자나무가 둘러 있고, 금붕어 서너 마리가 사는 작은 연못은 그들에게 웃음을 안겨 주곤 했다. 무남독녀 하루를 저세상으로 보낸 후 그들에겐 금붕어도 가족이 되었다.

T대학 의학부 합격자 발표가 있는 이른 아침, 배달된 신문을 집어 든 오가와는 눈을 크게 뜨지 않을 수가 없었다. 신문의 합격자 란을 훑어보는 순간 오가와는 두 손이 떨려 왔다.

"여기 봐, 여기……."

말이 입에서 뱅뱅 돌기만 했다. 료오코는 현관문을 열고 나오다가 디딤돌에 멈춰 섰다.

"빨리 직접 말해 주세요. 합격이지요?"

료오코가 목소리를 높였다.

"그럼, 그렇고말고. 합격이지. 준주는 뭐 하나? 내려와 보라고 해요."

"들어가서 봅시다."

료오코와 오가와는 신문을 꼭 쥐고 안으로 들어섰다. 준주가 2층에서 내려오다가 계단 아래서 그들과 마주쳤다.

"선생님! 신문에 났어요?"

준주의 목소리가 가늘게 떨렸다.

"준주야, 물론 합격이고말고. 축하한다, 축하해."

"모두 선생님 덕분이에요……."

준주는 감격에 겨워 눈물이 자기도 모르게 볼을 타고 내렸다.

"준주, 정말 잘했고 수고 많았어요. 훌륭해."

료오쿄는 준주에게 가까이 다가갔다. 그녀의 품에 덥석 안긴 준주는 눈물을 손등으로 슬쩍 닦아 냈다.

"사모님, 정말 감사해요. 열심히 공부해서 보답하겠어요. 정말 감사합니다."

"남처럼 예의를 차리기예요? 아무튼 정말 기뻐. 준주 양, 축하해요."

아침식사 식탁에는 미리 준비된 붉은 팥밥에 도미구이가 보기 좋게 차려져 있었다.

준주는 울지 않으리라 마음먹고 식탁 앞에 앉았건만 자꾸만 눈물이 고여 시야를 희미하게 만들었다. 료오코는 젓가락으로 생선을 갈라 세

개의 접시에 나눠 각자 앞에 놓아 주었다.

"맛있게 들어 주세요."

"선생님, 감사드립니다."

다시 숙연해진 준주는 자신을 낳아 준 얼굴도 모르는 어머니의 무한한 사랑이 느껴지는 것만 같았다.

'유모가 곁에 계셨더라면 얼마나 기뻐하셨을까.'

그러면서도 자신을 돌봐 주는 오가와 부부에게 진심 어린 고마움의 눈빛을 보냈다.

오전 10시부터 대학의 중앙 분수대 앞 벽보판에는 각 학과의 합격자 명단이 나붙게 되었다. 교정에 나온 가족과 친구들은 기쁨으로 손을 마주 잡고 축하를 주고받고 있었다. 환성과 박수가 요란하게 울려 퍼지는 대학은 온통 축제 분위기였다.

도오루는 건물 3층 복도에서 중앙 분수대 쪽을 내려다보았다. 그는 벽보 앞에 모여든 사람들에게 시선을 주고 있었다. 합격자들과 그 가족들의 환호에 도오루는 카메라 뚜껑을 열었다. 한쪽 눈을 찡긋 감고 피사체를 조용히 맞추었다. 야요이의 부탁으로 의학부에 합격한 그녀의 사촌 언니 기미코의 사진을 찍어 주기로 했다. 드디어 기미코가 카메라 렌즈 안으로 들어왔다. 그는 이제 야요이가 화려한 꽃다발을 들고 기미코 언니를 축하해 주기 위해 서서히 나타나리라 생각했다.

얼마 전 야요이는 기미코가 의학부의 홍일점일 거라 생각했는데 뜻밖에 조선인 여학생이 한 명 더 합격했다고 투덜댔다. 도오루는 건물 아래를 내려다보며 셔터를 누르려다가 순간 손가락을 멈추고 말았다. 카메라에서 얼굴을 뗄 수가 없었다. 그 순간 호흡이 멈추는 것 같았다. 유심히 한 눈을 감고서 계속 카메라 렌즈 안으로 피사체를 노려보았다. 그녀가 벽보에서 뒤를 돌아보았을 때 도오루는 심장이 뛰었다. 며칠 전 작업대 위에 걸려 있는 필름의 주인공이 바로 렌즈 안에 있는 것이었다. 도오루는 정신을 가다듬고 분수대 앞으로 내려가지 않으면 안 되었다.

"도오루 오빠, 여기 내 사촌 기미코 언니. 인사하세요."

야요이가 뛰어오는 도오루를 반갑게 맞았다. 하지만 그는 야요이 뒤편에 서 있는 유난히 검고 긴 머리의 여학생에게 눈길이 멈췄다. 이 여학생이 바로 부산 항 갑판에서 자신의 카메라에 찍혔던 갈래머리 여주인공이었다. 도오루는 이 여학생을 놓치고 싶지 않았다.

"도오루 오빠, 기미코예요. 이렇게 축하해 주시니 영광이네요."

"자, 이 꽃다발 받아. 어려운 의학부에 여자가 도전하다니 지독한 언니야."

야요이가 기미코에게 눈을 흘겼다.

"오빠, 뭐라고 말 좀 해 보지 그래요?"

"대단합니다, 기미코 양."

"오빠 역시 이 대학 건축학부잖아요. 이제 자주 보겠네요. 언제 약혼하세요? 이모가 곧 한다고 하시던데……. 부러워요."

"약혼? 글쎄요. 야요이는 아직 인형을 가지고 노는 귀여운 여동생일 뿐입니다."

"오빠, 인형 이야기는 그만하세요."

야요이가 도오루의 손을 잡아끌었다.

"축하할 겸, 미츠코시 백화점 가기로 했어요. 같이 가요."

"난 수업이 있어 안 되겠는걸. 자, 사진 찍어 줄 테니…… 웃어요, 모두!"

도오루는 야요이를 비롯해 기미코와 몇몇 친구들을 줄 세웠다. 그러나 그는 그들 뒤로 한창 이야기를 나누고 있는 피사체에 정확히 앵글을 맞추었다. 분수에서 뿜어내는 수만 개의 크고 작은 물방울 사이로 그녀의 포도처럼 검은 눈동자가 신비롭게 빛나고 있었다.

"도오루 오빠, 미츠코시 백화점으로 오세요. 언니네 매장으로요."

야요이 일행은 우르르 시끄럽게 시야에서 사라졌다. 그때 모리 순사가 허겁지겁 분수대를 바라보며 걸어왔다. 새로 바뀐 모자가 이마로 흘러내려 헐거워 보였다. 모리는 준주와 가수 행자인 아우도리 사치를 보자마자 얼굴을 얼른 다른 곳으로 돌렸다.

모리는 오빠 진석이 여동생 준주를 축하하기 위해 대학으로 오리라 생각했다. 물론 이들이 그렇게 호락호락한 사람들이 아니라는 것쯤은 모리도 알고 있다.

준주와 길현서, 나행자인 아우도리 사치는 T대학교 중앙 분수대 앞에서 4년 만에 재회했다. 현서는 준주를 본 지 벌써 햇수로 5년이 되었으니 그가 느낀 반가움은 이루 말할 수가 없었다. 준주는 일본에 와서도 나름대로 의학부 입학 시험 준비 때문에 외출을 삼가고 공부에 열중하느라 현서 오빠와의 재회를 미루며 내적인 싸움을 이어 왔다.

현해탄을 건너올 당시 멀미를 삼키며 다짐했던 맹세와 결심 때문에 화려한 대도시에서 잠시라도 서성일 수 없었다. 의학부 합격은 최선의 노력이 이끌어 낸 결과였다. 그래서 현서 오빠를 만나는 일도 진석 오빠 걱정도 다 뒤로 미뤄 둔 것이었다.

그러나 의학부 합격의 기쁨은 잠시뿐이었다. 경쟁자들을 물리치고 이겨 냈다는 들뜬 감정은 순간 사라졌다. 턱없이 비싼 의학부의 등록금이 무거운 바위처럼 그녀를 짓눌렀다. 등록금 생각에 기쁨에 술렁이던 감정은 막연한 불안감으로 옮겨 가고 있었다.

분수대 앞에서 만난 아우도리 사치는 준주가 알던 옛 친구 행자가 아니었다. 옷차림부터가 달랐고 머리 모양부터 신발에 이르기까지 세련미가 넘쳤다. 그녀가 조선인 나행자라는 사실을 알고 있는 사람은 준주와 현석, 진석 외에는 없었다. 상기된 얼굴로 서 있던 현서가 외쳤다.

"준주야, 장하다, 정말 장하다. 축하한다. 이 어려운 의학부에 철썩 붙다니 내가 다 시원하네. 내가 못 풀었던 공부의 한을 네가 풀었으니 대리만족 백점이다. 더 바랄 게 뭐가 있겠니. 안 그러냐?"

"현서 오빠! 건강해 보인다. 얼굴이 좋아졌어요."

"5년 만이다, 준주야. 많이 보고 싶었는데, 내 편지는 꼬박꼬박 읽고 있겠지?"

"이렇게 가지고 다녀요. 현해탄에서도 우동가게에서도 이 편지에다 전부 자상하게 가르쳐 줬잖아요."

"현서 오빠가 그런 면도 다 있어? 오빠야, 이 아우도리에게도 신경 좀 써 주세요."

행자는 함박웃음을 지으며 살짝 덧니를 보였다. 준주는 그런 행자가 귀여워 보였다.

"행자 노래는 안 나오는 데가 없으니 대성공이다. 너야말로 훌륭해. 축하한다, 행자야."

준주는 몰라보게 변한 행자를 보는 것만으로도 즐거웠다.

"일본인으로 귀화한 덕이지. 그러지 않았더라면 난 그대로 동네 주막녀였을 거야. 귀화하고 나니까 이렇게 큰 행운이 있을 줄 상상도 못했지 뭐니."

현서가 기특하다는 표정으로 말했다.

"넌 재능이 많아 그런 거지. 귀화한다고 다 성공하진 않아."

"행자 목소리는 우리가 듣기에도 최고야. 누구도 그 기교에 따라갈 수 없어. 행자가 아우도리 사치를 선택한 건 최선의 길이었어."

준주는 그렇게 말하며 자기도 사무치는 구체적인 어떤 변화가 있어야 한다고 생각했다.

"준주야, 빨리 미츠코시 백화점으로 가자. 네 합격 축하 선물을 해주려고 그래."

"어딜? 모처럼 모두 만났는데?"

준주가 눈을 동그랗게 떴다.

"내 생각인데, 너에게 꼭 맞는 일이 나온 거 같아서. 준주야, 시세이도 화장품 모델을 뽑는다는데 면접하고 시험을 보면 어떻겠니?"

"잠깐, 모델? 장준주가 화장품 모델이 된다고? 행자야, 니 사람 잘보고 얘기해라. 자, 가자. 밥이나 살 테니 냉수 마시고 속 차리라고."

현서가 발끈해서 소리를 지르다가 애써 참았다. 준주가 모델 일을 하는 건 당치도 않다고 생각했다.

"오빠야, 준주도 이제 등록금이랑 돈이 필요해요. 제발 막지 말아요."

"또 시험 본다고? 어떤 면접인데?"

준주는 분명하게, 천천히 행자에게 따져 물었다. 행자는 손에 든 명함을 흔들어 보이며 말했다.

"이분에게 직접 들었어. 그래서 지금 백화점으로 가 보자는 거야. 물론 시험을 봐야지. 농담이 아니라니까. 어서 서둘러."

행자는 급한 나머지 숨이 턱 밑에서 가랑거렸다.

"시세이도 모델로 젊고 아리따운 여성, 특히 너처럼 피부가 곱고 순수한 여성을 발탁한다는 말을 들었거든."

"내가 그 일에 맞을지 좀 생각해 보자. 지금 차림새도 이렇고."

"똑순이가 왜 오늘은 빼고 그래?"

현서가 둘 사이에 끼어들었다.

"백화점으로 가는 건 좋아. 나도 거기 2층에 볼일이 있으니까. 아무튼 같이 그리로 가자 고마."

현서는 준주와 더 많은 이야기를 나누고 싶었지만 워낙 적극적인 행자 탓에 준주를 다음 기회에 따로 만나야겠다고 생각을 바꿨다. 행자는 준주가 이 기회를 잡아야 한다고 여겼다. 그것이 자신이 미리 경험했던 기회 포착의 순간이었다. 기회는 결코 쉽게 찾아오는 것이 아니라는 것을 잘 아는 행자는 미츠코시 백화점까지 가는 내내 준주에게 주저하지 말라고 거듭 강조했다.

얼떨결에 백화점까지 따라온 준주는 가슴을 활짝 펴고 번쩍거리는 유리문을 밀었다. 깔끔하고 친절한 제복 차림의 안내원이 머리를 숙였다. 앞서가는 행자를 따라 준주도 1층의 시세이도 화장품 부서를 찾았다. 시세이도 매장은 진열장을 중심으로 손님 접대실과 광고부가 각각 구분되어 있었다. 광고부에는 사무실을 비롯해 마사지실과 고객 상담실이 있었다. 넓은 매장을 구경하자 준주는 가슴이 설레었다. 시세이도 화장품의 진열장으로 가까이 갈수록 향기로운 향수 냄새가 주위를 부드럽고 환상적으로 변화시키는 것 같았다. 그녀는 직접 와서 눈으로 보고 느끼는 것이 상상과는 얼마나 다른지 알게 되었다. 비로소 이곳에 오기를 잘했다는 생각이 들었다.

행자와 준주는 면접실로 안내되어 책임자를 만났다. 뜻밖에도 그 자리에는 초대로 선출된 50대 여성 모델이 나와 있었다. 유명한 여성이라지만 준주에게는 생소했다. 그녀는 나이보다 스무 살은 더 젊어 보였다. 프랑스 파리의 라몽드 미용학교에 유학을 하고 자격증까지 획득한 미용사 겸 모델이었다. 이런 멋진 여성이 준주에게 은근한 미소를 보내며 말을 걸어왔다.

"이름이 귀여워요, 준주 씨. 사실 이번에 젊은 모델 한 분이 필요해서요. 제가 곧 결혼을 해서 파리로 이사를 갈 처지거든요. 이젠 중년을 위한 화장품이라는 이미지를 바꿔서 앳되고 젊은 여성들에게 판매를 시도하려는 회사 방침도 있고요. 한마디로 변화를 시도하려는 거예요."

모델은 듣기만 하며 앉아 있는 준주에게 회사의 운영 방침을 늘어놓았다. 행자는 옆에서 모델을 지켜보았다. 그녀가 준주를 마음에 쏙 들어 한다는 것을 단번에 느낄 수 있었다.

"준주 씬 무슨 화장품을 사용하세요?"

준주는 그녀의 물음에 잠시 머뭇거렸다.

"내가 보기엔 맨얼굴? 아닌가요? 그 긴 머리가 매력 있어 보이네요. 피부도 대단하군요. 평소에 사용하는 크림은요?"

준주는 또다시 망설였다. 어릴 적 유모가 가르쳐 준 비법을 밝힐 수는 없었다. 그 과정은 쉽게 얻을 수 있는 것이 아니다. 유모는 약탕관에 찧은 마늘즙을 반 대접 평평하게 눌러 담고, 그 위로 벌꿀을 두 대접 붓고 난 후 한지로 잘 봉했다. 그러곤 기름을 먹인 한지로 마개를 단단히 묶어서 뚜껑을 얹었다. 마지막으로 그것을 서늘한 김치 광에 묻어 두었다. 묻은 지 사계절이 지나서 음력 5월 단오절에 뚜껑을 열면 꿀물이 가득 고여 있었다. 그것을 미안수 대신 얼굴에 바르는 것이었다. 때로는 박가분을 조금 섞어 바르곤 했다.

"이제 여기 화장품을 애용할 생각입니다."

준주의 말에 모델과 책임자가 반색을 했다.

"겸손하셔서 화장품 자랑을 안 하는 모습도 문화인답네요. 바로 본사에 보고해서 서신으로 합격 통지를 알려 드릴게요."

준주는 의아했다. 50대의 모델이 후임을 뽑는 일에 직접 관여한 후 모델 자리에서 물러나는 모양이었다.

"사무실로 가서서 일단 사진을 찍어야 해요. 마그네슘이 터질 땐 눈을 감지 마세요."

모델은 준주를 사무실로 안내했다. 그녀는 이제야 홀가분히 프랑스로 떠날 수 있겠다는 표정이었다.

"마지막 날에, 마지막 시간에, 겨우 찾은 마지막 보석! 다 아우도리 사치 씨 덕이에요."

그녀는 기다리고 있던 행자에게 고마움을 전했다.

"제 친구만큼 아름다운 미인도 보기 드물죠. 앞으로 더 기다려 보셔도 시간만 허비하는 겁니다. 결성 잘하신 거예요."

행자는 너스레를 떨며 화장품을 손등에 바르기도 하고 냄새를 맡기도 했다. 자신도 이 화장품을 사용하면 모델처럼 우아함이 밸 거라고 믿었다. 그렇게 믿고 싶었다. 행자는 시세이도 점원에게 준주와 자신의 것으로 화장품 두 세트를 주문했다.

지나가는 사람들은 행자를 보자 수줍어하거나 좋아하며 웃어 주었다. 아우도리 사치의 인지도가 점점 높아지고 있다는 것이 증명이 되었다. 행자 역시 그들과 눈이 마주치면 반드시 미소로 답례해 주었다. 판매원은 고급 화장품이라고 말하며 그 종류 몇 가지를 내놓았다. 행자는 종류별로 사 들고는 덧니를 살짝 보이며 애교스럽게 웃었다.

"웃어 주는 일도 사업인걸."

대구에 있을 땐 입술에 삐죽이 걸리는 행자의 덧니가 거슬렸지만, 지금은 장난기 가득하고 친근하게 느껴지는 매력적인 요소가 되어 있었다. 준주는 시대의 변화에 따라 사람의 단점도 장점으로 바뀔 수 있다는 것을 친구 행자를 통해서 느꼈다.

료오코는 빈혈뿐 아니라 한 번 기침이 나오면 좀처럼 멈출 수 없는 천식을 앓았다. 어떨 땐 잔기침이 쏟아지기 시작하면 걷잡을 수 없을 정도였다. 땀을 흘리며 기침하는 그녀를 지켜보는 사람들은 혹시 그녀가 숨이 막혀 버리면 어쩌나, 불안해할 정도였다.

료오코의 건강 때문에 저녁 설거지는 준주가 맡았지만 그 시간이 즐거웠다. 간혹 몸이 조금 나아지면 료오코는 한동안 정원 일을 하며 즐겁게 보냈다. 준주에게는 오로지 학부에서 장학금을 받을 수 있도록 성적을 올리라고 격려해 주었다. 그녀는 잔기침을 하면서도 밤늦도록 공부하는 준주에게 간식거리로 바삭바삭 구운 따뜻한 흰 찰떡과 과일차를 준비해 방문을 두드리곤 했다.

"준주, 운동을 안 해도 뇌가 움직이기 때문에 저절로 소화가 됐을 거야. 이 간식 좀 들고 해."

"간식은 이제 제가 준비할게요. 그리고 배가 안 고파요. 걱정 마시고 제발 쉬세요."

"백화점 일까지 신경 쓰고 학교는 또 어떻고. 많이 먹어야 견딜 수 있어."

료오코는 공기나 바람이 선선하다 싶으면 유담프(뜨거운 물을 넣어 둔 철통)에 더운 물을 넣어서 이불 속으로 넣어 주곤 했다. 물가가 비싼 일본에서 힘이 되어 주는 오가와 부부는 준주에게 친부모와 다름없었다. 그러나 준주는 만만치 않은 대학 등록금이 혹시나 두 사람에게 부담을 줄까 봐 걱정이었다.

준주는 세면실에서 가위로 긴 머리를 턱 선을 따라 잘랐다. 검은 커튼처럼 드리워진 머리채가 한순간 뚝 잘려 나갔다. 어떤 결심이 선 것이다.

3   새 생명을 만나다

　　　　　　　　　　　　　　　아시아 태평양 전쟁은 이미 시작되
었다. 일본은 1931년 9월에 만주 사변을 일으킨 후 11월에 치치하얼을 점
령했다. 조선 청년들을 그들의 싸움에 강제 징집되었다. 아직까지 일본
의 도시와 지방은 평화가 유지되고 있었지만 중일 전쟁의 발발이 불 보
듯 뻔했기 때문에 강압적으로 조선 청년들은 징용으로 끌려가고 있었다.

　그런가 하면, 상해 임시 정부에선 조선 청년들의 적극적인 협조와
조선 독립을 위해 일을 할 믿을 만한 젊은이들을 원했다. 스스로 조선을
보호하지 않으면 그나마 반도라는 말조차도 남지 않을 것 같았다.

　백화점은 공습경보만 울리지 않으면 전시라 말할 수 없을 정도로
화려하다. 행인들은 여전히 활기차고 열정적이다. 이따금 도쿄 시내에
공습경보가 울리기 시작하면 알 수 없는 전쟁의 공포가 서렸다. 전쟁이
언제 가까운 시기에 닥칠지 모르는 불안감 때문에 사람들은 더 자극적
이고 이기적인 삶으로 치우치고 있었다. 도시에도 사이렌이 울리면 임
시로 준비된 방공호에 들어가는 횟수가 잦아지면서 오히려 사람들은

먹고 마시는 데 치중했고 자극적인 일시적 애정을 추구했다. 백화점은 여전히 사람들로 북적였다.

가끔 도쿄와 관동 일대에 미세한 지진이 일었다. 시민들은 차분히 잘 대처했지만 땅바닥의 흔들림을 지금껏 겪어 보지 못한 준주는 죽을지도 모른다는 두려움에 겁이 덜컥 났다.

한편 도오루는 지진으로 인한 피해를 줄이기 위한 조사 때문에 미츠코시 백화점 앞에서 걸음을 멈췄다. 그의 시선이 백화점 유리 벽 안에 걸린 큰 사진에 닿았다. 낯익은 얼굴이다. 연락선 금강환과 우동가게 미나도, 그리고 대학교 중앙 분수대의 벽보판 앞에서 자신의 카메라에 찍힌 그 여성이다. 이름은 알 수 없지만 암실에서, 자신의 작업대 위로 어느새 자기 영역을 넓혀 가고 있는 이 여성, 언젠가는 반드시 만나리라 생각하고 있는 이 여성을 지금 눈앞에 보고 있다. 그녀는 화장품 모델로 도오루를 보고 있는 것이었다. 도오루는 가슴이 다시 뛰었다.

미츠코시 백화점에서 모델 일로 바빠진 준주는 직원에게 화장품을 주문하는 고객들을 친절하게 응대하고 있었다.

"아가씨가 바르고 있는 것으로 한 세트를 주문하고 싶은데요."

여성들은 준주의 얼굴을 뚫어지게 바라보며 부러운 시선을 숨길 줄을 몰랐다.

"실례합니다만, 2층 도미요 매장 부탁으로 제가 대신 심부름을 왔는데……. 기초 화장품 두 세트를 주문하고 싶은데요?"

갑자기 남성의 목소리가 준주의 귀에 흘러들어 왔다. 도오루는 준주와 시선을 맞추며 점을 찍듯 서로 눈인사를 했다.

"예, 그렇게 하겠습니다. 잠시 기다려 주세요."

"그러죠······."

도오루는 시선으로 준주의 눈빛을 잡았다. 준주는 도오루가 화장품 심부름을 해 주는 마음씨 좋은 청년이라는 생각이 들었다. 하지만 그의 차림새 분위기가 보통은 아니라는 것을 한눈으로 알았다. 뚜렷한 눈썹과 서늘한 눈동자, 그리고 고급 일본말 솜씨에 준주는 다시 한 번 그의 모습을 확인했다. 어깨에 메고 있는 가죽 가방에 들어 있는 카메라가 그를 돋보이게 했다. 바지 끝에 삐죽이 나와 있는 하얀 콤비 구두가 귀공자 같은 느낌을 주었다.

"이리로 오세요. 여기에 준비되어 있습니다."

유니폼을 입은 직원이 그의 앞에 화장품을 싼 화려한 봉투를 내놓았다.

"감사합니다. 그럼······."

그는 검은 대학 모자의 챙을 슬쩍 만지며 인사를 대신하고 사라졌다. 준주는 자신과 같은 학교의 대학 모자를 바라보았다. 이유를 알 수 없는 이끌림이다.

점심때 행자가 찾아왔다.

"준주야, 진석 오빠 유학생 회장으로 활동을 펴고 있는 거 알지? 저기 정문에 모리가 지키고 서 있던데? 냄새가 팍팍 나잖아."

행자는 모리가 눈앞에 보이지 않는데도 곁에 있는 양 눈을 흘겼다.

"준주야, 요코하마 소라우미에서는 홍콩으로, 마카오로, 비밀리에 떠나는 선박을 잘 살필 수 있어서 자금 유출 출처를 캐내려고 모리 순사가 눈 빠지게 지키고 있는 거야."

"자금 유출?"

"중국에서 활동하는 사람들 말이야. 상해, 하얼빈, 마카오 등지에서…… 넌 헛똑똑이야. 이번엔 홍콩에서 왔다던 중국 청년도 있던데 경성에 땅을 샀다더라. 본토에서 홍콩으로 사람들이 물밀듯이 내려온대."

행자는 한 손으로 입을 살짝 막고서 혹시 누가 들을까 봐 목소리를 낮췄다.

"현서 오빠가 너 등록금 당분간 못 보내는 이유가 거기 있어. 등록금을 잘 내면 잡아다가 어디서 났냐고 따질 게 아니냐고. 그러니까 넌 네가 떳떳하게 모델 일로 돈을 벌어서 학교에 다닌다는 걸 확실하게 보여 주자는 거야."

준주는 달리 할 말을 찾지 못했다.

"그런 등록금까지 눈총을 받아?"

"한 번 눈 밖에 나면 별것으로 다 의심받을지도 몰라. 전쟁이 났으니 돈과 물자가 필요하고 또 사건이 터질까 봐서. 그러니 저들이 자금 출처를 캐려고 난리지."

행자의 말이 떨어지자마자, 갑자기 사이렌이 경망스럽고 불안하게 울리기 시작했다. 가까운 방공호에 몸을 숨기는 훈련을 시작한 것이다. 백화점 안에서 일하던 많은 사람들이 밖으로 몰려나왔다. 무조건 뛰었다. 귀청을 때리는 사이렌에 놀라 무작정 뛰었다. 준주는 행자를 놓쳤다. 행자도 어디선가 뛰고 있을 테지만 인파에 밀려 잘 보이지 않았다.

방공호를 향해 뛰어가는 사람들 사이로 만삭의 임산부가 뒤뚱대며 걷는 것이 보였다. 사람들은 서둘러 둥근 지붕의 방공호 안으로 몸을 숨겼다. 그 와중에도 준주는 가슴을 헐떡이며 방공호로 들어오는 그 임산부에게 자꾸 시선이 갔다.

도오루도 그들과 함께 근처에 있는 방공호로 뛰었다. 설계 가방을 어깨에 메고 뒤늦게 뛰어 들어온 도오루는 방공호 안으로 들어와 왼쪽 손목을 눈에 갖다 대었다. 갑자기 희미해져서 시계를 읽을 수 없었다. 시계에서 시선을 떼고 도오루가 촘촘히 서 있는 사람들의 어깨 너머로 발견한 것은 좀 전에 화장품 부서의 그 모델 여성이다.

그때 갑자기 만삭의 여자가 주저앉으며 배가 아프다고 호소하기 시작했다.

"어떡하죠? 배가 아파요. 마침 병원에 가려던 참이었는데. 어쩌면 좋아요. 아……."

그 소리를 들은 준주는 사람들의 어깨를 비집고 나와 그녀를 부축하며 입구 쪽으로 빠져나왔다.

"제 어깨에 좀 기대세요. 끝나는 사이렌 소리가 나면 나가지요."

준주는 임산부를 온몸으로 부축하며 그녀를 안심시켰다.

"병원에 간다고 연락까지 다 해 두었는데요. 진통이 와요. 아아아."

"호흡으로 다스려 보세요. 입을 이렇게 하고요.이렇게!"

준주가 배를 움켜쥐고 구부리고 있는 임산부를 내려다보며 입을 벌려 호흡을 하도록 도왔다. 통증을 가라앉게 하는 복식 호흡법이다. 무엇보다 임산부에게 안정을 찾아 주는 일이 급선무였다.

"아직 예정일은 일주일 더 남았는데 사이렌 때문에 긴장을 했더니 아기가 불안했는지 그만 예민해졌어요. 어쩌죠?"

그녀는 그냥 그 자리에서 구부정거리며 슬슬 주저앉았다. 준주는 조심스럽게 그녀를 앉혔다. 이내 시끄러운 소리가 멈추었다. 조금의 여유도 없는 다급한 상황이다.

"자, 손수건으로······."

준주는 가방에서 손수건을 꺼내어 우선 그녀의 얼굴에 흐르는 진땀을 닦았다.

"안심하세요. 제가 안 가고 끝까지 도와드릴 테니 불안해하지 마세요."

말은 그렇게 했지만 준주는 사람들이 이 자리를 떠나고 있다는 것이 두려워졌다. 자동차로 임산부를 옮겨야 할 텐데 모두 임산부를 비켜가고 있었다.

"저기, 임산부 좀 도와주세요. 자동차로 같이 모시고 갈 분 안 계세요?"

군중을 향한 애절한 부탁이 미처 끝나기도 전에 임산부가 허공으로 번쩍 들렸다. 그녀를 양팔로 안은 도오루는 준주에게 눈인사를 하고서 빠른 동작으로 방공호에서 벗어났다.

"감사합니다. 저 그리고······."

준주는 말을 끝까지 마칠 여유도 없었다.

"마침 제 자동차가 부근에 있으니 그리로 가지요.. 이분은 많이 아프신가요?"

도오루는 비로소 눈망울이 포도송이처럼 검고 맑은 이 여성과 말을 주고받게 되었다. 도오루는 설레고 반가웠으나 진통을 호소하는 임산부를 사이에 두고서 여유 있게 인사를 나눌 시간이 없었다.

"예, 지체할 시간, 없어요. 좀 편안하게 안정을 시키는 일이 더 시급하니까요. 전 T대학 의학과 학생인데요. 도울 수 있을 것 같아요."

"그러세요? 전 건축학부 학생 요시다 도오루입니다. 제가 기꺼이 조수가 되겠습니다. 성함이?"

"장준주라고 해요. 장은 성이고요."

"장, 준, 주."

도오루는 조용히 그녀 이름을 불러 보았다. 합격자 발표일에 T대학 의학부 합격자 중 한 명이 조선인이라고 했던 야요이의 말이 맞았다.

임산부는 도오루와 준주를 번갈아 쳐다보았다. 잠시 진통이 가라앉 았다가도 다시 진한 진통을 호소하곤 했다.

"빨리 대학병원으로 가야 할 텐데요. 죄송해요."

"자, 여기 자동차에 타세요. 오후에 교토로 내려가시는 아버지께 자 동차를 가져다 드리려던 참이었어요. 임산부를 모시니 영광이 아니겠 어요?"

그는 밝은 얼굴빛으로 이후로 일어나는 출산을 무조건 즐겁게 받아 드릴 태세였다.

"근처에 가까운 병원으로라도 갔으면 해요. 아기가 나와요……."

준주는 임산부의 호소를 듣고 사태가 심각하다고 생각했다.

"안 되겠어요. 자동차를 한적한 저 모퉁이로 세워 주셨으면 합니 다."

준주는 도오루에게 골목 어귀에서 자동차를 멈춰 달라고 말했다.

"아기가 나오고 있어요."

임산부는 뒷자리에 반듯이 누워서 분만 준비를 하고 있었다.

"혹시 가위나 칼 있으면 저 주시고요. 알코올 솜은 제가 가지고 있 어서 급한 대로 소독은 가능해요. 제 손가방에 기구들이 조금 들어 있긴 한데 바닥에 깔 것이 없어요."

도오루는 급히 가방을 뒤져 제도용 칼을 건넸다. 준주는 왕진 가방을 늘 가지고 다니는 것이 의사의 참모습이라고 말했던 담당 교수의 말을 떠올렸다. 교수가 말했던 갑작스러운 출산의 순간을 현실로 당면한 것이다.

"의자 위에 깔 것이 없을까요? 혹시 종이라도, 신문지라도……."

준주가 다급히 물었다.

"제 윗옷을 우선 의자 위에 깔아요."

도오루는 자신의 윗옷을 뒷좌석에 깔았다.

준주는 힘들어하는 임산부를 일으켜 도오루의 윗옷 위에 앉혔다. 임산부는 도오루의 두 무릎을 움켜쥐었다.

"차 안이 좁으니까 이분을 미끄러지지 않도록 잘 붙잡고 계셔야 해요!"

임산부가 힘을 주자 도오루는 어쩔 줄 몰라 하며 이마에 송송 맺히는 땀방울을 손등으로 닦았다. 임산부는 도오루의 무릎과 다리를 당기며 진통을 호소했다.

"조금만 참으세요. 잘하고 계십니다. 조금 후 아기와 만나야죠. 참고 희망 가지세요."

준주는 왈칵 눈물이 절로 새어 나왔다. 도오루가 바지 주머니에서 손수건을 꺼내 준주에게 건네주었다.

'아, 내 어머니가 이렇게…….'

준주는 어머니가 생각났다. 준주와 도오루는 자동차 좁은 뒷좌석에서 한 생명의 탄생이 잘 이뤄지도록 최신으로 임산부를 도왔다. 도오루가 꺼내 준 트레이싱 페이퍼 위로 붉은 혈액이 간간이 흘러나왔다. 준주는 양말을 벗었다. 고인 혈액 사이로 아기의 부드러운 머리를 확인했다.

'오, 한 생명이 오늘 세상의 빛을 보게 되었구나.'

준주가 속말로 중얼거리는 사이 뜨거운 액체와 함께 보드랍고 미끈한 덩어리가 스르르 미끄러져 나왔다. 거기에 작은 아기가 쪼그리고 있다. 아기의 발가락에 걸린 탯줄이 아직 팔딱거렸고 아기는 다행히 건강하게 호흡한다. 젊은 산모도 건강하다.

"아들이에요. 아주머니."

도오루가 신기해하며 놀란 눈을 크게 뜨며 소리쳤다.

"아, 귀엽다! 이 작은 손가락 좀 보세요."

도오루는 임산부를 편안하게 좌석에 눕히고 곧 카메라를 꺼내 침착하게 꼬물거리는 아기의 손과 발과 그리고 모든 것들을 순식간에 사진에 담았다. 작고 따스한 한 작은 사람의 호흡이 시작되었다. 작디작은 생명은 자신이 살아 있음을 증명하려는 듯 우렁찬 울음소리로 삶에 박차를 가하고 있었다. 생명은 신비롭다. 작은 손과 발, 눌린 얼굴, 그리고 일그러진 귀까지도 대견하게 느껴졌다. 도오루는 준주의 모든 행동을 주시했다. 그녀의 동선을 놓칠 수가 없었다. 갓 태어난 아기와 준주가 경이롭게 보였다.

준주는 손가방에 늘 가지고 다니던 시세이도 로션을 꺼내어 솜에다 묻혔다. 그러는 사이에 태반도 저절로 흘러나왔다. 네 사람은 말로 형용하기 어려운 보람을 각기 맛보았다.

신생아의 용맹스러운 울음이 자동차 안의 산모와 도오루와 준주를 기쁘게 했다. 신생아는 어머니의 가슴 위에서 꼼지락대고 있었다. 도오루는 뒷좌석에서 나머지 오물을 깨끗이 치우고 있는 준주를 돌아보았다. 산모는 잠시 정신을 잃는 듯 눈을 감고 있었다. 준주는 산모의 뺨을 살짝 때리며 정신을 차리라고 말했다. 그러곤 제도용 칼로 탯줄을 잘라 꼼꼼하게 묶었다. 준주는 미리 벗어 둔 속치마에 아기를 돌돌 말아서 산모의 가슴 위에 눕혔다. 도오루의 윗옷이 축축하게 젖었다. 도오루가 자리를 정리하며 말했다.

"제가 치우겠습니다, 준주씨. 옷은 빨면 되고요."

준주는 산모가 들고 왔던 가방을 열었다. 다행히 산모가 입을 속바지와 기저귀들이 깨끗하게 접혀 있었다.

T대학병원 응급실은 환자들과 보호자들로 붐볐다. 도오루는 일분 일초를 다투는 위급한 환자들이 실려 오가는 응급실로 산모를 양팔로 안고 들어섰다. 그새 산모는 정신이 들었는지 입술을 달싹여 '감사합니다. 수고하셨습니다.' 말했다. 준주는 하얀 속치마에 신생아를 꼭 싸안고 도오루의 뒤를 따랐다.

준주가 응급실 의사에게 일어난 일에 대해서 급히 보고하는 동안 도오루는 병원 복도에 앉아 창문 너머로 빙긋이 웃으며 준주의 동선을 주시했다. 예고 없이 일어난 사건이 꿈결처럼 머리에 스쳐 지나갔다. 태어나서 처음으로 분만을 도운 도오루는 갓 태어난 아기를 처음 보았다. 하지만 무엇보다 가슴이 벅차오르는 이유는 짧은 시간이지만 준주와 믿을 수 없는 현장을 함께 보냈기 때문이다.

그녀를 기다리는 동안 도오루는 주변은 멈춘 것만 같았다. 그녀에게 이토록 마음이 기울어진 자신을 보며 추스를 수 없는 감정이 꿈틀거렸다. 그녀가 자신의 속치마를 벗어 아기를 감싸 안고 있던 모습이 떠올라 누나 도미요네 매장의 치마를 선물해야겠다고 생각했다.

응급실에서 나온 준주는 지금까지 기다려 준 도오루에게 그제야 제정신이 들어 일어났던 일들에 대해 부끄러웠다. 속치마를 벗어 던진 것이 어쩌면 그에게 경솔해 보이진 않았을까, 하는 우려 때문이다. 준주는 그의 자동차 조수석의 문을 열었다. 차 안의 비린 냄새가 아직 빠지지 않았다. 준주는 승용차 안의 오물들은 응급실로 보내고 도오루의 윗옷을 따로 챙겼다.

"태반은 제가 응급실로 가지고 갔어요. 힘들고 당황하셨지요? 도오루 씨가 아니었다면 그분이 길에서 아기를 분만할 뻔했어요. 얼마나 다행이었는지. 저 역시도 든든한 도오루 씨가 곁에 계신 덕분에 믿고서 아기를 잘 받을 수 있었어요. 수고하셨어요. 도와주셔서 감사해요."

"놀랐습니다. 그 용감함이 아름답게 느껴졌어요. 준주 씨야말로 그런 힘이 어디서 나오시는지……. 여성은 강하다는 것을 확인했어요. 아이 낳는 사람도 여성, 그 생명을 받아 주는 사람도 여성인 준주 씨. 여성은 정말 위대해요."

도오루는 맑은 시선으로 준주를 바라보았다.

"학교에서 이론상으로 배우는걸요. 실제로 병원에서 경험하기도 했고요."

"만나서 기쁘군요, 준주 씨."

기쁨이 흘러넘치는 눈길로 사랑스럽게 그녀의 두 눈을 맞추었다.

"미츠코시에서 내려 주시면 감사하겠어요."

준주는 고개를 옆으로 돌려 자동차의 핸들을 잡고 있는 도오루에게 말했다.

"백화점 2층에 누나 매장이 있는데 제가 올라가서 치마 선물을 준주 씨께 드리고 싶어요."

"아, 아니에요. 그럴 필요까진 없어요. 백화점 가면 제 옷이 또 있어서요. 거기까지만 데려다주시면 돼요."

함께 있고 싶은 마음은 절실했지만 도오루에게도 시간이 없다. 중요한 프레젠테이션을 준비할 시간이 촉박해서 여러 선배들과 교수들에게 준비한 졸업 과제를 가지고 달려야 할 판이다.

"그럼 준주 씨, 다음에 임산부 병실에서 봐요."

준주는 상냥하게 고개를 살짝 숙여 인사했다.

한바탕 꿈을 꾼 것만 같다. 만남의 기쁨을 표현할 새도 없이 자동차 안에서의 분만 사건이 일어나고 말았다. 둘이 힘을 합쳐 임산부를 순산시킨 놀랍고 경이로운 특별한 시간이었다. 그날의 기억을 평생 소중하게 간직하리라 도오루는 다짐했다.

도오루는 손목시계를 내려다보았다. 아버지를 만나 자동차를 반납하고 프레젠테이션도 진행해야 했다. 여진에 대비하기 위한 건축기술에 대한 토론에 건축가 요시다 가즈오 교수가 나오기로 돼 있었다.

도오루는 대학 건축학부 건물 뒤편에 자동차를 세웠다. 제도용 가방을 꺼내기 위해 자동차 뒷문을 여니 트레이싱 페이퍼 하나가 바닥에 구겨져 있다. 무심히 종이를 펼쳤다. 그 종이 위에 준주의 발바닥 도장이 찍혀 있다. 발 도장은 마치 조선의 반도 같았다. 도오루는 허공에 이 종이를 펼쳐 들고 빙그레 웃었다. 그녀의 발 도장에 햇살이 투영되자 미세한 주름들까지 신명하게 드러났다. 조선 반도의 큰길과 오솔길, 산봉우리들과 구비진 언덕들, 붉게 노을 진 바다까지 발 도장에 찍혀 있었다.

도오루는 광장 정원의 분수대를 가로질러 대학의 본 건물로 향했다. 잔디를 끼고 건물의 계단을 두세 칸씩 건너뛰어 쏜살같이 강의실로 올라갔다. 강의실 안에는 교수들과 선배들이 자리하고 있었다.

"늦어서 죄송합니다."

가즈오 교수에게 다소 늦었다는 눈인사를 전하면서도 입가엔 웃음이 저절로 새어 나왔다. 도오루가 큰 소리로 말했다.

"제가 임산부한테서 고추가 달린 아기를 받느라고 늦었습니다. 산모는 무사합니다."

아버지 가즈오는 당황하여 눈을 치켜뜨고 도오루를 노려보았다. 교수들은 일제히 함박웃음과 박수를 보냈다.

"근데 유감스럽게도…… 제 아기는 아닙니다."

강의실에 있는 사람들 모두 머리를 갸우뚱했지만 가즈오 교수만은 안도의 숨을 길게 내뿜었다.

산부인과 병실 안은 늘 생기가 돈다. 준주는 그것이 아기가 탄생한 생명의 기쁨을 나누기 때문일 거라고 생각하며 신생아실로 들어섰다. 준주보다 한발 먼저 온 도오루는 하얀 마스크를 쓰고 한 아기에게 정신을 쏟고 있었다. 준주에게는 생명의 경이로움에 감탄하는 이 청년의 모습이 도리어 신기하게 느껴졌다.

"언제 오셨어요?"

준주가 마스크를 풀면서 말했다.

"내 아기가 아닌데도 이렇게 궁금한데 아기를 낳은 엄마는 정말로 궁금하겠군요."

신생아실 입구 한쪽에서 한 산모가 아기에게 수유하고 있는 중이었다.

"우리가 같이 받아 준 그 산모를 방문할까요? 아주 감사해하는 것 같아요."

그들은 복도로 걸어 나와 남쪽으로 향한 병실 문 앞에 섰다.

"어머나, 자주 찾아 주시니 감사합니다."

앳된 산모는 고마움과 수줍음으로 몸을 일으켰다. 노오란 햇살이 병실 창을 통해 들어오고 있었다.

"도오루 씨, 들어오세요."

준주가 말하자 도오루는 눈웃음을 머금고 성큼 들어왔다. 산모는 여전히 그날을 잊을 수 없는지 고맙다는 인사를 반복했다.

"아기도 건강하고 순산하셔서 얼마나 좋으세요?"

도오루가 산모에게 말했다.

"사이렌 소리에 제가 그만 놀랐어요. 그리고 방공호라서 전쟁이 터지는 줄 알고 너무 겁이 나고 불안했거든요. 그때 선생님들을 만나지 않았다면 정말 끔찍했을 거예요. 더구나 부인과에서 공부를 하신다니 전 행운이었죠!"

젊은 산모는 지친 기색도 없이 말을 잘했다.

"천만에요. 좀 더 잘 보살펴 드려야 했는데 저도 처음 아기를 받아서 서툴렀어요. 속으론 걱정을 많이 했거든요."

준주는 솔직한 감정을 털어놓았다.

"이 남자분이 버티고 계시지 않았다면 아마도 전 난산했을 거예요.”

산모는 도오루에게 계면쩍지만 고맙다는 마음을 표현했다.

“다시 한 번 두 분께 깊이 감사드립니다.”

산모는 자기도 모르게 눈시울에 고여 드는 눈물을 닦았다.

사실 도오루는 산모를 방문하며 내심 준주를 다시 만난다는 설렘과 기대가 컸다. 그래서 면회시간을 눈여겨 살펴보고 온 것이다. 자동차 안에서의 출산 사건은 일순간 사라져 버릴 꿈 같기도 하다. 도오루는 저 멀리 서 있는 그녀를 향해 마라톤 선수가 되어 땀을 뻘뻘 흘리며 달려가는 꿈을 꾸기도 했다.

도오루에게 전할 것이 있다며 준주가 잠시 기다려 달라 하고 사라졌다. 그러고는 이내 손에 보자기를 들고 나타나더니 부인 병동의 뒤뜰로 나가자고 말했다. 작은 연못이 햇빛을 받아 반짝인다. 뒤뜰에는 조용한 오후가 펼쳐지고 있다. 준주의 이마에 햇살이 쏟아졌다. 이마에서 시작된 고운 선이 콧등을 타고 조금 벌어진 입술로 내려왔다. 무엇인가 말할 듯이 엷은 미소를 짓고 있는 그녀의 표정 하나하나를 놓치지 않고 숨죽인 채 바라보는 도오루에게 준주가 입을 뗐다.

“이걸 전해 드리려고요.”

그녀가 건축용 칼과 깨끗이 세탁한 그의 윗옷을 내놓을 때 도오루는 자신의 이마를 손바닥으로 살짝 쳤다.

“제 옷을 세탁해 주셨으니 그냥 받을 순 없죠. 제가 점심 모시고 싶은데요. 혹시 부산 항의 연락선이나 미나도 우동가게에 가 계신 적이 있나요?”

준주를 만난 것이 특별한 인연이라는 것을 알리고 싶었다. 지나치게 감성적이란 말을 들을지도 모르지만 인연의 시작을 곰곰이 살펴보고 싶었다.

"네? 어떻게 그걸 아셨어요?"

놀라움에 커진 준주의 시선이 정지되었다.

"우린 같이 거기에 있었어요. 제가 틀림없이 맞힌 거지요?"

도오루는 준주의 확답을 듣고 싶었다.

"맞아요. 연락선 부두에서도, 시모노세키 항의 미나도 우동가게에서도."

말하며 준주도 기뻤다. 우연이란 그리 어려운 것이 아닌 것 같다.

"제가 말입니다. 그 때부터 준주 씨를 보고서 다시 만나 뵙길 고대했다면 믿으시겠어요?"

"저 역시 백화점에 화장품 사러 오셨을 때 어디서 뵌 분 같다 생각했어요. 그러고 보니 많이 만나고 스쳐 지나갔나 봐요."

준주의 표정이 활짝 펴지면서 하얗고 가지런한 이가 보였다.

"반가워요. 그러니까 연락선 금강환 동지였군요."

"뿐인가요. 자동차에서 최초로 출산을 도와준 예비 의사시고 전 조수 아닙니까."

준주는 자신을 바라볼 때 도오루가 품고 있는 신비스러운 눈길을 의식했다. 뚜렷한 턱선과 밝은 표정들이 결코 낯설게 느껴지지 않는다. 뒤뜰의 작은 연못 위로 물빛이 모여서 저희끼리 오글거렸다. 녹색 낙엽 하나가 바람결에 떨어졌다. 연못 안에 잠긴 햇빛에 반사된 준주의 모습이 도오루의 눈에서 반짝였다.

"도오루 씨는 하숙 생활을 하시나요?"

준주가 조심스럽게 물었다. 이제 오가와 선생이 고향으로 내려가면 준주 역시 학교 부근에 하숙집을 구해야 했기 때문이다.

"예, 방문하시면 제가 요리를 해 드리겠습니다. 본가는 교토고, 집 떠나온 지 오래돼서 혼자 잘해 먹어요. 어떤 요리든지 주문대로 합니다. 방문해 주세요."

준주는 그의 농담을 그대로 믿고 인정해 주고 싶었다.

"사실 제가 조선 반도 대구 고향을 떠나오니 어려운 점이 한두 가지가 아닙니다."

"무엇이든 말씀해 보세요. 제가 아는 한 알려 드리겠습니다."

"글쎄요. 방을 구해야 하는데 어디가 마땅한지 잘 모르겠어요. 학교 근처가 어떨까 하고요. 혹시 제게 소개할 만한 곳이 있으신가 해서요."

고개를 끄덕이는 도오루는 떠오르는 곳이 있긴 했다.

그들 앞으로 작은 고추잠자리가 낮게 날아와 맴을 그리며 물 위에 앉았다. 그들은 잠시 말없이 꼬물거리는 잠자리의 붉은 꼬리를 응시하고 있었다.

준주가 백화점 시세이도 매장에서 얼굴 마사지를 받고 화장을 하는 날은 요일별로 정해져 있다. 그래서 준주가 백화점으로 오는 날에는 전속 모델이 와서 직접 화장하는 방법을 선 보이는 날로 여성들이 빼곡히 몰려와 부러운 듯 구경을 하곤 했다. 그 자리에서 사용된 화장품의 매상까지 오른 것은 다양하게 소개된 젊은 모델의 영향이 컸다.

준주는 모델 일을 1년으로 계약했다. 결코 만만치 않은 의학부 학비를 지탱하는 데 큰 보탬이 되었다.

장학금을 받기 위해서는 보증인이 필요했다. 심사는 조선 유학생에게 더 까다로웠다. 유학생은 보증인을 두 사람을 둬야 하는데 준주는 부탁할 사람이 오가와 선생뿐이다. 탄탄한 보증인을 세운 일본인 기미코와의 경쟁 끝에 아쉽게 탈락되었다. 이듬해부터는 정신을 바싹 차리고 서류 준비를 철저히 해야겠다고 결심했다. 오가와 선생이 올해 정년퇴직을 한 후 직장이 없는 상태였기에 더 이상 부담을 주고 싶지도 않았다.

현서도 떠올랐지만 그도 아직은 경제적으로 나을 게 없는 청년에 불과했고 조선 사람이 보증인이 되는 건 여전히 어려운 일이다. 행자의 말대로 현서에게 등록금을 받는다면 혹시 출처를 조사받을지도 모른다. 차라리 스스로 일자리를 구하는 편이 가장 속 편한 방법이었다.

준주는 유학 생활이 버겁고 혹시 불쾌한 일이 닥치더라도 담담하게 받아들이기로 했다. 어려운 일들을 하나씩 헤쳐 나가는 것은 곧 이곳 문화를 알아 가는 과정이라는 생각이 들었다. 그런 단계를 통해 성숙한 어른으로 성장하리라 느꼈다. 그래서 아침에 눈을 뜰 때면 강해져야 한다고 스스로를 거듭 타일렀다.

의학부는 다행히 한 주에 4일만 강의가 있다. 그중 강의시간을 하루 단축해 교양과목을 다른 날로 옮겼다. 한 주에 반은 일하고 반은 모델 일을 해도 견딜 만했다. 하지만 의학부 본과에 오르면 이 일에도 미련을 두면 안 될 것이다. 본과에서는 해야 할 과제들이 늘어 일할 시간도 없을 뿐더러 수술과 임산부 왕진, 그리고 밤을 새워 하는 분만 실습 등으로 몸은 분주할 것이다.

준주는 진석 오빠가 요코하마에 있는 행자의 거처를 옮긴 후로는 다소 마음이 놓였다. 지레짐작으로 헤아려 볼 수 있는 것은 진석 오빠가 도쿄에 유학 온 조선의 청년들과 비밀리에 모임을 가지고 있다는 것이다. 그것만으로도 모리 순사의 주목 대상이 될 수 있다. 모리는 노동조합이나 무정부주의자들의 모임을 통해 적지 않은 돈이 상해 임시 정부나 해외로 빠져나간다고 주장하는 것이 분명하다. 지금 중국과 만주, 사할린 등의 지역은 하루가 달리 치열한 격투지로 변모해 가는 판국이고, 전쟁은 가장 돈을 쏟아부어야 하는 치열한 싸움터였다. 반전운동을 벌이고 있는 노동조합, 무정부주의자, 유학생들을 감시하고 그들의 자금 출처를 캐는 일이 모리의 담당이니 눈에 불을 밝힐 수밖에 없었다.

모리 순사가 정보를 받고 바싹 추적하기 시작한 것은 몇 해 전 대구에서 진석의 부친이 경찰서에 갔다 온 이후부터다. 그의 전답 수십만 평을 일본 정부에게 내어 주기로 강제로 약속을 받아 냈다. 단, 그 재산 중에 자녀의 교육비는 정부에서 따로 주기로 한 것인데 그 돈이 근래에 진석에게 당도했다는 것이 대구경찰서에서 입수한 정보였다. 그러니 그 돈이 분명 진석의 손에 있을 것이고, 학비와 생활비로 노동운동과 반전운동 조직이 커 갈 것은 당연한 사실이 아닌가. 그 조직을 도려내야 아시아가 전쟁으로 단결해 질서가 잡혀 갈 거라는 게 모리의 사상이었다.

더욱이 요코하마에서 여러 형태의 비밀 조직이 형성되고 있다는 소문으로 모리는 병이 날 지경이었다. 콧수염까지 마음을 돌린 듯하고 오히려 그가 자신을 몹쓸 인간으로 모는 것은 참을 수 없는 배신이다. 콧수염을 보란 듯이 진석을 징병으로 처치하면 고등계 순사 출신들에게 좋은 본보기가 되리라 집중하여 생각했다. 모리는 무언가를 결심을 했다. 진석을 처치할 방법이 떠오른 것이다.

4 청년 활동

태평양을 끼고 있는 요코하마 항은 세계 굴지의 항구 중 하나다. 한두 척의 거대한 여객선은 물론이고 크고 작은 선박들이 항만에 모여 있다. 유럽 신형인 작은 보트들이 푸른 물결을 가르며 해상 멀리까지 드나들고 있어서 세계적인 항구의 면목을 아낌없이 드러냈다.

항구가 시원하게 내려다보이는 솔밭공원의 산장을 빠져나온 진석이 고적한 오솔길을 빠른 걸음으로 걸었다. 산장 발코니에서 항구의 상황을 바라보며 며칠 동안 계획한 것이 드디어 오늘에 이르렀다. 해는 이미 수평선을 넘어가고 어느덧 항구는 어스름한 장막에 싸였다. 파란 네온사인이 하나둘 비치기 시작했다. 부둣가에 있는 다양한 선박들은 선술집이나 찻집의 불빛에 그 몸을 드러내고 있었다.

불빛이 밝아질 즈음 진석이 해변을 끼고 불야성 같은 마을에 닿았다. 그는 모자를 깊이 눌러쓰고 겉옷의 깃을 귀밑으로 올려 세웠다. 그리고 약속 시간이 가까워지자 수많은 선박 가운데 일정한 시간 간격으로 라이터의 반짝이는 불빛으로 신호를 보내는 배를 확인하고 그곳으로 다가갔다. 어둠에 신속하게 몸을 숨겼다. 배의 아래 구석진 곳에 청년 몇 명이 그를 기다리고 있다. 두 개의 손전등 불빛이 탁자를 비췄다.

"진석아, 고맙다. 고생했지?"

"너희가 고생이 많았지. 무사히 잘 왔구나. 다른 학생들은? 아직 연락이 없나?"

진석까지 모두 네 사람이었다. 손과 손을 굳세게 맞잡았다.

"시간이 촉박해서 요점만 말하네. 이 돈이 자네들 활동하기에 턱없이 부족하지만 교통비만이라도 보태야지. 배곯지 말고……. 건강 해치고는 승산이 없다는 걸 명심하자고. 중국 쪽으로 명단을 보내야 하니 좀 도와야 하는데. 홍콩의 샤오룬이 지금 와서 기다리고 있어. 오늘 밤에 만나. 그래서 이 자리를 떠야 해. 자리를 옮겨서 자금은 즉시 숨기고, 명단은 곧바로 전달하도록 하게. 알겠나?"

검은 대학 모자 아래 드러난 진석의 얼굴은 귀티가 났다. 순수한 맑은 두 눈에는 정의가 불탔다. 몇 가닥의 머리카락이 그의 눈썹으로 흘러내렸다. 삐죽이 자라난 코밑수염이 길어져 다소 지쳐 보였다. 진석은 윗옷 안주머니에서 봉투를 꺼냈다. 거기서 나온 백 원짜리를 세 장씩 나눠 주고 나머지 한 장은 도로 자신의 안주머니에 밀어 넣었다.

"이거 좀 봐. 이 학생들은 나름대로 노동조합운동 활동을 하는 모양이야. 모두 아홉인데 주소를 적었어. T대학교에선 최 선배가 이 일을 관여하고. 자네는 도쿄를 맡아 준다 했지? 회원을 열 명만 더 늘리자."

나머지 세 명이 눈빛을 합치면서 힘주어 고개를 끄덕였다.

"수고 많았다. 내가 해야 하는 일을 너희가 적극적으로 이렇게 협력하니까 고맙고 그러네. 서로 연락하는 게 일의 첫걸음이라는 거 절대 잊지 말자. 이 명단 말고는 없지?"

애국적 재일학생연맹을 주도해 온 진석은 미국과 중국 등지에서 활동하는 우국단 단원들과 연락 두절 상태고 일본 내의 활동에서 손발이 묶인 지 오래다. 무력한 상태에 있는 진석의 개인적 사정도 그렇지만 몇몇 노동동맹 동지들을 제외한 나머지 학생들은 자신이 애국자라고 소리만 높일 뿐 활동에 참여하거나 자금을 대는 청년이 거의 없었기 때문이다.

여기에 모인 세 명의 학생은 위험을 무릅쓰고 이곳에 당도했다는 사실만으로도 서로의 속마음을 알고도 남았다. 그들은 손등 위에 손을 포갰다.

"뭉치자! 이겨 내자! 조국을 위하여!"

목소리를 깔고 맹세를 했다. 진석은 동지들과 헤어진 다음 그 길로 샤오륜을 만나기 위해 항구 가까이에 있는 소라우미를 찾았다. 이곳은 향이 짙은 일본차들을 비롯해, 멋쟁이들이 선호하는 중국산 재스민, 네덜란드를 비롯한 북유럽에서 유행하는 과일로 만들어진 홍차와 달콤한 코코아 등이 인기다. 그리고 소라우미의 분홍 체크무늬 커튼이 젊음을 부르는 상징처럼 바닷바람에 휘날리고 있었다.

소라우미는 최근 들어 변화를 주었다. 여주인이 노래를 부르기 시작한 것이다. 갑자기 혜성처럼 나타난 가수 아우도리 사치다.

"준주야, 파랑새라는 내 이름 예쁘지 않니? 파랑새 사치?"

하지만 준주의 머릿속은 위대한 진석 오빠 생각으로만 가득 차 있다. 행자는 준주의 사무치는 고민을 다 알고 있다는듯 고개를 끄덕였다.

"아까도 네 이름이 너에게 잘 어울린다고 생각했어. 파랑새는 해방의 꿈을 찾아 날아가는 이 겨레의 상상 속 새가 아니겠니."

날아오는 불새를 품을 듯이 행자는 허공을 더듬었다. 그리고 목소리를 다듬고 다시 노래를 불렀다.

주방을 끼고 있는 내실에서 준주는 손목시계를 내려다보았다. 7시 5분이었다. 7시 정각에 나타나야 할 진석이었다. 순사에게 잡힌 것은 아닌지…… . 10분이 너무 길다.

"준주야, 와 있었구나. 오빠가 늦었다. 미안하다."

준주는 반갑게 방긋 웃어 보이려고 했으나 눈물이 나올 것 같아 눈꺼풀을 깜빡거렸다.

"괜찮아, 오빠. 저녁은?"

"오다가 요기를 좀 하고 왔어."

진석은 반가운 준주에게 해야 할 말이 많다.

"그럼, 행자가 들어오기 전에 할 말이 있는데. 많이 생각하고 내린 결정이고 준주의 의견은 들으나 마나 아니까."

준주는 고개를 까닥거렸다.

"너 보자마자 여기 두고 또 가야 하니까 답답하다."

진석은 침을 삼키고 잔기침을 두어 번 했다. 준주는 그 말만 듣고도 눈시울이 부수수 부어올랐다.

"지금처럼 일본에 계속 있다가는 활동이 막히게 생겼어. 우리 같은 대학생은 조선의 희망이고 미래라 말하잖니. 무정부주의자들, 우국지사들은 우리를 그렇게 부르거든. 내가 미국으로 가게 됐다. 미국에서는 서재필 선생을 비롯해 여러 우국지사들이 독립운동을 활발히 진행하고 계시지. 그분들의 손발이 되기로 결심했어. 준주야, 넌 원래 총명한 사람이니까 이 땅에서 소신껏 공부해서 성공하게 될 줄 알고 떠날게. 지금은 내가 편히 있을 만한 곳이 없고 여기저기 옮겨 다니니까 나쁜 일 주도하는 인간처럼 눈총만 받으니 말이다. 오빤 자유롭게 활동하면서……."

진석이 내처 말하다가 멈췄다.

"오빠, 언제? 출발은 언제인데?"

준주는 벌써 울먹이며 물었다.

"홍콩에서 샤오륜이라는 친구가 왔어. 그 친구는 나를 도와줄 적임자거든."

"그럼 믿어야지. 오빠."

밖에서 행자의 노랫소리가 짜랑짜랑하게 들려왔다.

"오늘 여기서 만나기로 했어. 시간 거의 다 되었는데, 차이나타운을 들러서 온다고 했으니까."

"샤오륜이라는 청년은 이번에 오빠 일로 온 건가?"

"그렇다고 봐야지."

행자의 노랫소리가 고조되어 진석의 말이 잘 들리지 않는다. 손님들은 아우도리 사치의 노래에 푹 빠져들고 있다. 객석에는 젊은이들을 포함해서 파이프를 입에 걸친 미남 마도로스들이 앉아 있다. 하루살이 나그네를 자처하는 중년층들도 노랫가락에 취한 듯 행자의 입에서 흘러나오는 유행가를 속으로 흥얼거렸다. 카페 실내는 그녀의 목소리에 고조되어 대부분 어깨를 좌우로 흔들면서 한마음으로 즐겼다.

그런데 입구 문설주에 몸을 비스듬히 붙이고 행자의 노랫가락을 유심히 경청하는 사나이가 있었다. 행자는 헌팅캡을 쓴 모리 순사를 발견하자 겨우 외운 샹송 가사를 놓칠 뻔했다. 노래가 끝나고 행자가 내실로 들어오자 밖에서 앙코르 요청과 휘파람이 들려왔다. 행자는 순간적으로 준주에게 밀착해 빠른 말투로 뱉었다.

"모리가 왔으니 몸을 어서 피해. 주방으로 들어가서 왼쪽 벽장을 힘껏 밀면 문이 열려. 그 아래 지하실로 내려가면 책장이 있는데 그걸 밀면 나가는 계단이 있어. 어서 가. 어서."

행자는 다시 홀로 나왔다. 여전히 그녀의 노래를 고대하는 박수가 끊이지 않고 있다. 모리 순사는 잠시 행자가 보이지 않자 빙그레 미소를 지었다. 지난번에도 진석 일행이 몸을 숨긴 보트로 곧장 쳐들어가서 수색했으나 배 안은 사람의 흔적도 없이 깨끗이 비어 있었다. 진석 일행은 배를 수차례 옮겨 뛰는 일에 익숙했기 때문에 한곳에 오랫동안 머무르지 않는다. 모리 순사는 다 잡은 행운을 아차 하는 순간에 번번이 놓쳤다.

행자의 유행가가 연기처럼 피어오르며 노래 가사는 고향의 향기처럼 달콤하게 실내에 젖어 들었다. 행자에게 놀라는 기색이나 어떤 미동도 없었다. 1절을 부르고 2절을 시작하는 사이에 모리가 주변을 둘러봤을 때 이미 진석은 없었다. 행자의 재치가 역력했다. 모리는 고개를 빼고 눈으로 주변을 샅샅이 살폈다. 번개 같은 동작으로 주방을 지나 내실 문을 확 열었다. 그 때 모리의 두 눈을 현혹한 것은 행자의 탐스러운 나체뿐이었다.

"누구시더라? 옷을 갈아입어야 하는데……. 실례하지만 문 좀?"

행자는 모리에게 은근슬쩍 미소를 지었지만 등골에서는 식은땀이 났다. 방금 비밀 문으로 도망간 진석의 일정과 거처가 걱정이다. 사랑하는 진석이 미국으로 갈 때까지만 숨을 곳을 생각해야 한다. 여기도 위험하다.

그 때 샤오륜이 소라우미의 문을 열고 들어왔다. 노래가 막 끝나서인지 분위기는 어수선했고 축음기에서 나오는 에디트 피아프의 샹송이 구슬프게 퍼졌다. 모리가 헌팅캡을 벗어 들고 힘없이 걸어 나오다가 샤오륜을 발견했다. 모리는 몸을 살포시 도사리며 샤오륜의 시선을 벗어나 뒤 테이블에 앉았다.

샤오륜은 시간이 지났는데도 나타나지 않는 진석을 기다렸다. 그런데 모리는 샤오륜을 파출소로 연행할 계획에 집요하게 집중하느라 초조했다. 차이나타운에 들렀다 오느라 시간이 다소 지연되긴 했지만 지난번에도 이곳에 같이 왔기 때문에 장소를 찾는데 자신이 있었다. 샤오륜은 테이블에 놓인 차를 후루룩 들이켰다.

"실례지만, 장진석을 기다리는 건 아니신지요?"

드디어 모리가 그의 옆자리에 슬쩍 허리를 밀며 앉았다.

"아…… 아닌데요."

샤오륜은 그가 순사라는 사실을 눈치챘다.

"장진석 그가 지금 막 도주했는데 기다려도 아마 나타나긴 다 틀렸을 거요."

"난 그런 사람 잘 모르는데요."

그의 일본어에서는 중국인의 발음이 두드러졌다.

"나 차이나타운에 친척을 만나러 왔고, 요리를 배우는 유학생인데 사람을 잘못 보신 것 같네요."

미리 준비도 못해 두었던 거짓말이 술술 나왔다.

"그러시다면 잠깐이면 되는데 날 따라오세요. 내가 잘못 본 것인지 확인하면 될 것 같아서 말이오."

샤오룬은 난처한 기색이다. 속주머니엔 진석에게 전해야 하는 돈 봉투가 들어 있다. 지난번에 미리 이것을 마무리 지었어야 했다는 생각이 간절했다.

"왜요? 누구신데 따라오라 하는 거지요?"

"그건 가 보면 다 알게 될 거고, 나 역시 당신이 누구인지 알 권리가 있어요. 자, 일어나요."

"권리요? 나도 여기 있을 권리가 있는데요. 안 갈 권리도 있고요."

"그러나 난 그 권리를 통솔하는 순사요. 알겠소?"

모리는 대어를 놓친 대신 낡은 은어에 내심 기뻤다. 샤오룬을 조사하면 중국 노동동맹의 조합원과 잡지 발행의 출처를 알 수 있을 것 같았다. 그 잡지를 일본어로 번역해 이곳 회원들에게 배포하는 단체를 알면 큰 수확이 될 수 있겠다는 계산이 섰다.

샤오룬은 홍콩으로 지금 돌아간다 해도 아쉬울 것은 없었다. 다만 진석에게 돈을 미처 전하지 못한 것이 크게 걸린다. 진석이 활동비를 조달하기 위해 홍콩의 조합원에게 집을 담보로 5년 동안 돈을 쓰기로 한 것이었다. 이 자금으로 미국 하와이로 일단 빠져나가 거기서 주류들과 합류할 예정이었다.

파출소는 골목 끝을 끼고 돌아 10여 분 거리에 있었다. 멀리 어둠 속에서 진석과 준주가 샤오룬이 모리에게 연행되어 가는 모습을 가슴 아프게 지켜보고 있었다.

파출소 안에서 순사 둘이 문을 연 후 차렷 자세로 경례를 붙였다.

"의자에 앉으시고 통행증과 여권을 보여 주시오."

"자, 자, 여기 다 있어요. 원하시는 건 다 있소이다. 돈 봉투까지."

샤오륜은 아니라고 우겨서 이야기해 보았자 시간만 지체될 뿐이라는 것을 알았다. 그래서 애당초 적당히 말하고 빠른 시간 내에 빠져나가고 싶었다.

"좋소이다. 진작에 신사답게 그럴 것이지 아니라고 해도 이 개코가 호락호락 넘어가지 않습니다. 어디 봅시다. 이건 무슨 서류요?"

"보시는 대로요."

진석은 일본 정부에 자진 헌납을 하기 싫어서 경성의 필지를 숨겨 두었다. 장씨 손자인 진석이 물려받아야 하는 땅이다.

"이건 장준주의 땅으로 되어 있잖소. 외할머니로부터 받은 20년 전 문서인데 이것을 왜 샤오륜이 가지고 있는 건가?"

모리는 낡은 한지 위에 붓글씨로 쓰인 서 씨, 장수연 그리고 장준주로 이어지는 가족들의 이름을 찬찬히 음미했다.

"장준주의 엄마가 장수연이오? 아버지도 장 씨인데. 장진석은 오빠······."

"내가 조선의 집안 성을 어떻게 다 알 수 있어요? 난 그저 돈을 ······."

"이 돈이 어떤 사연으로 나온 것인지만 말해 주면 오늘은 귀가요."

모리가 선심을 쓰는 양 샤오륜에게 친절하게 말했다.

"우리 집은 중국에서도 부자요. 대대로 한약재를 수출하는 집안이라서요. 아버지가 의사고요. 여기 차이나타운에도 우리 중국요리집이 여러 개 있고요."

"요리집은 알고 싶지 않아요. 식당 일은 내 관할이 아니니까."

"그래서 요리를 배운다고 학원에 등록하고 왔다니까요. 여기 요리 학원증이 있어요. 보시겠어요?"

모리는 샤오륜이 내민 학원증을 뚫어지게 보았다. 의심스러운 눈초리가 역력하다.

"일단 돈은 압수요. 내일 당장 홍콩으로 돌아가시오."

"돈은 왜 압수하는 건가요? 아직 일본에 더 있어야 하는데요."

"그러시든가, 그럼."

모리는 거금을 압수한 것으로 만족했다. 독립자금의 활동 범위가 줄어들 것이라는 생각이 들었기 때문이다.

준주는 도쿄로 떠나는 기차표를 확인했다. 오빠 진석과 인사를 마치고 움직이는 기차에 몸을 실었다. 진석과 중국 청년 샤오륜, 그리고 행자와 다 함께 그간의 소식들을 나누지 못한 안타까움이 밀려왔다. 준주는 의학 공부를 착실히 해 간다면 고국을 위해 언제라도 자신이 쓰이리라 생각했다. 필요한 기술을 얻은 후 즉시 조선으로 돌아가 의술을 베푸는 것이 무엇보다 조국을 위하는 일이라 여겼다.

언젠가 진석이 했던 말이 떠올랐다.

"준주야, 우리 조국이 있어야 봉사를 하지. 우리는 내 나라를 위해 일을 할 청춘이란 말이야."

"의술을 베푸는 것도 우리 겨레를 위한 일이지!"

준주는 단순히 대답을 해 보았다.

"그렇지. 하지만 우리 조국에 베푸는 일도 일일이 다 끌려가서 일본인들에게 조사를 받아야 하니깐 문제지. 돈도, 집안 문서도. 바로잡아야 할 거 아니냐."

진석은 말을 잇지 못하고 한숨을 내쉬면서 준주를 철모르는 어린애를 보듯 바라보았다.

"난 오빠가 마음이 좋고 넓어서 사람들한테 퍼 주는 줄로만 알았는데 이젠 많이 달라졌어."

"이곳에 있다 보면 저절로 다 애국자가 돼. 조선에 있을 땐 우물 안의 개구리였어. 비가 오는지 날이 새는지를 몰랐다니까. 떠나와서 보면 얼마나 조선이 우리에게 필요한 나라인지 알게 돼. 누가 시키지 않아도 말이지. 이런 일을 아주머니가 할 수 있을까? 아버지가 할 수 있겠니? 조국의 피 끓는 젊은이들이 솔선해서 우리 조선을 걱정하는 건데, 그것조차 마음대로 못하니 그게 바로 내 나라를 잃었기 때문이 아니겠냐고. 일본 청년들이 동아리 하면 잘한다고 격려금도 내리는 모양인데 중국인이나 조선인들은 조사를 받을 뿐더러 징병으로 잡아다가 전쟁터로 가라고 하니 우리 부모들이 어디 마음을 놓고 살겠니?"

진석에게서 나오는 뜨거운 열기에 준주의 얼굴도 붉게 달아오르고 있었다. 오빠에게 힘이 될 수 없다는 것은 불행한 일 같다. 대학 성적을 올리는 길뿐, 이 길이 피멍 든 가슴을 가라앉히는 것이다.

기차는 어느덧 도쿄에 근접하고 있다. 준주는 진석 오빠를 다시 바라보게 되었다. 안 보던 사이에 자신이 알고 있던 대구 부잣집의 청년과는 거리가 먼 사람이 돼 있었다. 진석이 무엇을 열망하는지 어렴풋이 눈치채게 되었다. 그렇다 해도 오빠가 걱정되어 더욱 가슴이 사무치고 답답하다. 극적으로 행자네 소라우미에서 뒷문으로 도망친 것만 보더라도 예삿일은 아니었다. 만약 모리에게 잡히면 어떻게 되는 것일까. 마치 나라를 잃고 부모마저 잃은 천애고아가 세상을 헤매는 것만 같은 기분에 준주는 공연히 마음이 울컥했다. 진석 오빠가 말하는 무정부주의운동이나 노동조합운동이 과연 무엇인지 생각하며 이케부쿠로역으로 가는 시전을 갈아탔다.

진석은 샤오륜이 머물고 있는 파출소 근처로 다시 돌아왔다. 가슴이 답답해 왔다. 그 돈으로 일본을 빠져나간 후 세계인들에게 조선의 처지와 상황을 알리고 다양한 사회건설 모임들을 널리 소개하며 반전운동을 꾀하려던 희망적인 계획은 미뤄야 한다.

어둠이 짙어질수록 파출소는 호롱불을 따다 놓은 것처럼 실내의 전경이 송두리째 보였다. 샤오륜은 의자에서 일어났다 앉았다 당황하는 모습이 보였고, 모리는 의기양양해 빙그레 웃으며 너스레까지 떠는 게 아닌가.

샤오륜은 일단 활동을 접고 홍콩으로 돌아가야겠다고 생각했다. 자금을 압수당했으니 홍콩에서 흘러들어 오는 식당의 음식을 대는 자금도 위태로울 수 있다. 그러면 더 많은 중국 청년들도 다친다.

파출소를 박차고 나온 샤오륜이 골목 끝으로 돌아서려는 찰나, 진석이 재빨리 나타나 소라우미 뒷문 쪽으로 사오륜을 데려갔다. 그리고 자신이 도망 나왔던 뒷문을 연 후 벽장을 밀고 부엌의 내실로 샤오륜을 이끌었다. 에디트 피아프의 샹송이 아련하게 들려왔다. 뒷방에서 둘은 한동안 말을 잊었다.

"교토의 길현서를 만나야 합니다. 여기 주소가 있습니다."

진석이 말했다.

허탈한 기분에 젖은 둘은 모두 매우 침울해 보였다. 그 때 행자가 와인 병과 잔을 들고 내실로 들어왔다.

"오빠, 오늘은 무거운 생각은 그만하자고요. 마음을 진정시키면서 해결책을 하나씩 풀어 가요. 네? 자아, 샤오륜 오빠도 받아요. 나도 적극 도울 테니 날 이용해 봐."

"고맙다, 행자야. 지금도 먹을 것도 주고."

진석의 말에 모처럼 웃었다.

"길현서를 만나야 한다고요?"

샤오륜이 물었다.

진석은 샤오륜이 안전하게 돌아갈 때까지 현서가 잘 보호해 주리라 믿고 있었다. 현서 옆에는 누구보다 믿을 수 있는 사업파트너인 콧수염이 있다. 정보에 빠른 그가 항구의 분위기도 알아봐 주리라 생각했다. 연락선마다 순사들이 타고 다녔지만 간혹 순사들이 없는 선박도 있었다. 그런 선박을 찾는 데는 콧수염만 한 사람이 없을 것이다. 진석은 현서와 콧수염을 믿을 수밖에 없었다.

샤오륜은 현서가 콧수염을 만나 안전한 연락선의 날짜를 받는 동안 현서가 마련한 하숙집에서 며칠 머물렀다. 도쿄의 기숙사 계림장에서 요리 학원을 다닐 계획은 일단 취소하기로 했다. 그곳은 고학생들뿐 아니라 전쟁을 반대하는 일본 청년들을 쉽게 만날 수 있는 장소지만, 더 이상 모리에게 노출돼서는 안 된다는 생각이다.

다행히 콧수염을 통해 홍콩으로 떠나는 선박 날짜에 대한 정보를 얻었다. 단지 샤오륜은 더 이상 진석과 준주를 만나지 못하는 것과 거액의 돈을 압수당한 것이 몹시 안타까웠다. 그나마 요코하마의 차이나타운 중국 노동연맹 잡지 발행 출처 목록을 집에다 두고 온 것이 얼마나 다행인지 몰랐다. 당분간은 아버지가 이어 온 한의원에서 쓰는 약초들, 그리고 유럽으로 수출하는 약들을 관리하며 몸을 숨기면서 적절한 날을 기다려야 한다.

결국 샤오륜은 짤막한 메모와 주소를 진석에게 남기고 통제와 감시가 소홀한 연락선을 타고 홍콩으로 떠났다. 만약 콧수염 순사가 아니었다면 떠나는 날까지도 이어진 모리의 끈질긴 거액 자금 출처 추적으로 진석까지 편치 못했을 것이었다.

현서는 꼼꼼하게 가계부를 쓰고 난 후에 잠자리에 들었다. 이튿날 미츠코시 백화점 의상실의 도미요에게 고급 털실 견본을 가져가야 하기 때문에 이른 새벽에 도쿄로 올라가야 했다. 그것은 황족 기모노의 오비에 처음으로 시도하는 고급 모사였다. 더욱이 백화점에서 준주와의 약속도 있었기 때문에 다른 때보다 일찍 잠을 청했다. 백화점 2층에 있는 도미요의 편물 매장이 인기를 몰고 오는 바람에 준주가 일하는 곳에 자주 들르게 된 것이 그에게는 또 하나의 즐거움이었다.

이튿날 현서는 미츠코시 백화점 내의 시세이도 화장품 진열장 앞으로 숨차게 달려갔다. 확장 축하로 도미요에게 모찌를 준비했다고 말하며 준주 앞에도 한 상자를 내려놓았다. 그러곤 준주와 함께 백화점 아래층의 찻집으로 나왔다. 준주는 차를 시킨 후에 현서 오빠를 지긋이 바라보았다. 현서 오빠가 열심히 일하는 모습이 믿음직스러웠다. 그 순간 마음에 느닷없이 요시다 도오루가 떠올랐다. 왜 현서 오빠를 보거나 생각하면 그가 떠오르는 것일까, 하고 고개를 갸우뚱한다.

"진석 오빠가 순사에게 시달리고 있는 거 알지? 미국 가는 게 좀 힘든가 봐. 그동안 기거할 만한 곳이 없을까? 행자가 있는 곳은 발각됐고, 오가와 선생님 부부가 곧 아키타로 옮기셔서 나도 하숙집을 얻어야 할 판이라서 걱정이야, 현서 오빠!"

준주는 말을 멈추고 울컥했다. 생각하면 주변의 친구들 모두가 편치 못한 생활을 이어 가고 있는 것 같다. 가난하지만 마음은 편하게 공부해야 한다고 여겼던 자신의 생각은 잘못된 것이 아닌가 싶을 정도다. 진석 오빠에게 조금이라도 도움도 되지 못한다는 생각에 준주는 자신이 무리에서 외롭게 이탈한 외톨이라고 느꼈다.

"준주야, 무슨 걱정을 혼자 다 지고 있어? 진석 오빠는 꼭 필요한 청년 모임과 단체 활동을 하는 거야. 있는 집 조선 대학생들도 다 모임을 가지고 있잖아. 준주는 너 자신을 돌봐야지. 난 네가 힘든 의학 공부를 끝까지 마치길 바라. 너 믿고서 이렇게 살고 있는데……."

현서는 준주가 자신만을 유일하게 기다려 주기를 바라고 있다.

"너, 기억하지? 우리 대구에 있을 때 말이야. 난 너랑 약속한 거 반드시 지킬 거야. 서로 좋아하는 사람들은 첫째가 믿음이라는 거."

"응, 알아. 근데 믿음은 어려움이 많아. 오빠도 잘 알잖아!"

둘 사이에 잠깐 어색한 정적이 흘렀다.

"오빠, 2층 도미요 씨네 매장은 사업을 잘하나 봐. 편물 옷들이 진짜 에뻐. 오빠를 믿고 호감을 가지고 있는 것 같아서 살된 일인 것 같아, 오빠."

현서는 지금처럼 준주에게 자신을 어떻게 생각하느냐고 물었다가 무안을 당한 적이 여러 번이었다. 은근히 화제를 돌리는 준주를 보면 자신을 향한 이성적인 감정이 아예 없는 게 아닌가, 안타깝다. 그저 준주가 공부를 해야 하는 입장이라 간접적으로 거절의 의사를 보인 거라고 생각하기로 했다. 강가의 물고기처럼 놓아두면 자연스럽게 자신에게 오리라 생각했다. 그저 준주가 도쿄에서 의학부에 다닌다는 것만으로도 자랑스럽고 고맙다. 그런 준주에게 자신의 애인으로 지내자고 너무 서두르고 조르는 것만 같아 또 한 번 무안해졌다.

　　한편, 도오루는 야요이의 생일을 맞이해서 꽃다발을 들고 백화점 2층 누나의 가게로 향했다. 백화점 근처 찻집을 지나던 도오루는 준주를 발견하고 몸을 움츠렸다. 하마터면 준주 씨, 하고 큰 소리로 이름을 부를 뻔했다. 준주가 앉은 테이블 위엔 돈 봉투가 놓여 있고 그 맞은편엔 남자가 있다. 도오루는 묘한 기분에 사로잡혔다. 그 돈이 마치 준주가 애인으로부터 받는 격려금 같다는 생각마저 들었다.

　　"준주야, 이번에 대구에 다녀오려고."

　　"대구에 간다고? 유모가 보고 싶어."

　　현서는 말없이 준주 앞으로 돈 봉투를 바짝 내밀었다.

　　"오빠 너에게 용돈 줄 때 가장 행복하다. 이사도 한다는데 조금 보태라. 어머니께 안부 전할 것이야."

　　"오빠."

　　준주는 현서에 대한 고마움으로 봉투를 손에 꽉 쥐었다.

　　마침 그 때 도오루가 도미요의 매장에 오르기 전에 구내 찻집에 앉아 있는 준주 쪽을 바라보았다. 마치 울 것 같은 눈망울로 청년을 올려다보고 있었다. 도오루는 그 상황으로 여러 가지를 상상해 보았다. 저 남자는 오빠일까, 애인일까. 더욱이 준주의 마음을 짐작할 수가 없다. 애인이 있었기에 때로는 냉정하게 때로는 다정하게 때로는 혼돈스럽게 자신을 대했던 것은 아닐까 생각하며 누나 도미요의 매장에 발을 들여놓았다.

"도오루, 무슨 생각을 그렇게 골똘하게 해? 야요이는 벌써 왔는데."

도미요가 매장 쪽을 시선으로 가리켰다. 야요이는 옷을 갈아입고 있었다.

"오빠, 왜 늦었어요? 언니가 오늘 저녁을 산다는 말 잊지 않았죠?"

"여기 꽃다발. 생일 축하한다, 야요이. 이제 숙녀로 성숙해져야지."

"고마워요. 야, 정말 예쁘다."

건네준 꽃다발에 코를 대고 향기를 맡고 있는 야요이를 바라보며 도오루는 생각했다. 도오루의 시간은 정지되어 버린 것만 같다. 준주가 멀어지지 않도록 간절히 바랄 뿐이다.

"누나가 저녁을 산다고?"

"우리 매장 제일의 고객인데 내가 잘 모셔야지. 게다가 야요이 어머니께서 궁에까지 소개를 해 주시고. 이번에 모사실로 다시 디자인해서 기모노의 혁신을 일으켜 볼 테니까 말야."

도미요가 콧소리를 섞어 말했다.

야요이의 친모는 황실의 친척이다. 꽃꽂이를 비롯해 궁중요리, 미용이나 패션까지도 궁으로 디자이너를 불러서 마련하곤 한다. 그녀의 남편 혼조 장군은 군에 몸을 담은 지가 25년째다.

"야요이, 오늘도 하루 인형을 가지고 왔어?"

인형을 쥐고 있는 야요이를 내려다보며 도오루가 물었다.

"이건 내가 가지고 있으면서 예뻐해 주라고 료오코 아주머니께서 주신 거라니깐. 인형 혼자 방구석에서 가만히 있는 것보다 내가 예뻐해 주니 오빠도 좋잖아."

"엄마가 하루에게 만들어 준 건데, 하루가 없으니 이젠 야요이가 임자지. 귀여워해 주면 좋은 일이지."

"내가 외출할 때 혼자 두면 심심하잖아요."

울상이 돼 버린 그녀를 도오루가 다독인다.

"꼭 가지겠다고 마음을 먹으면 지진이 나도 가지고 말지. 여관에 불이 났을 때도 막무가내로 성화를 내서 내가 끄집어내 준 거고."

"내가 고집 부리지 않았다면 지금 이 인형은 이 세상에 없었어. 도오루 오빠도 누구에게도 안 뺏길 거야."

야요이는 가자미눈으로 도오루를 흘겨보았다.

"나는 물건 아니야!"

도오루는 문득 준주에게 달려가지 못했다는 생각으로 무력감에 사로잡혔다. 야요이가 무슨 말을 했는지조차 기억나지 않을 만큼 아무 소리도 들리지 않았다.

준주와 행자, 그리고 현서는 조심스럽게 진석의 하숙집으로 모였다. 곧 다른 곳으로 옮겨야 한다는 의견을 모으고 나자 자연스럽게 유년 시절의 추억들이 구구절절 튀어나왔다. 현서는 계속 웃고 있었고, 준주는 짐짓 연극 대사를 외우듯이 큰 소리를 냈다.

"나한테 시집 온너라. 알았으만 대답 쪼매 해 보래이. 이렇게 말하다가 달아났잖아, 오빠."

풋, 하고 준주가 침을 튀기며 웃자 현서도 그만 따라서 껄껄 웃음이
터져 버렸다. 즐겁고 행복했다. 행자와 진석이 점심으로 내놓은 것은 카
레라이스와 단무지 몇 조각이었다. 모두 그 맛에 놀랐다. 그것이 그렇게
맛이 좋을 줄이야. 참으로 뜻밖이다. 맵지도 않고 짜거나 싱겁지도 않았
다. 달콤하고 고소한 맛이 입속에서 감돌았다. 조선의 죽마고우들은 다
시 서로의 얼굴을 보며 까르르 웃어 댔다.

설거지는 준주가 했다. 소매를 걷어붙이는 행자의 등을 떠밀어 방
으로 들여보내고는 씻은 그릇을 마른 행주로 닦아 선반 위에 올렸다. 그
밖에도 이것저것 정리해 깔끔하게 마무리했다.

방에서는 나팔꽃 모양의 귀가 달린 전축에서 레코드가 돌아가며 음
악이 흘러나왔다. <목신의 오후>, <G선상의 아리아>, 그리고 베토벤의
<월광> 등이 이어졌다. 구슬처럼 맑고 오묘한 선율이 마음속 저변까지
울려 퍼지는 동안, 준주는 오빠 진석에 대한 연민과 불안 등이 몰고 오
는 안타까움에 가슴이 쓰렸다.

"준주는 뭐 하니? 아주 부엌에서 살래?"

행자가 문을 열고 준주를 불러들였다. 행자는 꾀꼬리같이 고운 목
소리로 <술과 눈물>이라는 유행가를 부르기 시작했다. 그들은 두 손바
닥이 아프도록 박수를 쳤다. 그 때 갑자기 방문이 열렸다.

"실례합니다. 학생 잠깐만요."

기모노 차림의 늙숙한 부인이 진석에게 손가락을 입술로 가져다 대
며 눈을 크게 깜빡거렸다. 그러자 진석은 비호 같이 달려서 방구석 벽장
속으로 몸을 숨겼다. 부인도 금방 돌아서서 방문을 닫고 발자국 소리를

죽이면서 계단 아래로 내려갔다.

"네, 지금 갑니다."

누군가에게 외치는 소리가 위에까지 들렸다. 잠겨 있는 현관문을 여는지 '타탕', 하고 부딪치는 소리가 요란했다. 이내 2층 방문이 활짝 열렸다.

"꼼짝 마라! 그대로 있어. 모두."

땅딸막한 젊은 남자가 소리를 꽥 지르며 문턱을 넘어왔다.

"누구요? 누굴 찾으시오?"

현서가 한 발 앞으로 나가면서 그 남자를 막아섰다.

"내가 분명 세 사람이 들어오는 걸 봤는데? 방에 있어야 할 한 사람은 어디에 있소?"

"어디에 있긴? 볼일이 있으면 나가는 거지. 왜 물어요?"

"이 방 주인장은 어디에 있냐는 말이오."

그는 소리를 버럭 질렀다.

"우리가 친구를 찾아왔더니 시내에 볼일이 있어 나갔나 보오. 그런데 이 집 주인이 누군지 알아요? 누굴 잡으러 왔단 말예요? 영장부터 보여 줘야 순서가 아니오?"

남자가 대답은 하지 않고 문 쪽으로 다가왔다.

"계장님, 올라오셔야 하겠습니다. 여기 까다로운 손님이 계셔서 주문이 많은데요?"

아래층에서 한 사나이가 올라왔다. 준주와 행자는 테이블 앞에 마주 앉았고 현서는 궁의 수문장처럼 버티고 서 있었다. 마침내 한 남자가 방 안으로 들어와 현서와 마주쳤다. 모리 순사다.

"난 경시청 고등계의 모리 순사요."

"아, 그렇소? 난 이런 사람이오만."

현서는 지갑에서 명함 한 장을 꺼내더니 모리의 눈앞에 내밀었다. 모리는 시선을 돌리려다 명함에서 눈을 떼지 못했다.

"K견직이라면 황송하게도 황실의 어의를……."

모리는 명함의 글자를 읽자마자 어쩔 줄 몰라 허리를 굽혔다.

"어려운 걸음을 하셨는데 천천히 찾아보시오."

"아, 아니올시다. 상부의 지시에 따라 공무 집행차 나왔던 것이니 양해하십시오."

말을 마치고 모리는 부하를 데리고 돌아섰다. 잔뜩 긴장하고 있던 준주는 현서의 얼굴을 지켜보았다. 험한 일을 당할 뻔한 위기에서 현서가 침착하고 당당한 태도로 순사들을 보냈다는 사실이 신기하기만 하다. 명함은 이런 일이 벌어질 경우를 대비해서 콧수염이 미리 가르쳐 준 비방이다. 황실을 흠모하는 순사들에게 현서가 보여 준 명함이 먹힌 것이다. 그런데 현서의 얼굴은 이내 굳어 버렸다. 준주가 고개를 갸우뚱하며 벽장 앞으로 가 진석을 불러냈다.

"현서, 어떻게 된 일이야? 모리가 순순히 물러갈 위인은 아닐 텐데?"

진석이 현서 앞에 서서 그의 대답을 기다렸다.

"황실의 직물과 기모노 어의를 담당하고 있는 요시다 도미요의 명함이 마침 생각나 내보일 수밖에 없었어. 당장은 어려움을 모면했지만 탄로가 나면 나도 걸릴 기야. 빨리 여기시 빠져나가자. 모리가 날 알아보고 되돌아올지 모르니까. 우리 집으로 가자. 교토까지 시간이 걸리지만 다른 방도를 찾을 때까지 우선 가서 다시 생각해 보자고."

"외출하는 셈 치고 교토로 가자."

그들은 밤차로 출발해 차 속에서 하룻밤을 묵고 새벽에야 도착했다. 외출치고는 먼 길이었다.

현서의 집은 일본식 구조의 이층집이었다. 준주는 현서가 거처하는 2층 방에 앉아서 위에 있는 다락으로 오르내리는 계단을 올려다보았다. 이동식 계단이었다.

"저 위에 또 방이 있어?

준주가 목소리를 낮추고 물었다.

"방이라곤 할 수 없고 그저 피신하기에 알맞을 거 같아서. 평소에는 집을 비워 두니까 숨어 있기에 불편하지 않을 거야. 다른 대책이 설 때까지 고생 좀 해야지."

도쿄에서 교토까지의 먼 길을 함께 와 준 것만으로도 준주와 진석은 신세를 졌다고 생각했다.

"현서에게 이런 신세까지 지고 할 말이 없다. 고맙고 미안하다는 말밖에. 준주는 그만 가 봐라. 오빠 걱정은 이제 말고."

진석이 겸연쩍어하며 가벼운 미소를 띠었다. 그리고 짐 가방을 둘러메고 계단을 올랐다. 현서와 준주도 그 뒤를 따랐다. 다락 안에는 뭉실하게 꾸린 봇짐과 그보다 더 큰 보자기에 싼 짐이 있었다. 진석이 몸을 피해 있을 곳은 지붕으로 이어지는 층계 뒤쪽을 개설한 공간이다. 앞으로 필요에 따라 현서가 먹을 것을 가지고 올라오더라도 문제는 없을 것이다. 겉으로 봐서는 지붕 아래 이런 공간이 있다고는 상상이 안 되는 밀실이다. 작은 화장실도 딸려 있었고 욕조는 아래층과 함께 사용하도록 되어 있다. 피신하기에는 안성맞춤이었다.

휴식을 취하는 진석을 두고 현서와 준주는 2층 거실로 내려왔다. 이 사건은 모두에게 한동안 충격이었다. 준주는 진석이 한시바삐 이 은둔의 신세를 벗고 그가 목적하는 드넓은 세상으로 달려갈 수 있기를 마음 깊이 염원했다. 준주는 아픈 마음으로 눈을 감았다. 진석에게 아무 도움이 되지 못하는 자신이 답답했다.

"너도 좀 쉬지 그래. 저녁 기차라 시간은 그런대로 여유가 있을 것 같으니까."

현서는 벽 쪽에 있는 방석을 눈으로 가리켰다. 그러곤 찻장에서 찻잔과 다과를 내놓았다. 주전자에 물을 끓여 들고 와 찻잔에 따랐다. 방 안에 차 향기가 가득했다. 다락방에서 코 고는 소리가 들려왔다.

"진석이가 피신을 하며 살아가야 하다니……. 신분에 얽매이지 말고 발 벗고 이곳 장터로 뛰어든다면 이보단 낫지 않았을까. 돈을 많이 버는 게 겨레의 한을 푸는 일이란 생각도 들어. 굴러가는 자금을 모아야 하니까."

현서는 일본인이 필요로 하는 분야를 찾아 종사한다면 이와 같은 초라한 처지를 벗어나게 되리라는 생각마저 했다. 휴지 조각 같은 양반의 체면 따위가 사람의 목숨을 살려 줄 것인가. 현서의 삶의 철학은 진석과는 사뭇 차이가 있고 그 철학이 서로 달랐다. 그렇기에 진석을 생각할수록 답답했다.

진석은 T대학 대학생으로서 가장 소중한 시기에 순수만을 고집하고 이 세상과 타협하지 않는다. 세상의 흐름을 자연스럽게 따라만 가도 편히 살 수 있는데, 진석을 생각만 해도 머리가 무거워 왔다.

현서는 술에 취한 사람처럼 했던 말을 되풀이하다가 잠잠해지곤 했다. 세상은 생각했던 것보다 더 복합적이고, 경제를 쥐고 있는 쪽이 늘 승리한다고 중얼거렸다. 조선을 위해서는 우선 경제를 일으켜서 나라를 기어이 도로 찾는 게 지름길이라는 생각엔 변함없었다.

"준주 잠들었나? 벌써 해도 지고 기차 시간이 다가오는데 일어나야지?"

"어, 알겠어요. 오빠."

준주는 이렇게 대답은 했지만 밀실에 숨어서 생활해야 하는 오빠가 염려되었다. 그러나 당분간은 안전하리라 믿고 스스로 마음을 달랬다. 중국 청년 샤오룬에게 받아야 하는 거액을 빼앗겼으니 계획이 뒤틀려 오빠에게 더욱 불리한 일이 다가올 것 같은 예감이 들었다.

이 시각은 현서가 콧수염과 만나 그날의 사업 보고 및 수금을 맞춰 보는 시간이었다. 콧수염은 정확한 시간에 현서를 찾는다. 현서는 어제 오늘 일어난 일들을 죄다 콧수염에게 털어놓았다. 그는 친형제와 다름없는 사이라 전부터 진석의 일을 상세히 알고 있기 때문에 말하지 않을 수가 없었다.

"현서 씨, 모리가 두붓집에서 기다리고 있어서 말을 하고 가려고요. 샤오룬을 떠나보낸 것을 알고는 화풀이할 거 같아서요. 개코가 한 번 성질이 나면 더러운 자라서."

현서는 콧수염이 긴장하고 있다는 것을 느꼈다. 콧수염이 말을 이었다.

"모리는 샤오룬을 통해서 신문과 잡지를 찍는 곳뿐만 아니라 여러 가지 정보를 살펴보려고 했을 겁니다. 진급을 하고 싶을 테니까요."

"먼저 그리로 가세요. 동생을 역까지만 바래다주고 나도 가겠습니다."

"아니, 나오지 마세요. 우리끼리 할 이야기도 있고 모리의 심중을 떠보고 싶으니까요. 내가 사업을 한다니 변심했다고 오해하고 있어요. 그럼 갑니다."

마침 준주가 역으로 떠날 채비를 하고 현관 앞으로 나왔다. 그러자 콧수염은 이내 고개를 숙이고, 모리가 기다리는 두붓집으로 발걸음을 재촉했다.

현서는 준주를 도쿄로 떠나는 기차역으로 보낸 후에 돌아서다가 문득 발걸음을 멈추었다. 여러 가지 불안한 예감들이 머릿속을 휘젓고 있었다. 현서는 정신이 번쩍 들었다. 이제 콧수염은 순사가 아니라는 생각에 현서는 빠른 발걸음으로 두붓집으로 향했다. 두붓집 옆으로 흐르는 시냇물은 오늘따라 유난히 잠자듯 조용했다. 다른 때라면 어스름 저녁 귀밑을 간질이는 시냇물 소리가 호비작거렸을 것이다. 그런데 때 아니게 어디선가 신음 소리가 가냘프게 들려왔다. 소름을 돋게 하는 밤공기가 귓가를 스쳤다.

"현서 씨, 여기, 여기 나……."

현서의 직감이 명중했다. 바로 몇 분 전에 일을 당한 것이다.

"모리는 아닌 거 같던데……."

콧수염은 정신을 잃었다.

"정신을 차리세요, 정신을……. 거기 누구 없습니까?"

마침 주방장이 나오다가 깜짝 놀라 뒷걸음을 쳤다.

5 　　　　　　　　　　　준주와 도오루

　　　　　　　　　　　　　　　　미츠코시 백화점 안에 들어선 준주
는 눈이 휘둥그레지며 그 자리에 멈춰 섰다. 일요일에는 백화점의 물품
들을 사는 손님이 많으리라 예측은 했으나 역시 화장품을 찾는 고객들
도 몰려왔다.

　계절이 바뀌고 으스스한 가을로 접어들면서 민감한 여성들의 관심
은 얼굴 피부 손질에 쏠린다. 안쪽 화장품 부서에는 젊은 여성들이 한 치
의 여유도 없이 그 주변을 메웠다. 준주는 화장품부에 가까이 다가가지
못하고 주춤했다. 마침 오늘은 새 옷을 갈아입고 고객들을 가까이서 맞
는 날이라 광고 효과가 엄청날 것 같다. 여태까지 모델이 고객들을 가까
이하면서 판매를 시도한 적이 한 번도 없었기 때문에 오늘 매장을 찾은
고객들은 장준주라는 모델을 곁에서 만나 보는 행운의 날이기도 하다.

　준주의 대형 포스터가 걸려 있는 화장품 매장으로 여자들이 몰려와
준주에게 사진의 주인공이냐고 물었다.

　"준주 양, 이쪽으로 따라오세요."

제복 차림의 안내원이 손님용 응접실 쪽으로 안내해 주었다.

"안녕하세요?"

부장을 보고 준주가 공손하게 인사를 했다.

"준주 양은 시간도 잘 지키시네요. 여기 손님들께 인사하시겠어요?"

부장이 손을 이끌며 웃었다.

"안녕하세요? 화장품 부서를 찾아 주셔서 대단히 감사합니다. 부족한 점이 많지만 제가 고객 여러분께 직접 도움을 드리고자 합니다. 잘 부탁드립니다."

준주는 다정한 말투와 겸손한 미소를 잃지 않았다.

"제게도 이 화장품 세트 하나 주시면 감사하겠습니다. 선물하려고요. 지난번 준주 씨 속치마로 아기를 받느라 치마 버리셨잖아요."

일이 마무리될 즈음, 등 뒤에서 기억하고 있는 남성의 목소리가 준주를 놀라게 했다.

"여기, 오시다니! 선물하시려고요?"

"그날, 고마웠다는 인사를 해야 되겠어요. 그때, 정말 애쓰셨어요."

도오루는 연신 웃음을 머금고 있었다.

"그땐 도미요 씨 치마를 입고 갔어요. 도미요 누님께서 새것을 주신다기에 제가 굳이 그러실 필요 없다고 우겼어요. 제 것도 헌 것이었거든요."

도오루가 고개를 설레설레 저었다.

"제가 졌습니다. 여기 세탁해 주신 제 윗옷도 잘 입고 있습니다. 이렇게요. 그런데 드릴 말씀이 있어서요. 잠시 쉬는 시간에 차라도 들면서요.”

자동차 안에서 임산부 밑에 깔았던 도오루의 윗옷이다.

“그러시죠. 이제 다 끝났어요.”

준주는 얼굴 화장을 지우고는 손가방을 들었다. 화장기 없는 깨끗한 얼굴이다.

“오늘도 그 가방 안에 의료도구가 있나요?”

“어떻게 아셨죠? 혹시나 하고 준비하고 다녀요.”

도로우의 물음에 준주는 긴 속눈썹의 눈을 동그랗게 모았다.

“좀 걸어도 괜찮으시겠어요?”

도오루는 내내 쾌활하고 즐거운 표정으로 준주를 대했다. 화장을 다 지우고 난 그녀의 모습은 익은 복숭아 빛으로 화사하고 빛났다. 준주는 도오루가 자기에게 해야 할 이야기가 무엇일까 기대할수록 가슴이 뛰었다. 궁금했다. 그의 눈과 시선이 마주칠수록 술렁이는 마음을 알아차렸다. 이런 느낌을 도오루에게 들키고 싶지 않아서 시선을 멍히 허공으로 던지곤 했다.

밝은 색깔의 캐주얼 복장을 한 준주는 베이지 스웨터에 비죽 나온 노오란 셔츠 소매가 약간 보였다. 그리고 무릎을 덮은 폭이 넓은 스커트에 굽이 낮은 단화로 걸을 때 소리가 나지 않아 안정감을 주었다. 준주는 곁에서 훔쳐보는 도오루의 사랑 어린 눈길을 의식하며 즐거웠다. 도오루도 즐거움이 가득 찬 표정이다.

초콜리색 재킷의 편한 복장의 도오루가 입을 열었다.

“잠깐 휴식시간을 가지고 싶어 일부러 들렀습니다. 길상사에 가면 어떨까 해서요. 그리고 준주 씨를 보고 싶기도 하고⋯⋯.”

준주는 그리하자고 눈길을 보내며 고개를 끄덕였다.

"도미요 누님은 상냥하고 예술성이 풍부한 분인 것 같아요. 매력적이라 같은 여자인데도 관심이 가요."

준주는 보고 싶었다는 도오루의 말에 자신도 같은 마음이었다고 말하고 싶었지만 눌렀다. 마음을 솔직하게 털어놓으면 도오루가 기뻐할 것을 알면서도 차마 용기 있게 표현을 할 수가 없다.

조곤조곤 이어지던 대화는 시외 전차를 타고서야 잠시 끊겼다. 말을 나눌 필요가 더는 없다. 하지 않아도 전달이 되는 것 같았다. 경적이 울리는 전차 안으로 햇살이 사선으로 들어와 그들의 어깨 위로 내려앉았다. 다만 도오루가 여긴 신주쿠이다, 우에노다, 나혼바시다, 하고 조금씩 설명을 하면 준주는 예, 예, 하고 마음을 다하며 답할 뿐이었다.

"자, 다 왔어요. 내립시다."

준주는 말로만 듣던 길상사다.

"약간 걸어야 하는데 싫으시면 말씀해 주세요. 이 일대가 유원지고, 조금만 더 가면 삼나무 숲이 있어요. 힘내시죠."

한참을 걷자 준주의 얼굴빛이 조금 창백하다고 생각했는지 도오루는 자주 그녀를 살펴보곤 했다.

"힘들면 천천히 걸어요. 여기 오면 시간관념도 인생에 대한 회의도 다 잊을 수 있어요. 전쟁에 대한 생각도, 내가 누구인지조차도요."

푸른 숲을 바라보며 도오루가 계속 말을 이어 갔다.

"저기, 저 하늘 잘 봐 두는 걸 잊지 말아요. 저쪽으로 들어서면 하늘이 안 보이거든요."

도오루의 말처럼 정말 그랬다. 숲에 들어서자 빼곡히 들어찬 삼나무들로 하늘이 아득히 멀게만 보인다. 고개를 젖혀 위를 보자 뒤로 넘어질 듯 하늘은 아스라이 멀다.

"여기 앉아요."

푸른 그늘에 드러난 준주의 모습이 애처로워 보였다. 희다 못해 엷은 녹색의 구슬처럼 맑은 살결이 안쓰러웠다. 고국을 떠난 유학생이 의학 공부에 치여 식사라도 제때에 맞춰 하는지 걱정됐다.

"공부를 열심히 하는군요."

"……해야만 하니까요."

준주가 고개를 끄덕였다.

"식사는 잘 챙겨 드십니까?"

"아…… 예."

"힘들지 않아요?"

"……."

준주는 그렇게 말해 주는 도오루가 마음으로 깊이 고마웠다. 실은 의학부에서 혼자만 조선인인 데다가 여자여서 신경 쓰이는 일이 많았다. 게다가 기미코라는 학생이 은근히 나라를 들추며 신경전을 벌이고 있었다. 뿐만 아니라 지금까지도 오빠 진석의 일이 스쳐 지나갔다. 오빠에게 위험이 닥칠지도 모른다는 생각에 몰려 공부에 열중하지 못했던 괴로운 시간들을 밝힐 수는 없다. 답을 선뜻 말해 주지 못해 가슴을 가누고 있는데, 가을 창공 너머 숲속으로부터 바람이 일었다. 사람의 목소리처럼 웅웅거리는 바람은 삼나무 숲을 쓸며 나뭇가지 끝으로 휘몰아 올랐다. 바람이 숲을 흔드는 소리가 가슴 저변까지 흔들었다. 준주는 몸이 떨려 왔다.

"추워요?"

도오루가 준주가 세탁해 준 윗옷을 얼른 벗어 준주의 어깨에 덮었다. 준주는 도오루의 향이 따뜻하게 배어 있는 윗옷에 몸을 맡겼다. 훈기가 등줄기를 타고 감돌았다.

"이 옷이군요. 그날이 생생히 떠올라요."

"학교에서 볼 때마다 준주 씨와 이야기 나누고 싶었어요."

대답할 사이도 없었다.

"준주 씨를 전부터 알고 지냈던 사이 같아 나름대로 힘들었어요. 자동차 안에서 분만을 도왔던 일이 평생 추억이 될 것 같고요."

도오루는 도안 기름종이 위로 준주의 발바닥이 찍힌 일도 생각났다. 그것을 사진까지 찍어 두었다는 이야기는 차마 할 수가 없다. 이상한 취미라고 몰아붙이면 변명할 여지가 없을 것 같다. 하려던 말들을 삭히며 준주의 어깨를 한 손으로 끌어서 꼭 안았다. 준주의 볼과 자신의 볼을 맞대니 서로의 뛰는 가슴이 출렁거리는 소리가 전해져 온다.

"저기 사람들이 이리로 오고 있는데……."

준주의 입술이 바르르 떨렸다. 그 목소리를 뜨거운 입술로 덮쳤다. 뛰는 가슴과 가슴이 서로의 생명을 알렸다. 서로의 눈동자를 한참 말없이 쳐다보았다. 그 눈동자 너머에 두 영혼이 한곳에서 이미 만나고 있었다. 한동안 서로의 눈을 들여다보아도 낯설지 않은 오래전의 다정한 이끌림이었다.

그들은 자신을 다스리면서 안정을 찾았다.

"도오루 씨. 가랑잎을 줍듯 시간 가는 줄도 모르겠어요."

그들은 숲에서 나왔다.

"여기까지 왔으니 길상사의 호수를 만나 봐야죠."

그들은 호수 위에 떠 있는 작은 배에 올랐다. 도오루가 노를 저었다.

맑고 검은 눈동자를 지닌 젊은 연인의 모습이 호수 위로 투명하게 반사되어 비쳤다. 잔잔한 바람을 태운 물결은 가을의 울긋불긋한 풍경을 수면 위로 반사하며 수채화처럼 흔들거렸다. 두 사람은 물에서 노니는 비단잉어들을 눈여겨보았다. 팔뚝만 한 점박이 잉어 한 마리가 입을 동그랗게 오물거리며 배를 따라온다.

둘은 노를 젓는 작은 배를 관리인에게 돌려주고 사공이 젓는 기다란 배로 올랐다. 선체가 바람결에 요람처럼 흔들렸다. 흔들리고 잠잠하기를 반복하며 배가 호수를 미끄러지듯이 맴돌았다.

"준주 씨, 저는 애인도 없고 여자를 모르고 지냈어요."

도오루는 건축학이라는 학문에 대한 열정으로 한눈을 팔 수 있는 여유가 없었다고 말했다.

"그저 앞만 보며 달려왔는데 준주 씨를 보자 마음을 주게 되었어요."

준주를 살며시 안고는 귀에다 속삭였다.

"요즘은 심각하게 생각을 해요. 비둘기도 짝을 찾아 날아오는데, 나에게도 사랑하는 여자가 반드시 나타날 거라고요. 만물이 조화와 음양의 질서 안에서 순환한다는 사실을 믿으니까요."

"……."

준주는 나뭇가지에 잠시 머물다 날갯짓하며 날아가는 새 한 마리를 지켜보았다.

"너무 어렵게 말하려던 건 아닌데, 바보스런 고백이 되어 버렸죠?"

도오루는 준주가 자신의 진실함을 그대로 믿어 주길 바랐다.

"언제부턴가 준주 씨에게 제 마음이 자꾸 쏠리고 있다는 거 모르실 겁니다. 왜 이러는지 저도 몰라 답답하지만 기쁘기도 합니다. 그런데……. 준주 씨를 누구보다 믿고 싶어요."

도로우의 고백은 진석 오빠에 대한 걱정과 학교에서 패거리에게 당하는 미움으로 힘든 준주의 마음을 한꺼번에 씻어 녹아내리게 한다. 준주 역시 아무도 모르게 도오루에 대한 분홍 꿈을 눌러 두고만 있었다. 그러나 지금만큼은 이 순간을 온전히 가질 수 있도록 도오루처럼 자신의 마음도 송두리째 보여 주고 싶다.

그들은 길상사 긴 뜰에 붉은 노을이 찾아들 무렵 오던 길로 시외 전차를 타고 중심부 시내로 왔다.

"준주 씨, 지난번에 하숙집을 알아본다고 하지 않았어요? 시내 쪽으로 이사하나요?"

"예. 이제는 결정해야 하는데요."

"시내 복판은 아니지만, 학교와 가까운 데 자리가 있긴 한데요. 급하다면 알아봐 드리고 싶은데, 실례가 안 된다면요."

도오루는 먼저 준주에게 방 소식을 전해 주고 싶었다.

아버지 가즈오가 도쿄에서 사무실 겸 숙소로 사용하던 방을 염두에 두고 하는 말이었다. 퇴임 이후 아버지는 강의 횟수가 많이 줄어 가끔 있는 새 건물 심사나 연구 발표 외의 일로는 도쿄에 머무는 경우가 없어졌다. 간혹 아버지가 올라오시면 대학교 구내에 있는 새로 지은 교수 기숙사에 머물거나 자신의 집에 잠시 다녀가시면 되는 일이다. 그러나 준주에게 오해받기 쉬울 수도 있는 문제라서 말 꺼내기가 조심스러웠다.

호감이 간다고 물질로 마음을 사려는 것처럼 보여서 오해하지 않기를 바라는 의도다. 우선 그녀가 편한 쪽으로 결정하기를 기다려야 한다. 사실 도오루는 그녀가 이해하든 안 하든 어려운 일이라면 무엇이든 함께 나누고 싶다는 마음이 걷잡을 수 없이 밀려왔다. 준주에 대한 설렘이 더욱더 깊어지고 있는 것이다.

준주는 도오루가 추천하는 집이라면 믿고 싶다. 그러나 제대로 알아보지도 않고서 단번에 그러자고 말할 수는 없었다. 오가와 선생과 의논도 하고 있는 중이고 마음대로 결정할 일은 아니었다. 게다가 오빠 진석의 문제가 늘 무겁게 어깨를 내리누르고 있다. 열두 살까지는 진석 오빠를 친오빠로 알고 자랐다. 자신이 태어나자마자 외삼촌 밑으로 입적되었기 때문이었고, 그것은 집안의 비밀이다.

이런 가족사에 얽힌 불똥이 그에게 피해를 줄까 봐 쉽게 도오루의 제안을 받아들일 수 없었다. 그는 이런 준주의 심정을 알 리가 없다.

준주는 오빠로 인해 어두워지는 눈빛을 숨기려 했지만 이미 어두워진 눈동자를 살펴보는 도오루가 안타까울 뿐이었다.

먼저 준주가 이케부쿠로역에서 내렸다. 도오루는 떠나는 전차 앞에서 손을 흔들어 주는 그녀에게 당장이라도 달려가 껴안고 싶었다. 가까이에서 들여다본 그녀의 맑고 반짝이는 검은 눈동자는 그의 가슴을 사로잡아 끄는 힘이 있었다.

도오루는 준주가 시야에서 사라진 후에도 그대로 그쪽을 바라보고 있었다. 말을 아끼는 준주의 입술이 바르르 떨릴 땐 무슨 말을 하려다가 그만두는 것일까 안쓰럽기도 하고 궁금했다. 조선인인데도 일본말을 그토록 유창하게 하는 데다가 보통 수준으로는 들어갈 수 없는 T대학 의학부에 들어가 남학생들과 어깨를 겨루고 있는 그녀의 대단한 노력과 건실한 의지가 다부지고 눈부시게 느껴졌다. 그녀가 조선 반도를 떠나와 이곳에서 생활하기에 불편하지 않도록 자기가 적극 도울 수만 있다면 얼마나 기쁠지 생각하니 온몸이 들뜨는 기분이다.

준주는 현관문 앞에 잠시 서서 대나무의 푸른 가지들을 살펴보았다. 해가 산 너머로 지면서 노을이 퍼지는 그대로 붉은 빛이 반사된 대나무의 잎새들, 여름까지 시들하던 나무가 가을로 접어들면서 몸통과 잎들이 다시 푸르고 생기가 서려 있는 것이 드러났다. 다른 나뭇가지들은 바람결에 숨을 죽인 지가 오래전이지만 대나무는 사뭇 달랐다. 바람이 차면 찰수록 푸르름이 더해지는 것을 눈으로 확인하니 마음까지 정갈해지는 것만 같았다. 어려운 일이 닥치더라도 대나무처럼 살아야겠다는 각오가 가슴속에서 대나무와 같이 뿌리내려 움트며 자라는 듯하다. 준주는 가슴을 펴고서 숨을 깊게 들이마셨다.

료오코의 잔기침이 현관까지 새어 나왔다. 준주는 료오코가 자기에게 쏟는 다정함이 가슴 저리도록 고마웠다.

친어머니는 일찍 세상을 떠났지만 지금까지 유모의 애틋한 사랑으로 자라 온 준주다. 게다가 오가와 부부가 성심성의껏 자기를 돌보고 있었기에 자신은 둥지 안에서 알을 깨고 나온 여린 새에 불과하다고 생각했다. 이제 창공으로 나는 법을 훈련해야 하며 나아가 고공에서 혼자 날아다니는 어른 새로 비상해야만 한다.

언제나처럼 준주의 귀가를 기다리고 있던 오가와 부부는 그녀가 하루 동안 겪은 일들에 대해 궁금해했다. 준주는 먼저 손에 묻은 더러운 먼지를 말끔히 씻었다. 그러고 나서 오가와 부부의 방문을 살짝 열고 들어갔다.

"콜록."

료오코 이마에 땀이 고이자 오가와는 얼른 일어나 물약을 건넸다. 준주 역시 교토에서 가지고 온 산삼으로 만든 차를 담은 따뜻한 찻잔을 료오코 손에 쥐어 주었다.

"고맙구나."

"하루 속히 신선한 공기 속에서 요양을 하셔야 해요. 온천에 몸을 따뜻하게 담그시고 신선한 공기와 햇빛도 쬐셔야죠. 의사 처방대로요."

준주는 료오코가 어떻게든 병에서 이겨 내야만 한다고 용기를 주고 싶다.

"내일은 저도 짐을 챙길 수 있어요. 제게 그냥 다 맡기시고요, 제발요."

"응, 그러지. 이제 힘도 빠지고……."

"준주야, 이제 우리 고향으로 가면 준주가 있을 만한 곳을 알아 두었으니 부담 절대 가지지 말아라."

"……."

일이 예상보다 빨리 진행되는 것 같았다. 준주는 도오루의 말이 생각났다.

"진작 그리로 옮겼다면 통학하기에도 편했겠는데, 이 친구와 연락이 며칠 전에야 겨우 닿아서 그래. 시간 구애받지 말고 아무 때나 와 있으라는구만. 언제든지.”

오가와는 종이에다 적어 둔 집 주소를 꺼내어 준주 앞에다가 내놓았다.

“예, 혼자 있는 게 좀 무섭지만 잘 지내도록 할게요. 그런데 선생님과 사모님께서 고향으로 가신다고 하니 자주 못 뵐 것 같다는 생각이 들어요.”

준주는 주소가 적힌 종이를 손에 쥐었다. 한 번도 혼자서 있어 본적이 없었다는 생각으로 외롭고 울적한 마음에 주소가 적힌 종이를 반으로 접고 또 그 반으로 접었다. 오가와 선생을 믿고 현해탄을 건너왔는데 이제부터 혼자 도시의 험한 타향살이와 거친 학교생활을 견뎌야 한다고 생각하니 마음을 단단하게 먹어야 할 것 같다.

문득 도오루가 떠올랐다. 오가와 부부가 떠날 즈음 도오루를 알게되어 의지가 되는 희망의 불씨가 생긴 것 같았다. 그를 믿고 싶다는 마음 자체만으로도 위안이 되었다. 길상사에서 도오루의 순수했던 감정을 떠올려 보며 그에 대한 이끌림과 믿음을 느꼈다. 그것은 오가와 선생의 애틋한 돌봄도 대신할 것 같았다.

오후에 길상사에서 있었던 일, 더구나 도오루와 소중한 시간을 함께 보낸 사실을 오가와 선생에게는 말하지 않았다. 그런데 2층 침실에 들어서면서부터 자신이 잘못하고 있다는 것을 깨달았다. 조선 반도의 아동 교육과 일본의 청소년들의 올바른 지도에 노고를 아끼지 않고 심신을 바친 은사다. 이제 백발이 성성한 노경을 맞이해 정년퇴임을 한 후 슬하에 자녀도 없이 한적한 생활을 하는 오가와 선생이다. 준주는 나라를 따지지 않고 자신을 딸처럼 보살펴 주는 선생에게 지나치게 형식적으로만 대한 것은 아니었는지 고민해 보았다. 도오루와 경험한 일들과 자신의 심정을 선생에게 고백했어야 옳지 않았는가. 친부모였다면 두 말할 나위 없이 전부 털어놓고 말았을 텐데. 왜 솔직하지 못하는 것일까 하고 준주는 뉘우친다. 오랜 시간 잠을 설쳤다.

이튿날은 일요일이다. 새벽 산책을 즐기는 오가와 선생은 변두리로, 오야마산으로 향했다. 준주는 오가와 선생의 기척에 자리에서 일어나 뒤를 따랐다. 목소리를 높이며 거리를 좁혔다.

"선생님!"

준주는 한걸음에 달려가서 아침 인사를 꾸뻑 올렸다.

"웬일이야? 어젠 준주가 무척 피로해 보여서 늦잠을 좀 자라고 몰래 나왔는데 달려왔구나. 선생님이 준주 때는 새벽잠이 달고 맛나서 일요일만 기다려졌던 때도 있었는데. 이왕 왔으니 같이 걸을까?"

오가와의 힘찬 걸음을 따라가기가 힘든 준주는 숨을 할딱이며 길가 벤치에 잠시 앉았다. 오가와도 미소를 지으며 뒤돌아 와서 벤치에 앉았다.

"날 따라오기가 힘이 드는 모양일세."

준주가 조신하게 입을 열었다.

"아니에요, 선생님. 그런데요, 저, 저요, 좋아하는 사람이 생겼어요."

오가와가 손수건을 꺼내어 이마에 고인 땀을 훔치며 준주를 바라보았다.

"어제 그 사람하고 길상사에 갔었는데 삼나무 숲에서……."

"숲에서?"

오가와가 부드러운 목소리로 물었다.

"예, 저 숲에서…… 산책을 했어요. 호수에도 가 보고…… 그랬어요."

"음, 그랬어? 호수에서 배를 탔어? 물에서 헤엄치는 잉어도 보았겠구나!"

"……."

준주는 고개를 끄덕이고는 더 이상 대답이 막혔다.

"옳지, 사랑한다고 고백을 하던가?"

준주는 고개를 설레설레 흔들었다.

"안 했어? 아니, 그런 바보 녀석이 있나? 나쁜 사람일세. 우리 준주처럼 예쁜 숙녀를 앞에 두고 목석처럼 할 말도 못 하더란 말이지? 한번 데리고 와. 내가 가만히 두나 봐라."

선생은 노한 기색을 보이며 얼굴도 모르는 그에게 눈을 부릅뜨며 호통까지 쳤다.

"아니에요. 그 말은 없었지만 안아 주었어요."

준주의 볼이 빨갛게 물들었다.

"오, 그러면 그렇지. 준주야, 사랑하는 사람이 생겼다니, 축하한다. 우둔했어, 내가. 진작 알아차렸어야 하는데 이제 영 늙었나 봐."

"아니에요, 선생님. 제 얘길 들어 주셔서 감사해요."

준주는 집으로 돌아오는 길이 무거운 짐을 어깨에서 내려놓은 듯 상쾌하고 즐거웠다. 오가와 선생과 정답게 손을 잡고 팔을 흔들면서 걸었다.

현서는 도쿄의 T대학병원에 콧수염을 급히 입원시켜야 했다. 콧수염이 모리를 만나러 두붓집으로 들어가려는 순간 괴한의 칼에 찔려 목숨이 위험한 지경에 빠지게 되었다. 응급 처지는 했지만 도쿄로 다급히 올라와 대학병원의 수술실로 들어간 콧수염을 기다리고 있는 현서는 날벼락을 맞은 듯이 멍히 정신줄을 놓고 수술실 문만을 쳐다보고 있었다.

"오빠!"

연락을 받고 달려온 준주의 얼굴도 파리하게 질려 있었다.

"어제 널 바래다주고 혹시나 싶어 두붓집으로 갔지. 그런데 문 앞에서 괴한에게 콧수염이 칼을 맞은 거야."

"일이 커지면 오빠는 괜찮은 거야?"

준주는 우선 콧수염보다 현서의 신변이 걱정이 되기 때문이다.

"그 식당 주방장에게는 비밀로 해 달라고 단단히 부탁해 두었어. 워낙 가족 같으니까."

그는 이마를 손수건으로 훔쳤다.

"그런데 부탁이 있어. 봉합수술이 끝나면 아무도 모르는 병실로 옮겨야 하거든. 일단 문 앞에 이름은 써 두고, 입원은 다른 병실로 하자고. 추적할 게 틀림없어서……."

"알아볼게요. 아직 시간이 있으니……. 잠시만요. 여기서 기다려요."

준주는 현서가 무엇을 말하는지 알았다. 누군가가 또 콧수염을 해코지할지도 몰랐다.

침울한 현서를 수술실 앞에 두고 준주는 간호원실로 뛰었다.

현서는 콧수염을 이십사 시간 동안 내 가족처럼 보살필 사람을 구해야 하는데 적절한 사람이 떠오르지 않았다.

잠시 후에 준주는 병실 번호 두 개를 받아 왔다. 하나는 빈방이 되고 또 하나는 콧수염 입원실이었다. 다행히 잘 아는 간호원을 통해 준주의 사정이 통했다.

"준주야, 내가 병실을 이십사 시간 지킬 테지만 누군가 다른 방을 아침부터 주욱 지켜볼 사람이 없을까? 넌 일하랴 공부하랴 힘들고. 어쩐다……."

준주는 안쓰러운 시선으로 현서를 바라보며 돕고 싶은 마음이 가득 찼다.

"오빠, 좋은 생각이 났다. 전에 오빠네 젊은 사장 있잖아. 오빠를 좋아하고 믿는다고 했지? 부탁해 봐. 지금."

마침 콧수염과 후가와 사장은 현서보다 더 오래전부터 아는 사이라 진즉 이 사건을 알렸어야 한다. 왜 그 생각을 못 했을까 하고 현서는 마음이 급해졌다.

이 일은 달리 보면 현서에게 내미는 도전장일 수도 있다. 통행증을 줘서 중국인 청년 샤오룬을 고스란히 빼돌려 보냈다는 데에 대한 복수다. 앞으로 이 같은 최후를 맞을 수 있으니 주의하라는 경고를 주는 셈이기도 했다.

그렇다면 이것은 모리의 짓이 틀림없다. 아니면 자신을 도운 콧수염을 못마땅하게 여긴 자의 보복일 수도 있다. 현서는 약속 장소를 아는 사람이 콧수염과 모리, 자신뿐이었는지 알아봤어야 한다.

후가와 사장이 급히 도착했을 때 콧수염은 봉합수술을 마치고 병실루 들어간 후였다. 병실은 아직 다른 곳으로 옮기지 않았다. 후가와는 콧수염과 동갑내기이며 현서를 포함해 삼총사라 불리는 사업파트너다.

그 누구라도 빠지면 사업의 균형이 맞지 않았다.

"이게 무슨 날벼락인가? 봉합수술은 잘되었나? 이 좋은 사람이 어찌 이런 봉변을 당했어. 무슨 일로."

안타까운 후가와는 이마에 깊은 주름을 만들며 묻고 또 물었다. 눈앞의 현실을 믿기 힘든 모양이다.

저녁때가 되어서야 콧수염을 아무도 모르는 방으로 감쪽같이 옮겼다. 그러나 빈 병실에서도 후가와가 마치 환자가 쉬고 있는 것처럼 보이도록 정신을 곤두세워야 한다.

현서는 콧수염이 정신이 들어 말을 할 수 있을 때까지 병실을 떠나지 않으리라 각오를 단단히 했다. 이 일은 앞으로도 자신과 깊이 연결될 것만 같은 예감이 든다.

준주는 콧수염이 당한 사고로 평소보다 늦은 시각에 집으로 향했다. 준주가 이케부쿠로역으로 돌아오는 그 시각 도오루는 야요이와 함께 오가와 집을 방문하고 있었다.

도오루는 진작에 료오코 이모 문병을 와야 했다고 후회를 했다. 오랜만에 이모 집에 온 도오루는 눈에 익은 서재를 들여다보았다. 마치 친가에 와 있는 듯한 푸근한 마음이 든다. 특히 어머니와 빼닮은 쌍둥이 료오코 이모를 만나는 것이 여간 좋은 게 아니다. 아기 때부터 료오코를 엄마처럼 따랐다. 오랜만이라 집 안을 이곳저곳 훑어보았다. 사촌 여동생이자 오가와의 딸인 하루의 사진도 들여다보며 빙그레 웃었다.

"어머니가 만든 인형이다."

사진을 보며 도오루가 중얼거렸다.

"어머니가 밤을 꼬박 새워 만드셨는데. 정말로 앞일은 알 수가 있어야지……."

사진 속 인형은 어머니가 조카 하루에게 주려고 만든 것이다. 도오루의 어깨 위로 뭉친 한숨이 길게 빠져나왔다.

"그날 혼들이 다 나갔었다. 하필 우리가 피서 갔을 때 그 여관에 불이 날 줄이야 누가 알았겠니. 이게 그날 정원에서 찍은 사진이지."

오가와가 아키타의 온천 여관 앞에서 찍은 사진을 뚫어지게 들여다보는 도오루의 뒤에서 말을 붙인다. 눈을 가늘게 뜨며 흑백 사진을 노려보는 오가와는 노안이 역력하다.

"기억하시죠, 이모부님. 그 불구덩이에서 야요이를 살린 우리 어머니셨죠."

도오루가 사진에서 눈을 떼지 못하고 나직이 답했다. 그리고 그는 서재의 유리장 안에 놓인 빛바랜 사진 한 장을 뚫어지게 쳐다본다. 쌍둥이 이모 료오코와 어머니 준코가 함께 찍은 젊은 날의 모습이다.

"이 사진 주랴?"

"이모가 더 필요하실 텐데요. 언니 사진이잖아요."

"넌 엄마 아니냐. 기억나니? 준코는 애들 옷을 일일이 다 재봉틀로 만들어 주었다. 여름옷, 겨울옷, 할 것 없이 손에 옷감을 들고 다녔으니까. 그러니까 너의 누나 도미요가 엄마를 꼭 닮았잖아. 지금 옷을 만들고 있는 걸 보면 말이다. 도미요는 바쁜가 보구나. 여기 이모에게 못 온 걸 보니."

료오코가 도오루의 어깨에서 실밥 같은 뭔가를 떼어 내면서 물었다.

"우리 딸 하루 옷도 다 만들어 입혔고. 내 교사 월급으로 딸애 옷 사 입히려면 힘들다면서. 밤새워 옷을 뚝딱 만들었어. 도오루, 니 엄만 극성이었지."

"극성, 안 좋아요. 이모부님."

도오루가 고개를 흔들었다.

"어머니께서 그 극성 때문에 불로 뛰어가신 거죠."

"그러게 말이지. 도오루는 안 보는 사이에 철학자가 다 되었구나. 지금이 소중하지 않다면 내일도 다 헛일이고 말고. 그래서 미래엔 우리 고향 아키타에서 살려는 거야."

오가와 부부가 아키타로 가는 것은 고향이라는 조건 외에도 그럴 만한 이유가 있다. 가족들은 아키타 산사에 하루와 준코의 위패가 나란히 있어 가족들은 생일과 기일 때 1년에 두어 번 이상은 찾아가곤 한다.

"이사를 가신다니까, 그렇다면 어머니와 이모님 사진, 제가 잘 간직하게요."

도오루는 충격으로 슬펐던 지난 사건들을 이겨 낸 듯 의젓한 청년의 모습으로 이모와 이모부를 바라보았다.

가족들이 모이니 가족 이야기만 한다. 지난 슬펐던 일과 기뻤던 일, 그들은 같은 추억을 가지고 있는 피붙이들이었다.

딸 하루를 잃은 이후에 오가와 부부는 허무함을 달랠 길 없어 고향을 떠나 조선 반도 대구의 보통학교로 전근하기를 자원했다. 아내 료오코는 그 시절부터 딸과 언니를 잃은 화병으로 천식이 몸에 붙어 떨어질 줄을 몰랐다. 환절기나 특히 늦가을부터 시작되는 그녀의 천식은 점점 심해지고 있다. 자식과 언니를 잃은 한으로 명치 속에 콕 박힌 슬픔이 고여 들어 목기침을 멈추기가 어려워진 것이다.

"이 사진은 도오루가 간직하는 게 더 좋겠어. 나이 들면 무게가 없는 조그만 짐조차도 다 부담이더라."

"감사히 잘 간직하겠어요. 이모부님!"

도오루는 가끔 그때 화재의 악몽에 시달리곤 한다. 도오루는 병적으로 예민한 야요이의 심중을 그 누구보다 잘 이해하고 있다. 그것은 이성과 사랑의 감정과는 전혀 무관했다. 유년시절 아픈 추억을 함께 겪었던 동질감과 동정심으로 야요이를 아끼는 것뿐이었다.

"야요이하고는 잘 지내냐? 음, 혼조 장군께선 건강하신가? 어머닌 여전히 궁에서 찾으시기 때문에 바쁘신 게지."

마침 료오코와 야요이가 서재로 들어왔다.

"여보, 아이들이 화과자를 사 들고 왔어요. 준주도 지금 왔으면 좋겠는데……."

준주라는 낯익은 이름이 들리자 도오루가 그 순간 깜짝 놀라 힘준 얼굴을 쳐들었다.

"올 시간 다 되었는데 곧 오겠지. 기다려 봅시다."

오가와의 말이 떨어지자마자 약속이나 한 것처럼 준주의 목소리가 들린다.

"잘 다녀왔습니다."

도오루는 준주의 인사를 들으며 눈이 번쩍 띄었다. 준주의 귀가 인사 소리에 료오코 역시 반가웠다.

잠시 후에 준주는 앞치마를 두르고 쟁반에다 과일과 화과자를 덜 접시를 가지고 서재로 들어왔다. 그녀는 다소곳이 쟁반을 테이블에 놓으면서 인사를 한다. 그러고는 순간 몸을 움직일 수가 없었다.

"어서 오세요."

서재에서 보이는 뜰 위에 가을 햇살이 밝게 드리워져 있었다. 서재 안은 따뜻한 분위기가 감돌았고 정원의 대나무 잎들은 연녹색 혹은 금빛으로 반짝인다.

"도오루야, 참 내 정신 좀 봐라. 너희에게 결례를 했구먼. 서로 인사해라. 이쪽은 T대학 의학부 예과에 다니는 장준주라고 한단다. 말하자면 우린 한솥밥을 먹으니 식구지. 여기는 내 조카 요시다 도오루, 그리고 저쪽은 혼조 야요이다. 자, 서로 인사들 나눠요."

"요시다 도오루입니다. 우린 구면이지요?"

"예. 장준주예요."

준주는 놀라움을 금치 못하며 낮은 목소리로 천천히 말했다.

"구면요? 혼조 야요이라 해요. 잘 부탁합니다. 근데, 장준주라는 이름이 남자 이름 같아요. 일본 이름 치고는 낯설고요. 조선 이름인가요?"

야요이는 준주가 조선 반도에서 찾아온 오가와의 제자라 생각했다.

"근데요, 하루와 참 닮았네요. 혹시…… 미츠코시 백화점 시세이도 화장품 모델 아니에요?"

"처음 뵙겠어요. 녜에……."

"2층에 도오루 오빠 누나의 매장이 있잖아요. 매장 근처에서 잠깐 본 적이 있는데요. 호호. 여기서 만나다니……."

야요이가 과일을 깎고 있는 준주를 아래위로 훑으며 말한다.

"그랬나요? 전 기억이 없어서……."

준주는 과도로 빨간 사과 하나를 반으로 가르고 다시 그 반으로 갈랐다.

"모르신 게 당연하죠. 저만 봤다니까요."

"지난번 속치마 없이 그냥 2층으로 오셨죠. 저 그때도 도미요 언니랑 같이 있었는데 생각 안 나시죠?"

"그때……."

준주는 생각을 떠올려 보았으나 고객들이 모인 가운데 어수선한 분위기에 야요이를 기억해 낼 수가 없었다.

그 때 도오루와 준주가 얼굴을 마주쳤다. 그는 준주가 도착하기 전에 이모 료오코가 준주라는 이름을 꺼내는 그 순간 불현듯 자신이 아는 준주라고 직감했다. 늘 그녀는 이케부쿠로역에서 내렸기 때문이다. 그럴 때마다 이모 부부를 떠올리곤 했다.

도오루와 눈이 마주친 준주는 뜻밖의 연출된 이 상황을 받아들이려 노력하고 있다. 침이 마르는 것조차 감지하지 못했다.

"도오루와 야요이는 약혼을 미루고 있지만 바늘과 실처럼 좋은 사이라 곧 멋진 소식을 주겠지. 이젠 약혼자와 다름없으니. 원래 집안으로 가까이 지내기 때문에 아는 사람은 다 알고 있고 말이야."

오가와는 마침 잘되었다는 생각이 들었다. 준주를 도오루와 야요이에게, 그리고 그들을 준주에게 충분히 소개해 서로 이야기를 나누도록 하고 싶었다. 외로운 준주에게 진실한 가족의 울타리를 만들어 주고 싶은 마음에서다.

"어머니께서 궁에서 결혼식을 올릴 예정이랍니다. 도오루 오빠, 그치?"

진지한 소개가 끝나기도 전에 야요이는 턱 끝을 올리며 오가와의 말을 끊었디.

"이모부, 준주 씨는 우리 대학교 의학부 학생이라 잘 알고 있어요.

여기서 이렇게 뵙게 될 줄은 몰랐어요. 정말로 뜻밖입니다. 세상은 좁다더니. 맞는 말입니다. 준주 씨."

"오, 도오루야. 지난번 교토에 가서 내가 말했지? 대구에서 내 제자가 와서 함께 있다고. 기억하니?"

"예, 잘 기억합니다만 설마 준주 씨라고는 생각을 못했어요. 준주씨와의 인연이 이렇게 가까이 있었다니 놀라워요. 정말요."

도오루는 고개를 흔들었다.

"준주야, 서로 아는 사이였구나?"

오가와는 준주를 돌아다보았다.

"지난번에 아침 산책 때 말씀드렸던 그분이세요."

준주는 의외로 침착한 모습이다.

"아, 그 사람이 바로 도오루?"

오가와가 놀라며 묻는다.

"이모님 기침이 심하세요."

그 때 도오루가 이모 료오코를 보며 말했다. 준주가 따뜻한 인삼차한 잔을 가져와서 그녀의 가까이에 놓았다. 료오코는 따뜻한 잔을 두 손으로 살며시 쥐었다. 도오루는 작은 담요를 료오코의 무릎 위로 올려 주기도 하는 준주의 동작 하나하나를 놓치지 않고 부드러운 시선으로 지켜보았다. 야요이는 그녀에게 온통 시선을 빼앗긴 도오루를 유심히 가슴속에 담았다.

"이모부 짐들은 이사 가실 아키타에 잘 도착했다고 연락이 왔어요. 미리 부친 서적들하고요."

오가와는 한 달 전에 큰 짐들을 미리 꾸려서 아키타 본가로 부쳐 놓왔다.

"야요이도 어머니 모시고 와야지. 가끔 온천을 하며 쉬고 가시도록 해요. 우리 집에도 들르시라 말씀드리고."

료오코는 몸이 불편한 것을 애써 감추며 상냥한 말투로 야요이를 향해 말했다.

"전요, 거기, 왠지…… 예전에 불났던 것 때문에 좀 꺼리게 돼요. 그렇지만 오빠랑 함께 내려갈게요."

준주는 도오루와 야요이가 나란히 현관 밖으로 나가는 것을 외면했다.

"준주 씨, 오늘 잘 먹고 갑니다. 고맙습니다."

도오루의 인사말이 귓가에 울려온다. 진실한 남자인 줄로 알았는데, 길상사의 일을 고이 간직하고 있었는데, 약혼자가 있었다니…… 정말로 믿지 못할 것이 남자의 마음 같다. 가슴에서 '뻥' 하고 뚫리는 소리가 들린다.

밤하늘에 별들이 무수히 반짝이고 있다. 어디선가 별똥별이 이케부쿠로역 쪽으로 마치 유리에 금이 가듯 줄을 긋고 달려간다. 준주는 두 눈을 질끈 감고 고이 품고 있던 소원을 꺼냈다.

그날 밤 저녁상을 물리고 오가와는 준주의 방문을 두드렸다.

"자냐?"

오가와의 낮은 목소리에 준주의 가슴이 덜컥하며 울렸다.

"선생님, 들어오세요."

"아무래도 할 말은 해야겠어."

오가와는 입을 열었다.

특별한 말이 오고 가지 않았는데도 준주는 오가와의 마음을 읽었다.

"도오루 녀석, 준주와도 잘 어울리고말고. 그러나 혼조네는 도오루가 사위가 된다고 알고 있으니……. 당분간은 준주야, 의학 공부에만 몰두하는 게 좋겠구나. 그렇게 할 수 있겠니?"

"네, 알고 있어요. 그래야지요."

"준주를 사랑하기 때문에 다치게 하고 싶지가 않아. 야요이는 무엇이든 가지고 싶다 하면 지나치게 애착을 많이 갖는 아이. 어릴 때부터 그 성격을 잘 알고 있어서 그래. 도오루와 좋은 쌍이 될 거라고 믿고 싶다. 사람의 운명은 마음대로 되질 않기는 한다지만."

"네, 그렇게 알겠습니다. 신경 쓸게요."

준주는 도오루를 믿고 싶은 만큼 허물어진 돌담처럼 생가슴이 무너져 내려온다.

"참, 그런데 말이다. 준주가 거처할 집이 도오루의 아버지, 그러니까 내 친구가 있었던 집인데 생각해 보니까 절대로 야요이가 몰라야 할 텐데 말이지. 걔한테 준주가 말려들까 봐 그런다."

준주는 눈을 껌뻑이며 고개를 끄덕거렸다.

"하필이면 도오루냐?"

오가와 선생은 한숨을 쉬며 애잔한 듯이 시선을 떨군다.

"도오루는 말이다, 여성에겐 관심이 없는 줄 알았다. 더구나 늘 야요이가 따라다니고 해서. 그래도 그 아이의 인품이나 성격을 봐서 이성을 쉽게 사귀는 편이 아닌데 말이다."

"제 결심은 변하지 않을 거예요. 전 산부인과 의사가 될 각오가 단단하니까요, 선생님."

준주는 말은 그렇게 했으나 마음은 그러하질 못했다. 차라리 오가와의 무릎에 얼굴을 묻고 울고 싶은 심정이다. 그 마음을 오가와는 알고 있었다.

"준주야, 즐겁고 좋은 일만 생각하자. 당장은 힘이 들겠지만 공부에 몰두해야겠다."

오가와 선생의 말이 다 맞았다.

오가와가 나간 뒤 준주는 허전하고 적막했다. 도오루는 애인이 없었던 것 같았고 여자를 모른다고 분명히 말했다. 그 말이 무엇을 의미했던 것일까 거듭 생각한다. 특별한 감정을 느낀다고 말했던 것은 거짓이란 말인가. 이미 약혼할 여자까지 있는데……. 야요이란 애인이 있고 미래를 약속한 사이임을 알았다면 길상사로 가지 않았을 것이다. 그렇다면 도오루가 야요이를 배신해선 안 된다는 생각이 든다. 입장을 바꿔서 생각해도 불쾌한 일이다. 집안 어른인 오가와 선생까지도 자기에게 공부에만 전력을 다하라고 하지 않았던가. 야요이에게 상처를 줄 수는 없다. 혼조 가정에도 타격을 주어서는 안 된다. 도오루는 믿을 수 없는 남자가 아닌가.

준주의 눈에서 눈물이 흘러내렸다. 창밖에서 풀벌레 울음소리가 들려왔다. 보름달이 준주의 2층 창가를 환하게 비쳤다. 유모도 저 밝은 달을 보시고 있는 것일까. 준주는 못 믿을 게 사람의 마음이라 여기면서 흘러가는 보름달을 쳐다보았다. 눈물에 어린 밤하늘이 강물처럼 번져 갔다. 아래층 료오코의 기침 소리가 간헐적으로 들려왔을 뿐 야속하기 그지없는 밤이었다.

그날 밤 준주는 밤잠을 설쳤다. 모델 일은 언젠가는 접어야 한다. 의학부 내에서 여러 수재들과 학문과 의술을 배우고, 겨루며, 어려움이 한두 가지 뒤따르는 것이 아니었다.

불안이 자신 안에 숨어서 문득문득 고개를 쳐드는 순간도 있다. 게다가 혈육인 진석 오빠가 조선 반도를 위해 벼랑 끝에 몰리는 위험에 처해 있어도 도울 수 없는 자신의 처지 때문에 마음의 평화를 얻을 수가 없다. 오빠가 징용된다면 어떻게 되는 것인가, 왜 잡혀야 하는가, 왜 나까지 감시를 당해야 하는가, 준주는 질문을 하면서도 나라를 잃은 사무치는 설움만이 북받쳐 왔다.

또한 도오루와의 만남이 자신의 생활에 활력을 주고 위로를 줄 수 있는 바람직한 관계가 될 것인지, 아니면 주변에 역겨움을 주는 인연이 되는 일인지 생각하게 된다. 그 짧았던 한순간 행복했다. 이 아픔의 뿌리는 도오루의 속임술 탓도 아니요, 오빠 진석의 문제도 아닌 것 같았다. 어쩌면 자신의 불행한 탄생으로부터 이어진 기운 때문인지도 모른다. 온 세계가 전쟁의 발발로 젊은이들이 약속할 수 없는 막연한 불안감에 떨고 있다는 사실이 떠오르자 준주는 스스로 자책하며 상념에 젖어들었다. 그러나 누구도 알 수 없는 이런 감정을 죽이면서 공부에만 몰두하자 다짐하다가도 나라를 빼앗긴 자들만 느끼는 상실감에 푹 잠기고 만다.

처음으로 품어 본 이성에 대한 사랑의 감정 따위는 자신에게 잠시 허락된 화려한 외출이나 짧은 휴가에 불과했다. 의사가 되는 일도 만만치가 않음을, 그리고 무엇보다 돌아가야 할 땅, 고국이 자신을 기다리고 있음을 명심했다. 도오루를 유혹한 것은 아니었다고 생각하며 엄습해

오는 우울을 달랜다. 뜬눈으로 밤을 또 지새웠다.

창밖이 훤히 밝아졌다. 몸은 천근으로 무거웠으나 여느 때보다 일찍 집을 나갔다. 오후에는 대학병원에서 실습이 있기 때문에 백화점 화장품 부서로 일찍 출근하고 그 대신 이른 시간에 퇴근해야 했다. 아직 백화점 현관문은 열리지 않았다. 준주는 뒷문으로 들어와서 진열장을 점검하고 몸을 돌리는데 인기척이 있었다.

"나오셨어요, 언니?"

옆에서 안내하고 심부름을 해 주는 여자 직원이다.

"어제 어떤 여자분이 꽃 화분을 들고 오셨어요. 전해 달라시며 카드를 남기셨는데요."

"누구일까? 꽃 화분, 어디에 있나요?"

준주가 직원에게 물었다.

"진열장 속에 두었는데 여기다 두실지, 집으로 가지고 가실지 몰라서요. 꺼내 드릴게요."

"감사해요."

쪽지에는 만나서 반가웠다는 야요이의 글이 쓰여 있다. 준주는 읽고 나서 쪽지를 손가방에 넣었다. 꽃 화분은 병원 실습 때문에 나중에 가져가기로 했다.

그 시각 미츠코시 백화점 정문 앞으로 급히 다가오는 수수한 기모노 차림의 아주머니가 큰 손가방을 들고 있었다. 정문 쪽 쇼윈도에 준주의 얼굴 포스터가 붙어 있는데, 그녀는 포스터 앞에서 발걸음을 멈추고 준주의 사진을 놀라움으로 쳐다보있다. 고개를 옆으로 갸웃하면서 백화점으로 들어갔다. 그러고는 화장품 부서에서 걸음을 멈췄다.

"아가씨, 나 좀 보세요."

준주가 돌아서서 그녀를 유심히 살펴보니 진석 오빠가 하숙하고 있던 집주인 구로타 아주머니가 아닌가. 입에다가 손가락을 대며 숨으라 미리 알려 주던 늙수그레한 구로타 아주머니다.

"나 구로타요. 듣고만 계세요. 대구서 돈이 왔어요. 받아요. 절반은 아가씨 몫이고 절반은 오빠에게 전해야 하는데요. 절대 비밀 지켜야 되니까 각별히 조심해야 해요."

"잠시 얘기라도 나눌 수 없나요?"

"이 가방에 변장할 기모노를 가지고 왔어요. 갈아입고 뒤로 살짝 나갈 거요. 걱정 말아요. 어디 한두 번이유? 선수라오. 젊은이들 하숙을 많이 치다 보면 이런 일 저런 일이 아주 많아요. 예전엔 작가 되려고 글을 썼는데 어지러운 세상을 살아가려면 정직한 글쓰기란 어려워요. 그래서 차라리 이런 일로 대신하면서 즐긴다오. 그럼, 나 찾지 말아요. 변장을 하고 밖으로 나가니깐."

"아주머니, 글을 쓰셨다니. 궁금한 게 많아요⋯⋯."

아주머니는 봉투 하나만 손에 쥐어 주고 준주의 말은 듣지도 않은 채 훌쩍 나가 버렸다. 준주는 갑자기 두근거리는 가슴으로 탈의실로 향했다. 탈의실 문을 안에서 걸어 잠그고 얼른 봉투를 열었다. 2천 원이라는 큰돈이다. 돈을 봉투에 다시 넣고 안주머니에 보관했다. 이 돈을 어떻게 진석 오빠에게 전달할까? 다시 현서 오빠를 만날 수만 있다면, 그 오빠의 손에 들어가기만 한다면⋯⋯. 그러나 병원에서 콧수염을 간호하고 있는 현서를 당장 오라고 하기엔 어려운 일이다.

모리 순사가 거액이 도쿄의 장진석에게 흘러간다는 정보를 입수하고 시간이 꽤 흘렀다. 더욱이 상부는 모리 순사에게 자금이 중국의 독립운동자들 쪽으로 흘려보내지 말라고 지시했다. 애당초 일본 정부가 진석의 아버지인 장호인과 거래했던 내용보다 웃돈을 더 주며 넉넉한 학비를 통과시킨 것은 바로 이 자금을 진석의 조선 청년 활동 경로를 알아낼 수 있는 미끼로 삼아 사상자들의 인원을 파악해 조선 반도 해방운동을 하는 무리를 뿌리째 뽑을 수 있으리라 판단했기 때문이다.

최근 진석이 때론 교토 혹은 오사카, 고베 등 지방에 나타난다는 소문이 나돌고 있었다. 여태 정확한 확증은 묘연했고 한동안 여기저기 거처를 옮기고 있는 것으로 보였다. 그럴수록 모리 순사는 자금의 행로를 파악한 후, 진석의 체포망을 좁혀 가야 할 뿐만 아니라 준주에게도 항상 감시를 게을리하지 않아야 했다.

또한 모리 순사는 구로타 아주머니의 백화점 행차가 예사로운 일이 아님을 직감했다. 그녀의 뒤를 따라와서 백화점 후문 쪽에도 동료를 세워 두었는데도 그녀가 나오는지 확인할 수 없었다. 분명한 일은 건물 안에서 준주를 만났다는 사실뿐이다. 아니나 다를까 모리 순사는 준주와 그녀가 화장실 부근으로 걸어가는 것을 멀찌감치 서서 지켜보았다. 이어 준주가 나오는 것을 확인했다.

모리는 정문 앞에서 양팔을 가슴 앞에 낀 채 준주가 나오기를 기다리고 있었다. 그런데 얼마 후에 준주와 마주 서게 되었다. 준주는 한발 앞에서 자기를 기다리는 그를 한눈에 알아차렸다.

"아니, 이게 누구신가? 우연 치고는 참으로 신기한 노릇이네?"

모리는 준주에게 다가오면서 입을 비죽 열었다. 준주는 그 말을 받아 침착하게 말했다.

"모리 순사님, 다시 만나게 되어 영광입니다. 순사님은 오늘 매우 기분이 좋으신 거 같아요? 댁에도 별고 없으시지요?"

"글쎄 좀……. 그건 그렇고……."

그는 애매하게 얼버무렸다.

"그럼, 실례하겠어요."

준주는 물러서서 도로 백화점으로 들어갔다. 화장품부에 들러 꽃 화분을 꺼내야 한다는 생각을 잊지 않고 있다.

'시간을 벌어야 하는데……. 이대로 몸수색을 당하면 큰돈이 나올 것이고 날 미끼로 해 진석 오빠를 잡는 건 그리 어려울 게 없을 테니까. 어쩐다?'

준주는 야요이가 남긴 쪽지를 꺼내 다시 읽었다.

'인형에게 겨울 니트 옷을 맞추러 2층 도미요 언니네로 갈 거예요. 1시에 오시면 차 한 잔 같이해요. 이 화분의 꽃나무 이름 맞추기. 야요이 로부터.'

야요이의 도도한 목소리가 울려왔다.

"준주 씨, 좀 나오실까요?"

준주를 따라온 모리가 말했다.

"네? 왜요?"

준주는 놀랐다. 야요이가 올 때까지 더 버텨야 했다.

"제가 점심을 사고 싶은데요. 하고 싶은 이야기도 많고 하니. 점심 전이면 함께하시겠어요?"

모리는 다급하게 말을 하며 화장품 부서 앞에서 걸음을 멈춰 섰다.

"좋지요. 점심은 제가 사 드려도 좋고요."

준주는 아무런 느낌이 없다는 듯이 뒤돌아서 방긋 웃으며 꽃 화분을 꺼내어 냄새를 맡는 시늉을 했다. 화분에 물을 주려고 안으로 들어갔다.

때마침 야요이가 화장품부에 나타났다. 그녀는 한 팔에 인형을 끼고서 준주를 찾았다. 점원이 안내를 하며 잠시 기다려 달라고 말했다. 그녀는 진열장 뒤쪽 안으로 들어와서 인형의 머리를 쓰다듬었다.

"너에게 겨울 니트 옷 선물하려고 한다고. 이제 곧 추워질 텐데. 기분이 아주 좋아졌지?"

야요이는 중얼거렸다. 그런 모습이 소녀처럼 천진함이 넘쳐흐른다. 이때 모리가 나타났다.

"여기 안으로 들어오시면 안 되세요. 여긴 남자분이 못 들어오는 구역이에요."

점원이 모리에게 두 손으로 저으면서 안 된다고 말했다.

"저 사람은 왜 들어가 있소? 괄시를 하는 거야? 사람을 만나러 왔다니까. 아까 그 여자."

모리는 밖으로 나올 줄 모르는 준주의 행동에 의심을 품었다.

"안에서 화분에 물을 주세요."

"이것들이 짜고 거짓말하는 거 아니야?"

모리는 감정을 억누르지 못한 채 큰 소리로 말했다.

점원이 어디엔가 전화를 걸었다.

"부장님, 잠깐만요. 여기 어떤 남자분이 자꾸 안으로 들어오신다고 해서……. 알겠어요."

점원은 부장에게 전화로 보고했나.

"뭐야! 거짓말만 하고서. 누굴 뭘로 보고 이러나? 내가 불량자로 보이나? 난 어디까지나 공무 집행을 하러 다니는 거라고, 왜 이래? 이 여자는 아니래도. 내가 찾는 여자는 다르다니깐."

모리는 귀에 거슬릴 정도로 말소리를 높였다.

"무슨 순사가 이래? 이 여자 저 여자, 예의도 없이 초면에. 기분 나빠."

야요이가 참다못해 느닷없이 바락 소리를 내질렀다.

"진짜 순사 맞아? 누굴 놀리자는 거야? 신분증 내놔 봐. 저런 게 다 있어? 가짜 아니야? 이거?"

야요이가 바르르 떨면서 소리를 더욱 높였다.

"가짜?"

모리의 얼굴도 붉으락푸르락했다. 준주는 차마 문을 열고 나올 수가 없었다. 때마침 백화점을 관리하는 부장이 허겁지겁 나타났다.

"그 신분증 다시 보여 주시겠습니까?"

모리는 얼떨결에 신분증을 부장 면전에 내놓고 수첩에 기록하도록 내버려 두었다. 마치 깎여 버린 체면을 도로 살리려는 듯 눈을 껌뻑거리며 부릅떴다.

"바보 같은 계집애가. 인형 가지고 노는 주제에 무슨 참견이야, 참견. 참, 뭐, 저런 게 다 있어?"

모리가 부라린 눈으로 야요이를 노려보고 저속한 말투로 내뱉었다.

그 순간 야요이가 그 자리에서 푹 쓰러지고 말았다. 그녀를 따라다니던 아주머니가 떨리는 목소리로 부장에게 애원했다.

"기절했어요. 우리 아가씨 돌아가시게 생겼어요. 비상 전화 부탁합니다. 빨리요."

순식간에 응급차가 들이닥쳤다. 야요이 측의 두 경호원과 순사들은 야요이를 응급차에 실었다. 병원의 응급차와 경찰차가 서로 다투기나 하듯 웽웽 경종을 울리며 각각 다른 목적지, 한 곳은 경찰서로 또 한 곳은 병원 응급실을 향해 달려갔다.

화장품 부서 바닥엔 야요이가 새로 옷을 맞춰 입히러 가지고 온 인형이 눈을 동그랗게 뜬 채 준주를 노려보았다. 그 인형을 2층에 있는 도미요에게 가져가야 한다. 잠시 준주는 생각을 집중해 보았다. 이 돈을 인형의 속바지, 아니 배 안으로 넣어야겠다고 생각했다. 니트를 맞추러 온 야요이의 인형이라면 누군가가 배를 갈라 볼 일은 없을 테니까. 준주는 인형 배 속에 돈 봉투를 밀어 넣었다. 그리고 도미요에게 그것을 건넸다.

"이 인형을 잠시 저, 장에다가 보관하면 어떨지 해서요."

"야요이 인형이네. 오, 그렇게 하세요. 제가 넣을게요."

"야요이 씬 좀 전에 그만 정신을 잃어서 병원으로 실려 갔어요."

"옛?"

두 눈을 크게 뜬 도미요는 인형을 덥석 받았다. 그리고 잠시 살핀 후에 유리장 속에다 인형을 정성스럽게 앉혔다.

"무슨 일이라도 생겼나요? 아까까지는 멀쩡했는데?"

도미요는 조바심했다.

"공연히 순사가 따라와서. 우리를 오해해서 야요이 씨에게 심한 말을 한 거 같아요."

"나라도 병원에 가 봐야겠어요."

"사실 현서 오빠도 중환자실에 지금 있긴 한데 같이 가 보시겠어요?"

준주은 혹시나 해서 현서의 이야기를 꺼냈다. 언젠가 도미요가 막연히 현서 오빠를 좋아하는 것은 아닐까, 하고 생각한 적이 있었다. 준주의 예감은 적중했다. 그녀는 야요이보다 현서 쪽에 마음을 더 기울이고 있었다. 준주는 현서 오빠를 멋스러운 도미요가 채워 줄 수 있을 것이라 여겼다.

"현서 씨가요? 중환자실에요?"

도미요는 느닷없이 중환자실에 있다는 말에 매우 놀란 듯했다. 도미요는 눈동자가 붉어지며 몸을 떨고 있었다.

"현서 오빠가 아니라 알고 지낸 사람이 다쳤어요."

준주는 갈피를 잡지 못하는 도미요에게 시원하게 말을 해 줄 수가 없어 안타까웠다.

도미요에게 현서의 편물은 니트의 유행을 몰고 오는 데 중요한 역할을 하고 있었다. 현서는 편물 애호가들에게 질 좋은 고급 편물 공급자이자 파트너다. 도미요는 현서의 근면함과 사업에 대한 성실함에 그를 긍정적으로 평가했다.

"이럴 때가 아니라. 지금 가서 뵈어야 하겠어요."

도미요는 여직원들에게 외출할 눈치를 보낸 뒤 즉시 손가방을 챙겼다. 준주는 그녀에게 현서와 콧수염에 대해 사건의 발단부터 자세히 설명하지 못해 속이 답답했다.

6   야요이의 인형

도쿄 T대학 의학부에서 준주에 대한 소문이 나돌고 있었다. 장준주라는 이름 석 자가 입방아에 오르내렸다. 조선 이름을 일본 이름으로 바꿔 부르는 천지개벽기에 준주의 이름은 이질감을 주었다. 소문의 주된 내용은 준주가 일하는 백화점의 화장품 부서에서 도도한 야요이를 기절시켜 입원까지 하게 만들었다는 것이었다. 이 이야기는 삽시간에 강의실 내에 번지고 있었다. 야요이의 극성파 사촌 기미코의 입을 통해 의학부에서 그 사실을 모르는 학생이 없다. 친구들은 그녀가 하는 말이면 왜곡이 되거나 말거나 그대로 믿을 뿐이다. 야요이가 약혼자 도오루에게 버림받아 준주 앞에서 기절했다는 소문도 빠른 속도로 꼬리를 물었다. 의학부에서 따돌림을 당하는 준주는 맹랑하고 되바라진 조선 여자라는 소문을 알지 못 한 채 강의실과 병원의 병실 그리고 실습실을 다니고 있었다.

한편 현서는 꼼짝달싹 못 하고 콧수염을 지기고 있어야 했다. 중환사실은 간호원 외에는 누구도 출입을 할 수가 없다. 그럼에도 그는 복도에서 긴 시간을 함께 보내 주는 도미요가 고맙고 대견하다. 도미요는 간단한 간식거리를 들고 와서 피곤에 찌든 현서에게 건네주며 상냥한 모습으로 대했다.

준주는 도미요의 상기된 얼굴에서 그녀가 얼마나 현서에게 마음을 주고 있는지를 느꼈다. 현서는 그런 도미요에게 다소 부담을 느끼는 것처럼 보인다. 현서 오빠에게 가장 필요한 사람이 누구보다도 도미요라는 생각이 든다. 그들이 잘 어울리는 한 쌍이라 생각하면 절로 미소가 나왔다. 현서 오빠가 마음을 돌린다면 평탄하고 행복한 삶을 누릴 수 있을 거라는 생각이 들었다. 준주는 그녀가 바쁠 시간인데도 병원 복도에서 시간을 함께해 주는 도미요의 깊은 마을을 읽고 있는 것이다.

한편으로 콧수염이 걱정되었다. 수술은 잘되었지만 칼이 장을 건드린 탓에 출혈이 속에서 생길 수 있었다. 현재 의학기술로는 그것까지 봉합하는 일이 불가능해 며칠 동안 각별히 신경을 써서 지켜봐야 했다.

콧수염의 중환자실에서 돌아온 준주는 야요이의 특별 병실 문을 노크했다. 도오루가 병실 문을 열어 주었다. 야요이와 함께 집에 방문한 후로 도오루를 처음 본다. 절제된 감정으로 그를 바라보기로 했다.

"저도 연락을 받고 지금 막 도착했지만. 이렇게 병원에 자주 들어오면 저도 의학부로 옮겨야 할 것 같아요. 복도에서 도미요 누나를 만났는데 무슨 일이 일어났어요? 준주씨?"

"네. 현서 오빠와 아는 사람인데 사고 후 수술을 해서 정신이 돌아올 때까지는 지켜 줘야 해요."

"그래요? 친한 사이인가 봅니다. 우리 누나까지……."

도오루는 누나 도미요가 바쁜 일과를 미루면서까지 알다가도 모를 일이라고 생각하며 고개를 갸우뚱했다. 게다가 어느 남성에게도 관심을 주지 않던 콧대 높은 누나였다.

"도미요 언니가요? 근데 나에겐 오지 않고."

야요이는 심술궂게 입술을 아래로 죽 내밀었다. 그리고 도오루와 준주가 서로 어깨에 닿을 듯 나란히 서서 자기를 바라보는 모습조차 다정한 연인처럼 느껴져 눈에 몹시 거슬린다.

야요이는 링거를 맞고 있어서 창백한 입술에 점차 연한 핏기가 돌았다.

"기분이 훨씬 나아지네요. 오빠, 준주 씨에게 의자를 좀 내드리세요. 아주머니, 과일을 좀 깎아 내오시고요."

야요이는 준주를 손님으로 맞고 싶었다. 더욱이 준주가 도오루와 같이 단둘이 있게 되는 상황이 두려웠다. 하얀 가운을 걸친 준주의 모습이 병실의 조명으로 빛나는 모습도 마음에 걸렸다. 준주와 도오루가 함께 있는 걸 지켜보니 기분이 저조해져 가슴이 짓눌리는 듯 답답하다. 그때 아주머니가 쟁반에 가지런히 깎은 과일을 탁자 위에 올려놓았다.

"도오루 오빠, 준주 씨에게 과일을 좀 권하세요."

"자, 준주 씨 드세요. 내가 왔을 땐 과일이 없었는데 준주 씬 먹을 복이 많으신 분입니다."

"잘 먹겠어요."

준주는 다소 냉정한 말투로 대답했다. 도오루에게 사사로운 마음을 보이고 싶지 않았다.

준주와 도오루의 눈길이 과일로 머물렀디.

"오빠, 좀 일으켜 주세요. 준주 씨가 오셨는데……."

야요이는 자기만의 오빠가 자신만 보고 신경을 쓰도록 도오루에게 자꾸 말을 건다.

"나 목말라. 참, 내 인형을 두고 왔잖아요. 어쩌지?"

"걱정 마. 준주 씨가 잘 보관하고 있다니까."

"바닥에 떨어진 그 인형을 도미요 씨께 가져가 가게 유리장에 넣는 것을 확인했으니 안심하세요."

사무적인 말투로 대답하는 준주는 무심히 야요이를 본다.

아주머니가 물 한 잔을 쟁반에 받쳐 공손하게 야요이 앞에 내놓았으나 그녀는 신경 쓰지 않았다. 간호원이 들어와서 링거 병을 갈아 주었다.

그녀는 안정제 효력에 조금씩 잠이 들었다. 잠잠해지는 그녀를 지켜보다가 준주가 먼저 자리에서 일어났다. 아주머니에게 눈인사를 하고 병실 밖으로 나가려는데 도오루도 일어나며 따라 나왔다.

"도오루 씬 더 계시다가 나오시지 않고서요."

준주는 도오루의 시선을 피했다. 약혼녀 야요이 앞에선 더구나 그러고 싶었다.

자는 척하던 야요이가 살며시 실눈을 뜨며 그들을 응시하고 있었다. 아주머니의 인사를 뒤로 하고 도오루는 야요이에게 등을 보이며 밖으로 나갔다.

문이 닫히는 소리가 나자 야요이는 병실의 높은 천장만을 바라보다가 링거의 주사기를 확 뽑아 버렸다. 팔 안쪽의 바늘 자국에서 몇 방울의 붉은 피가 방울져 흘렀다.

그녀는 벌떡 일어나 중환자실로 비틀거리며 걸어갔다. 아주머니가 애타게 뒤따라오는 것도 모르는 채 도미요 언니가 와 있는 건지 확인을 해야겠다는 생각뿐이다.

중환자실과 맞닿은 끝 복도에서 모리 순사가 병실 안의 동태를 두루 살피고 있었다. 오늘 따라 모자도 쓰지 않았다. 순사 태를 감추려는 작정인지도 모른다. 야요이는 그런 모리 앞에 당당히 섰다.

"여긴 왜 나타난 거죠? 저에게 사과 한 마디도 없이 무슨 정보를 캐려고. 흥, 이제 누구를 해치려고 나타난 거예요?"

"아, 아닙니다. 제가 입에서 나오는 대로 말을 해서 심려 끼쳐드려 사과드립니다. 어젠 제가 잠시 제정신이 아니었거든요. 실은 다른 일로 신경이 곤두서서 그만 실수를 했습니다."

야요이는 두 눈이 반짝거리는 모리를 유심히 살펴보았다.

"중환자실로 가는 길이에요?"

"중환자실요? 동료가 다쳤다고 연락 받아서 왔습니다만 제가 병실을 잘못 알았나 봅니다. 그런데 이런 환자복을 입고 어딜 가시는데요?

"백화점의 2층 언니가 와 계셔서요."

"도미요 씨 말입니까?

모리는 확신이 섰다. 콧수염이 있는 중환자실을 발견할 수 있을 것 같다.

"도미요 씨께 전해드리겠습니다. 야요이 씨의 병실로 가 보시라고요."

"그래요? 그럼, 부탁 좀 할게요. 내 인형을 보관하고 있다고 하니까 그걸 가져다주면 고맙겠다고 전해 주시면 되는데요."

그녀는 오던 복도를 되돌아 걸어갔다. 모리에게는 도미요가 있는 중환자실만 찾으면 이제 그만이다. 막다른 중환자 병실에서 도미요가 홀로 책을 보고 있었다. 그런데 그 시각 현서가 아래층에서 식사를 하고 올라오고 있던 참이었다.

"도미요 씨, 야요이 씨가 좀 전에 여기 앞까지 왔다가 돌아갔는데 꼭 한 번 자기 병실에 들러 달라고 부탁을 드리던데요. 인형을 가져다 달라고 부탁했습니다."

도미요는 모리를 보자 놀랐는지 자리에서 벌떡 일어났다.

"마침 현서 씨가 올라오시면 야요이에게 가려고 했는데요."

머리숱이 적어 숭숭한 모리의 정수리 주변이 복도의 불빛에 반들거렸다.

"전 이 환자의 친구인데 연락을 받고 왔습니다만, 워낙이 착실한 친구였는데 말이죠."

"현서 씨도 이제 곧 오실 거예요."

"잠시 제가 지켜 드리지요."

또 도요미를 떠밀며 야요이의 병실로 보내려 하자, 마지못해 일어선 도미요는 잠시 야요이에게 갔다 와야겠다고 마을을 정했다.

"그럼, 잠시 동안만요. 금방 올 게요. 마침 꼭 전할 게 있어서."

모리가 도미요를 배웅하고는 급히 콧수염의 병실로 몸을 숨겼다.

현서는 중환자 병실 앞 복도 의자가 비어 있는 것을 보자 낌새가 이상함을 느꼈다. 몹시 불길한 느낌에 병실에 누워 있는 콧수염의 얼굴 곁으로 다가갔다. 귀를 가까이 대고 그의 숨소리를 들으려고 한다. 그러나 무슨 영문인지 이미 숨소리는 조용히 멈춰 있었다. 현서가 사방을 두리번거리다 이상히 여겨 급히 복도로 나갔다.

"간호원, 간호원."

현서는 복도에 아무도 보이지 않고 하필 도미요까지 자리에 없자 당황하기 시작했다. 마침 후가와 사장이 복도 쪽으로 급히 걸어오고 있다가 현서의 당황하는 모습을 보았다. 일이 일어났음을 직감한 후가와는 놀라 창문 아래를 내려다보았다. 아니나 다를까 모리가 보였다. 후가와는 쏜살같이 내려가 그의 뒷덜미를 잡고 끌어당기는데 뒤를 돌아다본 남자는 낯선 아저씨였다. 모리는 자동차를 타고서 막 출발을 하는데 그는 모자를 쓰지 않고 있었다. 중년의 아저씨가 떠나는 그를 보고 모자를 줘서 감사하다고 손을 들고 흔들고 있는 것이었다.

후가와는 콧수염에게로 돌아갔다. 도미요가 울고 있었다. 그새 일이 벌어진 것이었다. 현서와 후가와 사장은 망연자실해 서로 초점을 더듬으며 멍히 바라보고만 서 있었다.

대학 부속병원은 큰길을 사이에 두고 대학교 건물과 마주 보고 있다. 늦가을은 준주에게 쓸쓸함을 안겨 준다. 준주는 학교 내에서 도오루와 가끔 마주치지만 그럴 때마다 야요이를 떠올리며 표현을 되도록 절제하고 있다. 도피 중인 진석 오빠와 콧수염이 살해당한 일로 주변이 긴장의 연속이다. 그러는 가운데 자신의 감정과 학교생활을 조화롭게 해결해야 한다는 생각으로 꽉 차 있었다.

강의실 안의 분위기가 야요이의 병원 퇴원 이후부터 살벌해졌다. 준주는 실습을 위해 발길을 돌려 병원 건물로 향했다. 가지런히 정돈된 정원수의 풍취가 돋보이는 마당을 가로질러 현관문을 밀었다.

'너무 이르나?'

준주는 중얼거렸다.

대합실과 복도에 불빛이 환하다. 대합실 우측에 있는 응급실과 왼쪽에 마주 보는 접수처에도 불이 켜져 있다. 준주는 복도에서 잠시 대기하기로 했다. 분만실의 벽 위에는 둥근 벽시계가 붙어 있는 맞은편에 앉아서 시계를 올려다보았다. 긴 바늘이 계속 돌아가면서 1분마다 '째깍' 하고 소리를 낸다. 계단에서 기미코가 내려오고 있었다.

"기미코, 안녕."

준주가 아침 인사를 건넸다.

"오늘은 그렇게 한가하게 인사할 기분이 아닐 텐데? 약혼자를 가로채고 말이야. 게다가 이런 종이까지 나붙고."

기미코가 내미는 종이를 보았다.

"광고를 하고 다닐 필요는 없을 텐데. 약혼자를 가로채고도 모자라 병원에 입원까지 하게 만든 장본인! 벽보판에 붙어 있는 글, 아직 확인을 못 해 본 모양이네."

"기미코, 왜 이러는데 도대체……."

준주는 두 눈을 깜빡이며 정신을 차리려고 애썼다.

기미코는 무엇이 못마땅한지 준주 앞에 당당히 서서 하얀 도화지의 글을 보여 주었다.

"도쿄의 T대학 의학부 조선인 장준주를 고발한다. 약혼자 가로채기, 도덕 불감증. 장준주."

준주는 그 내용을 읽자마자 도리어 무표정한 얼굴로 그 자리에서 일어났다. 그리고 병원 대기실과 각 부서마다 붙은 벽보들을 확인하고 일일이 떼기 시작했다. 벽보는 복도, 진료소 앞, 부인 병동 입구와 대기실 앞 게시판에까지 붙어 있다. 준주는 숨이 턱까지 찼지만 밖으로 내쉴 수조차 없다. 이유를 묻지 말고 반드시 이 상황을 이겨 내야만 한다고 마음속으로 거듭 다짐했다.

　준주의 굳어진 모습을 알고 있는 도오루 역시 만남을 절제했다. 그는 2주 동안 지방을 두루 돌면서 각 지방의 관청 건물이 미진에도 그대로 견딜 수 있는지를 조사하고 사진을 찍어야 한다고 쪽지를 남긴 채 떠났다. 그것은 건축학부 졸업 작품으로 중요한 일이다. 강진 범위에서 벗어난 조선과는 달리 일본에서는 여진 속에 건재할 수 있는 건물을 지어야 했고, 고도의 기술을 요하는 작업이기 때문이다. 준주는 건축학부 졸업 시엔 반드시 지진과 건축의 연관성을 다뤄야 한다는 말을 도오루에게서 자주 들었다. 준주는 도오루와의 만남의 끈을 당기지 못 했지만 도오루는 변함없는 마음으로 준주를 가슴속에 품고 있었다. 어지럽고 정신이 사나운 학교생활을 누구의 도움 없이도 차분히 잘해 나가려면 무엇보다도 솔직히 그를 믿고 싶었다. 그래야 그 믿는 심지로 용기를 얻어 학교의 어려운 상황을 이겨 낼 수 있을 것 같다.
　그러나 지금 준주는 막 실습하러 병실로 들어가야 하는 순간에 누구의 모함으로 비롯된 짓거리인지 불을 보듯 뻔한 사건에 맞닥뜨렸다. 강한 대국이 마치 약자에게 칼을 들이대는 것만 같다. 눈에 보이지는 않지만 이 같은 굴레에 자신을 왜 가두려는지 그 저의를 생각하니 섬뜩하다. 나라를 잃어버린 설움이 절망의 틈새로 고여 들고 있다.
　준주는 붉은 붓글씨로 쓴 내용의 도화지 다섯 장을 뜯어내어 가방에 접어서 넣었다. 그러고는 아무 일 없었던 것처럼 양옆 병실의 가운데 깊숙이 복도 안으로 마음을 달래며 걸어갔다. 안정을 얻으려면 업신여기는 그들을 미워하지 않기로 한다.

준주는 소독복을 갖춰 입은 간호원을 보았다. 아침 인사를 주고받으며 분만실 안으로 걸어갔다. 거울이 달린 손가방을 장 속에다 넣었다. 그러고는 병실에서 소독이 된 가운과 모자, 마스크를 착용했다.

분만실은 말소리는 물론이고 사람들의 움직임에 따르는 작은 소음조차 없다. 지나치게 정숙한 분위기에 익숙하지 못한 준주는 자신이 분만실의 담당자가 아닌데도 불구하고 전에 미처 느끼지 못했던 긴장감이 들었다. 도화지에 갈겨 쓴 글자의 내용이 귀에 울렸다.

드디어 막바지 진통으로 고통스러워하는 임산부가 막 들것에 실려왔다. 동시에 분만실의 분위기가 갑자기 바뀌며 분주해졌다. 임산부는 바로 출산에 사용되는 침상으로 옮겨졌다. 그녀의 간헐적으로 절규하는 진통에 맞선 신음 소리가 마음에 쓰였다. 갈수록 절규는 커져 갔다. 5분 간격으로 오는 강한 진통을 견디지 못하고 몸부림치는 여성을 지켜보아야 한다. 준주는 자애로운 시선으로 그녀를 어루만지듯이 진정시키면서 진통을 호소하는 임산부보다 지금 자신이 낫지 않은가 하며 위안했다. 임산부가 저리도 살려고 애쓰는데 자신도 어떤 해코지가 있다 하더라도 굳세게 참아야 한다고 스스로를 타이른다. 임산부는 준주를 위로해 주고 준주는 그녀에게 믿음과 위안을 주었다. 그들에게는 각자 주어진 아픈 상황에서 참고 견디는 일 외에는 지금 달리 벗어날 특별한 기적은 아무것도 없다.

"괜찮아요. 복식 호흡을 해 보세요. 절 따라 하세요. 아기도 빨리 나와서 엄마를 보고 싶어 하고 있어요."

준주는 격려의 말을 더 해 주고 싶다.

"학생들, 이리 오세요."

담당 의사의 조수가 두 학생을 불렀다.

"이 부인은 두 번째 출산이라 5분 간격이면 아기 받을 준비를 갖춰야 합니다."

조수가 마치 강의를 하듯이 계속 설명했다.

"자궁문이 80퍼센트 열렸어요. 이제 강한 진통이 오고 자궁이 완전히 열리면 태아가 산도로 내려오면서 복압이 일어납니다. 복압이 시작되면 임산부가 아픔을 동반하는 진통을 느끼지 않고 힘이 저절로 나오게 됩니다. 그리고 간헐적으로 쉬는 시간에 잠깐 잠이 옵니다."

그 때 임산부가 또 고통을 호소하면서 외쳤다.

"선생님, 잠도 안 오고 아프기만 해요. 아주 죽을 것만 같아요. 빨리좀 살려 주세요. 빨리요, 선생님!"

"주사 준비하세요."

조수가 신속한 동작으로 임산부의 팔에 촉진제를 놓았다. 동시에양수 주머니가 터지면서 혈액이 섞인 많은 양의 양수가 회음 아래로 흘러내렸다.

임산부가 힘을 쓰기 시작했다.

"여기 보세요. 아기 머리가 보이지요?"

3분이 지나자 임산부가 또 소리를 질렀다.

"자, 이게 배림인데 힘을 아껴야 해요."

담당 의사가 임산부에게 일렀다.

"아까처럼 힘이 나올 때 '아아' 하고 입을 벌려야 합니다."

"아, 아!"

"그렇지요. 소리를 내 보세요, '아아' 하고."

"아아, 아, 아."

마침내 아기의 머리가 회음을 통과했다.

의사가 얼른 아기 한쪽 겨드랑이에 손을 넣어서 아기 머리를 반 바퀴 돌렸다. 밑에 있던 얼굴이 위로 돌아오면서 어깨, 가슴, 배, 그리고 궁둥이가 나오고 이어서 다리가 빠져나왔다. 아기의 샅에 작은 고추가 달랑 모습을 보인다. 산모의 고통이 일순 달아났다.

"자아, 이젠 입을 다무세요. 아들입니다."

산모는 이내 조용해지고 바쁘게 움직이는 의사는 아기 배꼽에 매달린 탯줄을 만져 보며 설명했다.

"이건 제댄데 이 제대가 뛰고 있을 때는 가위를 대면 안 돼요. 맥박이 뛰는 것은 엄마의 배 속에 아직 남아 있는 태반과 혈액을 공급받고 있다는 증거입니다. 자, 이제 맥박이 가라앉았으니 자르는 겁니다. 예리한 가위보다 좀 거친 가위로 잘라야 합니다. 소독을 철저히 한 다음 아기의 입에 들어 있는 오물을 배출시켜야 하고……."

의사는 아기의 두 발목을 손가락에 끼고 거꾸로 든 채 볼기짝을 찰싹찰싹 가볍게 때렸다.

아기의 울음소리가 의외로 크고 우렁찼다.

분만실에 모였던 담당 의사와 조수, 간호원과 준주는 모두 웃는다. 그런데 기미코는 창백한 얼굴에 굳게 다문 입이 일그러져 있었다.

"배가 또 아파요."

산모가 산후에 오는 진통을 호소했다.

"아플 겁니다. 후산을 하실 거예요. 자, 한 번만 더 힘을 내세요."

조수가 한 손으로 아랫배를 쓰다듬으며 조금씩 누르자 산모가 힘을 주었다.

"좋아요. 이제 태반이 나왔어요. 후산을 잘하신 거예요."

간호원이 잡고 있던 산모의 손을 살며시 뗐다. 준주는 별실에서 옷을 갈아입고 나오려는데 기미코가 준주를 노려보았다.

"어쩌면 그래요? 산모의 목을 누르면 어쩌겠다는 거야? 이 아주머니가 죽을 뻔 했다잖아?"

준주는 그 사실이 놀랍다.

"기미코 양!"

준주가 소리를 높였다.

담당 의사는 소독복을 벗어 놓고 밖으로 나가고 없었다. 분만실에 남아 있던 조수와 간호원이 곁으로 다가왔다.

"무슨 일이죠?

조수가 물었다.

"선생님, 장준주가 산모에게 해코지를 했거든요. 제가 봤는데 산모가 약간 잠들려 할 때 입을 막고 목을 눌렀어요. 그것도 몇 번이나 반복해서 그런 행위를……."

한창 강한 진통이 오고 지쳐서 잠이 깜빡 들었을 때에는 누가 임산부에게 무슨 짓을 해도 모른다. 의료진도 아기가 출생하는 순간을 지켜보는 데 온통 정신이 쏠려 있어 막상 산모에게 눈길 돌릴 여유조차 없다. 그 틈을 타서 누가 그럴 수도 있을 것이다. 그렇다고 해서 이 위급한 상황에서 무슨 억하심정으로 그런 끔찍한 일을 저질러서 임산부를 위험에 빠뜨리게 한단 말인가.

"손이 맨손이었나요? 고무장갑을 낀 손이던가요?"

조수가 두 눈을 똑바로 뜨며 산모에게 물었다.

"글쎄요. 고무장갑은 아닌데 무척 차가운 손이던데……."

산모는 기미코를 쳐다보았다.

"준주 양은 고무장갑을 끼고 나를 도와주고 있었는데요."

조수는 간호원에게 말했다.

"이 아주머니 머리맡에 있던 학생에게 고무장갑을 줄 필요는 없겠지요?"

"마침 소독된 고무장갑이 한 켤레밖에 없어서 여태껏 이쪽에서는 소독 장갑을 끼고 있었는데요."

주고받던 말들이 끝나자 기미코의 얼굴에 붉은 핏발이 섰다. 그녀는 더 이상 모함의 말을 하지 않았다. 기미코는 사과 한마디 없이 도도한 모습으로 분만실에서 나가 버렸다. 준주를 범죄자로 몰려고 시도한 것이다.

간호원이 배내옷을 입힌 신생아를 엄마 품에 안겨 주고는 나갔다.

준주는 모함에 녹초가 되어 분만실을 힘없이 나왔다. 기어이 기미코가 자신을 이유 없이 몰아세우려 하는 것이 무겁게 걸렸다. 그리고 도화지에다 격이 떨어진 내용을 직접 써서 붙인 장본인은 또 누구일까. 기미코가 야요이의 사촌 언니라는 사실도 부초처럼 생각 위로 둥둥 떠오른다.

도오루는 건축 자료를 찾는 일과 관련해 지방에서 돌아오자마자 산부인과 병동으로 달려왔다. 칠 대 삼 가르마의 짧은 머리에는 기름기가 거의 없었다. 이마 위로 머리가 저절로 밀려 내려왔다. 준주는 그가 달려오는 모습에 반가움을 애써 참으려 했으나 잘되지 않았다. 잠시 그들은 산부인과 병동 뒤뜰에서 있었던 일을 기억하고 그리로 나란히 걸어갔다.

"오가와 이모부가 아키타로 내려가실 때 제가 모셔다 드려야 할 거 같아요."

준주는 도오루가 자신에게 함께 갈 수 있는지 묻는 것으로 받아들이고 싶었다.

"그날 저도 선생님을 모시고 가야 해요. 요양하실 온천의 주소와 위치도 알아 둬야 하고요."

준주는 오가와 선생 내외와 떨어질 생각을 하면 코끝이 벌써 찡하게 붉어진다.

"그럼 우리 함께 가는 걸로 알고 있을 게요. 거긴 제 유년의 추억이 많은 곳이고 어머니의 고향이기도……."

도오루는 밝히고 싶지 않은 비밀이라도 있는 것처럼 잠시 긴 한숨을 내뿜는다. 야요이를 생각하는 모양으로 이내 고개를 저었다.

그의 시선은 구름 한 점 없는 가을의 깨끗한 하늘 저편 어딘가를 더듬었다. 그 너머의 어머니를 보고 그리워하는 듯 그의 검은 눈동자에는 스르르 물기가 서렸다.

"어머니가 양쪽 다 안 계시네요. 우린 그것도 인연인가 봅니다."

그의 목소리가 가늘게 떨려 왔다.

그가 안쓰러워 서글픈 미소를 지었다. 자신에게도 가족이란 손에 닿을 수 없는 영역이었기 때문이다. 도오루에게는 비록 어머니는 안 계시지만 아버지와 누나 그리고 이모 내외의 피붙이들이 곁에 있다는 것이 부러웠다. 준주는 열 살까지 친오빠인 줄로만 알았던 진석이 사촌 오빠였고 지금에 이르도록 유모의 보살핌으로 성장해 온 자신을 돌이켜 본다.

"이 세상에 어머니가 살아 계시는 사람들은 참, 좋겠다."

도오루는 천진난만한 어린이 같은 목소리로 중얼거리며 다시 좀 전의 그곳으로 고개를 들었다.

"도오루 씬 훌륭한 청년으로 성장하셨는데도 그런 생각을 하시는 군요. 아이처럼요."

"제가 한창 어머니가 필요할 시기에 가셨기 때문에 원망을 많이 했었죠. 그때 야요이가 도리어 날 위로해 준 여동생 같은 아이고요. 그러나 어릴 때 사고로 충격을 받아서 정신적으로 앓고 있어 좀처럼 낫질 않아요. 누군가 옆에서 마음을 달래 주고 따뜻하게 해 준다면 좋은 여성으로 성숙해질 거라 믿습니다. 모든 어리광을 제가 무조건 받아 주니까 저를 졸졸 따라다니고 있지만 한 번도 여자로서 야요이를 생각한 적은 없어요. 혼조 씨가 섭섭해하실진 모르지만 제 마음은 어디까지나 준주 씨를 사랑하고 있습니다. 이야기를 안 해도 제 눈을 보면 믿으시리라 생각했어요."

눈동자를 크게 부릅뜬 그의 모습을 본 준주는 자신도 알 수 없는 웃음을 속으로 눌렀다. 그동안의 오해를 쌓고 허물고 또 무수히 바스러져 가루가 된 지금, 그동안 믿어 왔던 감정이 되살아나고 있었다.

"요즘, 논문과 작품 준비로 지방을 다니기 때문에 야요이가 오해할 거라는 거 다 알고 있어요. 혹시 사촌 언니와 준주 씨에게 실례될 일을 저지를지도 몰라 걱정이 되고 궁금하기도 했고요."

"………."

"설사 그렇다 해도 준주 씨가 제 마음을 알고 참아 준다면 저는 더욱 고맙고, 더 사랑합니다. 이 마음 변치 않을 거예요. 저에겐 준주 씨가 처음이고 준주 씨밖엔 아무도 모릅니다."

도오루는 그동안 준주가 두 눈에 생기를 잃은 듯해서 마음이 편치 않았다. 혹시나 야요이와 기미코 때문에 준주가 고통스러워하고 있는 것은 아닌지 걱정을 해 왔다.

그런가 하면 준주는 도오루를 만나 마음을 확인한 후 시련도 견뎌야 한다는 각오를 한다. 도오루가 변함없이 사랑해 준다면 어떤 수모도 멍에도 당연히 견딜 수 있을 것 같아 행복했다. 그래서 학교 일은 억울하고 불쾌하지만 흐르는 물에 씻은 듯 흘려버리기로 했다.

그래서 이 순간에도 얼마 전 현서가 도미요를 만나기로 한 날 자기에게 들려준 말이 떠올랐다. 진석 오빠가 거처를 바꾸기 때문에 안전을 책임질 수 없다고 걱정한 현서까지 진석 오빠의 거처와 안전을 책임지기가 많이 지친 것 같아 준주는 진석 오빠의 생활을 마음 놓을 수가 없다는 염려가 몰려왔다.

"뭘 그렇게 뜸을 들여요. 걱정…… 나누면 훨씬 나아질 겁니다. 예전보다 우울한 표정입니다. 준주씨!"

"제 오빠, 도쿄에서 모임 활동에 드는 교통비, 하숙비 등 보조금을 후배들이나 동료들에게 보태는 작업을 주도하고 있어요."

"반전운동을 하고 있군요!"

"비슷하죠."

준주는 모리 순사에게 쫓기는 진석의 처지에 대해 설명하지 않을 수 없었다.

"전쟁은 절대 반대요."

도오루는 단호히 말했다. 그러면서 준주의 이야기를 심혈을 기울여 경청했다. 지금 준주가 지니고 있는 큰돈의 거처도, 명백히 조선 반도를 구하는 오빠, 진석의 일을 함께 모색하기로 했다. 그리고 그 액수의 반을 어떻게 진석에게 전할지 같이 고민하기로 했다.

"지금, 병원 실습 때문에 병동으로 돌아가야 해요."

도오루에게 오빠에 대한 아픔과 연민과 자신에게 처해진 학교생활을 다 고백하고 보니 한시름 더는 기분이 들었다. 도오루에게 마음을 열었다는 것만으로 몸과 마음이 이렇게 가벼울 수가 없다. 조국을 구하는 집념에 여념 없어서 건강조차 돌보지 못하는 오빠에 대한 걱정이 오랫동안 뇌리와 가슴을 꽉 옥죄어 왔던 것이다. 단지 진실하게 생명을 앗아 가는 잔인한 전쟁과 조선 반도의 현실에 대해 이야기했을 뿐인데 고통을 나눌 수 있었다. 어떤 이념이나 신분, 사상을 내세우지 않고 다만 숨기지 않으며 털었는데도 천근으로 무거웠던 마음의 짐을 벗을 수 있었다.

도오루는 혹시나 진석이 자신을 경계할 수도 있을 것 같아 준주가 쓴 편지를 직접 가져가기로 약속했다. 그래야 여동생이 보낸 동지라고 생각하고 자신을 믿을 것이기 때문이다. 도오루는 우선 진석을 만나 거처를 옮겨 주기로 했다.

"그렇군요. 어찌 보면 사람들은 알게 모르게 저마다 상처를 안고 살아가는 것 같아요. 전 제 상처가 가장 크다고 생각했지만……."

준주는 이런저런 하소연보다 병원에 나붙었던 자신을 가해하는 전단에 대해서도 말하고 싶었다.

"그런데 사실은 그 큰돈이 야요이 씨 인형 안에 있어요. 너무 급한 나머지 감출 데가 없었어요. 모리 순사가 저를 조사할 건 뻔한 일이라서요."

"예? 모리 순사가요?"

이 말을 듣자 열을 받은 도오루는 재킷을 벗는다. 어깨 근육이 셔츠 안으로 탄력 있게 드러났다.

"그나저나 인형에 그 돈을 넣었다고요?"

"진작에 도오루 씨에게 말씀드리려 했는데 지방에 가셨고 인형은 야요이 씨가 가지고 가서 여간 걱정이 되는 게 아니에요."

도오루는 가방에서 도형 연필을 빼내어 준주에게 건넸다. 준주는 가방에서 꺼낸 종이 뒷장에다가 인형의 그림을 그렸다.

"혹시 이렇게 생긴 인형 아세요?"

그런데 눈앞으로 스쳤던 종이 앞면을 본 도우루가 눈을 껌뻑거리며 말했다.

"제가 꺼낼 수가 있을 거예요. 잠깐, 여기 무슨 말들이죠? 이 글들, 뭐예요?"

그 종이는 병원에 나붙었던 도화지였다.

도오루는 준주에게서 종이를 뺏어 들고 앞장을 읽고 말았다.

"아니, 이게 다 무슨 말이지? 왜 말씀 안 하셨어요? 왜 아무 말도 안 한 채 침묵을 지키셨는지……. 이해가 잘 되지 않아서요. 이런 모함이 어딨어요?"

"이 내용이 틀렸나요, 도오루 씨? 생각해 보면 다 맞는 말 아니에요?"

준주는 도오루의 우뚝 솟은 콧등에 시선을 멈추었다. 그녀의 검은 두 눈동자에 이슬이 맺히며 코끝이 발갛게 물들어 왔다.

"전 조선 여자 맞아요. 남의 약혼자를 사랑하고 있어요. 맞아요. 억울한 누명이 아니라 모두 맞는 말이잖아요. 다 맞잖아요."

준주는 격분한 자기 모습을 더는 보이기 싫어 자리에서 일어나 병실로 총총히 걸어가 모습을 숨겼다. 그녀의 뒷모습을 바라보는 도오루는 그저 가슴을 누르며 서 있었다. 하지만 말할 수 없이 행복했다. 방금 자신을 사랑한다고 말하지 않았던가. 그 말 한마디가 귓가에 마구 울려 퍼졌다. 그렇다면 무엇이 문제가 된단 말인가. 그는 벙긋 미소를 지었다. 그녀가 시야에서 사라졌는데도 가슴은 사랑의 열정으로 충만해지고 있었다.

며칠 후 준주는 정오에 이케부쿠로역 앞 갈림목에 있는 '후지야 빵집'에서 현서를 만나기로 했다. 그는 준주를 보자 곧바로 고급 화과자를 서너 종류 고르더니 준주에게 안겼다.

"이건 이따 집에 들고 가서 오가와 선생님하고 사모님께 드리도록 해."

그들은 시내 전차를 타고 시가지로 나갔다. 도쿄의 시가지는 5층 이상의 건물과 오가는 많은 사람들의 물결이 거리마다 넘쳤다.

사람들은 양식 전문 식당에서 점심을 즐겼고 극장에 들러 이리에 다카코 주연의 <달에서 온 사자>를 관람하면서 백의의 천사(간호사)와 환자와의 수준 높은 사랑에 심취하기도 했다. 해가 질 무렵에 현서와 준주는 혼잡한 교통망을 뚫고 긴자에 접어들었다. 가게의 찬란한 샹들리에 불빛 아래 젊은 여성들의 화려한 모습들이 나타난다. 새로운 시대의 코코 샤넬의 멋쟁이들이 즐겨 쓰는 모자와 구두 그리고 신사들이 신고 다니는 가죽 구두들이 눈에 띄었다.

"굉장하군. 이 물결이 다 돈이라고 쳐 봐. 어마어마하지."

"역시 사업가는 달라. 이게 다 돈으로 보인다는 말씀이네?"

"어디 들어갈까? 찻집에서 좀 쉬었다가 갈래?"

"어, 그래, 그러자. 오빠."

준주는 고개를 끄덕인다.

그들은 겨우 사람들 틈새로 빠져나와 찻집의 2층으로 올라갔다. 비좁긴 하지만 소음이 적고 차를 나르는 낯빛 붉은 소년이 친절했다. 찻잔을 받친 접시 위에 오렌지색 화지가 놓여 있었다.

"준주야, 사실 오늘 너에게 할 말이 있었는데 너에게 털어놓아야 할지를 몰라 온종일 고민을 하다가……. 역시 말을 하는 게 좋을 거 같아."

현서의 얼굴에 긴장감이 드러났다. 심각한 비밀 이야기임에는 틀림이 없었다.

"뭔데? 오빠가 나에게 비밀이 있음 안 돼지. 우린 친남매나 같은 사이인데. 뭔데요?"

"콧수염 죽인 놈이 모리라는 거 다 알잖아. 신문엔 내가 입을 닫고 있어서 못 낸 건데."

준주는 긴장이 되었다. 몇 달 전에 병원에서 살해된 콧수염을 생각하면 보통 일은 아니라는 생각을 한다. 언젠가는 불거져 나올 상처의 고름 같은 사건이라는 생각이 들었다.

"오빠, 샤오륜 씨 때문에 그렇게 된 게 아닌가? 진석 오빠가 소개해 준 게 잘못된 거죠?"

"아니, 그거보다 모리라는 녀석이 조직의 비밀 수첩을 개인에게 더 이상 노출 시켜선 안 된다는 경고를 줬었거든. 그런데 콧수염이 정보를 이용해 샤오륜을 도와줘서 희생당한 거고. 콧수염은 조직을 배신해서라도 더 큰 테러 사건을 막으려 한 것이지."

"그래서요?"

"일주일 전에 후가와 사장님이 찾아왔었어."

"왜요?"

준주는 다급히 묻는다.

"그게, 보복을 하자는 거야."

"보복? 오빠, 난 그렇게 생각 안 해요. 더구나 모리가 했는지 눈으로 보지도 못했고. 현서 오빠, 우리 이 일에 관여하지 말자."

"나도 이 일에 손을 떼고 싶어서 의논을 하는 거야."

"오빠, 진석 오빠가 잘 지내도록 하려면 이 일은 그만 잊어. 오빠가 그러면 진석 오빠뿐 아니라 모두 위험해지고, 문제가 생기면 난 졸업도 포기하고 당장 짐 싸 들고서 조선으로 가야 되고, 진석 오빠는 어찌될지. 서로 칼질하는 건 참을 수가 없어요."

"……."

준주는 입을 다물 수가 없다. 어떤 식의 보복인지 상상하자 한동안 머리가 지근거렸다. 보복은 또 하나의 작은 전쟁이 아닌가. 그러다 더 많은 사람들이 죽는 것이 아닌가 하는 탄식에 말을 잇지 못 한다. 이미 착한 콧수염이 희생을 치른 것으로 이 일은 일단 매듭지어야만 한다고 생각한다.

준주는 아기와 산모들의 생명들을 살리기 위해 의술을 배우러 현해탄을 건너 먼 거리를 왔다. 그런데 귀한 생명들이 하던 일을 멈추고 보복을 하겠다는 계획을 이해할 수가 없다.

"보복을 안 하면 비겁하다는 생각 버려요. 오빠, 딱히 그 가족을 위해 무엇을 해 줘야 한다는 의식도 버려요. 가족들은 죽은 사람 도로 살려 내라 할 지경인데. 그 사건은 무언가가 큰 사건으로 얽힌 것 같아. 현서 오빠, 반드시 손 떼요."

준주는 안타까워 그를 책망했다.

"더 많은 생명을 구하기 위해서라면, 이해돼?"

자리에서 그만 일어나는 준주를 바라보며 현서는 여간 기분이 찜찜한 게 아니었다.

일주일 전에 후가와가 찾아온 날 현서는 깊이 생각에 잠겼다. 현서 역시 사업가로 자리를 잡아 가고 있는 시점에서 이 일에 더 이상 관여하고 싶지 않았다. 그러나 콧수염의 부인이나 아이들을 보면 아무런 조치도 하지 않는 데에 자괴감이 든다. 그것은 무책임한 일이다. 자신으로 인해 연루된 일이었고 최선을 다해 준 그의 성의에 대한 무관심, 또 무책임이 아닌지 살펴보아야 할 일이다.

현서는 며칠 동안 준주의 극구 반대가 가슴에 걸리고 답답해 두붓집 주방장을 찾아갔다. 그는 칼에 부상당한 콧수염을 현장에서 목격한 유일한 사람이라 그의 생각을 묻고 싶다.

"현서 씨. 참으셔야 합니다. 이건 배후가 현서 씨의 일만이 아니에요. 이러다간 많은 사람들이 또 다치십니다. 제가 처음부터 죽 지키고봐 왔지만 개인의 사건이 아닙니다. 순사들 사이의 패거리 사건이라 참으시지 않는다면 해를 입으실 겁니다. 분명히 다른 사건이에요. 제발 물러서 계십시오. 참고 계시면 다 밝혀지기 마련입니다. 괜히 달려드시면안 될 것 같아요. 야쿠자들과 관련되어 있을지도 모르고요."

주방장은 현서의 손을 잡고는 진실히 타일러 주었다. 현서는 전에몰랐던 주방장의 간절하고 애틋한 태도를 보고 적이 놀라웠다. 그는 현서가 착실하고 건실하게 살아가려고 노력하는 청년임을 알고 진실하게말해 주었다.

"실은 조선인이셨던 저의 아버지께서 일본인으로 귀화를 하셨어요. 그래야 돈도 벌고 행세를 하겠기에 이러고 있지만 현서 씨! 이번 일만은 잊으세요."

"그러세요? 조선인이시군요. 저에게 각별히 친절하게 대해 주셔 고마웠는데. 말씀대로 곰곰이 생각해 보겠습니다."

현서는 간만에 마음을 터놓을 사람을 발견한 것 같았다. 콧수염은잃었지만 그 빈자리를 주방장이 메꾸어 주는 것만 같다.

맑은 가을 하늘, 우에노공원의 '고이노 이에'. 커피 향이 실내에 가득 밴 찻집이다. 유럽형의 큰 커피 잔을 앞에 두고서 마주 앉은 현서와도미요는 사이좋은 젊은 연인처럼 보였다. 그동안 현서를 지켜본 도미요는 그가 사업상으로 경제적 절제와 맺음이 확실한 점이 만족스러웠고 앞으로 기대되었다. 성실하게 사업을 꾸려 가고 일을 처리하는 현서를 보고 만만한 상대가 아님을 도미요는 깨닫는다. 더구나 이성적으로

도 현서에게 마음을 두고 있는 그녀는 모직공장 건설을 머리에 새겨 둔 이상 그가 자신의 모직 사업에 적임자라 생각을 갈수록 굳혔다.

도미요는 현서가 누에로부터 견사를 얻기까지의 공장의 세세한 흐름을 익히 알고 있을 뿐만 아니라 교토시에서 그와 거래하는 소매인들에게 높은 신뢰를 얻고 있음을 소문으로 알게 되었다. 때문에 날이 갈수록 그가 자신의 변함없는 사업파트너로 안성맞춤이라는 생각이 들었다.

도미요가 백화점에서 니트 매장을 개업하자 물밀듯이 뜨거운 반응이 이어졌다. 견사나 편물 등에 지식을 겸한 현서가 때맞춰 나타나 준 것이 행운이었다. 조선까지 갈 필요 없이 일본의 오사카나 고베에 공장 부지를 마련해 대구 공장의 모든 시설들을 옮길 방법을 모색했다. 편물과 견사를 함께 돌리는 공장을 세우자고 하면 현서도 함께할 것 같았다.

"현서 씨, 그것보다 이 황금빛이 더 우아해서 그런지 왕실에선 이것만 찾으세요. 그리고 이것 좀 만져 보세요. 촉감이 확, 다르죠……. 인기를 끌려면 우선 피부에 닿는 촉감이 좋아야 해요."

도미요는 챙겨 온 견본을 테이블에 펼치고 그것이 왕족들이 잘 입는 기모노의 오비 천이라고 일러 주었다. 단순하고 절제된 색조의 조선 한복 천과는 달리 화려한 무늬에 단단함과 따스함을 겸한 모사였다.

"이 비단에다가 니트를 배합하자는 거죠. 물론 손으로 낱낱이 수놓아야 하는 노동력이 동원돼야겠죠. 색다른 유행이 되겠는데 말입니다."

현서의 마음은 이미 인기 절정의 판매율을 올리는 모사를 따로 짜자고 결정을 내렸다. 거기다 고급 편물을 샤넬풍의 구조로 짜서 누구도 흉내 내지 못하는 천을 만들이 유럽으로 수출해야 한다고 의견을 덧붙였다.

현서는 공기 좋고 물 좋은 조선의 뽕잎을 먹고 자라는 누에들을 떠올리며 이미 대구에서 칠성 가타쿠라 제사공장의 조직망을 더욱 확장하리라 마음먹었다. 특히 전통의 고도인 교토는 게이샤를 비롯, 사찰과 전통 음식점 또 정원 등으로 기모노의 사용자가 많은 곳이므로 교토를 중심으로 더욱 알리면 좋은 반응을 불러일으킬 것이었다. 본격적으로 현서의 고유 이름으로 간판을 걸고 옹골차게 공장 일부터 시작해야 했다.

"현서 씨, 배도 고프니 식사할까요? 현서 씨 생각은 어때요? 어디 가고 싶은 곳이라도 있어요?"

"글쎄요……. 참, 요코하마의 '소라우미'가 있는데 거기 어때요? 아우도리 사치를 만날 수 있을 것 같아서 말이죠."

"참 잘됐군요. 거기 바닷가 소나무 언덕 위에 우리 작은 집도 있고……. 드라이브 하실까요?"

"별장이요?"

현서의 말에 도미요가 고개를 끄덕였다. 그리고 미소를 던지면서 한쪽 눈을 감았다.

그녀는 미리 대기시킨 자동차의 운전석에 앉았다.

"직접 운전을 하시게요? 운전을 배웠소?"

현서가 놀라운 시선을 보이자 도미요는 우아한 자태로 운전대를 잡았다.

"이 신시대에 운전을 하는 여자가 어때서요?"

"나도 다음 달엔 운전을 배우려고 시간을 빼 뒀는데 지원 부탁합니다."

"오늘 하시는 거래를 봐서 점수를 매긴 후, 결정할게요. 제 운전은 비싸게 배운 거라 저도 기술을 비싸게 팔아 볼 참이거든요. 어디까지나 사업은 사업이니까. 그런데 아까 아우도리 사치라 했어요? 요즘 한창 물망 오른 여가수, 아우도리를 말씀하시는 건 아닐 테죠? 설마하니. 가수 아우도리 사치 씨라면 정말 소개받고 싶은데요."

"사업은 어디까지나 사업이니까. 아우도리를 알고 지내시면 매장의 매상을 올릴 수 있는 색다른 방법을 찾을 수도 있을 것이고, 아무래도 가수다 보니 여러 가지 흥미로운 일을 함께할 수 있지 않을까 싶군요."

"매상……, 흥미 없어요. 현서 씨가 계시잖아요? 공장 대 공장으로 수출하는 실정인데 매장의 매상쯤이야……."

현서는 도미요의 은근한 접근이 사업 때문이라 상상하고 싶었다. 하지만 콧수염이 병원에 입원했을 때 도미요가 진심으로 마음을 열고 있다는 것을 확인했다. 게다가 도미요는 묘한 감정의 부채질을 계속한다. 간혹 말을 반말로 낮추기도 하고 일과는 상관없이 애매한 유혹으로 현서를 당혹시킬 때도 있다. 뜬금없이 상냥한 미소를 보낼 때도 있고, 먹을 것을 입으로 가져다준다거나 윗옷을 입을 때 거들기도 했다.

"현서 씨, 곧 아시아 평화 시대를 위한 연회를 오타니 호텔에서 연다는 소식을 들었어요. 대단한 뉴스 아니에요?"

도미요는 양팔을 벌리며 거만하게 말했는데 그런 특유의 모습이 현서에겐 귀엽게 보였다. 그녀가 계속 말했다.

"기모노에 견사를 섞어 오비를 매는 방법을 유행시킬 거예요. 옷감이 획기적으로 바뀔 거라니까요. 여기를요, 이것을."

옷감을 개혁할 일을 꿈꾸고 있는 도미요에겐 현서 같은 파트너가 절실히 요구되는 시기다.

"도미요 씨 믿고 그저 따르라는 말입니까? 아니면 파트너가 되어 달라는 겁니까? 그러니까, 사업 말이요."

도전해도 아까울 것이 없는 현서다.

그런가 하면 요즘 도미요는 국립극장에서 절찬리에 공연하는 오페라 <나비부인>을 현서와 함께 보러 가자고 할 참이었다.

도오루는 어렵사리 구한 오페라 표 두 장을 만지작거리며 작업실 창밖에 붉게 물든 가로수들을 바라보며 준주를 생각한다. 이내 준주와 길상사에서 있었던 일들이 떠올랐다. 숲속에서의 가슴 벅찬 입맞춤, 호수 위에서의 포옹을 다시 그려 본다.

작업대 바로 위에 붙여 둔 준주의 신선한 모습은 그때 그대로의 천진스럽고 앳된 모습이다. 부산 항 연락선에서의 신비스러운 표정과 몸짓과 포도송이 같은 눈빛도 그대로다. 하지만 최근 그녀의 모습은 다소 기가 꺾인 모양새를 하고 있는 것 같아 못내 안쓰러웠다.

준주는 진석 일로 걱정이 많기도 했지만 엎친 데 덮친 격으로 기미코의 해코지로 학교에서 심각하게 곤란을 겪고 있다. 도오루는 그 때문에 준주가 더 초라하고 가련해지는 것은 아닌가 생각하니 마음이 사무치게 아렸다. 그녀에게 보호막이 되어 주고 싶다. 우선은 야요이의 인형 안에 든 돈을 아무도 모르게 꺼내야 하는 상황이다.

도오루는 극장표를 만지작거리며 창문에서 고개를 돌렸다. 어깨엔 카메라를 메고 모자를 골랐다. 그리고 거울을 들여다보며 윗주머니에 손수건을 꽂았다. 작업대 위에 둔 <나비부인> 표 두 장을 윗도리 속주머니에 소중하게 넣었다. 이 오페라의 관람으로 준주에게 도움을 줄 수만 있다면 몇 번이라도 관람하겠다는 생각밖엔 없었다. 도오루는 오페라를 관람하면서 야요이의 인형 안에 든 돈을 감쪽같이 꺼낼 계획에 집중하고 있었다.

도쿄의 국립극장 안은 여지없이 만원이다. 파티복 차림을 한 여자들과 화려한 기모노 차림의 여자들이 극장 앞을 오고 가고 있다. 관람객들은 오페라 <나비부인>에서 우람한 체구의 영국 여자를 자그마한 일본인 게이샤로 표현하기 위해 하얗게 분으로 칠한 배우의 화장술을 망원경으로 들여다보며 즐거워했다. 하지만 도오루는 그러지 못했다. 야요이가 그렇게 만원경으로 들여다볼 때마다 도오루는 인형을 주시해야 했기 때문이다.

"오빠, 이 망원경으로 나비부인의 화장술을 좀 봐봐. 어서, 이렇게."

기분이 들뜬 야요이가 귓속말로 속삭였다.

도오루는 어둠 속에서 야요이가 굳이 보라며 건네는 망원경을 즐겁게 받아 쥐고 보는 모습을 취했다. 하지만 야요이가 꼭 쥐고 있는 인형에게 온통 마음이 가 있다.

잠시 쉬는 시간이 되었다. 사람들은 복도로 나와서 따스한 차를 마셨다. 도오루와 야요이도 객석 밖으로 나왔다.

"야요이, 언제까지 인형을 들고 다닐 거야?"

"오빠, 파리의 예술가들 사이에서는 강아지를 끌고 다니는 게 대유행이란 걸 알잖아. 동물들은 챙겨 줘야 할 게 많아 귀찮아서 싫어. 인형은 아프지도 않고 내가 하라는 대로 하잖아."

"우리 어머니가 만든 그 인형 오랜만인데, 내가 좀 안아 줘도 원망 않겠지?"

"싫어. 남자가 무슨 인형이야?"

"오빠가 남자야? 오빠지. 한 번 줘 봐라. 그럼, 남자 인형 내가 사 줄 터이니까."

"누구한테 선물 주려는 거 아니겠지?"

야요이는 동그란 눈을 깜빡거리며 도오루의 눈치를 살폈다.

"남자 인형 짝꿍 만들어 주려고 그런다. 좀 보자."

"정말? 그럼 약속한다. 손가락 이거."

야요이는 새끼손가락을 코앞에 내밀었다. 도오루는 인형을 받아 들고 자기도 손가락을 내밀며 약속의 깍지를 걸었다.

"그럼, 오빠가 들고 있어."

그 때 도오루의 등을 누군가가 톡톡 쳤다. 도오루는 뒤를 돌아다보고 깜짝 놀랐다.

백화점 꽃집 앞에서 준주에게 돈 봉투를 건네주던 현서라는 남자가 누나 도미요와 나란히 서 있는 것이 아닌가.

"아, 아, 누나."

"우리 며칠 후에 조선 반도에 간다. 대구로. 모사 공장을 만들 예정이야. 인사해. 내 사업파트너이신 길현서 씨."

도미요가 대구로 간다는 말에 도오루는 한 손으로 인형을 꽉 쥐었다. 그 배 안에 봉투가 여전히 들어 있는지를 확인했다. 깊숙이 배 안쪽 가슴 부위로 넣어서 바늘로 급히 기웠다고 준주가 말했던 기억을 떠올렸다.

"안녕하세요. 길현서입니다. 반갑습니다."

현서가 깍듯하게 인사했다.

얼마 전 준주가 진석이 피신하는 일로 그에게 편지를 써 주기로 한

이야기를 들었다.

"안녕하세요. 대구가 고향이세요? 전 서울은 가 본 적이 있는데 대구는 아직 못 가 봤습니다. 기후 차이가 심한 곳이라고 이야기를 들었습니다."

"오빠."

야요이가 도오루의 팔을 흔들었다.

도오루는 마음이 안정이 되지 않았다. 시간적인 여유가 촉박한데 인형을 가지고 있어야 하고 거기서 돈을 꺼내야 한다. 손끝으로 돈 봉투가 살짝 부딪치는 감촉이 전해졌다. 하지만 인형에서 돈을 꺼낼 시간이 너무 촉박했다. 이제 곧 휴식이 끝나면 다시 극장 실내의 어둠 속으로 들어가야 할 것이다.

"도오루, 우리 다 함께 사진을 좀 찍을까? 그리고 참, 야요일 소개해야지. 여긴 길현서 씨, 이쪽은 도오루의 약혼자 혼조 야요이구요."

도미요의 약혼자라는 말에 야요이는 눈을 크게 뜨고는 한 손으로 앞머리를 살짝 매만지며 예쁘게 미소를 지어 보였다.

"누나, 그런 사이가 아니래도요. 여동생입니다. 잘 아시면서요."

야요이가 도오루의 이 말에 눈을 흘겼다.

"약혼 날짜를 받으면 알려드리겠습니다, 길현서 씨."

야요이는 현서에게 고개를 살짝 숙이며 말했다.

그의 코닥 카메라의 뚜껑을 열었다. 현서와 도미요 그리고 야요이를 나란히 세워 두고서 셔터를 눌렀다. 사진을 찍는 것을 구경하던 사람들의 시선은 부드럽게 카메라를 손에 쥔 도오루에게 향했다. 바로 그 때 들어가라는 종소리가 울렸다.

"잠깐 화장실에서 필름을 교체해야 하니까 먼저들 안으로 들어가 계세요."

도오루는 인형을 꼭 품고 화장실로 달렸다. 야요이가 얼굴을 빼고 도오루의 뒷모습을 바라다보았다.

잠시 후에 살짝 옆 좌석으로 돌아온 도오루가 야요이의 무릎 위로 인형을 조용히 얹어 놓았다. 관람객들은 끝을 향해 갈수록 모두 슬픔에 잠겼다. 나비의 절규가 심장 깊숙이 칼날로 들어오는 것만 같았다.

T대학교 의학부의 건물 3층 강의실에는 남녀 학생들이 자리를 차지하고 있었다.

"기말 시험 결과가 아주 좋았으면……."

조교는 주위를 한번 둘러보았다.

"좋았으면 얼마나 다행이겠습니까마는 아주 나쁩니다. 아주."

한구석에서 '우아' 하고 웃음이 터지다가 멈췄다.

"문제가 그리 어렵지는 않았던 모양인데요. 과목 전부 만점을 받은 학생도 있으니 말이에요. 장준주 학생, 이 앞으로 나와 봐요. 자, 레포트를 돌려줄 테니 다시 생각들 해 보도록 하세요. 그리고 재시험에 걸리지 않도록 공부들 좀 하세요."

조용히 허리를 일으키는 준주에게 학생들이 일제히 박수를 보냈다. 준주가 앞으로 나가서 과제물을 받아 자리로 돌아오는데 구석에서 킥킥 웃는 학생들이 준주를 흘겨봤다. 학생들은 호명하는 대로 과제물을 받아 강의실 밖으로 나가고 조교도 바쁜 듯이 서둘러 문밖으로 나갔다.

킥킥거리던 여학생들이 준주 앞으로 가까이 다가왔다.

"야, 예과에서 일등 했다고 뽐내지 좀 마라. 아직 너, 갈 길이 멀다."

노려보는 눈초리가 날카로웠다. 갑자기 실내 공기가 무겁다. 그 무게가 준주의 어깨 위를 내리누르는 것만 같다. 3학기를 넘도록 함께 지내 오면서도 거칠게 대하는 동창 기미코였다. 오늘따라 면전에서 시비를 걸어왔다.

"기미코, 왜 그래? 내가 뭘 잘못했니?"

기미코가 준주의 물음에 대꾸하기 전에 다른 학생이 받았다.

"남의 약혼녀랑 알콩달콩 지낸다며. 그게 어느 나라 법이야? 조선인들의 법칙인가."

여학생들은 준주 곁을 빙 둘러싸고 으르렁대며 겁을 주었다.

"처지에 어울리지 않는 행동을 했다간 무사하지 못할 거야. 각오해."

한 학생이 준주에게 으름장을 놓았다.

"학교에 붙어 있으려면 우아하게 처신을 해야지! 교수에게 얼굴로 학점 받는 거 아니잖아. 의학부 물이 구린내 나서야 쓰나?"

"야, 자칫하면 이 땅에 발 못 붙이는 줄이나 알아. 학과 점수, 얼굴 가지고 유혹한 거 다 알고 있는데!"

"남의 남자를 꿰어 찬다면 우리 의학부 분위기는 천박하지. 다 너처럼 그런 줄 알게 되면 도매금으로 우리까지 우습게 보여지니깐 걱정이지."

준주를 둘러싼 학생들이 한마디씩 하더니 한꺼번에 의기양양하게 물러났다.

'너희! 나에게 해코지하는 것들! 볼품없는 것들! 물러가! 그래 나, 예뻐! 조선 여자들 다 예뻐! 최고의 지성인 대학교에서 뭐 하는 짓들이야! 물러가!'

준주는 이런 말이 입가에 맴돌았다. 그래, 도오루를 생각하며 참아 내야지, 하면서 그들의 가운데를 가로질러 자리로 돌아왔다. 매번 일방적으로 변명도 못 하는 자신의 모습에 부르르 떨었다. 이제 정말 정신을 바짝 차리자고 속으로 부르짖었다.

그러고는 자신의 차림새를 꼼꼼히 훑어보았다. 가을의 슈트 차림이고 늘 그러하듯 단화를 신었다. 며칠 전에는 학교 화장실에 들렀다가 나오는데 몇 명이 준주의 머리를 두고 빈정거렸다.

"저것 좀 봐. 조센진……. 자신이 예쁘다고 착각하고 뽐내는 꼴이란……. 못 보겠네. 사생활이 고와야지 화장품 모델을 하지. 조선 여자도 일본 화장품 모델을 하냐고 투고했어야지. 백화점에선 모르겠지. 항의서를 투고해야겠네."

"감히 저런 주제에 어딜 넘보고 있어? 어디 왕가를 넘보나!"

그래도 시기심을 잠재우지 못하고 울분이 채워지지 않았는지 그중한 명이 준주 곁으로 슬쩍 지나가며 손가락으로 머리를 쿡 찔렀다. 그런 다음에야 무리들은 휙 모습을 감췄다.

이제 준주는 생각을 거두고 밖으로 나갔다. 콘크리트 난간 너머로 학교 마당이 내려다보였다. 의학 공부는 성적도 중요하지만 마음이 평화로워야 의술을 용이하게 습득하게 될 것인데 요즘처럼 계속해서 자주 떼를 지어 시비를 걸고 궁지로 몬다면 앞으로도 참아 낼 수가 있을까 가슴이 답답했다. 굵은 빗줄기가 가을을 부르면서 내리고 있었다. 붉게 물이 든 나뭇가지 위로 저 멀리 아슴푸레 엿보이는 안개구름이 준주의 심정을 말해 주고 있는 듯했다.

때마침, 기억이 떠올랐다. 마파람이 부는지 구름이 몰려오자 준주는 옛 기억이 떠올랐다.

"마파람은 구름을 북쪽으로 몰고 가누만. 그래서 여름 장마가 되지 그리."

준주의 유년시절에 유모는 대구의 칠월 장마를 두려워했다. 그 장마로 인해 얽힌 해묵은 아련한 추억을 더듬어 본다.

'떠나자. 그리운 어린 시절 유모 곁의 대구로 가 버리자. 내가 도쿄를 떠나면 이 아픔에서 벗어날 수 있고 지금의 억울하고 망막한 추억은 시간의 흐름 속에 다 묻히겠지. 의사가 되겠다는 꿈은 애초에 없었어. 주위에서 부추겨 천재다 하며 고무풍선에 바람을 넣어 주었던 거야. 하늘 높은 줄 모르면서 도쿄 유학이라는 허망한 꿈을 꾼 거야. 이제 내 위치를 깨달았으니 이 자존심 상하는 생활을 멈추고 돌아가 버리면 되는 거야. 떠나자. 내 고향 대구로 돌아가자.'

준주는 가슴이 울렁거리면서 눈시울이 뜨거워지는 것을 느꼈다.

'울지도 말자. 운다고 의학부에서 누가 나를 동정할까. 아니, 동정은 필요 없지. 그래, 날 채찍질해서 이 땅에서 내쫓아 보라. 그래야 내가 굳은 결심을 할 테니!'

시야가 흐려지면서 전신에 힘이 죽 빠졌다. 준주는 다시 강의실로 들어갔다. 그리고 자리에 앉아 눈을 감는다. 그리운 유모가 눈앞에 어른거린다.

"아기씨, 젖엄마가 옛날 이바구할 것이. 들어 보소. 젖엄마가 죽고 나만 누가 이 기맥힌 사정을 말해 준단 말인교. 단대이 듣고 마음에 새겨 두소. 다대이. 일본까지 가셨는데 아버지를 만나야지예."

준주의 눈엔 눈물이 고여 들었다. 잠시 잠에 들었다. 간밤을 거의 새우고 논문의 주제를 정리해 두고서 새벽에야 눈을 붙인 탓에 피로까지 겹친 것이다.

"준주……."

준주는 자신을 부르는 소리에 눈을 떴다. 도오루였다. 그는 팔짱을 끼고 등을 반듯하게 펴며 준주 쪽으로 천천히 걸어왔다.

"그쪽에 앉으시던가요."

준주의 말투는 결코 부드럽지 않았다.

도오루의 행동이 갑자기 당당하게 보였고 부르주아적인 오만함처럼 느껴진다. 도오루는 평소와는 다른 그녀의 태도에 조금 당황했다. 도오루는 그녀에게서 그런 감정적인 말투를 듣는 것은 처음이다. 도오루는 그녀와 간격을 두고 책상에 가서 걸터앉았다.

"비가 와서 아직 못 나가셨구나 했어요. 점심때도 훨씬 지났는데……."

도오루는 함께 구내식당으로 가자는 말은 미처 입에서 꺼내지 못했다.

준주는 잠시 자신이 왜 죄 없는 도오루에게 삐딱하게 대했을까 생각했다. 이러는 이유가 있을까? 잠시 눈을 감은 동안에 유모를 떠올리며 감정이 올랐기 때문이라 생각했다. 그래도 상했던 마음의 상처는 이내 풀리지가 않는다.

"잠깐, 잠들었다가 나쁜 꿈을 꾸었소?"

도오루가 물었다.

"그랬나 봐요. 무서운 꿈이었던 거 같아요."

준주는 자신도 모르게 거짓말이 나왔다.

"그렇다니까. 그런 꿈은 날려 버립시다. 축하하고 싶은데⋯⋯. 식사나 하러 나갑시다."

도오루는 준주에게 빙긋 웃음을 보냈다. 둘은 도오루가 들고 온 우산을 함께 쓰고 가까운 구내식당에 들렀다.

도오루의 묻는 말에 고개만 까닥이는 준주는 말없이 식사를 끝냈다. 찻집의 창가 자리에 마주 바라보던 도오루가 묵묵히 말 없는 준주를 바라보며 빙긋 웃음을 보냈다.

"시험 공부하느라 잠을 못 잤는 모양이요. 늦은 감이 있지만 이번 학기 평가가 거의 만점이라고요. 축하합니다."

도오루는 작은 풀꽃 한 송이를 주머니에서 꺼냈다. 풀꽃을 보더니 준주는 코를 가까이 대어 보며 비로소 맑고 티 없는 미소를 지었다.

"그래서 이야길 하려고 하는데⋯⋯."

준주는 계속 자신을 지켜보며 신중하게 말을 걸어오는 도오루를 향해 입을 열었다.

"어쩌면 나하고 똑같은 생각을 하시네요. 저도 도오루 씨를 오늘 만날 수 있길 바랐어요. 내 마음이 변하기 전에 할 말이 있어서요."

"잠깐, 그런데 먼저 물어보고 싶은데 지난번에 우리 길상사에 가서 제가 혹시 준주 씨에게 불쾌하게 한 적이 있었나요? 만약 실례를 했다거나 무례하게 굴었다거나 기분이 나빠서 자존심이 상하거나 했어요?"

그의 하는 말이 하도 철없이 느껴져 준주는 웃음을 참느라 침을 꿀꺽 삼키고서 대답을 했다.

"전혀 그런 일은 없어요. 도오루 씨, 전⋯⋯."

준주는 말을 꺼내기가 어렵다.

"공부하기가 참 힘이 들어서요. 고향에서, 또 도쿄에 와서 처음에는 제가 열심히 노력하면 잘될 것 같았어요. 다른 사람들보다 두 배 세 배 열중하면 무사히 해 나갈 수 있을 거라고 생각했거든요."

벌써 목이 콱 메어 왔다.

"그런데 그게 아니에요……."

눈시울이 뜨거워지면서 눈물방울이 뚝뚝 떨어졌다.

"너무 과대평가, 아니 너무 자만하고 자아도취 해서……."

"아니, 됐어요."

도오루가 보다 못해 그녀의 말을 막았다. 학기 말 성적 평가를 최고 점을 받은 준주로서는 있을 수가 없는 말이다. 그는 준주에게 분명 고충 이 감춰져 있는 거라고 생각한다.

"저는요, 도쿄에 아주 잘 왔다고 생각했거든요. 도쿄는 저를 따뜻하 게 맞아 주었고, 문화적이고 예술적인 것이 무엇인지 제게 가르쳐 주었 거든요. 도쿄뿐만 아니라 교토며 제가 가는 곳마다 절 축복해 주는 것만 같아서……. 그런데 그게 제 자만이었고 제 자신의 가식과 기만…… 그 뒷면은 그렇지 않다는 것을 알았어요. 아나키스트들이 울부짖고 나라 를 되찾기 위한 여러 활동이나 노동연맹 모임으로 젊은 사람들의 힘겨 운 삶들이 제 마음을 흔들리게 하는 거예요……. 그리고요. 내 나라 잃 은 설움에……. 진석 오빠가 오갈 데 없이 저렇게 숨어 다니는 걸 보면 내 나라를 꼭 찾아야 하는데요……."

준주는 울먹였다. 더 이상 계속 말을 이어 갈 수가 없었다.

"준주 씨, 그만둬요. 알아요. 준주 씨가 무슨 말을 하고 싶은지 다 알 고말고요. 제가 뭐 어린앤가요?"

그는 피식 웃다가 말았다. 뭔가가 준주에게 작용했음에 틀림이 없다고 생각한다. 무엇일까. 준주는 뭔가 곤경에 빠져 있는데 그것이 도대체 무엇일까? 도오루는 궁금했다.

"제일 중요한 건 제가 의학을 공부할 수 있는 재질을 갖추지 못했다는 거죠. 지금 배우고 있는 기초의학이라 할까, 병리학, 세균학, 해부학 등이 재미가 있어야 하는데 너무 어려워요. 지금도 난해한데 본과에 진학해서 완벽하게 이해하기 힘들 거 같아요. 그래서 생각해 본 결과인데 전 아무래도 의사가 될 자격이 없는 거 같아요. 대학교에서 의학 공부를 해 나갈 인재가 못 된다는 걸 알게 되었어요. 이해되지요? 도오루 씨는 제가 무엇을 두려워하는지, 그리고 제 생각, 아니, 제가 취할 길을 선택해야 된다는 마음을 빨리 알아주셨으면 해요."

"그래서 벌써 결론을 내린 거예요?"

도오루는 추궁했다. 그도 듣고 보니 심각해질 수밖에 없었다.

"이제 때가 된 거 같아요."

다시 서글픈 생각이 든 준주는 눈시울이 젖어 드는 것만 같았다. 결코 눈물을 보여 주고 싶지 않았기에 눈꺼풀을 깜빡거렸다. 포도알 같은 눈동자가 눈물로 빛이 났다. 그러면서도 어떻게 하든 끝까지 마무리를 짓고 졸업을 해야 한다는 깊은 울림이 마음 깊은 곳에서 들려온다.

그러나 학교에서 도저히 야요이를 의식하고 공부를 계속할 수가 없다. 과연 떳떳이 도오루를 만나는 일이 부끄러운 일이 되는 것일까. 기미코 패거리는 많은 학생들 앞에서 보란 듯 전혀 조심성도 없이 자신을 가차 없이 괴롭히지 않는가. 그들이 자신의 소중한 대학생활을 짓밟고 있음을 떠올리자 가슴이 와르르 무너지는 것을 느꼈다. 마치 내밀한 곳에서 나라를 잃은 약소국의 서러운 심지에 불을 지르는 것만 같다.

"왜 하필 오늘 말하는 거요? 지난번에도 말할 수 있었고 그전에도 얼마든지 이야기를 할 수 있는 기회가 많았는데, 이런 생각을 조금이라도 비춰 주었어야죠. 오늘 갑자기 이러면 무슨 말을 하라는 거예요?"

두 사람은 한동안 생각에 잠겨 있었다.

"전 준주 씨가 별안간 심정에 변화를 준 게 다른 이유가 있다고 생각해요. 뭔가 제게 감추고 있는 게 많을 거예요. 좀 더 시간을 두고 생각해 봐요. 오가와 이모부님도 아키타로 가셔야 하는데……. 이모부님께서 준주 씨의 마음을 아신다면 얼마나 섭섭하시겠어요."

도오루는 준주의 아픈 마음을 헤아려 주고 싶다. 우선 야요이의 인형 속에서 돈을 입수했다는 반가운 소식을 전했다. 그런데도 준주는 아직 갈 길이 멀다는 생각을 좀처럼 떨칠 수가 없었다.

빗줄기가 그칠 줄 모르더니 낮고 검은 하늘에서 우르릉 소리를 냈다. 칙칙한 검은 하늘도 부아가 치밀어 굵은 비로 대지 위를 세차게 때리는 것만 같다.

찻집의 문이 좌우 위아래로 흔들리더니 우르르 비를 피하려고 무리들이 들어왔다. 천둥소리와 함께 미진으로 잠시 바닥이 흔들렸다.

"어머머, 무서워. 이쪽으로 앉아야겠어, 이리로."

서너 명의 여자들이 땅이 흔들린다며 무섭다고 치를 떨었다.

그들은 한 발자국도 뗄 수가 없어서 얼떨결에 준주와 도오루와 합석을 했다. 그 여자들은 오전에 강의실에서 준주에게 모욕감을 주던 기미코와 그 친구들이다.

"거 봐라. 장준주. 아까 일 거짓말이 아니었잖아? 이렇게 오빠랑 같이 있다니. 우리 말이 다 맞는데? 변명할 여지가 없네!"

"오빠가 야요이 말고 다른 여자 만나는 거 처음 보는데? 소문만 들었지. 확인이 되는군!"

의자를 꼭 쥐고 얼굴을 숙이며 여진에 흔들리고 있는 땅바닥을 내려다보던 여학생이 불쑥 말했다.

준주는 테이블 위의 찻잔이 미끄러져 바닥으로 굴러 떨어질까 봐서 손으로 꽉 움켜쥐었다.

"앞으로 준주 씨랑 만나는 거 많이 보게 될 거다. 그리고 이런 짓거리하면 혼난다. 정말로 내가 혼내 줄 거야."

도오루는 머리가 비에 젖은 야요이의 친구에게 선포하듯 말했다. 도오루는 준주를 괴롭히는 무리 중 한 명이 야요이의 사촌 기미코라는 사실을 확실히 알았다. 생각해 보니 수시로 준주가 그들에게 시달렸다고, 그제야 의혹이 풀리는 것만 같았다. 자신의 보조리한 행동 때문에 준주가 부끄러운 수치감을 느꼈으리라 생각하자 준주에게 너무나 미안했다.

"우리, 나갑시다."

도오루는 쓴맛을 다시며 자리에서 일어났다.

도오루는 준주의 어깨를 꼭 감싸 안고 쏟아지는 소나기에 우산을 받쳐 들었다. 준주의 두 볼 위로 빗물과 함께 흘러내린 눈물을 도오루가 살갑게 닦아 주었다.

그날 밤 준주는 학교 일로 우울하고 버거웠던 기분을 가끼스로 다스렸다. 그리고 진석에게 편지를 썼다. 도오루가 안내하는 거처로 옮겨야 안전을 보장한다는 내용과 비로소 안심하고 휴식을 취할 곳을 찾았다고 썼다. 또한 대구에서 큰돈을 받은 것 등을 편지에 올렸다.

진석이 오빠.

고향을 등지고 원대한 꿈을 이루기 위해 왔지만 오빠를 마음 놓고 볼 수가 없으니 답답해요. 식사나 제대로 하고 있는지 모든 게 궁금해서요. 지금 제 편지를 전하는 사람은 제가 사랑하는 사람이라 오빠가 전적으로 믿고 그의 말을 따라도 됩니다. 지금 오빠의 거처가 안전하지 않고 더구나 모리 순사가 가끔 부속병원까지 힘을 뻗치고 있으니 오빠의 앞날이 여간 걱정이 되는 게 아니에요.

이제 우리 조선의 독립을 위해서라도 대학 생활을 떳떳이 해 나가야 한다는 거 잊지 말았으면 합니다. 이상과 꿈 그리고 바람직한 사상, 다 좋지만 진석 오빠의 건강이 제일 소중합니다. 식사를 거르지 말고 잘 챙겨 드세요!

준주는 이 편지를 쓰면서도 몇 번이나 흐르는 눈물을 닦는다. 울려고 현해탄을 건너온 게 아닌 것을. 지구의 저편 끝까지 함께 가겠노라고 도쿄까지 진석 오빠를 쫓아오던 행자마저 일본으로 귀화해 버리고 난 지금 오빠의 심정은 어떨까. 오빠가 말할 수 없이 가엾고 불쌍한 마음이 들었다. 어린 시절도 마음이 좋아 자기 것이라곤 하나도 없이 다 나눠 주더니만 끝내 오빠의 이상은 시대적으로 맞지 않고 있다는 것을 준주는 직감했다. 나라를 잃어 슬퍼하는 고아처럼 슬픔이 좀처럼 가라앉질 않았다. 일본은 화려하고 보기엔 잘들 살아가는 것 같은데 조선은 아직 의술의 혜택을 받는 사람이 너무나 미미하다.

그리고 현서 오빠에게도 짤막하게 믿을 수 있는 진실을 써야 내려간다.

현서 오빠.

날 보듯 믿고 진석 오빠를 이분께 맡기세요. 그럼 도쿄에서 뵙는 걸로 알고 있을게요. 사업이 날로 번창하기를 빌어요. 몸 잘 챙기세요.

준주 올림.

준주는 펜을 내려놓고 잉크병 뚜껑을 꼭 닫았다.

도오루는 며칠 후 준주가 써 준 편지 두 통을 가지고서 교토로 향했다. 한시바삐 진석의 거처를 옮겨 주어야 하겠기에 아버지가 머무는 교토의 본가에는 들르지 않았다.

"길현서를 먼저 만나서 편지 하나를 드리세요. 그러고 나면 도오루 씨를 믿을 겁니다. 그 후 진석 오빠를 만나세요. 그 길이 안전할 것 같아요."

준주의 말대로 현서를 두붓집에서 만나기로 했다. 도오루가 역 부근에서 만나자고 했으나 현서는 눈에 띄기 쉬운 장소가 역 부근이라면서 다시 정한 것이다. 현서가 하숙집 다락방으로 가서 진석과 함께 나오기로 되어 있었다.

도오루는 두붓집에서 구석에 자리를 잡았다. 가게 안쪽을 에워싼 정원에서 물 떨어지는 소리가 귓가를 간지럽힌다. 도오루는 잠시 자리에서 일어나 물이 흐르는 정원을 따라 산세가 보이는 넓은 울타리가 쳐진 곳으로 걸었다. 두붓집의 담을 끼고 맑은 개울이 야산자락의 언덕으로부터 흘렀다. 물은 졸졸 소리를 긁으며 햇빛과 반짝거리며 놀고 있었다.

무한대의 거리로 뻗는 하늘의 빛도 땅 위의 물과 한데 어울리건만 사람과 사람이 나라와 나라가 으르렁거리며 못 어울릴 게 어디 있으랴 싶었다. 하늘과 땅도 화해를 하건만, 생각하며 도오루는 아름다운 야산자락의 단풍물이 든 나무숲의 자연의 조화를 물끄러미 바라본다.

곧 겨울이 다가올 것이었다. 오가와 이모부 내외를 모시고 가는 아키타에 준주와 함께 가고 싶다. 진석의 피신처 일이 잘 풀렸으면 하는 마음이 간절할 즈음에 준주 생각이 가득 몰려왔다.

자동차에서 아기를 받던 준주가 아니던가. 그 어떤 당찬 여자가 자동차 안에서 임산부로부터 아기를 받아 내는 일을 할 수가 있단 말인가. 그러던 그녀가 지금은 대학가의 패거리에 몰려 기운을 잃고 있으니 잘못은 자기에게 있다고 자책했다.

야요이에게 무엇을 어떻게 말한단 말인가. 야요이는 준주보다 더약한 존재이기에 어떻게 주의를 시켜야 한단 말인가 하고 생각을 더듬었다. 갓난아기를 꼭 안고서 병원 응급실로 향하던 그녀가 다시 보고 싶다. 자신의 책상 앞에 세워 둔 준주의 발자국이 찍혀 있는 트레이싱 페이퍼 사진을 생각했다.

"실례하지만 요시다 도오루 씨입니까?"

길현서다. 깜짝 놀라 돌아다본 그는 국립극장에서 잠시 보았던 그때보다는 늠름하고 사업가다운 기질이 엿보이는 당당한 청년이었다.

"여기 준주 씨가 써 준 편지를 보이라고 해서……. 이것을 읽어 주십시오."

그는 현서에게 편지 한 통을 보였다. 잠시 후 현서는 반가운 얼굴 표정이다.

"이렇게까지 신경을 써 주시다니 감사드립니다. 제가 미리 알아 협조했어야 하는 일인데 요시다 씨께까지 신세를 지게 하다니 부끄럽습니다."

"아닙니다. 지금까지 얼마나 수고를 하셨는지 준주 씨가 참으로 고마워합니다만……."

도오루는 혼자 서 있는 현서를 보고 의아했다.

"혼자 오셨어요?"

도오루가 물었다.

그 때 주방장이 흘긋 두 사람 쪽을 바라다보았다.

"며칠 만나지 못한 사이에 쪽지를 남기고 벌써 자리를 떴습니다."

"아, 한발 늦었군요. 하루만 제가 빨랐어도 만날 수 있었던 게 아닌가요!"

도오루는 한 주먹으로 자신의 이마를 살짝 두드렸다. 안타까웠다.

"진석 씨 일이 걱정이 되어서 제가 좀 도움이 되었음 해서요. 아실 만한 곳이 생각나십니까? 혹시 짚이는 곳이라도……. 진석 씨가 갈 만한 다른 곳 말입니다."

현서는 준주의 편지에 쓴 말들이 들리는 것만 같았다.

'바로 나를 보듯 믿고'라는 대목이 걸린다. 어쩌면 내가 사랑하는 남자라는 의미로 들렸다. 현서는 편지의 내용이 걸리지만 준주의 글씨체의 호소 때문에 당당히 도오루를 믿닐 수 있었다. 현서는 착잡해 왔다. 이제 준주로부터 완전히 분리되어 떨어져 나온 느낌이다. 이 남자는 준주가 십중팔구 사랑하는 남자 도오루일 것이다. 만나고 보니 겸손할 뿐더러 믿음이 가는 청년이다.

진석의 쪽지에는 요코하마의 '소라우미'로 간다고만 적혀 있었다. 도오루는 그날 현서와 한밤을 보냈다. 준주를 사이에 두고 때로는 질투 혹은 이해, 그리고 도미요를 사이에 두고 가족 혹은 매형이 될지도 모른다는 감정의 교류가 오고 갔다. 한 가지 같은 사연은 오로지 진석의 신변의 안전을 도모하는 일을 서로가 추구하고 있다 것이었다. 그렇게 둘은 한동안 보지 못 했던 벗을 만난 듯 함밤을 지세웠다.

이튿날 이른 새벽에 도오루는 요코하마로 향했다. 요코하마 바닷가에 작은 산장에 진석을 한동안 머물게 하면 된다는 계획이다. 그러면서 '소라우미'의 아우도리를 생각했다.

7   두 청년의 우정

1935년 11월, 요코하마 항구가 한눈에 보이는 도오루의 아버지 가즈오의 산장은 종일 정적에 잠겨 있다. 가즈오는 최근 들어 교수회의와 가족들 만남을 제외하고는 외출하는 일이 거의 없다. 가족이 쉴 수 있게 만든 산장은 인기척이 뜸했다. 안채는 물론이고 항구가 내려다보이는 바깥 정원 일대가 고즈넉한 분위기였다. 야산 뒤쪽 낮은 언덕으로 이어진 곳에는 제법 우거진 소나무 숲이 자리 잡고 있다.

교토에서 현서와 이른 아침에 헤어져 요코하마로 달려온 도오루는 '소라우미'로 갔다. 거기서 서너 시간을 기다린 후에야 겨우 진석을 만날 수 있었다.

며칠 전부터 산장 객실에 손님들이 들었다. 장진석은 요시다 도오루에게 귀중한 손님이다. 진석은 도오루를 처음 봤을 때 깔끔한 일본인 첩자로 생각했는데 준주의 친필 편지를 읽고 나자 미안한 마음이 들었다.

도오루는 다만 진석을 자유롭지 못한 환경에서 한시바삐 안전한 거처로 옮겨 주고 싶은 일념뿐이었다.

"준주 씨가 전화로 모리 순사에게 그럴싸하게 말을 한 모양입니다. 제가 교토에 내려올 때 따라오지 못하도록 붙잡아 두기 위해서죠. 오빠에게 이걸 전해 달라고 하더군요."

도오루는 안주머니에서 준주가 건네주라고 한 학비가 든 돈 봉투를 꺼내 진석 앞에 놓았다.

"대구에서 이미 도착했어야 하는 학비인데, 아버지의 재산을 일본 경찰이 거의 헐값으로 헌납하도록 요구했습니다. 헌납한 그 보상으로 쥐꼬리 같은 학비를 내줬기 때문에 보낸 겁니다. 이것을 미끼로 일본에 유학 와서 활동하는 조선 학생들의 명단을 알아보자는 모리 순사의 꾐이고요. 그나저나, 도오루 씨께서 여기까지 와 주시다니 정말 감사드립니다."

"별말씀을 다 하십니다. 우린 동시대의 젊은이들 아닙니까. 새 시대의 주역들이고요. 제가 자진해서 하는 일인데요."

도오루가 대답했다.

"새 시대의 주역이라는 말은 정정하십시오. 조선인은 지금 떳떳한 주인이 아니지 않습니까. 어쩌면 들러리도 못 됩니다. 제가 새 시대 주인이라면 도오루 씨의 산장에서 피신을 하면서 신세를 질 이유도 없고 또 더욱이 숨어 다닐 이유가 뭐가 있겠어요."

진석의 씁쓸한 얼굴에 그림자가 서렸다.

진석은 준주의 편지를 보자 도오루를 믿고 싶어져 솔직히 마음을 열었다. 여기까지 서로 만남이 이어진 인연이라면 못 할 말도 없을 것이었다.

"제가 정신없이 여기저기 쏘다닙니다만, 저만 믿고 사는 조선의 후배들과 친구들이 많아요. 일본은 물가도 비싸고 어디 맘 놓고 지낼 수 없는 형편이라 걱정입니다. 모두 조선에선 둘째가라면 서러울 정도의 명문 집안 귀한 자녀들인데. 그런 걸 생각하면 이 시대가 원망스럽습니다. 당장 이 일을 그만두고 싶지만 절 믿고 있는 조선 청년들을 생각해서 제가 행동대원들로 뛰는 겁니다."

진석은 어느새 눈시울이 붉거졌다. 조선, 조국의 몰락을 생각하니 통곡하고 싶었다. 신념이 강하고 건강한 청년이었지만 열정의 좌절과 불확실한 조국의 미래에 대한 청년의 갈등으로 눈빛이 젖어 있었다. 감시 때문에 조선의 청년으로서 떳떳하게 행세도 못 한다는 현실에 서러움과 분함이 더욱 치솟았다.

진석은 지난 4월 함경북도 회령의 유성탄광에서 불의로 일어난 폭약 폭발로 800명 이상이 그대로 흙 속에 매몰되었던 사건이 가슴에 걸렸다. 희생자들은 조선 사람들이었다. 그중엔 고향의 두 친구도 끼어 있었다. 회령에서 여비를 모아 중국으로 건너가 임시 정부 애국단에 합세했어야 하는 친구들이다. 7월 난징에서 민족혁명당 당원들과 만나겠다고 써 보낸 편지도 거짓말처럼 다 수포로 돌아갔다.

진석은 이 고달픈 사건들에 여동생 준주까지 엮이게 하고 싶지 않았다. 준주는 원하는 대로 의술을 익혀 조선으로 돌아가 열악한 환경의 여성들에게 의술을 베풀 수만 있어도 제구실을 다 하는 것이라 생각한다. 그래서 준주에게는 지하운동에 관해 시시콜콜 알리고 싶지 않았다. 이런 비밀운동을 하고 있는 멍청이처럼 보이는 지질한 오빠가 곁에 있다는 것만으로도 무게감을 줄 것이라고 생각하고 있기 때문이다.

"제가 큰 물의를 일으키자는 건 아니고 집에서 보내는 목돈이 오면 뜻을 같이하는 후배, 친구들과 나누려는 것입니다."

진석은 늦은 오후가 주요 활동 무대여서 멜라닌 색소 부족으로 얼굴이 핼쑥해 보인다. 반면에 진한 눈썹은 더 선명해지고 강한 입술 선은 굽힐 줄 모르는 그의 의지를 말해 준다. 총기 있는 시선은 유학생 회장으로서 카리스마를 띠고 있고. 벌어진 어깨는 지난 세월에 조선의 귀공자로 살아왔음을 보여 준다.

진석을 만난 도오루는 어려운 자리를 맡을 만하다고 생각한다. 도오루는 그가 일본 정부에 어떠한 불만을 털어놓더라도 사심 없이 받아 주고 싶다. 어떠한 변명도 하고 싶지 않았다. 조선인 학생 대표로 활동하고 있어 순사들이 달라붙을 가라고 짐작하고 남는다. 장진석은 일본 순사에게 조선 반도에서 온, 땅을 소유한 후손이라면 충분히 감시 대상이 될 것 같다고 추측을 해 본다.

"준주는 외롭게 자랐어요. 집안에서 준주 친아버지를 반대했기 때문에 제겐 고모부님이신데 어린 준주를 친정인 저희 집에 두고 일본으로 가셨다고 들었어요. 준주는 일본에 계실 친아버지를 전혀 알지 못하고 어머니도 일찍 돌아가셔서 유모 손에서 자랐습니다. 그런 환경에서도 바르게 성장했고 준주 자랑을 하자면 총기가 남다르죠. 친부모가 안 계시다는 게 늘 안쓰러워 좋은 짝을 만나기를 바랐는데, 훌륭한 도오루 씨를 만나고 보니 이제 안심이 되고 반갑습니다."

진석은 실내가 더웠던지 검은 스웨터를 홀러덩 벗어 하얀 셔츠를 입은 어깨 위로 걸었다.

"저에겐 과분한 여성이지요. 그런데 준주 씨 아버님이 일본에 계신다는 말씀입니까?"

이렇게 묻는 도오루의 눈동자 초점이 미세하게 떨려 온다.

"네. 준주의 아버지는 4대째 내려오는 조선 통신사의 직계 후손입니다. 당시 저희 집에 2주 동안 머무르셨는데요. 밤을 며칠 새워도 끝나지 않는 이야기입니다. 또 준주 어머니인 고모가 절세미인이셨다고 합니다만 허허."

도오루는 준주 어머니가 절세 미인이셨다며 웃는 진석을 따라 고개를 끄덕이며 그 역시 진석을 따라 미소를 지었다.

"잠시만 기다려 주시겠어요?"

도오루는 유카타(실내에서 입는 가운)를 올려놓은 바둑판을 들고 왔다.

"더우시죠? 편한 유카타로 바꿔 입으세요. 자, 여기……."

유카타를 진석에게 살짝 밀었다.

"준주 아버지는 그림에 소질이 대단하셔서 조선을 대표하는 검은 얼룩무늬 호랑이를 그리신 분입니다. 그땐 쟁이들만 모여 사는 가얏골에서 고모와 3년을 함께 동거를 하던 시절 준주를 가진 것이라고 직접 유모에게 들었죠."

진석은 도오루의 하얀 바둑알을 집어냈다. 대나무 가지가 선명히 그려진 유카타 목깃 사이로 검은 매듭의 목걸이가 얼핏 보였다. 줄 끝에 무언가가 달려 있는 듯했다.

"대단한 규수가 가얏골엔 왜 가셨나요? 3년씩이나 집을 나가서 말이지요?"

이해할 수 없는 이상한 일이라고 생각하며 도오루는 고개를 갸우뚱했다.

"집안에서 얼마나 걱정들을 하셨을까 짐작이 갑니다."

"대구란 곳은 조선의 요지라 이따금 산적들이 나왔던 모양인데. 고모께서 서문시장 파전거리에 나가셨다가 그만 그들에게 보쌈을 당하셨다지 뭡니까."

"보쌈이라고 하셨나요?

도오루는 입을 벌린 채 다물 줄을 몰랐다.

"아니 그럴 수가! 나쁜 놈들, 귀한 집 규수를……."

도오루는 말문을 이어 갈수가 없었다.

"그때 황호랑, 그러니까 준주 부친께서 마침 보고 말을 타고 뒤따라가 겨우 고모를 구했다는 이야기를 유모에게 들었어요."

때마침 일본에서 조선 통신사인 아버지의 유언을 받들어 유골함을 모시고 대구로 온 황호랑이었다. 아버지 뼈를 조선 땅에 묻으려고 대구에 있었던 황호랑은 파전거리로 해장국을 먹으려고 갔다가 보쌈을 당한 진석의 고모, 수연을 보자마자 말을 타고 달려가 구한 것이었다.

"고모는 놀란 나머지 반은 죽은 목숨이었다고 합니다. 황호랑이 고모를 가얏골로 모시고 가서 극진히 간호한 덕분에 고모가 목숨을 겨우 건졌다더군요. 그래서 서로 좋아지내면서 정이 통한 것 같아요. 그렇게 3년을 함께 사는 동안 준주가 생겨서 아기를 낳으려고 유모와 유모 아들인 어린 현서를 데리고 다 같이 대구 외가로 내려왔다 합니다."

"이 사실을 준주 씨가 알고 있나요?

"아직은 때가 아니라서요. 준주는 공부를 해야 하기도 하고요. 유모도 말하지 못하게 합니다."

진석은 이번엔 하얀 바둑알을 두 개나 집어 내려놓았다.

"아, 네."

도오루의 긴 대답이다.

도오루가 그런 진석의 움직임을 놓치지 않고 그대로 바라보고 있었다. 진석이 준주와는 사촌지간이라 그의 모습 속에 준주가 서려 있었다.

"유모가 준주 아버지를 찾아보라면서 이 목걸이를 주더군요. 이걸 내가 가지고 있다는 사실을 또 준주에겐 당분간 알리지 않을 생각입니다."

진석은 가슴을 헤치고 목걸이를 보였다.

"네. 끈이 조선 매듭이군요."

도오루는 귀한 것을 살펴보듯 목걸이를 응시했다. 매듭으로 엮어 만든 작은 사기가 매달린 목걸이다. 사기에 새겨진 포효하는 호랑이의 얼굴이 살아서 다가오는 것만 같다.

어느새 바둑판의 하얀 알과 검은 알이 거의 없어지고 판 위 줄이 뚜렷하게 드러났다.

산장 2층에 따로 마련된 객실에는 오후의 늦은 햇살이 창문을 통해 미끄러져 반짝이며 내리비쳤다.

"이건 내 땅이다, 저건 네 땅이다 하는 것 자체가 우리 세대에게는 전쟁을 부르는 큰 시련입니다. 지구는 비좁은 땅, 하나인데, 사실 세계가 한 민족이 아닐까 하는 생각이 듭니다. 서로 싸우지 않는다면 더 발전할 수가 있는 진화되는 세상이 올 텐데요. 많은 사람들이 굶어 죽는 판이고 전쟁에 막대한 돈을 잃으면서 사람들과 청년들의 생명을 죽이는 데 돈을 물 쓰듯 쓰고 있으니 답답해요."

진석은 땅이 꺼질 듯이 긴 한숨을 토해 낸다.

"일본은 섬이고 지진이 많아 오래전부터 육지를 동경하고 있는 나라입니다. 건축만 해도 잦은 지진과 여진으로 이중, 삼중 과학적으로 짓는다 해도 예부터 이 땅이 가라앉을 거라며 육지로 뻗어 나가야 한다는 것이지요."

"안전한 땅을 찾기 위해 육지로 가려고 침략하는 행위는 깊은 사고를 해야 한다는 뜻이지 싶어요. 육지라고 지진이 없으란 법은 없지요. 섬나라는 늘 대륙을 꿈꾸는가 봅니다. 허허."

"제 말에 오해 푸세요. 전 어디까지나 지진 많은 일본의 집이나 건물에 대해 연구하는 학생의 변명을 했을 뿐입니다. 허허."

"참, 건축학부시라고요? 준주와는 잘 어울리는 학부 같아요."

도오루가 민망해하자 진석은 화제를 돌렸다.

"그렇게 생각하세요? 의사는 잘 먹고 잘 자고 첫째 건강을 타고 나야 한다고 느꼈지요. 준주 씨를 보면 과제물이 많고 실습도 많아 건강해야만 따라갈 수 있는 학과 같아요. 잘 자고 잘 먹어야 하는데 준주 씨를 대하면 그렇지 못하는 듯해 안쓰럽기도 해요."

"어렸을 적엔 준주가 이 오빠랑 팔씨름하면 이겼어요. 못 하는 게 없을 정도로 건강체질이거든요. 달리기는 학교에서 제일이었고요. 지금은 아무래도 유학하는 중이라 편하게 지내기가 어려울 겁니다."

"팔씨름에서 준주 씨가 이겼다구요. 정말이지요?"

그들은 어느새 주거니 받거니 스스럼없이 대화를 나누게 되었다. 한 번 턱을 없애고 나눈 우정은 지나온 시간의 물살을 탔다. 마치 잘 알고 지낸 형제 사이처럼 느껴졌다.

부산 항에서 현해탄을 건너올 때 맛보던 희망과 포부 그리고 여유는 사라지고 말았지만 어렵게 안식처를 찾았고 눈앞에는 준주의 연인인 눈부신 청년 도오루가 있지 않은가. 진작 이 친구를 알고 지냈더라면 그토록 외롭고 긴장할 일은 없었을 것을……. 이제라도 인연이 닿은 것으로 기뻤다. 진석의 생각은 정리되고 있었다.

며칠 사이에 그들은 절친한 사이로 발전했다. 준주라는 연결 고리가 영혼의 형제로 이어 주었다. 그들은 동시대를 함께 걸어가는 젊은이로서 많은 사건들의 이야기를 나누었다. 전쟁을 비롯해 다이너마이트 발견, 페니실린 연구와 의학계에서 부푼 기대, 런던의 산업혁명 이후 공장 발전과 전철의 발명, 또 미국에 대하여도 이야기는 이어졌다.

"여긴 안전하니 마음 놔요. 하지만 제가 앞으로 졸업 작품 준비를 하는 동안에는 아마도 혼자 계셔야 할 것 같아서요. 잠을 잘 주무셔야 해요. 가까운 거리는 산책하셔도 좋고요. 이젠 몸 관리도 하세요. 다음에 준주 씨랑 오면 더 많은 대화를 나누면 좋겠습니다."

"감사하다는 말밖엔. 하지만 언제까지 이러고 있을 순 없잖습니까. 사정을 봐서 떠나야 해요. 만일에 뭔가 잘못되어 도오루 씨 댁의 어르신께 피해를 끼칠까 두렵소. 그런 생각이 들면 잠이 다 달아난다니까요."

"때를 기다려야 합니다. 진석 씨만이라도 건강하고 무사해야 앞으로 좋은 날을 기대할 게 아니겠어요. 조금만 참으시면 이 시기가 지나갈 겁니다. 평생 우리가 이러고 살겠어요? 희망을 가집시다."

"압니다만, 우리 친구들은 수가 많지 않고. 조신의 대학생 수 자체가 얼마 안 됩니다. 그렇다고 넉넉한 목돈에 조직력이 아주 강한 것도 아니고요. 도움을 받거나 거처할 곳이 따로 마련된 것도 아니고, 다만 유학생 동지들이 있는 곳을 찾아다니면서 구체적 활동과 생존을 확인하고, 세계 정세의 정보를 나누면서 위로하고, 해방의 희망을 가질 뿐이죠. 우리의 이념은 다만 조선 반도의 독립입니다. 조선의 독립을 위해 세계에 외치려 합니다. 나라를 되찾겠다는 의지를 밝히려 하는 것이지요. 그런데 지금 '만세' 한마디로 목숨까지 잃게 되니, 우리는 의지조차 표현하지 못 하는 형편 아닙니까! 독립을 외치고 조국을 되찾고 싶소. 여기 이러고 가만있게 되면 목숨은 오래 유지되겠지만 굶는 동지가 있는지 그것조차 모르게 되니 한심하지 않소? 우두머리라는 작자가……."

진석은 눈물이 가슴에서 몸 밖으로 스르르 밀렸다. 조국의 처지가 가엾기 그지없다. 남의 나라 전쟁에서 총알받이로 떼죽음을 당하고 문화, 경제, 교육 심지어 언어와 내 조상의 성씨 문중까지 피를 바꿔야 하는 상황, 우리 것을 몽땅 도둑맞고 뿌리를 잃은 현실을 생각한다. 조선 사람이 해외로 가는 것은 막고 청년들은 오로지 전쟁에 강제 소집되어 하나뿐인 생명을 내줘야 하는 운명 앞에 서 있는 것이다.

조용히 생각하고 있던 도오루의 표정도 침울하다. 진석이 처해 있는 상황에 대한 연민에 빠져들었다. 얼마 동안 침묵이 흐른 뒤 도오루는 마침내 입을 열었다.

"일본인인 제게 진석 씨 심중을 솔직하게 털어놓아 줘서 고맙습니다. 이제 제 차례 같은데요. 저는 민족주의자는 아닙니다. 그동안 저 역시 반전운동을 해 왔지만 적극적으로 활동하지는 못했습니다. 수많은 민족은 하나인 건 사실이고요. 많은 민족이 화합하여 평화를 누리고 같이 더불어 살아야 하지요. 처음엔 조화가 힘들겠지만 결국 하나라는 미래지향적인 이념을 가지려 합니다. 전 무정부주의자나 공산주의자도 아닙니다. 다만 우리 일본을 사랑하는 자로 군주에게 충성을 바쳐야 하고 군주를 위해서 이 목숨을 바칠 각오도 되어 있고요. 어떻소? 제가 힘껏 돕겠습니다. 우리는 서로 처해 있는 각자 환경과 방법은 다르지만 평화를 위해 소극적이든 적극적이든 같은 길을 가고 있는 동지입니다."

도오루의 혈색이 윤기가 돌면서 붉어진다. 도오루가 바둑판을 확인하더니 깜짝 놀랐다.

"제가 한 판 졌습니다. 헛헛."

도오루가 고개를 까닥 기울이며 웃었다.

"군주에게 충성을 하는 거 좋지요. 그러면 하세요. 우리 조선 청년들까지 일본 군주에 충성을 강제로 하라고 하지 마시고요. 우린 우리 왕이 있으니 우리가 스스로 우리 왕께 충성을 바치고 싶소. 우리가 우리 겨레를 위해 우리 목숨을 바치도록 해 달라는 거지요. 왜 우리 목숨을 우리가 마음대로 사용하지 못하는 겁니까? 마음에 안 들면 재산을 압수하고 또 강제로 전쟁터로 내보냅니까!"

진석도 털어놓고 나니 후련한 마음에 허탈하게 웃고 말았다. 그들은 바둑판과 남은 바둑 알을 헤아려 보며 진심에서 우러나오는 우정을 나누었다.

도오루가 산장을 떠나는 아침이다.

"도오루 씨, 일본 정부가 원하는 것은 젊은 청년들이 아시아의 평화를 위해 일단 싸워야 하는 게 아니겠어요? 아시아 평화를 위해 조선인, 일본인 모두 군인이 되어 싸워야 하고요. 또 그 씨움으로 중국까지도 일본의 나라로 영토를 넓혀 나가자는 것이고요. 수많은 생명을 살해해서 얻어 누리는 평화, 저는 찬성 못 합니다."

진석은 강과 산 그리고 사람들을 빼앗긴 분에 지친 마음과 못다 토해 놓은 한들로 아직 할 말이 남아 있다.

"그런데 전쟁이 얼마나 비참한지 경험한 적 있어요? 도오루 씨, 전쟁은 그냥 총과 칼로 싸우는 데 그치는 것이 아니라 그 뒤가 더 비참해요. 전 미래는 잘 모르지만 한 세기 이후에도 삼대까지 그 상처들이 남아 다시 문제가 될 거라는 겁니다."

도오루가 그 말에 고개를 몇번이나 끄덕였다.

진석은 가슴에 맺힌 원과 한의 응어리가 풀리고 녹는 데는 시간이 걸린다고 생각한다. 잠시, 마음을 진정시키고 간직했던 종이를 도오루에게 건네주어야 한다. 도오루는 그것을 받았다.

"내가 도쿄로 떠나올 때 유모가 가져다 전해 달라는 준주 아버지 그림들이 있어요. 여기 그림이 있는 주소고요. 준주가 좀 편해질 때까지만 도오루 씨가 관리를 해 주셨으면 합니다. 그 애가 졸업논문이다, 의사자격시험이다 준비하느라 여유가 없고 저는 보시다시피 쫓기는 몸이다 보니……."

진석은 현서에게 그림을 맡기려 했으나 이번에 도오루가 가지고 온 준주 편지를 읽고 보니 그가 적임자라는 생각이 들었다. 더구나 서로가 사랑하는 사이라서 더 믿음이 갔다.

"네, 그러죠. 꼭 이 주소로 가 보겠어요. 염려 놓으시지요."

"그리고 이 매듭 목걸이도……."

진석은 침울한 표정으로 매듭 끈을 목에서 빼고는 도오루에게 건넸다.

"자, 제 선물이오. 허, 맡기는 게 많은 것 같아서."

"이렇게 귀한 걸 주시다뇨. 제가 간직할 자격이나 될지 모르겠습니다. 언젠가 준주 씨에게 전해야 되겠군요."

유모가 고이 간직하고 있었던 호랑이 목걸이여서 스무 해 세월이 지나도 검은 매듭은 그 손의 향기와 섬세함이 그대로 살아 있다.

"머무시는 동안만이라도 마음을 편히 가지도록 하십시오."

도오루는 불안해 보이는 진석의 얼굴 표정을 그가 모르도록 조용히 바라보았다.

미국으로 가고 싶다고도 진석이 말했지만 밀항하는 배를 그리 쉽게 구할 수 없는 일이다. 그렇다고 떳떳이 미국에 가려고 나서면 영락없이 정보가 노출되어 조선의 청년은 순사의 밥이 될 것이다.

도오루는 이모 료오코의 병세가 악화되어 아키타 온천으로 가기 전에 우선 진석의 전에 묵었던 하숙집으로 가고 싶었다. 화백 황호랑의 그림들을 찾아 둬야 한다.

자동차가 언덕을 돌아 신작로와 합쳐질 때까지 진석은 도오루를 미지의 희망을 가득 품고서 지켜보고 있다. 무엇보다 마음의 평화를 얻기 위해 잠시 머물면서 조선으로부터 온 도쿄의 대학생 명단을 먼저 낱낱이 정리 정돈을 해야 한다는 생각이 들었다. 이미 징용으로 끌려간 학생들도 있고 전사한 친구도 있어 조직을 재정비하려면 지원자 예비 명단을 다시 짜는 것이 급선무였다.

준주의 편지를 읽고 도오루를 만나 보니 불안하고 초초했던 마음이 가라앉는 것 같았다. 앞으로 도오루를 무조건 신뢰하고 싶다. 자신의 기북했을지도 모르는 의견을 무조건 듣고 시인해 주는 사람됨이 마음에 들었다.

항구에서 오전의 신선한 공기를 맡았다. 소나무 아래에 서서 항구를 바라보고 있으니 코끝에 스며드는 고국과 같은 냄새가 풍겨 왔다. 진석은 어떻게든 미국으로 가 하와이에 도착하면 다시 나의 조선을 위해 적극적인 조선 해방의 모임을 시작하리라는 새로운 희망을 가졌다. 준주가 보낸 편지의 글을 떠올렸다. 귓가에 들려오는 것만 같았다.

"…… 오빠가 진정으로 나라를 사랑하는 거 높이 평가해요. 다시 전쟁이 일어날지도 모른다는 소문들도 있어요. 이런 어수선한 판국인 이때…… 오빠의 신변이 걱정되어요.

제발 먼저 건강을 지키세요. 오빠의 거처가 안전해지면 나는 곧바로 아키타로 오가와 선생님을 모셔다 드린 후에 다시 오빠 만나러 요코하마로 갈 거예요. 우리, 한시바삐 마음 놓고 만날 수 있는 날이 꼭 오길 바라고 있어요. 제 졸업 땐 오빠의 축하를 받고 싶습니다. 오빠, 힘내세요……. 준주 올림."

진석은 오래도록 항구를 바라보았다. 운집한 크고 작은 배들이 돛을 높이고서 드넓은 바다로 자유롭게 나갔다가 항구로 다시 찾아 돌아오는 것을 부러운 듯 눈시울에 넣어 조선 반도의 항구 발전을 생각한다.

오가와 부부는 무거운 짐들을 이미 아키다현으로 보냈다. 이사 당일에는 도오루의 자동차를 이용하기로 했다. 위급한 상황일 때 힘이 센 장정이 곁에 있어야 한다. 마침 도오루가 함께 동행을 한다니 부부는 안심이 되었다. 게다가 준주도 옆을 지키기로 해 더 바랄 게 없지만 야요이를 생각하면 문득 측은하고 불안한 마음이 든다.

늦가을인데 아키다는 이미 문턱을 넘어선 깊은 겨울이다.

"여기만 오면 추억이라는 동화 속 거울 안으로 들어가는 것만 같아서 말예요. 이 세상 같지가 않고 다른 세상 같아요."

기분이 상기되어 가는 료오코가 입을 열었다. 산 중턱까지도 온천의 김들이 새어 나와서 마치 동화책 속으로 쑥 밀려들어 가는 것 같다고 그녀는 소곤소곤 말한다.

"추억이 많아서 푸근하고 긴장이 풀리는 것만 같아. 당신이 아무쪼록 기운을 되찾아야 할 텐데."

오가와는 아내가 행복해하는 말을 듣고서 눈시울이 붉어지는 것을 감췄다. 아내에게 여전한 사내대장부임을 보여 줘야 한다.

노년을 맞는 부부이건만 서로를 배려하고 감싸 주는 모습은 준주와 도오루에게 강한 인상을 남겼다. 오가와 부부는 다 키워 놓은 외동딸을 화재로 잃은 아픔을 간직하고 있는 데다가 그뿐 아니라 준주에게 딸 하루를 대하듯 진심을 다한 사랑을 주고 싶어 한다.

오가와 부부는 도오루 아버지가 일본식 전통 여관으로 직접 지은 '아키타' 온천에 여장을 풀기로 한다. 다소 떨어진 본가는 환자에게 불편하고 온천이 나오지 않았기 때문이다. 그래서 료오코에게 가장 필요한 유황 물이 넘치는 아늑한 방과 테라스와 뒤뜰을 사용하기로 했다.

안내원을 따라 들어간 방은 양쪽 다다미방과 작은 부엌, 그리고 온천 목욕탕이 마련되어 있었다. 목욕탕 옆으로는 유리문이 달린 발코니를 통해 정갈하고 소박한 뜰을 내다볼 수 있다. 준주는 이 모든 것들을 마음에 차곡 담아 두었다.

준주와 도오루는 아키다 온천에서 아스라이 검은 지붕만 보이는 오가와의 집으로 내려왔다.

어느덧 겨울은 빛이 짧다. 빠른 황혼이 깃든 언덕 아래로 사찰의 종소리가 살얼음 깨듯 당당 울렸다. 하늘이 내려앉은 듯 먹구름이 대지의 공간을 겹으로 덮고 있었다.

도오루는 아키다 온천 여관을 지을 당시 아버지와 이곳에 자주 들렀다.

"이 집에서 이모님께서 하루를 낳았어요. 믿을 수가 없죠?"

도오루가 더운 차와 간식을 가지고 왔다. 준주는 마음이 녹는 듯 따스한 그의 체온이 감싸는 것만 같았다.

그런가 하면 준주의 차가운 발을 손으로 비벼서 덥혀 준다. 양손으로 찻잔을 감싸 쥐어 보니 그 마음의 진실한 온기가 전해졌다.

"저도 어머니를 일찍 잃었어요. 아버진 재혼하실 만한데도 어머니의 사랑을 늘 간직하고 사시는 것 같고요. 요즘 홀로 계시는 모습이 쓸쓸해 보여 안 좋아요. 준주 씨 어머니도 일찍……."

도오루는 맑고 반짝이는 두 눈 사이를 넘어 준주의 마음 안을 바라보는 듯한다.

"알게 모르게 많은 사람들이 부모를 잃었고, 조선인은 더욱 그렇고요."

준주가 시선을 내리고 대답했다.

"조선이 상처를 받는다면 일본은 중병환자로 흉터를 가진 셈이지요."

목소리에 힘을 주는 그는 준주를 위로한다.

준주는 도오루가 마련해 준 고타쓰에 다리를 덥히면서 사랑하는 일본인 청년 도오루를 한없이 바라보았다. 눈이 마주칠 때면 모든 근심이 한순간 녹아내리는 듯 행복감을 느꼈다. 그런데도 도오루를 마음 안에 간직하는 행위가 고국을 등지는 모습은 아닐는지 가끔 가슴 내면에 걸려 왔다. 지금 준주의 주변은 대부분 일본인이며 그녀 역시 유년시절부터 일본인 스승 오가와 부부와 함께하고 있지 않은가. 보통학교 시절은 미처 국가와 이념을 알지 못한 시간이었다. 사랑이 찾아온 이후의 시간은 국가를 바라보게 한다. 서로 이념이 맞아야 사랑할 수 있는 것은 아니니까. 일본 청년을 의도적으로 유혹했다거나 바랐던 것은 더구나 아니다.

준주는 유모에게서 자라 온 이야기며 현서에 대한 생각, 사촌 오빠 진석에 대한 추억을 말하면서 울고 웃는다. 할아버지가 물려준 재산을 준주에게 물려주기 싫어하는 숙모는 당치도 않은 시집을 일찌감치 보내려고 했기 때문에 본가에서 야밤에 유모와 도망쳐 나온 이야기도 서슴지 않고 도오루에게 고백했다.

도오루 역시 준주의 가슴 아픈 사연을 듣고는 함께 눈물을 닦았다.

"미안하오. 이 아픔들이 빨리 끝나면 자유로운 세상이 돌아올 거요. 제가 어머니의 사랑을 못 받은 만큼 준주 씨에게 많은 사랑을 줄 거니까."

도오루는 준주 가까이로 와서 어깨를 감싸 안았다. 준주도 그에게 기댔다. 그의 심장 소리가 느껴졌다.

"심장이 터져 나갈 것 같소. 윗도리를 벗어야 할 것 같아."

도오루가 떨리는 목소리로 나지막하게 말했다.

"도오루……."

뜨거운 입술이 준주의 말을 막았다.

"처음 내 카메라 필름에 찍힌 사진을 보는 순간 내 마음속에서 이미 당신은 나의 여자였소."

준주는 지탱하기 힘들어 그에게 온몸을 온전히 맡긴다. 도오루의 열기가 준주에게 흡수되어 녹아 버리는 듯한다. 두 몸은 하나로 가까워 올수록 차츰 격렬하게 서로의 경계를 무너트렸다.

다자와 호수 위에서 눈은 녹지 않고 쌓여 간다. 하늘이 뚫리기라도 한 듯이 눈이 내리고 있다. 눈은 언덕과 산과 대지를 덮는다. 산맥과 평야의 경계선이 허물어지고 없다. 이념도 사상도 꿈마저 눈 속에 갇혀 버린 듯하다.

어느새 어둠과 동시에 달빛보다 환한 눈빛이 방문을 드리웠다. 한참 후에야 둘은 그 창문을 열고 눈빛이 비친 경계선이 없는 하얀 대지를 훑어본다. 민들레의 꽃씨 같은 눈이 내려오고 쌓인 하얀 눈이 소리마저 흡수하여 고요한 상층권에 갇혀 있는 듯하다.

이른 아침 눈을 떠 보니 도오루는 보이지 않았다. 잠시 후 따끈한 두부를 가지고 도오루가 방으로 들어왔다.

"잘 잤어요? 근처 산사에 들러서 어머니께 문안드리고 왔어요. 누군가가 벌써 눈을 다 쓸어 놓아서 자동차로 금방 다녀왔죠."

"이건 어디서 본 거 같은데요."

준주는 도오루의 목걸이를 눈빛으로 가리켰다.

"이 목걸이? 마음에 들면 선물할까요?"

도오루가 고이 내민 목걸이를 자세히 들여다보았다. 작은 사기에 포효하는 호랑이 얼굴이 새겨진 목걸이다.

"조선 매듭이군요. 본 적 있는 그림 같아요. 그런데 일본에는 호랑이가 없는 걸로 아는데요."

준주에게 알려야 할 때가 아닌 것 같아 목걸이에 대한 사연은 아직 말하지 않아야 할 것 같다.

"아키타는 아름다운 곳이라 성이나 호수 등 다니고 싶은 곳이 많아요. 준주 씨랑은."

"저도 정신없이 보낸 거 같아 마음을 좀 다스려야 하는데 잘되었어요."

준주는 도오루가 차려 준 정성이 가득한 쪽상을 받았다.

"도오루 씨!"

준주는 입이 딱 벌어졌다.

"이쯤은 보통이에요. 홀로 산 지 10년이 되었으니까. 요리를 얼마나 잘 한다고요. 아예 취미가 되었죠."

된장국, 생선구이, 김, 쓰게모노(일본식 절임 저장 식품)와 김이 나는 따끈한 밥 두 공기였다. 또 산사에서 얻어 왔다는 두부는 콩밭 냄새가 난다. 도오루는 일찌감치 어머니 대신 부엌일을 즐겨하던 습관이 몸에 배어 있었다.

준주는 도오루가 손으로 만드는 것이라면 무엇이든지 잘하는 청년이라는 생각이 들었다.

정원으로 내려온 눈부신 아침 태양이 간밤에 내린 눈을 녹이기 시작했다. 이야기는 이어졌다. 준주는 병원 실습 이야기며 앞으로 자신의 계획에 대해 이야기를 했다. 열악한 조선 반도의 신생아 출산 환경 조건을 생각하면 의사 자격증이 나오는 대로 돌아가고 싶다고 말했다. 조선은 비록 도시라 할지라도 산부인과 관련 의술은 턱없이 부족해 출산 시 임산부가 목숨을 잃는 경우도 간간이 있다고 설명했다.

도오루는 준주가 조선으로 돌아가는 모습을 상상하고 싶지 않았다. 생각만으로도 가슴이 가혹하도록 쪼개지는 것만 같았다. 돌아가는 길에 산사에 들러 어머니 위패 앞에서 준주를 소개하고 싶었다. 때문에 잠시만 들러 향을 피우자고 준주에게 권했다.

마침 산사 마당에 나와 서성이던 주지승이 준주를 먼발치에서 바라보며 뒷걸음질을 쳤다. 도오루가 주지승에게 다가가서 인사를 했다. 주지승은 선한 눈빛으로 준주 쪽을 바라보며 상기된 미소를 띠었다. 준주 역시 고개를 깊숙이 숙여 답례했다. 그들은 산사 벽에 걸린 위패 앞에서 고요한 시간을 접고 그곳을 떠나온다.

미나토 성을 벗어나자 우거진 느티나무들은 힘을 잃고 나뭇가지에 앉은 솜 같은 눈을 간간이 털어 내고 있었다. 때때로 눈가루가 차창으로 달려드는데도 바람은 시야에 보이지 않았다. 찌부둥한 하늘은 다시 눈을 뿌릴 듯한 낮은 구름으로 덮였다.

도오루는 휘파람을 불며 준주를 확인한다. 그녀를 위하는 일이 없을까 생각하면 절로 입가가 벌어진다.

그들은 행복했다.

도오루는 지난밤 함께 나누었던 준주와의 순결한 사랑을 가슴에 간직하며 상기된 기분으로 휘파람을 불고 있다. 그러다가도 문득 야요이를 생각하면 가슴이 이내 아파 온다. 행복한 마음 저변에 움트고 있는 불안한 야요이의 병든 기운은 도대체 어디부터 움터 온 걸까. 도오루는 야요이가 요코하마의 산장을 알고 있는 이상 무슨 일을 벌이고 꼬투리를 물고 나설지 불안했다. 아키타에 갈 때는 자기와 같이 가자고 했던 말에 대해 언제라도 불쑥 따지려 할 것 같아 마음에 걸린다. 도오루는 자신의 일거일동을 꿰고 있는 야요이를 생각하면 부담스럽기보다는 안쓰럽다. 도오루는 그녀에게도 서로 사랑할 이성이 나타나길 간절히 빌었다.

야요이는 모리의 얼굴을 똑바로 바라봤다. 지난번 이곳에서 그가 자신에게 쏟아 낸 모욕적인 발언을 떠올리기만 해도 모리 그가 역겨웠다. 모리는 도오루에 관해 무슨 말을 전해 주겠다는 것인지 야요이를 직접 찾아왔다. 모리는 성깔 있는 야요이의 의중을 정확하게 판단하고 싶었다.

"혹시요……. 지금 요시다 도오루께선 장준주라는 아가씨와 여행을 갔는데. 알고 계신지요?"

모리는 슬쩍 이야기를 던지며 야요이의 눈치를 살폈다.

"뭐라 하신 건가요? 엊그제 만나고 헤어진 오빤데. 무슨 말씀이세요? 그렇다면 혹시……."

껌을 질겅질겅 씹던 야요이는 예상을 하고 있지만 구태여 확인까지 하고 싶지 않아서 말을 돌린다.

"지금쯤 이모부님 모시고 아키타에 내려가 있을 겁니다. 그런데……."

야요이의 입술이 바르르 떨린다.

"네, 그래요. 맞습니다. 장준주와 아키타에서 함께 있겠죠. 그러나 더 중요한 의논 말씀 좀 드리고 싶어서 이러지요."

모리는 손바닥으로 입을 살짝 가렸다.

"장준주와요?"

야요이가 놀라서 큰 소리로 묻는다.

"죄송하지만 목소리 좀 낮추세요. 그러니까⋯⋯, 이래서 제가 뵙자고 한 겁니다."

모리는 눈동자를 한 바퀴 돌린다.

"뭔데 그래요?"

야요이는 이미 끓어오르는 분을 참지 못해 숨을 몰아 쉬었다. 입안의 껌도 씹기 귀찮다는 듯, 손으로 꺼내어 비벼 댔다. 불안한 모양이다.

"제 일을 좀 도와주십사 하고 말예요. 그 장준주의 오빠를 찾고 있는데 말입니다. 어디 갈 만한 곳이 있는지 물어보고 싶어서 뵙자고 한 것인데요. 혹시 하고서⋯⋯."

모리는 헌팅캡 속에 감춰진 이마를 손가락으로 조심스럽게 긁는다. 그는 한 가지 일에 맹열히 집중하면 손가락으로 이마를 긁는 버릇이 있다.

"그걸 왜 나에게 묻는 거죠?"

질투에 서린 야요이의 눈엔 핏빛 눈물이 맺혔다. 도오루 오빠가 아키타로 갈 때 연락을 한다고 하고서, 하지 않은 걸 보면 배신당한 것이 틀림없어 복수할 생각이 앞을 가렸다. 게다가 한술을 더해 준주와 동행했다는 사실은 괴괴한 추측과 망상을 하게 만들었다.

"제가 어떻게 도우면 되는데요? 할 수 있는 일이 뭔데요?"

야요이는 모리에게 원망의 눈을 흘긴다. 아키타로 따라나선 장준주를 흘기는 눈초리였다.

"장준주의 오빠라는 작자는 나라에서 금지된 대학 활동을 하고 있는 청년이라 전쟁터로 입대를 시키려고 하는 겁니다. 지금 요코하마에 있는데. 묘하게도 누군가가 미리 손을 써서 어디로 옮겼는지 감쪽같이 잠적한 것 같아서요."

"그래서요? 그게 왜 오빠와 관련이 있다는 거죠? 아……. 그렇겠군요."

이제야 모리가 하고자 하는 말의 내막을 대략 이해할 수가 있었다.

"오빠가 도와주었다는 게 핵심이군요."

"맞습니다. 틀림없습니다."

모리는 눈을 가늘게 뜨고선 진석을 노려보듯 그녀를 주시한다.

"그가 숨을 만한 그 장소를 제가 어떻게 알겠어요? 도오루 오빠 아는 사람들도 많고 발이 넓어 그런 곳이 한두 군데가 아닐 텐데요."

"장진석은 주로 요코하마에서 동지들을 만나며 활동합니다. 지난번에 소라우미에서 잡았어야 하는 것인데. 그곳에서 놓친 것이 아리송하긴 합니다. 한 발만 빨랐어도 검거했을 텐데……."

"요코하마에서요?"

야요이는 고무풍선처럼 가볍게 자리에서 발딱 일어선다.

"여기서 잠시 기다려 보세요. 요코하마의 별장 주소를 알아 올 테니까. 혹시나 알아 두면 나쁠 것도 없잖아요."

"에? 별장요? 누구 별장인가요? 어느 부근에 있나요?"

모리가 눈을 반짝이며 물었다.

"야마시다 산마루에 있는 곳인데 잠깐만요. 2층에 언니가 계시니까 여기서 잠깐 기다리시면 알아 오겠어요. 별장이 어딘지 알지만 주소는 모르거든요."

그녀는 자리를 벗어났다.

숨 가쁘게 매장으로 올라오는 야요이를 유심히 보던 도요미는 의상실의 손님들과 차를 마시는 중이었다.

"언니. 요코하마 별장 주소를 좀 알고 싶은데 여기다가 적어 주세요."

시선이 떠 있는 야요이는 다짜고짜 메모지를 도미요의 코앞에 들이민다.

"야요이, 인사 좀 하지 그래? 여기 이분은 우리 매장에 가장 애정을 가지고 계시는 분이시고 이 백화점의 이사 부인이셔. 자, 인사드려요."

들은 척도 하지 않는다. 다짜고짜 주소를 적어 달라고만 하는 다급한 그녀에게 도미요는 무슨 사고를 칠 것 같은 느낌을 받는다.

"야요이, 그러지 말고 여기 좀 앉아 봐."

"나 지금 바빠. 도미요 언니."

도미요는 야요이를 유심히 살피며 또 무슨 어떤 얄궂은 일을 꾸미고 있는 것일까 걱정스럽다.

"야요이!"

그녀가 불렀는데도 야요이는 들은 척도 하지 않고 사라져 버렸다.

도미요는 손님들을 여직원에게 부탁을 한 뒤, 야요이 뒤를 잠시 살폈다. 자신의 생각을 즉흥적으로 옮기는 철없는 야요이다.

도미요가 2층에서 찻집을 내려다보니 뜻밖에 헌팅캡을 쓴 모리와 야요이가 마주 보며 무슨 이야기에 열중하고 있다. 이내 자리에서 일어나 정문을 향해 총총히 빠져나갔다. 도미요는 모리와 야요이가 같이 어울려 할 수 있는 일이 도대체 무엇일까 생각하다 불현듯 불길한 예감이 스쳤다.

그들은 세워 둔 검은 자동차를 탔다. 운전대에는 모리가 앉았고 그 옆으로 야요이가 앉았다. 자동차는 속력을 높이며 번잡한 거리를 빠져나갔다.

혼조 야요이의 집은 일본식과 서양식을 절충해 지은 격조 높은 저택이라 알려져 있다. 방문하는 사람도 많고 혼조 장군의 부하들도 어렵잖게 드나들도록 별관은 서양식 개방형으로 지었다.

대문에서 현관으로 걸어가는 정원 바닥에는 디딤돌들이 사방으로 놓여 있다. 마치 벚꽃 모양으로 놓인 검붉은 디딤돌들은 반들거리게 닳아 하늘이 비칠 정도로 윤기가 흘렀다. 정원 가장자리의 담에는 초겨울인데도 울창한 대나무의 가지들이 싱싱하게 돋아나고 있었다.

도오루는 이곳에 몇 년 만에 왔는지 어림조차 할 수 없다. 어린 시절 야요이 손을 붙잡고 디딤돌 숫자를 헤아리며, 술래잡기를 하면서 놀던 추억이 떠올랐다. 정원은 그때 그대로다. 변한 것은 사람들이다. 싸늘한 바람 한 점이 도오루의 콧등을 스치고 지나갔다. 유년시절에 맡던 가옥의 나무 냄새가 풍겨 왔다.

며칠 전에 도저히 믿을 수 없는 일이 벌어졌다. 도오루는 누나 도미요가 걱정스럽게 전한 말을 듣고 혼조 장군의 집으로 찾아오지 않을 수가 없었다.

"글쎄. 도오루, 큰일을 냈다. 야요이와 모리가 요코하마의 별장을 덮쳐서 준주 씨 오빠를 체포했다는구나. 곧바로 입대시켰대."

"옛?"

도오루의 시선은 끊긴 것처럼 허공을 뚫을 듯 멈췄다.

"준주 씨랑 아키타로 간 것을 모리가 찔렀나 보더라. 거기에 양심을 품은 야요이가 준주 씨 오빠가 있는 곳을 여지없이 알려 준 것이지 뭐겠어."

도미요는 달아오르는 열기를 식히려는 듯 손바닥으로 얼굴에 부채질을 했다.

"모리의 꾀에 넘어간 것이지. 지난번엔 모리 순사 때문에 병원 신세까지 졌으면서……. 누구보다 날 믿고서 기다렸을 진석 씨에게 죄를 지었으니……. 이 일을 어쩌면 좋아?"

도오루는 걱정하던 일이 일어나 자책하지 않을 수가 없다.

진즉 치밀한 계획을 짜지 못한 자신의 실수로 한 청년의 운명이 달라졌다는 사실에 통탄했다. 한 치의 의심도 없이 자기를 믿고 있었던 청년 진석, 준주 오빠의 당당한 모습이 눈앞에 끊임없이 아른거린다.

"얼굴이 노랗게 된 야요이가 요코하마 별장 주소를 적어 달라고 하기에 난 못 들은 척했지. 일 저지를 것만 같았어."

"알려야 하는데……. 준주 씨가 이 소식을 알면 기절할 텐데 어떻게 꺼내야 하나."

도오루는 불에 타는 여관을 바라보며 멍했던 때처럼 할 말을 잃어버렸다. 진석에게는 그동안 조바심하던 잡다한 생각들을 잠시 내려놓으라 안심시켰는데 진석이 도오루를 불신했을 리는 없으나, 믿는 도끼로 발등을 찍힌 격이 아닌가. 절망했을 진석을 생각하니 안절부절못해 얻어맞은 듯이 아파 온다. 아우도리 사치가 비밀리에 배편을 구해서 곧 하와이로 밀항한다고 말하던 미래의 꿈을 안고 있는 청년이다.

도오루는 급히 준주를 만나야 했다. 학교 병원으로 달려가지만 마음은 더없이 무거웠고 터져 나갈 듯 머리가 아파 왔다.

준주와 앉아 이런저런 이야기를 처음 나누며 마음을 주고받던 작은 연못이 있는 건물 뒤 뜰을 끼고 돌았다. 물을 비운 빈 연못 위로 쌓인 낙엽들이 햇살을 소복이 받고 있다. 나뭇잎들도 하늘의 빛살을 받고 있는 세상인데 청년들이 전쟁을 하기 위해 강제로 입대를 해야 한다는 현실에 도오루는 견딜 수 없는 무력감을 느낀다.

분만 대기실에 있는 준주를 보고 유리창 너머로 손짓해 정원으로 나오라 했다. 그때도 그 자리에 앉아 그녀를 기다렸다. 어떻게 그녀에게 말문을 열어야 할지 막막하기만 하다.

도오루의 생각은 꼬리에 꼬리를 물었다. 조선인 청년 그 누군가가 유학생 청년회장이라는 어려운 자리를 맡아야 함을, 보기엔 초라하지만 그 임무가 유학생과 조선인들에게 큰 영향을 미친다고 생각한다. 같은 시대의 청년으로서 그와 더 많은 시간을 진작 나누었어야 했다고 도오루는 생각한다. 그리고 자신이 책임을 다하지 못한 결과를 뼈아프게 느낀다. 입대하면 한동안 면회는 힘들 것이나 전쟁터로 출발 전엔 면회할 기회가 있을 것이다. 구출의 실마리는 없을까. 이 희미한 생명선을 잡고 준주에게 입을 열어 버려 한다.

갑자기 찬바람이 일어 연못 위의 낙엽들을 이리저리 날렸다. 준주는 병원 뒤 작은 뜰에서 기다리고 있는 도오루에게 달려갔다. 아키타로부터 온 지 며칠 만에 도오루를 보는 것이라 그리운 마음으로 도오루에게 다가갔다. 그러나 곧 도오루의 표정을 보자마자 그의 가슴에 안긴 채 그만 울음을 터트리고 말았다.

도오루는 혼조 야요이네 열린 대문 가운데로 걸어갔다. 옷깃을 한 번 가지런히 매만진 다음 현관에 들어섰다. 마침 앞치마를 두른 깔끔한 기모노 차림의 아주머니가 도오루를 보고서 정중히 허리를 굽히며 반갑게 맞았다.

"도오루 도련님, 오서 오세요. 왜 그동안 소식도 없었는지요. 혼조 장군님께서 기다리고 계셔요."

그녀는 잠시 응접실에서 기다리라고 말했다.

시끄러운 이야기 소리가 집 안쪽으로부터 새어 나왔다. 응접실을 훑어보던 도오루는 테이블 위에서 쓰다가 찢어 버린 시세이도의 사무실로 보내는 구겨진 엽서를 보았다. 그것을 집어 펼쳐 보니 야요이의 필체다. 도오루는 얼른 바지 주머니에다가 그것을 집어넣었다.

혼조 장군과의 약속 시간은 아직 몇 분을 남기고 있다. 그 때 응접실로 들어오는 혼조 노부오 장군의 슬리퍼 소리가 났다.

부인인 야요이의 어머니는 왕족과 친척 사이라 그들 친인척들과의 모임이 많다. 부인은 특히 연장 공연을 하고 있는 오페라 <나비부인> 관람과 더불어 왕실 초대 파티, 가부키 모임, 일본 요리 전통회, 그리고 왕족 화장 비법을 적극적으로 지원해 주는 일을 담당했다. 그 밖에도 참여하는 행사가 있고, 왕족 관련 행사에 참여하는 일이 잦았다. 대개 야요이네 집에는 집사와 시중드는 사람 그리고 외로운 야요이가 있을 뿐이었다.

그러나 오늘은 혼조 장군이 신뢰하는 몇몇 부부를 초대하는 날이기에 집 안이 화기애애한 분위기다. 야요이의 어머니는 도오루가 방문한 것조차도 모를 정도로 손님을 접대하느라 분주하다. 슬리퍼 소리가 잠시 멈추며 문이 스르르 열렸다.

"그동안 별일 없으셨지요. 인사드립니다."

도오루가 자리에서 일어나 허리를 낮추며 고개를 정성껏 숙였다.

"아, 도오루! 자네 참 잘 왔네. 요즘 어떤가? 아버지의 대를 잇는다는 게 장인의 정신으로 참 멋진 일 아닌가. 지금 우리 청사도 재건하려고 신중히 검토 중이라 지난번에 자네 아버님께서 다녀가셨다네. 아! 그런데 특별히 우리 도오루가 나에게 면담을 청하다니, 건축 일인가?"

"아, 아닙니다만."

"그럼 이번에 오타니 호텔에서 청년들을 위한 파티를 여는데 자네는 꼭 빠지지 말도록 하게. 몇몇 인기 가수도 초대해 분위기를 띄우려고 하네. 그래야 힘을 받겠지. 탱고도 나와서들 추라고 했으니 야요이랑 함께 약혼 발표를 해서 분위기를 즐겁게 만들어야겠어. '아시아 평화'라고 쓴 환영회 푯말을 크게 만들어 세우려 하니 자네가 호텔 현관 외부와의 비율을 좀 맞춰 주게. 이번 기회에 자네를 젊은 학도들에게 은근 슬쩍 띄워 알릴 생각이라네. 자네가 건축 사업을 시작하는 길을 열어 주겠다는 의미란 거, 눈치챘을 테지?"

"여러 가지로 감사드립니다만. 아직은 제 자신이 많이 배워야 할 문제가 남아 있습니다. 어디에 나서기가 아직은 이른 것 같습니다."

도오루는 혼조의 비위를 거스르는 말은 하지 말자고 다짐한다.

혼조는 작은 체구에 균형이 잘 잡혀 있어서 군복을 입으면 썩 어울렸다. 눈썹이 검고 혈색이 좋다. 특히 목소리가 우렁차 구령을 붙이면 산천이 쩌렁 울린다. 그뿐인가. 색소폰 연주도 수준급 이상이라 간혹 여유가 있는 시간이면 재즈곡을 멋지게 불곤 한다.

"그 파티에서 내가 잠깐 연주도 할 거라고. 꼭 카메라 챙겨 와야 하고. 참, 여태 도오루가 찍어 준 사진을 내가 몇 장은 간직하고 있다네. 기억하는가?"

"색소폰을 부시게요? 청중들이 다 반할 겁니다."

혼조 장군이 색소폰을 불 때면 야요이도 곁에서 곡에 맞추어 피아노를 치며 흥을 돋우기도 했다. 그러나 혼조는 관동대지진이 나고부터는 악기 연주를 절제하고 있다. 긴장하고 앉은 도오루에게 가까이 오라는 손짓을 했다.

"이제 장가갈 나이가 되었으니 대장부의 모습이 늠름해 보여야 하네. 앞으로 건축 일로 대단히 이름을 날릴 유망주를 내가 떠받들어야 할 판인데 말이지. 요시다 가즈오 선생처럼 지진에도 끄떡하지 않는 집을 짓도록 부탁하네. 못을 박지 않고도 안 부서지는, 흔들리면서도 주저앉지 않는 집을 짓는 인재들이 많이 배출되어야 하지. 힘 좀 써 주게나. 그런데 긴히 할 말이 있다고. 무엇인가?"

"부탁드릴 일이 있습니다. 건축 관련 일은 아닙니다. 친구가 징용으로 입대한 모양입니다. 가능한 한 빼 주십사 하고 감히 이렇게 직접 부탁드리려고 왔습니다. 반도에서 온 장 진석이라는 유학생 청년입니다."

도오루는 절도 있게 감정을 추스르며 말을 끝냈다. 오랜 세월을 가깝게 지내 온 아버지와 절친한 사이이며 한 가족 같은 집안의 어른이다. 그런데도 언제나 혼조 장군 곁에서는 자신도 모르게 긴장이 되었고 그것이 스스로를 불안하게 만들었다. 진석을 빼내려면 직접 혼조 장군을 만나는 것이 유일한 방법이고 최선을 다하는 일이라 거듭 생각했다.

조선인 유학생인 젊은 청년 장진석, 그가 펼치고 싶은 이상과 창의력으로 자유롭게 꿈을 꾸며 마음 놓고 살도록 놓아 달라고 외치고 싶다. 비록 짧은 시간이었지만 진석과 나눈 우정을 생각하면 혼조 장군에게 절실하게 부탁하지 않을 수 없다. 가슴으로는 오랜 세월을 함께 우정을 나눈 벗이다.

"이미 징용으로 입대한 군인을 빼내 오기가 무척 어려우실 겁니다. 그러나 장군께서는 하실 수 있으신 분이라는 걸 전 믿고 있습니다."

"음음……."

그는 몹시 당황하면서도 어릴 때 모습 그대로를 기억하며 도오루에게 애정 어린 시선을 보내고 있었다. 모처럼 도오루가 간절하게 만나자고 청한 데에는 다른 무슨 사연이 있으리라 생각했다.

'도오루의 간청을 어떻게 받아들여야 할지……. 내가 누구인가. 빼내려면 못 빼낼 것도 없지만 어떤 부하에게 이 일을 시킨단 말인가. 군인을 적극 모집하라고 명령을 내리자마자 우두머리인 내가 그것도 조선인을 빼내라고 한다면 앞으로 과연 누가 내 말을 신임하겠는가.'

도오루는 신중함을 신조로 삼고 있는 혼조에게 자신의 갑작스런 청이 무척 당혹한 숙제임을 직감한다.

"아버님이 여태 혼자 지내시는 걸 보면 참 신기하지."

혼조는 당황한 나머지 마음에도 없는 엉뚱한 말을 뱉으며 사신의 난처한 표정을 관리할 여유를 찾으려 한다.

"지금까지도 가끔 어머니를 그리워하시는 걸 보면 죄송할 뿐이지요."

아버지를 떠올리며 미소를 보이면서도 도오루는 장진석이라고 한문으로 이름을 적은 종이를 들고 있었다.

"어디 좀 보세나. 이리 줘 봐."

도오루가 머리를 정중히 숙이며 종이쪽지를 내밀고 다시 고개를 낮추었다.

혼조는 받아 쥔 종이의 이름을 읽었다.

"장진석? 이 이름이 중국 청년인가, 반도 청년인가?"

"반도 유학생 회장이며 정치외교과 학생입니다."

"이런 청년들이 평화를 위해 앞장을 서야 되지 않겠나?"

"그런데 강제 입대입니다. 다음 기회에 자진 입대할 수 있는 기회를 주신다면 더 적극적으로 활동하지 않을까 싶습니다. 부탁드립니다."

도오루는 깊이 고개를 숙인다.

"이 한 사람 때문에 많은 젊은 군인들에게 상처를 줄 수가 있어. 그런 생각 안 해 봤나?"

"스스로 입대하는 것이 바람직하다고 생각합니다. 요번 청년회 파티의 주제도 그렇지 않겠습니까? 잡아가는 쪽이 아니라 자유로운 선택으로 이루는 아시아 평화 말입니다."

"도오루, 이럴 만한 공적인 이유라도 있는 것인가? 말하자면 일본 제국을 위해서 공적으로 공헌하고 있는 일이 있다든가, 치하할 수 있는 업적이 있다든지……."

"네? 공적인 일이라 하셨습니까?"

긴장된 대화들이 오고 간다. 도오루는 '공적인 이유'라는 말에서 말의 매듭을 짓지 못한 채 멍히 생각에 잠시 잠겼다.

혼조는 단순히 친구를 위해서 이처럼 어려운 부탁을 하는 거라면 일본제국을 위해서도 도오루가 양보해 주길 바라는 듯한다.

'유년시절에는 자신을 아저씨라고 부르며 따랐던 절친한 친구의 아들 도오루, 내 아들 같은 도오루가 아닌가. 나를 이토록 곤란하게 만들 만한 부득이한 이유가 무엇일까.'

혼조는 천 갈래로 갈라지는 마음으로 도오루의 시선을 순간 비켜난다. 어찌하건 속마음을 드러내고 싶지 않았다.

"이만 가 보겠습니다. 바쁘신데 시간 내어 주셔서 감사드립니다."

"알겠네. 이 일은 생각을 좀 해 보겠네. 젊은 청년 파티 때 여러 가지로 부탁하네."

"잘 알겠습니다."

도오루가 현관으로 나가려고 인사를 깍듯이 했다.

'이 어리석은 사람아, 지금 어느 때인가. 전쟁 중 아닌가. 전쟁에서 병사를 빼 달라는 것인가!'

혼조는 안타까운 마음으로 중얼거렸다.

혼조는 도오루가 어느 젊은이보다 사윗감으로 탐이 났다. 그가 변함없이 딸 야요이 곁에 머물러 주길 바랐다.

'야요이를 아껴 줄, 아들 같은 녀석. 딸을 맡겨도 든든한 배필인데 복잡한 사건에 말린 건가……. 너무 오해한 건 아니겠지.'

혼조는 장진석이 누구인지 떠올려 본다. 나이 탓인지 도오루기 간절히 애원하듯 부탁하는 분위기에 직감이라는 것이 발동했다. 더구나 어지간한 일이 아니면 찾아올 도오루가 아니라는 걸 혼조는 너무 잘 알고 있다. 그리고 야요이를 떠올린다. 이따금 손님들이 방문하는 날이면, 어머니 곁에서 손님들을 미소로 맞이했건만 오늘은 보이지 않았다.

야요이를 특별히 누구보다 사랑하는 아버지 혼조는 2층 딸의 방문을 열다가 깜짝 놀랐다. 무남동녀 외동딸이 의자에 쪼그리고 앉아 인형만 매만지고 있는 것이 아닌가. 혼조는 어두워진 방의 불을 켰다. 딸은 눈물로 얼굴을 적시고 있다. 어떤 슬픈 사연으로 사랑스러운 딸이 꽁꽁 묶겨져 꼼짝달싹 못 하고 있음을 직감했다.

"야요이! 도오루 오빠가 그냥 가 버렸잖아. 좀 나오지 그랬니?"

"오빠가 왜 온 거죠? 틀림없이 무슨 부탁을 하러 왔을 테죠. 그렇지 않고선 여기에 올 까닭이 없잖아요. 아빠."

야요이가 호소하듯이 말했다.

혼조는 생각했다. 자신은 천하를 호령하는 장군인데 아버지로서 딸에게 못 해 줄 일이 무어란 말인가. 그러면서 도오루를 정식으로 여러 친척에게 야요이의 약혼자로 소개해야겠다고 마음먹었다.

"복잡하게 생각할 것 없다."

혼조는 도오루가 지난날 여관 화재 속에서 건져 준 그 인형을 만지작거리는 딸을 자리에서 일으켰다.

"아빠, 내 말이 맞죠? 장진석이라는 사람 때문에 온 거죠?"

"어엇? 엿들은 게야?"

"아빠, 장진석 말이야. 바로 내가 순사에게 고발했다고요. 징용으로 끌려가게 내가. 오빠가 너무나 미웠기 때문에. 오빠가 장진석 여동생을 좋아하니까요."

야요이는 아직도 흥분을 가라앉히질 못하고 있다. 혼조는 야요이가 무슨 일을 저지를 것 같다는 생각이 들었다.

"내가 장진석이 숨어 있는 곳을 순사에게 가르쳐 주었단 말예요. 내가요."

야요이는 치미는 질투심으로 목이 메어 왔다. 도오루와 준주가 아키타에 함께 있었다는 생각만 해도 견딜 수가 없다.

"그러니까, 가만 좀 있어 봐라. 오빠를 오타니 호텔에서 있을 파티에서 우리 집 사위라고 소개할 게다. 네가 남자의 마음을 어떻게 알아. 남자들은 그렇게 쉽게 마음을 드러내지 않아. 그건 너, 철없는 생각이다. 오해일 수 있어. 이런 일들은 살아가면서 누구나 다 겪는 일이니 이해해 줘야 하고말고. 사람들은 너희를 보면 정말 어울리는 한 쌍의 원앙새라고 하더라."

"아빠, 청년 파티, 언제죠?"

야요이는 볼 위의 눈물 자국을 손등으로 눌렀다.

"네 엄마도 역시 너 같은 고민을 했기 때문에 아빠, 이 잘난 아빠와 결혼을 하게 되었지. 그때 온 나라가 잔치였으니까……. 마침 도오루의 아버지를 초대하기로 했고, 부탁도 있고 하니까……. 자, 걱정하지 마라. 일어나거라. 어서."

옷을 갈아입고 내려오라는 아버지 혼조의 모습은 자상하기 그지없다. 그러나 혼조의 가슴 밑바닥에서는 도오루가 운동권의 조선인들과 연류된 것은 아닌가 하는 의구심이 일어난다.

도오루는 뻣뻣한 목의 긴장을 풀면서 야요이네 집의 긴 담 아래로 걸어 나왔다. 야요이가 쓰다가 아무렇게나 구겨 버린 엽서를 주머니에서 만지작거렸다. 그는 골목 끝에 세워 둔 자동차의 운전석으로 돌아와 야요이의 엽서를 우선 꺼내 본다.

"……특별한 화장품, 특별한 사람만이 구입할 수 있는 나만의 특권인 시세이도 화장품의 품격을 믿고 화장품을 사 가는 애용자입니다. 모델이 조선인 여자라는 것은 아무나 다 쉽게 살 수가 있는 화장품이라는 뜻이군요. 누구나 다 살 수 있는 화장품이라면 거절하겠어요. 전 특별한 걸 원해요. 조선인 모델은 화장품의 품격을 저하시키는 모델이잖아요……."

도오루는 읽어 내려가다가 엽서를 도로 구겨 버린다.

'아, 이랬었군. 이런 일로 준주 씨는 시세이도 화장품 모델 일을 계속하지 못하고 그만두었군. 그리고 준주 씨는 이제 더 이상은 참을 수가 없다고 학교생활조차 전부 포기하고 대구로 돌아가겠다고 호소했어. 그냥 다 두고 떠나겠다고…….'

도오루는 자신도 모르게 주먹을 불끈 쥐었다. 준주와 부산 항에서부터 지금까지 나누었던 시간들이 주마등처럼 지나간다. 준주를 생각할수록 도오루는 가슴이 저미도록 아파 온다.

아시아의 평화, 세계 평화를 부르짖으면서 도대체 평화를 지켜야 한다면 누가 지켜야 하는가! 조선 여자, 중국 여자만 해당되는 문제인가. 세계인 모두 평화를 원한다면 세계인 모두가 나서야 한다. 전쟁을 막기 위해 청년들이 생명을 구해야 하는 것이다. 자신에게도 진지하게 물었다.

    부인 료오코에게 요양을 시키고 있는 오가와는 데와산 끝자락에 놓인 타이헤이산 등선을 먼 시선으로 훑어보았다. 잎을 떨구고 하얀 줄기와 가지만 드러낸 자작나무 숲 위로 변화한 계절의 쓸쓸함이 부수수 일렁인다. 그는 골목 어귀에 멈춰 산자락 서쪽을 바라보았다. 지는 해가 성곽 꼭대기에 가볍게 살짝 걸려 있다.

    오후에 끝 무리의 검붉은 햇살 결은 초저녁을 맞이했다. 그 짧은 햇살이 처마 밑으로 살포시 스며들어 빛과 그늘을 서늘하게 그려 놓는다. 빛은 속절없이 수그러졌는데도 눈시울이 시리도록 아린다.

    오가와는 자신의 눈도 노화하고 있음을 느꼈다. 시도 때도 없이 고인 눈물을 손등으로 비볐다. 학교를 정년퇴직할 때까지 기다렸던 것이 후회스러웠다. 맑은 공기와 숲이 우거진 아키노미야 온천의 경관들은 언제 보아도 정신적인 위안을 주는 장관을 이룬다. 일찌감치 아키타에서 료오코에게 휴식을 취하도록 권유했어야 했다고 돌이켜 후회를 한다.

    그는 먼 허공을 쓸면서 바람 소리를 동반한 눈보라를 예측했다. 거대한 사막을 덮고도 남을 만한 양의 눈송이들이다. 그것을 먹은 배부른 구름들이 아키타의 하늘 어귀 곳곳에 심술궂게 도사리고 있다.

    료오코의 병세가 이케부쿠로에 있을 때보다 한결 나아진 것 같다. 콜록대는 뿌리내린 기침 소리도 순해졌다.

    오가와는 료오코를 여관에 그대로 둔 채 밖으로 나왔다. 신선한 공기가 코끝에 맴돌았다. 산책 대신 준주와 도오루가 떠난 뒤에 그들이 가져다 둔 짐 가방에서 겨울용 솜 잠바와 털실로 짠 모자를 꺼내기 위해 잠시 본집으로 돌아왔다. 이제는 료오코와 함께 산책을 시도해 봐야겠다고 마음을 먹은 오가와는 콧노래로 단가를 읊는다.

"엇? 이게 웬 목걸이? 왜 여기에 떨어졌을까?"

오가와는 다다미 방바닥 사이에 끼어 있는 검은 매듭 줄을 잡아 빼내었다. 호랑이 얼굴 그림의 목걸이다.

오가와는 꼼짝하지 않은 채, 며칠 전 준주와 도오루가 다녀갔을 때 흘렸을지도 모른다는 생각을 했다.

서둘러 온천 여관으로 돌아왔다. 뜰을 바라보며 의자에 앉아 있는 료오코에게 다가갔다.

"당신, 이 그림 생각 안 나요? 산사에서 본 그림 같지 않소?"

"그곳 산사 주지 스님 그림과 많이 비슷하네요. 그분이 호랑이를 잘 그리신다고 하죠. 그래서 본명도 황호랑이라 했던 것 같은데요. 아마?"

오가와는 눈꺼풀을 빠르게 깜박인다.

"내일 아침 기도하러 올라갔다가 차 마시고 와야겠어요. 왔다고 인사를 드린 지도 좀 되고 하니까. 나중엔 뜨끈한 두부도 받아 올 겸. 어때요, 내 생각?"

"그러세요. 좀 계시면서 얘기도 나누시다가 오셔도 되고요. 지난번에도 번번이 사양하셨잖아요."

"괜찮겠어요? 좀 시간이 걸릴 수도 있을 텐데."

"내가 무슨 어린애예요? 이제 기침도 덜 나고 여기 햇볕을 쬐니까 몸이 많이 좋아졌다는 거 아시잖아요. 슬슬 요리도 할 수 있을 것 같은데요. 마음으론 천리도 걸어갈 거 같아요."

"모든 병은 좀 나아진다 할 때 조심, 조심해야 된다는 거 잘 알잖소. 선생님도 그러셨잖아."

235

"알았어요. 난 온천이 몸에 맞나 봐요. 언젠가 준주는 여진이 나는 데도 끄떡 않고 앉아서 마저 바늘귀에다가 실을 꿰어 베갯잇을 끝까지 다 꿰매 주던 아이예요. 참 침착하고 담대한 아이예요. 벌써 보고 싶어요. 그러니 마음먹은 일은 반드시 해낼 거예요."

료오코는 오가와에게 짐 가방 밑에 숨겨 둔 보자기를 꺼내 달라고 말했다. 오가와는 무엇을 의미하는지 알아채고 빙그레 웃었다.

"또 만져요? 다 닳아빠지겠어. 아름다운 한국적인 무늬잖아요."

"그래요. 준주가 신세 많았다고 가사에 보태라고 두고 간 패물인데. 쓸 돈도 많을 텐데 안 쓰고 날 주다니 생각만 해도 기특해요. 유모가 학비에 보태라고 챙겨 준 거라던데……. 이걸 준주를 위해 나중에 사용해야 될 텐데 말이에요."

료오코는 볼에 홍조를 띠며 순금의 비녀를 들고서 그려진 무늬를 살펴본다. 조선의 귀족 부인이 쪽머리에 꽂는 비녀다. 준주가 간직하고 있는 전 재산을 놓고 간 것이라 생각하니 료오코는 마음이 저렸다.

"앞으로 준주를 위해 사용할 날이 오겠지. 우리 기다려 봅시다. 졸업도 있고 의사 자격증도 따야 하고…… 날들은 많아요."

그는 료오코의 말을 들으며 아랫마을 집에서 주섬주섬 챙겨 온 겨울 잠바와 털모자를 방 한구석의 벽걸이 위에 걸어 두었다.

겨울 햇살이 눈꽃 위로 환하게 비추는 빈 겨울 정원에 숨어 있었던 새 두 마리가 푸드덕 지붕 위로 날아가 앉았다. 멀리로 날아가기에는 어둠이 이미 내려온다는 것을 새들도 아는 것이다. 스산한 저녁 처마 밑으로 불어오는 바람은 서쪽 산사로부터 불어왔다. 마치 산불이 난 것처럼 하늘 끝자락에서 붉게 타오르는 황혼이 한겨울을 향해 손짓하고 있었다.

　이튿날 새벽 오가와는 산사에 오르기에 앞서 자그마한 향단지를 준비했다. 그곳에도 향은 있으나 하루의 위패 앞에 서면 쑥향기 나는 모구사를 준비했다. 그는 산사에 도착하는 동안 앞 호주머니에 손을 넣고 매듭 목걸이를 만지작거린다. 조그마한 사금파리 위로 그림을 그려 구운 것인지, 보기에도 소중해 보이는 매듭 줄이다. 손가락으로 그림을 살살 문지른다.

　주지 스님께 다른 날보다 어수선한 모습을 보인 것 같아 죄송한 마음이 들기도 했다. 예불이 끝나자 마침 주지 스님은 오가와에게 잠시 남아 달라고 했다.

　황호랑의 방은 산사 뒤쪽이다. 언덕 뒤로 아사히오카 산이 시원하게 펼쳐져 있었다. 축제에 쓰이는 요란한 치장을 한 인형 기둥도 세워져 있었다.

　"이쪽으로 앉으세요. 여기 고타쓰가 따뜻해요. 자, 어서."

　황호랑은 숯 많은 굵고 검은 눈썹과 붉은 피부의 건강한 모습으로 오가와보다 한층 젊어 보였다.

　"오늘 오후엔 료오코 씨를 뵈러 내려가려고 했는데 이심전심입니다."

　"언제든지 내려오시면 영광입니다. 지난번에 바둑을 지셨는데, 아직도 잊지 않으셨지요?"

　"아, 허허. 물론 기억하지요. 그렇잖아도 다시 한 번 도전을 하려고 기도까지 했답니다. 자, 이 차를 좀 들어 보세요. 소국화차입니다. 음."

　"그때 지셨으니 이제야 그림 한 장을 좀 얻어 가나 하고 있습니다만……. 허허.”

"드려야지요. 허, 드려야지요. 내기한 건데 약속은 약속이니까요. 잠시만요.”

황호랑은 오가와의 소학교 친구다. 그는 어린 시절부터 그림에 뛰어나고 말타기에도 재주가 뛰어나 축제 때에 주니히토유 대회에서 금패를 받기도 했다. 그러나 청년기 4~5년 동안 조선 천지를 다니며 경상도 대구에서 가까운 가얏골에 머물다가 다시 아키타로 건너와 산사에 들어왔다. 그림을 그리며 후배들을 가르치기도 하고 불우한 사람들을 위해 헌신, 봉사하다가 주지승이 되었다. 이런 인연으로 도오루의 어머니 준코와 오가와의 딸 하루의 위패를 이곳 신사 황호랑에게 맡기게 되었던 것이다.

오가와는 유년시절의 친구인 황호랑이 있는 산사를 이따금 찾아와 오후에 연둣빛의 말차를 마시며 이야기를 나누곤 했다. 그럴 때마다 근래 시끄러운 나라의 정세를 이야기 나누며 그의 기도로 내다보는 세계 정세를 귀담아듣곤 했다.

"오늘은 제가 좀 신기한 목걸이 하나를 발견했습니다. 스님 그림과 비슷한 그림이라서요. 보여 드리려고 가지고 왔습니다.”

오가와는 미소를 머금고는 침착하게 움직였다.

"어떤 그림이오?”

주지는 눈을 한 번 껌벅였다. 그는 키도 유별나게 큰 데다 목소리도 쩌렁거렸다.

"내가 조선에 있을 때 대구 칠성산에서 이런 그림을 많이 그렸기에 말입니다.”

"어디 좀 봅시다. 무엇이기에…… 어디 보여 주십시오."

그가 따뜻한 손바닥을 내밀었다.

"이게 귀한 목걸이 같은데 말입니다. 요 부분에 그림이 그려졌어요. 호랑이 얼굴을 그려 놓았어요."

오가와는 매듭 목걸이에 달려 있는 사금파리에 새겨진 그림을 손가락으로 가리켰다.

"매듭이라, 이건 일본식이 아니군요."

황호랑은 보자마자 고개를 뒤로 밀며 움찔한다. 매듭을 잘 아는 전문인처럼 금방 알아차린다.

"아, 조선 매듭입니까?"

오가와가 물었다.

그의 어깨 뒤로 밝은 창호지 문밖에서 풍경 소리가 참견하겠다는듯 뎅그렁 뎅그렁 울려 퍼졌다.

주지승은 두 눈을 찡그리며 자세히 들여다보고는 아무 말도 하지 않았다. 그러고는 눈을 질끈 감고는 잠시 생각을 모으는 듯한다.

빼꼼 열린 문 사이로 눈이 나풀나풀 날리고 있는 것이 보인다. 눈은 도리어 하늘을 향해 올라가 맴을 돌았다.

"음, 글쎄요."

"신경 쓰지 마십시오. 그저 저의 집에 놀러 온 아이들이 떨구고 간 것이라서……. 그림이 호랑이라서 보여 드렸는데 괜찮습니다."

오가와는 혹여 실수를 한 것은 아닌가 조심스러워졌다.

공연히 조잡한 것으로 신경을 어지럽힌 것 같아 후회를 하는 오가와의 등 뒤에서 주지가 입을 뗐다.

"자, 차나 마저 듭시다 제가 소국을 조금 드리지요. 이 노란 작은 꽃송이에다 코를 대면 기막힌 향이 퍼지는 것 같아요. 보십시오."

황호랑은 소국차에 매료되어 있는 것 같았다. 방 안에 진한 국화 향기가 퍼지고 있었다.

"기다리고 있겠습니다. 오시면 료오코도 즐거워할 겁니다. 지난번에 주신 산유도 조금밖엔 없답니다. 에, 또, 그리고 근래에도 그림을 배우러 오는 제자들이 꾸준하지요?"

오가와는 겹으로 쌓여 있는 것과 세워져 있는 한지들을 바라보았다. 키가 크고 작은 여럿 한지 봉들을 눈여겨본다. 그러고는 구석으로 물감이 정갈하게 정리된 실내를 살펴보았다.

"인형들이 너무나 요란스러워서 좀 색깔을 다듬어 보려던 참이었습니다. 음……."

황호랑이 세워 둔 마츠리(축제)에 쓰이는 장대 인형을 손가락으로 가리킨다.

"료오코가 차츰 완쾌되면 슬슬 미인화부터 시작하려 합니다. 잡념이 없어질 거 같아서요."

소국화차를 찬찬히 마저 마시며 오가와가 다시 입을 열었다.

"알겠습니다. 천천히 시작하세요. 건강을 지키는 일이 가장 중한 임무니까요. 참, 넉넉히 산유를 가고 가지요. 제가 요번 가을에 짜 둔 게 있어요. 그 산유를 물에 타서 꾸준히 드십시오. 음, 음, 그리고 피부에 바르기도 하고 여러 곳에 쓰임이 많은 비상약입니다. 음, 그래서 특별한 사람에게만 드리는 제 마음이지요. 오늘 산유를 기지고 가시시요."

황호랑의 목소리는 엄숙하지만 너그러운 마음이 묻어 나온다.

밖에서는 어린 눈들이 허공에서 쉬지 않고 대지로 가볍게 몰려왔다.

주지가 종종 오가와의 온천 여관으로 내려올 때면 그가 직접 개발했다는 노란 산유를 사슴뿔에 담아 오곤 했다. 산유는 온갖 약초에서 걷어 올린 기름으로 특히 료오코에게 더없는 특효약으로 쓰였다. 료오코는 산유를 소화제 대신 마시기도 하고 가려운 데, 데인 곳, 혹은 멍든 곳에 그 산유를 발랐다. 살짝 바르면 사르르 약초 냄새가 번지면서 신선하게 느껴진다. 더운 물에도 몇 방울 떨어뜨려 천천히 마시면 곧 상쾌해진다. 그는 기묘한 약을 한 번이라도 더 료오코를 위해 사용하려고 아꼈다.

오가와는 황호랑과 함께 바람 소리에 울고 있는 풍경 소리를 뒤로 하며 나란히 걸었다. 나지막한 구릉지의 벚나무들의 표피가 물결무늬처럼 눈 속에서 피어올랐다. 오가와는 내내 주머니에서 목걸이를 만지작거렸다. 제법 큰 눈송이들이 그들을 환영하듯이 나풀거린다. 어깨 위로 붙은 눈을 이따금 털어 내며 발걸음을 재촉했다.

료오코는 창밖을 바라보며 느릿한 걸음으로 들어오는 주지승과 오가와를 맞았다.

"손님이 오셨습니다."

도와주는 아주머니가 졸음을 멈추게 하는 말에 놀라서 현관문을 열어 주었다.

"여기 산유를 가지고 왔습니다."

어느새 황호랑의 다정다감한 목소리가 현관으로부터 울려왔다.

"오서 오세요. 자, 들어오세요."

료오코가 반가운 인사를 하기도 전에 산사의 주지승은 성큼 열린

문으로 들어선다.

"앉으시지요. 마침 졸고 있는데 잘 오셨습니다."

오가와가 뜰이 보이는 발코니 쪽으로 방석을 손에 들고서 황호랑에게 안내를 한다. 오가와가 말차를 찻잔에 넣고 서서히 연둣빛의 거품을 내는 동안 황호랑은 작은 빈 뜰을 살폈다. 나무의 잎사귀가 터지기 전에 표피들이 앓고 있었고 빈 조그만 뜰이어도 겨울새들이 잠시 쉬었다 가는 정서가 가득 찬 공간으로 느껴졌다.

황호랑은 말차를 차분한 마음으로 음미하며 마셨다. 그리고 앞에 놓은 산유가 들어 있는 사슴뿔을 방바닥에 내려 두고 가만히 가슴 깊숙이 손을 넣어 작고 검은 주머니를 꺼내 보인다.

부인 료오코가 반가워 차를 더 권하려다가 그만 입을 다물고 말았다. 그가 주머니에서 꺼내 보여 주는 것은 아침에 남편이 보인 목걸이와 똑같은 것이다. 오가와 부인은 한동안 아무 말도 하지 못했다. 오가와도 그의 것을 가지고 와서 다시 한 번 펼쳐 보였다. 방 안이 삽시간에 조용해진다. 어디선가 작은 소리로 귀엽게 우는 새소리만 들려왔다. 발코니 쪽으로 보이는 넉넉한 창밖으로 하얀 함박눈이 소복이 쌓여 갔다.

오가와는 조카 도오루, 그리고 준주를 생각했다. 어린 시절 도오루에게는 친동생이나 다름없는 야요이도 함께 떠올렸다. 도오루를 보면 준주에게 마음이 전적으로 기울어지고 있는 것이 역력했다. 오가와는 신문을 읽거나 책을 보다가도 시야가 가물가물해 잠시 휴식을 취할 무렵에는 여지없이 준주와 도오루를 띠올리곤 했다. 준주를 어린 시절부터 곁에서 지켜본 그는 시간이 흐를수록 정이 깊숙이 스며들어 마음고

생이 많은 그녀를 진심을 아껴 주고 싶다. 준주에게 바라는 것이 있다면 가고 싶은 그 길 그대로 가는 것이고 그는 그 모습을 지켜볼 뿐이다. 그것이 준주를 사랑해 주는 방법이었기에.

이제 준주는 이 겨울만 지나면 내년에 무사히 의학부를 졸업을 할 것이다. 의사로서의 첫걸음을 떼는 준주가 참으로 자랑스럽다. 준주가 조선으로 돌아가야 하는 생각만 해도 가슴이 짓눌리는 듯 찡하니 아파 온다.

긴 아시아 전쟁이 언제 끝을 맺을 것인지 고개가 좌우로 절로 흔들렸다. 준주가 조선으로 돌아갈 일을 상상하면 벌써부터 가슴에서 뛰는 미동의 심장 소리가 등뼈를 흔드는 것만 같다. 이별은 뼈를 삭이는 고된 힘이 소모된다는 것을 오가와는 다시 깨닫는다.

8 유모

1936년 3월, 조선의 봄은 묵은 겨울을 질질 끌고 있다. 눈이 많이 왔던 지난겨울이 여전히 머뭇거리고 있어 3월의 날씨에도 맵다. 때로 변덕을 부릴 때면 여지없이 다시 겨울이 온 것만 같다. 그러다가도 개나리의 노란 꽃봉오리들이 화들짝 여린 햇살 틈새로 터질 듯이 물이 올랐다.

경성 시내 진고개로 오르는 부근에 문화예술회관을 건축할 대지가 3년 전부터 마련되어 있다. 맞물려서 유명 음식점인 황금정 쪽으로도 천 명은 들어갈 극장이 설계되고 있었다. 그러던 1936년, 가장 변화를 이루고 있는 진고개에서 드디어 문화예술회관 개관식이 열렸다.

시내에서는 남대문을 뒤로 하고 황금정지대로 이어지며 진고개를 끼고서 우뚝 서 있는 명동성당의 언덕까지가 중심부다. 경성의 멋쟁이들은 이곳을 누빈다. 일본인들이 경성에 살고 있는 동안 아쉬운 것은 그들 본토와 문화 교류를 서로 나눌 멋진 문화 공간이 없다는 것이있다.

도쿄에서 경성으로 초빙하고 싶은 예술인들은 많으나 공연 장소가 적당하지 않는 것이다. 변변한 초대 마당 구실을 하는 회관조차 없는 형편이다. 때때로 무용, 음악, 오페라 등을 동경하는 시민들에게 선보일 만한 적당한 장소가 없다. 이따금 학교 마당이나 상낭에서 무성 영화가 상연되거나 가수들의 노래 공연이 열릴 뿐이다.

진고개에 문화예술회관을 짓기로 한 광고가 나붙은 날로부터 3년의 시간이 지났고 마침내 1936년에 완성되었다. 특히 설계와 시공을 담당했던 요시다 가즈오를 비롯해 회관 관계자들은 개관식을 기념하는 행사를 거행하려고 벼르고 있었다. 일본에서 오기로 한 일행들은 예술단과 함께 개관식 후에 대대적으로 가장 화려한 공연을 할 계획이다.

현서와 도미요, 그리고 행자 일행은 경성 반도 호텔에 여장을 풀었다. 마지막 날은 행자, 아우도리 사치의 공연이 예정되어 있다. 행자는 공연도 공연이지만 꼭 해야 할 일이 있어 아무도 모르게 가슴을 조이며 애태워야 한다.

행자는 요코하마 항에서 비밀리에 하와이로 가는 밀항이 가능한 선박과 그 일정을 알아봐야 한다. 밀항하기 위한 그 배의 요금이나 번호, 출항 날짜를 받아 가기로 되어 있었다. 겉으로는 공연을 내세웠지만 행자는 오로지 진석의 눈물겨운 지하운동을 도울 수 있는 일이라면 무엇이든 해 주고 싶다. 진석을 향한 그녀의 순정은 여전히 살아 있었다.

하와이로 떠나는 배는 중국으로 가는 배와는 다르다. 큰 선박이고 여권이 문제다. 특히 조선 사람은 구비 서류가 까다로웠고 여권을 발급받기가 어려웠다. 더구나 하와이 측에서 들어오라는 입국 허가증을 받아야 한다. 경성에 와서 받아야 하기 때문에 행자는 진고개 문화예술회관 뒤에서 누군가를 기다렸다.

행자의 노래 중 두 번째 곡이 끝나면 잠시 무대 뒤로 오기로 한 남자가 있다. 그가 밀항의 모든 조건을 알아서 준비하기로 되어 있다. 행자는 우레와 같이 쏟아지는 박수갈채를 받고서 무대 뒤로 왔다. 급히 들어와서 컵에 물을 마시고 있었다.

"자, 여기요. 목이 타시지요? 아시겠어요?"

그들의 접선 첫마디는 '목이 타시지요'였다. 행자는 그녀가 내미는 컵의 물을 깨끗이 비웠다.

"남자분, 박흥수 씨가 오신다고 되어 있는데요."

행자는 의아해서 여자에게 물었다.

"네, 그래서 제가 목이 타시지요 하고 컵을 드린 겁니다. 이곳은 눈들이 너무 많아 다른 곳으로 가셔야 합니다. 여기로요. 그리고……."

그녀가 주변을 살피며 말했다.

"가시면 이 종이를 보이세요. 출발은 앞으로 한 달 남았습니다. 서두르셔야 해요. 하와이로 가는 일본 선박입니다. 그럼 이따가 화신 백화점 5층으로 오세요. 그럼 전 이만."

그녀가 나가려고 할 때 현서와 도미요, 그리고 유모가 무대 뒤로 급히 들어왔다.

"아이고, 행자야, 니 우짠 일이고. 이래 노래를 잘하노."

유모가 한 손으로 행자의 팔을 쓰다듬었다.

"정말로 오랜만입니다. 아주머니, 여전하시네요. 정말요. 건강하시지요?"

"니, 내사 못 알아보겠데이. 이뻐지고. 이래 좋은 극장에서 공연을 하다니. 축하한다. 우리 준주 아기씨는 한 번 왔다 가도 되는 긴데 워낙이 바쁜가배."

"참, 잠깐만요. 제가 준주가 아주머니께 드리라는 사진 몇 장을 좀 가지고 왔어요. 준주 많이 보고 싶죠? 이걸 보시면 꼭 만나신 것 같을 거예요."

"하모. 말로 다 못 한다. 사진이라꼬? 이 비싼 사진을 다 찍다이?"

"예, 이걸 드리라고 주던데요."

"야. 신식이데이. 도쿄 가더니만 사진을 다 박고. 보고 싶어라. 준주 아기씨가 어려운 공부 하느라꼬 욕본다."

유모는 노안으로 두 눈을 찌푸릴 대로 찌푸리며 손을 길게 앞으로 빼고 준주의 사진을 내려다보았다.

"이리 예쁘게 빈했나?"

도오루와 도오루의 어머니의 위패를 모신 아키타 산사 앞에서 찍은 것이었다. 고개를 숙이고 절을 하고 나오다 산사의 주지 스님과 사진을 찍었다. 주지승과 함께 찍은 사진, 또 한 장은 셋이서 찍은 사진이 보였다.

"가만있자, 이 사람이 와 여기에 있는공? 우애 이런 일이 다 있노. 잘못 본기가? 내가 눈알이 침침하다 카이."

유모는 물항라 저고리 소매 속에서 하얀 손수건을 꺼내 콧등을 누른 후 이마에 고인 땀을 연신 눌렀다.

"준주 아기씨가 도대체 알기나 하고 이걸 박은 건지 모르겠데이."

유모는 행자가 먹은 컵에 주전자에서 다시 물을 따라 후루룩 마셨다.

공연이 끝나자 행자는 종로에 있는 화신 백화점으로 갔다. 5층은 사무실인데 노크를 하자 유니폼을 입은 여비서가 일어났다. 행자가 무대 뒤에서 받은 종이를 보이자 금고에서 누런 봉투를 꺼내어 행자에게 건넸다.

"잠깐 종로의 국일관으로 오시랍니다. 그렇게 전하라고 하셨어요."

"그래요? 이 봉투 안에 다 있다는 것이죠?"

"잠시 여기 앉으셔서 확인을 해 보시지요."

행자는 여비서가 가리키는 의자에 앉아 봉투를 열었다. 선박의 번호와 날짜, 시간, 그리고 가짜 여권 등이 차례로 들어 있다.

행자는 화신 백화점을 빠져나와 국일관으로 걸어간다. 희끗희끗 그칠 듯 말 듯 내리는 눈발이 행자의 코트에 붙어 떨어지지 않았다.

"진석 오빠, 이제 떠나게 되었어요. 내가 내일 돌아가면 오빠는 요코하마에서 하와이로 떠나 잠시 있다가 다시 오세요. 뒷일은 나에게 맡기고요. 지금도 요코하마에 계시는 거지요? 조금만 기다리세요. 일이 잘되었어요."

행자는 이렇게 중얼거리며 가벼운 발걸음으로 국일관을 바라보며 걸었다.

대구시 근교 공장에는 가타쿠라 제사공장과 칠성공장이라고 쓴 간판이 큼지막하게 나붙어 있다. 현서는 그 간판을 올려다보았다. 공장 안에는 마스크를 하고 머릿수건을 쓴 사람들이 빼곡했는데 견사를 잡아올리는 광경은 볼 만했다.

도미요는 견사공장을 꼼꼼히 돌아보며 누에에서 비단실이 끝도 없이 나오는 미물들의 신기한 작업을 확인했다. 앞으로 단계별로 실을 선택해 디자인할 것을 그려 보았다. 현서는 공장을 샅샅이 도미요에게 소개했고 그녀는 흐뭇해했다. 무엇보다 오사카나 고베 등지보다 인건비가 반값으로 싸다는 사실에 호감이 간다.

칠성공장에서는 견사, 누에고치를 삶아서 비단실을 감아 내는 여자들의 손들도 모자랐다. 주문이 일본에서 밀려오고 독일에까지도 수출해야 하는 실정이기 때문이다.

조선에서 만든 견사인데도 일본 견사라고 써 붙여야 하느냐고 누군가가 물었다. 도미요는 여기도 일본 땅 아니냐고 답한다. 그러는 가운데서도 견사와 공장을 살피는 현서는 긴장과 집중을 하면서도 마음이 부풀었다. 몇몇 사람들은 직물로 가득 찬 상자를 나르며 대기하고 있던 부산 항까지 가야 하는 트럭에 실어 내고 있다.

현서는 일본으로 들어간 지 7년 만에 무사히 성공의 대로에 서 있었다. 도미요가 그에게 사업의 운을 몰아준 셈이다. 아직 조선인으로 그만한 성공을 거둔 젊은이도 드물다. 현서는 삼십대에 큰 재산을 쥘 것이라는 지속적인 자기 암시와 결코 희망을 접지 않는 꿋꿋한 포부에 걸맞게 꿈을 나날이 펼쳐 가고 있었다.

한옥의 기왓장이 씻어 낸 것처럼 햇빛에 청결하게 반짝였다. 대청마루에서는 유모가 오랜만에 찾은 아들 현서를 흐뭇한 모습으로 바라보고 있다. 유모의 콧노래가 대청마루까지 들려왔다. 그녀가 손에 든 소반에는 식혜와 과일, 한과가 담겨 있다.

"행자야, 내사마, 꿈만 같다. 니가 이리도 노래를 잘하는 줄은 이전에도 잘 알고 있었지만 실력이 더 늘었데이. 너거들 아이 때, 진석이랑 다른 아이들하고 광에서 창가하고 안 놀았나? 내가 누룽갱일 만들어 줬던 거 기억나제?"

유모는 행자 옆으로 다가가면서 황홀한 눈빛으로 그녀를 올려다보았다. 유모에겐 모든 것이 새롭기만 하다. 떠날 때는 '이 어린 것들, 어째 살라꼬…….' 하며 훌쩍였지만 각자의 길을 제각기 열심히 찾아가고 있으니 잘된 일이라고 여겼다. 한편으로 하필 준주만 못 오는 특별한 이유가 무엇인가 하고 유모의 가슴은 애가 끓는다.

행자가 레코드판을 주면서 심심할 때 들으라고 말하고는 일본 치약을 서너 개를 선물로 내놓았다.

"제가 노래 부르기 전에 이를 닦는데 이게 억수로 질이 좋은 기라요. 소금보다 이가 하얘지고 첫째 입 냄새가 없어지는 약이라요."

"이에는 소금이 제일이지. 이걸 짠다꼬? 신통하네."

유모는 치약을 들고서 꽉 눌렀다.

"너무 세게 누르면 많이 나와요."

도미요는 유모의 일거일동에 웃음밖엔 달리 할 말이 없다.

"내사 아침에는 소금으로 닦고, 점심 땐 이걸로 문지르고 또 밤에는 소금으로 닦을라꼬 안 카나. 아끼야제. 그리고 니가 준 레코드판은 축음기가 있어야 할 긴데 아들한테 사 달라꼬 할 끼다. 신식 축음기를……."

유모는 이렇게 말은 즐겁게 하지만 속마음으론 준주를 한없이 그리워하고 있다.

"현서야, 이자 곧 중국 전쟁이 있다 카던데 또 일본으로 가야 하는 기가?"

유모는 못내 아쉬워서 홀쩍였다. 그녀는 배를 깎으면시 미소만 짓고 있는 도미요에게 배 한 쪽을 살짝 집어 준다.

"어무이, 일본은 내 집처럼 드나드는데, 뭐가 문젠데예? 여기 공장이 걱정이라요. 믿을 만한 사람이 있어야 맡길 긴데."

"공장은 걱정 말기라. 내가 내 집처럼 돌볼기라."

도미요를 바라보는 유모의 얼굴에 슬픔과 기쁨이 한순간 교차했다.

"도미요 씨는 이쁘기도 하여라. 꼭 백합꽃 같십니더."

"감사합니다. 현서 씨도 멋진 분이세요."

도미요는 유모에게 고개를 까닥 숙여 답례했다.

"감사드립니다. 어려운 일을 이래 잘 끌고 가도록 지도를 해 주시고예. 마음씨도 비단결 같아 보이십니더."

유모가 인사차 말했다. 현서와 도미요는 공장에서 가지고 온 견사를 꼼꼼히 만지고 있는데 유모는 다시 훌쩍인다.

"우리 준주 아기씨, 통 고생 모르고 큰 귀한 아기씨가 화장품 가게에서 일을 한다고 카이, 이기 무슨 난리고?"

눈물이 또 샘솟듯 하다. 그러더니 주섬주섬 조각 보자기를 들고 와서 풀었다. 준주가 떠날 때 주고 남은 얼마 안 되는 패물을 조심스레 꺼내면서 준주에게 마저 주라고 현서 앞에 내민다. 그러자 현서가 말했다.

"이거 어무이가 직접 준주에게 주라요. 어무이, 이제는요, 돈 걱정은 하시지 마이소. 준주는 내가 지키고 있으니 걱정 고마 하시이소. 제발 좀 예!."

현서는 어머니에게 말을 이었다. 더구나 일본에서도 견사와 털실로 만든 물품들의 수요가 하루가 다르게 늘어 주문도 많아지고 공장이 더 번창할 것이라서 지나친 걱정은 하지 말라 부탁한다.

"준주는 오직 산부인과 의사가 돼서 우리 조선에 기여하도록 빌어야지요, 어무이."

현서의 말에 힘이 있다.

지난날의 현서가 아니다. 이제 믿음직한 사나이로 영글어 간다고 생각하며 유모는 흐뭇한 눈길로 아들을 바라보았다. 현서 또한 가난에 허덕였던 어린 시절의 아들이 아님을 어머니에게 보여 드리고 싶었다.

"요번엔 꼭 나랑 일본에 들어가신다고 하셨지예?"

거듭 그가 확인한다.

"지금 들어가야만 준주도 보고 진석이도 만날 수가 있어예. 가입시더."

"준주를 직접 만나야 하는 일이 있긴 있는 기라. 물어봐야 하는 긴데. 너거들은 모른다 고마. 그런 일이 있다."

현서와 도미요는 부산 항까지 타고 갈 기차표를 꺼내 보여 주었다.

유모가 준주를 만나러 가는 데는 특별한 이유가 있다. 행자가 가지고 온 준주의 사진 속 인물이 유모의 가슴을 번쩍 놀라게 하는가 하면 한편으로 가슴을 두근구든 설레게 한다. 바로 눈앞에 있었던 현실이었는데 어느덧 25년 전의 까마득한 시간 속으로 숨어 버린 사건이 되고 말았다. 사진 속의 그분은 어디에 있는 누구인지, 또 어떻게 사진을 함께 찍었는지를 직접 물어보고 싶어 도쿄로 가야만 한다.

저 멀리 유모의 시야 끝 수평선 위로 아슴푸레 시모노세키가 보이는 것만 같다.

준주는 다시 택시를 탔다. 현서가 유모와 함께 도쿄역에 도착할 시간이 거의 가까워 온다.

조선을 다녀온 현서의 연락을 기다리다 궁금해 우체국에서 전화를 넣었다. 마침 유모와 교토의 기차역으로 출발한다고 현서가 말했다. 유모가 일본에 온 지는 이틀이 되었다고 했다. 예정에도 없이 갑자기 온 유모여서 준주는 당황했다. 너무나 기뻐서 숨을 들이켤 수가 없을 정도로 가슴이 마구 뛰었다. 기차역까지 참고 가는 것이 그렇게 힘들 수가 없다. 빠른 발걸음에도 몸이 자꾸만 뒤로 처지는 듯이 더디기만 했다.

'나의 젖엄마……'

도쿄역은 갈수록 사람들의 물결로 넘쳐 난다. 역 바로 앞에 늘어선 포장마차들은 금방 내린 여행객들의 출출한 배를 채울 만한 먹음직스러운 먹을거리가 준비 되어 있다. 준주는 돌멩이로 구운 따끈한 군밤을 덥석 샀다. 유모랑 밤이 새도록 이야기를 나누는 데는 군밤이 최고일 것 같다.

준주는 역에서 하마터면 유모를 못 알아볼 뻔했다. 유모는 한복 대신 양장을 빼어 입고 있었다. 도미요에게 받은 양장 서너 벌을 늘 소중히 보관하고 있었기 때문에 그 옷들을 입어 볼 기회가 생긴 것이다. 또한 동행이 있어 한복 차림으로 일본 땅을 활보할 수 없다고 생각했다. 준주는 그 사정을 십분 이해하고도 남았다. 또 유모는 양장을 하려면 제대로 갖춰 입어야 한다고 귀가 따갑도록 말하는 아들 현서 덕에 샤넬 모자까지 갖춰서 눌러썼다.

자기 곁으로 다가오는 여자가 유모인 줄은 꿈에도 생각 못한 준주는 고개만 빼고 여기저기 먼 곳에 눈길을 더듬고 있었다.

"준주 아기씨, 젖엄마요. 나 좀 보소."

팔자걸음은 여전한데 양장 차림인 유모를 설마 하고 보다가 나중에야 알아차렸다. 그제야 놀라서 서로 끌어안았다.

"유모, 얼마나 보고 싶었는데."

준주는 그만 얼굴을 유모에게 파묻었다.

"아이고, 고생 많심더. 눈물은 와 그리 많은지들……."

현서는 머쓱해 모자를 벗어 만지작거렸다.

"아기씨, 얼굴 좀 보여 주소. 와 이래 생선 가시처럼 말랐는교. 우짜면 좋겠노."

준주는 한없이 유모의 품에 안겨 있었으면 한다. 그러나 현서의 파티 초대권도 준주가 대신 가지고 있어 그것을 건네줘야만 했다.

"오빠, 여기 오타니 호텔 '아시아 평화' 초대장. 난 젖엄마 모시고 집으로 갈래요."

유모는 준주 볼에 흐르는 눈물을 자기 손바닥으로 닦아 주었다. 그러고는 자신도 손수건으로 콧물을 훔친다.

현서는 준주를 만나게 되어 기뻤지만 여유 없는 잠시뿐인 시간이 못내 아쉬웠다. 그는 준주에게서 초대장을 받아 속주머니에 챙겨 넣었다. 준주에게 뭐라고 말을 하고 싶었으나 콕 집어 해야 할 말이 선뜻 나오지 않는다.

'오빠, 대구 일은 잘돼 가지? 공장도 잘 돌아가? 새로 마련한다는 공장 부지는 어때? 맘에 들어요?'

이렇게 준주도 현서 오빠에게 묻고 싶은 것이 많았으나 촉박한 시간에 마음뿐이었다. 그리고 혹시 몰라서 새 집으로 가는 대신 전의 하숙집으로 향해야 한다고 생각했다. 언제라도 바싹 따라붙을지도 모를 모리에게 새로 이사한 집을 알리지 않기 위해서다.

현서는 그 길로 바로 오타니 호텔로 향했다.

오가와 선생이 아키타로 내려간 이후로 준주는 잠시 하숙집에서 지냈다. 이 작은 공간이 한결 포근하게 느껴졌다. 오가와가 소개해 준 집에 머물려고 했지만 그곳은 도오루 아버지의 개인 집무실로 사용하던 곳이다. 부담스러운 준주는 협소하지만 임시방편으로 자신에게 맞는 하숙집을 구했던 것이다.

유모는 준주가 머물고 있는 공간을 휘돌아 보며 작지만 아늑하다는 생각이 들어 안심이 되었다. 물소리를 줄이기 위해 수도꼭지에 청실과 홍실을 매어 두고 있다. 물고기들 사진을 오려 부엌 창가에 매달아 두고 유모 사진을 비롯해 그리운 가족사진도 벽면에 세워 놓고 있다. 뿐만 아니라 유년시절 행자와 같이 땅따먹기하며 놀았던 다섯 개의 돌멩이도 버리지 않은 채 그릇에 받쳐 책상 위로 올려 두었다. 유모는 준주가 이런 소품들을 보며 고향 조선 반도에 대한 그리움을 달래고 있는 것 같아 코를 소리 내어 한 번 훌쩍였다.

"아기씨예, 여기 공깃돌! 이 돌망구들이 유모가 주워 온 거 맞지예. 꼼꼼도 하셔라."

"맞아, 유모. 날 지켜 주는 수호천사예요. 이 돌멩이들, 유모 마음이잖아."

준주는 유모의 한 볼에 입맞춤했다. 그동안 앓았던 향수병이 다 낫는 것만 같다.

"이러다가 어떨 땐 일본인이 되는 건 아닌지 놀랄 때도 있어, 유모. 조선말을 하루에 한 번도 안 쓰니까 덜컹 겁부터 나는 거 있지."

"준주 아기씨는 일본 이름도 마다했으니 이름만 봐도 애국자라예.”

“진석 오빠, 현서 오빠도 일본 이름으로 모두 안 바꿨어요.”

준주는 사 가지고 온 군밤과 함께 따끈한 차를 유모 앞에 놓았다.

“유모, 잘 왔어요. 요즘 학기 말 시험이 끝나 며칠 쉬고 있어. 그런데 진석 오빠가 징용으로 군대에 들어가 버려서 만주로 갈 거래. 걱정이 이만저만이 아니에요. 잠도 안 오고 그래, 유모.”

“아이고, 진석 도련님이 누구신고. 만석꾼 장 진사댁의 장손이신데……”

유모의 눈썹이 팔자로 오그라졌다.

“유모, 난 그저 공부밖에 몰라. 고향 사람들이 날 보고 오가와 선생님 덕에 공부한다고 쑤군거리지만 내가 공부를 마치고 의사가 되려면 선생님 도움이 필요해. 어쩔 수가 없잖아. 게다가 오가와 선생님 부부는 날 친자식처럼 도와주고 계시는데.”

도오루가 준 수첩을 손가방에 넣고 온 것은 유모에게 보여 주기 위해서였다. 수첩을 보면 준주가 그동안 어떻게 보냈는지 알 수가 있기 때문이다. 한마디로 도오루가 꾸며 준 이 수첩은 준주가 도쿄에서 지나온 과정을 쉽게 볼 수 있도록 만들어진 사진 노트였다. 사진 앨범은 자상한 청년이 준주가 보낸 중요한 날들을 꼼꼼하게 분리하여 그림과 사진들로 장식해 만들어 두었다. 한 장씩 넘길 때마다 한눈으로 그때의 소식을 알 수 있었다.

준주는 유모에게 사진마다 하나씩 하나씩 손가락으로 짚어 가며 설명했다. 유모와 한마음이 되어서 웃고 울었다. 5년 만에 방금 만났으나 시공의 차이는 전혀 없다. 가만히 살펴보던 유모가 어떤 한 사진을 보고 입을 뗐다.

"아기씨, 여기가 어딘교? 지난번에 행자한테 보낸 사진이 이기지요?"

"거긴 아키타라는 곳인데 오가와 선생님 고향이에요. 참, 오가와 선생님께서 반가워하실 텐데. 유모랑 거기에 가려고."

"전에도 그런 이야기를 하셨구마."

준주는 사진 속을 뚫어져라 보고 있는 유모에게 물었다.

"아시는 분이라도 있어요, 유모?"

"준주 아기씨, 이 사진 말고 좀 크게 나온 사진은 없는교?"

"누구신데요?"

"아기씨, 내 짐작으론 이분, 잇적에 한 번 본 남자 같다만…… 몸집이 원캉 좋고요. 한 번 보만 안 잊어쁘리느마."

준주는 그저 웃음이 절로 나온다. 유모에게도 남정네가 있었다면 얼마나 알콩달콩 깨가 쏟아지도록 행복했을지 상상이 간다.

"답답아라. 요새는 퍼떡 말이 안 나오고, 까마귀 고기 묵은 입처럼 되갓꼬 입에서 뱅뱅 도는데 이 사람을 어디서 봤드라."

"유모 꿈에서 만난 애인인가 봐. 그치!"

유모와 이불을 펴고 나란히 누운 방 안은 꽉 찬 느낌이다.

준주가 잠이 든 이후에도 유모는 잠들 수가 없었다. 그 사진 속의 남자는 분명 유모의 뇌리에 뚜렷이 박힌 잊을 수 없는 얼굴이다. 유모는 생각에 젖어 잠을 잊었다.

오후 6시, '아시아 평화라고 쓰인 깃발과 휘장이 오타니 호텔의 건물 중앙부 현관 위로 둘러져 있다. 이 파티의 취지는 일본이 현재 중국과의 전쟁에서 조금도 지치지 말고 평화를 위해 단결하자는 결의를 다지고 이 시기에 젊은 청년들의 사기를 북돋아 주기 위해서 실업가들의 재정적인 협조를 요청하기 위한 행사였다.

거울 같은 호수에서 그 물줄기가 호텔 앞까지 흐르고 있다. 그곳에 팔뚝만 한 점박이 붉은 잉어 떼가 헤엄치며 물줄기 안으로 사라졌다. 흐르는 맑은 물은 수명을 알 수 없는 아름드리 소나무 숲을 굽이굽이 돌아서 잉어의 연못을 이루고 있었다. 바위 정원을 마주하고 있는 호텔 입구에는 가지가지 꽃들의 축하 꽃바구니들이 빽빽하다. 이름난 회사의 총수들이 보낸 각종 화환들은 행사에 초대받은 이들을 위해 사기를 북돋아 주며 꽃향기를 뿜어냈다.

호텔의 현관과 로비의 분위기는 사뭇 들떠 있다. 신시대의 젊은 남자들은 헐렁한 정장 차림이 주를 이루었다. 여성들은 파티복을 주로 입었다. 더러는 진주 구슬을 귀나 목에 걸고, 머리와 모자에 장식하거나 등과 앞가슴을 과감히 드러냈다. 화려한 장신구로 자신의 신분과 부를 나타냈다. 진주 구슬과 조화(造花)로 장식한 눈부신 파티 복장뿐만 아니라 현란한 기모노를 입은 젊은 층도 보인다. 중년의 중후한 부인들 역시 머리 장식을 통해 한껏 멋을 부렸다. 로비 앞은 북적거린다. 초청자가 황실과 관련되어 있고 혼조 장군의 막강한 후원을 알고 있는 손님들은 이 자리에 초대되었다는 것에 저마다 영광스러워했다.

도미요는 현서를 데리고 호텔 로비에서 안으로 깊숙이 들어와 서로 귀를 가까이 대며 연신 다정하게 말을 주고받는다. 그런가 하면 주위의 시선을 잡는 차림을 한 가수 아우도리 사치는 사람들과 즐거운 담소를 나누고 있다. 아우도리 사치라는 가수 이름을 걸고 있기 때문에 조신한 태도를 잃지 않으려 행동을 주의하고 있다.

검은 양복에 박하 색 타이와 같은 색 손수건을 가슴에 꽂은 도오루
는 또 다른 멋이 흘러넘친다. 적당한 키에 자신감이 가득한 준수한 청년
도오루는 예의범절을 갖추고 있다. 그의 침착함과 안정감을 주는 목소리
도 한몫하여 상대방을 편안하게 한다. 몸짓 역시 여유롭고 자연스럽다.

연분홍 하이힐을 신은 야요이의 귀엽고 깜찍한 원피스 차림은 도오
루와 맞춰 입고 온 커플룩처럼 잘 어울린다. 야요이는 도오루를 아버지
혼조에게 마음껏 자랑하고 싶었다.

'이제 아버지가 도오루 오빠와 나를 불러 세워 두고는 약혼 날짜를
발표하시겠지.'

이렇게 생각하며 야요이는 쟁반에 받쳐진 음료수 컵을 한 잔 빼내
어 입맛을 다셨다.

"도오루 오빠, 내 추측에 이 타이를 할 거라 생각하고 나도 이렇
게……. 어때, 오빠? 이거랑 타이 색 잘 맞지?"

야요이가 도오루 앞에서 빙그르르 돌자 그녀의 치마가 분홍 꽃잎처
럼 펼쳐졌다.

"야요이가 누구야. 알아주는 멋쟁이, 귀여운 동생 아가씨가 아닌
가? 그런데 아버지는 안 오셨니?"

도오루가 은근히 혼조 장군에 대해 물었다. 그가 초정자이기 때문
이며 진석을 위해서라도 실수는 하지 않으리라 마음 준비를 한다. 철없
는 야요이가 지나치게 자신에게 관심을 두지만 않는다면 행사의 진행
에는 상관하지 않을 것이다. 야요이의 꾀에만 조심하면 될 일이다.

"아버지 오셨어. 교토 아빠랑 저기 방 안에서 이야기하고 계셔, 오

259

빠."

"우리 아버지하고?"

바로 그 때 행자, 아우도리 사치가 웃으며 인사를 해 왔다.

"'술은 눈물인가'이라는 노래가 수십만 장 팔렸다는 소문이 맞나
요?"

"아, 네……."

하이힐을 신은 아우도리 사치와 야요이의 인사가 끝나자 그새 도미
요가 우아한 자태로 나타났다.

"사치 씨, 오늘 이 분위기에 옷이 아주 잘 어울리네요. 제 옷을 입어
주시다니 영광입니다. 불편한 점이 있다면 말씀하세요. 뭐니 뭐니 해도
사치 씨의 목소리는 백만 불짜리예요."

"사실 노래에 의상이 어울려서 골랐어요. 오늘은 기쁘고 힘이 넘치
는 가사가 담긴 노래로 선정했거든요. 아시아 승리를 예찬하는 자리인
듯해서요."

사치는 도미요가 작은 손가방에서 꺼내어 건네주는 명함 한 장을
선뜻 받았다.

"명함 독특하게 만들었네요. 감사해요."

그러고는 행자는 자리를 옮겼다.

도오루는 그 자리를 조용히 피해 로비 바깥으로 나왔다. 시원한 바
람은 그의 귀와 우뚝한 콧날을 스치고 정원의 울창한 숲으로 사라졌다.

준주가 여태 보이지 않는 이유는 무엇일까. 도오루는 준주를 이곳
에 초대한 일이 부담을 준 것은 아닐까 생각해 본다. 언제나 약속 시간
보다 먼저 나와서 기다리는 준주인데 혹시 무슨 사연이라도 생긴 것이

아닐까 하고 턱을 빼고 두루 살핀다.

다른 초대된 사람들이 모두 파티 장으로 들어가는데도 도오루는 끝내 준주가 보이지 않자 초조한 마음으로 실내로 들어갔다.

도미요는 현서에게 속삭거리기로 작정한 듯하다. 모처럼의 기회를 누리려고 음료수가 담긴 컵을 쥐고 있다. 그들은 화기애애했고 간간히 즐겁게 소리 내어 웃었다.

"여기 입고 있는 기모노의 실크들은 아직은 일본산이거든요. 이젠 변화를 줘야 하고 이 오비는…….."

'저 모리는 누가 초대한 거야?'

마침 도미요 쪽을 살피던 도오루가 모리를 발견했다. 모리는 저 건너 음료 테이블 앞에서 예리한 시선으로 사람들을 좍 훑고 있다. 그 모습이 도오루에게 걸린 것이다. 도오루가 그를 발견한 것은 차라리 잘된 일이다. 준주가 오지 못하는 것이 오히려 다행이다. 집도 새로 옮겼는데 왔다가 미행을 당한다면 옮기나 마나 한 일이 아니겠는가. 게다가 혼조와 야요이의 끈질긴 요구도 석연치 않았다. 무엇보다 모리가 염탐하러 온 이상 준주가 나타나지 않는 것은 천만다행이다. 오빠를 전쟁터로 보내는 그녀의 우울한 가슴이 전해 오는 것만 같다.

"도오루, 산장에 며칠 머물렀던 젊은이는 보이지 않는구나."

점잖은 아버지의 말은 늘 압축이다.

"그 친군 여기에 올 수가 없어요. 아버지…….."

"참, 야요이가 널 찾더라. 좀 전에 묻던데…….."

아버지가 도오루의 말을 중간에 막았다.

"이제 혼조 씨가 미래의 아시아 평화를 위해 일본을 건설할 젊은 청년들에게 인사말을 하겠죠."

"잘 들어 봐야겠구나. 얼마나 벼르고 살피다 황실의 협조 아래 하게 되는 행사인데 좋은 결과가 있어야지."

드디어 파티는 물이 올라 혼조의 부탁을 받고 행자가 마이크 앞에 섰다. 일본인 가수 중에 최고의 가수로 손색이 없는 호소력과 가창력을 겸비한 그녀의 노래는 단연코 대중에게 만족감을 주고도 남는다.

노래가 끝나자 혼조가 홀의 중앙 부분에 설치한 단 위로 올랐다. 그는 마이크를 잡고는 우선 인사를 한다. 도오루는 복도로 나왔다. 모리가 나오려다가 그를 보자 얼른 도로 뒤로 몸을 숨겼다.

"……지금 우리는 피가 끓어 용솟음치는 젊은 힘이 필요합니다. 아시아의 평화는 거저 세워지는 게 아닙니다. 수술한 후에 접합 부위가 처음엔 아프겠지만 결국엔 병을 낫게 합니다. 미래를 내다보면 수십 년 후에 후손들이 현재 우리의 계획이 세계의 이익을 위한 것이며 지구의 평화를 한 단계 앞당기는 획기적인 영광의 과업이었음을 알게 될 것입니다……. 자, 그리고 막간을 이용해 한 가지 소식을 전합니다. 우리 딸의 약혼자에게 샴페인을 따도록 하고 다들 한 잔씩 자축을 합시다. 자, 요시다 도오루 군, 나와 봐요. 미래의 장군의 사위가 될 청년이 이렇게 부끄럼을 타다니, 자, 어디에 있는가."

'부끄럼을 타는 내 사위'라는 혼조의 말은 홀 안에 웃음바다를 자아냈다.

그러자 도오루의 아버지 요시다가 올라왔다.

"아, 신사 숙녀 여러분! 이런 기쁜 소식을 모르고 제가 아들에게 가까운 데에 심부름을 급히 보내서 대신 제가 샴페인을 땁니다. 자, 축하

샴페인을 듭시다."

요시다는 직감적으로 아들을 감싸 주었다. 좀 전에 도오루가 두리 번거리며 밖으로 나가는 것을 분명히 보았기 때문이다.

사치는 도미요가 느닷없이 명함을 건넨 게 이상해 명함을 가지고 화장실 안으로 들어왔다. 그녀의 명함 뒷장에는 '장진석은 2주 전에 자진 입대'라는 글씨가 쓰여 있다. 행자는 너무 놀라 벼락을 맞은 기분이다.

'진작에 빨리 서둘렀다면 입대를 막을 수도 있었는데……. 하와이로 가서 미국 본토로 들어가길 그렇게 소원했었는데……. 내가 조선에 너무 오래 머물렀나? 아, 오빠 미안해. 나를 너무나 믿고 있다가…… 아, 자진 입대할 오빠가 아닌데. 무슨 사연이 있는 게 아닌가? 말도 없이 이럴 수가 있을까.'

사치는 흐르는 눈물을 손수건으로 닦았다. 그러고는 분첩을 꺼내 볼 밑을 토닥토닥 손질하며 목이 잠겨 어떻게 노래를 부를지 안절부절 못했다. 축축해 오는 눈시울을 누르기에 바쁘다. 가슴이 에이는 것만 같다. 아직 노래를 두세 곡은 더 불러야 하는데 행자는 노래 가사처럼 정말 '술은 눈물인가.' 하고 한숨을 내리쉬었다. 그러고는 고양이의 사뿐한 발걸음으로 아무 일도 아닌 것처럼 장내로 걸어 나온다.

도오루는 복도에서 전쟁에 적극 협조해 달라며 호소력 있게 연설하는 혼조의 목소리를 뒤로하고 호텔을 빠져나갔다. 그러고는 멈춰 있는 택시에 올라탔다. 아무도 따라오지 않는 것을 확인하고서 운전기사에게 출발해 달라고 말한다. 혼조의 턱 밑에서 마음에도 없는 시중을 든다면 오히려 부담을 주는 격이 될 수도 있겠다는 생각이 들었다. 그러나 혼조는 야요이를 위해 그러길 바랐다.

야요이가 허탈한 심정으로 현관에 나왔을 때는 마침 도오루가 택시를 타고 저만치 달려가고 있는 때였다. 그녀는 고개를 옆으로 이리저리 흔들며 어금니를 꽉 물었다. 그 순간 준주를 떠올렸다. 분명 그녀에게로 달려가고 있을 것이다. 야요이는 가슴에 간직한 소중한 보석함을 통째로 도둑맞은 듯 허탈한 심정의 눈물이 방울져서 흘러나오고 말았다.

도오루는 택시에서 내려 새 건물 안으로 들어가 단숨에 준주의 현관 앞에 멈췄다. 몇 번인가 초인종을 눌렀으나 안으로부터 기척이 없는 것으로 보아 분명 그녀는 없다.

복도에 나 있는 창문으로 아래를 내려다보니 방금 택시에서 모리 순사가 내리면서 위를 올려다보고 있다. 도오루는 그 자리를 모면하고 싶다. 빠른 걸음으로 계단을 뛰어올랐다. 넓은 옥상으로 나가 보니 다행히 옆의 건물과 옥상이 나란히 붙어 있어 그리로 훌쩍 넘어갔다. 그러고는 비상계단을 타고 소리 없이 뒷문으로 내려가 골목으로 몸을 숨겼다. 그러나 어쩐지 직감적으로 들켜 버린 것만 같다. 준주에게 새 집으로 오지 말라고 기별해야만 한다. 그는 아카사카 쪽으로 발길을 옮기다가 달려오는 택시를 향해 서라고 소리를 내질렀다. 택시가 급히 멈추자 비호처럼 차에 올라탔다.

행사는 무르익고 있었다. 사치와 혼조는 서로 특별한 관심이 있는 듯 시선을 자주 마주쳤다. 사치는 진석의 일로도 혼조에게 나쁘게 보일 필요는 없다. 되도록 그에게 친절하게 대해 가수로서의 위상을 한층 더 올리는 편이 나았다. 진석의 입대를 생각할수록 진작에 서둘러 진석을 해외로 피신시켜야 했는데 자신이 좀 더 서둘렀어야 했다는 거듭되는 후회가 가슴을 뜯고 할퀴었다.

호텔로 돌아온 도오루는 일본 황실과 가까운 친척인 야요이의 어머니와 이야기를 나눴다. 그녀 옆에서 혼조와 사치 사이에 오가는 상업적인 시선을 자신의 몸으로 감춰 주었다. 그들의 시선이 야요이의 어머니에게 오해를 불러일으킬 것 같아서다. 진석이 허무하게 붙들려 간 처지라 사치가 <술은 눈물인가>를 저토록 구슬프게 부른 거 같아 도오루는 가슴이 무거워 온다. 진석이 강제로 끌려간 것을 떠올리기만 해도 속이 뒤집히는 듯해 야요이와 마주 서고 싶지 않았다. 도오루는 진석과 약속했던 몇 가지들을 생각했다. 진석이 맛보았을 배신의 쓴맛에 도오루 역시 풍선처럼 터질 듯 가슴이 저려 온다.

　　"참, 깜빡 잊었습니다. 그리고 보니 준주가 못 오는 사연이 있어요."

　　현서가 마침 도오루 곁을 지나다가 생각이 났는지 말했다.

　　"무슨 일이라도 생겼습니까?"

　　급히 묻는 도오루에게 느껴지는 그녀에 대한 애착심이 현서에게는 달갑지 않다. 현서는 자기 말고 다른 이성에게 준주를 빼앗기는 기분이 든다. 도오루가 이토록 준주를 사랑한다는 사실을 인정하기 싫고, 그것이 자신을 왜소하게 만드는 것만 같다.

　　"대구에서 제 어머니가 오셨습니다."

　　"예? 언제요? 그런 말은 없었는데 말입니다."

　　현서의 어머니라면 그녀의 유모가 아닌가 하고 도오루는 생각한다. 뜻밖의 소식이다. 그렇다면 5년 만에 만난 유모와 함께 보내기에는 시간이 모자라는 밤이 될 것이다.

　　도오루와 현서는 복도로 나란히 나왔다. 준주를 매개로 그들은 서로를 잘 알고 있다. 잠시 침묵이 둘 사이에서 흘렀다. 자신을 소중하게 여기는 도미요가 바로 도오루의 누나가 아닌가 생각하며 현서는 묘한 미소를 짓는다.

"오늘 오후에 교토에서 올라 오셨어요. 도쿄역에서 준주를 만났는데 지금 집에 함께 있어요. 갑자기 연락할 사이 없이 대구에서 오신 거라 준주도 놀랐거든요."

"집안에 일이라도 생겼습니까?"

"무슨 볼일로 오신 거 같은데 자세히는 몰라요. 제겐 말씀도 안 하십니다."

"혹시 준주 씨에게 일이라도 생긴 걸까요?"

도오루는 안타까웠다. 감정을 숨기고서 무표정으로 물어야 했다. 샹들리에 불빛 아래서 그들은 같은 생각들을 하고 있었다.

"아, 준주 씨가 새 집으로 가면 안 될 텐데. 모리가 알고 있습니다."

도오루는 현서의 눈을 주시한다.

"그래요?"

도오루는 준주 걱정으로 조여들던 마음이 한결 풀리는 것만 같았다. 5년 만에 유모와 해후를 맞는 준주를 상상해 보았다.

도오루가 다시 복도에서 홀 안으로 돌아왔을 때 아우도리 사치는 노래 <술은 눈물인가>를 열창하고 있다. 그런데 이 노래가 상상외로 사람들을 흥분시킨다. 홀 안의 사람들은 다 함께 사치의 노래를 따라 불렀다. 전쟁이라는 테마에 이별이라는 공통분모가 한 가슴으로 하나가 되어 모두 열창하고 있다.

어디선가 야요이가 다가왔다.

"오빠, 나 갔으면 좋겠어. 다른 데 가자. 아까 어디 다녀왔지? 어딘데?"

야요이는 도오루가 잠시 자리를 비운 것에 대해 속이 타서 거듭 묻는다. 아버지가 사위라고 선포했는데 하필 그때를 피한 도오루의 속마음을 알고 싶었다.

"오빠, 나 진짜 살고 싶은 마음 없다. 나도 하루 곁으로 갈까 봐."

"그래그래, 여기서 나가자. 영문도 모르면서 왜 화가 났을까 우리 공주가?"

야요이의 두 눈이 축축하게 젖어 들고 있다.

"오빠, 내게 꼭 이래야만 돼? 나를 환자로 만들고 있잖아."

"야요이, 정신 좀 차리자. 난 그냥 오빠야. 너에게 더없이 좋은 친오빠 같은 오빠라구. 야요이, 나에게 굴레를 씌우지 마라. 알겠니?"

도오루는 내심 걱정이다. 야요이가 다시 사촌을 시켜서 준주가 졸업과 의사 자격시험까지도 보지 못하도록 심하게 방해할 것은 불을 보듯 뻔한 일이다. 비위를 건드리는 공연한 말을 했나 싶었다.

"오빤 나를 의심하지? 내가 준주 씨 학교에서 준주 씨를 괴롭히도록 시키고 따돌리게 만든다고. 난 그런 적 없어. 믿는 거지?"

야요이는 어깨를 들썩거리며 뺨을 타고 두 줄기의 눈물을 뚝뚝 흘렸다.

도오루는 야요이가 썼던 엽서를 생각했다. 시세이도 화장품 회사에 보내려 했던 투고 엽서였다.

"난 너에게 따지지 않았는데, 아무 말도 하지 않았는데, 어떻게 죄다 알았지?"

"에? 뭐라고?"

"요쌍! 날 봐. 그냥 둬. 날 구속하지 마라!"

도오루는 야요이가 측은하고 가엾다. 마음 한구석에도 자기를 여성으로 털끝만치도 생각하지 않는 남자를 미래의 남편으로 만들려 하는 야요이, 무던히도 애착심을 버리지 못하는 그녀가 가련해 보인다.

"오빠. 내가 시킨 적, 없다구요."

그녀가 볼을 찡그리며 그쳤던 눈물을 다시 흘렸다.

"준주 씨를 좋아하고 있는 거지?"

"아니."

도오루가 단호히 대답을 했다.

"그래? 난, 지금까지 오해하고 있었잖아."

야요이는 도오루가 내미는 손수건을 받아서 코를 팽 풀었다.

"진정해, 야요이. 넌 왕실 학교 '각구쇼잉 학습원(왕족들만 다니는 학교)' 졸업생이야. 우아한 자세를 잃지 말아야지."

야요이를 달래야 할 것 같았다. 자칫 그 불똥이 준주에게 떨어질 것은 뻔한 이치다.

"오빠. 나도 모르겠어. 정말야. 마음이 왜 이러지? 진정이 안 돼."

"야요이?"

그녀는 도오루의 손수건으로 볼을 훔쳐 댔다. 어깨를 들먹이며 울어서 검은 마스카라 자국이 볼 위로 얼룩져 내려온다.

"야요이, 잘 들어. 오빠는 준주 씨를 좋아하는 게 아니라 사랑해요."

도오루는 그녀의 성미를 잠재워야 하겠지만 진실만은 밝혀 둬야 준주가 당당히 설 것 같다. 자신의 의견이 불분명하면 주위에서 해를 끼친 것이다. 명확히 말을 해 줄 필요가 있다.

도오루는 눈물을 닦아 내고 있는 야요이를 그대로 남겨 두고 그냥 나가 버렸다. 뒤돌아서는 도오루로부터 찬바람 냄새가 확 하고 야요이의 어깨를 밀쳐 냈다. 그 힘에 그녀는 한 발자국 뒤로 물러났다.

야요이는 자동차 속으로 뛰어들어 가고 싶은 충동이 일었다. 더 이상 살고 싶지 않았다. 도오루의 고백을 듣는 순간, 모든 것을 준주에게 빼앗겨 버림받았다고 느끼는 것이다.

9 　전염병에 걸린 진석

　　　　　　　　　　혼조는 씁쓸한 얼굴빛으로 신문을
무릎 위에 내려놓았다. 신문에는 베르린 올림픽 경기에서 마라톤 선수로
뛴 손기정이라는 조선인 유니폼의 가슴에 단 일장기를 지워 버린 사진이
실렸다. 여전히 조선인들은 일본에 팽팽히 맞서고 있다. 혼조는 침묵의
전쟁을 말살하듯 고개를 설레설레 흔들며 식은 차를 후루룩 마셨다. 그
러고는 입맛을 쩝 다신다. 도오루의 부탁이 잊히지가 않는다.

　　혼조는 부하에게 입대자들에 대한 명단과 보고서를 가지고 오라고
일렀다. 몇 권의 보고서를 뒤지고 넘기니 장진석이라는 이름을 결국 찾
아냈다. 그러면서 도오루를 떠올린다. 어제 파티에서 도오루가 야요이
와 의상을 짝 맞춰 입어 준 배려가 너그럽고 늠름해서 더욱 믿음직스럽
다. 그가 사위로 자격이 있다는 확신도 깊어졌다.

　　하지만 미래 혼조 장군의 사위가 샴페인을 터트려 달라고 선포했을
때 도오루는 어디로 갔는지 찾을 수가 없었다. 잠시 자리를 비울 수도
있다고 위안을 삼을 수밖에 다른 도리가 없다.

근래 한창 인기 상승인 젊고 발랄한 최고의 여자 가수 아우도리 사치를 소개받은 행운은 기대 이상이었다. 흥을 돋아 행사를 잘 치르도록 이끈 최고의 숨은 공로자인 아우도리 사치가 아닌가. 그녀가 없었다면 파티 자체가 전쟁터로 청년들이 많이 보내 달라는 것과 경제적으로 뒷받침해 달라는 호소로 침울했을 것이다. 한마디로 빈틈없이 짠 서막을 잘 치른 셈이었다. 전방의 젊은 군인들의 사기를 북돋기 위해서 아우도리 사치의 위문공연이 반드시 필요하다는 생각도 들었다.

혼조는 명단을 들고서 곰곰이 생각했다. 장진석을 만주 초입까지만 가도록 담당자에게 발령을 내라고 따로 각별히 지시를 했다. 그런 다음에 조선 반도에서 아무도 모르게 장진석을 후방 의무대로 교체해 주리라고 혼조 그 자신만이 세운 계획을 품는다. 그런데 이상하게도 장진석이 지금 부대 내에 없다는 전갈이 왔다. 지시를 내리기 전에 이미 떠난 듯했다.

다시 연락이 온 것은 서너 시간 후였다. 뜻밖에도 혼조는 진석이 육군병원에 입원하고 있다는 전갈을 받았다. 전선으로 나가 있어야 할 청년이 왜 병원에 있는가. 전 부대에 급속히 번지고 있는 전염병 발진티푸스에 걸려 외부 출입을 금하는 입원실에 경리되어 있다는 비보였다. 때문에 전선으로 출발하는 군인 명단에서 제외됐다는 군의관의 보고를 받게 된 것이다.

근래 부대에서는 발진티푸스가 유행이다. 쥐로 인해 전염이 됐는데 걸린 병사들 90퍼센트가 심한 설사와 구토로 2~3주 내에 목숨을 잃을 수 있는 무서운 병이다. 처방 약을 제대로 알지 못해 많은 병사들이 구토와 설사에 시달리고 물만으로 근근이 연명하고 있어 혼조는 크게 근심하고 있었다. 젊은 청년들이 조국을 위해 왕성한 혈기를 발휘하기에 앞서 전염병으로 기가 꺾이고 목숨을 잃고 있다니 기가 막힐 노릇이다. 진석마저 전염병에 걸렸다는 무거운 소식에 마음이 쓰였다.

혼조는 더 불행하기 전에 가족을 불러 진석과 마지막일지도 모르는 면회를 하도록 조치를 취했다. 도우루가 자존심을 내려 두고서 어렵게 부탁을 한 데에는 그만한 이유가 있을 터다. 하필 진석이 전염병에 걸렸다니 혼조는 난감한 표정으로 이마에 내 천 자가 짙게 그려졌다. 더구나 청년들이 입대하면 전염병에 걸려 오가지도 못 한다는 입소문이 번진다면 이것 또한 걷잡을 수 없는 군의 손실이며 나라 전체의 큰 손해가 될 것이라는 계산으로 머리가 무거워졌다.

젊은이들을 건강하게 돌봐야 하는 것이 군부대의 의무인데, 혼조는 자책했다. 부대 내의 철저한 위생처리에 미처 신경을 쓰지 못한 위생병들과 그 상관들을 집합시켜야 한다는 생각으로 전화 다이얼을 돌리라고 사병에게 명령을 내렸다.

대학 교정은 젊은이의 물결로 싱그럽고 즐거움이 가득한 분위기다. 조선 반도로부터 온 여자 유학생 두 명은 간간이 준주를 찾아와 조선의 소식을 전해 준다. 그들은 준주와 같은 대학에 다니는 후배들로 진석의 징용 소식에 대해 묻기도 한다. 그러면서 반도로 보내야 할 비밀 소포들을 모았다가 믿을 만한 사람들의 편에 보내 당사자가 받을 수 있도록 기여를 했다. 또한 대학 생활의 불편한 점과 일본인들에게 받는 차별 대우들을 낱낱이 적어 가곤 했다. 그러나 오늘은 달랐다.

"준주 언니, 평양에서 학생들이 신사 참배를 할 수 없다고 학교 측에다가 항의를 했는데 일본이 학교 문을 닫으라고 학교 측과 상의 없이 명령을 내렸대요. 이 소식 들었어요?"

그들은 눈을 동그랗게 뜨고서 입을 좀처럼 다물지 못하며 울화로 두 발로 바닥을 치며 동동거렸다.

"그럼. 알고 말고! 그 정도로 강압적일 줄은 몰랐어. 평양 숭의와 숭실학교."

"우리 모교야, 언니. 모교 학생들은 특히 자기들 주장이 똑바르고 강하거든."

그녀는 불만이 한두 가지가 아닌 듯 눈을 부릅떴다. 일방적인 제지와 터무니없는 간섭에 속을 부르르 끓이고 있는 것이다.

"우린 이제 조상의 성도 버리고 다 일본식으로 갈았으니까. 일본은 조선에게 부모의 뿌리를 없애자는 거지. 일본이 우리에게 조상이라는 거야. 일본은 단군이 무슨 역사의 시원이냐며 곰에서 나왔다고 추하다는 거예요. 그러면서 단군상들을 전부 부숴 버리고 신사 참배하라며 강제로 절하게 하려나 봐요."

그녀는 입술을 비죽거렸다.

"난 그대로 장준주 이름을 사용하는데. 이름을 송두리째 갈기 싫다고 주장을 말하고 그 이유를 서류로 써서 제출했어. 조상이 지어 준 이름이라 내가 함부로 못 바꾼다고 했지."

"언니, 이름 바꾸면 배급표를 받는다는 거 모르지? 쌀이며 비누, 설탕까지도 배급이 그 자리에서 바로 나온다니까 이름을 바꾸긴 했는데. 사실, 좀 더 깊이 생각을 했어야 했지만 배도 고프고 동생들이 줄줄 있는 형편에 생활에 당장 필요한 생필품을 준다니까 미래를 생각할 여유가 없었지, 그만."

"보통 형제들이 예닐곱 명씩 있는 집들은 이름을 바꾸고 일본인이 되면 배급표를 받아 양식 걱정 없으니 세상이 달라 보인다고 하시던데. 우리 엄만 배가 불러야 애국심도 나오는 거래."

고개를 끄덕이는 후배들의 표정들이 어둡고 기약 없이 침울했다.

준주는 날이 갈수록 힘이 졸아드는 조선 반도를 생각하면 어깨가 한없이 축 늘어졌다. 앞으로 무슨 변고가 나타날지 불안하다. 유모에게 슬쩍 흘리는 말로 듣긴 했다. 소문에는 학교에 다니지 않는 여학생들을 불러 모아 도쿄의 화장품 공장에 가서 일하면 배급뿐만 아니라 후한 공장의 월급도 고국 집으로 보낼 수 있다고 사탕 바른 손짓을 했단다. 시집을 가려고 기다리던 많은 소녀들이 돈을 벌어서 부모의 도움 없이도 출가를 하겠다고 도쿄로 따라왔다는 소식도 심심찮게 들려왔다.

"언니야 쉬쉬. 그 애들은 더 많은 돈을 집으로 부쳐 준다는 꼬임에 빠져 저 만주나 북간도로 보내진다네. 군부대로요."

"도쿄까지 오는 연락선 뱃삯도 무료에다 공장에 취직을 시켜 주고 먹여 주며 재워 준다는 소식에 신바람을 일으키고 있어. 그렇게 많이들 현해탄을 건너온다는 거지. 지금."

"그런데 그게 알 사람은 다 아는 묘한 함정이야."

오고가는 대화를 조용히 듣고 있던 또 한 여학생이 거들었다.

"……."

준주는 눈만 껌뻑였다.

할 말을 잃어버린 준주는 민족이 갈 길을 잃고 대책 없이 허물어지는 것 같아 깊은 슬픔의 뿌리가 뽑히는 것 같아 침울하기만 하다. 진석 오빠가 입대하기 전에 신사 참배에 대해 불공평하다고 울분을 멈추지 못하던 기억이 새롭다. 전쟁을 원하지 않는 조선인까지도 일본 사람이 되었다고 강제적으로 신사에 참배를 하게 하는 저의가 무엇인가를 물어본들 지금은 확답을 얻지 못한 채 웃음거리가 되어 가고 있다. 이제 남은 것이라곤 아무것도 없고 산에 송진 있는 나무조차 다 캐서 벌거숭이 붉은 흙 땅만 있다고 외쳤던 진석 오빠다. 그의 두 눈 속에는 내 것을 묻지도 않고 강제로 빼앗긴 분함이 가득 들어 있었다. 용암을 품고 있는 활화산처럼 폭발 직전이었다.

두 여학생들은 식당 쪽으로 사라지고 암울한 현실 앞에 선 준주는 도오루와의 약속 장소로 가는 동안 무거운 발걸음을 뗐다. 마음이 아리고 답답하다. 도오루에게 풀리지 않는 문제들을 털어놓고 따져 본들 그가 해결할 수 있는 문제도 아니다. 서로 처해 있는 시대의 입장과 상황에 마주 보며 한숨만 내쉴 뿐이다.

지난번에도 도오루는 준주의 양손을 붙잡으며 오빠 일로 어찌하면 좋을까 하고 고개 숙여 사과했다. 그러고 있는 도오루를 보고 있을 땐 준주 역시 어디서 매듭을 풀어 마음을 달래야 할지 알 수 없는 불안에 눌려 슬픔에 젖는다.

준주의 쓸쓸한 마음을 아는 도오루는 눈언저리가 그늘져서 그녀를 바라보곤 한다. 두 사람은 분수대 주변 격조 있는 본관을 벗어나 부속병원동의 환자 대기실로 들어섰다. 도오루가 먼저 입을 열었다.

"혼조 장군에게서 들었는데……."

"알아요. 내일 오빠 면회를 갈 거예요. 저와 유모는 물론이고 모두 충격을 많이 받았어요. 발진티푸스라니요! 이해가 안 가요. 평소 오빠가 얼마나 건강했는데……. 오빠한테 이런 불행한 일이 일어나는 이유가 제가 실수를 해서인 것 같아요."

진석이 유년시절부터 주변에 베풀며 딱한 처지에 놓인 사람을 보면 몸을 사리지 않는 착한 인격이라는 걸 준주는 익히 안다. 그런 오빠에게 큰 불행이 닥치다니, 운명이 야속하기만 했다.

도오루는 진석의 일로 자책하는 준주에게 할 말을 잊은 채 잡은 그녀의 손을 놓을 줄 몰랐다. 어떻게 위로해 주면 좋을지 좀처럼 위로의 말이 생각나지 않는다. 피멍으로 부풀어 오른 듯한 그녀의 붉은 입술 위로 눈물이 젖어 들고 있었다. 진석은 그녀의 유일한 피붙이인데.

"이 세상 고민을 혼자서 다 안고 계시는 분 같아요."

눈물을 감춘 준주는 도오루의 뺨에 손을 가져간다. 가슬하게 자란 수염이 만져진다. 자신을 만나 겪지 않아도 되는 문제를 안고 심란해하는 도오루다.

"잘 견딜 수 있겠소? 병실에서도 그렇고 강의실에서도 곤혹을 겪고. 말 안 해도 다 알아요. 게다가 오빠가 큰 걱정일 텐데. 마음 단단히 먹어야 해요. 준주!"

도오루는 혼조에게 들은 대략의 상황 이야기를 도저히 준주에게 말할 수가 없었다. 준주는 유모가 와서 기쁨과 동시에 이별을 준비해야 한다. 도오루는 즐거움과 슬픔이 반복되는 삶을 담담하게 받아들일 수 있는 바다 같은 의식만 있다면 불행할 것도 없다는 생각이 든다. 하지만 시시때때로 감정을 느끼는 것이 사람이다. 게다가 타국에서 목숨이 위태로운 오빠를 두고 무덤덤하라고 말할 순 없는 노릇이다.

사춘기 시절에 어머니를 여의었던 자신을 생각한다. 쓸쓸했던 시간이 많이 흐르고 뜻밖에도 준주를 만나 허전함을 떠나보내고 어느새 활력을 얻었다.

"오빠가 위독하대요. 사치가 말해 줘서 알았어요. 사실 사치는 오빠를 미국에 보내려고 밀항 준비를 다 마친 상태였는데요. 배표까지 들고 이제 곧 떠날 수 있는데. 간발의 차이로 강제 입대만 피했다면……. 오빠를 사랑하는 행자도 너무나 허망한가 봐요. 나 때문에 야요이의 질투로 그 대신 오빠가 희생된 것 같아요."

"야요이는 아직 철이 없어요. 오빠는 아직 포기하지 맙시다. 생명이 그리 호락호락하지 않아요. 더구나 청년이잖소. 자, 기대하며 면회를 가야지요."

"나 때문에……. 오빠를 어찌 봐야 할지 모르겠어요."

깊은 숨이 입을 열 때마다 밀려 나왔다. 준주는 도오루가 그 소리를 들을까 봐 혀끝을 꽉 깨물 수밖에 없었다.

도오루는 진석이 강제로 후송된 직후 부대로 면회를 갔으나 친 가족이 아니라서 거절당했다. 그 이후 준주와 유모가 면회를 갔다.

같은 해 4월 봄날, 신주쿠의 육군학교 옆으로 나란히 있는 육군병원 벽돌 건물은 따뜻한 봄기운을 받고 있었다. 작고 가녀린 담쟁이덩굴이 파릇파릇 생명력을 잃지 않고 병원의 붉은 벽을 타고 새싹이 움트고 있다. 유모는 그 건물을 힐긋 올려다보았다. 한낱 풀도 안간힘을 다해 담벼락을 찰싹 기대 올라가는데 하물며 사람의 생명은 더욱 모질 것이라 여겨져 한 가닥 위로가 된다. 도오루와 행자도 미리 와서 기다리고 있다.

두 명의 병사가 기다리고 있는 대기실로 마스크를 하고 나타났다. 그들은 빈 바구니와 무명 가운을 내밀었다. 소지품은 바구니에 두고 무명의 가운을 입으라고 한다. 준주와 유모는 덜컹 겁이 났다.

"아기씨. 이게 무슨 날립니꺼. 와 이래예? 무시라."

유모의 작은 목소리다.

"준비가 되었으면 이리로 따라 오시지요."

여자 간호원이 앞장을 섰다. 유모를 부축해 긴 복도를 따라 걷는 준주의 다리가 벌벌 떨고 있다. 발이 잘 떼어지지 않는다. 마치 시간이 뒤로 밀리듯, 정지되는 듯한다.

그들은 복도 끝의 병실 문을 열고 들어갔다. 분위기가 착 갈아 앉아 고요하다. 몇몇 간호원은 잰걸음으로 병실을 들락거렸다. 약물 냄새가 코를 찔렀다. 준주는 마스크를 다시 고쳐 쓰고 유모의 것도 만져 줬다.

환자 서른 명이 들어갈 수 있는 병실이다. 준주는 진석의 병이 중한 질병임을 직감했다. 간호원이 한 침대로 안내를 했다. 유모와 함께 떨리는 마음으로 진석의 침대 곁으로 갔다. 면회 가능 인원이 제한되어 있어 도오루와 행자는 병실 밖 복도에서 기다렸다.

"도련님, 유모구마. 눈 좀 떠 보소. 우짠 일로 이래 살이 여볐는교. 어이?"

"오빠, 준주 왔어요. 준주요."

준주는 진석을 보자마자 충격으로 유모의 어깨에 얼굴을 묻고 말았다. 해골처럼 마른 진석이 눈을 감고 죽은 듯이 누워 있는 것을 본 준주는 충격으로 말을 이을 수가 없었다.

"오빠……."

"아이고, 우야꼬! 이게 무슨 일인교? 도련님, 눈을 좀 떠 보소, 야?"

유모가 울며 진석을 크게 부른다. 준주의 목소리를 듣고서도 진석은 눈을 뜨기가 버겁다.

"준주야."

"오빠야."

"우리 사과 따 먹자. 한 번만 비이 물었으면······. 우리 집 사과나무 그거······."

진석의 목소리가 들릴 듯 말 듯해 준주는 귀를 가까이 가져갔다.

"한 달 동안 밥 한 술 못 먹고······. 설사가······ 나고. 좀 먹고 싶다."

"오빠, 알았어. 말하지 말아요. 힘든데. 물 먹여 줄까? 자, 여기. 입을 크게 벌려야지."

준주는 손이 떨려 와 물 잔을 제대로 들 수가 없었다. 숟가락으로 물을 떠 천천히 진석의 입에 가져갔다. 목에서 꼴깍 하고 넘기는 소리가 병실에 울렸다. 물 한 잔을 다 받아 먹는다.

샘골 계수나무 숲이 우거진 아래로 만석꾼인 장 진사의 아흔아홉 칸 대가, 산초나무가 울타리를 장식한 뒷마당에는 사과나무와 감나무가 버티고 있었다. 해마다 가을이면 붉은 사과들과 주홍빛 감들이 주렁주렁 열렸다. 진석은 양편으로 쩍 갈라진 시옷 자 사과나무 가지 위에 올라가 사과를 따서 땅바닥으로 떨궜다. 그럴 때면 유모는 사과에 준주가 맞을까 봐 두 팔로 준주를 꼭 껴안았다. 놀러 온 행자 역시 사과나무 위에 올라가 동요를 연거푸 불렀다. 무서운 줄도 모르고 나무를 타고 올라간다며 혼쭐을 내는 이가 준주 외할아버지인 장 진사였다.

"쟈들이 사과나무, 다 직인데이. 진석아이! 니 이 곰방대로 맞아 볼래? 니 떨어지면 빙신 되는 기라. 방으로 썩 들어오니라."

장 진사는 곰방대를 뻐끔거리다 댓돌에 담뱃재를 탕탕 두들겨 털어 내고서야 잠잠했다. 진석은 할아버지 방에서 꿀에 버무린 쌀강정을 두 손에 가득 담아 헤헤거리며 나와, 준주와 행자에게 애를 태우면서 조금씩 나눠 주었다.

그때도 유모는 인심이 좋아 집으로 돌아가는 행자에게 한 아름 홍옥을 보자기에 싸서 들려 보냈다.

"어무이 드리라. 니 목청을 장닭보다 더 잘 만들어 주신 어무이한테 감사해야 되는 기라. 알겠제, 행자야?"

유모는 행자의 어깨를 다독여 주며 다정다감하게 말했다.

아삭거리고 물이 많고 달기로 소문이 난 장 진사네 홍옥이었다. 향긋한 홍옥 냄새를 겨우내 뒤주 위에 올려 두면 그 사과 향이 집 안의 마당과 안채를 온통 휘감았다. 서까래에도 사과의 향내가 스며 이듬해 장마철까지 남아 있었다.

행자와 도오루가 복도에서 기다리다가 병실로 들어왔다. 행자는 진석을 보고 놀라 이내 두 눈에 눈물이 가득 고여 든다.

"오빠, 와 이카노. 일어나야제. 흑흑."

"행……자야야."

진석의 눈물이 귀밑까지 길게 흘러내린다. 유모가 흰 손수건을 꺼내 진석의 얼굴을 훔쳐 주자 진석이 찡그렸다. 진석은 제대로 말하는 것조차 어려워 괴로워했다.

"도련님, 말하지 마소. 내일 사과 갈아 가지고 올 기요. 일어나야제, 고만……."

유모는 말을 잇지 못했다.

"오빠, 여기 물 또 있으니 입을 벌려 봐."

진석은 입술이 딸기처럼 빨갛게 부풀어 있었다.

"오빠, 정신을 놓으면 안 돼요."

간호병과 준주의 두 눈이 마주친다. 면회를 이제 끝내야 한다는 것을 말없이 전했다.

"내일 사과 가지고 올게요."

"도련님, 우짜든지 정신을 놓아선 안 되는 기라요. 알겠는교. 명심 또 명심하소이."

창백해진 준주는 병실 문을 열고 일행을 먼저 복도로 보낸 뒤 다시 돌아와서 진석의 가슴에 얼굴을 파묻었다.

"오빠, 오빠, 꼭 살아야 해!"

준주는 또렷한 조선말로 말했다.

"살아야 해!"

진석은 흐느끼는 준주의 머리를 쓸어 주고 싶어 손을 움직였으나 힘이 없어 그저 바르르 떨고만 있다. '난 이제 틀렸다.'고 말하는 듯했다. 턱을 겨우 좌우로 느리게 움직였다. 준주는 시야가 흐릿했다.

막 복도로 달려온 현서는 마스크와 면 가운도 입지 않고 간호부장으로부터 환자의 경과를 낱낱이 들었다.

모두 육군병원 현관 앞의 뜰로 향했다. 봄 햇살이 내려앉은 벤치에서 준주를 달래던 유모가 현서를 바라보며 눈시울을 누른다.

진석은 부대에 들어오자마자 만주 초입으로 배정이 되었으나 그곳까지 가기에는 건강 상태가 썩 좋지 않았다. 호전될 때까지 육군병원에서 잠시 입원해 검사를 받다가 거기서 유행성 발진티푸스에 걸린 것이었다.

설사, 그리고 탈수와 더불어 먹을 수가 없어 이어지는 영양실조가 큰 원인이었다.

무엇보다 꿈과 희망을 놓친 것이 이유인지도 모른다고 준주는 생각해 본다. 행자의 귀화로 방황한 시간들이 함께 지향했던 이상을 향한 열정을 포기하도록 한 것인가 하고. 가장 두드러진 원인은 진석의 건강 상태였다. 그동안 쫓기는 몸으로 정상적인 생활은 커녕 규칙적인 식사가 어려웠다.

병원 정문 앞에 자동차를 대기시키고 있던 혼조 장군의 기사 사병이 행자에게 달려와서 귓속말을 했다.

"사치 씨를 모시고 오라고 하십니다."

행자는 온몸으로 슬픔이 번져 와 기사 사병의 말이 들리지 않았다.

어디서 날아왔는지, 하얀 나비 한 마리가 긴 허공을 가로질러 날아와 그들 앞의 땅바닥에 한동안 앉아 있다가 느리게 날갯짓을 하며 날아간다.

준주는 새벽에 불길한 꿈을 꾸고 벌떡 일어나 부엌으로 나와 따끈한 차를 끓였다. 그러고는 부엌 창가에서 기르고 있는, 작은 생명들이 움트고 있는 화분들 위로 물을 준다.

생명이란 과연 무엇인가. 산모는 진통의 고통을 또 다른 생명을 낳는 기쁨과 만남의 설렘으로 이겨 낸다. 오빠 진석의 고통은 무엇을 의미하는 것인지 알 수가 없다. 마치 죽음이 드리워진 진통을 바라보는 듯하다. 이런저런 생각을 하던 준주는 새벽에 꾼 끔찍한 꿈이 생생하게 떠올라 소름이 끼쳤다.

"준주 아기씨예, 양말 신어야지예."

유모는 준주의 양말을 들고 와 신겨 주었다.

"왜 이리 일찍 깼는교?"

"유모……."

김이 나던 찻잔이 식고 있다.

"이 차 한 잔 드시면서 천천히 말해 보소."

유모는 찻잔을 들어 준주의 가까이 가져갔다. 유모의 눈에는 준주가 아직도 아기로만 보였다.

"새벽에 꿈을 꾸었는데 유모, 간호 병사가 오빠의 팔에 주사를 놓았어요."

"주사를요? 무슨 영양 주사였는교?"

"주사기가 비어 있었어요. 공기가 든 주사기."

준주는 심란해 말을 입 밖으로 내는 것조차 불길해진 준주는 으스스 몸을 떨었다.

그날 준주는 홍옥을 사 들고 왔다. 다음 면회를 갈 때 사과를 갈아 가져갈 참이었다.

"준주 아기씨, 고마 마음을 넓게 가지소. 어려운 세상에 가는 사람, 오는 사람 다 지 운명대로 살아야지, 제발 좀 들어 보소."

유모가 부엌에서 달그락 소리를 내고 있는데 주인아주머니가 현관문을 두드렸다. 그리고 준주의 이름을 불렀다. 문을 열고 들어오라던 준주는 아래층으로 내려가 부대에서 걸려 온 전화를 받았다. 그러고는 그 자리에 털퍼덕 주저앉고 말았다. 뒤따라 내려온 유모가 준주를 일으켰다.

휴일, 새벽부터 유모는 현서와 오가와 부부에게로 떠났다. 그동안 객지에서 준주를 가족처럼 살펴 줘 고맙다는 인사를 진즉에 하고 싶었기 때문에 현서를 앞세워 아키타로 갔다. 그러나 준주는 졸업시험이라 함께 갈 수가 없다.

저녁에 집으로 돌아온 준주는 화분에 물을 주면서 말했다.

"열심히 살아야 돼. 우리 오빠 몫까지."

애태우며 속삭였다.

오빠를 생각하며 눈에 띄는 살아 있는 모든 생물에게 이렇게 말해 주고 싶다. '살아야 해.'라고.

후드득 빗소리가 조금 열린 창문 틈새로 들려왔다. 이미 어스름도 깊숙이 스며들었다. 준주는 여린 생명을 담고 있는 화분에게 부는 찬바람을 막아 주고 싶었다. 자기만 믿고 바라보고 있는 말 없는 작은 생명들이다. 수많은 인간들이 죽어 가는 이 전쟁 속에서도 묵묵히 자기만의 고유한 줄기를 뻗어 가는 가녀린 풀잎들의 꿋꿋한 삶은 비록 식물이긴 하지만 기특하다.

준주는 언제 터질지 모르는 야요이 사촌 언니 기미코의 해코지가 날을 세우며 자기에게 눈을 부라리고 있는 이상 졸업 때까지는 살얼음판을 걸어야 한다. 생명력이 질긴 초라하고 조그만 화초들이 부담을 느끼고 있는 준주에게 말 없는 스승이 되어 주고 있는 것이다.

　　　　　　　　　　쿵쾅하고 힘주어 문을 두들기는 다
급한 소리가 거슬린다. 낯선 소리다. 도오루에게는 열쇠가 있었고, 주인
아주머니라면 이름을 불렀을 테고, 행자라면 조용히 노크했을 터다. 불
길하다. 집이 빈 것처럼 보이게 보안을 해 두었는데 어떻게 알았을까.
알고서 두드리는 그 소리 무게에 누구인지 확인을 해야 한다.

　　"누구시죠?"

　　"열어 보면 아십니다."

　　언젠가 듣고도 귀에 담기 싫던 말투다. 모리 순사다. 가족이 상을 당
해 경황이 없지만 대면하자고 결심한다. 더욱이 모리가 아닌가. 이젠 더
이상 아무런 아쉬울 게 없다.

　　군대에서는 진석을 상병 계급으로 훌쩍 뛰어넘어 장교 신분에서 전
사한 것으로 처리했다. 하지만 사실 진석은 급성 전염병으로 병사했고
시신을 유족에게 보여 주지도 않은 채 서둘러 화장해 버렸다. 뿐만 아니
라 군대는 훌륭한 전사의 명예 앞에 억울한 죽음을 당한 것처럼 통곡해

선 안 된다며 이중적 슬픔을 줬다. 절대 눈물은 보이지 말라는 한 병사의 조언은 유족들의 가슴에 꽂힌 비통하고 억울한 칼날을 더욱 세게 짓눌렀다. 준주는 이러한 한을 이겨 낼 유일한 방법은 어떻게든 살아남는 것이라는 생각뿐이다. 오로지 살아 내야만 한다.

이제 진석 오빠도 원과 한을 품고 허무하게 떠났다. 모리와 당당하게 맞서야 한다. 생명을 가져가고서도 모자라는지, 아직도 우리에게 미련이 남는 일이 더 있는 것인지 생각하며 준주는 문을 열었다.

"준주 씨, 죄송한데 급해서요. 좀 도와주셔야겠습니다."

"돕다니요? 제가 도울 일이 어디 있나요? 오빠도 원대로 붙잡아가 놓고 제게 또 무슨 볼일이 있나요?"

"들어가도 되겠습니까?"

모리의 얼굴은 몹시 다급하고 초조한 기색이 역력하다.

준주는 태연한 척 이 고비를 잘 넘겨야 한다고 생각하며 그를 노려보았다. 떨리는 손으로 물을 끓이던 주전자를 힘주어 잡는다.

"아내가 애를 낳으려고 하는데 오늘이 휴일이라 병원은 모두 문을 닫았고 응급실은 응답이 없고 지금 한시가 급해서 염치 불구하고 이리로 뛰어왔습니다."

"아기가요?"

준주는 모리의 말을 어디까지 믿어야 할지 확신이 서지 않는다.

"믿기 힘드시겠지만 제게 만삭의 아내가 있어요."

준주는 이야기를 들으면서 자기도 모르게 왕진 가방을 손에 쥐었다. 안에 든 도구들은 미리 다 끓여서 말끔히 소독해 언제든지 사용할 수 있도록 준비된 상태다. 나갈 채비를 마쳤다.

잔잔했던 비가 기어이 굵은 빗줄기로 쏟아진다. 우산을 대충 받쳐 들고 무조건 모리를 따랐다. 한시도 지체할 여유가 없다. 모리가 원수라 도 그의 아내가 출산의 사투를 다투는 임산부라 생각하면 달려가야 한 다는 생각이 샘솟는다.

"어서 서둘러 가세요."

모리라는 순사는 찰거머리처럼 따라다니며 오빠를 괴롭혔다. 오 늘 밤에는 그를 믿고서 묵묵히 뒤따라가야 하는 혼돈의 상황이다. 발걸 음은 점점 빨라지고 불현듯 '의사는 특별한 사명을 가진자'라는 생각이 든다. 빠른 걸음으로 걷다가 언제부터인가 이미 뛰어가고 있다. 뛰면서 도 생각을 멈출 수가 없다. 생각할수록 그가 야비하고 그의 어깨를 총으 로 쏴 버리고 싶다. 열아홉 살에 연락선을 타고 이곳에 오는 날부터 자 신의 젊은 날들을 우울하게 괴롭히던 진딧물 같은 존재였다. 준주는 모 리의 뒷모습만 보면 속도가 느려진다.

"여기가 저희 집입니다."

그가 숨이 차서 말한다.

그러고 보니 같은 동네다. 오고 가며 준주가 있는 하숙집을 늘 지켜 보고 있었던 것이다.

산모에겐 1초가 매우 긴 시간으로 여겨졌을 터다. 방에서 신음 소리 가 새어 나온다. 모리가 그 문을 열었다.

"여보, 정신 놓치 마. 이제 안심해. 조금만 참으면 다 알아서 하시니 까 더 용기 냅시다. 자."

그는 의외로 아내에게 자상한 남편이다.

"자, 이것 갈아야지."

모리가 아내의 머리에서 물에 적신 수건을 걷어 냈다.

준주는 우선 손을 깨끗이 소독약으로 닦았다. 그리고 임산부의 불안을 진정시킨다. 가득 찬 불안을 믿음으로 유도해 탈진이 된 임산부에게 새 희망을 심어 줘야 한다. 새 생명과의 만남과 동시에 어머니로 거듭 태어나는 제2의 삶의 신비한 순간이라고 말해 주고 싶다.

"선생님, 이젠 힘이 안 나와요. 애긴 나오려고 하는데요."

"아기는 스스로 자기의 힘으로 나옵니다. 우선 침착하게 안정하시고 기다렸다가 절로 힘이 나올 때 아기와 같이 힘을 주시는 거예요. 지금 잘하고 계십니다. 이제 아기와 곧 만나실 테니 조금만 참으시고 침착하게 아기를 기다립시다."

준주는 자기도 모르게 말이 줄줄 나왔다. 임산부는 이미 조금씩 출혈을 하고 있는 상태다. 곧 아기의 머리가 보이면서 엄습하는 진통이 태아를 강하게 밀어내고 있다. 미끄러운 양수를 타고 작은 생명은 그렇게 탄생한다. 아기는 딸이다. 목에 탯줄을 둘둘 감고서 나왔다. 미끄럼을 타고 이생으로 빠져나왔다. 준주는 탯줄을 아기 목에서 풀어 주었다. 그런데 탯줄은 뛰었으나 아기는 울지를 않는다. 준주는 작디작은 두 발을 잡고 아기를 거꾸로 해서 볼기를 탁탁 두들겨 본다.

"으앵 으앵앵 으앵."

생명을 얻었다고 알리는 아기의 첫 노래가 작은 입에서 울렸다.

방금까지 1초의 시각을 다투던 죽음의 갈림길에서 순간 사라졌다. 발딱거리던 긴 탯줄이 점점 멈추자 정확하게 아기 배꼽으로부터 10cm가량의 여분을 두고 잘라 실로 꽁꽁 묶는다. 소독을 해서 스스로 배꼽에 붙인 후 볼록한 배를 중심으로 붕대를 두어 번 감았다. 준주의 손놀림이 빠르다. 그리고는 준비해 둔 보자기로 아기를 포근하게 감싸 두었다. 새파랗던 아기는 붉어지며 생기가 돈다. 준주는 차분하고도 신속하게 일을 처리했다. 그 때 방문이 소리 없이 사르르 열렸다.

"수고 많이 하셨습니다."

모리는 준주 쪽으로 꿇어앉아 허리를 굽혀서 고개를 낮췄다. 준주는 그가 들어왔는지조차 모르고 산모에게 온 정신을 곤두세우며 몰입했다. 잠시 산모는 정신을 잃었다. 준주는 한 생명의 탄생을 지켜보며, 오빠도 이렇게 태어난 소중한 생명인데 어느 부모가 전쟁터에서 자식이 죽기를 바라겠는가 생각했다.

'오빠, 이러면 안 돼. 뒤돌아보지 말고, 미련 두지 말고, 가세요. 이분을 놔두고 붙들지 마시고. 이 산모를 놓아 줘야지. 진석 오빠?'

준주는 고요히 속삭이며 오빠에게 빌고 또 빈다.

"감사합니다. 수고하셨어요. 이 은혜 평생 갚겠습니다."

모리는 다시 머리를 숙인다. 준주가 산모에게 집중하고 있던 터라 모리의 감사 인사가 귀에 들어오지도 않는다. 산모를 살려야 한다는 마음뿐이다. 그런데 자연적으로 빠져나와야 할 아기를 보호하고 있던 태반이 나올 기미가 전혀 없다. 열린 자궁으로 태반이 떨어져 나올 때 아기의 길 문이 닫히면서 동시에 출혈도 자연히 멈추게 되는 게 순리다. 하지만 이 자연적인 순환이 작동하지 않고 밖으로 배출해야 하는 태반 때문에 출혈이 점점 붉게 나온다. 준주라 해도 이것을 막아 줄 수는 없다.

산모가 잠시 정신이 드는지 아들인가 딸인가를 물었다. 준주는 축하한다며 딸이라고 말해 주었다.

"아들이 있으니 꼭 딸이기를 바랐는데, 선생님 감사드립니다."

문밖에서 인기척이 나면서 들어가도 되는지 묻는 굵은 여자의 목소리가 나직이 들려왔다. 산모의 친모가 병원을 찾아 여기저기 돌아다니다가 헐레벌떡 들어왔다. 땀과 비에 젖어 머리카락이 축축했다.

준주는 오물들을 잘 싸서 한군데 두고 산모의 친모에게 일렀다.

"산모가 목을 축일 국을 준비해 주세요."

"예, 예, 잘 알겠습니다."

준주는 아직 마음을 놓을 수가 없다. 태반이 자연의 순리대로 잘 빠져나와 주면 순산인데 상황이 그렇지 않다. 이러면 난산이고 산모가 출혈로 생명이 위태로워진다. 바로 자신의 친모도 태반이 미쳐 나오지 못한 채로 자궁에서 출혈이 멈추지 않아 목숨을 잃고 말았다는 사실을 체험으로 깨달았다.

'오빠, 여기 미련 두지 말고 좋은 곳으로 가세요. 모리를 보지 말고 날 봐서 두 생명을 도와주세요.'

출혈은 자정이 지나서도 멈추지 않는다. 그녀가 숨을 밖으로 내쉴 때마다 안에 고인 피가 밖으로 흘러나온다. 지금이라도 태반이 빠져나오면 피는 멎고 한시름 놓을 수 있다. 그러나 사태가 점점 심각하다. 이러다가는 산모의 생명은 위태롭다. 이부자리 아래까지 피로 물들고 있었다.

산모의 친모가 조심스럽게 들어왔다. 미역을 넣은 된장국과 밥을 준비해 왔다. 친모의 따뜻한 마음이 전달된다. 그녀는 산모에게 힘내라며 국을 숟가락으로 떠먹였다. 그러면서 수고한다는 말을 준주를 향해 고개 숙여 연거푸 말하고 ᅵ갔다.

그런데 준주는 산모의 친모를 어디서 본 듯하다. 아, 구로타 아주머니가 아닌가. 자기에게 와서 2천 원을 몰래 넘기고 변장을 하면서 사라졌던 그녀, 그리고 하숙집에서 진석에게 모리를 피하라고 손가락으로 미리 알려 주던 아주머니가 아닌가. 사위인 모리의 순사 일에 환멸을 느끼고 그녀 나름대로 글을 쓰며 약자나 조선 사람들을 위기에서 돌봐 왔던 바로 구로타 아주머니다.

"아주머니?"

"쉿."

그녀는 전과 같은 모습으로 손가락을 입에다 댔다. 이내 준주도 모른 척했다. 준주는 마음을 가다듬었다. 산모에게 안정을 주는 일이 무엇보다 필요하다는 생각이 들었다.

'오빠, 우릴 용서하고 떠나 줘. 현서 오빠도 그리고 도오루 씨도. 제발, 용서하고 마음 푸세요.'

준주는 내내 바라며 빌고 또 기도했다.

'오빠, 구로타 아주머니 알지? 우리를 꾸준히 도와주었던 분이야. 하숙집 주인아주머니시잖아.'

이제 산모가 아기를 분만하고도 여섯 시간이나 지났다. 준주는 출혈을 확인하기 위해 산모의 도톰한 배의 배꼽 부분을 따뜻하게 손으로 살살 어루만져 주었다.

한참 후에 산모가 아랫배가 사르르 아프다고 다시 호소했다. 준주는 손끝으로 미끄러져 내려오는 흐물흐물한 물체를 느꼈다. 태반이 스르르 미끄러지며 내려왔다.

준주는 진석 오빠가 이생을 떠나기 전에 하필 모리를 자신에게 불러 줬는지 내내 생각한다. 아내의 산고를 통해 모리에게 반성할 기회를 주려는 듯하고, 엄숙히 경고하는 것도 같다. 산모의 후산이 순조롭게 이뤄진 것은 아기에게 큰 선물이다.

"아주 괜찮습니다. 자, 이제 더 이상 배도 안 아플 거예요."

준주는 감정을 억누르며 산모에게 말했다. 후산이 깨끗하게 되었으니 안심하라는 말로 불안을 없애 주어야 한다.

"이제 태반까지 깨끗하게 나왔으니 괜찮지요?"

준주는 산모에게 다정하게 물었다.

"배가 살살 아파요."

배가 조금 아픈 건 자궁이 수축하고 있기 때문이다. 준주는 자신이 살아난 것처럼 안심이 되고 기뻤다.

"선생님, 감사합니다……."

겨우 입을 뗀 산모가 감격해서 말했다.

준주는 다소 생기가 깃든 산모의 목소리를 듣고 산고를 이겨 낸 그녀의 헬쑥해진 얼굴을 수건으로 닦아 주었다.

모리는 좋아서 어쩔 줄 모르며 아기에게서 시종 눈을 떼지 못했다.

"딸을 받아 주셔서 감사드립니다. 오빠에게 지나쳤던 제 행동, 용서해 주십시오."

모리는 울쌍이 되어 새 생명을 두고 지난 일을 용서해 달라고 간청했다. 준주는 진심을 담은 사과 앞에서 딱딱하게 굳었던 원망이 한순간 녹아내리는 것 같다.

산모가 아기를 보고 싶어 해서 준주는 아기를 산모 품에 안겨 주었다. 그 때 구로타가 함박웃음을 지으며 생선을 굽고 반찬을 한두 가지 더 올린 소반을 들고 방으로 들어왔다.

빗소리가 더 이상 들리지 않았다. 어느덧 시간은 새벽 끝을 지나가고 있고 바래다 드리겠다고 하는 모리를 굳이 사양한 채 왕진 가방을 들고 골목을 빠져나갔다.

"저기 선생님, 저 좀 봐요. 며칠 전에 요시다 도오루 씨라는 분이 하숙집으로 찾아와서 그림을 찾아갔어요."

구로타 아주머니가 모리를 뒤로하고 조심스럽게 입을 열었다.

"예? 그림이라뇨?"

"지난번에 진석 학생이 저에게 맡긴 그림들이 있어요. 귀한 거라며 잘 보관해 달라더군요. 그랬는데 그 진석 학생이 그만 병사를 했다니 믿을 수가 없어요. 저희 집 하숙생이었는데……."

구로타는 코를 훌쩍이며 계속 말을 이었다.

"그런데 도오루 씨가 그림을 달라 해서 내어 드렸는데 괜찮은 것인지 모르겠네요."

"그림이 있다는 말을 처음 들어요. 도오루씨와 오빠, 둘만 아는 이야기가 있었나 봅니다."

준주는 아주머니에게 대답하고 발걸음을 옮긴다. 피로감이 몰려왔다. 골목을 다 빠져나온 그녀는 행길로 나와 잠시 발걸음을 멈추었다. 삐딱하게 붙은 광고 사진을 인부들이 양옆에서 바로잡고 있는 중이다. 사진에는 야요이가 인형같이 웃고 있었다.

"특별한 여성에게만 초대되는, 특별한 화장품, 시세이도!"

광고 사진 속의 선전 문구다.

"그래, 난 특별한 사람이 아니니까."

왕진 가방을 들고 걸으면서 고개를 흔들었다. 더 걷다 보니 모리나가 아이스크림 가게 문에 '8월에는 아키타 간토 마츠리로 오세요'라고 쓴 광고 글자가 다가온다. 유리문에 비치는 8월의 파란 하늘이 거기서 흔들흔들 손짓하고 있다.

유모는 아키타 초행길에 현서를 대동했다. 오가와 부부를 다시 만난다는 것은 유모에게 참으로 감격할 일이다. 누런 삼베 보자기에 싸고 또 한지에다 단단히 싼 인삼 상자를 매만졌다.

아키타의 봄은 하늘과 땅이 아름답다. 느티나무 숲에서 이름 모를 새소리가 계절의 변화를 알리듯 새어 나왔다. 그런가 하면 다자와호수의 수정같이 맑고 푸른 물은 거대한 하늘의 거울이다. 구름과 숲이 그대로 물 위로 반사되어 유모의 기쁜 마음은 한층 고조되었다.

"야, 이 빼딱구두 치아라. 고무신이 좋긴 좋아. 내사마 발이 아파 가지고. 이걸 우에 신고 다니겠노……."

유모는 자동차 바닥에 진작 벗어 둔 힐을 집어 올렸다. 그리고 구두에 침을 탁 뱉어서 광목수건으로 닦았다.

"고무신을 신어야제. 앞으로 시대가 신식 양장에 고무신을 신을 때가 올 끼다."

"어무이 죽었다가 깨도 고무신에 양장은 안 될 거구마."

현서도 어머니 앞에선 어리광으로 사투리를 썼다.

"현서 니, 장가 안 갈라 카나? 참한 색시 있지 싶은데 고마 소개 좀 해도가."

유모는 아들의 눈치를 보느라고 곁눈을 살짝 치켜떴다.

"지는예……."

"와, 말해 보거라. 퍼뜩."

유모는 답답했다.

"사나이 대장부가 칼을 뽑았쓰만 맴묵은 일을 보는 기라 안 그러드나."

"아즉 칼을 안 뽑았심더."

현서는 바로 어머니의 며느릿감이 준주라고 말하고 싶어서 입술이 간지러웠다. 그러나 꾹 참고 말았다. 그렇게 되면 이야기가 길어질 것이었다.

"자, 이거 묵으라. 기란을 좀 삶아 왔디만 안 시장하나."

유모는 부스럭대고 주섬거리더니 삶은 계란을 꺼냈다. 껍질을 까서 종이에 싸 가지고 온 계란을 소금에 쿡 찍었다. 운전을 하는 현서의 입에 물려 주는 유모는 어머니로 더없이 행복해 보였다. 그러면서도 가끔 이마를 찡그렸다.

"사진 속의 그 어른이 이곳에 계시다이 기가 막힐 노릇이구나."

유모가 혼잣말로 중얼거렸다.

그들은 다카노유 온천향으로 올라갔다. 유모는 반갑게 맞는 오가와 부부의 요청대로 온천 목욕을 즐겼다. 후덕한 그녀의 얼굴 피부는 온천물에 스며들어 젖은 머리칼 아래로 발갛게 드러났다.

"오시느라 얼마나 고생이 많으셨어요? 진석의 죽음과 장 진사의 별세에 애도 드립니다."

오가와 부부는 술렁이는 마음을 드러내며 방석을 깔고 허리를 곧은 자세로 앉았다. 그리고 고개가 바닥에 닿을 만큼 유모에게 깊숙이 절을 했다. 유모도 답례했다.

유모가 주섬주섬 인삼 상자를 내놓았다. 그리고 현서의 허리를 찔렀다.

"니가 인사말 좀 해 드리라 카이. 어서."

현서가 말이 없자 유모가 다시 말을 이었다.

"야가, 지 아들인데 잘 부탁합니다. 현서야, 퍼뜩 인사를 드리라."

그리고 유모는 준비해 가지고 온 사진을 두 장을 꺼내 두 손에 받쳐 들었다.

"이 어른을 지가 압니더. 25년도 더 되었을 낀데 저가 한 번 인사를 드리고 싶어 갖고, 겸사 찾아왔십니더."

유모의 말을 일본말로 옮기던 현서는 깜짝 놀라지 않을 수 없었다.

"어무이?"

"니는 내 말 옮기기나 해라."

유모는 마음이 급했다.

"이 말이 다 진실입니꺼? 준주가 알아예?"

"고마 시끄럽다 니는 통역만 하거라이."

현서와 유모가 티격태격하는 것을 웃으며 지켜보던 오가와는 입을 뗐다.

"고마 조선말로 하이소."

오가와도 답답하여 대구 말로 터놓았다.

"그라입시더."

료오코도 조선말이 툭 튀어나온다.

오가와는 두 개의 매듭 목걸이를 꺼내 보였다.

"진석이 도쿄로 간다 할 때 혹시나 찾아 뵙거라 하고 준주 몰래 준

거라예.”

“어른께서도 준주를 기다리고 마음을 가다듬고 있습니다.”

오가와가 황호랑의 오래전부터 소원하고 있던 속마음을 밝혔다.

“이 매듭 목걸이를 만들 당시는 준주 어머니, 수연 아씨와 가얏골에서 3년을 같이 사셨어예. 그 동네는 산속인데, 동학 때 박해가 하도 심해서 들어간 옹기 장수들이 마을을 이루고 있어예. 옹기를 구워서 내다 팔기도 하면서 동네 소식을 듣고 사는. 그런 동네에서 황 어른이 수연 아씨캉 좋은 사이였지예. 그때 이 호랑이 그림과 수연 아씨 그림을 그린 거라예……”

유모는 콧물을 손등으로 닦았다가 손에 쥐고 있던 광목수건으로 눈물에 얼룩진 볼을 이리저리 문질렀다.

“그때 수연 아씨가 일본으로 황 어른과 같이 따라왔어야 했는 긴데 고마, 대구 장 진사 어른께서 허락을 안 하셨어예.”

유모는 코 멘 목소리로 말을 이어 갔다.

“그래 갖꼬, 고마 쌩이별을 하신 기라예. 아키타의 황 어른신께서도 떠나는 배가 시간이 정해졌기 때매 더 이상 집에서 지체할 수 없었지예. 조선 통신사 아버지 일을 다 접고 조선으로 와서 살라꼬 오셨어예. 그만 그사이 수연 아씨가 별세를……”

유모는 30년 동안 안고 다닌 돌덩이가 쑥 빠져나가는 기분이었다.

“그런데 사모님의 건강은 좀 어떠신지요? 걱정입니더.”

“이곳이 워낙 온천이 좋아서 병도 호전되고 있습니다. 모처럼 오셨으니 온천을 자주 하시며 마음껏 쉬었다가 가세요.”

오가와의 말은 목소리의 높낮이 없이 늘 같은 음으로 흘러나왔다.

"8월의 마츠리가 올해는 5월로 특별히 앞당겨졌는데, 들리는 말에는 8월에는 미국과 만주 전쟁이 계속 이어진다는 소식 때문에 용기 내라고 5월로 준비한다고 합니다. 저희랑 함께 구경을 하셔야지요."

오가와는 일어났다. 벽장에서 한지로 만든 등불 두 개를 꺼냈다.

"지금 만들고 있는 중입니다. 마침 오늘이 제 딸아이 하루 생일이라 등불을 밝혀 주려고요. 산사 어른께서 장대에 꽂아 주신다고 하니 하루랑 언니의 등도 만들어서 달아 드리려고요."

"여기에 도오루가 맡긴 주지 스님의 그림도 보관하고 있습니다."

유모는 차곡차곡 정리된 몇 장의 한지 그림들을 살폈다. 준주의 어머니 수연의 상체와 가얏골의 전경들이 그대로 담겨 있었다. 포도송이 같은 검은 눈동자의 눈망울과 은은한 미소를 띤 수연의 입가는 누가 보아도 딸 준주와 닮아 있었다.

"참, 도오루 씨라꼬 예?"

군밤을 먹던 유모가 준주의 사진 노트에서 보았던 도오루를 불현듯 떠올리며 말했다. 준주가 그에게 많이 의지하는 듯해 코끝이 찡해 온다. 유모는 내친김에 도오루도 만나야겠다고 생각했다.

11   아키타 산사의 황호랑

오후에 병원 수술실에서 전공 임상 실습이 있는 날이다. 뜻밖에 야요이가 준주를 만나기 위해 병원으로 찾아왔다. 한 간호원이 준주에게 쪽지를 전해 주었다. 병원 옆 공터에서 기다린다는 내용이었다.

준주가 처음 그녀를 본 것은 이케부쿠로 오가와 선생의 자택에 도오루와 함께 방문했을 때였다. 그리고 준주가 미츠코시 백화점에서 모델 일을 하고 있을 때는 꽃 화분을 가져왔다. 다음에 야요이가 입원한 병실에서 만난 후로 정식으로는 이번이 네 번째 만남이 된다. 준주는 도오루와의 관계 때문에 그녀가 찾아왔으리라 추측하고 미리 마음을 추슬렀다. 준주가 도오루와 아키타에 함께 있었다는 그 질투심으로 모리에게 오빠의 거처를 알려 준 야요이가 아닌가. 분이 풀리지 않는 그녀를 떠올린다. 당차게 만나자고 실습 수업 중인 것을 알고 있으면서 불러내는 걸 보면 오빠의 죽음조차 가볍게 여기는 듯하다. 아니면 준주라는 존재를 완전히 짓밟으려 하는 것인지도 모른다. 이유야 어찌 됐든 실습 중인데 나와라, 들어가라 하는 건 무례한 일이다.

준주는 급한 용무일지도 몰라서 잠깐 나갔다 오겠다고 간호원에게 알리고 병원을 나섰다. 건물 옆 공터에서는 서너 명의 어린이들이 까르르 웃으며 뛰놀고 있었다.

"무슨 일이시죠? 혼조 야요이 씨."

"기미코 언니 만나러 왔다가 연락드렸어요. 오가와 선생님 안부도 궁금하고, 또 준주 씨가 모르시는 일이 있는 것 같아 조심하시라 말씀도 드리려고요."

야요이는 노오란 최신형의 모자까지 쓰고 화려한 양장 차림을 했는데도 분위기는 어두웠다. 마치 멋을 잔뜩 낸 요조숙녀가 된 것 같지만 힘이 쑥 빠져 있는 것 같다.

"무슨 말씀을 하시려는지 모르겠지만 전 중요한 시험이 있어서 지금 바빠요."

"저희 아버지가 파티 때 도오루 오빠를 제 약혼자로 발표하려고 호명했지만 그때 오빠가 없었어요. 얼마나 창피를 당했던지……. 그때 누구를 만나러 나간 게 아닌지, 원."

"저를 만났다는 거예요? 전 대구에서 손님이 오셔서 함께 있었는데요."

"한마디로, 준주 씨가 없었을 땐 도오루 오빠에겐 저뿐이었어요. 헌데 당신이 나타나면서 달라졌단 말이에요."

"제가 유혹이라도 했다는 말인가요?"

준주는 참고 있던 불덩이가 꿈틀대어 화가 치밀었다.

"제가 약혼자인 거 몰라요?"

야요이가 입가에 야무지게 반항하듯 힘을 주며 말했다.

"약혼은 혼자 하나요? 더구나 약혼이란 게 누군가의 명령에 따라 하는 건 아니잖아요."

준주는 야요이가 약혼자라는 말이 몹시 거슬렸다.

"전엔 오빠가 제 말을 잘 들었어요. 그런데 준주 씨가 온 이후론 제 말은 귀담아듣질 않아요."

"그런 문제는 두 분의 문제입니다."

"맞아요. 둘의 문제인데 자꾸 방해를 받으니 문제가 되는 거죠."

자세히 보니 야요이의 두 눈이 푸석푸석 부어 있어 울다가 온 것 같았다.

"우리 도오루 오빠, 이제 그만 돌려주세요. 준주 씬 졸업하면 제발 조선 반도로 떠나가시고요."

"진석 오빠의 전사로는 만족이 안 되시나 봅니다. 제가 대구로 돌아가든 말든 야요이 씨가 관여할 일이 아니잖아요."

준주는 이래라 저래라 무례한 그녀를 눈앞에 마주하니 다리가 마구 떨려 왔다. 그녀가 무슨 자격으로 돌아가라 마라 한단 말인가.

"그리고 돌려 달라니, 무슨 말씀인지 이해를 못 하겠네요. 사람이 물건도 아니고요."

주변에서 아이들이 계속해서 즐겁게 뛰놀았다.

야요이는 바싹 준주 앞으로 다가갔다.

"거짓말쟁이. 얼굴에 다 써 있어! 무슨 말인지 다 알면서 시치미를 떼다니!"

"……."

분에 부풀어 있는 그녀의 두 눈과 입을 보며 준주는 할 말을 잃었다. 그동안 같은 의학부에 다니는 그녀의 사촌 언니한테 당한 무시와 해코지 그리고 몇몇 큰 사건들이 되살아났다.

"내가 인형이나 가지고 다닌다고 우습게 보나 본데, 그래도 왕실의 각구쇼잉 학습원에서 우수한 성적으로 졸업했어요. 저 바보 아니에요. 게다가 지금은 장준주를 제치고 시세이도의 새로운 모델이 되었고요."

"맞아요. 똑똑하고 귀하신 분이 절 찾아오셨군요. 저도 며칠 전 백화점에 붙은 야요이 씨의 사진, 보았어요. 저보다 몇 배나 더 아름답고 어울린다고 생각했어요……."

"도오루 오빠는 저에게 전부예요. 그 전부를 제발 빼앗지 말아요!"

야요이는 준주의 말을 끊으며 쓸쓸한 미소를 입이 이그러지도록 지었다.

"준주 씨 때문에 죽고 싶어요. 오빠가 아키타에 갈 때 같이 가기로 해 놓고서……. 서로 속이면서 이럴 순 없잖아요. 아무래도 저도 죽어 하루 옆으로 가야 할까 봐요."

"저 때문에 죽다니요? 그런 말을 왜 제가 들어야 하죠? 전 오가와 선생님과 꼭 간다는 약속을 오래전부터 했고요. 도오루 씨는 운전을 해야 했어요. 짐도 많았고 이모와 이모부시잖아요. 당연히 모셔다 드려야죠."

"제가 가는 것도 당연하잖아요. 전 어릴 때부터 오가와 아저씨의 딸 하루랑은 둘도 없이 친한 사이고 오빠 역시 그렇고 서로 한 집안이나 마찬가지인데 왜 절 떼어 놓는 거냐구요! 거기서 같이 며칠을 보내신 거 맞죠. 안 그래요?"

"같이 지냈다 해도 뭣 때문에 야요이 씨에게 하나하나 보고를 해야 하죠? 그런 질문에 왜 제가 대답해야 하는 건지요."

진석 오빠가 징용으로 전사한 일과 시세이도 모델을 그만두지 않을 수 없었던 상황들이 불현듯 다시 준주의 가슴을 쳤다. 모델 활동으로 받았던 돈은 대학 생활에 필요했지만 갈수록 임상 체험 실습이 많아져 일을 하면서 공부를 하려니 시간이 터무니없이 모자랐다. 어차피 그만 둬야 할 시기였으나 야요이의 입김으로 그 자리를 넘겨주게 된 걸 보면 거래가 있었던 것 같다.

"제가 먼저예요. 먼저 오빠를 사랑했으니까요. 전 어릴 때부터 오빠에게 사랑을 받으며 컸단 말예요. 그 누구에게도 양보 못 해요. 알아요?"

기다렸다는 듯 아이들은 그네로 몰려갔다. 한 아이가 하늘로 솟구치며 까르르 웃었다.

"제게 도오루 오빠는 남이 아니에요. 그런데 그게 준주라는 여자가 나타나고부터 깨져 버렸어요."

야요이의 코끝이 발갛게 부어올랐다.

"저야말로 고향을 떠나와서……. 아무것도 남은 게 없어요. 우리 오빠도 잃었고 조선말도 잃었고 나라도……."

울어야 할 사람은 준주 자신이라고 생각한다. 징용으로 어이없이 죽어 간 오빠를 떠올리면 두 번 다시 야요이의 얼굴을 대면하고 싶지 않다.

"돌아가요. 조선 반도로! 도오루는 내 오빠예요!"

마침내 야요이는 이렇게 소리를 버럭 지르기 시작했다.

한 남자아이가 그네에서 떨어져 그만 울고 말았다. 기다리고 있던 친구가 대신 그네를 기분 좋게 탔다. 떨어진 아이는 훌쩍거리며 손등으로 눈시울을 닦아 냈다.

야요이가 오빠의 일로 슬픔이 채 아물기 전에 병원까지 찾아와 따지고 들자 가슴이 꽉 막혀 왔다.

"당신, 조센진이잖아."

야요이가 별안간 목소리를 높였다.

"그렇다면 같은 나라 사람도 아닌데, 조선 남자를 일본 전쟁에 왜 잡아갔는데? 그래, 난 조선 여자, 장 준주야. 조선 사람이 너희를 위해 죽었으면 미안한 기색이 있어야지! 이래라저래라 명령하지 마."

준주는 야요이가 알아들을 수 없는 조선말로 절규하듯 내뱉었다.

"찰싹."

준주가 순식간에 야요이의 한쪽 뺨을 갈겼다. 야요이의 밀고에 비하면 별것도 아니었다.

"어머. 어머…… .이 여자 좀 봐. 이거, 야쿠자 아니야?"

뺨을 맞은 야요이는 얼굴을 두 손에 파묻고는 비틀비틀 뒷걸음질하다가 그만 털썩 땅바닥에 주저앉고 말았다. 그리고 사나운 표정으로 준주를 노려보다가 간신히 일어나 뒤도 돌아보지 않고 시야에서 사라졌다. 그 때서야 준주는 복받치는 설움으로 눈물이 마구 솟구쳤다. 은행나무 아래 벤치에 앉아 엉엉 흐느껴 울었다. 그네에서 자리를 빼앗긴 아이도 엉엉 따라 울었다.

'오늘 오후에는 졸업 점수에 반영되는 중요한 실습이 있는데 하필 이런 시간에 야요이는 왔을까.'

기미코가 떠올랐다. 기미코한테서 듣고 일부러 오늘 찾아왔을지도 모른다.

준주는 뜨거운 눈물이 자꾸만 흘러내렸다. 준주와 함께 울던 아이가 준주 앞으로 오더니 울음을 멈추고 준주를 애처로운 눈길로 빤히 쳐다보았다. 준주와 아이는 서로 눈이 마주쳤다. 둘은 벤치에 앉아 같이 울었다. 아이는 빼앗긴 그네 때문에 울었지만 준주는 야요이의 뺨을 때리고도 답답하고 가슴이 허무하여 울었다. 그러다 글도 말도 이름, 성까지도 잃어버린 비참한 조국의 상황과 떠나간 오빠가 생각나고, 함께 보냈던 유년시절이 떠올라 눈물이 더 났다. 나무들도 바람결에 소소히 우는 소리를 냈다.

곧바로 야요이는 아키타로 갔다. 그녀는 도오루에게 버림받았다고 여기던 차에 준주에게 따귀까지 맞자 쓸모없는 인간이 되었다는 생각에 빠져 버렸다. 하루의 인형을 꺼내 달라고 울고 있을 때 불 속으로 뛰어들어 가 꺼내 준 도오루 오빠는 이제 곁을 영영 떠나갔다. 자신을 지켜 줄 사람은 더 이상 어디에도 없다고 느꼈다.

야요이 아버지는 딸에게 다정했지만 군대가 우선이었다. 어머니는 왕족과 가문에 목을 맨 여성이다. 도오루의 집은 야요이에게 마음의 정원이었다. 야요이는 하루와 자매처럼 친하게 지냈다. 도오루 어머니가 만들어 하루에게 선물했던 인형은 끝까지 남아 친구가 되어 주었다. 하루가 떠난 후 어른이 되어서까지 자기를 지켜준 인형에게 비록 생명은 없을지라도 애착을 쏟은 데에는 그만한 이유가 있었다.

누군가 야요이에게 말해 준 비밀이 있었다. 도오루의 조그만 배내옷이 인형 속에 있는 것을 생각하면 든든했다. 그래서 끼고 다녔다. 인형과 함께하면 도오루가 곁에 있는 것 같았고 어떤 걱정도 잊게 했다.

이런 사연이 있기에 야요이는 인형을 가지고 다닌다고 놀림을 받아도 전혀 상관하지 않았다.

큰 트럭이 잠시 야요이 앞으로 멈춰 있었다. 트럭 기사에게 물어보니 마침 산사로 간다고 해서 얻어 탈 수가 있었다. 기사는 산사에 먹을거리를 실어다 주러 가는 길이다.

그녀는 언덕에 위치한 붉은 아치형의 육중한 지붕이 올려 있는 큰 대문 앞에서 내렸다. 언덕 아래로 내려다보이는 시야에는 오가타무라의 길고 긴 논들이 아스라이 보였다. 논길 사이로 펼쳐진 비단 같은 노란 유채꽃이 활짝 피어 파도처럼 물결치는 5월이다.

그녀는 하루의 인형을 옆에 끼고 나지막한 언덕을 따라 휘청거리며 올랐다.

"하루야. 내 마음 다 알지? 생일 축하해 주고 싶어서 왔어. 인형 치마 속에 모아 온 알약들……. 이제 잠들고 싶어. 그냥 네 곁에서……."

야요이는 이렇게 중얼거리며 인형 치마 속에 넣어 둔 봉지 하나를 꺼냈다.

언덕에 내리비치는 햇살이 그녀의 노오란 모자 위에서 노글노글 쉬고 있다. 잠시 후 모자가 바람결에 홀렁 벗겨졌다. 언덕 아랫길, 한 줄로 이어진 개나리나무의 늘어진 가지들이 들바람에 이리저리 춤추고 있다. 그 출렁이는 꽃가지 사이로 노오란 모자가 날아가 앉았다. 야요이는 몸이 산새처럼, 나비처럼 가벼워진 느낌이 들었다. 저기 보이는 산자락 너머까지 가볍게 날아갈 자신이 솟구쳤다.

"모자를 주워 와야 해. 잠시만. 잠시…….”

야요이는 인형에게 이렇게 말하고 사뿐히 날아간 모자를 향하여 껑충 뛰어 보았다. 마음으로는 저만치 날아가고 싶다. 가볍게 한없이 날리는 꽃잎처럼 멀리 날아가고 싶다. 산자락과 오가타무라 벌판 유채 꽃밭에 칠을 한 크레용 자국이 흐느적거렸다. 그래서 방향을 잃고 길게 번져갔다. 날아가는 새들을 쫓다 보니 몸이 높이 치솟는 듯하다. 그러나 저만치 달아난 모자는 유순한 바람을 타고 따라와 보라는 듯이 어디론가 날아가고 있었다.

황호랑은 점심때, 야요이가 아키타로 왔다는 도오루의 전화를 받았다. 그래서 그녀를 기다리고 있던 참이다. 언제나 하루의 기일이 되면 딸의 위패 앞으로 오가와 내외가 모였고 도오루와 도미요 역시 어머니의 위패를 고향인 이곳 산사에 모셨기에 함께했다. 오늘이 그 날이다.

“……몹시 우울해하던 끝에 산사로 간 것 같습니다. 도착하면 잘 보호해 주십시오. 저도 오늘 올라가 뵙겠습니다. 스님.”

황호랑은 도오루의 전화 목소리를 떠올리며 마침 앞마당에 나와 있는 터라 저 아랫길로 내려가 보기로 했다. 그는 내려가던 발걸음을 잠시 멈췄다가 언덕 아래로 낌새가 이상해 고개를 돌려 아래로 뛰어 내려갔다. 위에서 떨어져서 바닥에 꼼짝 않고 있는 야요이가 있었다. 아마도 언덕에서 발을 헛딛고 굴러 잠시 정신을 놓은 듯 보였다.

그는 야요이를 두 팔로 덥석 안아 올렸다. 다급히 처소로 허겁지겁 돌아왔다. 꽉 조인 겉옷을 헐겁게 하고 반듯이 눕혔다. 그리고 그가 깊은 숲속, 뿌리에서 채취해 몇 해 삭힌 투명한 올리브 빛의 산유를 꺼냈다. 바닥으로 떨어질 때 이마에 생긴 상처에서 피가 흘러내렸다. 그 상처에 급히 산유를 발랐다. 물에도 몇 방울을 떨구어 두었다. 정신이 들면 마시게 할 참이다.

그런데 야요이는 한참 시간이 흘렀는데도 깨어나질 않았다. 깨고 싶지 않은 듯 눈을 뜨기를 거부하고 있었다. 몸과 마음이 지친 그녀는 산사의 봄 뜰에서 깊은 잠으로 해빙을 하고 있는 듯했다. 황호랑은 그녀의 맥을 짚었다. 맥은 바르르 떨며 그의 손가락 끝으로 제대로 전달되지 않았다. 맥이 거의 잡히지 않았다. 그는 침착하게 그녀의 고개를 바닥으로 돌려 나무 숟가락을 입으로 넣어 죄다 토해 내게 했다. 약을 복용을 한 것이다. 그리고 고개를 바로 누인 다음에 물에 타 둔 산유를 숟가락으로 떠먹였다. 축 늘어져 깨지 못하는 야요이를 내려다보며 '일 날 뻔했구만.' 하고 안도의 숨을 내뿜은 황호랑은 한지에 싼 작은 약 한 알을 바스러뜨려 그녀에게 더 먹였다.

그해 아키다현에는 5월과 8월에 걸쳐 간토 마츠리를 두 번 치르게 되었다. 5월 유채꽃이 피기 시작할 무렵부터 시작되었다. 아키타 마을의 남녀노소는 초롱을 만드느라 두 손을 놓을 여유가 없었다. 초롱은 집안의 잡귀를 내쫓는 것으로 전해지고 있다. 사람들은 정성껏 초롱을 만들었다. 마츠리가 시작되자 집집마다 초롱을 밝혔다.

황호랑은 대구의 장 진사로부터 받은 큰 상처를 마음에 안고 이곳에 정착한 지 25년이 지났다. 틈틈이 그림을 그렸고 그 솜씨를 아키타의 마츠리에 보탰다.

온 마을이 등불로 한 개의 꽃 모양을 이뤘다. 마츠리는 사람들의 마음을 하나로 만들어 주는 좋은 잔치다.

"야요이, 눈을 떠 봐."

도오루가 야요이의 이름을 불렀지만 그녀는 깊은 잠에서 깨어날 줄을 몰랐다.

"다행히 타박상 외엔 크게 다친 곳은 아직 발견하지 못했는데 두고 봐야지. 피곤한 몸에 머리를 좀 다쳤을 수도 있겠는데 상처는 없어. 좀 마음을 놓고 쉬도록 두자고."

황호랑은 야요이도 걱정이었지만 마츠리 전야제 준비에 신경이 쓰였다.

"아마 여기에 오기 전에 며칠 동안 잠을 못 잔 모양이야. 꽤 피곤하게 보낸 거지. 잠을 실컷 자고 나면 개운할 테니까."

황호랑은 야요이가 약을 먹고 언덕 아래로 굴러떨어졌다는 사실을 말하고 싶지 않았다. 그럴 수도 있겠거니 하고 대수롭게 여기지 않으려고 한다.

유년시절, 태풍이 거세게 부는 날이었다. 도오루는 그날 여관에 화제가 일어난 것은 자신이 현관 앞에 호롱불을 잘못 세워 두어서 불이 옮겨 붙은 탓이라 믿고 있었다. 그날따라 소리를 내며 달리듯 불어온 태풍의 세찬 바람에 등이 쓰러지면서 불이 현관 입구 쪽으로 옮아갔다고 생각했다.

도오루는 아키타의 화재 원인이 자기의 부주의 때문이라 여기고 언제나 야요이에게 관대하게 대했다. 야요이가 어리광을 못 버리는 것도 화재로부터 받은 충격으로 인했으리라 생각하고 이해심을 갖고 계속해서 야요이를 감싸 주었던 것이다.

화재에 대한 죄책감은 오랫동안 도오루를 따라다녔고 누구에게도 말하지 못한 아픔이었다. 그래서 도오루는 화재의 충격을 이겨 내지 못하는 야요이가 신경이 쓰였다. 그렇다고 해도 정신적으로 건강하지 못한 야요이가 안쓰러웠다.

아키타 여관의 화재로 인한 충격은 세 가족 모두에게 강한 기억으로 남아 있었다. 도오루의 어머니와 하루는 구조되었지만 시름시름 앓다가 세상을 떠났다. 료오코는 딸 하루와 쌍둥이 언니를 한꺼번에 떠나보낸 직후 천식이 발병되고 말았다.

화재는 모두에게 골수의 상처로 고여 있고 도오루는 그 사고를 잊기 위해 카메라로 사진 찍는 일을 취미로 키워 갔다. 하지만 야요이만은 그 시절에서 정지되어 있다.

황호랑은 대나무 장대에 단 초롱들에게 복을 빌어 주기 위해 오가와 내외를 기다리고 있었다. 마침 가족들이 들어오는 소리가 났다.

료오코는 마츠리가 시작되면 대나무 장대에 달아 둘 하루와 언니의 초롱 두 개를 손에 꼭 쥐고 황호랑을 찾아왔다. 그리고 그녀는 황호랑의 처소 구석진 곳에 살며시 그걸 내려놓고는 황호랑에게 고개를 깊이 숙였다. 오가와가 나중에 뒤따라 들어와 밖에 손님이 왔으니 잠시 나가자고 황호랑에게 제의했다.

"처음이라 들어오시기가 좀 부끄러우신가 보군요."

황호랑이 말했다.

"옛날에 대구에서 뵈었다고 하던데요. 준주의 유모십니다."

오가와가 숨김없이 사실을 털어놓았다.

"옛?"

황호랑은 대구라는 말에 놀랐다.

"조선의 대구라는 말입니까?"

황호랑은 자리에서 일어나 마루를 건너 유모와 현서가 기다리는 뒷산 둔덕이 보이는 마당으로 갔다. 마츠리에 사용할 대나무 장대들이 세워져 있고 언덕으로부터 밀려온 꽃잎들이 처마 밑으로 떨어질듯 말듯 나풀거렸다.

산사 앞으로 엎드린 언덕에 준주의 눈길이 잠시 머물렀다. 도오루와 함께 자동차를 타고 이곳에 왔으나 더욱이 야요이와 마주치고 싶지 않다. 그런데 언덕 아래 그녀가 병원에 쓰고 왔던 모자가 나뭇가지에 걸려 있고 그 아래 인형도 누워 있다. 놀란 준주는 자동차를 세우고 오던 길로 되돌아가 급히 인형과 모자를 주웠다. 무슨 일이 있었던 것일까 생각하다 '안 돼.' 하며 고개를 흔들었다. 지는 햇살을 받아서 온기가 배어 있는 인형을 안고 '철없는 야요이!' 하고 소리쳤다.

야요이 말대로 졸업하면 이제 돌아가야 하는 사람은 나, 준주라고 몇 번이나 되뇌였다. 자신은 돌아가야 한다. 언제까지나 도쿄에 머물 순 없었다.

마침 오가와 부부와 유모 그리고 현서가 올라오고 있고 준주는 좀 전의 일을 누르며 그들과 산사로 들어왔다.

준주는 유모와 현서와 같이 산사 앞마당을 거닐다 유모의 이야기를 듣고 갑자기 꼼짝 않고 자리에 섰다.

"유모! 그게 무슨 말이야?"

"그래서 아키타로 왔어예. 그 진실을 아기씨에게 알려 드리야제."

유모는 가슴 깊은 물속에 가라앉혔던 비밀의 상자를 비로소 끌어올렸다.

"현서 오빠, 오빠는 알고 있었구나."

"난 전혀. 어무이가 말씀을 하셔야 알지. 지금껏 정말 몰랐데이. 알았다면 진작에 왜 털어놓지 않았겠노. 너에게는 비밀은 없다."

현서가 고개를 절레절레 저었다.

"그렇다면 이 산사의 그 어른신이 제 아버지……?"

준주는 더듬거린다. 먹먹하여 목소리가 제대로 나오지 않았다.

검은 두 눈동자에 스며든 눈물이 촉촉하다.

평소 남모르게 자신에게도 아버지가 계셨으면 하고 바랐다. 반드시 만나고 싶다는 마음을 고이 간직하며 어딘가에 살아 계실 아버지를 잊은 날이 없다. 밤하늘의 은하수 별들만큼 어머니, 아버지를 그려 보던 수많은 날들을 유모여도 짐작이나 했을까. 더구나 아버지 역시 딸을 만나 보고 싶은 마음은 똑같을 것이라 생각하니 가슴이 숨차도록 멨다.

산사 입구의 정문으로 걸어 나오는 젊은이들은 손에 초롱불을 들고서 재잘거렸다. 뭐가 그리 신이 나는지 등 하나가 떨어진 줄도 모르고 멀어져 갔다.

준주는 그들이 놓친 초롱 한 개를 주워 가슴에 살며시 품었다. 진석 오빠의 혼령을 위한 초롱불이라 생각하며.

법당 뒷마당에는 지는 5월 석양 노을빛이 진홍으로 물들었다. 황혼랑의 마츠리 거리로 나갈 채비를 마치고 나란히 세워져 서로 미소들을 짓는 듯하다.

해마다 황호랑은 간토 마츠리에 부처를 향해 바치는 제등들을 선보였다. 딸과의 해후를 빌며 정성으로 봉헌해 왔다. 이 작업을 신념으로 해 온 지 올해로 20년이 넘었으니 이제 그가 대나무 장대의 초롱을 다는 것은 고도로 숙련이 되어 그리 어려운 일이 아니다.

이 제등들을 다 먹어 삼킨다 해도 가슴 응어리가 풀리지 않을 애비의 말 못 하는 간절함은 오늘도 변함없다. 그런데 딸이 지척에 와 있으니 제등을 만드는 것은 이번이 마지막이라는 생각이 들었다. 이듬해에는 그저 관객으로 참여하리라 새로운 마음 다짐을 했다.

황호랑이 장대를 한쪽 어깨에 올렸는데 그가 딸을 생각하며 그린 제등의 등불 소녀 목소리가 들렸다. 해마다 그 목소리를 가슴으로 듣던 황호랑이다. 살아 있다면 언젠가는 반드시 만난다고 생각하며. 그런데 현실감이 있는 목소리가 바로 등 뒤에서 또렷이 울렸다.

"아버지……. 아버지!"

황호랑은 두 귀를 의심했다. 제등들이 부딪치는 소리인 듯한데.

"아버지, 저, 준주예요."

일본말이 아니다. 통신사 아버지가 가시고 가슴 보자기에 넣어 둔 종달새 노래처럼 그의 고막에 울린다.

황호랑이 어깨에 올렸던 제등들이 흔들거렸다. 그러더니 높다란 장대가 일순 바닥으로 휘청하고 춤을 추었다. 장대가 바닥에 떨어지면서 마흔 개의 제등들이 산산이 그리고 뿔뿔이 달아났다.

"오, 그래, 준주, 황준주구나."

"저 때문에 제등들이 다 무너졌어요. 아버지!"

제등에 비친 그녀 얼굴이 환해진다.

26년 전 태어나자마자 부모를 잃었던 준주는 아버지를 이렇게 드디어 만난 사실이 벅차올랐다. 호흡을 가다듬고서 맞은편으로 발걸음을 뗐다.

"아버지!"

"오냐, 준주. 잘 컸구나. 고생 많다."

호랑은 품에 안긴 준주를 아기 달래 듯 토닥거렸다.

준주는 고개를 들고 아버지 눈을 마주 바라보았다. 그 눈동자는 어떻게 생겼을까 궁금증을 풀기라도 하듯 두 얼굴을 주시했다.

"어떻게 알았느냐?"

호랑의 시원한 눈동자에도 이슬이 고였다.

"그냥 직감으로……. 지난번 사진 찍어 주실 때요. 돌아가서도 생각이 났어요. 살아 계셨다면 내 아버지도 저런 모습일 텐데……."

준주는 말을 이을 수가 없었다.

"난 네가 도오루와 여길 왔을 때부터 내 딸인 줄 알았다. 네 엄마랑 흡사한 모습이라 놀라웠어. 목소리까지. 널 보내고 도대체 일이 손에 잡히질 않았다. 그러나 무턱대고 네게 충격을 줄 수는 없고 오늘을 기다릴 수밖에. 오, 내 새끼가 이렇게 잘 자랐구나."

황호랑은 훌륭하게 성장한 딸이 안쓰러웠다. 딸의 머리를 쓰다듬으며 유모가 외로운 준주에게 많은 역할을 해 주었으리라 생각한다.

"내가 1년 후에 다시 대구로 찾아갔었지. 그때 유모가 엄마 소식을 알려 주었어. 내가 떠난 뒤로 네 엄마가 세상을 떠났다는데 정말 큰 충격을 받았지. 나도 죽으려고 이곳 사찰로 들어왔다가 인연이었던 건지, 그래서 매해 여기 마츠리에서 딸을 만날 날을 위해 소원을 이렇게 빌고 있어."

준주는 한복 저고리를 입은 여인의 얼굴 그림이 그려진 제등을 살폈다.

"언젠가 이 두 여인을 다시 만난다는 신념으로 이 안에 불을 켰으니까. 요번이 등 만드는 마지막 축제가 되겠구나. 이제 내 시름과 한이 풀리는구나."

감격에 젖은 목소리가 떨려 왔다.

황호랑은 조부 시절 일본으로 온 조선의 통신사 가족이었다. 그 시절 준주 외할아버지 장 진사는 연락도 없이 딸과 3년을 같이 살았던 무례하고 불쾌한 놈이라며 무조건 그를 거부했다. 준주 어머니는 산고 끝에 목숨을 잃었고 그 후 외할머니까지 화병으로 세상을 떠났다. 그러자 황호랑은 평생 준주 어머니와 그 조상들에게 사죄하는 마음으로 중이 될 수밖에 없다고 생각했고 가슴에 박힌 그을음 토해 내지 못한 채 살고 있었다.

"이 제등들은 내 사랑과 용서의 구원이지. 이해하겠지? 준주?"

황호랑이 말했다.

도오루는 오가와 부부에게 잠을 자고 있는 야요이를 맡기고 준주와 유모 그리고 현서가 있는 뒤뜰로 나왔다. 아래로 굴러 내려오는 초롱을 주워 들고 멈춰 섰다. 그리고 그림 같은 아버지와 딸의 재회의 모습을 바라보았다.

1938년 그해 아키타에서는 간토 마츠리로 마을마다, 골목의 장대

등불 부대들이 진을 쳤다. 초롱불들은 대지 위로 은하수처럼, 무수한 바닷불처럼 흔들거리며 마을의 주민들을 흥겹게 했다. 마츠리의 제등들은 전쟁으로 인한 온갖 슬픔들을 위로해 주었다.

준주는 T대학교 의학부 졸업과 동시에 학위 받는 일에 집중해야 했다. 의학부 시절의 아쉬움은 예비 졸업생에게만 하얀 가운을 입도록 허용한다는 것이었다. 대학 측이 의학부 학생 모두에게 하얀 가운을 입게 하지 않은 것은 학생들에게 박애적인 마음과 실력을 고루 겸비한 의사로서의 기본적인 자세를 갖춰야 함을 잊지 않도록 하기 위해서였다.

또한 대학 측은 환자에 대한 의사로서의 책임감을 갖게 했고 의료 혜택을 받지 못하는 환자들에게도 적극적으로 봉사할 것을 의무화했다. 더욱이 전시라서 환자는 늘어날 수밖에 없고 의료진은 턱없이 부족한 상황이다.

준주는 흰 가운을 걸치고 청진기를 목에 두를 땐 가슴이 뛰었다. 힘겹게 얻어 낸 청진기의 무게는 의사로서의 책임감을 갖게 했다. 청진기를 통해 듣는 태아의 힘찬 심장 소리는 고단한 준주에게 살아가는 힘을 주었다.

졸업논문은 모리 부인의 예를 택했다. 태아의 방이던 태반이 산모가 아기를 출산한 후 밖으로 나오면 순산이다. 차이는 있으나 10분 혹은 20분 간격으로 빠져나오지 않을 때는 출혈을 멈추게 하는 기능을 살리는 수술이 요구된다. 태반이 자궁에 남게 되면 출혈이 계속되고 앓다가 끝내 생명에 위험이 있고 자궁 내에 악성 질병을 유발한다. 준주가 몇 가지의 사례를 더해서 작성한 논문은 담당 교수에게 극찬을 받았다.

평소 수업 태도나 임상에서도 칭찬을 받아 의학부 내에서 학생들에게 질투를 불러일으켰다. 하지만 준주는 개의치 않았다.

의학부에서 여학생 졸업생은 두 사람이었으나 그 한 학생은 휴학이었고 의학부 졸업생 중에 여학생은 준주뿐이라 주목을 받았다.

준주는 대학병원 측의 기대와 자신의 명예를 위해 박사 자격도 획득하고 싶었으나 지난봄에 대구 본가에서 세상을 떠난 숙부의 장례식에도 참석하지 못했다. 지금도 그의 딸로 입적이 되어 있는 처지였다. 박사 학위 취득의 꿈을 접고 도오루와의 이별을 감수하더라도 하루빨리 서둘러 조선으로 돌아가야 했다. 또한 귀국 결심을 더 부추긴 것은 야요이가 조선으로 돌아가라고 울부짖던 말들이었다. 뿐만 아니라 준주에게 그녀의 자살 시도는 큰 충격을 주었다. 이후 도오루까지 어떤 독화살을 맞을지도 모른다는 불안감도 준주의 귀국 결심을 굳히게 했다.

그림자처럼 뒤를 추적하던 모리는 준주의 도움을 받고 딸을 얻게 된 이후로 큰 변화를 보였다. 준주와 진석에게 보답하려는 모리의 의지는 마치 한여름 호박 줄기처럼 겁 없이 뻗어 간다. 모리는 미소를 담은 붉은 카네이션 꽃다발을 한 손에 들고 또 그 아내는 눈만 마주치면 방실방실 웃는 딸을 포대기로 업고서 준주의 졸업식장에 나타났다.

졸업식장에 유모와 현서는 아쉽게도 자리하지 못했다. 그 대신 기쁨으로 벅찬 황호랑, 오가와 부부, 친구 행자인 아우도리 사치, 그리고 도오루가 참석했다. 준주는 축하의 인사말을 받을수록 진석 오빠의 부재가 더 큰 빈자리로 다가왔다. 준주는 진석이 마치 어디엔가 살아서 자신을 지켜볼 것만 같았다.

도오루는 준주가 조선으로 무사히 돌아갈 수 있도록 하기 위해선 인연을 핑계로 붙잡지 말아야 한다는 쓰라린 각오를 한다. 침묵은 힘겨운 결심이었다.

　이런 복잡한 여건에 놓여 있는 도오루를 충분히 이해를 하면서도 한편으로, 준주는 자신의 존재가 야요이에게 꿰맬 수 없는 상처를 남긴 것만 같았다. 준주의 몫을 빼앗은 야요이는 화장품 광고 모델로 성공을 이루자 영화출연 제의도 심심찮게 받았다. 그녀의 귀족적이며 인형 같은 맑은 눈동자는 대중에게 전시의 불안한 분위기를 녹여 주는 데에 안성맞춤이다. 다행인 것은 바빠진 덕에 야요이의 도오루에 대한 집요한 집착이 조금은 수그러졌다는 것이다. 그럼에도 불구하고 신문이나 잡지에는 야요이와 도오루의 사이를 취재하여 약혼자라고 쓰였고 곧 결혼할 것처럼 보도되었다.

　도오루가 신문 기사에 대해 침묵을 지키는 이유는 누구보다 준주가 그 사실을 이해하고 있기에 구태여 해명할 필요가 없었기 때문이다.

　짐은 미리 배편으로 보냈으나 준주가 들고 가는 큰 가방은 도오루가 대신 들었다. 둘은 10년 전 서로 타인으로 어깨를 스쳤던 시모노세키 항구까지 가는 기차를 함께 탔다. 준주를 보내야 하는 이별의 시간이 다가오고 있다. 서로 아낌없이 사랑을 주고받던 준주를 떠나보내려니 너무나 막막하다. 게다가 신문에 오르는 야요이에 대한 기사 내용들이 도오루를 더욱 침울하게 만들었다. 도오루는 가슴이 한없이 무겁지만 잠시 헤어지는 일이라고 준주를 달래 주고 이해시키고 싶다. 그러나 전쟁 시기이니 재회를 기약할 수 없고 그 이별이 잔인한 슬픔으로 다가왔다.

　"축하 드립니다, 도오루 씨."

봄날의 짙은 안개처럼 답답한 마음으로 서운한 빛이 역력한 도오루에게 준주는 입을 뗐다.

"신문에서 기사를 읽었어요."

"……."

서운한 미소가 도오루의 입가에 실그러지며 번졌다가 사라진다.

도오루는 변명을 하고 싶었지만 애써 말을 꾹꾹 눌렀다. 혼조 장군과의 약속이 있었기 때문이다. 도오루는 혼조 장군에게 진석을 빼내 달라고 부탁하는 대신 야요이와 약혼을 하기로 했다.

어떤 위로의 말로도 조선으로 돌아가는 준주에게 위로를 줄 수 없을 것 같았다. 더구나 도오루는 자살까지 시도한 야요이의 구애를 뿌리칠 수 없었다. 혼조 장군의 가족이 안정을 찾을 때까지만이라도 준주를 조선에 머물도록 하고 싶다는 게 도오루의 생각이다. 이것이 준주를 위하는 길이라고 여겼다.

"준주 씨, 절 이해해 달라고 떼를 쓰고 싶지는 않아요. 말한들 진실한 본심이 표현될까. 제 진심은 준주 씨를 사랑하고 있다는 것밖에. 그게 진실이고 사실인데. 우리의 사랑은 지금 시간이 필요한 듯해요."

마침 따뜻한 차를 파는 승무원이 지나가고 있었다. 도오루와 준주는 우유를 듬뿍 넣은 홍차를 주문했다.

콧속으로 스멀스멀 기어드는 홍차 향은 슬픈 이별의 향기 같다.

도오루는 피로감으로 몸살기가 돌았다. 양어깨는 불가마를 지고 있는 듯 무겁고 뜨거웠다. 그 열이 팽창해 머릿속을 눌러 욱신거리기 시작했다.

"우린 다시, 또다시 만날 수 있을까요? 큰 전쟁이 다시 날지도 모른다는 소문이 있어요."

"서로를 바라보는 소중한 시간을 열어 둡시다. 당신은 많은 조선 반도 아기들과 산모들을 구할 훌륭한 의사잖아요. 준주 씨 의지와 실력을 잘 알아요. 의학부 시절 감당하기 어려운 해코지들도 다 이겨 낸 강한 여성이잖소."

"이제 우리 시대에 전쟁은 그만이길. 제발 멈췄으면 좋겠어요."

준주는 한숨을 길게 내뱉었다.

"대구에 있을 거요?"

"상황 보고 그 때 결정하려고 해요."

도오루가 준주의 이마로 흘러내린 머리를 올려 주었다. 복숭아 빛 이마 아래로 새까맣고 큼지막한 눈동자가 이별에 젖은 슬픈 빛을 담고 있었다. 두 눈동자에 도오루가 가득 비친다. 도오루는 슬픔에 부풀어 오른 준주의 찬 입술 위로 자신의 입술을 가져갔다.

그들은 서로의 입술을 통해 고별의 아프고 무거운 시간을 견뎌 내려 했다.

"도오루 씨. 조금이라도 내키지 않다면 결혼하지 마세요. 우리의 사랑은 책임을 지는 거라 말했죠? 이건 내 욕심인데…… 아니, 그게 아니라……."

준주의 두서없는 말이 이어졌다.

"준주 씨, 몸조심해요. 또다시 전쟁이 터지더라도 끝까지 서로를 잊지 않는다면 우린 만날 겁니다. 전 만날 거라 굳게 믿어요. 그땐 절대로 헤어지지 맙시다. 잘 가요. 준주 씨."

도오루는 그녀를 더는 마주 볼 수 없어 빠르게 돌아섰다. 나약한 자신의 모습은 고향으로 돌아가는 준주를 침울하게 하리라 생각했다. 준주는 총총히 걸어가는 도오루의 뒷모습을 눈에 꼭 담아 두었다.

연락선에 오른 준주는 선실의 조그만 선창을 바라보며 10년 전의 각오를 되새겼다. 의학 공부를 마치고 무사히 귀향하는 이 순간의 기쁨이 이별의 슬픔을 어루만져 주었다. 그리고 다시 뜨거운 결심을 한다. 소식에 의하면 고국의 출산 환경은 떠나올 때와 별 차이 없이 좋지 못하다. 준주는 고국 임산부들의 손과 발이 되리라 결심한다.

부산역에서 밤 열차를 탔다. 열차에서 울려 퍼지는 길고 긴 기적 소리에 놀라 깜빡 단잠을 깨고 일어났다. 어느덧 대구역에 도착했다.

"사과 사이소오! 홍옥 사과예. 꿀사과 사이소!"

사과 장수 목소리에 정신이 들었다.

　　　　　　　　　　　　　　　준주는 10년 비워 둔 산천을 살뜰
히 살펴본다. 무엇보다 대구 주변을 감싸고 있는 산들의 형세가 지난 산
세와 달라졌다. 팔공산의 비로봉을 주시하면 서쪽 봉우리 동쪽 산줄기
의 꿈틀대는 힘이 사라진 듯하다. 역시 달성군의 천왕봉을 업고 있는 비
슬산의 아름답던 산세도 예전의 것이 아니다. 솔나무 숲은 사라지고 붉
은 핏줄 같은 산 흙이 불거져 민둥산이 되었다. 그러나 민둥산 줄기 침
묵의 검은 바위들 몸체 사이로 수줍게 핀 연분홍의 진달래꽃들이 나라
잃은 설움을 물고 군락을 이룰 차비를 한다. 산에서 얻은 솔나무 가지와
송진은 연료로 쓴다고 관할 부서에서 걷어 간다고 한다. 그래서 아직 솔
나무를 품은 산은 번번하다. 하지만 일본의 아시아 전쟁이 멈출 때까지
는 조선의 산천은 볼모가 될 운명이다.

　　유모의 한식 가옥은 서까래를 그대로 보존하고 대청을 딧대고 다락
을 앉혀 사랑방을 아늑하게 늘였다. 현서가 대구에 올 때면 집에 머물면

서 수리를 도맡아 해 준 덕택이다.

준주는 사랑방 벽면으로 세워 둔 책장 앞에 멈춰 섰다. 준주가 보통학교 시절에 탐독했던 기초의학 서적들,《안데르센 동화집》,《소공녀》 등이 깨끗하게 꽂혀 있다.

"아기씨가 글자를 가르쳐 준 덕분에 이 유모 여기 책 다 띠고 책 보는 재미가 쏠쏠하구마."

유모가 손등으로 코를 부비며 함박웃음을 지었다.

이때 익숙한 목소리가 귓전에 울렸다.

"준주야! 니 왔나! 미얀타. 마중을 못 가서. 면공장 책임자가 일이 생긴 바람에. 니가 욕받제."

숨이 턱까지 가랑거리며 기뻐하는 현서가 다시 말을 이었다.

"어무이랑 니 졸업 때도 못 가서 이 오빠가 한턱 낼 끼다. 기다리라 이."

"졸업 선물 준다는 거지? 그런데 도미요 씨는 떼어 놓고 오신 거예요?

준주가 허를 찌르는 말을 했다.

"야 좀 봐라. 준주야. 니 오해하지 말기다. 도미요 씨는 사업파트너 라는 걸 가끔 잊어버리는 게 너의 매력이라. 니 질투 좀 하거라. 질투를 안 하니까 재미가 없더라."

그는 두 눈을 부릅뜨고서 고개를 흔들었다.

"오빠는 참, 못 말려요."

준주는 가늘게 실눈을 떠서 보란 듯이 무섭도록 흘겼다.

"아이고! 무서워. 간이 콩알이야."

그새 유모가 밥상을 받으라고 소리를 질러 댔다.

"준주 아기씨요! 현스야!"

모처럼 지난 시절처럼, 걸걸한 유모의 힘이 들어간 목소리가 대문 밖으로 새어 나왔다.

진석이 군에서 목숨을 잃자 일본 정부는 장 진사 집안의 재산 압류를 풀었다. 외아들을 나라에 바친 것에 대한 보답이었다. 진석이 군에서 죽은 뒤로 장교로 승진이 되었기 때문에 재산은 당연히 풀어야 한다는 당국 마음대로의 처사였다.

"전답도 그 당시 봄까지 소작하던 농가에게 문서를 내주고 반야월에 5천 평이 남았어. 이것은 준주 어머니 수연 아씨의 몫까지 합친 것이고. 저쪽 풍각산 자락에 밭 만 평도 남긴 했는데……. 그리고 그 샘골 집은 준주 앞으로 등기 이전을 벌써 해 두었어. 알아보니 진석이 세상을 뜨고 나서 준주 외숙모가 변호사를 시켜서 하셨더라."

현서의 설명은 분위기를 숙연하게 만들었다.

"대갓집이 무너져도 삼대가 묵고 산다드니만……. 준주 아기씨 몫이 쪼매 남긴 남았구마."

유모는 밥상 위에 있는 조기를 두 손으로 발라서 준주와 현서의 주발 위에다가 차례로 올려놓았다.

"어서. 묵으라이. 밥 식는다."

그러면서도 유모는 현서와 준주의 이야기를 열심히 듣고 있었다.

"그 땅이 필요한 게 아니라. 당장 위생시설을 갖춘 일터가 있어야 하는데 마음만 급하네. 오빠야."

준주는 유모가 떼어 준 조기토막을 맛깔스럽게 납죽 받아먹었다.

"어제 왔는데 며칠 쉬었다가 대구의 의전 도립병원이나 동산병원에 내가 먼저 가서 자리가 있는지 교섭해 봐도 되잖아? 뒤따라오는 사람이라도 있나. 왜 그리 서둘러? 푹 여독이나 풀며 좀 쉬거라. 배를 타는 것도 은근히 골병이 든대."

준주는 현서의 말을 들으며 도오루와의 이별로 골병이 드는 것만 같다고 생각했다.

"오빠 말도 옳아. 그런데 내 생각은 도립병원에 직책을 두는 거보다 독립하고 싶어서. 땅이 있다니까 그걸 이용하면 돈을 마련해서 힘들어도 개업해 보려는데."

준주는 때때로 현서가 자신을 이성으로 대하는 듯 싶을 때면 언제나 유모가 떠올랐다. 둘이 유모의 가슴팍에 숨어 코딱지를 후벼 서로의 얼굴에 처바르던 일하며, 행주에 사탕 하나를 싸서 다듬이에 깨어 부셔먹던 일하며, 넉넉한 통에다 물을 받아 둘이 들어가서 물장구치며 목욕하던 추억들이 생생히 살아났다.

이제 처녀, 총각이 되었다 한들 유년시절의 느낌 그대로이고 싶다. 또한 현서에 대한 이성적 감정이 찾아오지도 않을뿐더러 한없는 형제적인 두터운 사랑을 느끼고 있다. 그리고 지금은 이별을 했다지만 도오루와의 이성적 사랑이 여전히 가슴 가득 채우고 있기 때문에 현서의 자리는 오빠일 뿐이다.

준주는 모르는 척해야 했다. 지금은 반드시 해야만 될 일들을 곰곰이 생각해 보며 현서의 도움을 절실히 받고 싶다. 생각을 모았다. 도립병원에서라면 더 경험도 쌓고 수술이 필요할 경우 동료들의 도움도 받게 될 것이고 수월하게 월급을 받을 수 있을 것이다. 그러나 농촌의 많은 여성들은 도심지 병원으로 오기가 결코 쉽지 않다. 그래서 자신의 의술이 시골의 임산부들에게 도움이 되길 바랐다.

임산부가 출산하는 일이 자연적인 생리라고 하지만 생명을 탄생시키는 것이라서 삶과 죽음이 오갈 수도 있다. 무엇보다 경제적 사정으로 병원에 입원조차 하지 못하는 경우가 허다하다. 시골에서 멀리 떨어진 곳에 있는 임산부는 병원을 가다가 미처 도착하지 못한 채 길바닥이나 어느 산길의 어둠 속에서 난산을 겪는 경우도 있다. 준주는 이런 환경들을 생각했다.

"준주야, 뭐 심각한 이유라도 있는 거야?"

현서가 창문으로 내려오는 햇살이 눈에 부신 모양이었다. 이마 아래로 쏟아지는 햇살을 손에 받쳐 들었다.

"시골이 문제지. 도시에서는 그런대로 혜택을 받잖아. 임산부들 말예요. 시골에서 손길이 없으면 임산부는 두렵고, 또 위험에 빠지지 않는다고 누가 보장해? 게다가 시골에서는 밭을 매다가도 방에 들어가 혼자 아기 쑥 낳을 줄 알다가 실신하는 경우가 어디 한두 경우야? 생각해 보면 의사로서 정말로 안타까워서 그러지."

마치 난산하는 임산부를 눈앞에서 보듯 얼굴을 찌푸렸다.

"무슨 묘안이라도 있다는 거가?"

현서가 물었다. 그리고 침을 삼키며 침착하게 말을 이어 갔다.

"내 말부터 들어 봐라이. 준주야."

현서가 한 가지 제안을 했다. 바야월 땅 한구식에 지방 유지들이 3년 전에 협력해 사립 보통학교를 지었는데 처음 열네 명이던 학생이 한 해 한 해 줄더니 현재는 한 명도 없다는 것이다. 그래서 폐교한 그쪽을 활용해 보면 어떠냐고 했다.

"빈 건물이 그대로 있다는 거지?"

준주는 궁금증이 났다.

"벽돌로 지은 2층인데, 열두 교실이고 제법 넓더만. 내가 누구고? 며칠 전에 달려갔더니 교무실, 교장실, 양호실까지 텅 비어 있다 아이가. 이 극성맞은 길현서, 눈도장 콱 찍어 버리고 왔대이. 내일이라도 나랑 가서 확인해 볼래? 땅 주인은 너니까 벽돌 값만 내놓으면 만사 해결이 안 되겠나."

준주는 두렵고 불안했지만 든든한 현서 오빠가 지켜 주리라는 생각에 희망이 차올랐다.

"이 밥 마저 드시고, 좀 천천히 잡수소."

유모가 준주를 아기 다루듯이 얼랬다. 하지만 준주는 유모의 말이 귀에 들어오지 않았다.

현서는 준주의 모습을 그대로 지켜보았다. 아직 꽃 같은 나이에 힘겨운 고생의 터전으로 뛰어들겠다는 경험 없는 그녀를 손들고 환영할 수도 없었다. 그러나 그녀가 원하는 그대로를 지켜 주는 수밖에. 애당초 그녀의 고집에 두 손을 번쩍 들었던 현서였다.

"그런데 준주야. 내가 동참하고 싶은데 네 생각은 어떠노?"

준주는 그 말에 잠잠해 버렸다. 기다리지 못하고 현서가 하던 말을 이었다.

"니 생각을 존중하자는 게 내 본심이거든."

"오빠는 항상 지금도 나와 동행하고 있잖아. 전적으로 내 후견자가 되어 주는데 내가 그걸 몰라준다는 거야? 오빠 누구보다 날 잘 알면서도 그래."

유모가 음식이 남은 그릇들을 쟁반에 담았다. 방문 사이로 노란 햇살이 비집고 들어왔다.

"덕아, 이 상 물러가거라. 행주 좀 가지고 오고."

이윽고 하얀 앞치마를 입은 덕이 행주를 가지고 들어왔다.

"아니, 또 모르는 척한다. 니, 내 속마음을 다 알면서 회피하려 드시네. 다시 말할까? 내가 니 동반자로, 동고동락하자는 거 아이가! 이 철부지야, 알아듣것나?"

"아이고 야들은 노상 이 말 뿐이다. 현서야. 준주 아기씨가 몸이 열 개라도 모자랄 만큼 할 일이 태산이라! 지금 마음이 급한데 말이나 되나. 오빠라는 게. 철없이……."

유모는 아들 현서에게 철들라고 눈을 흘기며 핀잔을 주었다.

"니, 눈치도 없고 멋대가리가 와 그렇게 없노. 이자 방금 온 준주 아기씨, 피곤하구로. 고만하거래이."

은근슬쩍 준주를 거들었다.

"도미요는 어디까지나 사업상의 파트너야. 난 그녀 덕에 부자가 된 것이고 그녀 역시 일본 여성으로 최고급의 디자인으로 자타가 공인하는 여성 일꾼이 되었지. 하지만 우리는 누가 이용하고 누가 이용당하는 걸 따지지 않아. 서로 일하는 사이야. 그 이상도 아니야."

현서는 흥분해서 준주가 묻지도 않은 문제를 들먹였다.

"근데, 둘이 잘 맞는 짝이라는 거 오빠 모르지? 딱 맞춤이라니까?"

"난 준주에게 청혼을 하고 있는 건데, 대답을 해 줘야 하잖아?"

그럴 필요는 없었다. 준주가 하고 싶은 말은 언제나 현서가 이미 알고 있을 터이니까.

콩기름 칠을 해 반들거리는 노란 온돌 장판은 문틈으로 들어온 봄 햇살로 반들거렸다.

"도미요의 동생. 도오루 때문이야?"

준주가 현서를 측은하게 바라보자 그녀의 시선을 피하면서 말했다.

"그가 야요이와 약혼한 거, 너 모르고 있었지?"

"알아."

시무룩한 준주의 얼굴이 이내 찌그러졌다.

"신문에도 났었잖아. 난 이제 남의 인생에 끼어들고 싶지 않아."

그녀의 우울한 표정은 방 안에 가득한 햇살로 더 외롭게 보였다.

"난 하루빨리 작더라도 병원 문을 열고 일 시작하고 싶어서 그렇지. 오빠, 난 복잡한 문제 생각할 겨를 없다니까."

준주는 목소리를 한층 높였다.

"반야월 그쪽에 폐교 건물을 수리해서 일을 진행하면 좋을 것 같네. 오빠가 즐거운 마음으로 협조해 준다면, 나야 대환영."

"……."

현서가 듣지 않으려고 두 귀를 양손으로 막았다. 준주는 더욱 큰 소리로 현서의 귓전을 향해 소리쳤다.

"난 오빠가 아예 다 맡아서 병원답게 꾸며 달라고 부탁하고 싶지만. 어디 그게 다 맘대로 되는 일 아니잖아."

"아이고, 시끄러버라이. 귀먹겠구마."

사투리로 말하는 현서는 즐겁기만 한 얼굴이다.

"사실 오빠와 나 사이인데 복잡한 문제가 어디에 있겠어."

"대구 공장을 몇 개나 꾸려 가는데 그까짓 폐교를 수리하는 일은 어렵지 않지. 침구는 기숙사에서 가져다 두고……. 근데 너…… 자꾸 날 밀면 기다리는 수밖에. 기다리다 영감탱이 되겠데이."

"오빠. 할배 되도 이럴 꺼지?"

"니는 할매 안 될라카나?"

"나는 그 때 고마 땅속에 있겠구마."

유모가 한마디 거들었다. 방 안 웃음소리가 대청마루까지 새어 나온다.

그날 이후 준주와 현서는 각자가 맡은 일로 분주해졌다. 폐교 건물 입구에 있는 수위실도 빠트리지 않았다. 그 옆으로 접수부, 간호원실, 대기실도 만들었다. 또 진단실과 분만실을 칸막이로 구분했다. 식당과 부엌, 창고는 건물 뒷마당에 두었다. 무엇보다 입원실과 신생아실을 붙여서 배치했다. 서로를 함께 묶어 두니 일 처리 동선이 한결 효율적일 것 같다.

남쪽으로 향한 환한 햇살을 품고 있는 폐교는 소박한 병원으로 거듭났다.

현서는 한 달 이상 병원 시설 작업을 진행했다. 현서도 준주만 바라보고 기다리기에는 바쁜 일꾼이다. 대구에 그의 면을 짜는 공장이 있을 뿐더러 도쿄와 교토에서도 처리해야 할 일들이 쌓여 갔다.

근래 현서는 부산 항에서 홍콩의 빅토리아 항까지 선박으로 군수물자를 나르는 절호의 기회를 얻었다. 그러면서 세계적인 유행에 맞춰 편물도 더 많이 수출할 수 있게 되었다. 현서는 오히려 전쟁을 이용해 우뚝 일어서는 사업가 자리를 노리고 있었다.

하얀 의사 가운을 걸친 준주는 왕진 가방을 앞에 실은 자전거를 타고 집집마다 임산부들을 찾아다니며 메모지를 돌렸다. 산부인과 병원이 생겼다고 즐거워하는 임산부들은 준주가 돌린 메모지를 마루와 문설주 위에 침을 바르거나 밥풀로 붙였다. 그런 모습을 볼 때마다 병원 혜택을 제대로 받을 수 없는 그들의 마음을 읽었다. 성심성의껏 진찰해야겠다는 생각이 파도처럼 밀려왔다. 준주는 육체적으로는 지쳤지만 마음은 즐겁고 온화한 상태다. 다만 도오루를 생각하면 가슴이 먹먹하고 막연한 그리움이 안개처럼 가득해졌다.

1941년 12월 일본이 일방적으로 미국 하와이 진주만을 선전 포고 없이 공격했다. 그 후 급속도로 전 세계적인 태평양 전쟁이 시작되었고 세계 수많은 젊은 생명들이 전쟁에 바쳐졌다. 일본 정부는 '낳아라, 물려라!'라는 구호를 내걸고 출산을 장려하는 운동을 실시했다. '이웃조합'을 조직해 가구마다 생활필수품인 곡식과 부식, 채소 등을 배급받도록 했다. 자녀가 많은 가정은 배급 품목 개수가 더 많았다. 밀가루를 비롯 설탕 또 비누 한 장이라도 더 받았다. 따라서 임산부는 증가하기 마련이었다. 이 흐름을 타고 소문이 난 준주의 병원으로 임산부들이 꾸준히 찾아들었다. 더구나 도심의 인구를 분산시키는 소개령이 내렸기 때문에 가옥 수가 늘어난 반야월은 읍으로 변모하고 있었다.

준주의 산부인과 병원은 달이 갈수록 조금씩 환자들이 늘어났다.

다른 시골 임산부들도 산달이 다가오면 미리 입원해 출산 예정일을 병원에서 기다리곤 했다. 더욱이 임신중독에 걸리거나 체질이 병약한 임산부는 달이 차기 훨씬 앞서 입원해 치료를 받기도 했다. 그렇게 된 것은 준주의 노력 덕분이다. 병원은 안전 출산을 지향하던 그녀의 궤도에 어느새 오르고 있었다.

개업을 하고 얼마 동안 준주는 작업복 차림으로 자전거를 타고 다니며 시골 아낙네들에게 위생을 계몽했다. 위생 습관은 건강하게 출산하는 데에 매우 중요했다. 임산부들은 자식을 위한 일이라 물심양면으로 위생을 지키는 일에 준주를 돕고 적극 따랐다. 농한기인 겨울철에는 임산부들이 병원으로 와서 병원의 일손을 덜기도 했다.

병원이 2층으로 넓어지면서 간호원도 두어 명 더 둬야 했고 청소할 일손도 필요했다. 빨래방이며 소독실, 그리고 식당에도 일손이 부족해지자 퇴원한 산모들이 팔을 걷고 나섰다. 여러 부인들이 각자의 능력에 맞게 병원 일에 보탬이 되어 줬고, 서로에게 병원의 일자리를 추천해 주기도 했다. 병원은 여자들의 협심으로 굴러가게 되었다. 뒷마당에서 고추를 말리기도 하고 배추도 가꿨다. 시골 인심이 무엇보다 좋기도 했거니와 새로운 생명, 신생아가 탄생하는 기쁨이 컸다. 준주가 외롭다 생각을 할 겨를이 없을 정도로 주민들은 준주와 의료시설을 필요로 했다. 비록 작은 시골 병원이지만 신생아 울음이 끝이질 않았다. 시간은 계절에 녹아 그녀 곁에서 흘러가고 있었다.

5월의 어느 날, 현서가 찾아왔다. 준주는 보는 순간 놀라며 외쳤다.

"누구, 누구시더라! 이 멋진 신사 양반은 도대체 누구시더라?"

두 사람은 농담을 주고받으며 반가워했다. 준주의 눈에는 현서가 전에 없이 멋져 보였다. 수수한 신사복 차림이었지만 얼굴에 여유가 넘쳤다. 의젓한 말씨와 호탕한 웃음소리를 지닌 어엿한 사업가다.

"아니, 당신이 장준주 씨 맞아요?"

현서는 한쪽 눈을 삐뚜름히 돌리며 웃었다.

"그러시는 당신은요?"

준주가 목소리를 낮추고 맥없이 물었다. 그녀는 앞에 있는 현서를 지켜보면서 무겁게 스쳐 지나간 세월을 깊이 느꼈다. 갑자기 눈물이 핑그르르 돌았다. 무심하게 흘러간 세월에 대한 허전함 때문이다.

"준주야, 어디 아프니? 안색이 창백한데? 너무 무리하고 있는 거 아니가?"

"평생 하는 일이고 내 일인데. 사는 게 다 이렇지. 안 그래요? 오빠."

현서는 그렇게 말하는 준주가 낯설기까지 하다.

곱던 하얀 살결이 빛을 잃고 어둡게 그늘져 있었다. 벌써 눈가에 잡힌 가는 주름이며 눈 밑에 그늘과 햇볕에 그을린 옅은 주근깨들이 그녀의 얼굴에 내려앉아 있었다.

"밖에 누가 왔는데……."

현서가 손으로 문을 가리켰다.

"같이 들어올까 하다가…… 네 앞에 둘이 바로 서기가 그래서……."

"아이고, 우리가 뭐 새삼스럽게 체면을 차려야 하는 사이야? 들어오시라고 해요. 아니, 내가 나가지."

바삐 걸어 나온 준주는 도미요를 진심으로 반겼다.

"안녕하세요? 오랜만이군요."

도미요도 반가워 반짝이는 하얀 이를 드러내며 귀엽게 활짝 웃었다.

"도미요 씨, 잘 지내셨지요. 어서 안으로 들어오시지 않고요."

도미요는 도오루의 누나가 아닌가. 준주는 보자마자 도오루에 대해 이것저것 묻고 싶다. 하지만 좀처럼 적당한 기회가 주어지지 않는다.

세 사람은 병원을 나왔다. 읍내에 그나마 찻집이 한 군데 생겼다. 준주는 도미요의 모습을 유심히 살펴보았다. 2년 전 도쿄에서 만났던 때의 멋진 모습 그대로다. 오히려 표정이 훨씬 밝아져서 남다른 자신만의 빛깔이 그녀에게 생겨난 것을 느낄 수 있었다. 그녀는 사랑하는 사람을 바라보는 것만으로도 행복한 듯했다.

도미요와 같이 있는 자리에 끼어 있기가 어색한 준주는 핑계를 대고 병원으로 먼저 올라와 혼자 생각에 잠겼다. 도미요는 필시 할 말을 전하기 위해 찾아왔다가 자신의 꼴을 보고 차마 입이 떨어지지 않아 그냥 말하지 않은 것이라 여겼다. 이제는 시간도 흘렀으니 도오루는 야요이와 결혼했을 것이고 슬하에 아기도 있을 만한 세월이 지나갔다. 남남이 된 지 2년의 시간이 흘렀다. 돌이킬 수 없는 사이가 되고 만 것을 절감했다. 이제와 돌이켜 보니 도오루와 일생을 같이할 동반자도, 우애 깊은 친구도 되지 못했다. 아쉬움을 남긴 채 결국 그와 관계를 잇지 못했다 생각하니 가슴에 날카로운 칼날이 깊이 꽂혀 파고들어 아렸다.

준주는 스스로 마음을 달랬다. 자신에게는 뚜렷한 목표가 있었다. 무엇보다 조선의 임산부와 태아의 생명을 안전하게 지켜야 하는 의무가 있었고, 이 일이 소중한 일이라고, 그 신념을 잃지 않도록 자신을 타일러 왔다.

며칠 지나서 현서가 혼자 준주를 찾아왔다.

"준주야, 사실은 도쿄에는 공습의 위험이 있어서 조선은 어떤가 하고서."

"공습이라고?"

"조선도 위험하기는 마찬가지겠지만……. 얼마 전에 도미요와 아키타에 다녀왔어. 둘이 같이 당분간 아키타에서 지내려고. 백화점 거래는 왔다 갔다 하면서 할 수 있으니까. 도미요 이모부님도 계시고, 더욱이 고향이라서."

"응, 그래. 하루와 도오루 씨 어머니 위패도 모셨고."

준주는 아버지 황호랑과 오가와 선생이 있는 아키타가 눈에 어른거렸다. 아버지가 등불을 해마다 밝히시던 곳이 아닌가. 스르르 코끝이 찡해졌다.

"전쟁이 끝날 때까지 그곳에 가서 지내기로 했어. 다만 어무이를 모시지 못하는 게 죄스럽고 준주에게 미안할 뿐이지."

준주는 도오루에 대해 묻고 싶었지만 입이 열리지 않았다. 이미 자신의 사람이 아닌 이상 물어 댈 수는 없다. 더더구나 현서 오빠에게는 내색하고 싶지 않았다. 오빠에게 이중으로 상처를 줄 수도 있기 때문이다.

"악수나 하고 헤어지자."

"헤어지긴 왜 헤어진다고 그래. 오빠도 참나. 언젠 갔다 왔다 안 했나? 왜 그래."

"이번엔 다르다잖아. 오래 걸릴 거다. 태평양 전쟁이 끝나느니 마느니 시국이 심각하다. 전쟁이 끝난다 해도 안심할 수가 있을 것 같아? 더 무서워질 거 같아서지. 너랑 어무이를 두고 발걸음이 떨어지지 않는다.”

“무슨 소리인지. 오빠는 과잉반응이야.”

“니가 민심에 몰릴 거 같아 걱정이 많이 된다 아니가. 일본 물을 먹었다고 친일파니 뭐니 해 싸서. 게다가 진석이 징병으로 입대했잖아.”

“입대하고 싶어 입대한 게 아니잖아. 징용이지.”

“그러니 하는 소리야.”

현서가 말문을 닫고 그녀 코앞으로 손을 내밀었다. 준주는 마지못해 그의 손을 잡고 쓸쓸하게 웃었다. 눈물이 사르르 고이고 미소가 삐뚤어졌다. 결국 떠나는 현서에게 초라한 모습을 보여 주기 싫어 돌아서고 말았다.

‘오빠, 나도 알아. 그냥 모르는 척 돌아가 주세요. 난 거기 돌아갈 수가 없어요.’

준주는 속으로 중얼거렸다. 그러는 사이에 시야에서 현서가 어른거려 보이지 않았다.

분홍의 장미꽃들이 향기를 쏟아 내는 녹음 짙은 계절의 여왕인 5월에 현서는 준주와 유모의 곁을 스치고 지나갔다.

1944년 입동을 바라보는 10월에 준주는 반야월에서 다소 떨어진 산마을에 왕진을 가게 되었다. 이슬이 마르지 않은 아침나절에 중년의 농부가 소달구지를 몰고 병원에 들이닥쳤다.

“신새북에 집을 나왔구만요. 윙캉 멀어서 오고 보이, 집식구가 걱정이구마. 퍼덕 안 가만 얼라는 놓았는지, 살았는지, 죽었는지 모르겠소.”

준주는 혹시나 싶어서 으스스한 밤 시간을 대비하여 솜바지 솜윗도리를 껴입고 바람에 충분한 대비를 갖추고 나갔다. 물론 목도리로 목을 둘둘 돌려서 감고 코를 감쌀 마스크까지 잊지 않았다. 왕진이 밤까지 이어질지도 몰라 방한 준비를 충분히 해야 했다. 신작로를 한참 가다가 산모퉁이로 올라가는 길목에 닿았다. 아스라한 좁은 산길로 올라가니 꼬부라지고 비탈진 산허리에 모여 사는 초가집들이 옹기종기 나타났다. 농부가 얼굴로 가리켰다. 준주는 울타리 없는 마당으로 발자국을 뗐다. 툇마루와 방 두 칸은 보이는데 안에서는 사람의 기척이 없었다.

"야들아, 어매는 어딨노?"

농부가 외치자 한쪽 방에서 여섯 살쯤 되어 보이는 아이가 나왔다.

"뒤란에 가 보소."

아이가 대답했다. 두 사람은 뒤란으로 돌아갔다. 외양간이 있고 나직이 쌓인 짚단 위에 누워 있는 아낙네가 보였다.

"얼아 놓고…… 이게 짚 밑에……."

산모는 꺼질 듯한 목소리로 힘겹게 중얼거리고는 이내 까무러지고 말았다.

"미역국이 있으면 밥하고 가져오세요."

준주는 엉거주춤 들여다보고 있는 아기 아버지에게 일렀다. 준주의 손이 이미 아기에게 가 있었다. 짚에는 아기뿐만 아니라 태반도 아기와 같이 피 묻은 헌 옷 나부랭이에 싸여 있었다. 들고 간 왕진 가방을 열었다. 먼저 아기와 태반이 연결된 탯줄을 자르고 분리했다. 피투성이가 된 사내아이는 살아서 손발을 꼼지락거렸다. 준주는 아기의 입속과 눈을 씻어 내고 올리브 스펀지로 머리의 태지(태아의 몸을 싸고 있는 지방 물질)를 닦아 낸 다음 몸도 고루고루 문질렀다. 탯줄과 배꼽도 소독해 붕대로

337

감았다. 그런 다음 가지고 온 천에 아기를 꼭 감싸 안고서 방으로 들어 갔다. 우선 방바닥에 깔려 있는 요 위로 아기를 눕히고 이불자락을 덮 어 주었다. 이렇게 아기에 대한 처리를 신속하게 마치고 다시 외양간으 로 갔다. 산모의 음부와 엉덩이 얼안을 소독하고 산모용 기저귀를 채워 아랫도리를 감싸는 속옷을 입혀 산모를 남편과 함께 방으로 옮겼다. 그 리고 그녀를 아랫목으로 아기 옆에 나란히 눕혔다.

"아기의 배내옷이 있으면 주세요."

그 말에 아기의 아버지가 두루뭉술한 보따리를 내놓았다. 그 속에 아기의 형들이 입었다가 동생에게 물려주게 된 배내옷과 무명 기저귀 들, 그리고 역시 내림으로 남아 있는 포대기가 들어 있다. 준주가 아기 에게 배내옷을 입히려고 하는데 아기의 고추에서 오줌 한 줄기가 위로 솟아올랐다. 오줌은 준주가 입은 가운의 옷자락을 적셨다.

"어매, 오줌 줄기 쪼매 보소."

아기의 아버지가 기뻐서 말했다.

"내가 살았어요, 하는 구만도. 선상님이 두 모자 목숨을 구해 주셨 구마. 이 은혜 잊지 않겠습니더."

부부가 인사말을 하는 사이에 준주가 떠날 준비를 하며 말했다.

"아직 마음을 놓지 못하겠어요. 내일 아기와 어머니를 우리 병원에 입원을 시키세요."

아기 아버지가 상을 찌푸렸다.

"외양간에서 오랜 시간을 보냈기 때문에 안심할 수가 없어요."

준주는 출산 장소가 비위생적이었다고는 굳이 말하지 않았다. 습기 찬 바닥에 짚단을 깔았다 한들 세균이 없을 리가 없으며 더욱이 소의 분뇨가 바닥에 깔려 있는 이상 곰팡이 균이나 여러 가지 세균이 있을 것이었다. 그 균들이 산모에게 오염되어 산욕열을 일으킬 수도 있고 아기의 배꼽이나 호흡기를 통해 들어가 파상풍을 생기게 할 가능성이 많아 방치할 수는 없는 일이다.

"돈 걱정 말고 반드시 입원을 시키도록 하세요. 병원에는 무료 시설도 있으니까 망설이지 말고요. 오실 때에는 덜 추울 낮 시간에 아기를 잘 싸서 바람에 내놓지 말고 조심해야 합니다."

준주는 찜찜한 마음으로 돌아섰다.

오색의 황혼이 누린 들판을 덮을 무렵, 돌아오는 산길에 준주는 다시 소달구지에 몸을 실었다. 소달구지가 어슬렁거리며 가다가 콩닥거리며 바닥을 찧었다. 심한 동요에 몸을 맡긴 준주는 산모와 아기에 대한 불안한 마음이 가시지 않았다.

어느새 오후의 하늘과 숲은 노을의 붉은빛이 거뭇해지고 있었다. 가까스로 산 고개를 넘어서 신작로에 내려왔다. 반야월 읍내로 들어가자면 아직 5리나 남아 있었다. 가까이 갈수록 들판에 흩어져 있는 작은 마을의 초가지붕들이 저녁의 구수한 안개에 휘어 감겼다.

저만치 반야월의 거리를 눈앞에 두고서 준주가 말했다.

"이제 돌아가 보세요. 산모와 아기가 많이 기다릴 거예요. 여기부터는 혼자 갈게요."

준주는 소달구지에서 내렸다. 차가운 저녁 바람을 막기에 털목도리가 제구실을 해 주었다. 눈만 내놓고 머리와 얼굴을 온통 감쌌으니 날을 세운 추위도 견딜 만했다.

아직 초저녁의 시골길에는 오가는 사람들이 더러 있었다. 읍내로 들어가는 사거리 길목을 앞두고 준주는 걸음을 재촉했다. 목적지를 바로 앞에 두었다는 사실이 더욱 피로감을 몰고 왔다. 노을의 잔영이 남아 있는 마을 어귀 초가집들 위로 모락 연기가 피어오른다.

문득 시선에 들어오는 사람이 있다. 크게 눈을 뜨고 지켜보았다. 키 큰 사나이가 사거리 저편에서 신작로를 건너 이쪽으로 오고 있다. 마치 포수가 과녁을 조준해 맞힐 양으로 걸어온다. 군복을 입은 그 사나이는 어깨데 무언가를 메고 있다. 투명한 공기를 뚫고 흘러나오는 저 휘파람 소리를 준주는 기억하고 있었다.

도오루 말고 어깨에 카메라를 멜 사람이 또 누가 있을까. 불현듯 도오루일지도 모른다는 생각이 스치는 찰나에 그의 목소리가 고요를 흔들었다.

"준주 씨, 준주 씨가 아니오?"

준주는 그 소리에 깜짝 놀라 손에 든 왕진 가방을 놓칠 뻔했다. 한 손으로 마저 가방을 받치면서 그를 지켜보았다.

"이 추위에 왕진 가방을 들고……. 아, 준주 씨."

이미 준주는 그가 도오루임을 느꼈다.

"잘 있었소? 건강하고?"

도오루는 곧 그녀의 가방을 자기 손으로 옮겨 들고 한 손으로 그녀의 손을 꼭 쥐었다. 따뜻한 손이다. 굳이 말이 필요가 없었다.

"도오루 씨."

왈칵 눈물이 깊고 깊은 가슴속에서 치밀어 올라왔다. 도오루는 그녀의 어깨를 강하게 끌어당겼다. 잠시 동안 서서 서로를 품에 안고 체취를 느꼈다. 뜨거운 입맞춤으로 사랑이 식지 않고 변함없는 굳은 신념으로 기다리고 있었음을 확인했다.

"이러고 머물 때가 아니오."

어깨에 멘 코닥 카메라는 그 때 그대로였다.

한 팔로 그녀의 어깨를 감싸 안고 걷기 시작했다. 두 사람은 침묵 가운데서도 상대방의 마음을 송두리째 알 수 있었다. 그들은 병원 건물에 닿을 때까지 할 말을 아꼈다.

병원 안으로 들어서자 도오루가 생각난 듯이 말했다.

"짐 가방을 수위실에 맡겼는데 잠시 기다려요."

잠시 뒤 도오루가 가방을 들고 돌아왔다.

"종군 기자로 활동하려면 이 카메라가 필요하오. 결혼을 하지 않는 대신 자진 입대했소. 그래야 마음이 편해서. 내가 너무 늦게 온 건 아닌지."

"……."

"진석 친구의 빚을 갚아야지. 며칠 후에 중국으로 최전방 종군 기자 자격으로 떠나오."

"이제 만났는데 다시 이별이에요? 아, 전쟁, 전쟁……."

준주는 코끝이 찡해졌다.

"잠깐, 우리 병원에 온 도오루 씨의 모습을 사진에 담아야겠어요."

그는 포즈를 취해 주었다. 도오루의 미소에는 한 치의 거짓이 없고 책임을 다하는 당당함이 흘렀다. 그의 칠 대 삼으로 탄 가르마는 군청색 군모 아래에 감춰져 있었다.

준주는 마음이 급해 뛰어가 2층 별실의 현관문을 열었다.

"어서 들어오세요. 여기는 제가 거처하는 안식처예요."

그녀는 도오루의 짐을 받았다.

거실 안쪽에서 하루의 인형이 도오루를 보며 방긋 웃고 있었다.

"엇, 하루 인형! 너 여기 있었구나!"

"아키타의 언덕에서 떨어진 것을 그때 주은 건데, 참 야요이 씨는?"

도오루의 시선이 허공에 잠시 머물렀다.

"그랬군."

도오루는 그녀에 대해선 일절 이야기하고 싶지 않았다. 더구나 그녀를 떠올리기엔 시간이 터무니없이 짧다.

"준주, 나 좀 봐요."

"샤워실은 저쪽에……."

준주는 그만 그의 가슴에 안겼다. 한참을 말없이 격렬한 포옹으로 그동안의 오랜 그리움으로 쌓인 쓸쓸함을 달랬다. 도오루는 포옹을 풀고 그녀의 얼굴을 가만히 지켜보았다.

"자세히 보시면 사양하겠어요. 제 모양이 이 꼴인 걸요."

도오루는 얼굴을 옆으로 돌리는 준주에게서 눈길을 떼지 못했다. 그의 눈에는 봉사하는 사람만이 지니는 자애심이 스며든 넉넉한 준주의 모습이 보였다.

"지금 그대로의 모습이 가장 아름다워요. 준주!"

그의 얼굴에서 마치 빛과 같은 밝은 웃음이 절로 터져 나왔다.

준주는 도오루가 욕실에서 나오기를 기다리는 동안 현관 앞에 둔 가방을 거실로 옮겼다.

준주는 언젠간 이런 날이 오리라고 한편으로 믿고 있었다. 그녀는 서랍 안에 간직해 두던 남녀 한복을 꺼냈다. 그가 아키타에서 유카타를 보여 준 것처럼 그녀도 도오루에게 한복을 보여 주고 싶었다.

욕실에서 나온 후 비단 바지와 저고리를 입은 도오루는 기쁨이 넘쳐 났다.

"그대는 이런 고운 옷이 없소?"

"나중에 입지요."

"아니, 지금 입어 봐요. 부탁이오."

준주는 그의 애절함에 못 이기는 척하고 안방으로 가서 한복을 입었다. 유모가 만들어 준 빨간색 치마와 초록 저고리, 그리고 빨간 옷고름이 곱게 어울렸다. 조선의 새색시 차림이다.

"실례하겠어요."

기다리다 못해 도오루가 안방으로 건너오며 말했다.

"정말로 아름다워요. 여태 한 번도 조선 한복을 입어서 보여 준 적이 없었잖아요. 꼭 보고 싶었는데."

"일본에선 조선말도 그렇고 한복도 마음대로 입을 수가 없고 답답하고 불편했어요. 나라를 잃은 고아잖아요."

"그런 준주 씨의 심중을 미처 헤아리지 못했소. 나를 용서해 주겠소?"

한동안 준주를 뚫어지게 바라보던 도오루가 물었다.

"이처럼 아름다운 당신 모습은 처음 보는 것만 같은데."

"유모가 시집갈 때 입으라고 손수 지어 주셨어요. 신랑 옷까지도요. 언젠가 도오루 씨가 찾아오면 꼭 입혀 보고 싶어서 잘 둔 거예요. 일이 힘이 들 땐 이 옷을 꺼내어 보곤 그랬어요."

도오루는 생각에 잠겼다가 입을 열었다.

"조선식 혼례는 어떻게 치르는 거요? 이 옷을 예복으로 입을 수 있는 것이오?"

"혼례식 예복은 더 화려하고 복잡해요."

"하지만 이 옷도 예복으로 충분하지 않겠소?"

도오루가 눈을 크게 뜨며 깜빡였다.

"준주 씨와 내가 여기에 있는데. 이 옷으로 우리끼리 혼례를 하면 어떨까 해서. 형식은 필요 없소. 잠깐만, 카메라로 찍어야지."

그의 목소리는 다분히 떨렸다. 그는 거실로 가더니 카메라를 들고 들어왔다.

"우리 마주 보고 절도 하고 포옹하는 사진을 찍어 둡시다. 그러면 혼례를 대신할 수 있지 않겠소? 그럽시다, 준주 씨."

도오루의 두 눈이 반짝거렸다.

"준주, 당신 생각을 말해요. 찬성인지 아닌지 말이오."

"그런 형식이 뭐가 중요해요? 그냥 한복 입은 날을 잊지 말고 간직하기로 해요. 나도 그렇게 할 거구요."

준주는 도오루의 입에서 대답이 나올 때까지 잠시 기다렸다.

"맞아요. 우린 이미 남남이 아니니까."

조금 지나 도오루의 표정이 어두워졌다. 준주를 만나 기쁘고 행복한 나머지 자신이 전쟁터로 나가는 군인이라는 현실을 잠시 잊었던 것이다. 살아서 돌아오겠다는 장담을 할 수 없는 이상, 준주의 일생을 묶어 두는 옹졸한 생각은 당치 않다고 여겼다.

그는 감정을 다스릴 줄 아는 온유함을 지닌 청년이었다. 그래서 물정도 모르고 어리광에 가득 차 있는 야요이를 친여동생처럼 대수롭지 않게 받아 주고 있는 것이다. 하지만 도오루에게 누구보다 소중한 존재는 준주다. 그녀가 조선 반도로 떠나 온 3년 동안 도오루는 그녀에 대한 생각을 한 시도 뗄 수가 없었다.

"무슨 생각을 그렇게 심각하게 하고 있어요?"

도오루가 준주를 바라보며 말했다.

"여태껏 제 욕심이 많았던 것 같아서요. 앞으로는 조금씩 도오루 씨에 대한 욕심도 버려야 되겠다고 결심을 하는 중이었어요."

"실은 야요이와의 결혼 날짜까지 받아 둔 건, 제 뜻이 아니었소. 결혼보다 군에 입대해야겠다고 생각했어요. 진석과 맹세한 것도 있고. 우린 말로만이 아니라 행동으로 아시아 평화 사랑을 실천하기로 했고. 야요이는 현재 유명한 여배우가 되었어요. 이제 오빠, 오빠 하고 따라다니지도 않고 잘 지내고 있어요. 인형 따윈 찾지도 않고 바빠졌지. 허허. 여기 당신이 인형을 간직하고 있을 줄은 전혀 몰랐어요."

준주는 도오루의 계속되는 말에 깊숙이 고개를 끄덕여 보였다.

"앞으로 7개월이면 내 복무 기간도 끝나요. 그러나 이번 전투는 치열할 거요. 살아온다고 장담할 순 없지만 나 역시 내 나라 일본을 사랑하기에 자진 출두했소. 그래서 마지막이 될지도 몰라 떠나는 길에 준주 씨를 만나 내 사랑을 꼭 전해야 될 거만 같아 도중에 들린 거요."

"전쟁이 너무 싫어요! 전쟁을 용서 못 해요."

준주의 눈물이 콧물이 되어 흘러내렸다.

"저 혼자 의료 사업을 꾸려 나가기엔 한계가 있는 거 같아요. 더구나 여성 혼자 힘으로는 역부족이죠."

준주는 목이 탁 메어 마음 깊숙이 묻어 둔 하고 싶은 말은 꺼내지도 못했다.

"잠깐, 여기 내가 그동안 저축해 온 돈이 좀 있어요. 누나에게 맡길까도 싫었지만 얼마 안 되는 이 돈을 의료 사업에 보탰으면 해서요. 그리고 내 앞날을 알 수 없으니. 혹시 내가 죽으면 뒤처리를 알아서 해 주면 고맙겠고요. 부탁이오."

그는 침착한 목소리로 조곤조곤 말하면서 두 눈동자를 준주의 속마음에 초점을 맞추었다.

"사양하겠어요. 돈은 전쟁터로 가는 도오루 씨에게 더 필요할 거예요."

준주는 좌우로 고개를 저었다.

"전시에 돈을 가지고 있으면 더 위험하다는 거 모르오? 비상금은 따로 챙겨 두었으니 아무 말 말아요. 병원엔 의료 기구가 필요하고 한두 푼으로 구입하는 게 아니잖소. 무료 환자도 있을 테고. 병원부터 챙기고 그런 다음에도 여유가 있으면 내가 전쟁터에서 어떻게 될지 모르니 뒤처리를 위해 써 주구려. 사양이라니……, 싫소. 앞으로 시국이 어떻게 변할지 모르니 간직했다가 요긴하게 써요. 그래서 얼굴도 볼 겸 온 것이니 이해해 주면 고맙겠소."

입은 웃고 있지만 이미 굳은 그의 결심은 확실했다.

준주는 그의 간절한 부탁을 들어주기로 마음을 고쳤다. 현서의 말대로라면 이 전쟁이 끝나면 경제 대혼란이 올지도 몰랐다.

도오루와 준주는 이별이 가로놓인 불행한 현실을 직시하기보다 종전 이후의 시간들을 상상하기로 했다. 준주는 해 오던 의료 일을 하는 데까지 계속하게 될 것이다. 도오루는 자신의 건설 일에 충실히 종사하며 원하는 일을 이룰 것이다. 그러나 그들의 현실은 상상과 크게 다르다. 전쟁과 입대, 기약 없는 이별이 피해 갈 수 없는 현실이다. 이 운명의 시간을 통과할 때만이 새 운명, 새 길이 열릴 것이다.

그럼에도 불구하고 준주의 손을 꼭 잡은 도오루의 가슴은 뜨겁게 뛰었다. 그들의 사랑은 전쟁의 공포를 뒤로 한 채 강렬했고 미래를 기약할 수 없기에 더욱 뜨겁게 입맞춤을 원했다.

이틀이 지난 후 도오루와 준주는 언덕으로 올라가 병원 주변을 샅샅이 둘러보았다. 도오루는 준주가 의사로서 감당키 어려운 고비를 홀로 잘 넘기는 모습이 아파 온다. 그러나 그 모습이 유학 시절보다 더욱 의연하고 든든하게 느껴졌다. 겉모습은 눈가의 주름도 늘고 살결도 전보다 탄력이 없지만 그녀 내부에는 의사로서 진솔하게 지역에서 봉사하려는 인류애가 뿌리를 단단히 하고 있다는 확신이 들었다. 그녀가 항구한 인내심이 강한 조선의 여성임을 새삼 깨닫는다.

"어떤 상황에서도 우리, 용기를 잃지 말아요. 서로 살아만 있으면 꼭 다시 만날 수 있을 테니까."

도오루가 준주의 양손을 붙잡고 말했다.

"그 말은 제가 하고 싶은 말이에요."

그도 똑같은 생각을 하고 있다는 것이 준주의 가슴을 아리게 했다.

"난 평화가 오는 날만 앉아서 기다릴 순 없소. 이해 못 하겠지만 평화를 위해선 평화를 돕는 일을 해야지 가만히 말로만 평화라고 외칠 순 없어요."

도오루는 전쟁이 치열한 상황에서 평화의 날만을 고대하며 초조한 심정으로 기다릴 순 없다고 힘주어 말했다.

"사진을 찍는 일이라면 자신 있으니 사진으로 전쟁의 비참함을 세계인들에게 고발하려 하오. 소리 없는 아우성을 큰 메아리로 만들려고요."

하지만 그가 종군 기자로 전쟁터에 나서 보겠다는 생각은 준주에게 덧없이 느껴졌다. 전쟁이라는 어찌 보면 오히려 비현실적으로 느껴질 잔인한 살상의 현장을 그가 감당할 수 있을지 염려되었다. 이미 결정한 일이기에 덧붙일 말은 없지만 떠나려는 그 마음만은 높이 사고 싶었다. 그러나 우선 살아 돌아와야 한다. 어떻게 하든 사는 길만이 전쟁에 대한 저항의 힘이라고 여겼다. 살아 있음이 더 절절한 역사적인 증거와 증언이 될 테니까.

전쟁에서의 죽음은 국가를 위한 고귀한 의무니, 전사니 말들 하지만 돌아서면 누구의 기억에서조차 오래 남지 못할 젊은 날의 슬픈 희생일 뿐이라는 생각이다. 오로지 그가 살아서 돌아오길 절실하게 바랄 뿐이었다.

동쪽 하늘이 부윰히 밝아 왔다. 태양은 대지 위로 빛나는 기운을 고루 나눠 준다. 둘은 꼬박 밤을 새고도 정신은 맑았다. 기어이 찾아온 이별의 현실이 믿기지 않았다.

도오루는 짐 가방을 어깨에 메고 병원 사택을 나왔다. 언제이던가. 도쿄 부근의 길상사 공원에서 나란히 걷던 생각이 난다. 햇빛이 어루만져 주듯 그들 어깨 사이로 눈부시게 내려 비치던 호수에서 작은 배를 타던 즐거웠던 시간들이 스친다.

병원 입구 낮은 둔턱으로 피어난 11월의 보랏빛 야생화들은 수채화처럼 평화롭다. 바람의 잔물결조차 없다. 그 주변으로 그림 같은 들꽃 무리들은 짧은 햇살을 안간힘을 다해 품어 안고 있다.

준주는 그가 전쟁터에서 살아 돌아오는 날까지 그의 군 입대 결정을 이해해 주며 먼 전쟁터에서 돌아오길 기다려 주는 일 외에 할 일이 없었다. 어느새 시야에서 멀어져 가는 도오루에게 급히 두 팔을 높이 들어 보였다. 수간호원과 보조사 그리고 몇몇의 임산부들도 손을 흔들어 주었다. 어깨에 걸린 카메라를 끌어올리며 뒤를 돌아다보는 도오루에게 속삭였다.

'살아만 있어요. 꼭.'

숨을 눌러도 뜨거운 눈물이 울컥 솟구쳤다.

준주는 가슴에 스며 오는 진실의 메아리가 울렸다. 사랑의 힘은 나라와 민족이 서로 다르다는 사실을 찬연히 허물고 한 가족이 되게 하는 거룩한 힘을 가졌다는 소리가 들렸다.

전쟁은 도오루와 진석을 기어코 제물들로 바치기를 고대하는 것 같았다. 전쟁은 평화를 위장한 채 젊은 생명들을 무자비하게 죽이고 배를 채우는 비대한 용광로다.

하지만 준주는 생각한다. 수많은 젊은이들이 자신들의 생명이 평화의 반딧불이 되어 종전을 앞당기는 불씨가 되길 바라고 있다고.

13 끝을 향해 가는 전쟁

1944년 10월에 만주 쿠릴열도에 배치되었던 도오루는 같은 해에 다시 항저우 지방 옌당 산 해안 가까운 곳으로 재배치되었다.

도오루는 꼬박 이틀 동안 자동차 안에서 죽은 듯 잠으로의 여행에 지쳐 있었다. 눈을 뜨자 차 밖으로 올리브빛의 벌판과 초록빛의 차 밭이 낮은 구릉을 덮고 있는 평화로운 들판이 보였다.

서늘했던 창춘 기후와는 달리 따뜻해 남쪽 지방이라는 걸 깨달았다. 첸탄 강의 굽이치는 강줄기를 바라보며 창춘에서 입었던 국방색 잠바를 풀어 헤쳤다. 멀리 옌당의 구릉이 아침 안개에 싸여 산수화의 실비단 화폭처럼 펼쳐졌다. 이곳은 중국의 아름다운 곡창지대다.

도오루는 아름다운 여기도 역시 피로 물들 전쟁터가 될 수도 있다는 현실 앞에 도리 없이 슬펐다. 막 고등학교를 나왔지 싶은, 혹은 더 어린 나이의 적을 살육하는 순간들을 포착해 사진에 담는 일은 상상보다 더 끔찍한 일이다. 생지옥이 따로 없었다. 하지만 미래 후손들을 위해 전쟁의 증거를 참역사로 남겨야 했다. 이 처참한 순간들을 적나라하게 사진으로 담아 기록해 둬야 한다. 전쟁의 참혹한 비극을 알리고 다시는 이런 불행한 생명의 살상이 일어나지 않도록 전해야 하는 의무가 있다. 적도 어리고 아군 역시 청소년 티가 풀풀 났다. 그들 시신의 지갑 속에는 가족들과 친지들의 메모 쪽지나 사랑하는 연인들의 사진이 들어 있었다. 모두 고향을 그리며 전쟁의 의미도 미처 알지 못한 채 죽어 가고 있었다.

　도오루는 시간이 지날수록 청년들의 처참한 죽음의 순간 앞에서 사진에 담는 작업은 과연 바람직한 일인지 그 진지한 의미를 찾기가 힘들었다. 때로는 군인으로서 버텨 내야 하는 체력과 정신력이 전쟁의 환멸 속에 그 힘이 꺾였다.

　곳곳에 중국 독립군들의 비밀막사가 있기 때문에 운전병의 신경이 여간 날카로운 게 아니었다. 간혹 지뢰가 여기저기서 터지는 소리는 사악한 괴물처럼 산천에 울려 퍼져 갔다. 이런 환경은 도오루에게 시도 때도 없이 구토가 밀려오고 비위가 상하게 했다. 본국으로 보내야 하는 전쟁터의 현장을 차마 그대로 드러낼 수 없는 노릇이라 참담했다. 창자가 터졌는데도 목숨이 붙어 있는 병사 앞에 카메라를 들이댈 수는 없었다. 나라를 위해 몸 바친 적군 장병들도 최소한 존중해 줘야 한다고 여겼다. 도오루는 전쟁의 현장을 남기기 위해 먼 곳까지 자원을 한 것에 먹먹한 회의가 몰려왔다. 유년시절 겪었던 아키타 여관 화재 모습이 겹쳤다. 돌아가신 어머니의 목소리가 귓전에 울렸다. 연기 속에서 허우적거리며 도오루를 외쳐 부르던 목소리가 전쟁터에서도 들렸다. 그러다 눈앞이 어지러울 땐 미열까지 덮쳤다. 그것은 막 넘어가는 순간에 필름에 담아야 하는 잔혹함과 죄책감에서 비롯했다. 도오루는 한동안 잠잠했던 유년 때 일어난 화재의 충격이 생생하게 다시 살아났다. 훨훨 불타는 여관 복도가 눈앞으로 다가왔다. 하루와 울고 있는 동생의 손을 잡고 흐느끼는 어머니가 보였다. 여관 입구에 자신이 세워 두었던 초롱불이 태풍에 넘어져 그만 불이 붙었다는 죄의식의 강박감에서 벗어날 수 없는 장면들이 어른거렸다. 현실이 아니라 상상이라고 마음을 달랬지만 그런 자신을 미뤄 볼 때 결코 용감하고 건강한 군인이 되지 못한다고 인정했다. 타당한 이유를 내세우지 못 한 채, 현해탄을 건너 먼 거리의 고국으로 돌아갈 수 없을지도 모른다는 막연한 불안으로 상실감에 젖었다.

1945년 8월 종전 이후에도 아무 지시가 없는데도 이대로 막사에 머무르고 있는 것은 자살 행위나 다름없나는 결론은 날이 지날수록 깊어갔다.

1945년 6월, 이미 소문으로 종전 소식을 접하고 나서 몇몇 병사들은 도주를 하거나 괴리감에 시달리다 감춰 둔 총기로 스스로 목숨을 끊기도 했다. 그런가 하면 다른 방법으로 자살을 하는 사건도 빈번하게 일어났다.

그사이 전쟁이 확실하게 끝났다는 소식이 본격적으로 들려오기 시작했다. 하지만 일본으로 돌아가는 먼 길도 전쟁 못지않게 참혹하다는 소문이 삽시간에 퍼지자 병사들은 막막하기만 하다.

병사들이 우왕좌왕하는 사이 도오루는 진석이가 떠올랐다. 심지어 진석이 도주하라는 환청까지 들렸고 두통도 더 심해졌다. 게다가 나리 갈수록 정신적인 건강이 무너지고 있다는 것을 알아챘다. 마침내 부대는 총알마저 바닥이 나자 상관들은 실탄을 아껴야 한다며 병사들에게 칼을 들고 싸워야 하는 검술 훈련까지 시켰다.

그런데 이미 종전 소식이 퍼지고 있고 다른 막사에는 종전 관련 무전 보고가 들리는데도 도오루의 막사는 책임자의 우유부단한 판단 때문에 막바지에도 피비린내 나는 처참한 다툼이 벌어지고 있는 실정이었다. 더욱이 유행하는 전염병이 막사 내에서까지 발병하자 도오루는 탈영하기로 결심했다. 도주만이 살 수 있는 길이다.

혼돈 속에서 본국에서 들려오는 이야기에 따르면, 막사에 남지 않은 종군 기자라면 실종이나 전사로 간주할 것이라 했다. 도오루는 미리 내통해 둔 정보통신 무전 일을 담당하던 조선인 병사와 일을 꾸몄다.

점심을 배급 받은 후 막사로부터 떨어진 시냇가에 나와 앉아 있는 도오루에게 한 병사가 다가왔다. 병사는 식판에 올린 옥수수밥과 멀건 무국을 후루룩 마신 뒤 조심히 입을 뗐다.

"선생님."

병사는 자신보다 나이가 위인 도오루를 그렇게 부른다. 그는 주위에 누군가가 엿듣고 있는지를 살폈다.

도오루는 대답을 생략하고 그와 눈을 맞추며 쫑긋 귀를 기울였다.

시냇물 흐르는 물소리가 호비작거리며 방정을 떨었다. 그는 천천히 목소리를 낮췄다.

"며칠 전부터 전쟁이 종식되었다는 무전이 들리는데요……. 서방 국가는 종식을 대대적으로 알리고 있어요. 여긴 왜 머뭇하고 있는지 그 이유를 모르겠습니다."

"정확한 소식, 맞는가?"

그는 도오루에게 이곳 막사에서 만난 제자라 할 수 있다. 그는 카메라 사용법을 가르쳐 달라며 틈만 나면 도오루를 졸졸 따라다녔다. 카메라를 통해 고향에 대한 향수를 달래는 수제자다. 그는 도오루에게 의지했고 도오루 역시 그가 큰 힘이 되었다.

도오루는 고즈넉한 저녁 어스름을 타고 준비한 배낭을 한쪽 어깨에 단단히 동여맸다. 카메라를 다시 확인하며 어둠이 완전하게 드리워진 깜깜한 밤, 도오루는 야전 막사를 비호처럼 빠져나왔다. 막사가 훤히 내려다보이는 언덕 위 큰 바위에서 제자인 병사를 만나기로 했다. 새소리의 신호를 보내며 그가 다가갔다.

병사를 따라 밤새도록 뛰면서 정신없이 걸음을 재촉했다. 계곡을 건너 산 하나를 넘어서야 중국 북부 지역의 비밀 지도를 만져 보았다. 이윽고 동녘 끝자락에서 새털구름 사이로 붉은 물이 조금씩 물들기 시작했다. 두 사람은 군모와 군복 윗옷을 벗어 가방에 구겨 넣었다. 한결 시원해 날아갈 것만 같다. 물소리가 나는 시냇물 쪽으로 내려가 잠시 목을 축이며 짧지만 숨을 돌리기로 했다.

"선생님. 그런데 이 근방에 대인 지뢰가 깔렸는데도 지도에는 표시가 안 되어 있는데요. 군사 기밀인가 봅니다. 조심하셔야겠어요. 지금부터 한 발 한 발을……."

도오루의 눈빛이 날카로워졌다. 날이 밝아 안심은 되지만 예감은 심상치 않다. 병사가 손안에 들어오는 돌멩이를 조심스럽게 집어 건너편 나무 숲 사이를 향해 힘껏 던져 보았다. 그러자 숲으로부터 바위가 갈라지는 굉음이 들려왔다. 두 사람은 몸을 즉시 땅바닥에 엎드렸다. 귀가 먹먹해졌다.

"이 소리로 의심받겠군 큰일인데? 쫓아오겠어."

도오루가 말했다.

"제법 거리가 있고 산 하나 넘어와서 소리가 들리진 않을 것입니다. 여긴 중국군이 매복하고 있는 곳이라 설사 터지는 소리가 난다고 해도 중국군이 낸 소리로 알 테고요."

"정말 정신 바짝 차리고 조심해야겠어. 바닥에 깔린 지뢰 줄이 안 보이니 말이야."

도오루는 저편 바위 아래에 둔 가방을 가지러 가려고 몸을 일으켰다. 그 때 바로 그의 어깨너머에서 다시 굉음이 터졌다. 돌멩이에 터진 대인 지뢰가 연쇄적으로 터져 이쪽까지 영향을 미친 것이다. 가방을 가져오려고 일어나지 않았다면 끔찍한 일을 당할 뻔했다. 카메라는 늘 그에게 행운을 가져다준다는 생각이 불현듯 들면서 사지에서 힘이 쑥 빠져나가는 느낌을 받았다.

"선, 생, 님……. 제발요. 돌아다보지 마세요……."

병사의 들릴 듯 말 듯한 가냘픈 목소리가 귓전에 들려왔다. 도오루는 아픔도 아무것도 느끼지 못했다. 다만 거대한 태양 속으로 온몸이 흡수되어 그 속으로 빨려 가는 듯했다. 그가 아끼고 애지중지하던 카메라 가방도 안중에 없고 정신이 빠져나가고 있었다. 마치 허공을 나는 팽팽한 고무풍선이 미세하게 공기가 점차 새어 나가 바닥으로 힘없이 떨어져 내려오듯 했다. 풍선이 알 수 없는 형체로 구겨지는 것처럼 그의 몸과 영의 형태가 허물어지고 있었다.

도오루는 모처럼 편안한 마음으로 시간이 없는 길을 걸었다. 불타는 붉은 터널이 끝없이 펼쳐져 있었다. 불안도 기다림도 아무것도 없는 터널 안으로 끌려가듯 몸이 밀려갔다.

바로 그 순간, 누군가가 도오루의 뒷덜미를 탁 붙잡았다. 장진석은 이쪽으로 다시 나오라며 도오루의 얼굴을 흔들었다. 도오루는 진석을 보자 너무나 반가워 입을 뗐다. 진심으로 미안하다고 말했으나 목소리가 나오지 않았다. 진석은 활짝 웃으며 자신을 정말 만나고 싶다면 되돌아가라고 손짓했다. 그러면서 정신을 놓지 말고 꼭 살길 바란다며 하얀 이를 드러내며 환한 웃음을 띠었다.

도오루는 준주에게 하지 못한 말이 남아 있었다. 그 비밀을 몇 번이나 말하려 했지만 차마 말하지 못한 것은 사나이들의 약속이 있었기 때문이었다.

기억은 6년 전 1939년 4월 봄날로, 도쿄 신주쿠 거리의 육군병원으로 가닿았다. 중환자 병동 창가에는 매화나무에서 꽃이 만발했던 그 자리에 연둣빛의 작은 열매들이 앙증스럽게 달리기 시작했다. 이슬방울이 매실 위에서 진저리를 치는 아직은 어두운 새벽이었다.

중년의 한 사나이와 여자가 마스크를 한 채 중환자 병실로 다급히 가고 있었다. 그들은 진석의 병실로 소리 없이 바람처럼 들어갔다. 사나이와 여자는 숙련된 솜씨로 진석을 침대 그대로 밀고 나와 육군병원 뒷문에 미리 대기하고 있는 자동차로 진석을 옮겨 태웠다. 여자가 진석의 팔에 주삿바늘을 꽂았다. 진석의 눈동자가 움칫거렸다. 육군병원 측은 진석에게 제대로 된 치료를 해 주지 못한 채 유행성 질병이라며 격리하기만 했다. 우선 설사에 대한 처치로 물만 먹게 했다. 사실 쥐가 옮기는 발진티프스의 치유법을 병원 측도 미처 알지 못했다. 제대로 된 응급 처치도 없었다. 물만 20일을 먹고 토를 계속해 탈진했고 거의 실신 상태에 놓여 있었다. 마스크를 쓴 여자는 진석의 입술에 물을 축축이 적신 거즈를 올려 두었다. 진석은 굳어 있는 혀로 온 힘을 다해 거즈를 미미하게 핥았다. 목줄로 생명의 물이 넘어가고 있었다.

한편 중환자실의 진석이 빠져나간 자리에는 새로운 빈 침대가 놓였다. 병실은 쥐도 새도 모르게 조용할 뿐 아무 일도 없는 듯했다. 잠시 후에 초라한 서너 개의 관들 앞에서 한 장교와 부하가 간단한 장례를 마친 뒤에 장진석이 명예롭게 전사했다는 내용의 글을 읽었다. 진급한다는 내용도 들어 있었다. 장교 장진석의 위패와 함께 빈 침대는 화장터로 가기 위해 장례차를 기다리고 있었다. 부대 측은 사망 정보를 직계 가족들에게 전보로 알렸다. 그 며칠 전에 마지막 임종이라 하며 면회를 허락한 것이다. 마지막으로 가족들에게 진석의 임종을 허락한 것도 혼조 장군의 지시고 전사 처리도 그의 비밀특명이었다. 혼조의 지시를 따른 기사와 간호원 외는 아무도 영문을 몰랐다. 장진석이 병원을 빠져나간 날은 그가 사망한 날로 처리되었다.

새벽의 자욱하던 안개가 걷히고 오색의 아침 햇살이 천지로 내려앉는 맑은 날이었다. 아무도 모르게 극비로 빠져나온 진석은 하루가 몰라보게 건강이 호전되고 있었다. 이제 링거 주사도 떼었다. 미음을 먹고서 죽으로 며칠을 난 뒤 질은 밥과 매실 장아찌와 된장국으로 식사를 했다. 밥이 입속에서 사르르 아이스크림처럼 녹아 온몸의 각 장기로 퍼졌다. 진석은 다다미방에서 홀로 앉아 줄곧 생각을 모았다. 분명 도오루의 도움으로 살아난 것을 직감적으로 알았다. 그러나 그 누구도 설명해 주는 이가 없었다. 한동안 진석의 영양 주사를 담당하고 건강을 살펴보며 음식을 나르는 마스크를 쓴 여자 외는 주변에 아무도 없었다. 진석은 영양을 보충하자 현기증도 없어지고 하루가 달리 회복하고 있었다.

진석은 몸이 개운해져 다다미방 문을 밀고 나왔다. 좁은 복도 벽 책꽂이에 책이 제법 꽂힌 곳에는 혼조 장군의 사진이 놓여 있었다. 진석은 놀라며 과연 이곳이 어디인가 궁금하기 짝이 없었다. 도오루와 혼조는 어떤 사인인가 하고서. 진석과 사진 속의 혼조, 두 남자는 서로 애증 없이 노려보았다.

그 때 슬며시 방문이 열렸다. 육군병원에서 태워다 준 사나이였다.

"오늘은 좋아 보이십니다."

"여러 가지로 감사합니다. 제가 왜 여기에 와 있는지……. 이미 죽은 목숨이었는데 말이죠."

진석은 어제도 이와 비슷한 말을 했었다. 그러나 사나이는 으레 그러려니 하고 대답하지 않았다. 그러고는 깨끗한 하얀 편지 봉투를 내밀었다.

"여기 보시면 다 준비되어 있어요. 약간의 돈과 하와이 연락처 등이 있는데 식사 후 곧 떠나실 준비를 하셔야 합니다."

"떠나요? 어디로 가는 건가요?"

진석은 떨리는 손으로 편지 봉투를 뜯었다. 여비로 보이는 돈과 내용이 적혀 있고 배표, 이동 방법과 목적지가 적힌 쪽지가 들어 있다. 가슴이 뛰었다.

"요코하마로 가야 한다? 야간 버스를 타고서? 맞습니까?"

'요코하마엔 행자가 있을 것인데……. 답답하다.'

진석은 입술이 바싹 탔다.

"맞습니다. 저와 같이 가시면 됩니다. 밤배로 떠나실 때까진 제가 끝까지 경호를 하라는 명령을 받아서 말입니다."

"명령이라 하셨어요? 누가 이런 명령을 할 수가 있는 기죠?"

진석은 너무나 궁금했다.

"그럼, 오늘 저녁에 다시 오겠습니다."

사나이는 정중하게 인사를 하고 사라졌다. 진석은 그가 구석에 두고 간 수수한 가방이 놓여 있는 것을 보았다. 가방 안에는 꼼꼼하게 챙겨 놓은 겉옷들과 꼭 필요한 속옷 등 여행에 필요한 것들이 차곡히 담겨 있다. 진석은 속히 가능한 한 이곳에서 벗어나고 싶다는 생각과 또 일본을 빠져나가고 싶은 생각 외에 아무것도 생각하지 않기로 했다. 어수선한 상념들은 자기를 더욱 괴롭게 만들기 때문에 살기 위해선 단순해져야 한다고 스스로 다짐을 했다. 고국에서 한을 품고 있을 그리운 어머니와 슬픔에 젖었을 여동생 준주와 도오루, 유모, 그리고 사랑하는 행자, 또 현서는 자신이 죽은 줄로만 알고 있을 것이다. 지하운동을 함께한 동기와 선후배들도 주마등같이 스쳤다. 그러나 미래의 한반도를 위해 지금은 참아 내자며 술렁이는 정신을 가다듬으며 생명을 보호하기 위한 기초적인 작업에만 집중하기로 했다.

진석은 외출옷으로 갈아입고 저녁식사를 기다리고 있었다.

이때 다다미 문을 두 번 두드리는 소리가 났다. 저녁식사가 담긴 쟁반을 들고 나타난 사람은 키가 그다지 크지 않으며 몸태가 탄탄한 중년의 사나이였다. 위엄이 어려 있는 낯빛이었다. 진석은 올 사람이 왔다고 직감으로 느끼고 자리에서 벌떡 일어나 그의 쟁반을 조심스럽게 받았다.

"혼조요."

혼조의 목소리는 굵고 다부졌다.

"여긴 내 차를 운전하는 기사네 집이고. 바로 한 담을 끼고 있는 저쪽이 내가 거쳐하는 곳이오. 여기가 조용하고 안전한 곳이라서. 쥐도 새도 모르게 여기로 왔어요."

"저에게 바라는 게 무엇인지요?"

"바라는 게 없다는 게 바로 바라는 것이오."

"죽어 가는 저를 무슨 의도가 있어 살렸는지……. 알고 싶습니다."

"내 딸 야요이를 위한다면 무슨 일이라도 할 각오가 되어 있어요. 야요이는 도오루를 어릴 때부터 따라다녔고 지금은 아들, 사위나 마찬가지오. 도오루의 청을 어떻게 모르는 척하겠소."

혼조는 잠시 말을 멈추다가 다시 조용히 입을 열었다.

"이제 전쟁이 끝날 기미가 있어요. 내가 정한 게 아니라 세계정세가 그렇게 돌아가고 있고. 나 역시도 전쟁이 주는 고통들을 생각하면 죽고 싶소. 난 평화를 주장하는 사람인데……. 하지만 내게 주어진 현실에 충실할 수밖에 없소."

강렬했던 혼조의 눈동자가 스스르 아래로 수그러졌다.

"저를 평화의 제물로 삼으려는 거 아닙니까?"

"허, 참……. 제물이라. 그런 걸 따지면 군인이 못 되오. 양심과 군인의 의무는 다른 문제지. 군인은 오로지 국가에 속해 그 규칙을 지키는 사람일 뿐."

"우리는 우리의 한반도를 지키고 싶습니다. 수많은 조선 청년들의 피는 우리 조선을 지켜야 할 의무가 있다는 것을 모르십니까?"

진석은 그동안 누르고 있던 격한 감정이 치솟았다. 빼앗긴 힘없는 나라를 생각했다.

"이제 임금이 같은 나라가 되겠다고 약속을 했소. 같은 나라가 되었으니 전쟁 시엔 같이 목숨을 바쳐야 할 똑같은 운명이오. 아니다 몸부림을 쳐 봐야 소용이 없소. 약속을 지켜야지. 그게 약소국의 비극이겠지만……. 이제 생명을 구했으니 따지지 맙시다. 이 땅에선 이미 장진석은 이미 죽었소. 자, 떠나야 합니다. 서둘러요."

"저는 징용 군인 신분으로 죽기 싫습니다."

"다시 말하지만 장진석은 일본에서 이미 전사하였소. 대구 본가에도 통보를 했소. 도오루와의 약속이고 꼭 이 비밀을 지켜야 하오."

혼조는 신비스러운 미소를 입가에 남기면서 서둘러 떠나라며 등을 보였다.

진석은 궁금증이 풀렸다. 병원에서 죽어 가는 자신을 빼내어 이 집으로 옮긴 사나이는 야요이의 아버지 혼조의 운전사였다.

진석은 용감한 부성애를 가진 또 다른 혼조의 얼굴을 보았다. 전쟁을 치러야 하는 의무를 다하면서도 애처로운 딸을 사랑하는 아버지의 깊은 마음이 전해졌다. 그 누구에게도 살아 있다는 사실을 들키지 않아야 한다는 것이 그와의 굳은 약속이다. 진석은 도쿄에서 요코하마로 가는 밤 버스를 탔다. 그 밤에 하와이 배편을 타야만 전쟁으로부터 탈출할 수 있다는 생각을 멈출 수 없었다. 자신은 기필코 조선 반도와 일본을 벗어나 한동안 하와이에서 조국을 위한 일을 해야 한다는 희망이 실현되는 순간이었다.

상하이 사변을 겪으며 곡창지대 항저우는 몸살을 앓았다. 상하이 북부 잠수성의 평원지대를 비롯, 남부 구릉지대에는 일본군 침입을 막기 위해 중국 정부가 쥐도 새도 모르게 다량의 지뢰들을 야산과 들판에 숨겼다.

일본은 늘어지는 전쟁 때문에 자원이 급급했다. 항저우와 잠수성은 먹거리의 심장부였고 지하자원도 풍부했다. 일본은 옥수수, 사탕수수, 귤, 곡식뿐만 아니라 목화, 양귀비가 풍부한 그곳을 두고 군침을 흘릴 수밖에 없었다.

티엔의 농가는 산으로 오르는 비탈에 숨은 듯 위치해 있어 평온한 분위기다. 대부분 약초를 캐면 직접 종류별로 나눠서 분류하여 말리고 쪄서 묶어 홍콩으로 보내는 작업은 티엔 몫이다. 그곳에서 홍콩은 바지선으로 불과 세 시간 남짓한 거리다. 아름다운 작은 섬들이 모인 리아스식 해안이 보인다.

정오부터 햇살이 산을 뒤로 하면서 산그늘이 산자락으로 차츰 드리워지기 시작했다. 티엔은 이른 아침 일찌감치 산에 올라가야 이슬이 채 마르지 않은 싱싱한 약초들을 얻을 수 있다고 여겨 왔다. 정오까지는 농가로 내려와 약초를 손질하곤 했다.

은회색 빛의 새벽안개로 감싸인 슈룽 마을 티엔 노부의 머리카락은 하얗게 세었지만 그 눈빛은 젊은이보다 더 초롱했다. 약초를 섭취하고 있는 탓인지 구릿빛 피부는 향긋한 냄새와 윤기가 났다. 한의사는 아니지만 일에는 한의사보다도 능하다. 약초를 캐는 데 보낸 세월이 30년이 된 티엔은 삼대로 내려오는 홍콩의 중국 한의원 원장 샤오륜 아버지의 오른팔 역할을 하고 있다. 샤오륜의 아버지는 홍콩에서 중국 한의원을 삼대째 이어 가고 있다. 샤오룬의 집안에서는 그를 큰삼촌이라 불렀고 한의원의 집사 역할까지 두루 맡겼다.

이 날은 바지선으로 운반할 약초를 캐는 날이며 작업을 마무리해야 할 시각이 되었다. 티엔은 다리 힘이 좋아서 웬만한 청년보다 보폭이 넓고 발걸음이 빠르다. 산을 오르고 내려올 때면 이리저리 날아가는 것만 같다. 말이 노인이지 몸은 청년에 가깝다.

어느덧 지는 해의 그림자가 황금빛 나뭇가지 사이로 일렁거렸다. 예로부터 항저우 지방 옌당 주변의 산자락에서 캐내는 약초는 세계에서 일등 상품으로 꼽힌다. 그 신선도와 약효가 뛰어나다. 그는 약초를 보면 거두어야 할지 산에서 더 숙성을 시켜야 하는지를 숙련된 육감으로 알아채고 캐거나 땄다.

샤오룬은 한의사인 아버지가 대대로 이어 오고 있는 가업의 일을 하고 싶지 않았다. 지금은 시국이 전쟁 시기인 터라 죽은 듯이 아버지의 조수 역할로 만족하는 것처럼, 그렇게 보내야 했다. 세상이 안정세를 되찾기까지 조심스럽게 기다려야 했다.

한편 조선에서는 일본이 조선 반도의 청장년들을 대상으로 국민 등록을 실시하고 있었다. 전쟁으로 징용할 젊은이들이 숨어 있는지 색출하기 위한 작업이었다. 군에 자원해서 입대하지 않은 청장년들에게는 징용 명령을 집행했다.

샤오룬의 아버지는 조선에서 행해지는 국민 등록 사업과 징용의 불똥이 홍콩까지 튈까 봐 걱정이었다. 그래서 외아들인 사오룬을 당분간 본토에 있는 티엔에게 보내 약초 공부를 시킬 겸 산에 머물라고 했다. 또한 한의학에 대한 의학적 기초 상식을 가르쳐 주도록 일렀다. 샤오륜은 원하지 않았찌만 전쟁 소식을 들으며 티엔 곁에서 당분간 몸을 숨기는 것도 나쁘지 않을 것 같았다.

　샤오륜은 지난주에 미국 하와이로부터 낯선 이름으로 온 영문 편지를 받고 깜짝 놀랐다. 낯선 이름을 보고 어떤 친구가 떠오른 것은 무슨 까닭일까. 편지의 내용은 페니실린을 거래하자는 것이다. 한의원 의사인 아버지는 양약 해외 거래 및 유통 허가증을 가지고 있다. 그래서 세관에서 별다른 신고가 없으면 일일이 물건을 열어 보는 일은 없었다. 당당한 거래를 할 수 있는 수입 허가증을 가지고 있는 한의원은 홍콩에서도 많지 않기 때문에 세관도 그 한의원의 경영를 믿고 있는 것이었다.

　샤오륜이 받아 본 편지에는 페니실린의 효력에 대한 설명이 자세히 적혀 있었다. 페니실린은 인간의 수명을 연장하는 20세기의 가장 빛나는 생명수이며 이것을 약으로 개발하기까지의 경로가 죄다 쓰여 있었다. 푸른곰팡이가 다른 전염병 포도상 구균을 비롯한 여러 세균을 잡아먹는 것을 발견한 것이다. 이어 편지는 페니실린이 분말정제로 개발되었고 그것을 보급할 통로를 홍콩에다 마련하고 싶다는 내용을 담고 있었다.

　현재 유럽도 전쟁 중이라 다친 병사들의 곪아 가는 부상병들 상처에 반드시 필요한 약품이다. 이 페니실린이야 말로 수많은 병균에 노출된 환자들에게 기적의 약으로 쓰일 수 있을 듯했다. 또 편지는 이 약이 세균에 감염된 인류 목숨을 살릴 수 있는 마법 같은 신기한 의약 발명품이며 20세기의 가장 눈부신 위대한 발견 중에 하나라고 흥분을 감추지 못했다.

샤오룬은 동화 같은 내용을 믿어야 좋을지 며칠 동안 편지 내용을 곱씹었다. 저녁식사 땐 티엔 노인에게 이 사연을 털어놔야 할 것만 같았다. 샤오룬은 신기한 약품보다 편지를 보낸 이가 누구며 어떻게 한의원과 본토에 있는 티엔의 거처를 알아냈는지가 궁금했다. 정확하진 않지만 영어의 글씨체나 문장 느낌이 이미 세상을 떠난 친구와 흡사하기에 도시 알다가도 모를 일이라며 귀신에 홀린 것만 같았다.

티엔은 이 지역에 중국군이 일본군을 죽이려는 대인 지뢰를 묻어두어서 많은 사람이 희생되고 치명상을 입는 것을 종종 봐 왔다. 때론 숨지는 사람도 있었고 사지가 절단되거나 어느 한 곳이 심하게 다쳐 장애를 안게 되는 경우도 있었다. 지금도 지뢰는 절대 안심할 수가 없어 늘 살얼음 위를 걷는 듯해야 했고 그래서 심적 화근이었다. 지뢰의 위험 때문에 약초를 보러 갈 때면 온 신경이 극도로 날카로웠으나 경험과 신통하게 적중하는 예감 때문에 화를 면하곤 했다.

티엔은 사오룬의 손을 덥석 잡았다. 산골짜기의 나무들이 죄다 긴장했다. 무엇인가 낯선 사건이 벌어진 것을 숲과 땅은 감지를 하고 있었다. 티엔이 입을 뗐다.

"도련님, 이 근처에서 폭발 소리가 울렸어요. 저기, 저쪽에 좀 올라가 봐야겠어요."

냄새가 났다.

"이게 무슨 냄새에요? 설사 사람 피?"

샤오룬의 눈이 동그랗게 커졌다.

"이미 사고가 났어도 큰 사고가 났어."

티엔이 중얼거렸다. 샤오륜은 바위에서 긴장하며 땀을 삘삘 흘리면서 비탈을 올라오고 있었다.

"아, 빠르기도 하셔라. 나를 버리시고 가시다니. 웬 노인 양반이 화살 같으니 말씀이지요."

샤오륜은 땀을 닦으며 티엔에게 불만을 터트렸다.

"도련님, 일이 났어요. 저기 사람이 많이 다친 모양이니깐 내려가 봅시다."

이미 저만치 보이는 상수리나무 밑으로 티엔이 미끄러져 갔다.

'뭐가 저리 헐레벌떡이셔?'

샤오륜은 엉거주춤 발자국을 아래로 옮기려는데 카메라를 넣는 가죽 가방이 한눈에 들어왔다. 똑같은 갈색 코닥 가방이다. 그때 부산 항 금강환 갑판 위에서도 같은 이 가방을 본 적이 있었다. 그리고 가방에 새겨진 그때의 이름을 손으로 만졌다.

12년 전 샤오륜이 일본의 시모노세키 항으로 가기 위해 탔던 연락선 갑판 위에서의 만남이었다.

"실례합니다만. 이게 제 가방인가 봅니다."

그때 샤오륜은 미소를 머금고 도오루에게 말했다.

서로의 가방이 똑같이 생겨서 일등실 찻집에서 테이블에 두었던 것을 도오루가 바꿔 집어 들고 갑판으로 나온 것이 인연의 끈이 되었다. 샤오륜은 그 인연을 잊지 않고 기억했다.

분명 카메라 가방에는 요시다 도오루라는 이름 영문자가 12년 전의 그 활자체로 새겨져 있었다. 그리고 그 가방 안에는 샤오륜이 적어 홍콩의 집 주소가 적힌 메모지도 고스란히 접힌 채 그대로 들어 있었다. 샤오륜의 이름과 주소, 연락처가 쓰여 있었다. 샤오륜은 메모지를 읽고 나서야 정신이 번쩍 들었다. 아래를 내려다보았다. 티엔은 연뿌리를 갈아 주머니에 넣어 말려 둔 약초를 손바닥에 털었다. 그러고는 자신의 침으로 녹여 꼭꼭 힘주어 그것을 양 손바닥으로 비볐다.

티엔은 허리에서 띠를 풀어 도오루의 머리를 싸매었다. 그리고 샤오륜에게 그를 잡고 있으라 이르고 대나무 줄기에 시냇물을 떠 왔다. 둘은 행동이 빨랐고 서로 말은 필요 없었다. 티엔은 가슴에서 마치 숨겨 둔 보석을 꺼내듯이 조심히 꺼낸 갈색의 투명한 덩어리를 바위 위에서 돌로 쳐 깨뜨렸다. 두 조각을 천천히 먹여야 했다. 샤오륜이 무릎에 눕힌 도오루의 입을 벌려 살살 넣었다. 환자에서 흐르는 피가 티엔의 앞섶에 젖어 들었다. 하지만 도오루는 그것을 삼키지 못하고 입에서 그만 피를 흘렸다. 그러자 티엔은 갈색 조각들을 물에 개여 마시게 했다. 티엔은 도오루의 가슴에 귀를 대며 손목의 혈을 더듬었다. 맥이 잘 잡히지 않았다.

'틴 하우여신이시오. 틴 하우……. 그지없이 아름다우신 틴 하우. 아름다운…….'

그는 속으로 끊임없이 중얼거렸다.

샤오륜은 12년 전의 갑판 위에서 보았던 도오루를 생각했다. 칠 대삼의 가르마와 잘생긴 얼굴은 이제 피에 젖고 퉁퉁 부어 그인지 분간하기가 어려웠다. 그러나 샤오륜 자신이 쓴 메모와 카메라 가방이 그를 증명하고 있었다.

"요시다 도오루 씨. 도오루……. 정신 차려요. 정신!"

얼굴 부기가 가득하고 피범벅이 된 얼굴 위로 샤오륜은 외쳤다.

"아니, 아는 사람이에요? 이 산중에 누워 있는 이 사람을 아세요, 도련님?"

티엔은 놀라 두 눈을 크게 뜨며 샤오륜을 내려 보았다. 도오루의 목줄과 손목의 맥박을 확인했다. 시간이 자꾸만 흘렀다.

"맥이 잡히지가 않아요, 도련님. 피를 많이 흘린 모양이니……. 빨리 내려가야 해요. 업어서 가야 할 텐데……."

"빨리 서둘러요, 티엔. 나에게 업혀 주세요."

"머리와 다리를 다친 모양인데 출혈이 멈추지 않으니 이것으로 더 동여매야겠어요."

그의 몸동작은 빨랐다. 자신이 메고 있던 무명 허리끈과 입고 있는 바지 끝을 앞니로 죽 찢었다. 그것을 연결해 삽시에 긴 끈으로 이었다. 그의 지팡이와 나뭇가지로 도오루의 피로 젖은 다리를 단단히 묶었다. 온몸에 파편들이 튀여 있고 더러는 미세한 흙과 돌조각이 박힌 곳도 있는 도오루는 정신을 잃고 있었다. 그를 대나무 가지 위로 눕혀서 몸을 묶어야만 했다. 단단하게 묶고 약초를 조금 더 으깨어서 거기에 덧대고는 대나무 가지로 엮은 간이용 들것을 환자의 몸과 탄탄하게 묶었다.

1945년 6월, 병원 입구 아치에도 장미꽃과 찔레꽃이 가득하다. 아치의 장미꽃들은 도로우가 병원에 다녀간 해에 심었고 이듬해부터 주먹만 한 꽃들이 만개했다. 풍성한 꽃가지들은 초여름 훈풍에 녹으며 아름답게 피어났다. 작은 꿀벌들이 윙윙 소리를 내며 꽃들 사이를 오가고 있었다.

조선 곳곳에서 전쟁이 곧 끝이 난다는 소문이 끊임없이 나돌고 있었다. 부산과 대구 그리고 서울에 살고 있는 일본인 상인들, 교육자들, 공무원들의 가족들은 부산 항에서 연락선을 타고 조선을 빠져나가기에 바빴다. 전쟁 막바지라는 소문 뒤로 소리 없이 별의별 소문들이 꼬리를 물었다. 때문에 조선에 있는 일본인들 사이에 불안감이 커져 갔고 일본인들은 서둘러 가족부터 일본으로 보내는 것이다.

어수선한 전시인데도 준주의 병원 입원실은 임산부로 붐볐다. 아기를 낳는 비용이 저렴할 뿐만 아니라 임산부들이 안심할 수 있는 시설과 여자 의사 병원이라는 편안한 점이 소문을 더했다. 많은 임산부들이 준주 병원으로 와서 믿고 아기를 낳았다.

"이래 이쁘게 피나. 장미가 우리 선생님 닮았데이. 꽃향기가 지천에 깔렸다 안 카나. 선생님도 여자인데 훌륭한 으사 선생님이 되셨다 아니가. 니도 증말로 훌륭하게 자라야 한데이. 아? 알것제?"

딸을 순산하고 퇴원해 돌아가는 산모가 포대기에 싼 아기를 어르고 달래며 말했다.

"이자마, 가시나라꼬 무시하면 손해보는 기라예. 더구나 모든 자식들을 여자가 안 낳아 줍니꺼. 그제예?"

외손자를 못 안겨 준 대신 산모가 친정어머니에게 위로 삼아서 말해 주었다.

"하모. 하모. 여자 없는 시상이, 어디 시상인가배. 괜안타. 마, 잘 길러야제. 여기 여 여자 으사 선생님만크롬. 이름도 잘 짓그래이. 알겠제."

"예, 어무이. 알겠심더."

"이보라이, 눈 떴다. 영리하게 생겼구마."

모녀는 아기를 품어 안고 돌아가며 말했다.

6월이 지나가는 끝 날이었다. 유모는 잠시 자리를 비우고 준주가 의지하고 믿을 만한 사람들은 이제 곁에 없었다. 진석은 어이없이 군에서 죽음을 맞았고 현서는 도미요와 같이 아키타로 돌아갔다. 게다가 사랑하는 도오루는 종군 기자로 기약 없이 전쟁터로 떠났다. 새로운 생명들이 속속 탄생하지 않았다면 그 쓸쓸함을 털고 있을 오후였을 터다. 준주가 외로움을 탈 사이도 없이 한밤중이든 아침, 오후든 시간을 가리지 않고 임산부들이 진통에 시달리다 탄생의 기쁨을 맞았다.

여름날 오후, 둔덕으로 슬금슬금 기어 오는 텁텁한 바람이 졸음을 깨운다. 준주는 뜻밖의 손님을 맞이했다. 자동차 한 대가 운동장을 돌아서 현관 앞에 멈추더니 한 사나이를 내려놓았다. 그는 여행 가방을 자동차에서 꺼낸 후에 문을 닫았다. 모리다. 여전히 색깔만 다른 헌팅캡을 쓰고 있는 자신을 현관에서 의아한 얼굴로 지켜보고 서 있는 준주를 발견하자마자 얼른 캡을 벗어 한 손에 들었다. 전에도 그리 머리숱이 많은 편은 아니었지만 이젠 그 머리카락도 얼마 남지 않았다. 날카로운 눈매도 오간 데 없이 눈꼬리가 처졌고 아이를 기르는 아비처럼 뱃살마저 묵직해 민첩함은 느낄 수가 없었다. 그의 얼굴은 반가운 빛이 역력했다.

모리의 모습에 세월이 담겨 있었다. 준주는 자신이 받아 준 그의 딸이 생각났다. 그의 딸 생각에 모리를 향했던 강한 시선이 누그러졌다. 하지만 무슨 일이라도 생긴 것일까 덜컹 가슴이 두근거렸다. 전혀 생각지도 못했던 모리가 나타나자 불길한 마음까지 들었다. 소문에는 최근 일본인들이 현해탄으로 건너가기에 바쁘다는데 거꾸로 반도에 찾아온 모리를 보니 그 이유가 무척 궁금했다.

"모리 씨가 이곳에 어떻게 오셨어요? 무슨 일이라도 생겼나요?"

"그동안 별일 없으셨지요? 저도 조선 반도 일대를 훤히 알고 있습니다. 기억하십니까? 열아홉 살이던 선생님의 뒤를 따라다닌걸요. 그땐 지금보다 더 아름다운 소녀셨는데 말입니다."

모리는 맑게 웃었다. 그도 준주를 보고 세월을 느끼고 있었다.

"제 뒤를 따라다닌 건 예뻐서가 아니라 오빠를 잡기 위한 미끼였기 때문이었죠."

"병원이 잘되는지 한번 찾아뵙고 싶었는데 너무 늦어 죄송합니다."

모리가 뒤통수를 슬슬 긁었다.

"짐 가방을 보니 며칠 계실 모양이신데, 정말 무슨 일이세요?"

수위실에서 엄씨가 급히 뛰어나오면서 그의 가방을 받았다.

"제 말을 믿으셔야 하는데 제가 워낙이 선생님 눈 밖에 났으니 말입니다. 그래도 제 말을 믿으셔야 합니다."

엄씨는 모리의 짐 가방을 들고 안으로 먼저 들어갔다.

그들은 앞마당을 가로질러 걸었다.

"그때 제가 받은 아기는 많이 자랐지요?"

"선생님께서 받아 주신 딸아이는 벌써 소학교에 들어갔습니다. 선생님은 절 보시면 제 딸 생각이 나시겠지만 전 선생님을 보면 장진석 씨가 생각납니다. 무조건 제가 잘못했습니다. 절 용서해 주십시오."

모리는 목소리를 다듬으며 뚜렷하게 말했다. 탄생과 죽음이 서로 엇갈림의 만남으로 물려 있는 것 같다.

"저를 잡아갈 일이 또 생겼나요?"

"절대 아닙니다. 그게 아니고 말씀입니다……."

잠시 말을 잇지 못한 모리는 안타까운 사정을 알려야 한다는 사실에 이마를 찡그렸다.

준주 역시 그가 조선 반야월까지 온 이유를 먼저 알고 싶었으나 침착함을 잃지 않으려 했다. 두 사람은 2층의 내실로 올라갔다. 준주는 방석을 권하며 모리의 진심을 들어 줄 여유를 보이고 싶었다. 산모들이 선물로 주고 간 인삼차를 뜨겁게 꿀을 타서 쟁반에 받쳐 들었다. 그의 맞은편에 앉으며 허리를 곧추세웠다.

"여기 선생님, 장준주 씨의 땅문서와 돈을 이제야 가지고 왔습니다."

"이걸 왜 저한테 주시는 거죠?"

"기억하시겠지요. 중국인 샤오륜 씨를 요코하마에서 조사할 때 압수해 둔 것인데 이 땅문서 주인이 장준주 씨로 되어 있더군요. 진작 돌려 드려야 했는데. 그땐 빼내 올 수가 없었기 때문에 오늘에야……. 죄다 제가 철모르고 저지른 죄입니다. 어떻게 갚아 드려야 할지요."

준주는 그 때의 안타까운 일이 다시 떠올랐다. 그 돈은 진석 오빠가 뜻있는 운동을 위해 사용하려고 땅까지 잡혀 마련한 것이다. 그 돈으로 얼마 동안 해외로 건너가 있었다면 잃어버린 조선을 위해 더 일할 수 있는 적절한 기회를 잡을 수 있었을 텐데. 그만 목숨까지 잃고 말았다.

"이제라도 죽으라면 죽겠습니다. 실은 아키타의 주지 스님께서 간곡히 제게 부탁을 하시기도 했습니다. 그분이 특별히 부탁하셨고 저도 약속을 드렸기에 이렇게 찾아뵈러 왔습니다."

"예? 아버지께서요?"

준주의 동공에 어느새 유일한 가족인 아버지에 대한 그리움이 가득 채워졌다.

"그리고 선생님을 도쿄로 가시자고 이렇게 왔습니다. 앞으로 열흘 안으로 여길 대충 정리하시고, 시국이 안정될 때까지 도쿄에 계셨다가 돌아오시는 게 나을 듯합니다."

"무슨 말씀을 그렇게 하세요. 여긴 지금 제가 필요한 곳이고 제 집인데요."

모리는 설득력을 얻기 위해 목소리를 한층 더 낮추며 말했다.

"일본이 곧 전쟁에 패한다는 소문입니다. 그러면 조선에서 친일파들을 따로 떼어서 욕보일지도 모르고요. 오늘부터 정리를 하나씩 해 두셔야 합니다. 시간이 없어서요. 꼭 하셔야 합니다."

"제가 왜 친일파인가요? 전 일본에서 의술을 배워 조선 반도의 임산부를 살리는 데 애썼을 뿐이에요. 여긴 생명을 살리는 병원이고요. 전 오히려 모리 씨가 걱정입니다. 외모적으로도 일본 냄새가 확 풍기시잖아요."

준주는 모리의 단정한 매무새며 낮은 키와 얼굴의 이목구비를 살펴보았다.

"이 모리는 한 번 지령을 받았다 하면 끝까지 물고 늘어진다는 거 잘 아시지 않습니까. 선생님이 움직이지 않으신다면 저도 여기서 평생 살렵니다. 황 주지 스님의 명령이시니까요. 선생님의 마음이 안 그렇다 하더라도 일본에서 공부를 하셨다는 것만 해도 충분히 오해를 낳고 친일파로 몰릴 수 있다는 것이지요. 저랑 같이 사시기가 거북스럽다는 생각이 드시면 떠날 준비를 서둘러야만 합니다. 흠."

모리는 고집스러운 헛기침을 했다.

"전쟁터에서도 병원은 싸우는 곳이 아닌 생명을 살리는 곳이잖아요. 더욱이 여긴 산부인과라서 여자와 아기 생명을 살리는 곳이에요. 제가 일본으로 피신을 가면 사람들은 뭐라고 손가락질을 하겠어요. 저는 여기서 내 땅에서 내가 지켜야지요!"

준주는 대답을 하면서 도오루가 불현듯 떠올랐다. 일본 군인인 그가 조선을 넘고 현해탄을 건너 과연 무사히 일본으로 돌아갈 수 있을지 걱정이 되었다.

"참, 저어……. 도오루 씨가 종군 기자로 가 있는 거 아시지요?"

준주는 조심스러웠다.

"물론 알고 있긴 한데요……."

모리의 애매모호한 말에 준주는 포도송이 같은 눈동자가 동그랗게 커졌다.

"신문사로 보내온 사진을 보고 중국 전시 상황을 알고 있습니다. 그런데 요즘 그분 사진도 뜸하고 소식도 뜸하다고 합니다. 전쟁에서 사진 찍는 게 생명을 떼어 놓고 하는 일 아닙니까. 그만큼 위험하지요. 아마 여러 곳을 옮기시며 사진을 찍나 봅니다. 비밀이긴 한데 막사에서 이탈했다는 소식도 들려서 걱정스럽습니다."

"그게 무슨 뜻이지요? 무슨 말씀이신지 감이 통 잡히지가 않아요."

준주는 모리의 말에 불길한 예감이 들었다.

"워낙에 명석하신 분이시라 잘 처신하시겠지만……. 그러나 만의 하나……."

모리는 이 말을 끝맺지 못하며 찻잔을 조심스레 비웠다.

"소식이 끊기다니요?"

"아니, 그게 소식이 끊겼다는 게 아니고 뜸하다고요. 그러니까 무전

통신으로 받는 통보가 잡히지 않습니다. 그곳 일본군들은 무전으로 통신하며 서로 연락을 하고 있습니다만……."

모리는 두서너 번 이마에 손을 가져갔다. 그의 그런 행동은 계면쩍다는 표현인지, 지금 형편상으로 시원하게 말을 해 줄 수가 없다는 것인지 준주를 못내 궁금증으로 몰았다.

"제가 도울 일이라도 있나요? 혹 도움 필요하셔서 모리 씨가 찾아오신 건 아니죠?"

준주는 도움이 필요한 곳은 아군, 적군 따로 없이 도와야 한다고 생각했다. 생명이 걸린 일이라면 더더욱 그래야 한다고 여겼다. 의사로서도 그랬지만 도오루의 일이라면 적극적으로 나서고 싶었다.

"그런 게 아닙니다. 요시다 도오루 씨는 곧 돌아오실 겁니다. 괜한 걱정을 제가 드린 것 같군요. 병원 구경 좀 시켜 주시면 안 되겠습니까?"

모리는 분위기를 바꿔 보려고 자리에서 일어나며 병원 구경을 핑계삼았다.

"아. 정신 좀 봐요. 시장하시지요? 우선 식당에서 함께 식사하신 후에 병원을 구경시켜 드릴게요. 폐교를 대충 손봐서 아쉬운 대로 문 열었는데 의외로 소문이 나서 임산부들이 찾아옵니다."

지난 가을에 모리는 등 축제가 열리는 아키타로 가족과 함께 놀러갔다. 거기서 황호랑의 부탁을 받게 된 것이다. 때마침 모리도 준주에게 은혜 갚을 기회를 얻게 되었다 싶어 당연히 그렇게 하겠다고 하면서 수락을 했다. 준주에게 돌려줄 경성의 땅 문서도 남아 있다고 생각한 모리는 기꺼이 심부름 겸 대구에 왔노라고 준주에게 설명을 덧붙였다. 하지만 준주를 직접 만나 보니 함께 도쿄로 가자고 설득하기가 쉽지 않았다. 준주는 반야월이 안전하다고 믿는 듯했다.

"이 동네의 위급한 임산부와 미처 병원 혜택을 받지 못하는 산모들의 가족에게 제가 좋은 동반자가 되어 가고 있어요. 모두 저를 믿고 지지해 줄 거예요."

준주는 자신 있게 말했다. 이곳 사람들과 쌓아 가고 있는 끈끈한 정을 믿고 싶었다.

1945년 7월, 조선에 살고 있는 일본인들이 더욱 서둘러 조선을 떠나고 있었다. 조선 민중들은 일본인에 대한 반감을 노골적으로 드러냈다. 또한 일본인들을 도와준 친일파들을 미련 없이 몰아세우고 그들의 집 창문을 깨기도 했다. 더러는 순사들의 집을 불태우는 사례도 생겨났다.

조선의 민중은 날마다 손에 태극기를 들고 거리로 나왔고 친일파들을 색출해 죄를 물었다. 이러한 분위기는 반야월에도 퍼졌다. 횃불을 든 선동자들은 준주의 의술에 도움을 받은 사람들과는 전혀 다른 패였다. 선동자들은 준주의 의술 자체가 일본의 것이며 병원을 꾸밀 때에도 일본에게 돈을 구걸했다고 얼토당토않는 고집을 부리며 주장했다. 또한 지금도 일본 순사와 병원에서 동거를 하고 있다며 준주의 설명은 당초에 묵사발로 만들 작정이었다. 그들은 억압받은 분풀이로 일본 유학생들은 무조건 심판을 하자는 태세였다.

준주는 모리의 각별한 주의를 받게 되었다. 아기를 낳는 임산부들도 병원에 오기가 불안해서인지 이곳을 찾는 임산부들이 지난달보다 현저히 줄었다. 날개 달린 소문이 빠르긴 빠른 모양이었다.

애써 불안을 참고 견디고 있던 어느 날, 준주가 외근으로 산모를 돌보고 자전거를 타면서 돌아오는데 멀찌감치 모리가 나와서 손을 들어 좌우로 내젓는 것이었다. 아직 언덕을 지나야 병원이 보이는 곳이었다. 가까이서 모리의 모습을 보자 준주는 놀랐다. 얼굴이 땀으로 얼룩져 있었다. 모리가 이처럼 당황하는 모습은 일찍이 본 적이 없었던 준주는 가슴이 덜컹 내려앉았다. 준주는 그의 앞에서 자전거를 급정거했다. 분명 무슨 변고가 생긴 게 분명했다.

"선생님, 병원으로 돌아가서는 안 됩니다. 엄씨가 선생님 가방을 가지고서 다른 곳에서 기다리고 있어요."

"무슨 일로요?"

준주는 침착해지려고 마음을 애써 가다듬었다.

"남정네들이 몰려 와서 병원에다 불을 질렀어요. 지금 불길에 타고 있을 거라 가시면 안 되고요. 제 말을 들으세요."

"그럼, 산모들은요? 아, 이 일을 어쩌지요?"

준주는 꺼내야 할 물건들이 한두 가지가 아니었다. 값비싸고 구하기 힘이 든 항생제는 어떻게 하나 싶었다. 그보다 산모들이 안전하게 도피할 수 있었는지 걱정이 앞을 가렸다. 난산을 하고 잠이 든 산모도 있고 아기들도 있는데 다 어떻게 되었는지.

"산모들과 아기들은 안전하게 피신했어요. 엄씨와 식당 아주머니가 나와서 도움을 주시고 간호원들이 미리 환자를 부축해 피신을 시켰지요. 인명 피해는 없지만 기물들이 타고 있는데……. 헌데 그게 걱정이 아닙니다."

준주는 그 말의 의미를 잘 알고 있었다. 몸을 피해 부산 항으로 가자는 것이다. 점점 분위기가 심상치 않게 변하고 모리가 계속 간곡하게 건의해 며칠 전 준주는 짐 가방을 마지못해 챙겼다. 가방 하나에는 하루의 인형과 기초 의료 기구, 약품을 챙겼고 다른 하나에는 옷가지들을 챙겼다. 가방들은 엄씨네 외가에 맡겨 두었는데 일이 예상보다 빨리 터진 것에 놀랐다.

아카시아 나무가 촘촘히 서 있는 언덕길을 비켜나면 병원이 보이는 곳이다. 병원에 검은 연기가 피어오르는 모습이 한눈에 내려다보였다. 병원 건물 창문 앞으로 봄에 심어 둔 측백나무들이 검은 연기에 싸여 몸살을 앓고 있었다.

준주는 불타고 있는 병원을 그저 바라보고 있었다. 감시와 억압을 받던 민중들의 원과 한이 폭발한 것이다. 날이 갈수록 일본 정부는 조선인에게까지 신사 참배를 집요하게 강요했다. 사람들은 일본 정부에 열이 오를 때로 뻗쳤으며 또다시 쌀 배급을 할당제로 타 가라는 실시에도 분노했다. 우리의 땅에서 나오는 곡식들은 우리가 먹는 것이 당연했다. 토지도 내놓으라 하더니 거기서 나오는 곡식마저도 우리 것이 아니라는 처사가 무슨 작태인가 하며 웅성거리고 불만을 표시하면 잡아갔다. 보릿고개를 견디면서 농사지어 아들의 전쟁터로 떼어 보내야 하는 심정을 하늘이 알겠는가. 분이 쌓여 터져 나온 것이다.

준주도 가슴이 아프기는 마찬가지지만 그럴수록 출산을 돕는 일에 종사했다. 모리가 준주 뒤에 어정쩡 서서 손목시계를 자꾸만 들여다보았다.

불에 타는 병원을 뒤로 하고 돌아서는 준주의 가슴에도 불길이 번졌다. 불타는 검은 연기 속의 병원의 모습을 보는 것만으로도 견디기 힘들었다. 몸은 천근의 바위처럼 무거워 마음대로 움직일 수가 없었다.

준주는 도오루가 병원으로 반드시 다시 찾아오겠다고 한 말을 떠올렸다. 이왕 나섰으니 만주로 떠나 볼까 하고 마음을 먹어 보았다.

"모리 씨, 전 지금 만주로 올라가고 싶어요."

"무슨 말씀이세요. 그건 더더욱 위험해요. 사태가 이 정도로 나빠지고 있는데 일단 일본으로 들어갔다가 여기가 조용해지면 다시 생각하고 그때 만주로 가더라도 계획을 세워 떠나야지요."

모리는 만주로 가기에는 지금이 적절한 시기가 아니라고 준주를 단호히 말렸다.

"이 혼란한 시기에 이제 막 전쟁이 끝나고 있는 곳에 간다는 건 자살 행위입니다. 더구나 만주라는 드넓은 지역을 잘 알지도 못하면서요. 감정을 추스르세요. 제발요."

모리는 거칠게 일침을 놓았다.

"아키타로 가십시다. 그곳에서 우선 안정을 취하신 후에 만주 상황을 알아봅시다."

"여길 두고 어딜 가요. 유모도 계시는데요!"

준주는 울먹였다. 자기의 진실한 마음을 몰라주는 민심과 전쟁이라는 시기가 몹시 원망스러웠다.

"전 이곳에 남고 싶어요. 여기가 제 땅이고 할아버지가 사셨던 곳이고, 유모는 지금도 여기 살아요. 어딜 간단 말예요. 유모에게 연락도 없이요."

"지금 너무 위험하니 잠시 피하자는 것이지 아예 떠나가서 있자는 말씀이 아닙니다. 유모에게는 엄씨 내외가 알릴 것입니다."

"……."

준주는 공연히 모리까지 원망스러웠다. 그러나 모리가 이런 처지에 찾아오지 않았더라면 준주는 군중에게 심한 문초를 당했을지도 모르고 다른 무슨 일을 겪었을지 상상도 못할 일이었다. 더군다나 문명을 익히고 지식을 배워 고국에 환원하는 일이 어찌 질시를 받아야 하는 일인가 안타까웠다. 의학 공부를 점령군의 나라에서 마치고 온 것을 두고 엄중한 심판을 받으라는 것이다. 그들의 가슴 깊은 곳에 고여 든 핵심은 수십 년 쌓인 원과 한이다. 수많은 사건에서 당한 억울한 고통과 죽음을 보복하고 싶은 심리라 생각했다.

"여튼 지금 만주는 안 됩니다."

모리는 거듭 단호하게 말했다.

준주는 열아홉에 부산 항을 떠날 당시의 일이 떠올랐다. 조선 최고의 의술을 자부할 산부인과 여의사가 되어 반드시 조선으로 돌아오리라고 맹세했던 그날을 돌이켜 보았다. 지금도 그 소망은 변함이 없다. 그러나 세월은 변했다. 지금 모리가 어렵사리 구한 배표를 들고 구사일생으로 현해탄으로 쫓기는 신세가 되었다. 조선의 임산부들과 새 어린 생명들을 위해 헌신하리라 맹세를 했건만 조선은 일본 유학생인 준주를 받아들이지 않는다는 사실을 어떻게 이해해야 할지 몰랐다. 준주는 답답하고 온몸의 뼈가 녹는 것 같다. 일본으로 인해 갈라지고 찢겨진 상처가 미처 아물지도 않았는데 고국에서도 상처를 받자 이중 고통에 피멍이 든다.

유모도 없는 부산 항이다. 준주는 유모에게 작별 인사할 겨를 없이 이렇게 혼비백산하고 초라하게 시모노세키 항으로 쫓겨 가야 하는 신세가 서러웠다. 부인과 의사가 되기 위해 노력했던 지난 시간들이 꿈결처럼 허무했다.

부산 항의 시모노세키 항으로 떠나는 금강환 연락선은 잔잔한 물결의 바닷물을 천천히 밀어냈다. 연락선은 어느덧 부두를 벗어났다. 준주는 깊고 시퍼런 망망대해에 홀로 남은 듯 온몸이 써늘하게 식었다. 한여름 복더위인데도 몸이 오들오들 떨려 왔다. 조선은 내 나라, 내 민족이었다. 열과 성의를 다 쏟았지만 지나친 횃불열사들의 수십 년 걸쳐 설움을 받아 온 한으로 시야가 복수심에만 쏠리고 있었다. 모호한 슬픈 샘물이 심장 깊은 곳으로 파여 흘러갔다. 도오루는 어떻게 되었을까. 무사히 돌아올 수 있을까. 살아만 있어 주길 간절히 바라는 그리운 샘물이 점점 고여 넘쳐 났다.

14   만주로 떠나다

준주는 모리와 함께 아키타의 오가와 집으로 왔다. 그 며칠 동안 앞으로 더 큰 보복 전쟁이 일어날 거라는 마을의 입소문은 불안에 시달리게 했다. 소문은 사실이 되었다. 1945년 8월, 미국은 일본이 길고 모진 침략을 한 대가로 일본의 히로시마와 나카사키에 원폭을 무자비하게 투척했다. 그로 인해 일본은 전국적으로 초상을 치렀다. 모두 제정신이 아닌 듯, 혼백이 빠져나갔고 극도의 불안에 휩싸였다.

버섯구름을 만드는 원폭은 오랜 전쟁 이상의 파괴력을 보였고 인간의 상상을 넘어선 재앙이었다. 개미조차도 남김없이 녹여 버렸고 사람들을 순식간에 살과 뼈가 녹는 처참한 몰골로 만들며 목숨을 죄다 앗아갔다.

원폭이 터지자 중국은 하늘의 보기 좋은 보복을 당한 거라 미소를 지었다. 반면 조선인들은 비참한 떼죽음을 당했다. 무엇보다 강제 노동 징용으로 일본에 끌려온 수만 명의 조선인들이 억울한 떼죽음을 맞았다. 약소국 조선인의 생명은 여러 각도로 끊임없이 희생되었다. 일본의 조선소, 제강소, 병기공장, 군수공장, 토목공사장에서 험한 노동을 하던 조선인은 물론이고 그들 가족들까지 순식간에 보복의 원폭으로 인해 함께 억울한 넋이 되었다.

아키타 산사에는 원폭으로 죽고, 죽어 가는 수많은 생명들을 위로하는 기도를 올리려고 오가는 사람들로 여느 때보다 북적였다. 준주는 모리를 통해 도오루의 소식을 조금 알아낼 수 있었다. 그러나 반가움 마음 한편에 알 수 없는 무언가가 무겁게 짓눌렀다. 민족이 독립해 해방을 맞는 이 시기에 더욱이 원폭으로 조선인들도 떼죽음을 당한 이때 도오루를 들먹이는 것조차 조심스럽고 그의 귀향에 대한 준주의 갈등은 커져만 갔다. 하지만 그가 자신에게 조선인이든 일본인이든 사랑하는 사람이라는 사실만은 여전히 변함없다. 준주의 결심이 굳어 갔다. 아버지가 곁에서 자신을 지켜 줄 것이라는 믿음이 막연한 두려움을 없애 주었다. 그 결심은 용기를 낳고 행동을 불러 오게 했다.

오전, 산사의 황호랑은 참선 후 법당에서 나왔다. 무거운 어깨를 죽 펴면서 댓돌 위에 서서 먼 하늘 너머를 바라보는 모습은 근심이 가득차 있었다. 멀리 시선으로 더듬고 있는데 준주가 나타났다.

"아버지, 여기에 계시다기에 기다렸어요."

준주는 고개를 다소곳이 숙였다.

"오냐, 어서 들어가자. 잠은 충분히 자는 거니?"

호랑은 준주를 볼 때마다 애처로움이 솟구쳤다.

그가 거처하는 방 안은 늘 정갈하다. 차를 다리는 돌화로며 깨끗한 찻잔들은 향기로운 냄새를 그윽 풍겼다. 창가에 소복하게 쌓여 있는 알 수 없는 책들은 준주가 읽기에도 어려운 서적인 것 같다. 황호랑은 수십 번을 읽었는지 손때가 장수마다 묻어 있다. 방문의 맞은편으로는 마츠리에 사용할 화지들을 돌돌 말아서 세워 두었다. 간간이 풍경소리가 여름의 바람을 가르는 듯 시원하게 들려왔다. 반들거리는 나무 복도의 열려 있는 미닫이문 밖으로 어린 종려나무가 보인다. 손바닥만 한 부챗살의 푸른 잎들이 축 늘어져 여름의 끝자락을 말해 주고 있었다.

준주는 황호랑이 내미는 방석 위로 조용히 내려앉아 두 무릎을 붙였다.

"……."

호랑은 다음으로 이어질 준주의 이야기를 이미 아는 것처럼 고개를 끄덕이며 그녀 말에 귀를 기울였다.

"제가 만주로 가 봐야 할까 봐요. 아버지께서 저랑 함께 가 주시면 하고요. 부탁이에요. 아버지, 제가 지금 말씀을 드리는 뜻은……."

호랑은 준주를 주시하다가 대답을 잃었다. 준주의 말의 의미가 무엇을 말하는 것인지 알고도 남았다. 그러나 이 순간 준주가 들고 있는 찻잔에 주전자를 기울일 뿐이었다.

"음……."

그는 차 맛이 그윽하다는 말인지, 딸의 말을 듣고 있다는 의미인지, 알 수 없는 소리만 내고 있었다.

"제 의견, 소견머리 없다고 야단을 치셔도 달게 받겠어요. 온 천지가 전쟁으로 정신이 없는데 제 생각만 한다 하셔도 좋고요. 그렇지만 이 판국에 도오루는 어떻게 되는 건가요? 아버지, 다들 돌아오고 있는데……."

말끝을 잇지 못하는 준주는 목이 콱 메어 왔다. 무엇인가가 명치를 잡아끌고 있는 느낌이다.

"가서 도오루를 구해 내야 할 거 같아요. 한시바삐. 아버지."

포도알 같은 준주의 두 눈동자 가득히 이슬이 방울방울져 눈시울에 매달렸다. 준주는 철없는 딸을 안타깝게 바라보고 있을 아버지를 생각했다. 그러자 미안한 마음에 고개가 절로 숙여졌다. 눈물방울이 치마 위로 후두둑 소리가 날 듯이 떨어졌다. 원폭의 피해로 정신없이 혼비백산하고 피비린내 나는 난리에 도오루의 이야기를 꺼내는 것만으로도 죄송했다. 그러나 준주는 혼동 속에 휘말릴수록 도오루에게 향한 사랑을 지켜야겠다는 생각이 강해졌다. 하지만 그를 위해 무엇을 어떻게 해야 할지를 몰랐다. 전쟁이 앗아 간 수십만 명의 목숨에 비하면 작고 작은 모래알이거늘 이 모래 하나를 찾아보자고 떼쓰고 있는 딸로 보여 질까 봐 두렵고 부끄러웠다. 그래도 준주에게는 도우루가 모래가 아닌 가슴 가득한 거대한 바위 같은 존재다. 때문에 아버지의 손을 붙잡고 자신의 바위를 찾고 싶었다.

"아버지, 용서해 주세요. 시국이 어지러운 이런 상황에서 보탬이 되지는 못하고 제 개인의 사정만 내세우는 절 미워하지 마세요."

"……."

호랑은 긴 숨을 내뿜었다. 그는 할 말이 많았지만 절제하려 했다. 거리에는 전쟁으로 가족을 잃어 울부짖는 사람들로 가득했다. 그리고 뿔뿔이 흩어진 부모와 자식, 소식이 끊긴 형제를 찾느라 모두 난리였다.

호랑은 가족과 사랑하는 연인을 찾아 모두가 혼란을 맞고 있는 이 시기에 준주라고 가만히 앉아 기다리라는 법은 없다는 생각이 들었다.

호랑의 처지가 곧바로 답을 못하고 있을 뿐 마음으로는 이미 준비를 하고 있던 참이었다. 그래서 준주가 찾아오리라 짐작했다. 자식은 애비의 깊은 심정을 헤아릴 수가 없는 것이다. 오래전에 호랑은 딸의 안전과 도오루의 귀향에 대해 애비의 역할로 그들에게 힘이 되리라 결심하고 있었다.

모리에 의하면 도오루의 소식이 끊긴 지가 서너 달째라 했다. 준주는 도오루가 어디엔가 편치 않은 몸으로 기거하고 있을 생각을 하면 초조하고 불안했다. 살아 있다면 못 돌아올 리가 없다.

"부대는 이미 해체되었기 때문에 그쪽으로 간들 찾을 수가 없을 게고. 무작정 떠날 수는 없다. 그쪽 주민들을 통해 상황을 좀 알아봐야 할 텐데……."

호랑은 한 손으로 턱을 쓰다듬으며 통찰할 수 있는 생각을 끌어냈다.

"소식이 끊겼다는 건 무슨 일이 일어났기 때문이에요. 그래서 아버지 힘이 필요해요."

딸의 간절한 소망을 들어주고 싶지 않을 부모가 어디에 있겠는가마는 호랑은 그럴수록 신중히 현지 조사를 하고 준비를 해야 한다고 생각했다.

"신중하게 생각해야 할 문제다. 그 충칭 주변에는 이탈한 병사들이 많다는구나. 그러니 자연히 군부대가 해체할 수밖에. 더욱이 마적들이 수시로 나타나 괴롭힌다더라."

충칭은 중국 남쪽에 자리하고 있고 기후가 따스하고 산천이 수려하다. 산맥들이 마치 병풍들로 둘러싸여 있는 것 같다. 그래서 숨어 지내기엔 안성맞춤의 지역이지만 군대의 막사로부터 탈출은 무사히 해도 조선을 경유하여 일본까지 온다는 게 무리수다. 아마도 도오루는 그런 산길을 따라 도주했을지도 모른다. 고향에 도착하기까지는 바다를 건너야 하는 난관이 있고 여러 고난을 마주할 수밖에 없다고 황호랑은 생각했다.

"아무리 아버지와 동행을 하더라도 여자가 이런 혼란 시기에 그리로 간다는 게 안심이 안 된단 말이야. 무슨 의미인지 알겠지? 널 대신할 수 있는 사람이 있으면 좋겠는데……."

그는 준주를 대신할 사람을 생각하고 있었다.

"누가 대신할 순 없어요. 아버지, 반드시 제가 가야만 해요."

준주는 아버지의 마음을 읽었다. 그러나 준주의 간절한 무언의 눈빛은 호랑의 마음을 움직이는 데 충분했다.

"모리 씨의 조사에 의하면 전사자 명단에도 없어요. 분명 일이 일어나 무슨 일을 당한 채 중국 어딘가에 있으면 어쩌나 싶어요."

준주의 말이 끝나기도 전에 소나기가 사찰 처마에 달린 풍경을 무자비하게 때리기 시작했다. 거센 바람을 동반한 비바람이 쏟아져 내렸다. 빗방울 소리가 나무창살의 쇠 문고리에 부딪혀 달그락거렸다. 풍경은 아버지와 딸의 가슴을 더욱 재촉했다.

"아버지가 못 가신다면 저라도 혼자 떠날까도 생각했어요."

준주의 호소가 빗소리에 흡수되었다.

"조금 기다렸다가 비가 그친 후에 점심 먹고 내려가도록 해라."

호랑은 눈물에 젖은 딸을 잡을 수가 없었다.

"죄송해요. 내려가서 먹겠습니다. 그대로 계세요."

호랑은 어깨에 힘이 축 빠진 준주가 시야에서 사라질 때까지 서서 지켜보았다. 아버지 없이 훌륭하게 자라난 딸아이에게 그동안 보탬이 되지 못한 자신의 처지가 답답했다.

준주는 사찰을 나왔다. 언젠가 야요이가 훌쩍 뛰어내렸던 저 언덕에서부터 소나기가 이리저리 뒤따라오며 사납게 퍼붓기 시작했다. 들고 갔던 지우산을 펴자마자 누런 기름종이가 화들짝 뒤집어지며 그만 비바람에 자취도 없이 달아났다. 그 바람에 우산대의 붉은 나무살이 앙상하게 드러났다. 준주는 알 수 없는 슬픔에 젖어 빗줄기에 온몸이 흠뻑 젖었다.

집으로 오는 도중 구멍가게 처마 밑에서 자신을 기다리고 있는 오가와를 만났다. 오가와는 비를 맞고 총총 걸어오는 준주를 보고는 의아해했다.

"왜 이렇게 비에 흠뻑 젖은 게야?"

그의 걱정스러운 눈빛이 그녀를 감싸 안았다.

"선생님. 이 비에, 왜 나오셨어요. 감기 드시게요."

"우산은 어떻게 하고서 그리 비를 다 맞았어?"

"그만, 바람에 날아갔어요."

준주는 공연히 눈물이 솟구치는데 빗물인지 눈물인지 알 수가 없었다.

"도오루 씨를 데리러 가야 하는데, 저 혼자는 멀리 갈 수가 없어요. 함께 갈 사람은 아버지밖에요."

"아버지를 기다려 드리자고. 준비가 필요해. 그 점을 이해해 드려야지."

오가와는 슬픔에 젖은 준주의 어깨를 토닥였다. 그녀의 아픔이 오가와 어깨 위로 스며들고 있었다. 준주는 오가와의 가슴에 얼굴을 기대어 그제야 울음을 터트렸다. 그는 오들오들 떨고 있는 준주를 감싸 집으로 돌아왔다.

준주는 따뜻한 욕조에서 눈물을 씻어 냈다. 목욕을 마친 준주는 따끈한 차를 음미하는 동안 한결 마음의 평온을 찾았다.

이튿날 아침, 라디오의 주파수를 맞추며 귀를 기울였다. 라디오는 쉽게 접근하기 어려운 원폭 소식을 빠르게 알려 주는 편이었다.

"준주야……."

료오코가 신중하게 입을 떼었다.

"야요이가……."

"네?"

료오코의 긴장한 얼굴에서 불길한 예감을 느낄 수 있었다. 준주는 설마 하고 있었는데 그곳에서 그녀가 사진을 찍는 행사가 있었다는 말이었다. 준주는 야요이를 생각하고서 두 눈을 꼭 감았다.

라디오에선 차마 들을 수 없는 피비린내 나는 비참하고 참담한 아비규환의 장면들을 온종일 방송을 해도 모자랄 지경이었다. 오가와는 라디오에서 죽은 사람들의 소식을 듣고 혀를 끌끌 차며 고개를 흔들고 그 자리에서 그만 털썩 주저앉았다.

히로시마와 나가사키의 원폭으로 인한 피비린내가 삭기도 전에 아키타의 싱그러운 끝 여름은 데와 산지대와 타이헤이 산등선을 타고 빠르게 붉은 가을을 부르고 있었다. 그 바람을 타고서 붉은 나뭇잎들은 늦가을을 앞당겼다. 준주는 만주 광동벌판에 이미 추위가 엄습하고 있다는 걸 생각하면 아키타에 잠시도 편하게 더 머물 수가 없었다.

준주가 다녀간 며칠 후 호랑은 법복을 하나둘씩 벗어 한자리에 가지런히 개켜 두었다. 그러고는 일상 평복으로 갈아입었다. 오랜 기간 단련한 얼굴에선 평온한 표정이 스며 있어도 그의 꾹 다문 입가에는 다부진 조선 통신사 후손의 결심이 엿보였다. 마음은 진즉 결심을 품었으나 사찰을 떠나기 전에 준비해야 할 몇 가지 일들이 걸려 시간을 요구했다. 중국 만주 지도와 지폐 그리고 소총까지 준비했다. 사람을 죽이기 위해서가 아니라 딸을 보호하기 위해서다. 지금 죽는다 해도 아쉬울 건 없으나 딸은 인생을 시작할 나이다. 사랑하는 남자를 전쟁터에서 죽어 갈까봐 찾으러 떠나겠다는 용기 있고 당찬 여자가 자신의 딸임을 내심 자랑스러워했다. 그 옛날 자신을 빼닮았다. 자신도 준주의 엄마를 찾으러 조선 통신사의 후손으로 조선을 넘나들었다. 딸도 연인을 찾으러 떠나는 현실을 비교해 볼 때 별반 다를 바 없는 혈육이다.

이제, 준주와 함께 떠나기로 결심했고 자신의 도움이 절실한 딸 곁에서 애비로 버티어 줄 수 있다면 여한이 없다. 황호랑은 꽃다운 스물한 살의 나이에 죽은 준주의 엄마에게 진 그 빚을 갚는 기회가 온 것이라 절감했다.

준주와 황호랑은 며칠 증기 기관차를 타고 낯선 중국의 들판을 달렸다. 빛바랜 노란빛의 올리브색 황혼이 대지의 평온을 찾아 주었다. 황혼이 물드는 광동의 광활한 대지는 자연이 표현하는 그대로의 신비함을 간직하며 시시각각 그 빛을 형형색색으로 바꾸고 있었다.

"아버지. 저 싱싱한 이름 모를 들꽃들 좀 보세요. 어쩜 저렇게도 고울까……."

준주는 얼굴빛이 환해지며 감탄사가 나왔다. 그런데 붉게 타오르는 지평선 위에 나타나는 점들이 보였다. 호랑은 목에 걸고 있던 망원경으로 그쪽을 유심히 살폈다.

"과연 그렇구나. 대지는 사시사철 좋은 것을 제공해 주는 어머니인 게지. 겸손해야 하는 인간은 욕심으로 가득 차서 부끄러울 뿐이다."

전쟁을 생각한 듯 호랑도 광활한 대지를 바라보며 대답했다.

그들은 차창으로 느릿하게 지나가는 지평선의 노란 풀꽃 무리들과 차츰 가라앉고 있는 붉은 해를 응시했다. 그러고는 다시 생각에 잠겼다.

"저기 태양도 아름답지만요. 자연 중 가장 아름다운 것은 인간의 생명이라고 생각해요. 아기를 보면 참으로 신기해요."

준주는 새 생명보다 더한 신비로움은 어디에도 없을 것만 같았다.

호랑에게 도오루와 자동차 안에서 아기를 받은 일, 모리 순사의 아내의 난산으로부터 극적으로 살린 아기, 대구의 반야월 병원에서의 열악한 시골 환경 속에서 많은 임산부들이 진통을 딛고 끝내 출산해 행복한 모습들, 광에서 아기를 낳고 기절하고 있는 가난한 아낙 등 주마등처럼 스치는 장면들을 말해 주었다. 아버지와 딸은 피로를 잊은 채 웃고 찡그리며 이야기를 나눴다. 그 시간은 도오루를 찾아 헤매는 힘겨움을 잊게 하고 어떤 난관도 기어코 이겨 낼 수 있는 힘을 솟구치게 했다.

준주와 호랑의 얼굴이 황혼의 붉은빛으로 물이 들 때 호랑은 어디선가 그 석양 앞으로 달려오고 있는 말 탄 두 사나이들의 힘찬 모습을 지켜보고 있었다. 각오는 떠나오기 전에 이미 단단히 하고 왔다. 닥칠 일이라면 와 보라는 듯 자세를 바르게 고쳐 앉고 보니 다만 준주가 걱정이 되긴 했다. 긴장을 풀기 위해 말을 했다. 지난 시절 이야기로 분위기를 돌렸다.

"얘야. 새삼 네 엄마랑 함께 지냈던 가얏골 일들이 생각난다. 나 역시 니 엄마와 살려고 조선으로 갔다가……. 애가 타던 그때가 어제 같더니 그런데 네가 자라서 하필이면 나와 비슷한 처지에 놓이다니."

호랑은 식어 버릴 석양이 안타까웠다. 마치 얼마 남지 않은 삶의 시간이 타 버릴 것만 같다.

"난 아기랑 같이 엄마와 대구에서 살고 싶었던 것인데."

그는 말을 잇지 못했다.

"그러나 수연은 너 낳는 게 난산인 데다가 내가 떠났으니 정신적으로 충격이 많았고. 모두가 죽은 목숨이라고 했는데……. 그때 너처럼 의술이 있는 의사를 만났더라면 네 엄만 살았어. 난 유모의 옆방에서 일주일 기다리는 동안 외할아버지의 반대가 심해 그대로 혼자 나올 수밖에 없었지. 나 때문에 많은 사람들이 떠나는 배편을 기다리게 할 순 없었으니까."

호랑은 진저리를 쳤다.

"아버지, 그런데요. 도오루 씨를 만나지 못할 수도 있다는 거죠? 이 이야기는 각오를 단단히 하라는 거 아니에요?"

준주는 지금 당장 불안한 마음에 부모의 과거 이야기가 귀에 들어오지 않았다. 기차는 모처럼의 경적소리를 내면서 그저 달리기를 계속했다. 기차가 뱉어 낸 하얀 연기가 길게 선을 그으며 달아났다.

"주소랑 막사를 다 알아도 못 만날 수도 있겠지. 이미 빈 막사라 병사들이 있겠냐마는. 그러니까 최선의 노력을 하자는 거다."

호랑은 놀란 토끼 같은 딸을 보면서 말을 잠시 멈췄다. 그러나 도오루를 만나지 못할 경우를 미리 알려서 마음 준비를 하랄 수밖에 없다. 황호랑은 아내 수연의 영혼이 곁에 와 도와주고 있다고 그렇게 꼭 믿고 싶었다.

지난 일을 돌이켜 보면, 서문시장에 나온 대구 만석꾼의 외동딸인 열여덟 살 난 장수연은 너무도 뛰어나게 예뻤다. 마적들은 그만 수연을 보쌈해 말에 태워 데려갔다. 그들의 뒤를 말을 타고 쫓아가던 의협심에 찬 황호랑은 젊은 시절 눈이 부신 사나이였다. 수연을 구사일생으로 구해 준 호랑은 수연의 아름다움에 그만 사랑에 빠졌다. 수연도 생명의 은인인 청년을 사랑하게 되었고 가얏골에서 함께 보낸 3년의 행복했던 세월이 준주를 탄생하게 된 것이다. 분명 마적단에 잡혀 죽었을 것이라 여겼던 외동딸이 3년 만에 돌아왔지만 만삭의 딸을 바라보며 기절한 수연의 어머니를 호랑은 어떻게 잊을 수 있겠는가. 수연에 대한 그리움이 그의 가슴에 가득 차올랐다. 호랑은 자신에게도 격정의 생생한 세월이 있었다는 것이 꿈결 같아서 놀라울 따름이었다.

그런데 말 탄 두 사나이는 한동안 없었다가도 따라오고 그렇게 기차와의 간격을 좁혀 가면서 기차를 따라오고 있었다. 호랑은 들판에 점점으로 찍힐 때부터 망원경으로 지켜보았다. 이 사나이들이 마적인가, 비적인가, 독립군인가 셈을 하며 마음을 굳게 먹었다. 준주는 그들이 차창 밖에 스쳐 지나가는 것을 보고 깜짝 놀랐다. 그래서 아버지를 바라보았다. 그는 이미 이런 시간들이 찾아오리라는 것을 예측이라도 한 것처럼 침착함을 잃지 않았다. 준주는 아버지를 마주 보고서야 다소 안정을 찾느라 애쓰고 있었다.

긴 기차가 서서히 멈추는 굉음과 함께 기차 안은 삽시에 긴장감이 돌았다. 눈을 부릅뜬 두 사나이가 객실로 올라와서 쓸 만한 사람이 있는 지를 두루 살폈다. 중년의 사나이가 청년 사나이에게 말했다. 호랑과 준주를 기차 밖으로 내리게 하라는 지시였다.

"예사 사람은 아닌 거 같고. 끌어내려."

호랑과 준주는 그들이 무슨 말을 하는지 전혀 알아들을 수가 없었다.

"애야, 겁먹지 말아야 된다. 태연한 모습을 보여 주자."

"네. 걱정 마세요. 각오하고 왔잖아요."

준주도 단단히 결심을 했다. 그러나 호랑은 겉으론 태연한 척하고 있는 준주가 걱정이 되었다. 만약 그들이 이 아이를 아비 곁에서 떼어 놓는다면 어떻게 대처를 해야 할지를 생각해야 했다.

기차에서 내린 그들은 머지않아 역이라며 기차를 먼저 보냈다. 조선말을 하는 중년의 사나이의 말투가 아무래도 귀에 익었다.

"호랑이 아닌가. 나 모르겠나?"

"글쎄. 아니……. 이게 누구야? 칠성이!"

그는 놀라움과 함께 호랑를 보자마자 반가워했다. 호랑도 이게 꿈인가 하고 기뻤다. 지난 시절에 가얏골에서 그와 제일로 절친한 친구 사이였다. 황호랑, 장수연, 그리고 김칠성과 몇몇 사나이들은 가얏골을 벗어나야만 했다. 아닌 게 아니라, 어느 날 젊은 예술쟁이들이 합쳐 살고 있는 가얏골에 일본 순사들이 찾아왔다. 마을에 사는 사람들은 그런 순사들의 잇단 방문에 대해 불편한 기색을 보였다. 일본 정부는 가얏골에 일부 토지를 정부로 반납을 하라는 명령을 내렸다. 이 토지 수용령은 그 마을에 평화롭게 살고 있는 재주 많은 예술쟁이들에게 공포마저 자아내게 했다. 그들은 누구로부터 간섭받기 싫어 가얏골로 도망 와서 자유롭게 작품을 만들며 지냈다. 그곳은 그런 그들끼리 잘 살고 있는 독특한 예술 마을이었다.

점차 가얏골은 일본 순사들에게 감시의 눈총을 받기 시작했고 마침내 마을을 떠나는 젊은이들이 늘고 마을은 나날이 초라해져 갔다. 이런 시국이 어수선하고 불안한 때에 임신으로 무거운 몸이 된 호랑의 연인 수연은 출산하기 위해 대구의 친정집으로 돌아 가야만 했다. 한때 짧은 시간 칠성의 연인은 유모였다. 못내 아쉬움을 감추며 칠성은 만주 독립운동 단체로 떠났고 호랑은 젖먹이 현서가 딸린 유모와 만삭의 수연과 다 같이 그녀의 친정집으로 갔다.

그 시절에 중국은 지린성, 만보산, 삼성보에서 수로공사를 시작할 조짐을 보였다. 네 사람이 마을을 떠나 거처들을 옮기자고 할 때였다. 수로공사에는 조선 청년들의 참여를 받아 주었다. 그런가 하면 독립운동을 펼칠 수 있는 청년들의 애국단조직을 결성하자는 동지들도 더러 있었다. 칠성은 호랑과 함께 중국으로 가서 조선을 위해 일할 것을 청했다. 그러나 수연의 출산이 가까워진 터라 그녀의 친정으로 유모와 같이 내려가기로 결정을 보았다.

황호랑은 그 패기에 찬 칠성을 기억 속에 진하게 간직하고 있었다. 세상이 넓다 해도 좁다면 좁은 것 같다. 인연이 되어 있는 사람들은 또다시 만난다는 말이 참으로 맞다며 호랑은 기쁨과 반가움을 감출 수가 없었다.

칠성과 호랑은 30여 년 만의 반가움으로 마주 포옹하며 우정을 확인했다. 호랑은 칠성을 보자마자 준주 때문에 우선 안심이 든다. 칠성 옆으로 보좌를 하며 따라다니는 청년도 준주를 흘끔 보며 곁으로 와서 인사를 했다.

호랑과 준주는 그들이 몰고 온 빈 말에 둘이 올라타고 기차역 가까운 여관에 도착했다. 호랑은 무엇보다 긴장을 풀 수 없었지만 준주의 피로감을 덜어 줄 수 있어 천만다행이라는 생각이 들었다.

"그 수연 아가씨의 배 속에 얘가 있었지 않은가! 기억나는가. 자, 준주야 인사 드려라."

호랑은 지난 시절의 청년의 미소로 수줍음을 머금고 말했다.

"생각이 어찌 안 나겠는가. 수연 아가씨와 똑같이 닮은꼴이라 금방 알아보았고 말구. 아니 자네하고도 도장 찍었네 그랴. 근데 여긴 웬 일이야? 종전 직후인 데다, 일본에 원폭이 터져 왕래가 쉽지가 않을 텐데. 예쁜 딸을 데리고 이 험한 델 오다니. 어서 벗어나게나."

칠성은 준주를 흘긋 보면서 겁을 주는 말을 우선 했다. 그리고 목소리를 낮추었다.

"우리 독립군들은 인원수를 늘리려고 눈이 뻘개. 심지어는 일본 탈영병들도 전향을 한다면 무조건 다 받아 주고 있다네. 많이들 탈영했고 일본으로 들어가는 길이 오죽 험하고 먼가. 그 보복이 워낙 심하기도 하고. 일본의 조선인 탈영병들은 배고프고 두려워서 우리랑 남는다네. 이렇게 독립군과 무정부를 세우려고 애를 쓰고 있는 게지. 아까 기차에서 자네를 끌어내린 건 쓸 만한 양반 같아서 말야……. 핫하하."

칠성은 임시 정부의 사정 이야기를 털어놓았다. 임시 정부가 독자적으로 군대를 가지고 독립 전쟁도 할 수 있도록 강한 힘을 길러야 한다는 것과 체계적인 독립군 부대를 조직하고 있는 내용을 털어놓았다.

준주는 여관의 식탁에 놓인 색다르고 따뜻한 기름진 중국 음식들을 보고도 입맛이 돌지 않았다. 머리에는 도오루의 신변을 우선 물어봐야 한다는 생각으로 가득하다. 탈영병들을 받아들이고 있다는 내용은 반가운 소식임에 틀림이 없는 것 같다.

"도대체, 무슨 일인가?"

칠성은 자기 이마를 호랑의 이마로 가져다 댔다. 목소리를 내려 깔았다.

"사실은 사람을 찾아야 하기에 무작정 이리로 왔다네. 제발 도와주게나. 오죽 답답하면 발 벗고 딸까지 데리고서 이 먼델 달려왔겠나. 탈영병들을 받아 준다며."

칠성은 호랑의 애원하는 말에 솔깃했다.

"군대와 소속 배치 주소는 알지만 일본군이라서 조심스러워. 좀 도와주겠나."

호랑은 어느 모로 보나 주지 스님의 모습은 오간 곳이 없었다. 마치 예리한 탐정관 같아 보였다. 인간은 주어진 환경에 따라 그리고 목숨을 위한다면 변하는 변신의 귀재들이었다.

"우리 독립군에 일본군들도 많으니. 정보는 비교적 정확하게 알아올 수 있다네. 많이들 도망갔지. 저쪽 남방으로 튀거나 몽골 쪽으로 도망갔지. 근데 더러는 숲속으로, 동남아로, 홍콩으로 이미 흩어졌다네. 그렇지. 우리에게도 수십 명이 넘어왔는데. 그런데……"

"자. 여기 수고비도 있네. 그의 주소가 적힌 종이도 있고. 지금이 필요하면 말하게. 친구 칠성이, 어려울 때 도와주게. 평생 안 잊고 생각헐 터이니. 좀 알아봐 주게나. 자네라면 믿을 수가 있으니까."

호랑은 도오루의 소속 부대 주소를 적은 메모지를 그 앞에 놓았다. 호랑의 애원은 절실해 그 진심이 칠성의 마음을 그대로 움직였다. 그런 호랑을 지켜보며 칠성도 적극적으로 도와주려 했다.

준주 역시 간절한 눈빛으로 꼼짝 않고서 칠성을 지켜보았다.

"음, 근데 이거. 이틀 시간 줘야 하는데. 중국인들을 두 사람은 구해야 쓰고. 두루 알아볼 테면 말여."

칠성은 그가 내민 종이를 쓱 빼앗아 실눈으로 내려다보았다.

칠성의 부하들은 말을 타고 이 고을 저 고을로 쏘다니며 만 하루 만에 도오루의 소식을 접하게 되었다. 그것은 독립군 부대로 전향한 같은 부대의 수속이었던 일본 탈영병으로부터 들은 소식이었다. 도오루가 바위 옆에 숨어서 사복으로 갈아입을 때에 옷을 벗다 흘린 군모까지 가지고 왔다.

넉넉한 자금을 받은 칠성은 독립군임을 알리는 통행증을 만들어 주었다. 중국 안에선 이 통행증으로 그다지 불편은 없을 것이다. 통행증을 발행한 대장의 이름이 삼천이 바르르 떠는 독립 투사의 이름이었기 때문이다.

"그런데 여러 일본 병사들이 탈출을 했다고 하는데, 아무튼 이 모자를 줍고 나서 보니 쓰여진 이름이 요시다 도오루네. 다들 도주한 것 같다는 게야. 그렇지만 그 일대가 지뢰밭이라 더러 사망했다는 거지. 그리고 말야. 지뢰를 밟아 한 사람은 죽었다는데 누군지는 알 수가 없다 하네. 허, 심상치가 않은데? 지뢰밭이 저기 저 산 너머에 있는데 하필이면 그리로 간 모양이야."

"죽은 사람의 이름을 알면 도오루가 죽었는지 아닌지를 알 수가 있을 터인데. 더 알아볼 수가 있는가? 이거 미안해서."

황호랑은 제발 도오루가 아니길 간절히 빌었다.

"한 사람은 그 자리에서 숨졌고 또 한 사람은 흔적을 보니 누군가 데려간 모양이라던데. 가끔 약초 캐고 다니는 노인들이 있긴 헌데 말이지. 아마도 내 예감에 틀림없이 그 노인들이 어느 곳으로 옮긴 거 같은데 말이야……."

이 말을 듣자마자 준주는 도오루의 군모를 가슴에 품고 얼굴을 파묻었다.

"아, 살아만 주세요. 흐흐흑."

"그 노인들은 알 수가 있는가?"

황호랑이 상기된 낯으로 물었다.

"다시 더 알아보라 했는데 무전을 쳤으니 곧 전갈이 올 거구만. 본토에서 일본 군인을 숨겨 두자면 큰 문초를 당할 건 분명하고 서로가 위험하지. 홍콩으로 운반을 하는 약초 캐는 노인들도 더러 있는데 곧 소식이 올 테지."

"약초를 홍콩으로 운반한다고?"

호랑은 눈을 껌뻑였다.

"조금만 기다려 보세. 한 사람은 분명히 산 모양인데."

황호랑은 준주를 위로해 줘야 했다.

"우리가 말을 타고 그리로 갈 순 없을까?"

"글쎄. 쉬운 일은 아니나 생각해 봄세. 그것을 좀 들게나."

칠성은 허기에 시달렸다.

"우리 대장도 당신이 조선인이고 나와 옛날에 둘도 없는 동지라고 했더니 친근감을 보이시네. 우리도 명색이 독립군들인데. 좋은 세상이 곧 오겠지. 조선이 해방이 된 데는 독립군 운동을 계속한 우리 같은 사람들의 힘도 보태졌으리라 여겨져.”

칠성은 해방을 맞은 나라에 대한 긍지가 대단했다. 호랑은 산사에서 조선 독립을 위해 기도를 하면서도 내심으로 부족하고 고국에 대해 미안한 마음이 들었다.

“일본은 핵으로 쑥대밭이라 수십만 명이 죽었고. 독립을 찾으니 조선은 기쁘고 중국도 마찬가지지만, 결국 조선이고 중국이고 모두가 통곡의 세월이네! 그동안 전쟁에 끌려간 젊은 아이들은 모두 집으로 돌아와야지!”

호랑은 이야기를 하면서도 도오루가 살아 있기만을 간절히 바랐다. 그러면서 피곤에 지친 준주를 애처로운 눈으로 바라보았다.

“일찍 자거라. 내일은 종일 자동차를 타고 가야 하니 몸 좀 쉬도록 해라. 자동차를 구할 수나 있는지 모르겠구나.”

준주는 여기까지 찾아온 이상 무슨 일이 있어도 눈앞에서 도오루를 포기할 순 없었다. 산사에서 바라보았던 아버지의 모습과는 사뭇 달랐다. 고맙고 믿음직한 아버지라고 여겨졌다. 아버지를 바라만 보아도 흐뭇했다. 이 세상에 이런 믿음을 주는 아버지가 또 없다는 생각도 들었다.

“자네나 나나 다 좋은 날이 곧 올 것이야. 희망을 가지는 게 중요한 일이라구. 희망을 가지지 않는 자들은 이미 패배한 거야. 우리 가얏골의 창가를 잊었는가?”

칠성과 호랑이 어깨 위로 서로의 팔을 올리고 가얏골의 노래를 불러 댔다. 호랑은 신기하게도 30년이 지난 노래 가사가 줄줄 절로 흘러나왔다.

"라라랄, 가자 가자, 희망의 세계로, 어서 가자. 저 물결을 헤치고. 희망은 우리를 부른다. 라랄라……."

기차 역전 주변 평범한 중국 여관에 딸린 식당 창문으로 준주와 호랑 그리고 칠성의 모습이 보였다. 그들의 노랫가락이 마술 램프의 연기처럼 새어 나왔다.

이튿날 이른 아침에 일어나자마자 칠성은 청년 동지와 같이 준비해 온 말에 호랑과 준주를 태웠다.

"말이 여기에선 큰 구실을 허이. 힘들어도 부득이 말을 타야 하네. 위장하기에도 좋고."

호랑은 힘이 들어도 말을 이용하면 소리가 나지 않아 들킬 일이 적고 비밀이 비교적 보장된다는 의미로 들렸다. 통행증을 보일 때는 독립군으로 보이게 할 것이다.

칠성은 청년 동지와 황호랑 곁에서 줄곧 동행하기로 결심을 굳혔다. 도오루를 탈출시킨 티엔 노인이 살고 있는 마을까지 호랑과 그 딸의 안전을 위해 지켜 줘야만 했다. 호랑은 천만다행으로 칠성을 극적으로 만난 일은 뜻밖에 하늘이 도운 일이라 생각했다.

청년 시절 칠성과는 진정한 죽마고우였다. 30여 년의 시간을 떨어져 있었지만 결코 우정은 변치 않은 힘이 있었다. 친구가 도움이 절실히 필요할 때 아낌없이, 더욱이 위험을 무릅쓰고라고 함께해 준다는 사실만으로 호랑은 가슴이 벅찼다.

지난 시간, 여름날에 바위 틈새 폭포를 타고 뛰어내렸던 일과 훔친 수박을 들고 오다 떨어트려 박살을 냈던 것을 아까워 도로 허겁지겁 주위 먹던 일, 호랑이 수연과 함께 발가벗고 흐르는 냇가에서 멱을 감던 장면을 칠성이 몰래 훔쳐보던 일, 그리고 풍로(난로)를 처음 구경하던 날에 밥을 짓느라고 쌀을 새까맣게 태웠던 일들은 뇌에 각인이 되어 버린 추억이다. 웃음보를 터지게 하는 똑같은 추억을 품고 있는 칠성과 호랑이다. 또한 칠성이 연인 유모를 남겨 두고 떠나던 슬픈 시간은 여전히 그들 가슴 안에 아련한 시공간을 넘어 생생하게 그대로 살아 숨셨다.

도중에 쉬엄쉬엄 쉬는 동안 칠성이 이스트를 뺀 빵과 먹을 물을 준비해 줬다. 준주는 신변의 안전을 위해 동반해 준 아버지의 친구의 우정에 놀라웠다. 유모의 연인이었던 칠성을 대하는 시간도 특별했다. 현서 오빠의 아버지는 아니어서 칠성과 유모의 이별이 가능했을지도 모른다고 생각하며 준주는 속으로 사연 많은 유모를 떠올렸다. 친엄마나 다름없는 유모는 젖먹이 현서를 데리고 만삭의 수연과 황호랑을 따라온 것이다. 죽을지 살지 모르는 수연이 유모에게 곁에 있어 달라고 애원한 것은 곧 태어날 아기를 위해서였다. 혹여 유사시에 젖이 나오는 유모에게 갓난아기를 맡길 수 있을 테니까. 그러나 불행은 생각대로 찾아오고야 말았다.

칠성은 생각 끝에 마음을 굳혔다. 일본 탈영병을 친구의 부탁으로 찾는 것이지 독립군으로서 협조하는 것은 결코 아니라는 현실을 깨달았다. 친구 호랑의 부탁이 아니었다면 이 현실의 선을 뛰어넘을 수 없었다. 그들은 지도와 나침반을 가지고서 도오루를 만날지 확실하지 않지만, 희망을 품고 슈롱 마을로 여정을 잡았다.

칠성의 안내로 저장성의 옌당 산이 병풍처럼 친 곳까지 이르렀다. 꼬박 하루가 걸렸다. 그들은 첸덴 강 하류의 노란 귤 밭 사이를 지나며 계단식으로 가꿔진 논밭을 바라보았다. 넓음과 낮음의 차이가 각각인 올리브 빛 논밭의 가을의 곡창들은 눈시울이 따갑도록 반짝거렸다. 들판 사이마다 조성된 울타리들도 시야로 시원하게 들어왔다.

준주는 아버지 친구 칠성에게 도오루가 슈롱 농가로 피신을 했다가 바지선을 타고 탈출을 시도했다는 소식까지 접하게 되었다. 그 엄청난 소식을 듣게 되는 데는 여러 사람의 노력이 있었다. 준주가 더 이상 재회의 미련을 떨구고 돌아올 수 있었던 것도 그가 여전히 살아 있다는 확신이 섰기 때문이다. 황호랑과 준주는 도오루가 천의 운으로 무사히 홍콩까지 갔을 것이라는 믿음을 가져 보았다. 홍콩까지 무사히 당도한다면 도오루가 살 수 있다는 희망을 가질 수 있을 것만 같다. 언젠가 도오루가 학업을 포기하고 조선으로 돌아가겠다며 울고 있는 준주에게 들려주던 말을 기억했다. 희망은 현실을 그대로 이끌어 주는 징검다리라고. 그의 말을 다시 한 번 되뇌었다. 그가 말해 준 희망을 간직한 채 돌아와야 했다. 더 먼 길을 가기 위해 그만한 준비를 해야 한다. 중환자인 도오루를 안전하게 귀향할 수 있도록 도와야 한다는 굳은 생각을 품었다.

15 꿈같은 재회

    도오루는 샤오륜과 티엔에게 응급 처치를 받고 구사일생으로 목숨을 건졌다. 하지만 왼쪽 다리의 정강이 부근과 무릎 위 대퇴부의 부상이 깊었다. 뼈가 보일 듯 말 듯 했고 추측건대 제법 큰 돌이 굴러와 이 부분을 덮쳤을 것이다. 머리에 바위를 피한 것만으로도 큰 행운이라며 티엔은 혀를 끌끌 찼다.

    도오루는 튀는 바위 파편을 맞고서도 몸을 피하기 위해 달아났다. 동시에 큰 바윗돌들이 구르며 대퇴부를 친 것이었다. 그 때 그만 정신을 잃고 바닥에 쓰러지면서 다시 날아오는 파편 조각들을 뒤집어썼다.

    다행히 약초들이 널려 있는 곳에 쓰러진 터라 정신은 잃었지만 그 신선한 공기로 생명력의 한계를 넘어 목숨을 부지하고 있는 것이라 티엔은 생각했다. 하지만 출혈이 많았다. 그대로 몇 시간만 더 이대로 있었더라면 과다 출혈로 차츰 몸이 식어 가면서 죽었을 것이다.

    도오루가 옮겨진 곳은 티엔의 농가 부엌으로 난 방이었다. 훤히 트인 부엌을 끼고 있는 옆이라 환자를 돌보기에 안성맞춤이다. 티엔은 도로우의 상처 독소를 입으로 빨아냈다. 그러고선 깨끗한 면으로 갈고 출혈을 멈추게 하는 약초를 침으로 으깨어 두었다가 발효되자 상처 위에 발라 두었다.

환자가 간간이 혼수상태에서 깨어나면 그의 부풀어진 입을 벌려서 사향을 더운 물에 개여 숟가락으로 떠먹였다. 그리고 우슬초 줄기를 움푹 파인 돌그릇에다 으깨어 무릎과 팔꿈치 주변에 문질렀다.

농가 아랫마을에는 목화밭이 있다. 열린 부엌문으로 목화솜들이 일렁이며 날아왔다. 바람이 소스랑 불 때면 떠 있는 솜들이 구석 거미줄에 걸렸다. 산이라 남향받이 농가는 한여름에도 슬슬한 공기에 젖어 내복과 버선을 신고 있어야 했다.

도오루가 한쪽 눈을 부스스 떴다. 거미줄에 걸려든 뭉치 솜이 초승달로 보였다. 준주가 달빛 아래서 미소를 머금고 다가왔다. 부산 항 연락선에서 처음 보았을 때 그녀의 신비한 미소와 밝은 달 그리고 고요한 밤바다는 그때 그대로다. 선창으로 불어오는 순풍을 맞으며 시간은 빠르게 지나갔다. 아키타의 눈 내리는 산야, 설원 지평선의 경계가 없는 하늘과 대지가 펼쳐졌다. 여기라면 전쟁도 경계선도 없는 평화, 그 자체다. 도오루는 눈송이를 손바닥으로 꼭 쥐어 보았다. 마치 목화처럼 눈송이가 펄펄 내려오고 있었다. 그런데 진석의 목소리가 귓전에서 들려왔다.

"자, 여기 있어. 이거 가지고 가야지."

진석은 손에서 향료 그릇을 건네주면서 빨리 가 보라고 손짓하며 멀어졌다.

"도오루, 정신 차려야 해요. 제발 정신 놓지 말고요……."

준주의 목소리도 들려왔다.

"물, 물……."

도오루는 목이 탔다. 정신이 허공에 떠도는데 돌아가신 어머니가 찾아왔다.

"도오루야, 정신 바짝 차려야 한다."

"어머니, 미안했어요. 여관의 불은 제가 낸 거예요. 죄송해요. 엄마, 용서해요!"

오랜만에 어머니를 보자 온 아픔이 사라지는 듯한데 몸이 불덩이처럼 열병이 시작되었다.

"물을 찾네. 몸이 불덩이야. 그런데 도련님, 이 사람 탈영한 일본 병사 아니요?"

티엔은 샤오륜이 이름을 알고 있는 이 일본 병사가 도대체 누구인지 궁금했다.

"삼촌, 일본 병사가 어디에 있어? 전쟁이 끝이 났는데. 이미 12년 전에 내가 이 친구에게 우리 집에 초대한다고 약속을 했거든요. 아, 그런데 운명이 어찌 이럴 수가……."

"말이 씨가 되어 죽음을 무릅쓰고 끝내 찾아왔구랴."

도오루는 계속 무언가 중얼거렸지만 티엔은 무슨 이야기인지 이해할 수 없었다. 상처에서 스며드는 검게 응고된 핏자국을 보니 피는 멈춘 듯했다. 느닷없이 오르는 고열만 내리면 위험한 시기는 넘어갈 것이다. 하지만 정신이 들기까지는 며칠 걸릴 것 같다.

"환자가 들어요. 죽음이라뇨. 부정 타요."

티엔의 눈가 주름살이 미미하게 떨렸다.

"지금 세상은 젊은 청년들을 질투하나 봅니다. 전쟁이 젊은이들을 부르니까 정신 바싹 차려야 해요. 도련님."

티엔은 혀를 끌끌 찼다.

머리의 상처는 깊어 보이지 않았지만 그 충격에 속으로 어떤 이상이 있을지도 몰랐다. 병원에서 다리를 한시바삐 치료해야 했다. 티엔은 홍콩까지 어떻게 환자를 안전하게 옮길 수 있을지 집중해 곰곰이 생각했다.

"정신 들면 물어봐야 할 게 있는데. 조선 청년 장진석이 제일 궁금하거든요. 삼촌, 언제쯤 정신이 들까요?"

샤오룬은 진석에 관한 소식이 몹시 궁금했다. 현서의 말에 의하면 진석은 징병을 갔다가 전염병에 걸려 목숨을 잃었다고 했다. 그 말을 듣고 사오룬은 가슴이 메었다. 하지만 그렇게 허무하게 세상을 떠날 친구가 아니었다.

게다가 가끔 하와이에서 오는 편지도 석연치가 않았다. 또 그 발송인은 알 수 없는 미국 이름이다. 더욱이 자신이 누구임을 선뜻 밝히지 않는 특별한 이유가 무엇일까. 아니면 새로운 의약 제품을 밀수하려는 잡상인인지도 몰랐다. 전쟁 후에는 환자들이 많을 것이라 어수선한 경계를 타고서 돈을 벌어 보겠다고 집적대는 잡상인일 수도 있다고 샤오룬은 생각했다.

일본제국은 홍콩을 3년 통치를 하고서 종전 후 영국으로 도로 반환했다. 다시 영국령이 된 홍콩에는 여러 전문 분야에서 자원봉사하려는 영국인들이 떼를 지어 들어왔다. 종교 단체 이름을 걸고 들어오는 의사들도 있었다. 크리스도 종교 단체를 통해 자원한 영국인 외과 의사다.

태평양 전쟁이 끝난 후 홍콩은 물론 중국에도 환자들과 패잔병들의 수가 엄청났다. 그 환자들을 돌볼 손길이 절실했다. 의학품 또한 두말할 것도 없이 모자랐다. 특히 세균의 화농이나 감염으로 목숨을 잃는 환자들이 대다수였다. 그러기 전에 온몸으로 퍼지는 세균의 침투를 막기 위해 다리면 다리, 팔이면 팔을 절단해야 하는 비참한 일이 허다했다.

　　때를 맞춰, 영국의 세인트 메리 의대에서는 푸른곰팡이가 피부를 곪게 하는 포도상 구균을 섭취한다는 사실을 발견했다. 우연한 이 발견은 전쟁으로 다치고 상처받은 수많은 부상병들에게 자연이 내린 선물이다.

　　페니실린의 발견으로 인해 수많은 청년 부상병들이 곪는 상처를 파내고 자르지 않아도 치유할 수 있게 되었다. 금세기 최고 발견이며 인류에게 가장 큰 공헌을 했다고 해도 과언이 아니었다. 곪아 번식하는 포악한 세균의 침투로부터 벗어나 인간의 수명을 연장할 수 있는 완쾌의 징검다리를 건너게 했기 때문이다. 이 소중한 푸른곰팡이로 인류 역사상 최고의 항생물질을 얻게 되었다. 1928년부터 1945년까지의 구체적인 실험을 거쳐 정제되어 약품으로 판매되기까지 6년의 시간이 소요되었고 초창기에는 허가받은 병원을 통해서만 페니실린 신제품이 보급되었다.

　　이즈음, 홍콩 정부는 일본 탈영 병사들을 밀고하는 자에게 후한 상금을 주었다. 밀고자는 그 엄청난 상금으로 중국 본토로 들어가고 싶어 했다. 이 일만을 하는 전문 정보원들이 생겼고 이들은 상금에 혈안이 되어 일본 패잔병을 이 잡듯 샅샅이 뒤졌다. 고발된 일본 탈영병은 고국으로 돌아가지 못한 채 사형되거나 포로가 되어 기약 없는 옥살이를 당했다. 만약 샤오륜이 일본 탈영병을 숨겼다는 소식이 발각이 된다면 집안의 체면은 말할 것도 없고 그의 아버지가 운영하는 한의원까지도 무사할 수가 없다. 종전 후, 중국 본토에 있던 난민들은 이념의 차이로 물밀듯 홍콩으로 건너왔다. 내서널리즘과 공산주의 등 여러 이데올로기가 난무한 묘한 사상이 민심 속으로 깊숙이 헤집고 들어왔다. 극우파와 극좌파의 혼란을 빚었다.

전쟁은 끝났지만 여전히 전쟁의 상처는 채 아물지 않은 중국 본토나 동남아 지역과 홍콩에선 본국으로 돌아가는 일본 패잔병들에게 보복하는 사건이 줄을 이었다. 일본이 점령 당시 약소국에게 행했던 포악한 행위들을 더 잔인하게 갚아 주는 보복 행위가 일간신문 <홍콩포스트>에 자주 실렸다.

뿐만 아니라 전쟁터에서 돌아오지 못한 채 종전을 맞은 병사들은 부대로부터 이탈되거나 어떨 도리 없이 지린성, 쑹랴오 평원 중심부에 숨어있다가 잇따른 보복을 당했다. 전쟁이 끝나자 일본에서 병사들을 데려가려고 보낸다던 비행기, 연락선, 열차 등 교통수단이 늦어지자 보복에 두려운 패잔병들은 더 이상 기다리는 것이 두려워서 먼 타일랜드 (타이) 일대 지역까지 도주했다.

장춘에서는 정식으로 중공인민정부가 수립되었는데 거리에선 공산당의 청산 투쟁이 한창 벌어졌다. 일본과 내통한 자, 일본인 전쟁 범죄자들, 일본군 교관들이 끌려 나가서 민중 재판을 받았다. 원한을 품은 군중들은 죽이라고 고함을 지르면 그 자리에서 그들을 총살했다는 소문도 자자했다. 간간이 신문에는 '일본인들에게 민중 재판'이라는 섬뜩한 서슬 어린 단어들이 쓰였다.

그래서 역시 홍콩도 도주한 병사에겐 위험한 지역이다. 언제 첩자들이 도오루를 고발할지, 혹은 탈영병은 전범이라며 정보원들에게 칼침을 맞을지 불안한 상황이었다.

더더구나 샤오룬은 레스토랑을 경영하는 여동생 레이를 경계하지 않을 수 없었다. 레이의 주변에 사람들이 많다는 게 걸림돌이었다. 그중에 샤우덩이라는 사나이는 믿을 수가 없다. 그는 언제인가 패잔병을 고발해 당국에서 사례금을 탄 경험자였다. 마땅한 직업도 없고 일약 천금을 벌어 보자는 기대로 비밀첩보원의 끄나풀이 되어 조를 짜서 사냥놀이를 하며 일본 패잔병들의 목을 조르고 있는 게 그의 일과였다. 지난 주 홍콩 일간지에는 어떤 이가 무릇 5명이나 되는 일본 군인들을 고발해 감옥으로 보내거나 재판에 올렸다는 신문 기사도 실렸다.

샤오룬과 티엔은 환자와 함께 홍콩의 췍춰 어촌까지 눈에 띄지 않고 항해할 수 있을까 하는 의문을 잠재울 수가 없었다. 도오루를 감쪽같이 운송해야 하는 항해는 그들 어깨를 무겁게 했다. 티엔과 샤오룬은 말을 잃었다.

밤 시각을 택했다. 바지선까지 옮기기 위해 티엔이 사람을 불러 만반의 준비를 했다. 그도 말이 없었고 노인에게 순종했다. 환자를 담요로 단단히 싸서 들것에 조심스럽게 눕혔다.

평소 약초를 운반할 때나 교통수단으로 달구지를 사용했는데 지금은 네 바퀴가 달린 마차를 준비했다. 페니실린의 발견으로 인해 수많은 청년 부상병들이 곪는 상처를 파내고 자르지 않아도 치유할 수 있게 되었다. 샤오룬과 환자를 태웠다.

"우리 친구, 부탁한다. 안전하게 모시고 가 주는 거지? 믿는다!"

샤오륜은 말들에게 속삭였다. 말들은 능히 알아듣기라도 하는 양 두 눈을 굴리며 껌뻑인다.

샤오륜은 덜커덩 하고 마차가 흔들릴 때마다 신음하는 환자를 그의 팔로 누르며 껴안았다. 환자는 의식이 돌아올 듯하다 잠잠했다.

두 말이 끄는 네 바퀴의 마차는 달구지보다 훨씬 요동이 없고 그나마 바지선이 머무는 선착장까지 비교적 가까운 거리여서 무사하게 환자를 옮길 수 있었다.

선착장에 도착한 샤오륜은 급히 바지선 사무실에 있는 수동 전화를 돌려 영국인 크리스에게 도착을 알렸다. 크리스는 그들이 출발할 시각에 미리 홍콩의 주룽 스탠리 반도의 부두 끝자락에서 기다리기로 약속했다. 그만큼 열이 오르는 환자에게 화급을 다투는 일이라 무엇보다 의사의 정확한 진단을 서두르지 않으면 안 된다.

바지선 출발 전, 티엔은 선창 구석에서 향을 피웠다. 그리고 바다를 향해 꾸벅 절을 했다. 바다의 틴하우 여신이 잘 돌볼 거라 믿었다. 티엔은 칠성별을 머리에 이고 있는 여신이 인간의 생명을 좌지우지하시는 삼신의 존재라 말했다. 여신은 한 치 앞을 알 수 없는 위중한 환자들에겐 절대적인 생명의 힘을 주는 신이라 했다. 티엔은 도오루를 발견한 것은 삼신의 뜻이라 여겼다.

"자아, 어서 저 바다를 바라보며 고개 숙여요. 우리 삼신, 틴하우 바다 여신께서 꼭 돌보실 겁니다. 부친께서도 배가 출발 전에는 향을 피우고 보호해 달라고 삼신께 기도를 잊지 않으셨다오."

샤오륜에게 두 눈을 크게 부릅떴으나 티엔은 어둠 속에 빛나는 자비의 시선을 잔잔한 물결에게 보냈다. 그러는 동안에 샤오륜은 도오루의 카메라와 가방을 잘 챙겨서 자신의 한쪽 어깨에다 멨다.

어두운 밤, 바지선은 바닷바람의 출렁이는 파도를 타고 주변의 눈길을 피해 항저우만 동쪽의 리아스식 해안을 탔다. 배는 남쪽의 푸젠성으로 흐르는 물길을 휘감는다. 음력으로 날을 받아 파도가 없는 시각이었다. 바지선은 부드럽게 미끄러져 물을 스르르 갈랐다. 그믐달이 흐릿했고 파도의 물결 위로 안개가 엷게 끼여 있었다. 샤오룬은 룽징차가 식을까 봐 솜 가방에 싸 들고 왔다. 도오루가 간간이 몸을 뒤척일 때마다 따뜻한 찻물과 사향을 조금씩 떠먹였다.

"도오루, 정신 잃지 말아야지. 좀 있음 홍콩이오."

리아스식 해안의 파도는 숨죽인 채 바지선에 쌓아 둔 목재들도 훌륭한 바람막이가 되어 주었다. 어느덧 바지선은 광둥성 바다 앞에서 속력을 늦추었다. 섬은 주룽반도와 홍콩을 비켜서 빅토리아 해안을 감아 안고 있었다. 쉽사리 안 띄는 섬의 끝자락이 목적지다.

호롱불이 켜진 보트 하우스에는 이미 영국인 마흔 중반의 크리스, 그리고 젊은 청년이 나와 긴장 속에 대기하고 있었다. 도오루의 다리와 머리를 진단받으려면 반드시 외과 의사가 필요했다. 수도회 소속으로 있는 크리스는 양의와 한의의 관계를 넘어 샤오룬 집안과도 신뢰가 두터운 사이다.

대륙보다 늦게야 어스름이 내려온 밤, 새벽을 향한 시각에 노란 불빛들이 스탠리 반도의 보트 하우스로부터 저마다 새어 나왔다. 깜깜한 허공 속으로 청청한 반딧불이 군락을 이루며 반짝였다.

파편 제거와 다리 수술을 위한 진단을 받아야 하는 도오루의 곁에 한 남자가 마취를 준비했다. 티엔은 파편 제거와 골절 부위를 압박해 놓은 것을 푸는 동안 곁에서 의사의 시중을 들었다. 크리스는 먼저 환자에게 고통과 열을 가라앉히기 위해 주사를 놓았다. 그 어깨와 대퇴부에서 깨알 같은 작은 파편들이 가시 뽑히듯 트레이 위로 나왔다.

샤오륜은 샤우덩을 생각하며 보트 하우스 근처에서 긴장감을 늦추지 않고 주위를 살폈다. 샤우덩은 여동생 레이를 일방적으로 좋아하는 데다가 일본인 병사들을 고발해 상금을 이미 탔던 자이고, 여전히 일본인 병사들을 노리는 자다. 샤오륜은 그를 경계하고 있었다.

크리스는 환자의 신분도 묻지 않고 시종일관 유순한 시선으로 환자를 바라보았다. 나라와 이름이 문제가 아니라 한 생명을 살리겠다는 집념을 실천하는 것이 그의 유일한 과제다.

"이 약을 시간 맞춰 들게 하시고 곁에서 지켜드려야 합니다. 내일 오겠어요."

크리스는 티엔에게 약봉지를 전했다. 그러고는 샤오륜을 구석으로 불러 세워 두고 무겁게 입을 연다.

"샤오륜, 환자를 이송하여 다리 수술을 할 겁니다. 수술을 하려면 세균 침입을 억제시키는 항생제 신제품이 꼭 필요하고 또 넉넉히 구해 뒤야 하는데, 재정상 도와주셔야 합니다."

"어떤 신제품인지……."

크리스는 약 이름을 써 둔 메모지를 건넸다. 호롱불에 비춰 본 종이에 영어가 적혀 있다. 샤오륜은 페니실린이라고 발음을 하고서 자신도 놀라워 두 눈이 커졌다.

"앞으로 이 약이 '평화의 집'에도 절실히 필요해요. 중국 본토에서 환자들이 더 밀려 올 테니까요. 이 약은 수많은 생명을 구할 수 있거든요."

"네. 그래야지요."

샤오륜은 얼마 전에 하와이에서 온 낯선 편지의 내용을 떠올렸다.

편지를 꼼꼼히 다시 살펴봤다. 여러 병원 중에 아버지 한의원을 골라 하필 자신에게 보낸 특별한 이유라도 있는 것일까. 우연히 보낸 것일까. 샤오륜은 편지 내용에 적힌 전화번호와 봉투의 주소를 확인하고 하와이 쪽으로 연락을 해 보리라고 마음을 먹었다.

편지 내용에는 하와이가 밤이면 홍콩은 낮이라 적혀 있었다. 시차가 9시간 이상이라 했다. 그래서 통화를 할 수 있는 시각이 적혀 있었다. 샤오륜은 그가 정해 준 시각까지는 기다릴 수밖에 없었다.

하와이 사나이의 목소리를 빨리 들어 보고 싶었다. 홍콩의 전 지역은 여러 이유로 전화 내용이 나라에서 도청하기 때문에 약품에 대해 조심히 물어야 할 것이고 될 수 있는 한 서둘러 약품을 받을 수 있는 방법을 말해야 한다. 이 약품은 개발이 되자마자 미국 측과 계약 체결을 했기 때문에 하와이에서 수입을 해 오는 게 그리 어렵지 않겠다는 생각이 들었다.

샤오륜은 이쪽 여자 교환수의 말이 끝나고도 더 기다려야 했다. 그런 후에 하와이 교환수가 다시 기다리라는 말이 수화기에서 들려왔다. 지구 반대편이라는 먼 거리감이 수화기에서 느껴졌다. 서로가 영어로 입을 뗐다. 사나이는 동양인이다. 처음에는 경계를 하는 듯했지만 이윽고 무슨 생각이 들었는지 몹시 반가워하는 목소리다. 동양인의 영어 악센트여서 듣기는 쉬웠다. 그쪽에서 약품 계약 체결을 하자고 서두르니 도리어 다행이었다. 견본은 직접 가져온다고 했다. 그런데 사나이가 두 대의 카메라를 언급하며 336번지에서 산다고 말하는 것이었다. 샤오륜은 일시에 뇌 속에서 딩 하고 쇠 종소리가 울렸다. 두 대의 카메라는 바로 도오루와 자신을 뜻했고 꿈에도 잊지 못할 336번지는 장진석의 경성 번지가 아니었던가. 지난날 빌리고자 했던 경성 덕수궁 맞은편 주소였고 그 일로 조선을 갔던 때를 어찌 잊을 수 있겠는가. 그렇다면 도오루와 샤오륜 자신을 잘 알고 있는 이 사나이는 누구인가, 바로 장진석이다. 서로 한동안 무슨 말로 대화를 이어 갈지를 몰라 숨 막히는 진공상태 속에서 도청장치가 된 전화 통화를 의식해야만 했다.

도청을 의식한 샤오륜은 긴장한 목소리로 카메라 한 대가 심하게 부서졌다고 대답해 주었다. 전화로는 물어도 안 될 것이고 또한 밝혀도 안 될 것이기에 반대편 사나이도 한동안 아무런 말을 잊지 못했다. 그저 짧게 당장 홍콩으로 오겠다 말할 뿐이었다.

샤오륜은 이 사실을 아무에게도 발설하지 않았다. 술렁이는 가슴을 뚫고 터져 나갈 듯 힘이 솟았다.

"도련님 눈 붙여요. 좀 쉬어요."

혀를 끌끌 차는 티엔의 차분한 말소리였다.

진석은 하와이에서 1945년 8월 민족 해방의 기쁨을 맛보았다. 청년 조직회나 동지회에선 이미 도쿄에서 지하활동을 할 당시부터 내통을 하고 있어서 당원들은 그의 이름을 익히 알고 있었다. 하와이에서의 활동은 도쿄에서 고생한 보람을 안겨 주었다. 바람직스러운 나날들이었다. 자신의 이름은 이미 조선에서 사라졌지만 마침내 조국을 위해 젊은 삶을 쏟을 수 있었다. 그러면서 마치 조국이 자신이고 자신이 곧 조선인 것 같은 흥분을 감출 길이 없었다.

그때 육군병원에서 며칠을 악으로 버티지 못했더라면 자신은 이미 죽었을 운명이었다. 조선 반도는 억압에서 하루속히 벗어나야 했다.

진석은 하와이 사탕수수밭 노동이민으로 간 초기의 이민자들과 친목회의 우정을 돈독케 하는 사무적인 일에도 주력을 했다. 그 누구보다 해방이 오기를 고대하고 때가 오면 그리운 내 땅으로 돌아가리라 소원을 품고 살고 있는 조선인들의 모임이다.

서너 해 전에 진석의 아버지와 어머니는 징병으로 전사한 외아들을 위해 날마다 장독대 위 정한수 그릇 앞에서 진석의 혼백을 위해 기도했다. 두 손으로 싹싹 빌고 빌었지만 결국 두 사람은 한으로 남아 아뜩한 원을 품고서 세상을 떠났다.

더욱이 여동생 준주는 말할 것도 없고 또 자기 일이라면 성의를 다해 발 벗고 나서 주는 행자와 현서 그리고 도오루……. 진석은 떠올릴수록 가슴이 먹먹해지곤 했다.

도오루를 제외한 모두는 자신이 징병으로 죽은 줄로만 알고 있었다. 그도 그럴 것이 거의 목숨만 가랑거리고 있을 때 마지막 면회를 했기 때문이다. 이런 원초적인 슬픔만을 제외하면 하와이 생활은 나쁘지 않았다. 게다가 정보를 캐내어 세계적으로 활동하기에 좋았고 청년들의 이름을 알아 갈수록 유리했다.

진석은 도오루가 대인 지뢰가 터져 본국으로 귀향하지 못한 채 중국에서 앓고 있다는 소식을 중국 충칭의 한국청년회 정보원에게서 들을 수 있었다. 황호랑과 준주가 도오루의 신변과 거처를 알아내기 위해 찾아 나섰다는 정보까지도 입수했다. 그래서 급히 샤오룬에게 먼저 이름을 감추고 편지를 보낼 수 있었고 그러면서 하와이에서도 판매 허가가 난 페니실린을 서둘러 구입해 두었다.

진석은 샤오륜의 반가운 전화 목소리가 전파를 타고 울려왔을 때 가슴이 터질 듯 감격이 벅차올랐다. 카메라 한 대가 심하게 부서졌다는 말로 위독한 도오루의 상태를 알릴 수 있었다. 일본 패잔병 색출을 위한 홍콩의 전화 도청은 극히 심각해져 기쁨도 잠시뿐 진석은 홍콩으로 곧바로 향하기로 했다.

시간은 추억을 새기고 물 위로 생생한 부초처럼 추억이 떠올랐다. 여객기는 고공에서 저공으로 배회하며 속력을 낮췄다. 기내 창문으로 보이는 아스라이 바닷가로 카이탁 공항의 활주로가 보였다. 가파른 버틀러 산과 경사진 파커 산 절벽 사이로 엿보이는 카이탁 국제공항이었다.

진석은 카메라 한 대가 심하게 부서졌다는 말을 되뇌며 부디 도오루가 비싼 상금을 노리는 첩자 무리들 속에서 잘 버텨 주길 바랐다. 비록 진석은 일본을 위해 죽은 조선인 군인이었을지라도 도오루가 세계 전쟁으로 죽게 놓아 둘 수는 없었다. 도오루는 준주의 연인이자 또한 자신의 친구이기 때문이다.

반야월 준주의 병원에서 헤어지던 순간이었다. 도오루가 전투 막사로 떠나려 할 때 마지막으로 그의 시선을 응시하며 살아만 있으라고 약속하고 싶던 그 순간이었다. 그 때 준주는 그의 손에 편지를 건네주었다. 도오루가 그 편지를 품에 넣고 떨리는 손으로 열어 본 것은 만주로 가는 열차 안이었다. 준주의 편지는 도오루에게 잔인하고 살벌한 막사 생활에서 힘을 잃지 않게 만드는 생수였다. 틈만 나면 꺼내 읽다 보니 이젠 너덜너덜 닳았다. 어느 날부터는 낡은 종이를 더 이상 꺼낼 필요도 없어졌다. 머리로 가슴으로 다 외우고도 남았기 때문이다. 애달픔이 가득 사무치게 묻어 있는 준주의 목소리가 생생하게 울려오고 있었다.

"도오루, 우린 다시 만날 수 있어요. 지금은 전쟁으로 둘러싼 우리의 환경으로 당신이 떠날 수밖에 없지만요. 제가 전에는 조선의 여자로서 당당하게 당신을 사랑하는 것이 마치 총을 맞은 것처럼 힘들었어요. 그래서 행복하려면 특별한 용기가 필요하다는 것을 배웠습니다. 나는 도쿄 학창 시절 당신이 보듬어 주었기에 견딜 수 있었지만 한편으로 야요이 씨에게 심한 상처를 준 것 같아 제 마음도 많이 아픕니다. 또한 당신을 내 마음에 두면서 진석 오빠에게도 미안했습니다. 당신을 사랑하는 길이 평화를 깨트리는 일은 아닐까 하는 두려움도 있었지요. 그러면서도 제 자신을 사랑하고 싶어서 솔직해지자, 수만 번 타일렀습니다.

지금 당신이 어디에 있든, 어떠한 불행이 가로막고 있어도 우리 사랑의 힘으로 당신은 소생할 것입니다. 살아나야 한다는 강한 의지가 당신의 생명을 지켜 줄 것입니다.

도오루, 아키타의 눈 오는 하얀 밤에 나누었던 이야기들……. 서로의 가슴 안에서 우리가 머문다고 말했지요. 어려운 전쟁 시기에 당신이 살아 있다는 것도 우리의 눈부신 힘이에요.

그래서 저는 도오루 씨가 떠나기 전에 남긴 말을 기억합니다. 간절한 희망은 현실에서 그 꿈으로 건너가게 하는 징검다리라고. 희망은 현실을 끌어내는 힘이라고요. 만의 하나, 당신이 사고로 다쳤다면 나도 함께 그 상처에 같이 머물고 서로 연결되어 상처는 아물 것이니까요. 도오루, 강하게 이겨 내세요. 사랑하는 준주가."

준주의 목소리가 멈췄다. 도오루는 속주머니에 넣어 둔 그녀의 편지를 꺼내려 했다. 편지를 움켜쥐려고 버둥대며 힘겨운 몸짓을 하다가 눈을 번쩍 떴다.

"도오루, 정신이 드는가?"

샤오륜이 바싹 다가가자, 티엔은 두 눈을 크게 뜨는 도오루를 쳐다보았다.

"물, 물."

도오루는 목이 탔다. 티엔은 그의 입에다 물을 떠 먹였다. 꼴깍하며 소리가 났다. 몇 모금 받아 넘긴 후에 이내 눈을 도로 감았다.

마침 크리스가 있는 '평화의 집'에서 회원인 남자가 쪽지를 가져왔다. 수도원으로 들르라는 크리스의 전갈이었다. 안 그래도 조만간에 하와이의 그가 비행기의 도착 시간을 알려 줄 것이라 초조히 기다리던 참이다. 티엔에게 단단히 도오루를 맡기고 '평화의 집' 공동체에 잠시 찾았다.

크리스는 정원을 끼고 있는 격자무늬의 나무 벽을 바라보고 있었다. 샤오륜은 두고 온 도오루가 이만저만 걱정이 되는 게 아니었다.

"돌아가 봐야겠습니다. 걱정 되어서요."

그는 불안해 자리에서 벌떡 일어났다. 그 때 문이 열렸다. 한 사나이가 미소를 띠우며 걸어왔다. 그의 눈동자에 기쁨과 환희가 촉촉이 젖어 있었다.

"얼마 만인가! 샤오륜!"

"아, 아니. 당신, 장…… 진, 석!"

샤오륜은 입을 다물 수가 없었다.

"이거 정말 꿈은 아니겠지……. 난, 진석이, 내 느낌에 자네 꼭 살아 있을 것 같았어."

그들은 세차게 부둥켜안으며 서로의 등을 한동안 토닥였다. 그리고 다시 또 어깨를 감싸 안아도 실감이 나지 않는지 서로를 거듭 확인했다.

"엊그제 전화를 받은 날, 이미 비행기 예약이 끝나서 알로하 공항으로 나가던 참이었지. 이심전심이야."

"진석이, 무슨 말을 해야 할지 정말 벙벙하네. 우선 도오루의 이야기를 들었을 테니 우리 이야기는 뒤로 미루고 그를 구해야 되지 않겠나?"

도오루의 걱정을 떨칠 수가 없었다.

"도오루는 옮겼다네. 방금."

"아니, 어떻게?"

샤오륜은 자리에 털썩 주저앉았다. 꿈인가 싶었다. 진석은 홍콩 사람들이 더위를 잠재우려고 점심 시간 이후 짧게 자는 낮잠 시간을 이용했다.

"아까 내가 보낸 수사 한 분이 쪽지를 가지고 갔을 때, 도오루를 옮기려고 준비를 하고 간 거요. 샤오륜을 밖으로 유인하지 않으면 들킬 것 같고. 어제 온 진석 씨와 티엔, 여기 회원 한 분이 순식간에 애를 썼어요. 요번에 진석 씨가 페니실린을 충분히 가지고 온다기에 지체하지 않고 움직였어요. 샤오륜."

크리스가 조곤조곤 설명해 주었다. 그리고 그는 조금 전 도오루에게 먼저 항생제 페니실린 주사를 놓았다. 도오루는 생명이 위급한 처지에서 다소 안정을 찾을 수 있어 다행이었다. 비밀리에 치밀하고 발 빠르게 이 계획을 실행해야 하기에 아무에게도 말해 줄 수가 없었다.

진석과 크리스와는 전부터 인연이 있었다. 평화의 집은 국제적 기구여서 크리스가 휴가차 의사로 봉사하기 위해 하와이에 갔을 때 진석은 그곳 평화의 집에서 크리스를 만났다. 그 후 크리스가 홍콩으로 자원 봉사온 그와 진석은 지금까지 꾸준히 연락하고 있었다.

"그럼, 어디로 소리 소문 없이 환자를 옮기셨나요? 크리스?"

놀라움을 감출 수 없어 묻는 샤오륜이었다.

"여기죠. 이곳은 아무나 넘볼 수 없는 영국 땅입니다. 게다가 평화의 집은 허락 없이는 아무도 못 들어오는 곳이고요. 진석 씨도 여기 머물면서 일을 하셔야지. 세상이 어떻게 변할지 한 치도 알 수가 없어요."

크리스는 고개를 좌우로 흔들었다.

"페니실린 주사를 맞은 이후 훨씬 좋아지고 있어요. 티엔과 이곳 봉사자 한 분도 도오루를 지키고 있고요. 첩자에게 대비해야죠."

문밖에 부르는 소리에 크리스가 방을 나갔다.

진석과 샤오륜, 그리고 도오루……. 꿈에 그리던 친구들이 전쟁 시기에도 무사히 살아남은 것이다. 나라와 나라 사이 턱을 넘어 조선인, 중국인, 그리고 일본인의 변함없는 우정으로 12년 만의 재회였다.

후덥지근한 점심시간을 비켜나서 샤우덩이 작정을 단단히 하고 찾아간 보트 하우스는 이미 비어 있었다. 환자가 누웠던 자리는 식지 않았고 피 냄새마저 가시지 않은 것을 보면 간발의 차이다. 현장에서 증거물을 찾는 경찰관처럼 그의 눈초리는 번득거렸다.

샤우덩은 일본 병사를 고발하기만 해도 몇 년 일하지 않고 당에서 대우를 받으면서 군림할 수 있을 것이다. 어렵게 알아낸 이 보트 하우스에 있었던 폐잔병을 눈앞에서 놓친 것이 약이 오르고 분했다.

아시아의 진주라고 표현하는 홍콩은 급변화의 물결을 탔다. 화려한 홍콩 섬으로 건너가려면 주룽 반도에서 배를 타야 했는데 섬으로 오가는 교통수단은 오로지 페리(배)였다. 섬으로 들락거리는 페리들은 정한 시간에 맞춰 빅토리아 항구에서 움직였다. 페리 항구 옆으로 6층의 영국 빅토리아 시대의 건물로 지은 페닌슐라 호텔은 창립 17주년을 맞이해서 전쟁 종식 평화 축하 공연을 벌이고 있는 중이었다.

몇 주 전부터 호텔에 붙어 있는 현수막이 눈에 띄었다. 전쟁이 막을 내려 축하 공연을 연다는 내용이었다.

샤오룬은 아시아의 별들이라고 표현이 된 몇몇 가수 속에서 아우도리 사치를 쉽게 찾을 수가 있었다. 행자는 사치라는 이름으로 초대되었다. 연예인들을 섭외하는 데는 행자와 길현서의 공을 빼놓을 수가 없다. 행자가 홍콩에 오기 위해 현서의 입김이 필요했고 준주도 같이 공연 제작 임원으로 따라오도록 되어 있었다.

공연 날에는 중국과 한국 그리고 일본에서 온 가수들의 이름을 써서 호텔의 정문에 휘장을 둘렀다. 공연의 비싼 티켓은 일부 영국 귀빈들과 극소수 사람들의 파티라는 분위기를 풍겼다. 극장도 아닌 최고의 고급 호텔에 초대해 공연하는 것은 종전 이후의 오그라든 자금을 부유층 측에서 먼저 풀어 내려는 의도였다.

기회가 온 것 같아 신경을 곤두세워 기다리고 있었던 샤오룬은 첫날부터 행자를 만나기로 마음먹고 찾아갔다. 침사추이 거리의 페닌슐라 호텔 현관 앞으로 마침 사치가 나와 있었다. 아우도리 사치가 호텔에서 노래를 마치고 모여든 팬들에게 사인공세를 받을 무렵에 샤오룬은 그 사이를 비집고 들어가 행자 앞에 나섰다.

"사치 씨, 기억하시겠지요? 샤오륜입니다."

12년 전 요코하마의 소라우미에서 그녀를 잠시 만났던 기억을 되살려 주었다. <눈물은 술인가>라는 노래를 흥얼거리는 샤오륜을 올려다보는 그녀의 놀란 두 눈이 동그래졌다.

"물론 기억하고 말고요. 요즘도 술은 눈물 아닌가요.?"

행자는 손을 내밀었다. 반갑다고 그를 덥석 안을 수도 없는 노릇이다. 반가움을 표현할 수 있는 건 두 손을 마주 잡고 놀라움만큼 흔드는 악수뿐이었다.

"잘 알아보시는군요."

"물론요. 전 한 번 사람을 만나면 잊지 않으니까요."

샤오륜의 말에 행자는 이내 손가방에서 손수건으로 꺼내어 입은 옷으면서도 눈시울을 눌렀다. 진석이 떠올라 가슴이 찢어지는 것만 같았다. 그런 행자에게 진석을 만날 수 있다는 기적 같은 소식을 전할 수 있어 도리어 샤오륜의 가슴이 벅차올랐다.

"어디 다른 곳으로 자리를 옮길까요? 중요한 일로 시간을 꼭 내주셔야 합니다. 행자 씨."

"물론이지요. 준주도 같이 왔거든요. 여기로 곧 돌아올 거예요."

"장준주 씨? 행자 씨가 공연 오시는 건 알고 있었지만 이참에 준주 씨 소식도 알 수 있을까 했는데요. 정말로 반가운 소식입니다."

"준주는 호텔 공연 행사 임원으로 도오루 씨를 찾겠다는 일념에서 같이 왔어요. 쉬운 일은 아니겠지만요. 여기 만나기로 한 이 장소로 같이 나가도록 할게요. 샤오륜 씨."

행자의 짙은 공연 화장은 마네킹 같아 엉뚱한 여자를 만나고 있는 것만 같았다. 샤오룬은 한시바삐 진석의 말을 전하고 싶다. 그러나 그녀를 지지하는 사람들의 부러운 시선을 참아 내야 했다.

"혹시 도오루 씨의 소식을 아세요?"

고개를 끄덕이는 대신 두 눈을 깜빡였다. 혹시나 누군가 눈짓을 볼 수도 있겠다는 의심이 들었다.

행자가 손에 쥐어 준 행사 초대권의 프로그램을 살펴보면서 초대를 주도한 협회장 길현서의 이름도 확인했다. 현서가 많이 애를 쓰고 있음이 전해졌다. 마음먹었던 일은 실천에 옮기는 현서의 사업 기질에 놀랄 뿐이다.

"일이 있어서 그만……."

"예, 준주랑 같이 나가겠습니다."

뜻밖에 장준주가 호텔 행사의 임원으로 함께 왔다는 소식을 접한 샤오룬은 가슴이 벅차올랐다. 준주의 편지를 품고 전쟁터에서 견뎌 오던 도오루다. 샤오룬은 도오루가 지뢰를 밟고 다리뼈가 으스러져 과다 출혈을 견디며 더욱이 바지선을 타고 홍콩 보트 하우스에서 버틸 수 있었던 것도 준주에 대한 사랑의 힘이란 것을 누구보다 알고 있었다.

도오루의 골절된 대퇴부 정형수술 날이 다가왔다. 크리스를 포함한 외과 의사 두 사람과 마취 의사가 이미 수도원에 와서 도오루의 상태를 살폈다. 크리스는 수술 중에 샤우덩이라는 첩자가 막무가내로 날뛰는 일만 없길 간곡히 바랐다. 더욱이 오빠 진석이 죽은 줄로만 알고 있는 장준주 그리고 행자의 재회도 손꼽아 기다려졌다.

새 희망을 품은 이별

도오루와 재회의 기대로 잠도 잊은 채 부풀어 있던 준주는 행자의 안내로 약속 장소로 나갔다. 도오루가 이곳에 와 있다는 샤오륜의 벅찬 말은 한편 믿을 수 없었다.

"부산 항에서 도오루를 처음 만날 때, 홍콩에 있는 우리 집에 오기로 약속했죠. 지금 그 약속을 이룬 셈입니다. 준주 씨."

"그렇다면 도오루 씨도 만날 수 있다는 것이지요?"

그는 안주머니에서 조심스럽게 도오루의 편지를 꺼내 준주에게 건넸다.

도오루가 늘 간직했던 닳고 피에 얼룩진 편지였다. 샤오륜은 도오루의 바지 주머니에서 발견했다고 말했다. 자줏빛 핏자국이 스민 편지를 받자 그제서야 종군 기자의 체취가 물씬 났다. 도오루가 마주한 절박한 마지막 순간과 죽음의 골짜기를 넘나든 피비린내의 현장을 목격하는 것만 같았다.

이런 다급한 상황에서 적군이었는데도 불구하고 중국인 티엔과 샤오룬이 그를 보호하고 있다는 사실을 들었을 때 너무 놀라워 온몸이 짓눌리는 듯했다. 현실감 없는 기적적인 이야기로 들렸다.

준주는 홍콩으로 오면 도오루의 거처를 알아내기가 더 어렵지 않을까 걱정했다. 그 이유는 일본 패잔병을 고발하는 첩자들이 들끓고 있었기 때문이다. 샤오룬과 크리스의 안내로 수도원 공동체에서 피신을 하고 있다니 천만다행이었다. 아직 편지를 채 열기도 전에 준주의 손등 위로 눈물이 뚝 하고 떨어졌다. 언덕 너머로 보이는 바다의 물결은 푸른 생선 비늘처럼 반짝거렸다. 떨리는 손으로 도오루의 편지를 열었다. 부드러웠던 그 목소리는 도망자의 긴장한 목소리로 들려왔다. 촉박한 상황이 눈에 보이는 듯했다. 그의 구겨진 편지는 가슴을 먹먹하게 했다.

"사랑하는 준주 씨. 죽느냐 사느냐 하는 길에서 많이 지쳐 있다오. 현장에서 찍은 보도사진 자료를 고국으로 못 보낸 지가 꽤 되오. 우리가 저질러 놓았기에 과연 돌아가는 동안 옳게 살아남을지 기약 없어요.

전쟁터에 와 보니 어린 병사들에게 못 할 짓을 했소. 창자들이 밖으로 불거져 나와도 미처 죽지 못 하는 비참한 젊은이들의 죽음 현장을 찍는 것은 그들을 두 번 죽이는 것이나 마찬가지였소. 숭고한 젊은이들의 죽음을 어떻게 사진에 담겠어요? 하늘과 대지와 별과 태양에게 어떻게 용서받아야 좋을지, 그들이 호흡이 멈추기 전까지는 잘 죽도록 최소한의 자유의 순간을 주고 싶은데 말이오.

또 이 마지막 편지는 부칠 수 있을지. 못 부칠지도 모르겠소. 죽음이 사방에서 도사리고 있는 시점에서 마지막으로 준주 씨에게 희망을 걸 수밖에요.

당신이 내 안에 살아 있고 내가 당신 안에 살아 있기에 준주 씨에게 편지를 쓰는 게 안정을 줍니다. 그게 나에게 최면을 거는 것이지요.

난 이틀 후에 후배와 같이 여기 막사를 떠날 것이오. 중공군, 소련군, 관동군이 서로 으르릉 대고 있으니 언제 그들이 쳐들어올지, 언제 박격포가 날아올지, 예상할 수도 없는 막막한 불안감이 도는 분위기라오.

우리가 먼저 이곳을 벗어나면 다른 다섯 명도 조금 후 이 잔인한 막사를 벗어날 것이오. 우리가 가려는 중국 상해 근처에는 대인 지뢰로 더 위험하다는 의견도 있지만, 나와 같이 가겠다는 김 사병이 마침 지뢰 전문가이고 훈련을 받았기에 각별히 조심을 할 것이오. 산등선을 타고 해변 쪽으로 내려가려 하오. 준주 씨를 만나기 위해서라도 그리로 향해야 할 것 같소.

준주 씨, 우리가 바라보았던 여름 밤하늘을 기억하오? 그때와 똑같은 무수한 별들이 펼쳐지는 밤에 도주할 터라 나에게 지팡이가 될 거라 믿소. 별이 무수히 지켜 주는 밤하늘 아래 우리는 정확한 나침반을 쥐고 별들을 따라서 맞출 생각이라오.

우선 견우성을 보고 방향을 잡을 것이오. 준주 씨와 같이 바라보았던 우리의 별들, 직녀성과 견우성이 지켜보고 있으니 도와주시겠지요. 견우성이 내 머리 위에 올 때 이미 산 하나를 넘어 막사로부터 아주 멀어졌을 때라 계산되오. 또 북두칠성과 남태성이 지켜 주고 남두육성이 이끌어 주니 용기를 낼 수 있으리라 믿고 있어요.

당신이 이 편지를 읽을 때쯤 나는 홍콩의 어디엔가 살아 있을 것이라 약속합니다. 부디 우리의 꿈을 접지 맙시다. 꿈은 현실로 가게 하는 징검다리니까요. 죽는 순간까지도. 당신을 사랑하는 도오루가."

도오루가 탈영 직전에 쓴 것이라 유서나 다름없는 절절한 마지막 편지였다. 지금 살아 있다니 얼마나 기쁜 일인가. 그러나 읽어 내려갈수록 살아야 한다는 간절함이 전해져 마음이 더욱 아렸다. 준주는 얼룩진 도오루의 편지를 고이 접었다. 다급해진 마음으로 허둥지둥 호텔로 돌아와 공동체로 가기 위해 짐을 꾸렸다.

샤오룬이 남겨 준 메모에는 주소도 함께 있었다. 그는 눈에 띄지 않게 각별히 조심해 가야 한다고 당부했다.

공동체는 잎새 줄기가 바닥까지 흘러내린 버드나무 옆에 있는 붉은 벽돌의 건물이었다. 넓은 안은 도로변에 붙어 있어 협소한 현관과 사뭇 다르다. 햇살이 내리쬐는 미음 자 모양의 건물이어서 밖에서는 안의 정원을 가늠할 수 없는 곳이다. 언덕을 뒤로 두고서 열대 끈끈한 바람이 간간이 되받아 불어오곤 했다.

한 청년이 건물로 들어선 준주에게 이층 복도의 끝 방으로 안내했다. 멀리 은빛의 반짝거리는 바다가 내려다보였다. 마침 도오루가 수술을 무사히 마치고 회복 시간으로 접어들 무렵이었다.

머리숱이 성글어 두피가 햇살에 번들거리는 티엔은 긴 복도 끝에서 손으로 염주를 구르며 간절한 염원으로 무언가 중얼거렸다. 그는 준주를 보자 처음 보는데도 알고 있다는 듯 미소를 보였다.

준주는 깊이 잠들어 있는 도오루를 내려다보았다. 여기까지 목숨을 이끌고 견디느라 수고했노라 몇 번이나 마음으로 중얼거렸다. 도오루의 어깨와 몸이 몰라보게 수척하고 핼쑥했다. 더구나 다리는 붕대로 감겨 있었다. 하지만 그를 바라보는 것만으로도 행복했다.

손등과 팔에 주삿바늘이 꽂힌 도오루의 손을 부드럽게 잡고 입맞춤했다. 그의 찬 손가락이 준주의 입술에 와 닿았다. 대구 반야월에서 헤어질 때의 그 손처럼 차갑고 힘을 잃은 손이었다.

"도오루 씨, 준주가 왔어요. 이렇게요."

준주는 이렇게 속삭이며 그의 이마에 젖은 머리를 쓸어 주었다. 광대뼈가 드러난 얼굴은 푸석푸석했고 몸은 뒤틀려 있었다. 준주는 열기가 배인 그의 뜨거운 볼에 자신의 볼을 대었다. 그녀의 눈물이 도오루의 볼 위로 흘러내렸다. 굽이굽이 힘든 여정을 이 몸을 끌며 왔을 환자인 도오루도 놀랍지만 본토에서 구사일생 환자를 데리고 여기까지 올 수 있도록 도와준 샤오룬과 티엔도 경이로움이 느껴졌다.

"도오루, 살아만 있다면 이렇게 만난다는 걸, 믿고 있었어요."

준주가 잡은 그의 손이 잠시 움찔했다. 약한 힘으로 준주의 손을 꼭 쥔 도오루의 눈꼬리에도 투명한 물방울이 맺혔다. 짐짓 준주를 황홀하게 반기듯, 한 줄기의 이슬이 귀로 굴러 내렸다.

"쉬이, 아무 말 말아요. 그저 가만히."

준주는 도오루의 손을 잡고 있었다. 차차 그 손가락 끝에 온기가 찾아왔다. 눈꺼풀이 천근을 넘는 듯 살며시 뜨기에도 버거워 보였다. 준주는 무거운 그의 눈두덩 위로 입술을 가져갔다.

"준주, 사랑하오."

"도오루……."

도오루는 준주 앞에서 당당해 보이고 싶었다. 버티고 버텨 온 그 순간마다 승리해 결국 살아 냈다. 도오루의 말처럼 꿈은 희망으로 희망은 현실로 가는 징검다리여서 그 다리 끝에 꿈이 현실이 되어 열린 셈이다.

준주의 입술이 그의 눈에서 떨어지자 도오루는 곧바로 눈을 번쩍 떴다. 준주에 대한 믿음과 항구한 인내로 빚어진 기쁨을 맛보았다. 시야에는 부산 항의 연락선 갑판에서 보았던 열여덟 살의 준주가 서 있었다.

"만주 포로수용소에 끌려가 있을 것이 싫어서 후배 사병하고 도망을 나왔지."

도오루는 있는 힘을 다해 준주에게 띄엄띄엄 이야기해 주고 싶었다. 만약 도주를 못 했다면 지금쯤은 소련군이나 광동군에 이끌려 포로수용소에 있었을 것이었다.

"티엔과 샤오륜의 덕분……"

준주는 모기소리 같은 도오루의 작고 함축된 말에 심각했던 부상을 짐작했다.

"마지막 편지를 읽었어요. 생생해요."

준주는 고개를 설레 흔들며 도오루의 손을 놓지 않은 채 말했다.

"도오루……"

둘은 말을 잃고 서로를 바라보았다.

시간이 지나자 문밖에서 노크 소리가 들렸다. 샤오륜이 환한 미소를 지으며 성큼 들어왔다.

"방에만 계시는 것도 좋지만 준주 씨에게 여기 밖에 좋은 소식이 와 있습니다. 잠시 저랑 자리를 바꿨으면 하는데요."

준주는 좋은 소식이란 무엇일까라고 생각하며 의자에서 몸을 일으켰다.

"정원으로 나가시면 기다리고 계실 거예요."

"제가 여기 온다는 걸 아무도 모르는데요. 누구시죠?"

꼼짝을 못 하는 도오루에게 잠시 나갔다 오겠다는 눈신호를 남기고 복도를 지나 밖으로 나왔다. 습하게 푹 찌는 날씨였다. 이마 위로 솟는 땀을 손등으로 훔쳤다. 낯익은 목소리였다.

"준주야, 니, 오빠다."

준주는 귀를 의심했다. 오빠 목소리에 어이없는 미소가 저절로 나왔다. 누군가 같은 목소리로 흉내를 내어 자신을 놀라게 하는가 했다. 다시 피식 웃고 말았다.

"준주야, 나 행자야."

눈앞에 행자도 서 있었다.

"준주야, 니가 많이 놀랄긴데……. 뒤를 봐 봐."

뒤돌아보는 순간, 준주 앞에 믿을 수 없는 장면이 펼쳐졌다. 임종을 바라보았던 진석 오빠가 감격의 모습으로 자신을 응시하고 있었다.

"나 쌍둥이 아이고. 니, 놀랄 만도 하지. 그때 내가 안 죽었다 아니가."

"오…… 빠! 진석 오빠 맞아?"

다물어지지 않는 입에서 함성이 터져 나왔다. 준주는 팔다리에 온 힘이 죽 아래로 빠져서 그 자리에 풀썩 주저앉고 말았다. 진석이 준주를 받쳐 들고 벤치 위로 앉혔다.

얼굴빛이 창백해지는 준주에게 진석은 화를 내는 것처럼 나무랐다.

"우째 아직도 몸이 이렇게 약하노."

행자가 재빨리 건물 안으로 들어가 물을 컵에 받아 들고 허겁지겁 나왔다.

"가시나야. 이 물 좀 마시거라. 그케, 놀랄 줄 알았다 아이가. 난 처음에 엉엉 울었데이. 진석 오빠 앞에서 썩 비키라고 해 싸며."

"행자가 내가 귀신인 줄 알았다 안 카나."

"오빠!"

준주가 큰 소리로 불렀다. 어떻게 된 일일까 물어봐야 하는데 다른 말은 나오지 않았다. 게다가 이곳을 어떻게 알아내고 찾아왔는지 어떻게 살아 있는지 의문들이 꼬리를 문다. 도오루는 알고 있는 것일까. 이제 도오루가 조금씩 안정을 찾아가고 있는 중이라 이 소식을 알려야 할 것 같다는 생각이 들었다.

"준주야. 많은 말 묻지 마라. 내사, 다 이야기해 줄긴데, 지금은 가만히 안정해라. 보고 싶었데이. 많이 보고 싶었데이."

진석은 쓱 손등으로 눈시울을 훔쳤다.

"널 만나러 호텔로 갔지만, 니는 없고 행자가 마침 나오길래…….
우린 그때 재회했다 고마. 야가 날 당최 믿질 않는 기라."

진석은 기쁨에 울컥 하고 목이 콱 메었다.

"준주야, 내가 충격을 받아 가지고 뒤로 자빠졌다 아니가. 종업원들이 아파서 그란 줄 알고 달려오고. 난리 났었다. 얼마나 놀랐는지…….
지금도 가슴이 막 뛴데이."

행자는 콧물을 훌쩍이며 말을 잇지 못했다. 기쁨으로 몸 둘 바를 몰랐다.

"오빠, 어찌 그리 독해요. 연락을 할 수도 있었을 긴데…….."

진석의 팔뚝을 세게 꼬집어 비틀었다.

"아야~! 아프다, 행자야."

진석이 즐거운 비명을 질렀다.

행자는 전쟁을 하루속히 끝내기 위해 배후에서 지하운동을 해 왔던 진석의 마음을 십분 이해했다.

　진석 오빠에게 많은 사연이 있으리란 것을 능히 짐작한 준주는 10년 세월이 넘도록 본인의 죽음을 고국에 밝히지 못하고 전쟁이 끝나기만을 학수고대했을 오빠의 사연과 그 복잡한 심정을 누가 알 수 있었을까 깊이 생각했다.

　"진석 오빠."

　준주는 신이 아니고서야 간당간당하던 오빠의 가녀린 생명을 누가 구했단 말인가 하고 생각했다. 죽었다가 살아온 오빠와의 재회로 기쁨이 충만했다. 그 반가움으로 눈시울은 마를 사이가 없었다. 도오루도 얼마나 기뻐할 것인가 하고 생각했다.

　"준주야. 내 비밀 이야기 좀 들어 봐라. 내가 일본을 떠날 때 도오루가 배웅을 했다 아이가. 그렇기 때문에 내가 살아 있다는 거, 도오루도 알고말고. 날, 살려 주었기 때문에 그 보답으로 군대에 지원했지 싶으다. 그래서 홍콩에서 날 만날 수 있다는 희망에 지옥 같은 막사에서 탈출을 한 걸 테고."

　"오빠……?"

　도오루는 반야월에서 헤어질 때까지도 진석 오빠에 대한 소식을 일절 꺼낸 일이 없었다.

　"우린, 서로 아무에게도 말하지 말자는 굳은 약속을 서로 했다 아이가. 그것이 또 나와 혼조 장군과 약속도 있었고. 사나이 셋, 비밀이었거든."

　"아, 그런 일이……"

종전 후 죽었던 아들이 살아 돌아왔다는 소식을 간간이 듣긴 했다. 하지만 준주는 오빠의 유골함까지 받았다.

홍콩의 페니슐라 호텔의 아우도리 사치, 행자의 공연이 성황리에 끝났다. 행자는 공연을 잘 마친 것보다 진석의 모습이 학생회장 때보다 의젓해 보여 좋다며 들떠 있었다.

고국이 광복을 맞이했다. 하지만 진석은 준주에게 얼마 동안 조선으로 돌아갈 수 없다고 말했다. 해외에서 조선의 자주적 독립과 해방을 시급히 알리는 국제적인 역할을 하고 싶다고 했다. 36년 동안 나라 잃고 껍질만 앙상하게 남은 조국의 상황을 강대국에게 널리 알리는 데 힘을 보태야 한다는 의견을 막을 사람은 없었다.

도오루는 수술 이후 뼈가 정상적으로 붙어 걸을 수 있을 때까지 시간이 필요했다. 그동안 극성 고발자에게 들키지 않고 누군가가 곁에서 보살펴 줘야 하는 일이 절실했다. 적어도 걸을 수가 있어야 돌아갈 것이었다. 치료를 극비로 해도 늘 조심해야 하는 초긴장의 시간이 이어졌다.

안전한 보안이 필요한 터라 외과 의사 크리스는 그 나름으로 생각하고 대처했다. 첩자들에게 노출이 된다면 그를 치료한들, 걸을 수 있게 된들 무슨 소용이랴 생각했다.

준주는 크리스에게 감사의 뜻으로 공동체에 남아 의료봉사를 하고 싶다고 전했다. 타인이 쉽게 오가는 곳이 아닌 데다가 공동체 건물이 있는 곳은 영국 영토. 게다가 수행을 해야 하는 조용한 곳이고 외부에서 아무나 들락거릴 수 없는 보안이 잘된 건물이다. '평화의 집'은 이 공동체에서 경영을 하는 병원들 중에 하나로 공동체 건물에 속해 있다.

도오루가 지팡이를 짚고서 걷는 연습을 하는 동안 준주는 산부인과 의사로서 병원에서 환자를 진료하기로 크리스와 약속을 했다. 다만 조선인인 여의사가 병원에서 일한다는 소문이 혹여 첩자들 사이에서 의심을 살 수도 있었다. 특히 샤우덩이 맹렬하게 쑤시는 첩자라 냄새를 맡는 수도 있어 그 점이 걸리고 개운치 않았다.

'평화의 집' 병원에는 이미 산파를 찾아오는 임산부들이 조선의 반야월보다 몇 배로 넘쳐 났다. 홍콩은 콩나물시루의 콩나물보다 더 조밀한 인구 밀도여서 수많은 임산부들이 안전하게 출산할 수 있는 의료시설이 급급했다. 이곳 역시 의술의 손이 턱없이 부족한 곳이고 산부인과를 담당하고 있는 의료진은 산파뿐이었고 준주가 기꺼이 봉사를 맡아 주겠다는 데에 크리스로서는 거절할 아무런 이유가 없었다. 언제나 아이를 출산하는 임산부들에게 위생이 문제였고 산모와 태아가 무방비로 노출되기 때문에 준주가 그 부분을 맡아 준다면 두말할 나위 없이 고마울 뿐이었다.

도오루의 수술한 부위는 페니실린 덕분에 하루가 달리 통증이 가라앉았고 몸도 가벼워졌다. 깁스 속으로 뼈만 잘 붙는 일만이 남았다. 준주가 지켜 주고 있다는 안정감으로 몸이 아직 불편해도 긴장감과 동시에 행복한 시간이었다.

그러나 첩자들이 들끓는 불안한 홍콩이다. 크리스, 샤오륜, 진석이 철통같은 정보를 노출할 일은 없다. 준주의 존재는 도오루가 회복되는 데 무엇보다 큰 역할을 하고 있었다. 도오루는 횟가루의 굳은 석고다리를 내려 볼 때면 이곳에서 하루속히 벗어나야 한다는 생각뿐이었다. 일본 병사들을 잡으려고 혈안인 첩자들을 따돌려야 하는 가운데 수술 후 회복하기까지 시간이 필요한 터라 도오루는 매일 전쟁 같은 긴장의 끈을 놓을 수 없었다.

아직은 무거운 다리로 공동체 건물 밖으로 과연 나갈 수 있을지도 의문이다. 그래도 구체적으로 홍콩 탈출 계획을 생각해 놓지 않으면 안 되었다. 일주일에 한 번씩 도오루와 크리스는 면담이 있는데 둘만의 오가는 이야기를 결코 준주에게 말할 수는 없었다.

차츰 호전되어 겨드랑이에 끼고 걸었던 두 개의 지팡이 중 한쪽만 사용하게 이르렀다. 아직은 조심스러웠지만 한결 홀가분했다. 하얀 깁스 위로 샤오룬의 낙서를 비롯해 수술 날짜와 깁스를 씌운 날짜, 진석과 샤오룬의 이름들이 죽 쓰여 있었다. 하얀 석고는 환자의 병원 기록지를 대신했다.

크리스는 도오루에게 깁스에 낙서가 빼곡히 채워질 때 비로소 석고를 떼어 가는 날이 가까워 온다고 말해 줬다. 그래서인지 도오루는 빈 공간을 찾아 뭔가를 더 채워 써 넣고 싶었다.

준주와 중국인 중년의 여자 산파는 '평화의 집' 병원에서 신생아를 목욕시키기 위해 준비를 서두르고 있었다. 중년의 산파는 홍콩 종합병원에서 졸업을 한 수간호원 자격으로 산과의 일을 도맡고 있다. 그녀는 출산을 앞둔 임산부의 집으로 출장을 다녀오기도 했는데, 그 때마다 외과 의사 크리스의 승낙을 반드시 받았다.

준주가 며칠 전에 태어난 신생아를 따뜻한 물속에다 담그며 목욕을 시키고 있는데 아기가 그녀의 손가락을 꽉 잡고 눈을 맞추려 했다.

"장 선생님, 전 아기 목욕시킬 때, 보람을 느끼는데 선생님은 언제

보람을……."

산파의 말이 채 끝나기도 전에 방문 노크 소리가 들려왔다. 한 소녀가 가쁜 호흡으로 다급하게 문을 열었다.

"지금요, 진통이 심해서, 아기가 나올 것 같대요. 여자 의사를 보내 달라고 해서 심부름 왔어요."

준주는 막 아기의 목욕을 끝내고서 새 귀저기를 채우고 있던 중이었다.

"진통이 급하다고 하니까 제가 가면 어떻겠어요? 마침 왕진 가방도 챙겨 놓고 있는데요."

준주는 산파에게 뜻을 밝혔다.

"제가 가는 것보다 전문 의사가 가시는 편이 정확한 진단을 할 수 있어 더 좋을 듯하네요. 주소를 보니 여기 앞 동네인데요."

소녀가 내미는 메모지의 주소를 산파가 들여다보며 대답했다. 준주는 가운을 벗고 준비된 왕진 가방을 들었다.

'진통이 어느 정도인지 먼저 진단이 필요하니까.'

준주는 이렇게 생각했다.

초조히 기다리고 서 있는 소녀를 앞세웠다. 고통에 휩싸인 불안한 임산부에겐 미소를 머금은 의사가 옆에 있기만 해도 출산의 반은 덜어 주는 것이다. 소녀는 빠른 발걸음으로 걷다가 흘금 뒤돌아보면서 중국 여자와는 낯설어 보이는 준주의 외모가 신기한 듯 배시시 웃었다.

"진통이 시작한 게 언제부터지?"

"잘 모르겠는데요. 심부름 왔어요. 아기가 나온다고만 전해 주라 했는데요."

"임산부와는 어떤 관계지?"

준주는 물어보면서 혹시나 병원과 먼 거리인가 해서 뒤돌아보았다. 평화의 집 부속 건물인 병원 현관이 시야에 들어왔다. 멀지 않은 곳이다.

"다 왔어요. 여기 12층이에요."

소녀는 준주의 묻는 말엔 대답하지 않고 곁눈질로 준주를 흘긋 흘긋 바라보았다. 안쪽으로 안내하는 소녀의 모습은 좀 전과는 달리 긴장이 풀어진 듯 힘이 손끝에 서려 있었다. 소녀를 유심히 눈여겨보던 준주는 갑자기 불안감이 들어 울컥하고 메스껍다. 12층에 이르자 소녀가 삐걱거리는 엘리베이터 쇠문을 옆으로 밀고 난 후에 입을 열었다.

"이쪽으로 오세요."

준주는 무언가 석연치 않아 그저 고개를 끄덕였다. 소녀가 복도 끝으로 나 있는 문을 밀고서 옥상으로 나가는 뒷모습을 보는 순간 준주는 두려운 생각이 들었다.

"임산부는 어디에……?"

준주가 주위를 두리번거리는데 구석 한쪽에 삼각대가 보였다. 그 위로 망원경이 세워져 있다. 준주는 호기심에 렌즈로 눈을 가져갔다. 공동체의 중앙 건물 내부가 보였다. 뿐만 아니라 도오루가 거처하는 방 주변 복도가 드러났다.

마침 망원경 속에 들어온 한 남자가 이쪽 렌즈로 신호를 보냈다. 즉시 준주는 덫에 걸려든 먹잇감이 되었다는 생각이 들었다. 첩자들은 돈 되는 일이라면 물불을 가리지 않는다. 패잔병들은 물론이고 연고가 있는 외국인들도 인질로 이용한다. 망원경을 준비해 두고서 일거일동을 지켜보고 연락을 주고받고 있었다. 평화의 집과 공동체 부속 건물은 영국령에 속해 있어 출입이 까다롭자 이렇게 몰래 훔쳐보고 기회를 노리고 있던 것이다.

그렇다면 크리스 역시 그들의 정체를 미리 알고 있었던 것일까. 도오루에게 이 위험한 사실을 어떻게 알려야 할까 준주는 머릿속이 순간 까맣게 되어 정지된 듯했다.

홍콩의 텁텁한 냄새의 열기가 건물을 핥았다. 한쪽 창가에서 검은 바지를 입은 한 사나이가 햇살을 등지고 이쪽으로 천천히 걸어왔다. 얼굴은 잘 알아볼 수 없었다.

"임산부가 진통을 앓는 게 아니라 내가 진통을 앓아요. 내가."

그가 빈정거리면서 말하는 동안 소녀는 사라졌다.

"여기 고성능 망원경으로 살펴보면 말이요. 다리 절뚝이는 남자가 일본인 같아 보이는데 그는 도주한 패잔병이고 당신이 그의 애인? 맞죠?"

"나는 의사예요. 환자가 필요하다면 어디에든 가죠. 지금은 어디서나 의사의 손이 모자라요. 그래서 여기에도 왔고요."

준주는 처음부터 소녀의 낌새가 다소 수상했지만 그래도 진통에 시달린다는 임산부를 모른 척할 수가 없었다.

샤우덩은 바지 주머니에서 라이터를 꺼냈다. 한 손의 엄지로 라이터의 뚜껑을 열었다가 닫았다 하는 소리가 신경을 거슬리게 했다. 라이터에서 그런 소리가 날 때마다 묘한 긴장감을 주었다. 잠시 후 그가 라이터 심지에 불을 붙여서 준주의 얼굴 가까이로 가져다 대며 준주의 턱을 올렸다.

"머리카락 태워 드릴까요?"

그는 아이 같은 표정으로 조용히 말했다.

"외국인 의사에게 이러면 안 된다는 거 아실 텐데요."

준주는 목소리조차도 침착해야 한다고 생각하며 긴장의 끈을 놓지 않았다.

"미안하지만 12층 끝 쪽으로 가야겠는데. 앞을 보쇼!"

준주는 돌아서서 천천히 걸어 나와 복도 끝을 바라보았다. 어느새, 곁에 바싹 다가오는 그의 다른 쪽 손에는 자그마한 총이 들려 있었고 총구멍이 준주의 심장을 노리고 있었다.

"나에게 왜 이러는지 이유를 알고 싶어요."

준주는 떨리는 가슴을 일단 진정해야 한다고 자신에게 타일렀다.

"도주한 일본군을 잡아 오면 풀어 줄 터이니 불편하셔도 좀 기다려 주셔야겠어요."

샤우덩의 입가에 비겁하고 잔인한 미소가 박혀 있었다.

복도 끝으로 가 문을 열자 실내는 정갈한 부엌이 나타났는데 음식을 만든 흔적은 찾을 수가 없었다. 그는 준주의 왕진 가방을 빼앗아 부엌 탁자에 올렸다. 그리고 단단한 끈으로 준주의 두 손을 묶었다.

"왜 이러시는데요?"

준주가 그를 노려보았다.

"뒤로 손목을 묶으려다 봐 드리는 것이오. 조용히 해요. 곧 올 테니까."

준주는 두 눈을 꽉 감았다. 도오루는 이 시각 어디에 있는 것인지, 도오루는 대응을 하고 있는지 답답해 숨이 막힐 지경이었다.

롭게 작품을 만들며 지냈다. 그곳은 그런 그들끼리 잘 살고 있는 독특한 예술 마을이었다.

점차 가얏골은 일본 순사들에게 감시의 눈총을 받기 시작했고 마침내 마을을 떠나는 젊은이들이 늘고 마을은 나날이 초라해져 갔다. 이런 시국이 어수선하고 불안한 때에 임신으로 무거운 몸이 된 호랑의 연인 수연은 출산하기 위해 대구의 친정집으로 돌아 가야만 했다. 한때 짧은 시간 칠성의 연인은 유모였다. 못내 아쉬움을 감추며 칠성은 만주 독립 운동 단체로 떠났고 호랑은 젖먹이 현서가 딸린 유모와 만삭의 수연과 다 같이 그녀의 친정집으로 갔다.

그 시절에 중국은 지린성, 만보산, 삼성보에서 수로공사를 시작할 조짐을 보였다. 네 사람이 마을을 떠나 거처들을 옮기자고 할 때였다. 수로공사에는 조선 청년들의 참여를 받아 주었다. 그런가 하면 독립운동을 펼칠 수 있는 청년들의 애국단조직을 결성하자는 동지들도 더러 있었다. 칠성은 호랑과 함께 중국으로 가서 조선을 위해 일할 것을 청했다. 그러나 수연의 출산이 가까워진 터라 그녀의 친정으로 유모와 같이 내려가기로 결정을 보았다.

황호랑은 그 패기에 찬 칠성을 기억 속에 진하게 간직하고 있었다. 세상이 넓다 해도 좁다면 좁은 것 같다. 인연이 되어 있는 사람들은 또 다시 만난다는 말이 참으로 맞다며 호랑은 기쁨과 반가움을 감출 수가 없었다.

칠성과 호랑은 30여 년 만의 반가움으로 마주 포옹하며 우정을 확인했다. 호랑은 칠성을 보자마자 준주 때문에 우선 안심이 든다. 칠성 옆으로 보좌를 하며 따라다니는 청년도 준주를 흘끔 보며 곁으로 와서 인사를 했다.

　호랑과 준주는 그들이 몰고 온 빈 말에 둘이 올라타고 기차역 가까운 여관에 도착했다. 호랑은 무엇보다 긴장을 풀 수 없었지만 준주의 피로감을 덜어 줄 수 있어 천만다행이라는 생각이 들었다.

　"그 수연 아가씨의 배 속에 애가 있었지 않은가! 기억나는가. 자, 준주야 인사 드려라."

　호랑은 지난 시절의 청년의 미소로 수줍음을 머금고 말했다.

　"생각이 어찌 안 나겠는가. 수연 아가씨와 똑같이 닮은꼴이라 금방 알아보았고 말구. 아니 자네하고도 도장 찍었네 그랴. 근데 여긴 웬 일이야? 종전 직후인 데다, 일본에 원폭이 터져 왕래가 쉽지가 않을 텐데. 예쁜 딸을 데리고 이 험한 델 오다니. 어서 벗어나게나."

　칠성은 준주를 흘긋 보면서 겁을 주는 말을 우선 했다. 그리고 목소리를 낮추었다.

　"우리 독립군들은 인원수를 늘리려고 눈이 뻘개. 심지어는 일본 탈영병들도 전향을 한다면 무조건 다 받아 주고 있다네. 많이들 탈영했고 일본으로 들어가는 길이 오죽 험하고 먼가. 그 보복이 워낙 심하기도 하고. 일본의 조선인 탈영병들은 배고프고 두려워서 우리랑 남는다네. 이렇게 독립군과 무정부를 세우려고 애를 쓰고 있는 게지. 아까 기차에서 자네를 끌어내린 건 쓸 만한 양반 같아서 말야……. 핫하하."

　칠성은 임시 정부의 사정 이야기를 털어놓았다. 임시 정부가 독자적으로 군대를 가지고 독립 전쟁도 할 수 있도록 강한 힘을 길러야 한다는 것과 체계적인 독립군 부대를 조직하고 있는 내용을 털어놓았다.

산파는 크리스의 방을 유리창으로 통해 살폈다. 지나가던 남자 직원이 산파를 보며 반가운 듯 다가왔다.

"선생님께선 간단한 수술 중입니다."

"얼마 동안 기다려야 하나요?"

산파가 물었다.

"발바닥에서 유리 조각을 빼는 수술 중이신데 이제 거의 끝나 가요. 무슨 급한 용무세요?"

서류를 들고 서 있는 남자도 크리스를 만나려고 기다리고 있었다.

"장 선생님은 지금 진통이 심한 임산부에게 가셨어요. 급하니까, 제가 가시라 했거든요."

"그렇게 전하면 되나요?"

그가 문을 열고 들어갔을 때 크리스는 환자의 발바닥에 거즈를 대고 붕대를 감고 있었다. 그를 보자 간호원에게 나머지 붕대를 감게 했다.

크리스가 그의 말을 전해 듣자 산파를 불러 물었다.

"이곳 지리를 잘 모르시는 분이고 모두의 안전을 위해 일단 제게 보고를 하고 제 승낙을 받았어야 합니다. 어디, 주소를 볼까요?"

크리스는 승낙을 받지 않고서 혼자 따라나선 준주가 못 마땅하다는 듯 미간을 찌푸렸다. 아무리 급한 환자라 해도 자신의 승락을 받고서 왕진을 가야 했다고 생각하며 고개를 흔들었다.

"진통이 심해서 선생님을 기다릴 수 없었어요. 꼭 여의사를 보내 달라고 하면서 급히……. 마침 이 동네고, 그래서……."

산파는 계면쩍은 듯 변명을 하면서 민망한지 코를 씰룩거렸다.

"잠깐! 여의사라고요?"

크리스가 목소리를 높이며 물었다.

"예, 진통이 심하다고 해서요. 장 선생님께서 전문의사이기도 하고 임산부 상태를 들어 보니 왕진을 급히 가셔야 될 것 같았어요. 선생님께선 수술 중이시고 해서요."

"여긴 여의사가 없는 곳으로 다들 알고 있는데."

크리스는 신경이 날카로워졌다.

"여의사라는 걸 어떻게 알았을까요? 산파 선생님만 계시는데요. 먼저 여의사라 했다고요?"

"어디서 들었겠죠."

산파는 긴장하며 물어보는 크리스가 평소와는 달라 보였다.

"이 주소죠? 잠시만."

크리스는 옆에 서 있던 남자 직원에게 무언가를 작은 소리로 속삭였다.

이런 날이 언젠간 오리라 생각했다. 크리스는 본관 건물에서 아무것도 모르고 있을 도오루에게 전달을 해야만 했다.

크리스는 도오루에게 몇 번이나 공동체도 안전한 곳이 아님을 알렸고 비상시에 몸을 숨길 공동체 내 더 깊숙한 곳도 알려 줬다. 공동체는 기독교 박해 때 피신하기 위해 비밀 장소를 만들어 두는 것이 전통이었다. 첩자들은 마음만 먹으면 수행자인 양 침입해 들어와 샅샅이 뒤질 수 있었고 이를 대비해 크리스는 도오루가 행해야 할 행동을 미리 당부해 두었다. 홍콩에서 패잔병으로 탈출하기란 만만한 여정이 아님을 거듭 상기시켰다.

몇 번이나 알려 주고 당부했으니 그나마 천만다행이라고 크리스는 생각했다. 그러나 지금 빨리 서둘지 않으면 안 되었다.

때마침 도오루는 창밖을 내다보다가 병원 지붕 위에 세워 둔 피뢰침을 무심히 살폈다. 처음 도오루는 자기 눈을 의심했다. 지붕 위로 한 번도 보지 못했던 하얀 깃발이 걸려 있었다. 그것은 비상시에 다급하게 연락하는 오래전부터 내려오는 공동체의 방식이다. 이 시간을 위해 미리 연습을 해 두었던 크리스의 빈틈없는 지침서를 기억해 냈다. 도오루 역시 재빨리 크리스가 안심을 하도록 답신의 신호를 보였다.

답신은 이내 마쳤고 몸이 무거운 만큼 도오루는 급히 서두러야 했다. 필름이 든 가방을 어깨에 걸치고는 급히 지팡이를 짚었다. 여전히 정확한 중심을 잡을 수는 없지만 뒤뚱거리면서도 걸을 수는 있었다.

아래로 내려와 곧바로 외부로 통하는 지하의 길을 따라 성당으로 들어갔다. 이 방법이 가장 빨리 몸을 감추는 길이었다. 두 군데의 고해소가 있는데 그중에 지정해 둔 곳에 몸을 숨기는 것이다. 그곳은 신부가 앉아 있는 뒤로 감쪽같이 이중벽이 세워져 있다. 그리고 다른 통로와 연결이 되어 있는 곳이기도 했다.

도오루는 며칠 전에 가져다 둔 의자에 고요히 앉아 상황을 지켜보고 있었다. 불과 엊그제 크리스와 같이 이 고해소의 이중벽 속에 나란히 앉아 있는 연습까지 했다. 그때 크리스는 도오루에게 말했다.

"하얀 깃발이 올라가면 분초를 다투는 일이라 몸만 급히 숨겨야 해요. 밖으로 나가는 것은 절대 위험하고 반드시 기억해 둬야 할 건 이 일이 언제 일어날지 모르는 거지요. 당장 지금 일어날 수도 있어요."

크리스의 푸른 눈동자에 고해소의 작은 창이 비쳤다.

"장준주 선생에게도 이곳을 알리면 안 되고 말고요. 여긴 생명을 살리는 비밀 약속 장소입니다. 공동체 안에서도 단 두 사람밖에 몰라요. 박해 때 유일하게 살 수 있는 성소지요. 수도원이나 유서 깊은 성당은 이런 지하 연결 길을 두고 사람들을 피신시키곤 했어요."

때마침 도오루가 고해소에 몸을 숨긴 후 한 사나이가 야채 상자를 들고서 아래층의 부엌으로 들어갔다. 단골 상인인 줄 알고서 누군가가 문을 열어 준 모양이다. 그는 2층 도오루의 빈방을 확인하고서 바지 주머니에 든 무기를 손으로 더듬었다.

사나이는 다시 내려가 성당 안을 샅샅이 뒤졌다. 이제 고해소만 남았다.

고해소의 쪽창으로 차분한 말소리가 들렸다.

"죄를 고백하시지요. 형제님."

"좀 전에 여의사를 인질로 감금했고요."

"……."

크리스는 귀를 의심하며 놀랐다. 바로 벽 뒤에 있는 도오루도 이 소리를 듣고 있었다.

"그리고 우리에게는 일본 패잔병 두 명 더 있어 함께 넘길 겁니다. 이곳에 있는 병사를 제게 넘겨주시면 여의사를 돌려보내는 일이 제 임무이고요. 저는 한시바삐 이 일을 수행할 겁니다. 이게 죄가 된다면 고백합니다."

"아무런 잘못이 없는 여의사는 그냥 돌려보내시지요."

차분하고 조심스러운 성직자의 말투였다.

"세계인들은 이 심정 몰라요. 상금 때문만은 아니죠. 우리 땅에 침범해서 우리가 주인인데, 왜 그들이 도리어 주인들을 죽여야 했죠? 제 어머니와 누나는 그들이 어디론가 끌고 갔는데, 야만인들! 다 벗겨 놓고 죽였어요."

사나이는 좁은 방에서 몸부림치며 소리를 내면서 격분해 통곡했다. 그는 크리스가 신부인 줄로 아는 모양이었다.

"신부님은 우리 부모, 형제가 처참하게 죽는 거 직접 봤어요? 중국 사람 마음은 이해 못하는 건가요? 나도 목을 자릴 뻔했는데 할머니가 광 속 차 잎 말리는 더미에 날 꼭 숨겼기 때문에, 전 생명을 구한 거고요. 흐 그흑……. 그 틈으로 식구들이 처절하게 죽는 것을 목격했어요. 아! 그런 데도 원수 같은 일본인들을 감춰주고 도망가도록 도와주는 자들도 있어요. 그게 더 큰 죄예요! 신부님! 어디 말씀을 좀 해 보세요. 제발요!"

그는 정신적 충격으로 여유를 찾지 못했다. 약혼자가 있었던 누나와 어머니의 급박한 상황도 떠올렸다.

크리스 뒤로 이중벽 안에 숨어 있는 도오루도 그의 울부짖음을 듣고 있었다. 도오루는 고개를 끝없이 끄덕였다. 마땅히 이 사나이에게로 걸어 나가 고백해야 한다고 생각하고 나를 잡아가라 소리치고 싶은 충동이 일어났다.

사나이는 고해소를 박차고 나오더니 속이 후련한지 땀에 젖어 든 머리를 흔들었다. 그리고 이튿날 정오까지 기다리겠노라며 혼잣말로 으름장을 놓고는 작은 촛불들이 너불대는 성모상 앞을 지나 성당 밖으로 사라졌다.

크리스는 한동안 고해소에 그대로 있었다. 눈물 없이는 결코 들을 수 없는 전쟁 현장의 생생한 원과 한이 박힌 깊은 상처들이었다. 크리스

445

는 고개를 돌려 뒤쪽 벽을 밀고 안으로 들어갔다. 도오루 역시 눈시울이 축축한 채 부르르 떨고 있었다.

"크리스. 저 울분을 들으셨지요. 그러니까 제가 준주 씨와 교환될 수 있도록 도와주세요. 다리도 이만하면 걸을 수 걸을 수 있을 것 같아요. 아무 죄도 없는 준주 씨에게 무슨 짓을 하기라도 한다면 어떻게 합니까?"

도오루의 얼굴빛은 창백했다. 준주가 대신 고충을 짊어지고 있다는 생각이 들자 마음이 천 갈래로 갈라지듯 아파 왔다.

"도오루, 당신은 어디까지나 제 환자입니다. 전 환자가 완치될 때까지 돌봐야 할 의무가 있어요. 진정하시고 연락했으니 샤오륜을 일단 보냅시다. 곧 올 겁니다."

크리스가 작은 의학용 톱을 가져와 도오루의 깁스를 제거했다. 도오루가 생각한 것보다 간단한 작업이었다. 양쪽 귀퉁이와 위쪽에 금을 내서 쪼개는 방법이었다. 바람이 스칠 때마다 피부에 닿는 부분이 시리고 가려웠다. 그러더니 다리 전체가 찰과상을 입는 듯 쓰라렸다. 하지만 그 통증은 아무것도 아니다. 자기 대신 감금되었다는 준주 외에는 다른 생각이 떠오르질 않았다. 도오루는 지팡이의 손잡이를 꽉 잡아 몸의 중심을 잡았다.

사나이가 준주의 손발을 앞으로 묶어 놓고 급히 사라졌다. 방 안 창문을 가린 커튼으로 실내가 어둑어둑했다. 다행히 발목을 묶지 않아 준주는 화장실과 부엌은 다닐 수 있었다.

왕진 가방 안에는 가위를 비롯한 소도구가 있기에 찾으려고 두리번거리는데 달그닥거리는 문소리가 났다. 좀 전에 그 소녀가 사심 없는 눈망울로 들어와 준주 앞에 섰다.

"아깐 미안했어요."

소녀는 긴 속눈썹을 아래로 내렸다. 준주가 소녀의 얼굴을 뚜렷하게 응시했다. 이목구비가 선명하다. 준주는 화장실을 가야 하니 끈으로 묶은 손목을 풀어 달라고 내밀었다. 소녀는 순순히 끈을 풀어 주며 입을 열었다.

"선생님, 얼른 밖으로 나가세요. 누군가 오기 전에 얼른, 얼른 빠져나가셔야 해요."

준주는 소녀의 말에 무척 놀랐다. 믿을 수가 없는 소녀다.

"아까도 날 속였는데 어떻게 믿을 수 있나. 나가다가 걸리기라도 하면?"

두 번 다시 소녀에게 속기 싫었다.

"자, 여기 메모지를 보시고 얼른, 빨리요. 아까 그 남자가 올 시간이 돼 가요. 자, 얼른 보세요."

준주는 소녀가 손에 쥔 종이를 뺏다시피 해 창가로 가서 읽었다.

'준주야, 진석 오빠다. 내가 기다리고 있으니 여기로 와야 한다. 건물 뒤쪽에 있는 까만 자동차를 타거라.'

준주는 소녀에게 눈을 맞추고는 문밖으로 빠져나왔다. 긴 계단을 이용해 조용히 뒷문으로 내려갔다. 오후의 햇살은 거리의 뒷골목을 부드럽게 감싸고 있고 기다리고 있는 자동차의 색깔은 반사되어 회색으로 비쳤다. 자동차가 경적을 짧게 울렸다. 뒷문을 열고 앉아 자동차 문을 급히 닫았다.

"고개를 푹 숙이고 엎드려."

그 말이 떨어지자마자 준주는 어깨를 수그리고 고개를 아래로 내렸다. 옥상의 사나이가 마침 그 앞으로 스치며 건물 안으로 빨려 들어가듯 사라졌다. 하마터면 마주칠 뻔했다.

이미 자동차는 빠르게 질주해 그 건물이 보이지 않는 곳으로 빠져지나고 있었다.

"이제 고개를 들어 보거라이. 준주야, 나다. 오빠."

"진석 오빠? 흑……."

준주는 운전석에 앉은 진석의 어깨를 잡았다. 코끝이 찡할 사이도 없이 운전대를 잡고 있는 오빠의 어깨 위로 이마를 파묻었다. 몇 시간 동안 숨 조이는 순간들이었다. 도대체 그 소녀는 누구란 말인가.

"오빠, 그 소녀는 아는 아이야?"

준주는 궁금해 물었다.

처음엔 준주를 유인하고 나중엔 풀어 주는 소녀의 정체는 혼돈을 자아냈다.

"내 끄나풀이라. 준주야. 니 고생 와이래 사서 많이 하노. 여기가 어디라꼬. 여긴 무서운 데다."

"오빠. 그렇다고 반야월에 돌아가자니 병원은 불에 다 타 버렸고, 동네 사람들은 일본 유학 갔다 온 친일파 의사라 욕보이려 할 테고. 그리고 병든 도오루가 여기서 탈출하도록 도와야 하는데……."

"그 말은 맞지만, 도오루는 주위에서 많이 도와준다. 크리스도 샤오 륜도 나도. 니가 도리어 걱정이고 걸림돌 아이가. 니가 잡히거나 감금이 되면 도오루가 더 위험하다는 거, 니 모르나? 도오루가 먼저 차마 니한테 돌아가라 말 못 한 기라."

"그런 거였어?"

준주는 도오루가 완쾌한 후 같이 떠나고 싶었다. 그런데 갑자기 걱정하던 이런 날이 오고야 말았다. 그렇지 않아도 크리스와 틈틈이 떠나는 일에 대해 이야기를 나누면서 마음의 준비를 하고 있었다. 그러나 막상 도오루와 마주하면 이런 처지에서 차마 먼저 떠난다는 말을 꺼내기조차 조심스러웠다.

"니만 돌아가서 다시 의사로 충실히 지내면 차라리 도오루도 편할긴데. 이제 그만 홍콩을 떠나가거라. 준주야 알겠제."

"오빠, 잊었어요? 오빠를 위해 도오루도 한몫을 보탠 거지."

"그런 소리 마라. 건강하게 잘 사는 청년들을 자기 나라를 위해 싸워 죽으라고 잡아 갔다 아이가. 도오루도 곧 괜찮아져야지. 죽은 자들만 억울해."

진석의 말은 계속 이어졌다.

"준주가 사람들 눈에 찍히게 되면 크리스도 곤란하고 도오루도 위험에 처하게 되니까, 니가 생각을 단디 묵으라. 니 마음 다 안데이. 오해안 할 기제?"

"오빠 무슨 말 하려는데?"

"니 여의사 아니가? 똑똑하잖아. 도오루를 다시 만날 기라면 당장손 떼거라. 무슨 뜻인 줄 알겠제? 지금은 때가 아닌기라."

진석은 자동차 안의 백미러로 뒷좌석에 앉은 준주를 힐끔힐끔 쳐다보며 말을 이었다. 눈앞에 벌어진 덫에 걸려든 준주가 상황 판단에 어두워 몹시 답답했다.

"오빠, 나도 독하게 마음을 먹어야 한다고 결심하며 다독이는데 자꾸만 약해져요. 다만……"

준주의 속눈썹이 깜빡거렸다. 진석 오빠 앞에서 약한 여동생 모습을 보이는 것이 자신답지 않다고 생각했다.

"오빠. 무슨 말을 나에게 하고 싶은지 알아. 오빠 마음이 내 마음이 우리잖아!"

진석은 대답 대신 백미러로 준주를 흘긋 보며 자동차 운전대를 바로잡았다.

"그럴수록 일본으로 돌아가게 해서, 막사에서 도망 나온 이유를 밝히고, 당당하게 국가재판을 받도록 해야지. 그래야 앞으로 당당하게 사회에서 대우받고 활동할 수 있고, 니가 힘을 불어넣어 줘야 된다 카이. 니가 도와야 하는 기라……. 알겠제이."

"아예 다른 나라로 떠나고도 싶었어. 일본에 입국을 해도 도주한 병사에게 어떤 형벌이 가해질지도 모르겠기에. 이도 저도 못 하고 때를 기다리고 있어. 오빠."

진석의 말소리가 더욱 커졌다.

"야가, 와 이카노. 냉정해지라, 이 말이다. 감정 죽이거라이. 도오루를 살려 내야제. 그래도 자기 나라, 지 백성이다. 전쟁터에서 힘들게 돌아온 병사들에게 후하게 대할 끼다."

진석은 자동차를 도로변에 세웠다. 뒤를 돌아 지쳐 있는 준주를 측은한 눈빛으로 쳐다보았다.

"준주야, 풀 죽지 말거라. 니가 걸어온 길도 있으니까 할 일이 바쁘다. 마음 독하게 묵거라이. 도오루를 진정으로 아낀다면 말이다. 평생 후회 없도록 해 줘야 안 그리고 오늘이 도오루 홍콩 탈출 작전 개시 날이다. 니, 준주도 당사자인 도오루도 모르게 탈출 작전을 계획하고 날을 잡느라고 나는 물론이고 크리스, 샤오륜, 공동체 회원들이 욕봤데이. 자, 내리자."

"수없이 생각을 하고 있어. 이젠 도오루를 보내야지. 그런데 짬깐. 탈출 작전이라고?"

준주는 놀라서 멍한 눈빛으로 진석을 쳐다봤다.

노오란 불빛의 가로등은 스탠리의 보트 하우스가 내려다보이는 바닷가의 모래사장을 희미하게 비추고 있었다. 멀리 보이는 다마오 산은 마지막 남은 붉은 저녁 해를 삼켰다. 그 산등선 위로는 황혼의 검붉은 조개구름들과 뭉게구름들이 합쳐져 마치 한 폭의 그림처럼 하늘을 바꿨다. 빅토리아 산으로 드리워진 그림자도 길게 늘어지면서 짙어졌고 그들의 무대는 초저녁 밤 바닷가로 이어지고 있었다.

"도오루가 바지선을 타고 저 언덕 뒤편에 있는 보트 하우스에 숨어 있었다니. 참말로 이 장진석도 그렇고, 도오루도 아시아 전쟁판에서 명줄이 참 길긴 길다. 우린 저쪽으로 내려간데이."

조금 후에 준주를 뒤로 하고 진석이 앞장을 섰다. 모래사장 끝 편의 바위 언덕 뒤로 도오루가 묵었던 조즈넉한 보트 하우스가 있다. 더욱이 바위 뒤편으로 놓여 있기 때문에 불빛조차 쉽게 눈에 띄지 않았다.

배 한 척이 사람을 기다렸다. 그 아래층에는 간이 부엌과 방이 있다. 1층에는 선창과 선실이 배치되었다. 준주는 티엔이 본토에 약초를 구하기 위해 리아스식 해안을 누비고 다니기엔 이 배가 안성맞춤이라 생각했다.

준주는 가물가물 꺼져 가는 부상병의 한 생명을 조건 없이 보살핀 티엔과 우정의 친구 샤오륜인의 깊은 인간적의 모습에 또다시 감사함을 느꼈다.

왕진 가방을 가슴에 품어 안고 배에 발을 조심히 디뎠다. 인기척이 났다. 머리를 낮추고 층계로 내려갔다. 초조히 기다리고 있는 도오루와 두 눈이 마주쳤다.

"준주, 미안하오. 나 때문에 감금까지 당하고 내가 대신 갔어야 했어. 나가는데 샤오륜이 찾아왔어요. 그만 급하게 이리로 날 데리고 와 피신시켰소. 또 덮칠지도 모르는 일이라. 잘 왔소. 모두의 도움으로. 내가 뭐라고 이렇게들 애를 많이 써 주는지. 어떻게 하면 이 은혜를 갚을 수 있을지 어깨가 무겁소."

도오루의 코끝이 찡하게 아파 왔다. 이때 샤오륜과 진석은 1층으로 올라가고 준주와 도오루만이 마주 서게 되었다. 나눌 수 없었던 그 사이의 사연들이 봇물처럼 터질 것만 같았다.

"이 여행 가방들은…… 내 것인데."

준주는 자기의 여행 가방이 이미 여기에 와 있는 것을 보고는 직감으로 그 다급함을 감지했다.

"헤어지려는 게 아니라……. 변치 말자고 약속했던 일 기억하오?"

도오루가 나직하게 말을 시작하며 준주의 눈동자를 주시했다.

"준주, 이제 일본은 많은 나라의 표적이 되었소. 대지에게도 사람들에게도 상처를 남겼고. 언제나 준주에겐 미안해. 고생을 시켜서 말이오. 나도 견디기 어려운 시간이라 준주, 당신에게 여길 떠나라 말할 수 없었소. 기회가 오리라 기다렸고……."

"아직 탈출에 성공했다고 할 순 없어요. 도오루."

멍히 바라보는 준주의 얼굴은 무표정이었다. 이별의 순간이 또다시 갑자기 왔다는 당혹감이 들었다.

"도망병이니까 나라로 돌아가 재판받도록 당신이 나를 도와줘야겠소. 내가 떳떳이 살아갈 수 있도록 용기 줘야지. 이제 걸을 수도 있고 이만하면 돌아가야 하지 않겠소. 모두에게 감사할 뿐이오."

"……"

준주는 그동안 못다 한 그의 진심 어린 속내를 듣게 되었다. 홍콩에 머무는 동안 소소한 대화를 나눌 사이도 없었다. 도우루는 공동체 안에서 하루하루 회복하며 머무는 것이 조심스러웠지만 크리스의 과분한 돌봄은 희망이자 의지가 되었다. 그러기에 위급한 상황을 묘면할 수 있었고 이 숨 막히는 작전을 모르고 있던 게 차라리 다행이었다. 무엇보다 이제 도오루는 깁스를 풀었고 활동이 쉬워졌으니 자신을 돌아보게 된 이 순간, 출발지로 다시 돌아가야 한다는 생각을 했다.

"준주, 왜 난들, 당신과 일생을 함께하고 싶지 않겠소?"

도오루는 고개를 깊이 숙였다.

"이제 내가 정신적으로나 육체적으로나 병이 다 나아 가는 것 같아. 당신과 잠시 떨어지는 게 마음 아프지만 또 힘을 내겠소. 준주, 고생 많았어요."

준주는 굳어 버린 듯 움직일 수 없는 두 눈동자로 도오루를 놓칠 듯 응시했다.

"과거의 전쟁이 아니라 더 소중한 시간, 우린 미래에 살아야지. 당신을 다시 만나려면."

도오루는 희미한 호롱불 아래에 나무 지팡이를 내려다보았다.

"당신 오빠 진석, 또 샤오륜에게 더없이 고맙소. 우린 이미 굳은 형제라오."

왕진 가방을 탁자 위에 올려놓은 준주는 어깨를 덮은 머리카락을 가지런히 목뒤로 넘겼다. 또렷한 이목구비와 반짝거리는 또렷한 두 눈동자가 여전히 아름다운 모습이라고 도오루는 느꼈다.

"준주, 우리 세대에선 전쟁이 일어나지 않도록. 우리 의무가 크오. 이렇게 크나큰 비극이란 걸 경험으로 체험하니까."

준주는 눈을 깜빡거리고 시선을 아래로 내려 곧 떠나게 될 도오루를 직감했다. 생각을 하면 할수록 도오루가 살아서 귀향한다는 것은 과분한 행운이었다. 더 이상의 꿈을 서로에게 가진다는 것은 어려운 시기에 넘치는 욕심을 내는 것이다. 또한 수많은 사라진 자들과 숭고한 목숨을 바친 전우들에게 빚을 지는 것만 같았다.

"준주. 우린 새벽에 여길 빠져나가야 한다는군요. 더우기 빅토리아 항에서 페리를 타야 하는데 난 샤오륜과 시모노세키까지 곧바로 부축 받으며 가야 하오. 불편한 이 친구를 배웅을 해 준다고 하니까. 고마운 친구지."

"난 부산에서 내리고요."

준주는 고인 침을 삼키며 말했다.

"……."

고개를 끄덕이는 도오루는 아쉬움 가득한 눈동자로 바라보았다.

그리고 몸을 지탱하던 지팡이를 벽에 세워 두고 한 다리를 길게 뻗었다. 준주가 빠르게 곁에서 그의 팔을 부축해 주었다.

"깁스를 떼니까 간편해서 훨씬 편하실 거예요. 내일이 되면 가려운 피부도 차차 나아지고요. 이 기름을 발라 두면 지내기가 한결 편해요. 도오루."

"준주 이리로, 여기 곁에 내 어깨에 기대어 앉아요."

도오루의 깊은 의미를 담은 그윽한 두 눈동자 사이로 한줄기 회한과 다시 물결치는 슬픔이 교차했다. 전쟁이 가져다준 한스러움이 눈썹에 걸려 눈 가장자리로 그림자를 드리웠지만 종전으로 인해 다시 희망을 품었다.

도오루의 복잡하고 무거운 마음이 준주의 가슴으로 전해 왔다.

"도오루, 우리 마음을 편안하게 가지도록 해요. 도오루가 돌아갈 수 있어 감사할 뿐이에요."

준주는 도오루에게서 시선을 뗄 수가 없었다.

"미안해서 그러지. 이렇게 먼 길을 날 찾으러 왔는데 그냥 돌아가야 한다고 말해야 하니까 말이요."

그의 산맥처럼 우뚝한 콧잔등 위로 세워 둔 호롱불 불빛이 반짝였다. 준주는 사랑이 가득한 눈빛으로 그를 바라보았다.

"걱정 말아요. 준주. 그런 눈으로……."

도오루는 준주를 안쓰럽게 바라보며 말했다.

"당신이 앞으로 지켜 줄 거니까 힘이 생길 거고. 우리 처음 서로가 몰랐을 때 자동차에서 아기를 받았잖소. 나, 그때부터 준주를 깊이 사랑했어요. 내가 사랑에 빠질 거를 직감했었지. 준주, 우리는 아직 젊으니까 살아갈 날이 많으오. 이해하는 거지? 준주?"

"도오루……."

준주가 말을 하려고 하는데 도오루는 그녀의 입을 그의 입술로 막았다. 기다리고 기다린 순간 그러나 마지막일지도 모른다는 입맞춤이다. 그는 준주의 부드러운 머리카락을 가슴에 품어 안고 그녀에 대한 애틋한 사랑의 보답을 조금이라도 더 전달해 줄 수 없다는 것이 안타까울 뿐이었다.

둘은 하나가 되기 위해 끌어당겼다. 서로를 품고 가슴안 심해 속 그들만의 영토로 향했다. 그들은 더 깊은 심해로 내려갔다. 전쟁도 이념도 국경도 존재하지 않는 곳으로, 시간이 멈춘 공간으로 헤엄쳐 갈수록 감미로웠다.

준주는 속히 독립한 조선에 병원 시설이 다시, 더 많이 세워지기를 희망하면서 도오루의 생각들을 존중하며 그대로 받아들였다.

"고맙소, 준주!"

도오루는 이별 후 아무도 모루는 앞날을 상상했다.

새벽녘 하늘의 샛별이 보트 하우스를 지켜보고 홍콩 앞바다의 물결은 숨을 죽인 듯 잠잠하다. 장대한 대륙과 유구한 섬들을 에워싼 깊이가 거대한 태평양은 모든 일을 알고 있다.

같은 해 동지를 앞두고 준주는 눈앞에 보이는 모든 전경을 시야에 넣었다. 죽 뻗은 미루나무들과 창문 앞에 심어 둔 측백나무들은 여전히 활기를 품고 있다. 병원은 그을린 흔적은 있지만 준주가 없는 동안 엄씨네가 관리해 온 터라 남향받이 햇살을 오롯이 받고 있다.

걸어오는 준주를 보자 유모가 고무신을 한 발에 신고 또 한 짝을 끌며 마당으로 급히 나온다.